Staat van terreur

Hillary Rodham Clinton & Louise Penny

Staat van terreur

A.W. Bruna Uitgevers

Oorspronkelijke titel
State of Terror

Vertaling
Saskia Peterzon-Kotte
Omslagontwerp
David Litman
Bewerking Nederlandse omslag
Henk Koop / Select Interface

ISBN 978 94 005 1426 3
NUR 305

Verantwoording van de vertaler: voor het geciteerde poëziefragment van John McCrae op de bladzijden 101 en 102 heb ik de vertaling van Claes overgenomen: Claes, Paul (2002): 'In Vlaamse velden. Eerherstel voor John McCrae'. In: *Poëziekrant* 26, 2 (maart-april 2002) en in *Knack*, 15 januari 2014.

Voor de dappere mannen en vrouwen die ons beschermen tegen terreur en strijden tegen geweld, haat en extremisme uit welke bron dan ook. Jullie inspireren ons elke dag om moediger en beter te worden.

Het wonderbaarlijkste dat er in mijn leven is gebeurd, is niet dat er een man op de maan heeft gestaan of dat Facebook maandelijks 2,8 miljard actieve gebruikers heeft. Het is dat er in de vijfenzeventig jaar, zeven maanden en dertien dagen sinds Nagasaki geen kernbom is ontploft.

– *Tom Peters*

1

'Mevrouw de minister,' zei Charles Boynton, die snel met zijn baas meeliep terwijl ze zich door de Mahogany Row naar haar kantoor op het ministerie van Buitenlandse Zaken haastte. 'U hebt acht minuten om bij het Capitool te komen.'

'Dat is tien minuten rijden,' zei Ellen Adams en ze begon te rennen. 'En ik moet nog douchen en me omkleden. 'Of...' Ze bleef staan en draaide zich om naar haar stafchef. 'Kan ik zo gaan?'

Ze hield haar armen opzij zodat hij haar eens goed kon bekijken. Er viel niet te ontkomen aan de smekende blik in haar ogen, de zenuwen in haar stem en het feit dat ze eruitzag alsof ze zojuist achter een roestige landbouwmachine aan was gesleurd.

Hij vertrok zijn gezicht tot een glimlach die hem pijn leek te doen.

Ellen Adams was achter in de vijftig, had een gemiddelde lengte en was slank en elegant. Een goede kledingsmaak en corrigerend ondergoed verhulden haar voorliefde voor eclairs. Haar make-up was subtiel en deed haar intelligente blauwe ogen goed uitkomen zonder dat ze haar leeftijd probeerde te verhullen. Ze had er geen behoefte aan om jonger te lijken dan ze werkelijk was, maar ze wilde er ook niet ouder uitzien.

Haar kapper noemde haar, als hij haar speciale kleurformule aanbracht, een 'Eminence Blonde'.

'Met alle respect, mevrouw de minister, maar u ziet eruit als een zwerver.'

'Goh, fijn dat hij zoveel respect voor je heeft,' fluisterde Betsy Jameson, Ellens beste vriendin en adviseur.

Na een dag van tweeëntwintig uur die was begonnen met een diplomatiek ontbijt op de Amerikaanse ambassade in Seoul, waar minister Adams de gastvrouw was en waarin op hoog niveau werd gesproken over de regionale veiligheid en pogingen werden gedaan om een uiterst belangrijke handelsdeal te redden die onverwachts dreigde te worden afgebroken, was de eindeloze dag afgesloten met een rondleiding op een kunstmestfabriek in de provincie Gangwon, al was dat een dekmantel geweest voor een snel tripje naar de DMZ, de gedemilitariseerde zone.

Daarna was Ellen Adams op de terugvlucht gestapt. Eenmaal in de lucht was het eerste wat ze gedaan had haar corrigerende ondergoed losmaken en zichzelf een groot glas chardonnay inschenken.

Vervolgens was ze een paar uur bezig geweest om rapportages naar haar afgevaardigden en de president te sturen en de inkomende memo's te lezen. Dat had ze tenminste geprobeerd. Ze was in slaap gevallen met haar neus op een rapport van Buitenlandse Zaken over personeel op de ambassade in IJsland.

Ze schrok wakker toen haar assistent haar schouder aanraakte.

'Mevrouw de minister, we gaan zo landen.'

'Waar?'

'Washington.'

'State?' Ze ging rechtop zitten en haalde haar handen door haar haar, waardoor het rechtovereind ging staan, alsof ze was geschrokken, of een heel goed idee had.

Ze had gehoopt dat het Seattle was. Om te tanken, eten te halen of misschien vanwege een onvoorziene noodsituatie aan boord. Die was er wel, wist ze, maar die was noch onvoorzien, noch technisch.

De noodsituatie was dat ze in slaap was gevallen en nog moest douchen en...

'D.C.'

'O god, Ginny. Had je me niet eerder wakker kunnen maken?'

'Dat heb ik geprobeerd, maar u mompelde alleen iets en sliep toen weer verder.'

Daar had Ellen een vage herinnering aan, maar ze had gedacht dat het een droom was. 'Bedankt dat je het geprobeerd hebt. Heb ik nog tijd om mijn tanden te poetsen?'

Er klonk een pingeltje toen de gezagvoerder het 'riemen vast'-signaal aanzette.

'Ik ben bang van niet.'

Ellen keek uit het raam van haar regeringsvliegtuig, dat ze schertsend Air Force Three noemde. Ze zag de koepel van het Capitool, waar ze straks zou zitten.

Ze zag haar weerspiegeling in het raam. Haar haar in de war. Mascara uitgelopen. Kleren verfrommeld. Ogen bloeddoorlopen en branderig door haar contactlenzen. Ze had rimpeltjes van zorgen, van stress, die er nog maar een paar weken eerder tijdens de inauguratie nog niet geweest waren. Die heldere, zonnige dag toen de wereld nieuw was en alles mogelijk leek.

Wat hield ze van dit land. Dit grandioze, beschadigde baken.

Nadat ze tientallen jaren een internationaal media-imperium had opgebouwd en geleid, dat nu verspreid was over televisienetwerken, een nieuwszender, websites en kranten, had ze het overgedragen aan de volgende generatie. Haar dochter, Katherine.

Nadat ze de afgelopen vier jaar had toegekeken terwijl het land waar ze zo van hield zichzelf naar de knoppen had geholpen, was ze nu in een positie om het weer gezond te laten worden.

Sinds de dood van haar geliefde Quinn had Ellen haar leven niet alleen leeg gevonden, maar ook kaal. En dat gevoel was niet gesleten met de tijd, maar juist gegroeid; de kloof werd dieper. Ze had steeds vaker het idee dat ze meer moest doen. Meer moest helpen. Niet over de pijn praten, maar iets doen om die te verlichten. Iets terugdoen.

De kans was uit de meest onwaarschijnlijke hoek gekomen: de pas gekozen president Douglas Williams. Wat kon het leven toch snel veranderen. Ten kwade, ja. Maar ook ten goede.

En nu zat Ellen Adams dan aan boord van Air Force Three. Als minister van Buitenlandse Zaken voor de nieuwe president.

Ze bevond zich in een positie om de banden met bondgenoten weer op te bouwen na de bijna misdadige incompetentie van de vorige regering. Ze kon cruciale relaties herstellen of waarschuwingen afgeven aan onvriendelijke naties. De landen die schade wilden toebrengen en in staat waren om dat ook daadwerkelijk te doen.

Ellen Adams bevond zich in een positie waarin ze niet langer alleen over verandering kon praten, maar die ook teweeg kon brengen. Om vijanden te veranderen in vrienden, en chaos en terreur op afstand te houden.

Maar toch...

Het gezicht dat nu naar haar terugkeek, zag er niet meer zo zelfverzekerd uit. Ze keek naar een vreemde. Een vermoeide, verfomfaaide, uitgebluste vrouw. Ouder dan ze eigenlijk was. En misschien een beetje wijzer. Of was het cynischer? Ze hoopte van niet en vroeg zich af waarom het ineens zo moeilijk was om die twee uit elkaar te houden.

Ze pakte een tissue, likte eraan en veegde de mascara weg. Daarna streek ze haar haar glad en glimlachte naar haar spiegelbeeld.

Dit was het gezicht dat ze paraat hield. Het gezicht dat het publiek kende. De pers, haar collega's, buitenlandse leiders. De zelfverzekerde, gracieuze, zelfbewuste minister van Buitenlandse Zaken die het machtigste land op aarde vertegenwoordigde.

Maar het was een façade. Ellen Adams zag iets anders in haar spookachtige gezicht. Iets vreselijks wat ze zelfs voor zichzelf uit alle macht probeerde te verbergen. Maar door de uitputting had het zich door haar afweermechanisme heen weten te werken.

Ze zag angst. En de naaste verwant daarvan: twijfel.

Was het echt of nep? Een verborgen vijand die fluisterde dat ze niet goed genoeg was. Dat ze haar werk niet aankon. Dat ze het zou verpesten en er duizenden, misschien wel miljoenen levens in gevaar zouden komen.

Ze duwde die onruststoker weg, want ze zag wel in dat hij niet bepaald behulpzaam was. Maar terwijl hij zich terugtrok, fluisterde hij nog dat ze daarmee nog niet zijn ongelijk bewees.

Nadat het vliegtuig op Andrew Air Force Base was geland, was Ellen snel in een gepantserde auto gezet, waarin ze nog meer memo's, rapporten en e-mails las. D.C. gleed voorbij, nu ongezien, terwijl ze zich inlas.

Eenmaal in de keldergarage van het monolithische Harry S. Truman-gebouw, dat door oude getrouwe stadsbewoners nog steeds – misschien wel liefkozend – Foggy Bottom werd genoemd, werd er een formatie gevormd om haar zo snel mogelijk naar haar privékantoor op de zesde verdieping te brengen.

Haar stafchef, Charles Boynton, stond bij de lift op haar te wachten. Hij was een van de mensen die aan de minister van Buitenlandse Zaken was toegewezen door de stafchef van de president zelf. Hij was lang en slungelig, en zijn slanke figuur was eerder te danken aan een overschot aan nerveuze energie dan aan training of goede eetgewoonten. Zijn haar en spierspanning leken een wedstrijdje te doen om wie er als eerste zou bezwijken.

Boynton had er zesentwintig jaar over gedaan om op te klimmen in de politieke gelederen, waarna hij uiteindelijk in een topbaan was beland als strateeg van de succesvolle presidentscampagne van Douglas Williams. Een campagne die harder was gebleken dan de meeste andere.

Charles Boynton had eindelijk het heilige der heiligen bereikt en was vastberaden om daar te blijven. Dit was zijn beloning omdat hij orders had opgevolgd. En geluk had gehad bij zijn kandidaatskeuze.

Boynton was nu regels aan het opstellen om onhandelbare ministers in het gareel te houden. In zijn ogen waren dat tijdelijke politieke afspraken. Om zijn structuur te etaleren.

Samen haastten Ellen en haar stafchef zich door de gelambriseerde gang van de Mahogany Row naar het kantoor van de minister van Buitenlandse Zaken, op de voet gevolgd door medewerkers en assistenten en haar agenten van de Diplomatieke Beveiliging.

'Maak je niet druk,' zei Betsy, die moest rennen om hen bij te houden. 'Ze wachten wel even op je met de State of the Union. Ontspan.'

'Nee, nee,' zei Boynton en zijn stem werd een octaaf hoger. 'U kunt niet ontspannen. De president is pislink. En trouwens, het is officieel geen State of the Union.'

'O, alsjeblieft, Charles. Doe niet zo pedant.' Ellen bleef abrupt staan, waardoor ze bijna tegen haar opbotsten. Ze schopte haar met modder besmeurde hoge hakken uit en rende op kousenvoeten over het hoogpolige tapijt. Ze verhoogde haar tempo.

'En de president is altijd link,' riep Betsy hen na. 'O, bedoel je boos? Nou ja, hij is altijd boos op Ellen.'

Boynton wierp haar een waarschuwende blik toe.

Hij mocht Elizabeth Jameson niet. Betsy. Een buitenstaander die hier alleen maar was omdat ze al haar hele leven de vriendin van de minister was. Boynton wist dat de minister het recht had om een vertrouweling te kiezen, een adviseur die voor haar werkte. Maar hij vond het maar niks. De buitenstaander bracht een element van onvoorspelbaarheid in elke situatie.

En hij mocht haar niet. Inwendig noemde hij haar Mrs Cleaver, omdat ze op Barbara Billingsley leek, moeder Beaver in de tv-serie *Leave it to Beaver*. Het toonbeeld van een huisvrouw uit de jaren vijftig.

Veilig. Stabiel. Volgzaam.

Alleen bleek deze Mrs Cleaver niet zo zwart-wit te zijn. Het leek wel of ze Bette Midler met haar 'fuck ze als ze niet tegen een geintje kunnen'-mentaliteit had ingeslikt. En hoewel hij de goddelijke Miss M heel leuk vond, dacht hij toch dat ze misschien niet zo geschikt was als de adviseur van de minister van Buitenlandse Zaken.

Hoewel Charles Boynton moest toegeven dat het waar was wat Betsy zei. Douglas Williams koesterde geen liefde voor zijn minister van Buitenlandse Zaken. En het was een understatement om te zeggen dat dat wederzijds was.

Het was een geweldige schok geweest toen de pas gekozen president een politieke vijand – een vrouw die haar enorme middelen had aangewend om zijn rivaal te steunen voor de partijnominatie – had gekozen voor zo'n machtige en prestigieuze positie.

Het was een nog grotere schok geweest toen Ellen Adams haar media-imperium aan haar volwassen dochter had overgedragen en de functie geaccepteerd had.

Het nieuws was gretig opgepikt door politici, deskundigen en collega's, en uitgespuwd als roddel. De politieke talkshows hadden er wekenlang bol van gestaan.

De aanstelling van Ellen Adams was hét gesprek tijdens de dinertjes in D.C. In Off the Record, de bar in het souterrain van het Hay-Adams, werd nergens anders meer over gesproken.

Waarom had ze die functie aangenomen?

Maar verreweg de grotere, interessantere vraag was waarom de gekozen president Williams zijn meest uitgesproken, felste tegenstander een plek in zijn kabinet had gegeven. En dan nog wel op Buitenlandse Zaken.

De heersende theorie was dat Douglas Williams misschien in de voetsporen van Abraham Lincoln trad en een Team van Rivalen samenstelde. Of, waarschijnlijker, dat hij in de voetsporen van Sun Tzu trad, de eeuwenoude militaire strateeg, en zijn vrienden dicht bij zich hield, maar zijn vijanden nog dichterbij.

Maar beide theorieën bleken niet te kloppen.

Het kon Charles Boynton – zijn vrienden noemden hem Charles – niet schelen wat zijn baas deed, behalve dan dat Ellen Adams' mislukkingen hem een slechte reputatie bezorgden, en hij was niet van plan aan haar rokken te blijven hangen als ze ten onder ging.

Na dit reisje naar Zuid-Korea was haar geluk – en dus ook het zijne – scherp naar beneden toe afgebogen. En nu hielden ze verdomme die hele kloterige dit-is-geen-State-of-the-Union op.

'Kom nou toch. Schiet op.'

'Nu is het afgelopen.' Ellen kwam slippend tot stilstand. 'Ik laat me niet opjagen en op de huid zitten. Als ik zo moet gaan, dan moet dat maar.'

'Dat kan niet,' zei Boynton met grote paniekogen. 'U ziet eruit als...'

'Ja, dat zei je al.' Ze draaide zich om naar haar vriendin. 'Betsy?'

Er viel een stilte waarin ze alleen Boynton hoorden snuiven van ongenoegen.

'Je ziet er prima uit,' zei Betsy zacht. 'Misschien wat lippenstift.' Ze gaf Ellen er een uit haar eigen tas, en ook een haarborstel en een doosje compactpoeder.

'Kom op, kom op,' piepte Boynton zo'n beetje.

Betsy keek strak in Ellens bloeddoorlopen ogen en fluisterde: 'Komt een oxymoron de bar binnen...'

Ellen dacht na en lachte. 'En de stilte is oorverdovend.'

Betsy straalde. 'Precies.'

Ze zag dat haar vriendin diep ademhaalde, haar grote reistas aan haar assistent gaf en zich tot Boynton wendde.

'Zullen we?'

Hoewel ze uiterlijk beheerst leek, bonkte Adams hart in haar keel toen ze op haar kousenvoeten, met in elke hand een bungelende vieze schoen, door de Mahogany Row naar de lift liep. En omlaagging.

'Schiet op, schiet op.' Amir gebaarde naar zijn vrouw. 'Ze zijn bij het huis.'

Ze hoorden het gebons achter hen, de mannen die schreeuwden, bevelen riepen. Ze hadden een zwaar accent, maar de betekenis van hun woorden was duidelijk: 'Dr. Bukhari, kom naar buiten. Nu.'

'Wegwezen.' Amir duwde Nasrin door het steegje. 'Rennen.'

'En jij?' vroeg ze, met haar tas tegen haar borst geklemd.

Ze hoorden versplinterend hout toen de deur van hun huis in Kahuta, net buiten Islamabad, werd ingebeukt.

'Ze willen mij niet. Jij bent degene die ze moeten tegenhouden. Ik leid ze af. Wegwezen nu.'

Maar toen ze zich omdraaide, greep hij haar arm, trok haar naar zich toe en klemde haar tegen zijn borst. 'Ik hou van je. Ik ben zo trots op je.'

Hij kuste haar zo hard dat hun tanden tegen elkaar aan ketsten en ze proefde bloed van haar gebarsten lip. Toch bleef ze hem vasthouden. En hij haar. Toen er nog meer geschreeuw klonk, dichterbij nu, lieten ze elkaar los.

Hij had haar bijna gevraagd om het hem te laten weten als ze veilig op de plaats van bestemming was. Maar hij deed het niet. Hij wist dat ze geen contact met hem kon opnemen.

Hij wist ook dat ze, als ze dat toch zou doen, de nacht niet zou overleven.

2

Het geroezemoes verstomde toen de zaalwachter de komst van de minister van Buitenlandse Zaken aankondigde. Het was tien over negen en de rest van het kabinet zat al.

Er was al gespeculeerd dat Ellen Adams ontbrak omdat zij de *designated survivor* was, al geloofden de meesten dat president Williams nog eerder zijn sok zou kiezen dan haar.

Toen Ellen de kamer binnenkwam, leek ze de oorverdovende stilte niet op te merken.

Komt een oxymoron de bar binnen...

Met opgeheven hoofd liep ze achter haar begeleider aan en glimlachte naar de afgevaardigden aan weerszijden van het gangpad alsof er niets aan de hand was.

'Je bent te laat,' siste de minister van Defensie toen ze haar plaats op de voorste rij innam, tussen hem en de directeur van de Nationale Inlichtingendienst. 'We hebben de speech voor je uitgesteld. De president is woedend. Hij denkt dat je het expres hebt gedaan, zodat de netwerken op jou gefocust zouden zijn in plaats van op hem.'

'Dan heeft de president het mis,' zei de directeur van de Nationale Inlichtingendienst, de DNI. 'Dat zou je nooit doen.'

'Dank je, Tim,' zei Ellen. Het was een zeldzame uiting van steun van een van de loyale aanhangers van president Williams.

'Gezien die shitvertoning in Zuid-Korea,' vervolgde Tim Beecham, 'kan ik me niet voorstellen dat je om die aandacht zat te springen.'

'Wat heb je nou in hemelsnaam aan?' vroeg de minister van Defensie. 'Heb je weer een moddergevecht gehouden?'

Hij grimaste en trok zijn neus op.

'Nee, meneer de minister, ik heb gewoon mijn werk gedaan. En soms betekent dat dat je op je knieën moet en vies wordt.' Ze nam hem van top tot teen op. 'Jij ziet er zoals altijd weer piekfijn uit.'

De DNI aan haar andere zijde lachte en daarna stonden ze allemaal op toen de zaalwachter aankondigde: 'Meneer de voorzitter, de president van de Verenigde Staten.'

Dr. Nasrin Bukhari rende door de vertrouwde steegjes en ontweek zwenkend de kratten en blikken die her en der op de grond lagen en die haar zouden verraden als ze ertegenaan zou schoppen.

Ze bleef niet één keer staan. Keek niet één keer om. Zelfs niet toen het schieten begon.

Ze besloot dat haar man, met wie ze achtentwintig jaar getrouwd was, was ontsnapt. Hij had het overleefd. Had de mensen om de tuin geleid die waren gestuurd om te proberen hen tegen te houden. Haar tegen te houden.

Hij was niet gedood of, erger nog, gevangengenomen om te worden gemarteld tot hij zou prijsgeven wat hij wist.

Toen het schieten ophield, vatte ze dat op als een teken dat Amir veilig had weten weg te komen. Net zoals zij nu moest doen.

Alles hing ervan af.

Een halve straat voor de bushalte minderde ze vaart, kwam op adem en liep met kalme, afgemeten pas naar de rij. Haar hart bonkte, maar haar gezicht was onaangedaan.

Anahita Dahir zat achter haar bureau op het kantoor van Zuid- en Centraal-Aziatische Zaken op het ministerie van Buitenlandse Zaken.

Ze hield even op met waar ze mee bezig was en liep naar de televisie, die aan de muur aan de andere kant van de kamer hing en die was afgestemd op de speech van de president.

Het was kwart over negen. De toespraak begon te laat; volgens de commentatoren werd hij uitgesteld vanwege de afwezigheid van de minister van Buitenlandse Zaken, Anahita's nieuwe baas.

De camera volgde de pas verkozen president toen die in de fraaie zaal arriveerde, onder wild applaus van zijn aanhangers en beleefd geklap van de nog altijd gekwetste oppositie. Aangezien hij pas een paar weken eerder was ingezworen, was het moeilijk te geloven dat president Williams werkelijk wist hoe het ervoor stond met het beleid van het land, of dat hij het zou toegeven als hij het eigenlijk wél wist.

De speech zou, daar waren de deskundigen het wel over eens, een balanceerkunstje worden tussen het bekritiseren van de vorige regering voor de puinhoop die ze hadden achtergelaten, maar dan niet al te expliciet, en het laten horen van een hoopvol geluid, maar dan niet al te optimistisch.

Het ging erom dat de buitensporige verwachtingen die tijdens de verkiezingen waren gewekt nu wat getemperd werden, terwijl de schuld werd afgeschoven.

President Williams' verschijning voor het Congres was politiek theater, een soort kabuki. Het draaide meer om uiterlijk vertoon dan om woorden. En Douglas Williams wist maar al te goed hoe hij er presidentieel uit moest zien.

En toch, toen Anahita hem hartelijk handendrukkend door de zaal zag lopen, waarbij hij zowel zijn politieke vrienden als vijanden begroette en toelachte, zwenkte de camera toch steeds naar de minister van Buitenlandse Zaken.

Daar zat het echte drama. Het echte verhaal van de avond.

De commentatoren speculeerden om het hardst over wat president Williams zou doen als hij oog in oog kwam te staan met zijn minister van Buitenlandse Zaken. Ellen Adams, onderstreepten ze maar al te graag, en nog eens, en nog eens, kwam net uit het vliegtuig na een rampzalig eerste buitenlands bezoek, waar ze het voor elkaar had gekregen een belangrijke bondgenoot te vervreemden en een toch al kwetsbare regio te destabiliseren.

Het moment waarop die twee elkaar ontmoetten, hier in de zaal, zou internationaal worden bekeken door honderden miljoenen mensen en keer op keer worden afgespeeld op social media.

De zaal zinderde van verwachting.

De commentatoren leunden naar voren, popelend om de eventuele boodschap te ontcijferen die de president zou kunnen overbrengen.

De jonge medewerkster van de Buitenlandse Dienst was alleen op de afdeling, afgezien van de supervisor in zijn hoekkantoor. Ze ging dichter bij het scherm staan, benieuwd naar wat er zou gebeuren tussen haar nieuwe president en haar nieuwe baas. Ze werd er zo door in beslag genomen dat ze de *ping* van het inkomende bericht niet hoorde.

Terwijl president Williams langzaam naar voren liep en steeds even stil bleef staan om te kletsen en te zwaaien, vulden de politieke commentatoren de tijd op door kritiek te leveren op Ellen Adams' haar en make-up, en haar kleren, die verfomfaaid waren en onder de vlekken zaten, naar ze hoopten van de modder.

'Ze ziet eruit alsof ze net van een rodeo komt.'

'En daarna het slachthuis is binnengegaan.'

Er klonk gegrinnik.

Eindelijk merkte een van de commentatoren op dat minister Adams waarschijnlijk niet van plan was geweest om op deze manier te verschijnen. Het getuigde ervan hoe hard ze werkte.

'Ze komt net uit het vliegtuig uit Seoul,' bracht hij hun in herinnering.

'Waar, zoals we hebben begrepen, de gesprekken mislukt zijn.'

'Nou ja,' gaf hij toe. 'Ik zei dat ze hard werkte, niet dat dat effect had.'

Toen bespraken ze op grimmige toon hoe rampzalig haar mislukking in Seoul zou kunnen blijken te zijn. Voor minister Adams, voor de ontluikende regering. Voor hun betrekkingen in dat deel van de wereld.

Ook dat was politiek theater, wist de BD-medewerkster. Eén ongelukkig verlopen ontmoeting zou nooit tot blijvende schade leiden. Maar toen ze naar haar nieuwe baas keek, wist ze dat er wel degelijk schade was aangericht.

Hoewel Anahita Dahir dit werk nog maar kort deed, was ze schrander genoeg om te weten dat uiterlijkheden in Washington vaak veel machtiger waren dan de werkelijkheid. Sterker nog, ze waren zo machtig dat ze de werkelijkheid zelfs konden creëren.

De camera bleef op minister Adams rusten terwijl de commentatoren haar fileerden.

In tegenstelling tot de deskundige zag Anahita Dahir een vrouw van ongeveer haar moeders leeftijd staan; met rechte rug, opgeheven hoofd en aandachtig. Respectvol. Naar de man toe gedraaid die haar kant op kwam. Rustig haar lot afwachtend.

Haar verfomfaaide voorkomen verleende haar, in Anahita's ogen, alleen maar meer waardigheid.

Tot op dat moment had de jonge BD-medewerkster altijd gretig opgezogen wat de commentatoren en haar medeanalisten zeiden. Dat Ellen Adams een cynische politieke benoeming door een gewiekste president was.

Maar nu ze zag dat president Williams naderbij kwam en minister Adams zich schrap zette, vroeg Anahita zich af of dat zo was.

De BD-medewerkster zette het geluid van de tv uit. Ze hoefde niets meer te horen.

Ze liep weer naar haar bureau en zag het nieuwe bericht. Toen ze het opende, zag ze dat er op de plek waar normaal de naam van de afzender zou staan nu alleen wat willekeurige letters stonden. En in het bericht zelf stonden geen woorden, alleen een reeks cijfers en symbolen.

Toen de president dichterbij kwam, dacht Ellen Adams dat hij haar zou negeren.

'Meneer de president,' zei ze.

Hij wachtte en keek langs haar heen, door haar heen, en hij knikte en lachte naar de mensen aan weerszijden naast haar. Daarna stak hij zijn hand uit, langs haar heen, waarbij zijn elleboog bijna haar gezicht raakte, om de hand van degene achter haar te pakken. Pas daarna richtte hij heel, heel langzaam zijn ogen op haar. De vijandigheid was zo tastbaar dat zowel de minister van Defensie als de directeur van de Nationale Inlichtingendienst een stapje achteruit deed.

Dat hij 'pislink' was, was zacht uitgedrukt, en ze wilden geen spetters op zich krijgen.

Voor de camera's en de miljoenen kijkers was zijn knappe gezicht streng, eerder teleurgesteld dan boos. Een bedroefde ouder die naar een goedbedoelend, maar stout kind kijkt.

'Mevrouw de minister.' *Jij incompetente trut.*

'Meneer de president.' *Jij arrogante klootzak.*

'Misschien kunt u morgenochtend voor de kabinetsvergadering even langskomen in het Oval Office.'

'Met genoegen, meneer.'

Hij liep verder en ze keek hem met een warme blik na. Een loyaal lid van zijn kabinet.

Ze ging op haar plaats zitten en luisterde beleefd terwijl president Williams aan zijn speech begon. Maar naarmate hij vorderde, raakte

Ellen steeds meer geboeid. Niet door de retoriek, maar door iets wat veel dieper ging dan woorden.

Het was de plechtstatigheid, de historie, de traditie. Ze werd meegesleept door de grootsheid, de stille grandeur, de elegantie van deze gebeurtenis. Door de symboliek, afgezien van de daadwerkelijke inhoud.

Vriend en vijand kregen een krachtige boodschap. Van continuïteit, van kracht, van vastberadenheid en wilskracht. Dat de schade die door de vorige regering was aangericht zou worden hersteld. Dat Amerika terug was.

Ellen Adams voelde een emotie die zo sterk was dat die haar afkeer van Douglas Williams overschaduwde. Haar wantrouwen en argwaan werden erdoor weggeduwd, zodat er alleen nog trots overbleef. En verwondering. Dat het leven haar op de een of andere manier hier had gebracht. Haar op een dienende positie had gezet.

Ze mocht er dan uitzien als een zwerver en naar kunstmest ruiken, maar ze was wel de Amerikaanse minister van Buitenlandse Zaken. Ze hield van haar land en zou alles doen wat in haar macht lag om het te beschermen.

Dr. Nasrin Bukhari nam plaats op de achterste bank van de bus en dwong zichzelf om recht voor zich uit te kijken. Niet uit het raampje. Niet naar de tas op haar schoot, die ze vastklemde in een greep waar haar knokkels wit van werden.

Niet naar haar medepassagiers. Het was van levensbelang om oogcontact te vermijden.

Ze dwong zichzelf om neutraal te kijken, verveeld.

De bus trok op en begon richting de grens te hobbelen. Er was geregeld dat ze zou gaan vliegen, maar zonder het aan iemand te vertellen, ook niet aan Amir, had ze de plannen gewijzigd. De mensen die achter haar aan waren gestuurd om haar tegen te houden, zouden verwachten dat ze zo snel mogelijk het land uit probeerde te komen. Ze zouden op de luchthaven staan. Ze zouden indien nodig mensen op alle vluchten zetten. Ze zouden er alles aan doen om te voorkomen dat ze haar bestemming bereikte.

Als Amir gevangengenomen en gemarteld zou worden, zou hij het plan verraden. Dus moest dat veranderen.

Nasrin Bukhari hield van haar land. Ze zou alles doen wat nodig was om het te beschermen.

En dat betekende dat ze alles wat haar lief was achter moest laten.

Anahita Dahir staarde naar haar computerscherm. Met gefronste wenkbrauwen besloot ze binnen een paar tellen dat het bericht spam was. Dat kwam vaker voor dan mensen zouden denken.

Toch wilde ze bevestiging. Ze klopte op de deur van haar leidinggevende en stak haar hoofd om het hoekje. Hij keek naar de speech en schudde zijn hoofd.

'Wat is er?'

'Een mailtje. Ik denk dat het spam is.'

'Laat eens zien.'

Dat deed ze.

'Weet je zeker dat het niet van een van onze bronnen is?'

'Heel zeker, meneer.'

'Mooi. Wis het.'

En dat deed ze. Maar niet voordat ze de tekst van het mailtje had opgeschreven. Voor het geval dat.

19/0717, 38/1536, 119/1848

3

'Gefeliciteerd, meneer de president. Dat ging goed,' zei Barbara Stenhauser.

Doug Williams lachte. 'Het ging heel goed. Beter dan ik had durven hopen.'

Hij maakte zijn das los en legde zijn voeten op het bureau.

Ze waren terug in het Oval Office. Daar was een bar neergezet met wat lichte hapjes voor de familie, vrienden en welgestelde donateurs die waren uitgenodigd om te vieren dat de president het Congres voor het eerst had toegesproken.

Maar Williams wilde een paar ogenblikken alleen zijn met zijn stafchef om bij te komen. De speech had alles teweeggebracht wat hij voor ogen had gehad, meer zelfs. Maar er was nog iets waar hij bijna duizelig van werd.

Hij vlocht zijn handen achter zijn hoofd en wiegde op en neer, terwijl een butler hem een whisky en een bordje in bacon gewikkelde sint-jakobsschelpen en gefrituurde gamba's bracht.

Hij gebaarde naar Barb dat ze bij hem moest komen zitten, bedankte de butler en gaf aan dat die kon gaan.

Barb Stenhauser ging zitten en nam een lange teug rode wijn.

'Kan ze dit overleven?' vroeg hij.

'Ik betwijfel het. We laten haar aan de media over. Van wat ik voorafgaand aan je speech heb gezien, maak ik op dat ze al begonnen zijn. Ze is dood voor ze thuiskomt. Voor de zekerheid heb ik een paar van onze eigen senatoren klaargezet om voorzichtig hun bezorgdheid uit te spreken over haar bekwaamheid voor haar taak, gezien die shitvertoning in Zuid-Korea.'

'Goed. Waar gaat ze nu naartoe?'

'Ik heb haar ingepland om naar Canada te gaan.'

'O, god. Dan hebben we nog voor het eind van de week oorlog met hen.'

Barb lachte. 'Laten we het hopen. Ik heb altijd al een huis in Quebec gewild. De eerste berichten over uw speech zijn heel positief, meneer. Ze hebben het over uw waardige toon, de manier waarop u over het gangpad heen reikte. Maar, meneer de president, er wordt ook gemompeld dat de benoeming van Ellen Adams, hoe moedig ook, een misstap was, vooral na het debacle met Zuid-Korea.'

'Er valt een kleine terugslag te verwachten aan onze kant. Zolang de meeste shit maar op haar terechtkomt. Trouwens, zo hebben de critici iets om zich op te richten terwijl wij verdergaan met ons werk.'

Stenhauser glimlachte. Zelden had ze een politicus gezien die zo bedreven was. Eentje met het lef om een vleeswond te accepteren als dat betekende dat hij een tegenstander om zeep kon helpen.

Al wist ze dat hem veel meer te wachten stond dan een vleeswond.

Het feit dat Douglas Williams haar huid liet tintelen was iets wat ze kon negeren, als dat betekende dat ze eindelijk een agenda kon implementeren waar ze met heel haar hart in geloofde.

Ze boog zich over het bureau en gaf hem een vel papier. 'Ik heb een korte verklaring opgesteld om minister Adams te steunen.'

Hij las het en gooide het papier terug. 'Perfect. Waardig, maar nietszeggend.'

'Vage lof.'

Hij lachte en slaakte een zucht van opluchting. 'Zet de tv eens aan. Laten we kijken wat ze te zeggen hebben.'

Hij leunde voorover en zette zijn ellebogen op zijn bureau toen de grote monitor oplichtte. Hij kwam in de verleiding om zijn stafchef te vertellen hoe slim hij echt was geweest. Maar hij durfde niet.

'Hier.'

Katherine Adams gaf haar moeder en haar peettante een groot glas chardonnay; daarna pakte ze de fles bij de hals, nam haar eigen glas mee naar de ruime bank en ging tussen hen in zitten. Er lagen drie paar in pantoffels gestoken voeten op de salontafel.

Katherine pakte de afstandsbediening.

'Nog niet,' zei haar moeder, die haar hand op haar dochters pols legde. 'Laten we ons nog heel even voorstellen dat ze het over mijn triomf in Zuid-Korea hebben.'

‘En je complimenteren met je nieuwe haarstijl en goede kledingsmaak,’ zei Betsy.

‘En parfum,’ zei Katherine.

Ellen lachte.

Zodra ze thuis was gekomen, had ze gedoucht en een joggingpak aangetrokken. Nu zaten de drie vrouwen naast elkaar in de comfortabele woonkamer. De muren waren bedekt met kasten vol boeken en ingelijste foto’s van Ellens kinderen en haar leven met haar inmiddels overleden echtgenoot.

Het was een privéplek, een heiligdom dat was gereserveerd voor familie en de allerbeste vrienden.

Ellen had nu een bril op, had een dossier gepakt en zat er hoofdschuddend in te lezen.

‘Wat is er?’ vroeg Betsy.

‘Die gesprekken. Ze hadden niet mis moeten gaan. Het voorbereidende team heeft goed werk geleverd.’ Ze hield de papieren omhoog. ‘Wij waren voorbereid. De Zuid-Koreanen waren voorbereid. Ik had gesprekken met mijn evenknie gehad. Het had een formaliteit moeten zijn.’

‘Wat is er dan gebeurd?’ vroeg Katherine.

Haar moeder zuchtte. ‘Ik weet het niet. Daar probeer ik achter te komen. Hoe laat is het?’

‘Vijf over halftwaalf,’ zei Katherine.

‘Vijf over halfeen ’s middags in Seoul,’ zei Ellen. ‘De verleiding is groot om te bellen, maar dat doe ik niet. Ik heb meer informatie nodig.’ Ze keek naar Betsy, die door berichten scrolde. ‘En?’

‘Heel veel bemoedigende mails en appjes van vrienden en familie,’ zei Betsy.

Ellen bleef haar aankijken, maar Betsy schudde haar hoofd, wel wetend wat Ellen vroeg zonder het te vragen.

‘Ik kan hem wel schrijven,’ bood Katherine aan.

‘Nee. Hij weet wat er gaande is. Als hij contact had willen opnemen, had hij dat wel gedaan.’

‘Je weet dat hij het druk heeft, mam.’

Ellen wees naar de afstandsbediening. ‘We kunnen net zo goed het nieuws aanzetten. Dan hebben we dat maar gehad.’

Wat er op tv te zien was kon, dat wisten Betsy en Katherine allebei, als tegenprikkel werken om Ellen af te leiden van het bericht dat niet op haar telefoon was verschenen.

Ellen Adams bleef de rapporten doorlezen en probeerde een aanwijzing te vinden voor wat er mis was gegaan in Seoul. Ze luisterde met een half oor naar de zogenaamde deskundigen op tv.

Ze wist wat ze zouden zeggen. Zelfs de mediakanalen van haar eigen bedrijf, de internationale nieuwszenders, de kranten en de websites, zouden hun voormalige eigenaar onder vuur nemen.

Sterker nog, in een poging om te bewijzen dat ze onbevooroordeeld waren, zouden zij de eersten zijn die het haar moeilijk zouden maken. Heel moeilijk. Ellen rook de opiniestukken al.

Toen ze de functie van minister van Buitenlandse Zaken had aangenomen, had Ellen haar holdings afgestoten en aan haar dochter overgedragen met de expliciete, op schrift gestelde voorwaarde dat Katherine Adams zich niet persoonlijk zou bemoeien met enige verslaggeving over de regering-Williams in het algemeen en minister Adams in het bijzonder.

Aan die voorwaarde had haar dochter zich maar al te graag gehouden. Per slot van rekening was zij niet de journalist van de familie. Haar titel, haar expertise en haar interesse draaiden alleen om de zakelijke kant. Dat had ze van haar moeder.

Betsy raakte Ellens arm aan en knikte naar de televisie.

Ze keek op van haar papieren, zag wat er op het scherm gebeurde en ging wat meer rechtop zitten.

'O, fuck,' zei Doug Williams. 'Dat meen je niet!'

Hij keek dreigend naar zijn stafchef, alsof hij verwachtte dat zij er iets aan zou doen.

Wat Barb Stenhauser deed, was een andere zender zoeken. En nog een. En nog een. Maar op de een of andere manier was er tussen de State of the Union-speech van president Williams en zijn tweede glas whisky iets veranderd.

Katherine begon met glinsterende ogen te lachen.

'Mijn god, op elke zender.' Ze zapte langs alle zenders en bleef elke keer net lang genoeg hangen om te horen hoe de deskundigen en de politieke relschoppers minister Adams complimenteerden met haar harde werk. Met haar bereidheid om onverzorgd op het Capitool te verschijnen, terwijl de drek van haar werk nog aan haar kleefde.

Ja, de reis was een onverwacht debacle geweest, maar de diepere boodschap was dat Ellen Adams, en daarmee de VS, niet verslagen was. Bereid was om de loopgraven in te gaan. Te komen opdagen. Om in elk geval te proberen de schade ongedaan te maken die was aangericht door vier jaar chaos.

Haar falen in Zuid-Korea werd geweten aan de puinhoop die was achtergelaten door een onbekwame voormalige president en diens stafchef.

Nu joelde Katherine luid. 'Moet je kijken.' Ze schoof haar telefoon naar haar moeder en Betsy.

Er was een meme viraal gegaan op social media.

Nadat minister Adams was geïntroduceerd, liep ze door het gangpad om plaats te nemen voor de toespraak, waarbij de televisiecamera een rivaliserende senator oppikte die haar misprijzend aankeek en zei: 'Vieze vrouw.'

'Krijg nou wat!' zei Doug Williams, die zo hard een gamba op zijn bord smeet dat die op de Resolute Desk stuiterde en daarna op het tapijt belandde. 'Shit.'

Toen Anahita Dahir in bed lag, kwam er een gedachte bij haar op.

Stel dat dat vreemde mailtje van Gil kwam?

Ja, het zou Gil kunnen zijn. Die weer contact wilde. Intiem contact.

Ze voelde zijn huid, nat van het zweet door die vreselijk hete, plakkerige, benauwde middagen in Islamabad. Ze waren stiekem naar haar kleine kamertje geglipt, bijna precies halverwege zijn bureau bij de nieuwsdienst en haar bureau op de ambassade.

Ze was zo'n groentje dat niemand zou merken dat ze er niet was. Gil Bahar was een zo gerespecteerd journalist dat niemand zijn afwezigheid in twijfel zou trekken. Ze zouden aannemen dat hij achter een aanwijzing aan ging.

In de stikbenauwde, claustrofobische wereld van de Pakistaanse hoofdstad waren clandestiene bijeenkomsten aan de orde van de dag. Tussen spionnen en agenten. Tussen informanten en informatiehandelaren. Tussen dealers en gebruikers, van drugs, wapens of de dood.

Tussen ambassademedewerkers en journalisten.

Het was een periode en een plek waar elk moment van alles kon gebeuren. De jonge journalisten en hulpverleners, artsen, verpleegkundigen, ambassadepersoneel en informanten ontmoetten elkaar in undergroundbars, in kleine flatjes. Op feestjes. Ze liepen elkaar tegen het lijf. Dicht tegen het lijf.

Het leven om hen heen was waardevol en gevaarlijk. En zij waren onsterfelijk.

Haar lichaam bewoog ritmisch in haar bed in D.C., terwijl ze zijn harde lijf weer tegen het hare voelde. Zijn harde lijf ín het hare.

Een paar minuten later stond Anahita op. En hoewel ze wist dat ze om moeilijkheden vroeg, pakte ze toch haar telefoon.

Probeerde je me een bericht te sturen?

Ze werd nu wakker, en daarna gedurende de nacht steeds weer, om op haar telefoon te kijken. Geen antwoord.

'Idioot,' mompelde ze, terwijl ze nog steeds zijn muskusachtige geur rook. Zijn naakte witte huid voelde, die langs haar donkere, vochtige lijf gleed. Allebei stralend in de middagzon.

Ze kon zijn gewicht op haar voelen. Zwaar drukkend op haar hart.

Nasrin Bukhari zat in de vertrekhal.

Een vermoeide grensbewaker had haar paspoort gecontroleerd en niet opgemerkt dat het nep was. Of misschien kon het hem niet echt meer schelen.

Hij keek naar het document en daarna naar haar ogen. Hij zag een uitgeputte vrouw van middelbare leeftijd. Haar traditionele hidjab was verwassen en rafelig op de plek waar hij haar gerimpelde gezicht omrandde.

Absoluut geen bedreiging. Hij was verder gegaan. Met de volgende passagier die wanhopig graag de grens tussen dreiging en breekbare hoop over wilde.

Dr. Bukhari wist dat ze die hoop meedroeg in haar tas. Dat ze die dreiging meedroeg in haar hoofd.

Ze was bij de luchthaven gekomen en had nog drie uur voordat haar vlucht ging. Dat was, besefte ze nu, misschien iets te veel tijd.

Nasrin Bukhari koos een positie waarbij ze vanuit haar ooghoeken de man tegen de muur aan de andere kant van de hal kon zien. Hij had bij de beveiliging gestaan toen ze door de controle ging. Hij was haar gevolgd naar de wachtruimte, dat wist ze bijna zeker.

Ze had naar een Pakistaan gezocht. Een Indiër. Een Iraniër. Dat zouden vast en zeker de mensen zijn die haar moesten tegenhouden. Het was nooit bij haar opgekomen dat ze een witte man zouden sturen. Alleen al het feit dat hij opviel, was zijn camouflage. Dr. Bukhari had haar vijanden nooit zo'n geniale inval toegedicht.

Hoewel het best mogelijk was dat ze zich dingen inbeeldde. Te weinig rust, te weinig eten en te veel angst konden paranoia veroorzaken. Ze voelde haar gezond verstand wegdrijven. Door slaapgebrek was ze licht in haar hoofd en soms leek het net of ze boven haar lichaam zweefde.

Als intellectueel en wetenschapper vond dr. Bukhari dit het meest angstaanjagende voorval tot nu toe. Ze kon haar geest niet langer vertrouwen. Noch haar emoties.

Ze was op drift.

Nee, dacht ze. Dat niet. Ze had een duidelijke richting. Een duidelijke bestemming. Ze moest er alleen zien te komen.

Nasrin Bukhari keek naar de aftandse oude klok aan de muur van de vuile wachtruimte. Alweer. Nog twee uur en drieënvijftig minuten tot haar vlucht naar Frankfurt.

Vanuit haar ooghoeken zag ze dat de man zijn telefoon pakte.

Het appje kwam om halftwee 's nachts binnen.

Heb jou niets gestuwd, jij mij wel. Misschien kunjij me ergens mee helpen. Heb info nodig over wetenschapper.

Ana drukte het weg. Hij had niet eens de moeite genomen om zijn appje te controleren op typefouten voordat hij het verstuurde.

Ze had zich er vol ingestort, terwijl ze best wist, of in elk geval vermoedde, dat ze slechts een informatiebron voor hem was. Meer niet. En waarschijnlijk was dat altijd al zo geweest. Ze was waardevol voor hem als zijn insider op de ambassade, en nu op het ministerie van Buitenlandse Zaken. Zijn bron op het kantoor van Zuid- en Centraal-Aziatische Zaken.

Anahita vroeg zich af hoeveel ze werkelijk van Gil Bahar wist. Hij was een gerespecteerd journalist bij Reuters. Toch waren er geruchten geweest. Er werd gefluisterd.

Maar Islamabad was gebouwd op fluisteringen en geruchten. Zelfs de veteranen zagen geen onderscheid tussen waarheid en fictie. Tussen werkelijkheid en paranoia. In die heksenketel smolten die samen en werden één. Niet van elkaar te onderscheiden.

Wat ze wel wist, was dat Gil Bahar een paar jaar eerder in Afghanistan was gekidnapt door het familienetwerk van de Pathanen en acht maanden was vastgehouden voordat hij was ontsnapt. De Pathanen, die bekendstonden als 'de familie', was de schuilnaam van de meest extreme, gewelddadigste terroristengroep in het stammengebied op de grens tussen Pakistan en Afghanistan. Ze hadden hechte banden met Al Qaida en werden zelfs gevreesd door andere Taliban-groeperingen.

Terwijl andere journalisten waren gemarteld en daarna geëxecuteerd, onthoofd, was Gil Bahar ongeschonden uit de strijd gekomen.

En hoe kwam dat? luidde de gefluisterde vraag. Hoe was hij aan de Pathanen ontkomen?

Anahita Dahir had ervoor gekozen de valse toespelingen te negeren. Maar nu ze hier in bed lag, liet ze haar gedachten er toch naartoe gaan.

De laatste keer dat Gil contact met haar had opgenomen, was kort nadat ze uit Pakistan was overgeplaatst naar D.C., om daar haar werk weer op te pakken. Hij had haar op haar privénummer gebeld en na wat gebabbel over en weer had hij om informatie gevraagd.

Die had ze hem natuurlijk niet gegeven, maar drie dagen later was er een moord gepleegd. Uitgerekend op de persoon naar wiens achtergrond Gil had gevraagd.

En nu wilde hij weer informatie. Over een of andere wetenschapper.

4

'Ja?' vroeg Ellen, die plotsklaps uit een diepe slaap ontwaakte. 'Wat is er?'

Terwijl ze de telefoon opnam, zag ze hoe laat het was. Vijf over halfdrie 's nachts.

'Mevrouw de minister,' klonk de stem van Charles Boynton. Diep, somber. 'Er is een explosie geweest.'

Ze schoot overeind en greep naar haar bril. 'Waar?'

'Londen.'

Er ging een schuldbewuste golf van opluchting door haar heen. In elk geval niet op Amerikaanse bodem. Maar toch. Ze zwaaide haar benen over de rand van het bed en deed het licht aan.

'Vertel.'

Nog geen drie kwartier later zat minister Adams in de Situation Room van het Witte Huis.

Om verwarring en onnodige ruis zo veel mogelijk te beperken, was slechts de kern van de Nationale Veiligheidsraad gebeld. Rondom de tafel zaten de president, de vicepresident, de ministers van Buitenlandse Zaken, Defensie en Binnenlandse Veiligheid, de directeur van de Nationale Inlichtingendienst en de voorzitter van de Gezamenlijke Stafchefs.

Verschillende medewerkers en de stafchef van het Witte Huis zaten op stoelen tegen de muur.

De gezichten stonden bars, maar niet paniekerig. De voorzitter van de Gezamenlijke Stafchefs had dit wel vaker meegemaakt, al gold dat niet voor de president en zijn kabinet.

De media waren pas net begonnen met de verslaggeving van wat er gebeurd was. Wat er nog steeds gebeurde.

De kaart van Londen nam het hele scherm aan de andere kant van de kamer in beslag. Een rode stip, net een bloedvlek, liet de exacte locatie van de explosie zien.

Aan Piccadilly. Vlak bij Fortnum & Mason, zag Ellen, die dacht aan wat ze van Londen wist. Het Ritz even verderop. Hatchards, de oudste boekwinkel van Londen, ging schuil onder de rode stip.

'Bestaat er geen twijfel over dat het een bom was?' vroeg president Williams.

'Nee, meneer de president,' zei Tim Beecham, de directeur van de Nationale Inlichtingendienst. 'We hebben voortdurend contact met MI5 en MI6. Ze doen hun best om erachter te komen wat er is gebeurd, maar gezien de verwoesting kan het niets anders zijn.'

'Ga verder,' zei president Williams, die vooroverleunde.

'Het lijkt erop dat het explosief in een bus zat,' zei legergeneraal Albert 'Bert' Whitehead, de voorzitter van de Gezamenlijke Stafchefs. Zijn uniform was scheef dichtgeknoopt. Hij had zijn das haastig om zijn hals gehangen, niet geknoopt. Een losse strop.

Maar zijn stem was sterk, zijn blik helder. Zijn focus volledig.

'Lijkt?' vroeg Williams.

'De schade is te groot om het op dit moment precies te kunnen zeggen. Het kan ook een autobom zijn geweest, of een vrachtwagen die explodeerde op het moment dat de bus langsreed. Er liggen overal brokstukken, zoals u ziet.'

Generaal Whitehead tikte op zijn beveiligde laptop en de stadsplattegrond werd vervangen door een foto. Die was van een satelliet gehaald. Het beeld was opvallend scherp, al was het afkomstig van kilometers ver in de ruimte.

Ze bogen zich er allemaal naartoe.

Midden in de beroemde straat was een krater geslagen en overal daaromheen lag verwrongen metaal. Er kringelde rook op, die boven auto's bleef hangen; de gevels van eeuwenoude gebouwen die de Blitz hadden overleefd, waren nu verdwenen.

Maar geen lijken, zag Ellen. Die waren, vermoedde ze, opgeblazen tot stukjes die te klein waren om zomaar als menselijk te kunnen worden geïdentificeerd.

Het opgeblazen gebied werd slechts begrensd door de gebouwen aan weerszijden; wie weet hoe ver het anders had kunnen reiken.

'Mijn god,' fluisterde de minister van Defensie. 'Waardoor is dat veroorzaakt?'

'Meneer de president,' zei Barbara Stenhauser, 'we hebben zojuist een video ontvangen.'

Na een knikje liet ze de opname zien. Die was van een van de tienduizenden beveiligingscamera's van Londen gehaald.

Er stond een tijdsaanduiding rechtsonder in beeld.

7:17:04

'Wanneer is de bom afgegaan?' vroeg president Williams.

'Zeven uur zeventien en drieënveertig seconden, GMT, meneer,' zei generaal Whitehead.

Ellen Adams sloeg haar hand voor haar mond terwijl ze bleef kijken. Het spitsuur was net begonnen. De zon probeerde door te breken op deze grauwe ochtend in maart.

7:17:20

Er liep een stroom van mannen en vrouwen over de stoep. Auto's, bestelbusjes en zwarte taxi's stonden voor het stoplicht te wachten.

En de tijd liep door. Telde af.

7:17:32

'Rennen, rennen,' hoorde Ellen de minister van Binnenlandse Veiligheid, die naast haar zat, fluisteren. 'Rennen.'

Maar natuurlijk deden ze dat niet.

Er kwam een felrode dubbeldekker tot stilstand.

7:17:39

Een jonge vrouw deed een stap opzij om een oudere man voor te laten. Hij draaide zich om en bedankte haar.

7:17:43

Ze keken steeds weer, vanuit verschillende hoeken, terwijl er meer video's binnenkwamen, die geprojecteerd werden op het grote scherm aan de andere kant van de Situation Room.

Op de tweede zagen ze de bus beter toen die bij de halte kwam. Door de invalshoek konden ze gezichten onderscheiden. Inclusief dat van een klein meisje op de voorste stoel van de bovenste verdieping. De beste zitplaats. Die waar alle kinderen, ook die van Ellen zelf, naartoe waren gerend.

Hoe hard ze ook probeerde, Ellen kon haar ogen niet van het meisje afhouden.

Rennen. Rennen.

Maar op elke video, ongeacht de invalshoek, bleef het kleine meisje natuurlijk zitten. En toen was ze weg.

De bevestiging die uit Groot-Brittannië kwam liet geen ruimte voor twijfel. Het was duidelijk een bom. In de bus geplaatst. Zo getimed dat hij afging op het slechtst denkbare moment op de slechtst denkbare plaats.

Spitsuur in hartje Londen.

'Heeft iemand de verantwoordelijkheid al opgeëist?' vroeg president Williams.

'Nog niet,' zei de DNI, die zijn rapportages steeds weer controleerde.

De informatie stroomde nu binnen. De sleutel, dat wisten ze allemaal, was om die te beheersen. Zich er niet door te laten overspoelen.

'En geen geruchten?' vroeg president Williams.

Hij keek de glanzende, lange tafel rond naar de schuddende hoofden en stopte bij Ellen.

'Niets,' beaamde ze. Maar hij bleef haar aanstaren alsof dat verzuim aan haar lag, en aan niemand anders.

En dat bracht een simpele waarheid aan het licht.

Hij vertrouwt me niet, besefte ze. Dat had ze waarschijnlijk eerder moeten inzien, maar ze was zo druk bezig geweest haar draai te vinden in haar nieuwe baan, dat ze er niet bij stil had gestaan.

In haar overmoed had Ellen Adams aangenomen dat hij haar, ondanks hun duidelijke strijd, als minister van Buitenlandse Zaken had gekozen omdat hij wist dat ze goed zou zijn in haar werk.

Nu zag ze dat hij haar niet alleen niet mocht, maar ook niet vertrouwde.

Maar waarom had hij iemand die hij niet vertrouwde op zo'n machtige positie gezet?

Het antwoord werd daar in die kamer, op dat moment, gedeeltelijk duidelijk.

Omdat president Douglas niet had verwacht dat er zo vroeg in zijn – of haar – ambtstermijn al zo'n internationale crisis zou plaatsvinden. Hij had niet verwacht dat hij haar zou moeten vertrouwen.

Wat had hij dan verwacht?

Dat kwam allemaal in een flits in haar op, maar ze had geen tijd om er lang bij stil te staan. Er waren veel directere, dringendere zorgen.

President Williams rukte zijn blik van haar los en richtte zijn ogen op de DNI. 'Is dat ongebruikelijk?' vroeg hij. 'Om niets te horen?'

'Niet per se,' zei Tim Beecham. 'Niet als het iets eenmaligs is. Een lone wolf, een eenling die zichzelf heeft opgeblazen door die explosie.'

'Maar dan nog,' zei Ellen, die de tafel rondkeek. 'Willen die mensen normaal gesproken niet dat de hele wereld het weet? Zetten ze niet altijd een statement, een video, op social media?'

'Er is één reden waarom niemand...' begon generaal Whitehead, waarna de stafchef van de president hem in de rede viel.

'Meneer, ik heb de Britse premier aan de lijn,' zei Barb Stenhauser.

Net als alle andere aanwezigen had ze snel wat kleren aangeschoten. Haar ernstige gezichtsuitdrukking werd niet gemaskeerd door make-up. Al was die ook met geen enkele hoeveelheid te verbergen geweest.

Het bloedbad op het scherm werd vervangen door het ernstige gezicht van premier Bellington, wiens haar zoals altijd alle kanten op stond.

'Meneer de premier, het Amerikaanse vo...' begon Douglas Williams.

'Ja, ja, het zal wel. U wilt weten wat er gebeurd is. Ik ook. En eerlijk gezegd heb ik u niks te vertellen.'

Hij keek buiten beeld naar, zoals ze slechts konden aannemen, vertegenwoordigers van MI5 en MI6. Britse Inlichtingendienst.

'Was er een specifiek doelwit?' vroeg Williams.

'Dat kan ik nog niet zeggen. We hebben pas net kunnen bevestigen dat de bom in de bus zat. We hebben geen idee wie erin zat of in de buurt was. De passagiers en voetgangers zijn opgeblazen tot kleine stukjes. Ik kan u de video sturen.'

'Hoeft niet,' zei Williams. 'We hebben het gezien.'

Bellington trok zijn wenkbrauwen op. Het was niet duidelijk of hij onder de indruk was, of geërgerd. Maar hij besloot algauw om het los te laten.

De premier, die er nu drie jaar van zijn eerste termijn op had zitten, was immens populair bij de rechtervleugel van zijn partij en het publiek dat op de Conservatieven had gestemd, omdat hij nationale veiligheid en onafhankelijkheid van andere landen had beloofd. Deze bomaanslag zou niet erg gunstig zijn voor zijn herverkiezingscampagne.

'Het zal heel lang duren om de definitieve identificering rond te krijgen,' zei Bellington. 'We bekijken de video's om te zien of iemand wordt gesignaleerd door gezichtsherkenning. Een mogelijke terrorist, of een doelwit. Alle hulp die u kunt bieden wordt gewaardeerd.'

'Zou het doelwit een gebouw kunnen zijn en geen persoon? Net als bij de aanslagen van 11 september?' vroeg de DNI.

'Zou kunnen,' gaf de premier toe. 'Maar er zijn voor de hand liggender doelen dan Fortnum & Mason.'

'Hoewel het mogelijk is dat iemand erop tegen was om honderd pond te betalen voor de middagthee,' zei de minister van Defensie en hij keek de tafel rond voor waarderende lachjes.

Die waren er niet.

'Maar de Koninklijke Kunstacademie zit daar ook,' zei Ellen.

'Kunst, mevrouw de minister?' vroeg premier Bellington, die zich tot haar wendde. 'Denkt u dat iemand zo'n bloedbad aanricht om een expositie te verstoren?'

Ellen probeerde niet stekelig te reageren op zijn neerbuigende toon, hoewel ze moest toegeven dat alle Britse accenten in haar Amerikaanse oren neerbuigend klonken. Als Britten iets zeiden, hoorde ze altijd een impliciet *idioot die je bent*.

Dat hoorde ze nu ook. Maar hij stond onder druk en reageerde dat nu deels op haar af. Ze zou het hem toestaan. Voorlopig.

En eerlijk gezegd was premier Bellington al jaren een favoriet doelwit van haar mediakanalen, die hem als vreselijk onbekwaam afschilderden. Een oppervlakkige man, een aristocratische prutser die het beetje lef dat hij misschien ooit had gehad nu had vervangen door pretentie en willekeurige Latijnse frasen.

Het was dan ook niet verbazingwekkend dat hij zo naar haar keek. Eigenlijk moest Ellen erkennen dat hij zich verbazingwekkend inhield.

'Niet alleen kunst, meneer de minister-president,' zei ze. 'Ook de Geologische Vereniging zit daar.'

‘Dat klopt.’ Zijn ogen peilden haar nu en werden zelfs doordringend. Veel intelligenter dan ze voor mogelijk had gehouden. ‘U kent Londen goed.’

‘Het is een van mijn favoriete steden. Dit is echt een afschuwelijke gebeurtenis.’

En dat was het ook. Maar de implicaties konden weleens veel verder reiken dan het vreselijke verlies van levens en de verwoesting van dat deel van de rijke geschiedenis van de stad.

‘Geologie?’ vroeg de minister van Defensie. ‘Waarom zou iemand een gebouw willen opblazen waar stenen worden onderzocht?’

Ellen Adams gaf geen antwoord. In plaats daarvan richtte ze haar blik op het scherm en keek in de peinzende ogen van de Britse premier.

‘Geologie is veel meer dan stenen,’ zei hij. ‘Het is olie. Steenkool. Goud. Diamanten.’

Bellington zweeg en hield Ellen Adams blik vast, waarna hij de eer aan haar liet.

‘Uranium,’ zei ze.

Hij knikte. ‘Waar een kernbom van gemaakt kan worden. *Factum fieri infectum non potest.*’ Bellington vertaalde het zelf. ‘Gedane zaken nemen geen keer. Maar misschien kunnen we een volgende aanslag voorkomen.’

‘Denkt u dat er nog een komt, meneer de minister-president?’ vroeg president Williams.

‘Ja, meneer.’

‘Maar waar?’ mompelde de DNI.

Na afloop van de meeting zorgde Ellen ervoor dat ze naast generaal Whitehead naar buiten liep.

‘U begon erover dat er een reden kon zijn waarom iemand de verantwoordelijkheid niet opeiste. Dat wilde u toch zeggen?’

Hij knikte.

Het hoofd van de Gezamenlijke Stafchefs zag er eerder uit als een bibliothecaris dan als een strijder.

Interessant genoeg zag de bibliothecaris van het Congres er wel uit als een strijder.

Generaal Whitehead had een vriendelijk gezicht en een aardige stem. Hij keek van achter een uilenbril naar haar.

Maar ze kende zijn staat van dienst als gevechtssoldaat. Een commando. Hij was opgeklommen nadat hij leider aan het front was geweest, waar hij niet alleen het respect, maar ook de loyaliteit en het vertrouwen van de mannen en vrouwen onder hem had gewonnen.

Generaal Whitehead bleef staan, liet de anderen voorbijlopen en keek haar vorsend aan. Zijn blik was onderzoekend, maar niet vijandig.

'Wat is die reden, generaal?'

'Ze hebben de verantwoordelijkheid niet opgeëist, mevrouw de minister, omdat dat niet nodig is. Hun doel was, of is, heel iets anders. Iets belangrijkers dan terreur.'

Ze voelde dat het bloed uit haar gezicht wegtrok en naar haar binnenste stroomde, naar haar hart.

'En wat mag dat dan wel zijn?' vroeg ze, waarbij ze tot haar verbazing en opluchting merkte dat haar stem beheerster klonk dan ze zich voelde.

'Moord, misschien. Het zou kunnen dat het een precisieaanval was, om een boodschap aan één persoon of groepering te sturen. Geen aankondiging nodig. Misschien weten ze ook wel dat ze ons met hun stilzwijgen veel doeltreffender bezig zouden houden dan met het opeisen van de verantwoordelijkheid.'

'Ik zou wat er in Londen is gebeurd niet bepaald "precies" noemen.'

'Klopt. Ik bedoelde precies in termen van doelen. Een nauw omlijnd doel. Wij zien honderden doden, maar zij zien er misschien maar één. Wij zien afgrijselijke verwoesting, zij zien één gebouw dat weg is. Perceptie.' Hij bracht zijn hand naar zijn das en het leek hem te verbazen dat die niet gestrikt was. 'Ik kan u één ding vertellen, minister Adams. Hoe groter de stilte, hoe groter het doel, in mijn ervaring.'

'Dus u bent het met de premier eens? Dat er een tweede aanslag komt?'

'Ik weet het niet.' Hij hield haar blik vast, deed zijn mond open en sloot hem weer.

'U kunt het mij wel vertellen, generaal.'

Hij glimlachte flauw. 'Wat ik wel weet is dat dit in strategische termen een behoorlijk grote stilte is.'

Toen hij was uitgesproken, was zijn glimlach verdwenen. Zijn gezicht stond bars.

Het roofdier was daarginds. Ergens. Verscholen in enorme stilte.

Ze hoefden niet lang te wachten.

Het was even voor tienen 's ochtends toen Ellen Adams terugging naar haar kantoor op het ministerie van BZ.

Er heerste een koortsachtige bedrijvigheid. Voordat ze zelfs maar door de liftdeur kon lopen, werd ze al belaagd door haar persmedewerkers die vroegen of ze iets had wat ze aan de vraatzuchtige media konden voeren. Eenmaal uit de lift werd ze haastig naar haar kantoor geleid. Mannen en vrouwen holden door de gangen en schoten kantoren in en uit. Ze vertrouwden niet op appjes en zelfs niet op telefoongesprekken. Er werden vragen en eisen geschreeuwd, terwijl medewerkers alle mogelijke aanwijzingen natrokken.

'We praten met al onze bronnen,' zei Boynton, die snel naast haar meeliep. 'Internationale inlichtingendiensten zitten erbovenop. We hebben ook contact opgenomen met denktanks op het gebied van terrorismebestrijding. Afdelingen van strategisch onderzoek.'

'En?'

'Nog niks. Maar er is iemand die iets weet.'

Eenmaal achter haar bureau nam ze haar lijst van contactpersonen door. 'Ik heb wat namen voor je. Mensen die ik tijdens mijn reizen heb ontmoet. Wat journalisten. Een paar horzels die weinig zeggen, maar veel in zich opnemen.' Ze stuurde hem een aantal visitekaartjes door. 'Gebruik mijn naam. Verontschuldig je en leg het uit.'

'Doe ik. Nu moeten we naar de beveiligde videoconferentiezaal. Ze zitten te wachten.'

Zodra ze daar was, verschenen er gezichten op het scherm.

'Welkom, mevrouw de minister.'

De vergadering van de Five Eyes was begonnen.

Anahita Dahir zat aan haar bureau op het ministerie van BZ.

Iedere Buitenlandse Dienst-medewerker in de hele wereld had opdracht gegeven alle inlichtingen – welke dan ook – die enig nut zouden kunnen hebben door te sturen. Het hele ministerie gonsde van oververhitte energie terwijl er berichten werden verstuurd en ontvangen. Gecodeerd en gedecodeerd.

Anahita nam de berichten door die 's nachts waren binnengekomen en hield tegelijkertijd het nieuws op tv in de gaten.

Het voelde steeds meer alsof journalisten een beter netwerk hadden dan de CIA of de NSA. Of BZ.

Dat deed haar denken aan Gil, en ze kwam weer in de verleiding om contact met hem op te nemen. Om te zien of hij iets wist. Maar ze vermoedde ook dat dat idee niet zozeer was ontstaan in haar brein, maar eerder een stuk verder omlaag. En dit was niet het moment om daaraan toe te geven.

Als junior BD-medewerkster op de afdeling Pakistan was ze niet op de hoogte van communicatie op hoog niveau. De alledaagsere informatie, van onbeduidende informanten, kwam bij haar terecht. Dingen als waar de verschillende ministers lunchten, met wie, en wat ze aten.

Maar zelfs die berichten moesten zorgvuldiger worden gelezen.

Five Eyes was de naam van een verbond van inlichtingendiensten uit Australië, Nieuw-Zeeland, Canada, het VK en de VS. Ellen had nog nooit van deze organisatie van Engelssprekende landen gehoord tot ze minister van Buitenlandse Zaken werd.

Vanwege hun strategische posities besloegen de Five Eyes zo'n beetje de hele wereld. Maar zelfs zij hadden niets gehoord. Geen geruchten van tevoren. Geen triomfantelijke verklaringen in de uren na de explosie.

Minister Adams kreeg tijdens de videocall gezelschap van haar tegenhangers uit het kabinet van elk land en van de hoofden van hun inlichtingendiensten. De vijf spionnen en de vijf ministers deelden kort en bondig wat ze wisten. Wat hun netwerken hadden opgepikt. En dat was niks.

'Niks?' vroeg de Britse minister van BZ. 'Hoe is dat mogelijk? Er zijn honderden doden gevallen. En nog veel meer gewonden. Hartje Londen ziet eruit als tijdens de Blitz. Dit was geen voetzoeker, dit was verdomme een fucking bom.'

'Tja, mijnheer,' zei de Australische minister van Buitenlandse Zaken, en hij legde overdreven nadruk op de laatste lettergreep. 'Er is niks. We hebben informatie uit Rusland, het Midden-Oosten en Azië uitgeplozen. We blijven graven, maar tot dusver is er alleen maar stilte.'

Een grote stilte, dacht Ellen, die terugdacht aan de woorden van de generaal.

'Het moet wel een zelfstandig opererende mafkees met kennis en grieven zijn,' zei de minister van BZ van Nieuw-Zeeland.

'Mee eens,' zei de directeur van de CIA, die het Eye van de VS was. 'Als het een terroristische organisatie was, zoals Al Qaida of ISIS...'

'Al-Shabaab,' zei het Eye van Nieuw-Zeeland.

'De Pathanen...' zei het Australische Eye.

'Gaan jullie ze allemaal opnoemen?' vroeg de Britse minister van Buitenlandse Zaken. 'Want daar hebben we nou niet echt de tijd voor.'

'Het gaat erom...' begon het Australische Eye.

'Ja, waar gaat het om?' vroeg de Britse minister van BZ.

'Oké.' Het Canadese Eye bemoeide zich ermee. 'Zo is het genoeg. Laten we ons nou niet tegen elkaar keren. We weten allemaal waar het om gaat. Als een van de honderden terroristische organisaties die we kennen die bom had laten afgaan, hadden ze daar nu wel de verantwoordelijkheid voor opgeëist.'

'En die we niet kennen?' vroeg het Amerikaanse Eye. 'Stel dat er een nieuwe is ontstaan?'

'Nou, ze ontstaan niet uit het niets, hè?' zei het Nieuw-Zeelandse Eye. Ze wendde zich tot haar Australische evenknie voor steun.

'Een nieuwe die dit voor elkaar heeft gekregen,' zei het Australische Eye, 'zou niet lang onbekend blijven. Ze zouden het van de daken schreeuwen.'

'Is het mogelijk,' vroeg minister Adams, 'dat niemand de verantwoordelijkheid opeist omdat dat niet nodig is?'

Alle Eyes en ogen richtten zich op haar, alsof ze verbaasd waren dat een lege stoel had leren praten. De Britse minister van BZ snoof van ergernis omdat de nieuwe Amerikaanse minister van Buitenlandse Zaken hun tijd verspilde door te denken dat ze iets zinnigs te zeggen had.

Het Amerikaanse Eye keek gegeneerd.

Ellen ging toch verder en legde uit wat generaal Whitehead gezegd had. Het feit dat het van een generaal en het hoofd van de Gezamenlijke Stafchefs afkomstig was, zorgde ervoor dat ze er veel meer waarde aan hechtten dan wanneer ze zelf met de suggestie was gekomen. Het maakte Ellen niet uit. Ze had hun goedkeuring of respect niet nodig, slechts hun aandacht.

'Mevrouw de minister,' zei de Britse minister van BZ. 'Het draait bij terroristen nu juist om het zaaien van terreur. Stommetje spelen staat niet in het draaiboek.'

'Ja, dank u,' zei Ellen.

'Misschien zijn het fans van Alfred Hitchcock,' zei het Canadese Eye.

'Ja hoor,' zei de Britse minister van BZ. 'Of van Monty Python. Laten we verdergaan...'

'Hoe bedoelt u?' vroeg Ellen aan het Canadese Eye.

'Ik bedoel dat Hitchcock wist dat een gesloten deur veel enger is dan een geopende. Denk maar aan toen u vroeger klein was, 's nachts. En dat u naar de kastdeur staarde. Dat u zich afvroeg wat er echt in zat. We vulden de leegte op met onze verbeelding. En we dachten bijna nooit dat het een lieve fee was die een puppy en wat lekkers bij zich had.' Ze zweeg en Ellen had de indruk dat ze recht naar haar keek. 'Degenen met werkelijk rampzalige bedoelingen laten ons nooit de deur opendoen. Die gaat pas open als zij klaar zijn om dat te doen. Uw generaal heeft gelijk, mevrouw de minister. De ware aard van terreur is het onbekende. De echte verschrikkingen gedijen in stilte.'

Ellen voelde dat ze heel stil werd vanbinnen, ijzig kalm. En toen werd de stilte verbroken. Ellen schoot overeind op haar stoel toen al hun versleutelde telefoons tegelijk gingen.

Op het Britse scherm zagen ze een medewerker iets in het oor van de minister van BZ zeggen.

'Ach jezus,' fluisterde hij en daarna wendde hij zich aangeslagen tot het scherm, precies op het moment waarop Boynton zich naar Ellen Adams boog.

'Mevrouw de minister, er is een explosie geweest in Parijs.'

5

De vlucht landde tien minuten te laat op de luchthaven van Frankfurt, maar nog altijd ruim op tijd om de bus te halen.

Terwijl het vliegtuig naar de terminal taxiede, keek Nasrin Bukhari op haar horloge en verzette het naar drie over vier 's middags. Ze durfde geen telefoon op zak te hebben, zelfs geen wegwerpexemplaar. Ze kon het risico niet nemen.

Kernfysici, had ze vaak tegen haar echtgenoot, de schoolmeester, gezegd, hadden van nature een extreme hekel aan risico's. Dan moest hij lachen en wees hij erop dat er geen riskanter werk bestond dan dat van haar.

Het zorgde er ook voor dat wat ze nu aan het doen was zo ver buiten haar comfortzone lag, dat ze net zo goed op een andere planeet had kunnen zijn.

Of in Frankfurt.

Om haar heen in het vliegtuig, toen de andere passagiers hun telefoons aanzetten, werd er gemompeld en daarna gekreund, waarna er kreten klonken. Er was iets gebeurd.

Dr. Bukhari durfde met niemand te praten, wachtte tot ze in de aankomsthal was en ging naar een van de tv-schermen. Er had zich een menigte verzameld en ze stond te ver weg om te horen wat er gezegd was, zelfs al had ze de taal kunnen verstaan.

Maar ze zag de beelden. En las de tekst die onderaan het scherm liep.

Londen. Parijs. Scènes van bijna apocalyptische verwoesting. Ze staarde er als verlamd naar. Ze wilde dat Amir er was. Niet om haar te vertellen wat ze moest doen, maar om haar hand in de zijne te houden. Zodat ze niet alleen zou zijn.

Dit was toeval, wist ze. Het had niets met haar te maken. Dat kon niet.

En toch, toen ze achteruitdeinsde en zich omdraaide, ving ze de blik van de jongeman die met haar uit het vliegtuig was gestapt en nu een paar meter verderop stond.

Hij keek niet naar het scherm. Niet naar de beelden van het bloedbad. Hij keek naar haar met, dat wist ze vrijwel zeker, een blik van herkenning. En minachting.

'Ga zitten,' beval president Williams, die even opkeek van zijn aantekeningen en zijn blik toen weer omlaagrichtte.

Ellen Adams nam plaats op de stoel tegenover hem in het Oval Office. Die was nog warm van het hoofd van de Inlichtingendienst, of eigenlijk van diens achterwerk.

Achter haar hing een rij monitors die allemaal op een ander kanaal waren afgestemd, waarop ofwel presentatoren, ofwel beelden van de gruwelijkheden te zien waren.

In de auto op weg hiernaartoe had Ellen, terwijl de Diplomatieke Beveiligingsdienst haar met loeiende sirenes begeleidde, de genadeloos korte berichten van internationale inlichtingendiensten gelezen. De meeste vroegen, smeekten, om informatie en hadden zelf niets te bieden.

'Over twintig minuten is er een vergadering met het voltallige kabinet,' zei Williams, die zijn bril afzette en haar aankeek. 'Maar ik moet inzicht krijgen in wat er gebeurd is en of we risico lopen. Is dat zo?'

'Dat weet ik niet, meneer de president.'

Hij perste zijn lippen op elkaar en zelfs aan de andere kant van de Resolute Desk kon ze horen dat hij diep inademde. Hij probeerde zijn woede in te houden, vermoedde ze.

Maar die was veel te groot om in te kunnen houden. Hij schoot naar buiten in een wolk van spuug en razernij.

'What the fffuck bedoel je daarmee?'

De zin, het woord, knalde uit zijn mond. Ellen had het al heel vaak gehoord, maar nog nooit was het met zoveel kracht over haar uitgestort. Of zo onrechtvaardig.

Hoewel dit geen dag was om moeilijk te doen over rechtvaardigheid.

Zijn uitroep was aangezwengeld door angst, dat wist ze heus wel, zelfs terwijl ze zichzelf dwong de druppeltjes spuug niet van haar gezicht te vegen.

Ze was zelf ook bang. Maar zijn angst werd vergroot door de zekerheid dat als hij niet oppaste, als hij niet snel en slim genoeg was, de volgende beelden van New York of Washington zouden zijn. Of van Chicago of Los Angeles.

Hij zat pas een paar weken op deze positie en probeerde nog steeds de weg terug te vinden naar de bowlingbaan van het Witte Huis, en dan gebeurde dit. En erger nog, hij zat opgezadeld met een nieuwe regering. Slimme mannen en vrouwen, maar zonder diepgaande kennis van deze arena.

En nóg erger: hij had een bureaucratie geërfd die gebukt ging onder – en werd bevolkt door – de onbenullen van de vorige regering.

Hij was niet zomaar bang. De president van de Verenigde Staten verkeerde in een bijna voortdurende staat van terreur. En hij was niet de enige.

'Meneer de president, ik kan u vertellen wat we weten. Ik kan u feiten geven, geen speculaties.'

Hij keek haar boos aan. Zijn meest politieke benoeming. En dat maakte haar tot de zwakste schakel in een toch al heel zwakke ketting.

Er balanceerde een dossier op haar schoot, dat ze nu opensloeg. Ze zette haar bril recht en las: 'De ontploffing in Parijs vond plaats om drie uur zesendertig plaatselijke tijd. Het gebeurde in een bus die over de Fauburg Saint-Denis in het Tiende...'

'Ja, dat weet ik. Dat weet de hele wereld.' Hij gebaarde naar de rij televisieschermen. 'Vertel me eens iets wat ik nog niet weet. Iets wat helpt.'

De tweede explosie was nog geen twintig minuten geleden geweest. Ze hadden nog geen tijd gehad om informatie te verzamelen, wilde ze zeggen. Maar ook dat wist hij al.

Nu zette ze haar bril af, wreef in haar ogen en keek naar hem.

'Ik heb niks.'

Zijn woede hing knetterend in de lucht.

'Niks?' vroeg hij met raspende stem.

'Wilt u dat ik lieg?'

'Ik wil dat je iets bent wat in de buurt van competent komt.'

Ellen haalde diep adem en speurde haar geest af naar iets wat ze kon zeggen dat hem niet nog woester zou maken. En dat geen kostbare tijd zou verspillen.

'Elke inlichtingendienst van de bondgenoten is nu posts en berichten aan het doornemen. Ze kammen het darkweb uit, op zoek naar verborgen sites. We bekijken videobeelden om te zien of we de dader of een mogelijk doelwit kunnen identificeren. Tot nu toe hebben we in Londen één mogelijk doelwit geïdentificeerd.'

'En dat is?'

'De Geologische Vereniging.' Tijdens het praten zag ze het gezicht van het meisje voor zich. Achter het bovenste raam. Met haar blik naar voren gericht, naar Piccadilly. Kijkend naar een toekomst die niet bestond.

President Williams stond op het punt om te spreken. Ellen zag dat hij iets laatdunkends probeerde te zeggen, maar hij wachtte en dacht na. Daarna knikte hij.

'En in Parijs?'

'Parijs is interessant. We zouden verwacht hebben dat een explosie op een bekende plek zou plaatsvinden. Het Louvre, de Notre-Dame. De ambtswoning van de president.'

Williams boog zich voorover. Geïnteresseerd.

'Maar bus 38 was helemaal niet in de buurt van een waarschijnlijk doelwit. Hij reed gewoon over een brede avenue. Er waren niet eens zoveel mensen. Het was geen spitsuur. Er lijkt geen reden voor te zijn. En toch was die er.'

'Kan het zijn dat de bom per ongeluk is afgegaan?' vroeg hij. 'Te vroeg of te laat?'

'Dat zou kunnen, ja. Maar we werken aan een andere theorie. Buslijn 38 gaat naar verschillende treinstations. Om precies te zijn was hij onderweg naar het Gare du Nord toen hij werd opgeblazen.'

'Gare du Nord. Daar komt de Eurostar uit Londen binnen,' zei hij.

Douglas Williams bleek slimmer dan Ellen had gedacht. Of in elk geval bereisder.

'Precies.'

'Denkt u dat er iemand in die bus zat die op weg was naar Londen?'

'Dat is een mogelijkheid. We bekijken videomateriaal van elke halte, maar in Parijs hangen lang niet zoveel bewakingscamera's als in Londen.'

'Je zou toch denken dat ze na wat er in 2015 is gebeurd...' zei Williams. 'Verder nog iets uit Londen?'

'Nog niet. Geen treffers voor een mogelijk doelwit van een moordaanslag, en helaas had iedereen in de bus een pakje, een rugzak of iets anders bij zich waar een explosief in zou kunnen zitten. Naast de reguliere kanalen heb ik ook mijn vroegere collega's bij de nieuwsdiensten gevraagd om door te spelen wat hun journalisten en informanten hebben gehoord.'

Er viel een stilte voordat de president weer sprak. Die duurde zo lang dat Barbara Stenhauser opkeek van de bank, waar ze zowel het gesprek als de stortvloed van informatie volgde.

'Behoort uw zoon daar ook toe?' vroeg Williams. 'Als ik het me goed herinner, heeft hij veel connecties.'

De sfeer tussen hen bekoelde. De breekbare verstandhouding die was bereikt, vertoonde barstjes en viel aan diggelen.

'Meneer de president, ik denk niet dat u mijn zoon hierbij wilt betrekken.'

'En mevrouw de minister, ik denk niet dat u een directe vraag van uw opperbevelhebber wilt negeren.'

'Hij werkt niet voor een van mijn vroegere mediakanalen.'

'Dat was niet de vraag, of de kwestie.' Williams stem klonk kil. 'Hij is uw zoon. Hij heeft contacten. Gezien wat er een paar jaar geleden is gebeurd, weet hij misschien iets.'

'Ik herinner me heel goed wat er gebeurd is, meneer de president.' Als zijn toon kil was, was die van haar beslist ijzig. 'Ik heb geen geheugensteuntje nodig.'

Ze keken elkaar dreigend aan. Barb Stenhauser wist dat ze waarschijnlijk zou moeten inspringen. Het gesprek weer beschaafd moest zien te maken. Het terugbrengen naar iets zinvols en constructiefs.

Maar dat deed ze niet. Ze was benieuwd waar dit naartoe ging. Als het niet constructief was, zou het in elk geval instructief kunnen zijn.

'Hij zou het me heus wel vertellen als hij iets van de bomaanslagen wist.'

'Is dat zo?'

De wond tussen hen in was nu een kloof geworden. Ze hadden allebei op de rand gebalanceerd en vielen er nu languit in.

Barb Stenhauser had aangenomen dat de president Ellen Adams niet mocht omdat ze haar formidabele mediamacht had aangewend om zijn rivaal te steunen voor de partijnominatie. Daarbij had ze Doug Williams op alle mogelijke manieren vernederd. Door hem te kleineren en hem af te schilderen als incompetent en manipulatief. Nog niet klaar.

Een lafaard.

Ze had zelfs een wedstrijd bedacht waarbij ze lezers opriep om bijnamen voor hem te verzinnen.

Daar waren nogal onvriendelijke suggesties voorbijgekomen, en die achtervolgden president Williams nog steeds. Ze werden extra hard gefluisterd door zijn politieke vijanden. Van wie Ellen Adams er een geweest was. En het leek erop dat haar promotie tot minister van Buitenlandse Zaken daar niets aan had veranderd.

Nu realiseerde Stenhauser zich dat ze zich zo op haar baas had gefocust dat ze er nooit bij stil had gestaan waarom Adams zo'n hekel aan Williams had.

Nu ze naar hen keek, besefte ze dat ze hun gevoelens had onderschat. Het was niet zomaar afkeer. Het was zelfs geen woede die het Oval Office vulde. Het was een haat die zo groot was dat de stafchef half en half verwachtte dat de ramen kapot zouden springen door de kracht ervan.

Nu vroeg ze zich af waar ze aan terugdachten. Wat was er een paar jaar geleden gebeurd?

'Neem contact met hem op.' President Williams zei het bijna snauwend. 'Nu. Of u bent ontslagen.'

'Ik heb zijn gegevens niet.' Ellens wangen gloeiden toen ze het toegaf. 'We spreken elkaar niet meer.'

'Zorg er dan voor dat je hem spreekt.'

Ze vroeg het hoofd van haar Diplomatieke Beveiligingsdienst, die buiten bij de deur stond, om haar telefoon en stuurde Betsy een appje. Daarin vroeg ze haar om contact op te nemen met haar zoon en te kijken of hij informatie had, wat dan ook, over de bomaanslagen.

Binnen een paar tellen kwam er een antwoord binnen.

'Laat eens zien,' zei Williams, die zijn hand uitstak.

Na een aarzeling gaf Ellen hem haar telefoon. Hij keek met gefronste wenkbrauwen naar het appje.

'Wat betekent dat?'

Nu was het haar beurt om haar hand naar de telefoon uit te steken. 'Het is codetaal die mijn adviseur en ik gebruiken. Die hebben we als kind ontwikkeld om er zeker van te zijn dat we zijn wie we zeggen dat we zijn.'

Op het scherm stonden de woorden: *Komt een non sequitur de bar binnen...*

Hij gaf haar de telefoon terug en mompelde: 'Intellectuele bullshit.'

Domme zak, dacht Ellen en ze typte: *... dus met harde wind kunnen zelfs kalkoenen vliegen.* Daarna legde ze de telefoon op het bureau. 'Het kan even duren. Ik weet niet waar hij is. Hij kan overal ter wereld zijn.'

'Hij zou in Parijs kunnen zijn,' zei Williams.

'Wilt u soms zeggen...'

'Meneer de president,' zei Stenhauser. 'Het is tijd voor de kabinetsvergadering.'

Anahita Dahir keek zo nu en dan op om de beelden te bekijken, maar vooral om de doorlopende tekst onderaan het televisiescherm aan de muur van het grote, open kantoor te lezen. Ze wilde zien of de verslaggevers meer informatie dan zij hadden, wat niet zo moeilijk was.

De eerste bom, in Londen, was om 2.17 uur afgegaan. De tweede bom, in Parijs, nog geen uur geleden, om 9.36 uur.

Maar toen ze naar de beelden keek, de eindeloze herhaling van de bommen die ontploften, realiseerde Anahita zich dat er iets niet klopte. Het was licht in Londen, dus het kon niet midden in de nacht zijn geweest. En in Parijs zag het er niet uit als spitsuur.

Toen schudde ze haar hoofd en mompelde in zichzelf, want ze zag haar vergissing in. De Amerikaanse nieuwszenders hadden het tijdstip vertaald naar Amerikaanse Eastern Time. Het tijdstip in Europa zou...

Ze maakte een snelle berekening, telde er de nodige uren bij op en bleef stokstijf stilzitten. Ze staarde voor zich uit.

En ineens zag ze tot haar afschuw wat voor de hand liggend had moeten zijn.

Anahita begon papieren van haar bureau te vegen.

'Wat doe je?' vroeg de BD-medewerker achter het bureau ernaast. 'Is er iets mis?'

Maar Anahita luisterde niet en mompelde in zichzelf: 'Alsjeblieft, o, alsjeblieft, o, alsjeblieft.'

En daar lag het.

Ze pakte het papiertje. Maar haar handen trilden zo hevig dat ze het op haar bureau moest leggen om het te lezen.

Het was het bericht dat de avond ervoor was binnengekomen. De code. Ze griste het weg en rende naar het kantoor van haar supervisor, maar die was er niet.

'In bespreking,' zei zijn assistente.

'Waar? Ik moet hem spreken. Het is dringend.'

De assistente wist hoe onervaren deze BD-medewerkster was en leek niet overtuigd. Ze wees naar boven, naar de hemel of dat wat daar het dichtst bij in de buurt kwam: de kantoren in de Mahogany Row op de zesde verdieping. 'Hoor eens, je weet wat er gaande is. Ik ga geen vergadering met de stafchef onderbreken.'

'Je moet. Het gaat over een bericht dat gisteravond is binnengekomen. Alsjeblieft.'

De assistente aarzelde, maar toen ze de paniek op het gezicht van de jonge vrouw zag, belde ze toch maar. 'Het spijt me, meneer, maar Anahita Dahir is hier. Junior BD-medewerkster van de afdeling Pakistan, ja. Ze zegt dat ze een bericht heeft, iets wat gisteravond binnen is gekomen.' De assistente luisterde en keek naar Anahita. 'Is het dat bericht dat je aan de supervisor hebt laten zien?'

'Ja, ja.'

'Ja, meneer.' Ze luisterde, knikte en hing op. 'Hij zegt dat hij met je komt praten als hij terug is.'

'Wanneer is dat?'

'Wie zal het zeggen.'

'Nee. Nee, nee, nee. Hij moet dit nu zien.'

'Laat het dan maar bij mij achter. Ik laat het hem zien als hij terug is.'

Anahita klemde het tegen haar lijf. 'Nee. Ik doe het wel.'

Ze ging weer naar haar bureau en keek er nog eens naar.

19/0717, 38/1536.

De nummers van de bussen die geëxplodeerd waren, en de exacte tijdstippen.

Het was geen code. Het was een waarschuwing.

En er was er nog een.

119/1848

Een bus 119 zou die avond om 18.48 uur worden opgeblazen. Als het in Amerika was, hadden ze nog acht uur de tijd.

Als het in Europa was... Ze keek naar de rij klokken die verschillende tijdstippen in verschillende tijdzones aangaven.

Het was al halfvijf in een groot deel van Europa. Ze hadden nog iets meer dan twee uur.

Anahita Dahir had altijd geleerd dat ze moest doen wat haar gezegd werd. Ze hield zich aan de regels, als een braaf Libanees meisje. Dat had ze haar hele leven gedaan. Het was haar niet alleen met de paplepel ingegoten, ze deed het van nature.

Ze aarzelde. Ze kon wachten. Moest wachten. Had opdracht gekregen om te wachten. Maar dit kon niet wachten. En die mensen wisten niet wat zij wist. Orders op basis van onwetendheid konden niet geldig zijn. Toch?

Ze nam een foto van de getallen en bleef er even naar zitten staren. En nog even. En nog even. De secondewijzers op alle klokken aan de muren, alle tijdzones van de wereld, tikten weg. Tikten. Terwijl de aarde aftelde.

Tik. Tik.

Ze berispten haar om haar besluiteloosheid. Tik. Tik.

Toen stond Anahita Dahir zo snel op dat haar stoel omviel. De bedrijvigheid in de grote ruimte was zo chaotisch dat alleen de BD-medewerkster naast haar het merkte.

'Ana, gaat het?'

Maar ze sprak tegen Anahita's rug, want die was al op weg naar de deur.

6

Nasrin Bukhari wachtte, terwijl bus 61 van de luchthaven naar Frankfurt-Centrum aan kwam rijden.

Het was nu duidelijk dat de man haar volgde. Maar ze leek er niet veel aan te kunnen doen. Ze kon hem vrijwel zeker niet afschudden. Ze kon alleen maar hopen dat, als ze haar bestemming eenmaal had bereikt, de mensen daar zouden weten wat ze moesten doen.

Ze was nu vlakbij. Tegen alle verwachtingen in was ze zover gekomen. Ze wenste vurig dat ze Amir zou kunnen bellen. Zijn stem kon horen. Hem vertellen dat ze veilig was, en horen dat hij ook veilig was.

Ze ging zitten en waagde een blik over haar schouder. Daar zat hij, een paar rijen achter haar.

Nasrin was zo bezig met de haar nu bekende man dat ze de andere niet opmerkte.

Anahita wachtte bij de rij liften. Er was er maar een die rechtstreeks naar de Mahogany Row ging. Die was, dat sprak vanzelf, voorzien van mahoniehouten panelen en was alleen toegankelijk met een speciale sleutel.

Er was geen andere weg naar boven en Anahita had natuurlijk geen sleutel. En geen toestemming.

Maar de vrouw die voor de lift stond te wachten had die vrijwel zeker wel. Ze stond over haar telefoon gebogen, typte snel en zag er gestrest uit. Iedereen zag er gestrest uit, van de bewakers tot de hogere ambtenaren.

Anahita draaide haar ID om zodat haar naam niet te zien was en haastte zich met vastberaden stappen naar voren. Ze bleef staan, keek naar de dichte deur, slaakte een zucht van ongeduld en mompelde iets.

Daarna pakte ze haar telefoon en keek er aandachtig naar in een poging gefocust over te komen. Hoofd omlaag. In beslag genomen.

'Neem me niet kwalijk...' begon de andere vrouw, die zich duidelijk afvroeg wie deze onbekende was. En waarom ze naar de zesde verdieping wilde.

Anahita keek op en stak haar hand omhoog alsof ze wilde zeggen: *wacht even*. Daarna hield ze zich weer bezig met haar zogenaamd dringende appje.

Om het echt te laten lijken, typte ze: *Waar ben je? Heb je het nieuws gehoord?*

De lift kwam eraan en de vrouw, die nu weer met haar telefoon bezig was, stapte in, gevolgd door Anahita.

Hier heel hectisch, vervolgde ze haar appje terwijl de liftdeuren dichtgingen. *Enig idee?*

Eenmaal binnen zoefden ze omhoog naar de zesde verdieping.

Gil Bahars telefoon trilde toen er een appje binnenkwam.

Hij ging verzitten en las het, waarna hij geërgerd zijn telefoon uitzette zonder te antwoorden. Hij had geen tijd voor deze flauwekul.

Een paar minuten later, toen de bus wegreed van het station en het veilig was om zijn ogen van zijn doelwit af te halen, zette hij zijn telefoon weer aan en stuurde een snel antwoord.

In bus in Frankfurt. Later meer.

Betsy stuurde het antwoord zonder commentaar door, net op het moment dat Ellen de kabinetsvergadering in liep.

Ze las het en gaf haar telefoon aan de agent van de Secret Service bij de deur, waar hij net als de andere in een vakje werd gelegd.

Toen minister Adams de zaal binnenkwam, keken een paar collega's uit het kabinet naar haar en zeiden: 'Vieze vrouw.'

Ze glimlachte om het grapje. Sommigen, wist ze, lachten met haar. Anderen om haar.

De opmerking was viraal gegaan en 'Vieze vrouw' was snel overgenomen en ingelijfd door vrouwengroeperingen, als een strijdkreet tegen giftige mannelijkheid.

Ellen keek de tafel rond en zou geen van haar collega's bijzonder giftig willen noemen.

Wat ze wel waren, wist ze, was een verzameling van een aantal van de knapste koppen die het land had voortgebracht. Op het gebied van financiën, onderwijs en gezondheidszorg. En van nationale veiligheid.

Geen van hen was aangetast door de absurditeit van de voorafgaande vier jaar. Maar als gevolg daarvan had ook geen van hen recente ervaring op het hoogste regeringsniveau. Ze waren slim, sommigen zelfs briljant, toegewijd, goedbedoelend en hardwerkend. Maar er was geen diepgaande kennis, geen institutioneel geheugen. Er waren nog geen contacten gelegd en belangrijke verbintenissen gemaakt. Er was nog geen vertrouwensband gesmeed tussen deze regering en de wereld buiten deze muren.

Die moest verdorie zelfs nog binnen deze muren tot stand komen.

De vorige regering had zich ontdaan van iedereen die zich kritisch uitliet over het beleid. Afwijkende meningen waren afgestraft. Alle critici werden monddood gemaakt, van senatoren tot Congresleden, van ministers tot stafchefs en conciërges.

Er was volledige loyaliteit geëist aan president Dunn en zijn beslissingen, hoe egocentrisch, ongeïnformeerd en ronduit gevaarlijk die ook waren.

Competentie had plaatsgemaakt voor blinde loyaliteit als bepalende factor voor een baan bij een steeds gestoordere regering.

Toen minister Adams haar post op Buitenlandse Zaken innam, was ze er algauw achter gekomen dat er helemaal niet zoiets bestond als Deep State. Er was niets 'dieps' aan. Er was niets verborgen. Personeelsmedewerkers en benoemde politici liepen gewoon door de gangen en gingen naar vergaderingen en deelden toiletten en tafeltjes in de kantines.

Degenen die waren achtergelaten door het kabinet-Dunn konden de wezenloze blik van strijders eindelijk loskoppelen van de gruwelen om hen heen. De gruwelen die ze zelf hadden gepleegd.

En nu, na een paar weken, vond deze crisis plaats.

'Ellen,' zei president Williams, die zich naar de minister van BZ aan zijn linkerkant wendde. 'Wat kun je ons vertellen?'

Ellen keek naar zijn zelfvoldane gezicht toen hij haar de granaat toewierp en wist dat niet alle hatelijkheid afkomstig was van de oppositie.

Niet iedereen wilde oude wonden helen.

Anahita liet de andere vrouw eerst uitstappen door haar hand uit te steken en met zowel eerbied als zelfvertrouwen te zeggen: 'Ga uw gang.'

Alsjeblieft. Alsjeblieft.

Ze bleef bij de lift staan, zogenaamd om nog een belangrijk bericht te lezen, maar in werkelijkheid om de vrouw de tijd te geven om in een kamer te verdwijnen.

Daarna keek ze door de lange gang.

Tik, tik, tik.

De beroemde Mahogany Row. Het leek wel alsof ze in een of andere mannenclub in New York of Londen was beland. De gang voor haar was breed, met een donkere lambrisering, en er hingen portretten van oud-ministers aan de wanden. Anahita kon hun sigaren bijna ruiken.

Wat ze werkelijk rook, was de licht weeë geur van de oosterse lelies in een overdadig arrangement op een glanzende bijzettafel halverwege de gang.

De Mahogany Row was magnifiek. Het was ook de bedoeling dat hij magnifiek was. Om bezoekers uit binnen- en buitenland te imponeren. Er sprak macht en bestendigheid uit.

Er stonden twee agenten van de Diplomatieke Beveiliging aan weerszijden van de hoge dubbele deuren halverwege Mahogany Row. Het kantoor van de minister van BZ, gokte Anahita.

Dat wilde ze niet. Ze moest de vergaderzaal hebben. Maar welke deur was dat? Ze kon ze moeilijk allemaal openmaken.

De agenten draaiden zich in haar richting. Dit was niet het moment om de dochter van haar moeder te zijn. Of van haar vader. Dit was het moment om iemand anders te zijn.

Ze besloot Linda Matar, haar persoonlijke heldin, op te roepen.

Ze zette haar telefoon uit en liet hem achter bij de beveiliging, waarna ze resoluut door de gang liep, recht op de agenten af.

'Ik ben een BD-medewerkster van de afdeling Pakistan. Ik heb opdracht gekregen om persoonlijk een bericht bij mijn leidinggevende af te leveren. Waar kan ik de vergaderzaal vinden?'

'Uw pasje, mevrouw?'

Ze draaide het om en liet het hem zien.

'U hoort niet op deze verdieping te zijn.'

'Nee, dat weet ik. Maar ik heb opdracht gekregen om een bericht af te leveren. Luister, fouilleer me maar, blijf bij me, doe wat jullie moeten doen, maar ik moet het bericht afleveren. Nu.'

Tik, tik, tik.

De agenten keken elkaar aan. Na een knikje van de oudste van de twee fouilleerde de vrouwelijke agent Anahita snel en liep daarna met haar mee door de gang naar een deur zonder nummer of opschrift.

Anahita klopte aan. Eén keer. Twee keer. Harder.

Linda Matar. Adem in. Linda Matar. Adem uit.

De deur zwaaide open. 'Ja,' zei een slanke jongeman met een frettengezicht. 'Wat is er?'

'Ik moet Daniel Holden spreken. Mijn naam is Anahita Dahir. Ik ben van zijn kantoor. Ik heb een boodschap voor hem.'

'We zitten in een bespreking. Hij mag niet gesto...'

Linda Matar.

Anahita wrong zich langs hem heen.

'Hé,' riep hij.

Alle hoofden aan tafel draaiden zich om. Anahita bleef staan en hield haar armen omhoog bij wijze van overgave. Om te laten zien dat ze geen kwaad in de zin had. Ze speurde de gezichten af naar...

'Wat doe jij hier, verdomme?' Daniel Holden stond op en keek haar onheilspellend aan.

'Het bericht.'

De agenten kwamen naar haar toe, maar op dat moment zei haar baas: 'Ik ken haar. Het is in orde.' Daarna richtte hij zich tot Anahita. 'Ik weet dat jij denkt dat dat bericht belangrijk is. Alles is vandaag belangrijk, inclusief, of eigenlijk vooral, wat we hier bespreken. Je moet gaan. Ik spreek je later.'

Hij zei het op kalme, maar ferme toon.

Linda Matar zou zich hier niet laten koeioneren.

Maar Anahita Dahir was haar niet echt. Ze knikte met een vuurrood gezicht en deed een stap naar achteren. 'Het spijt me, meneer.'

Daarna duwde ze haar vader en moeder en haar behoefte om aardig te doen opzij, draaide zich om, pakte zijn hand en stopte het verfrommelde papiertje erin.

'Lees het. Lees het, in godsnaam. Er komt nog een aanslag.'

Hij keek hoe Anahita snel buiten de deur werd gezet en kwam in de verleiding om haar terug te roepen. Toen wierp hij een blik op het papiertje en zag dat er helemaal geen andere aanslag op stond, alleen wat getallen en symbolen. De BD-medewerkster was gewoon de zoveelste paniekerige onervaren werkneemster die zichzelf belangrijker wilde maken dan ze was. Daar had hij nu geen tijd voor.

Hij stopte het papiertje in de zak van zijn jasje en besloot er later naar te kijken, waarna hij terugliep naar zijn stoel en zich verontschuldigde voor de onderbreking.

Tik, tik, tik.

Buiten begeleidde de beveiliging Anahita door de gang naar de lift en keek haar na terwijl ze wegging.

Anahita ging terug naar haar bureau een paar verdiepingen lager en wist dat ze gefaald had.

Door de blik op het gezicht van haar leidinggevende wist ze dat hij het bericht niet zou lezen. Niet op tijd, tenminste.

Nou ja, ze had het geprobeerd. Ze had haar best gedaan.

Ze keek naar de schermen, naar de beelden uit Parijs en Londen. Van gewonde mannen en vrouwen, bedekt met as, stof en bloed. Van voorbijgangers die probeerden de niet te stelpen wonden te stelpen. Die neerknielden en de handen van de stervenden vasthielden. Opkeken. Hulp zochten.

Er waren beelden van verschrikkelijke verwoesting, van een bloedbad. De eindeloze herhaling van bewakingsbeelden van mannen en vrouwen, die als Prometheus keer op keer werden vermoord.

Ze hadden nog maar iets meer dan twee uur te gaan voor de volgende explosie, als ze dat bericht, die waarschuwing, moest geloven.

Anahita wist dat er nog één ding was dat ze kon proberen. Iets waar ze een hekel aan had, maar wat ze nu wel moest doen.

Ze ging naar Facebook en vond een oud-klasgenoot. En via hem kreeg ze een andere naam, en via haar weer een andere.

Tot ze twintig kostbare minuten later de naam had die ze nodig had. Van degene aan wie ze een hekel had.

Minister Adams verliet de kabinetsvergadering voortijdig en werd, voor haar gevoel voor de honderdste keer sinds ze die ochtend om vijf over halfdrie uit bed was gebeld, van het Witte Huis naar Foggy Bottom gereden.

Eenmaal op het ministerie ging ze meteen naar haar privévergaderruimte, waar ze gezelschap kreeg van Charles Boynton, haar stafchef, en andere medewerkers.

Er werden telefoontjes gepleegd naar contactpersonen, collegaministers in het buitenland en beveiligingsanalisten.

Nu ze te maken hadden met een informatievacuüm had het collectieve brein van het kabinet besloten dat er niet nog een aanslag zou volgen. En als dat toch zou gebeuren, was het waarschijnlijk niet op Amerikaanse bodem.

Dus hoe tragisch ook, dit was geen zaak van nationale veiligheid. Ze zouden hun bondgenoten op alle mogelijke manieren helpen, maar wat ze op het Amerikaanse volk moesten projecteren, was het vertrouwen dat ze veilig waren.

Toen Ellen haar onder druk zette, zei het hoofd van de Inlichtingen- en Onderzoeksdienst van het ministerie dat ze geen bewijs hadden, maar dat ze er, aangezien er geen enkele organisatie was die de verantwoordelijkheid had opgeëist, redelijkerwijs van uit konden gaan dat de twee explosies waren veroorzaakt door lone wolves die samenwerkten.

'Hoe kan dat nou?' vroeg Ellen. 'Lone wolves werken per definitie niet samen.'

'Misschien was het een kleine roedel.'

'Aha,' zei ze en ze besloot er verder geen tijd of adem meer aan te verspillen.

Nu zat ze in de privévergaderruimte te luisteren naar rapporten die niks nieuws onthulden en vroeg zich af of het een grote vergissing was geweest om de kabinetsvergadering te verlaten.

Op dat politieke niveau, had Ellen Adams gemerkt, gold: als je niet aan tafel zat, dan stond je op het menu.

Maar ze mochten zich van hun slechtste kant laten zien. Dit was de tafel waar ze aan hoorde te zitten.

'Bel de directeur van de Nationale Inlichtingendienst voor me,' zei ze. 'Ik heb wat vragen.'

7

De eerste bom was nog maar een paar uur daarvoor afgegaan, maar nu zaten de accountants al bij Katherine Adams op kantoor en waarschuwden haar voor hun eigen dreigende crisis.

'We kunnen niet zomaar klakkeloos geld overmaken naar onze bureaus overzee,' legde het hoofd van de boekhouding van International Media Corp uit. 'We moeten het kunnen verantwoorden. Als het zo doorgaat, hebben we tegen het middaguur een miljoen dollar gestuurd.'

'Klakkeloos?' vroeg Katherines directeur van de nieuwsafdeling. 'Heb je je hoofd lang genoeg uit je reet gehaald om te zien dat...' Hij wuifde naar de geluidloze monitors waarop de afschuwelijke beelden werden gestreamd die landelijk en internationaal werden uitgezonden door IMC-zenders. 'Is dat niet genoeg verantwoording? Mijn journalisten hebben steun nodig, en die komt in de vorm van geld. Nu.'

'Als we bonnetjes kunnen krijgen...' begon een van de accountants.

'Tuurlijk. Is het goed als ze met bloed geschreven worden?' schreeuwde hij.

Ze keken allebei boos naar Katherine.

Ze was pas een paar maanden CEO en dit was haar eerste echte test. Maar ze was opgegroeid in een mediafamilie en had haar moeder zien laveren tussen journalistieke en politieke kwesties. Rechtvaardigheidskwesties. Jonglerend met ego's en persoonlijkheden, die enorm opgeblazen waren, zowel bij journalisten als politici. Die vaak de zon verduisterden. En het gezond verstand.

Dat alles was met haar ouders aan de keukentafel besproken. Haar hele leven. Ze was in de leer geweest voor deze baan. Haar hele leven.

Terwijl haar halfbroer op zijn vader leek en de journalist was, leek zij op hun moeder en was de manager.

Maar niets had haar kunnen voorbereiden op het managen van zoiets als dit. Wat ze had geleerd was de kunst van zelfverzekerd overkomen, terwijl ze eigenlijk het liefst onder haar bureau wilde duiken en de beslissingen door iemand anders wilde laten nemen.

'We moeten redelijk blijven,' pleitte het hoofd van de boekhouding tegen haar. 'Als we controle krijgen en we hebben geen bewijs van waar het geld naartoe is gegaan...'

'Wat gebeurt er dan?' vroeg de journalist. 'Word je dan opgeblazen? Je snapt het niet, geloof ik. Journalisten staan aan de frontlinie. Ze krijgen sneller informatie over die bommen dan inlichtingendiensten. En hoe doen ze dat? Door het beleefd te vragen? Door alsjeblieft en dank je wel te zeggen? Door koekjes uit te de...'

'Ik snap je punt, maar je moet je journalisten aan het verstand peuteren dat dit niet hún geld is. Ze moeten volwassen worden en...'

Hij keek naar Katherine Adams.

Zeg iets, dacht Katherine. Neem de leiding. In godsnaam, zeg iets.

'Volwassen? Heb je enig idee wat er nodig is om verslag te doen van oorlogen en opstanden?' vroeg de hoofdjournalist. 'Om jarenlang bezig te zijn met contacten leggen binnen terroristische organisaties, laat staan inlichtingendiensten, wat nog veel enger kan zijn. Daar zijn twee dingen voor nodig. Moed en geld. Zij zorgen voor de moed, aangezien jij niks te bieden hebt op dat vlak, en het minste wat jij kunt doen is voor het geld zorgen. Nu.'

Hij wendde zich gefrustreerd tot Katherine. 'Leg jij het maar uit. Ik ben weg.'

De kamer trilde toen de deur achter hem dichtknalde. De accountants keken naar Katherine en wachtten. En wachtten.

'Doe het maar gewoon,' zei ze.

'Het geld stroomt met bakken de deur uit, Katherine.'

Katherine keek over zijn schouder naar de rij monitors. Naar de beelden van Londen en Parijs. Daarna richtte ze haar aandacht weer op de hoofdaccountant. Al een leven lang een vriend van de familie.

'Doe het.'

Terwijl hij zijn papieren en zijn mensen verzamelde en vertrok, keek ze naar de mail van haar moeder. Ze had Katherine een kopie gestuurd van haar verzoek aan het hoofd van de nieuwsafdeling om alle nuttige informatie die hun journalisten zouden krijgen met het ministerie van BZ te delen.

Voordat ze die zouden uitzenden.

Katherine had het hoofd van de nieuwsafdeling niet gevraagd of hij dat van plan was. En hij had het niet uit zichzelf tegen haar gezegd.

Het was maar het beste om niet betrapt te worden op een poging tot beïnvloeding. Of op beïnvloed worden.

Het was duidelijk dat haar moeder een groot net uitgooide en probeerde zo veel mogelijk informatie op te vissen. Er ging zelfs een gerucht – uitgezonden op hun nieuwszender – dat minister Adams al haar directe voorgangers had benaderd om enig inzicht dat ze wellicht hadden.

Dat werd door de deskundigen beurtelings geïnterpreteerd als een gedurfd initiatief van een minister van BZ die haar ego en haar partij opzij kon zetten omwille van haar land of, aan de andere kant, als domme tijdverspilling door een wanhopige, onbekwame minister van Buitenlandse Zaken die haar functie niet aankon.

Er werd geklopt en daarna ging Katherines deur open en kwam haar assistente met een hoop bombarie binnen. 'Misschien moet je hier even naar kijken. Het kwam binnen op je oude mailadres.' Ze gaf de telefoon aan haar bazin. 'Zo te zien ken je haar van school.'

'Ik heb geen tijd...'

'Ze werkt nu op Buitenlandse Zaken.'

'Geweldig, dank je.'

Nadat haar assistente weg was gegaan, keek Katherine naar het bericht. Dat was kort. Bruusk, zelfs.

We hebben samen op school gezeten. Ik moet je spreken. Het was ondertekend met: *Anahita Dahir, Buitenlandse Dienst, afdeling Zuid-Centraal-Azië, ministerie van BZ.*

Katherine leunde naar achteren. Ze herinnerde zich een Ana Dab-en-nog-wat. Een timide meisje dat iedereen verlinkte die rookte of pillen nam, te laat binnen probeerde te glippen of spiekte.

Het lievelingetje van de leraren dat zelfs door de leraren werd verguisd.

Ze hadden er lol in gehad om met basketbal ballen tegen haar aan en niet naar haar toe te gooien. Haar te laten struikelen met voetbal. Haar tegen haar schenen te meppen met hockey.

Het was geen pesten. Het was vergelding. Het was geen straf, wist de jonge Katherine Adams. Het was een consequentie. Ana Dab-en-nog-wat lokte het zelf uit.

Maar nu, vijftien jaar later, wist Katherine nog iets anders. Het was wreed geweest.

Wat zou Ana nu in godsnaam van Katherine willen? Uitgerekend vandaag.

Ze klikte op 'beantwoorden' en vroeg om Ana's nummer. Dat kwam binnen een paar tellen. Ze toetste het nummer in en er werd prompt opgenomen.

'Ana?'

'Katie?'

'Hé, Ana, ik wil je al een tijdje bellen. Het spijt me...'

'Hou je mond en luister,' zei Ana. Katherines wenkbrauwen schoten omhoog. Dit was niet de Ana Dab-en-nog-wat die ze zich herinnerde. 'Ik moet je moeder spreken.'

'Wat? Waar ben je? Is dat een wc?'

Dat was het inderdaad.

Zodra ze Katherines mail had ontvangen, was Anahita opgestaan van haar bureau en naar de damestoiletten gelopen. Ze zat in een hokje en had doorgetrokken om haar woorden te overstemmen.

'Ik smeek je. Kun je me bij je moeder binnenloodsen?'

'Waarom? Waar gaat dit over? Heeft het met de bomaanslagen te maken?'

Anahita wist dat ze dat zou vragen en ze wist ook dat Katie, nu Katherine, de functie van haar moeder als het hoofd van een machtige nieuwsorganisatie had overgenomen.

Het laatste wat Ana wilde, was dat alles wat ze wist straks breed werd uitgemeten op het nieuws.

'Dat kan ik je niet vertellen.'

'Nou, je zult wel moeten,' zei Katherine. 'Ik weet niet eens of ik zelf wel binnen kan komen om haar te zien. Waarom zou ik jou naar binnen loodsen?'

'Omdat je bij me in het krijt staat.'

'Wat? Ik ben je excuses verschuldigd en die heb ik ook geprobeerd aan te bieden. En het spijt me. Maar dit ben ik je niet verschuldigd.'

'Alsjeblieft. Alsjeblieft. Ik heb iets wat ze moet zien.'

'Wat dan?'

Doortrekken. 'Dat ga ik je niet' – doortrekken – 'vertellen!'

Doortrekken.

'O, god allemensen, voordat je de hele Potomac leegtrekt, kom dan maar naar me toe bij het ministerie, ingang 21st Street, noordoosthoek.'

'Schiet op.'

'Tja, maar nu moet ík naar de wc.'

Tik. Tik.

Anahita keek op haar telefoon. Ze had haar wekker gezet om 12.48 uur, 18.48 uur in Europa. Als de bom zou afgaan.

Volgens haar telefoon was het 12.01 uur. Eén over twaalf 's middags. Ze hadden nog zevenenveertig minuten.

'Ana?'

Anahita draaide zich om en zag een vrouw die haar vaag bekend voorkwam de straat oversteken. Ze droeg een tiptop tweed jas en laarzen die eruitzagen alsof ze gemaakt waren voor paardrijden. Ze had lang, kastanjebruin haar en diepbruine ogen.

De volwassen versie van het meisje dat Ana voor het laatst had gezien toen ze haar de rug toekeerde op de laatste schooldag.

Katherine zag bijna precies hetzelfde meisje dat ze vijftien jaar eerder voor het laatst had gezien en dat op de laatste schooldag bij de rector liep te slijmen. Zonder reden, gewoon dáárom.

Knapper dan Katherine zich herinnerde. Haar lange haar inktzwart, haar huid getaand en glad. Haar bruine ogen intens als altijd. Maar nu blonk er zelfvertrouwen in, een vastberadenheid die er eerder niet was geweest.

'Katie?' zei Anahita. 'Bedankt dat je gekomen bent.'

'Wat heb je?'

Anahita aarzelde. 'Dat kan ik niet zeggen. Je zult me moeten vertrouwen.'

'Ik kan je niet zomaar naar binnen loodsen. Kun je je indenken waar mijn moeder mee te maken heeft? Om haar te storen...'

'Ik weet precies waar minister Adams mee te maken heeft. Nog beter dan zijzelf. Luister, ik heb informatie.' Toen Katie niet alleen sceptisch, maar ook bezorgd keek omdat ze misschien wel met een gek te maken had, of erger, zei Anahita: 'Heb je me ooit als iets anders gekend dan eerlijk? Te eerlijk, soms. Ik lieg nooit. Ik bedrieg nooit. Ik ga nooit tegen de regels in. Ik heb geprobeerd deze informatie aan mijn leidinggevende te laten zien, maar ik geloof niet dat hij het serieus neemt. Alsjeblieft.'

Katherine keek naar het gezicht tegenover haar. Daar stond echte angst op te lezen. Ze haalde diep adem, blies uit, pakte haar telefoon en verstuurde een appje.

Even later klonk er een *ping*.

'Kom mee. We mogen in elk geval naar de zesde verdieping, maar ik kan je niet garanderen dat mijn moeder je wil zien.'

Ana liep haastig achter haar aan, waarbij haar kortere benen twee snelle passen moesten maken tegen één van Katherine.

Tik. Tik.

Een oudere vrouw liep hun in de lobby tegemoet. Ze zag eruit als Mrs Cleaver uit de herhalingen van *Leave It To Beaver* waar Anahita 's avonds laat naar keek als ze niet kon slapen.

'Dit is mijn moeders beste vriendin en nu haar adviseur,' zei Katherine. 'Betsy Jameson, Ana Dab... eh...'

'Dahir.'

'Ik heb pasjes voor jullie.' Betsy gaf ze aan hen. 'Waar gaat dit verdomme over? Jullie hebben wel een klotetijdstip uitgekozen voor een bezoekje.'

Anahita trok haar wenkbrauwen op. Het script van Mrs Cleaver leek een beetje veranderd te zijn.

'Ik weet niet waar dit over gaat,' gaf Katherine toe, terwijl ze achter Betsy aan liep naar de met hout beklede lift die in de lobby op hen wachtte. 'Ze wil het niet vertellen.'

Pas toen de deuren dichtschoven en ze niet meer terug kon, herinnerde Ana zich de twee beveiligingsagenten en hoopte vurig dat ze van dienst waren gewisseld.

Ze keek op haar telefoon.

Nog eenenveertig minuten.

Gil stond in de rij bij de busterminal en deed geen moeite meer zich te verstoppen. Sterker nog, hij wilde dat ze hem zag. Dat ze het wist. Dat ze zijn hete adem voelde.

Inmiddels wist die vrouw ongetwijfeld dat hij haar volgde. Maar hij wist ook dat ze niet van haar plan kon afwijken. Net zomin als hij.

Nasrin liet twee bussen voorbijgaan. Toen de derde aan kwam rijden, stapte ze in. Ze hield Amirs versleten tas stevig tegen haar borst en snoof zijn muskusachtige geur op.

De leren aktetas was, dat moest ze nu toegeven, vrijwel zeker alles wat ze nog van hem had. Ze hadden alles op het spel gezet om het ding, en haar, het land uit te krijgen.

Ze was alles verloren. Hij was nog meer verloren.

Maar daardoor ontstond er een onverwachte kalmte, en vrijheid. Het ergste was achter de rug. Ze was niet langer bang.

Nasrin ging achter in het hoekje zitten. Nu kon ze tenminste naar hem kijken, in plaats van andersom.

Gil stapte in en ging één rij voor haar aan de andere kant zitten.

De andere man zat, onopgemerkt, vlak voor Nasrin.

En toen reed bus 119 weg.

'Blijf staan!'

Dat deed Anahita.

'Wat krijgen we nou?' vroeg Betsy. 'Ze is mijn gast. Laat haar erlangs.'

'Kent u deze vrouw?' vroeg de vrouwelijke agent, die haar hand op haar pistool liet rusten.

'Natuurlijk,' loog Mrs Cleaver. 'En kennen jullie haar?' Betsy wees naar Katherine.

De agenten knikten.

'Mooi. Laat ons erdoor.'

Anahita's hart bonkte zo luid dat ze dacht dat ze het vast door haar dikke winterjas heen konden zien.

De vrouwelijke agent keek haar dreigend aan en knikte. Een kort rukje van haar hoofd.

'Dank u wel,' zei Anahita, maar daar leek de agent alleen nog maar kwader van te worden.

Ze gingen het voorste kantoor binnen. Dat was heel anders dan Anahita zich had voorgesteld. Ze had nog meer donkere lambriseringen verwacht. Grote leren fauteuils. Hoogpolig tapijt dat er imposant uitzag als je niet al te goed keek.

Zoals met zoveel bij de regering leerde ze elke dag iets nieuws. Geweldig, als je niet te goed keek.

Maar in de wachtruimte van minister Adams was het helemaal niet zo. Het was erger.

Er stonden steigers. Er lagen dekzeilen. De versleten, opgelapte houten vloer was kaal en bedekt met een laag kalkgruis. Het was een bouwplaats. Minister Adams was het kantoor van de minister van Buitenlandse Zaken aan het verbouwen. In elk opzicht.

'Wacht hier,' zei Betsy. 'Jij' – ze wees naar Katherine – 'gaat met mij mee.'

'Schiet op, alstublieft,' zei Anahita.

Betsy bleef staan, draaide zich om, en Anahita verwachtte een scherp antwoord. Maar ze zag een vermoeid, bezorgd, vriendelijk gezicht.

'Dat doen we. Je kunt ontspannen, je hebt het gedaan. Je bent binnen. Minister Adams komt zo bij je.'

Anahita zag Betsy en Katherine in de aangrenzende kamer verdwijnen.

Ze ontspande zich niet. Mrs Cleaver bedoelde het goed, maar ze wist niet wat Anahita wist.

Ze keek op haar telefoon.

Nog achtendertig minuten.

De bus reed verder richting de andere kant van Frankfurt en stopte steeds om mannen, vrouwen en kinderen te laten uitstappen.

En om mannen, vrouwen en kinderen te laten instappen.

8

Ellen Adams verscheen met haar stafchef vlak op haar hielen.

Anahita's ogen werden onwillekeurig groot. Ze had de minister altijd alleen van een afstandje of op tv gezien.

Ze was langer dan Anahita had gedacht. Maar net zo intens.

'Heb jij informatie?' vroeg minister Adams, die recht op haar afliep.

'Hier.'

Anahita gaf haar telefoon aan de minister, die hem aanpakte, erop keek en hem daarna doorgaf aan Boynton.

'Wat is dat?' vroeg Ellen.

'Een foto die ik heb gemaakt van de tekst van een bericht dat gisteravond binnenkwam op mijn computer. Ik ben BD-medewerkster op de...'

'Afdeling Pakistan, ja. Wat betekent dit?'

'Dit is tijdverspilling, mevrouw de minister,' zei Boynton, die de telefoon omhooghield. 'Ze is een beginneling. We hebben ervaren mensen van de inlichtingendienst in de directiekamer, die nu zitten te wachten. Zij' – hij gebaarde naar Anahita – 'kan onmogelijk iets weten wat onze inlichtingendienst niet weet.'

Ellen keek hem schamper aan. 'Wat, voor zover ik gehoord heb, niks is. Ze kan het moeilijk slechter doen.' Ze wendde zich weer tot de beginneling. 'Leg uit.'

Anahita nam de telefoon over van Boynton, ging naast minister Adams staan en boog zich naar haar toe. Hun schouders raakten elkaar.

'Kijk eens naar de cijfers, mevrouw de minister.'

'Ik...' begon Ellen, maar ze zweeg toen ze de cijfers afzonderlijk bekeek en hergroepeerde, waardoor er iets angstaanjagends ontstond.

Het ding in de kast. Het ding onder je bed. Het ding in een donker steegje dat niet kon worden verjaagd, al zong je nog zo hard.

Alle onvoorstelbare gruwelen kwamen bij elkaar in die getallen.

'Het zijn de buslijnen en tijdstippen van de vorige twee explosies,' zei Ellen. 'En er is nog een derde.' Haar stem was nauwelijks meer dan een fluistering, alsof die bom zou afgaan als ze harder zou praten. 'En dit is gisteravond naar je toe gestuurd?'

'Ja.'

'Wat?' vroeg Boynton, die naar voren kwam om te kijken.

Ook Betsy en Katherine kwamen om hen heen staan.

Daarna begonnen Boynton, Betsy en Katherine alle drie tegelijk te praten, maar Ellen hield haar handen omhoog om stilte te vragen.

'Waar gaat het gebeuren?' vroeg ze.

'Dat weet ik niet.'

'Wie heeft het gestuurd?'

'Dat weet ik niet.'

'Geweldig,' zei Boynton. Niemand luisterde naar hem. Of leek te luisteren.

Maar minister Adams hoorde het en sloeg het op, samen met de rest van zijn gedrag.

'Als ik zou moeten gokken, zou ik zeggen dat het volgende doelwit ook in Europa is,' zei Anahita.

Ellen knikte kort en resoluut. 'Mee eens. Aangezien we het moeten inperken, lijkt dat logisch. Als dat het geval is...' Ze keek hoe laat het was en maakte de berekening. 'O, god.' Ze keek naar Betsy. 'We hebben nog vierentwintig minuten.'

Betsy trok wit weg, sprakeloos.

'Kom mee,' zei Ellen.

Ze liepen achter haar aan naar haar privévergaderruimte. Alle stoelen waren bezet en alle ogen richtten zich op hen.

Minister Adams legde kort en bondig uit wat ze wisten en wat er zou gebeuren.

'Ik wil dat deze code naar alle inlichtingendiensten van onze bondgenoten gaat. En ik wil een lijst van alle Europese hoofdsteden die een buslijn 119 hebben. Jullie kunnen Londen en Parijs buiten beschouwing laten. Ik wil hem binnen vijf minuten hebben.'

Even viel er een stilte, alsof ze in de tijd bleven hangen, en daarna bruiste de kamer van de activiteit.

'Verbind me door met de directeur van de Inlichtingendienst van de Europese Unie,' zei Ellen tegen Boynton, terwijl ze snel terugliep naar haar privékantoor. Ze stond op het punt om achter haar bureau te gaan zitten en keek naar hem.

Haar stafchef draalde bij de deur.

'Wat is er?' vroeg ze.

Hij keek achterom naar de vergaderzaal en de bedrijvigheid. Daarna kwam hij haar kantoor binnen en deed de deur achter zich dicht.

'U hebt niet gevraagd waarom zij.'

'Sorry?'

'Die junior medewerkster. Waarom zij? Waarom kwam die waarschuwing bij haar binnen?'

Ellen wilde al zeggen dat het er niet toe deed, maar hield zich in. Ze besefte dat dat waarschijnlijk wél zo was.

'Bel de directeur van de Inlichtingendienst van de EU en zoek daarna uit wat je over Anahita Dahir kunt vinden.'

Ze ging zitten, pakte haar telefoon en stuurde een appje naar haar zoon: *Neem ajb contact met me op.*

Haar vinger bleef boven de hartjesemoji hangen, maar bewoog verder en tikte op 'verzenden'.

Ze wachtte. En wachtte.

Tik. Tik.

Er kwam geen antwoord.

'We hebben hem,' zei de senior inlichtingenanalist van BZ, die Ellens kantoor binnenstormde.

Ze had net het telefoongesprek met de directeur van de Inlichtingendienst van de EU afgerond, waarin ze hem had geïnformeerd over wat ze wisten.

De analist legde de lijst voor haar neer. De anderen stonden achter hem te kijken terwijl ze las. Dat duurde niet lang. Het was een verrassend korte lijst.

Londen en Parijs konden worden weggestreept. Dan bleven Rome, Madrid en Frankfurt over.

'Is er één waarschijnlijker dan de rest?' vroeg ze.

Ze hadden nog zes minuten.

'Niet dat we weten, mevrouw de minister. We proberen met de

vervoersafdelingen van elke stad te bellen, maar het is nu na zessen en de kantoren zijn gesloten.'

Ze staarden haar met grote ogen aan. Ellen richtte zich tot Boynton. 'Bel Interpol. Zeg dat ze de politie in alle drie de steden moeten inlichten. Katherine!'

'Ja?' riep haar dochter, die met haar telefoon aan haar oor in de deuropening kwam staan.

'Rome, Madrid, Frankfurt. Maak het bekend.'

'Doe ik.'

'Wat is er?' vroeg Anahita toen ze een groep senior analisten uit de vergaderruimte naar het kantoor van de minister van BZ zag rennen.

'Ze hebben een lijst met steden waar een buslijn 119 is,' zei een medewerker.

'Welke zijn dat?'

De medewerker schoof de lijst over tafel.

Toen Anahita hem las, fronste ze bedachtzaam haar wenkbrauwen. En ze trok ze op terwijl haar ogen groter werden.

'Jezus, Frankfurt,' mompelde ze en ze pakte haar telefoon.

Nog vierenhalve minuut.

Met trillende handen tikte ze op het scherm. Ze opende het verkeerde bericht. Ze tikte nog een keer. Nu verscheen Gils appje van die ochtend.

In bus in Frankfurt.

Ze typte: *Zit je in Frankfurt? In een bus? Nu?* En ze tikte op het icoontje 'dringend'.

Ja, antwoordde Gil, terwijl hij zich ontspande op zijn stoel. Het waren zesentwintig lange uren geweest, maar ze waren er bijna.

Waarom? schreef Anahita.

Achter aanwijzing aan.

Wat voor aanqijzing? Anahita had met trillende vingers al op 'verzenden' getikt voordat ze de typefout zag. Ze wilde het net corrigeren toen hij antwoordde.

Kan ik niet zeggen.

Waar in F ben je?

Ze wachtte. Staarde naar haar scherm. *Alsjeblieft. Alsjeblieft.*

Drie minuten en twintig seconden...

In bus.

Welke bus?

Maakt het wat uit?

!!!!!

Lijn 119

Gil stopte zijn telefoon in zijn zak en leunde naar achteren, terwijl hij naar de kinderen voor hen keek, die elkaar porden en duwden. Aan de andere kant van het gangpad keek een oudere vrouw naar hen, ongetwijfeld blij dat het niet haar kinderen of kleinkinderen waren.

De bus was overvol en Gil vroeg zich af of hij zijn zitplaats niet aan iemand anders moest afstaan, maar hij moest dr. Bukhari in de gaten houden om te zien waar ze zou uitstappen. En of zijn informant gelijk had.

Stap uit! Bom!!

Maar er kwam geen antwoord.

Anahita staarde naar het scherm. *Kom op. Kom op.*

Niks.

Ze probeerde te bellen.

Niks.

Ze stond op en rende naar het kantoor van de minister. De bewakers probeerden haar tegen te houden, maar ook nu weer wrong ze zich erlangs.

'Een vriend,' schreeuwde ze. 'Er zit een vriend van me in bus 119 in Frankfurt. Hij gaat achter een aanwijzing aan. Ik heb geprobeerd hem door te geven dat er een bom gaat ontploffen, maar hij reageert niet.'

'Een aanwijzing?' vroeg Betsy. 'Is hij journalist?'

'Ja.'

Betsy draaide zich met een ruk om en staarde naar Ellen.

Terwijl minister Adams haar telefoon pakte, wendde Betsy zich weer tot Anahita. 'Hoe heet hij?'

Ellen keek naar het laatste privébericht dat ze had ontvangen. Dat van haar zoon.

In bus in Frankfurt. Later meer.

'Gil,' zei Anahita. 'Gil Bahar.' Ze keek van Betsy's geschrokken gezicht naar dat van Ellen. Haar mond stond open en ze had haar ogen opengesperd.

Trillend tikte Ellen op het telefoonicoontje en hield Betsy's blik vast.

'Wat is er?' vroeg Anahita.

'Gil Bahar is haar zoon,' zei Charles Boynton.

Alle lucht was uit de kamer gezogen.

Nog drie minuten en vijf seconden te gaan.

Iedereen keek naar Ellen.

Katherine kwam binnen en bleef abrupt staan. 'Wat is er gebeurd?'

Betsy liep naar haar toe. 'Gil zit in bus 119 in Frankfurt. Je moeder belt hem.'

'O, god,' zei ze en dat was alles wat ze wist uit te brengen.

De bus stopte en de kinderen voorin zagen de halte, sprongen joelend op en stapten uit. Ook de man die voor Nasrin zat ging weg.

Maar hij liet iets achter.

Er stapten een paar gezinnen in. Wat tieners. Een ouder stel.

Gil voelde dat zijn telefoon trilde vanwege een inkomend telefoontje, maar hij negeerde het. Hij moest zich bij elke halte op dr. Bukhari concentreren om zich ervan te verzekeren dat ze niet op het allerlaatste moment uitstapte.

De bus trok op en hij pakte zijn telefoon.

'Fuck,' zei hij en hij drukte op de rode afwijsknop.

'Hij heeft me weggedrukt,' zei Ellen.

'Gebruik mijn telefoon maar,' zei Katherine. Ze koos het nummer en gaf de telefoon aan haar moeder.

Nog één minuut en tien seconden te gaan.

Weer trilde zijn telefoon.

Gil keek erop en verwachtte de foto van zijn moeder te zien.

Maar in plaats daarvan verscheen de foto van zijn halfzus, Katherine.

'Hoi Katie...'

'Luister goed,' zei zijn moeder met strenge, kalme stem.

‘O, shit,’ zei Gil en hij bracht zijn vinger naar ‘gesprek beëindigen’.
‘Er is een bom,’ zei Ellen, harder nu.
‘Wat?’
‘Er ligt een bom bij je in de bus.’ Haar kalmte was verdwenen. Haar stem klonk nu bijna schreeuwend. ‘Je hebt nog hooguit een minuut. Wegwezen!’
Het kostte een fractie van een seconde om haar woorden, de paniek en de betekenis tot hem door te laten dringen.
Hij stond op en gilde: ‘Zet de bus stil! Er is een bom!’
De andere passagiers keken naar hem en doken toen weg bij die Amerikaanse gek.
Hij stak zijn hand uit naar Nasrin en pakte haar arm. ‘Sta op! Uitstappen.’
Ze duwde hem weg en haalde uit met Amirs tas. Ze mepte hem en riep om hulp.
Dus zo wilde hij haar eruit krijgen, dacht ze met een tollend hoofd, terwijl de adrenaline door haar lijf raasde.
Gil liet haar achter, rende naar de voorkant van de bus en schreeuwde tegen de chauffeur. ‘Stop! Laat iedereen eruit.’
Hij draaide zich om en keek door de lange bus, naar alle gezichten die hem aanstaarden. De mannen, vrouwen en kinderen. Doodsbang. Niet voor een bom, maar voor hem.
‘Alstublieft,’ smeekte hij.
Tik. Tik.

Ze keken naar de rij klokken aan de muur van het prachtige kantoor, terwijl de tijd wegtikte. Op de achtergrond hoorden ze, gedempt, Gil schreeuwen en smeken.
Negentien.
Achttien.
‘Gil!’ schreeuwde zijn moeder. ‘Uitstappen!’

Eindelijk kwam de bus schokkend tot stilstand. De deur ging open en de chauffeur stond op.
‘Dank...’ begon Gil, maar hij voelde dat de handen van de chauffeur zijn jasje vastgrepen.
Hij werd eruit gegooid.

Tien.

Negen.

Ze sperden hun ogen wijd open. Hun adem stokte.

'Acht,' fluisterde Anahita.

Terwijl Gil op het harde wegdek belandde, keek hij gepijnigd en hijgend op toen de bus wegreed. Hij kwam wankelend overeind en rende erachteraan, maar zodra hij besefte dat hij hem nooit kon inhalen, liep hij naar de stoep.

Drie.

Twee.

'Achteruit, op de grond. Er...'

Tik... tak.

Ellen trok wit weg op het moment dat Anahita's wekker ging.

9

De telefoon gleed uit Ellens hand en viel op de grond.

Duizelig stak ze haar handen naar achteren en probeerde steun te zoeken. Overeind te blijven.

Er kletterden ingelijste foto's, souvenirs en een lamp op de grond.

Daarna bukte ze in paniek en raapte de telefoon op.

'Gil?!' schreeuwde ze erin. 'Gil!!'

Maar de lijn was dood.

'Gil?' fluisterde ze in de afschuwelijke stilte.

'Mam?' vroeg Katherine, die naar haar toe liep.

'Hij is ontploft,' mompelde ze, en ze staarde met grote ogen naar haar dochter en daarna naar Betsy.

Daarna was het een en al chaos toen iedereen in de kamer in actie kwam en bevelen schreeuwde.

'Stop!'

Dat deden ze. Ze draaiden zich allemaal om en keken naar minister Adams. Betsy stond nu aan één kant naast haar en Katherine aan de andere kant.

Er waren tien seconden verstreken sinds de explosie.

'Weten we de exacte locatie van de bus?' vroeg Ellen.

'Ja. Die kan worden getraceerd aan de hand van de telefoonverbinding,' zei Boynton. Hij pakte de telefoon, drukte op wat knopjes en knikte. 'Hebbes.'

'Stuur die naar de Duitsers,' beval minister Adams. 'En bel de nooddiensten in Frankfurt. Nu!'

'Ja, mevrouw de minister.'

Medewerkers kregen opdracht om alle inlichtingendiensten te informeren over wat er zojuist gebeurd was en om het Amerikaanse consulaat in Frankfurt te bellen om daar mensen naartoe te krijgen.

'En zeg dat ze Gil moeten zoeken,' riep Ellen hun na. 'Gil Bahar.' Ze spelde zijn naam en de letters joegen achter de medewerkers aan die zich door de gang haastten.

Ze wendde zich tot Katherine, die probeerde Gil te bereiken. Katherine schudde haar hoofd. Ze keken naar Anahita, die het ook probeerde.

Haar ogen waren groot en ze hield de telefoon tegen haar oor. Niks.

'Ik bel ons kantoor in Frankfurt. Die kunnen er snel naartoe gaan,' zei Katherine, terwijl ze op het scherm van haar telefoon tikte. En tegen Anahita zei ze: 'Blijf jij mijn broer proberen.'

Ana knikte.

Er begonnen telefoons te piepen, te zoemen en te waarschuwen.

Betsy zette de tv-schermen aan en zag dr. Phil een vrouw interviewen die een echtgenoot had die vrouw wilde worden, en die hem moest vertellen dat zijzelf een man wilde worden.

Zap.

Judge Judy behandelde een zaak waarbij een buurvrouw steeds maar theedoeken van de waslijn bleef jatten.

Zap. Zap.

Nog niks. Het was pas een minuut geleden gebeurd.

Zap.

'Mevrouw de minister, ik heb de Duitse bondskanselier op de hoogte gesteld en de coördinaten naar hun inlichtingen- en nooddiensten gestuurd,' meldde Boynton. 'Moeten we de president informeren?'

'President?' vroeg Ellen.

'Van de Verenigde Staten.'

'O, god, ja. Dat doe ik wel.'

Ellen ging moeizaam zitten, zakte onderuit op haar stoel en liet haar hoofd in haar handen rusten. Haar vingers klemden zich om haar schedel. Toen ze opkeek, waren haar ogen bloeddoorlopen, maar verder kon je nergens aan merken dat ze misschien zojuist had gehoord hoe haar zoon om het leven kwam.

'Verbind me door met president Williams, alsjeblieft.'

Er kwamen in een razend tempo rapporten binnen, terwijl medewerkers doorgaven wat ze gevonden hadden.

'Meneer de president, er is nog een bomaanslag geweest.'

'Wacht even.'

Doug Williams gebaarde naar zijn stafchef dat ze de vergadering met vertegenwoordigers van de Small Business Administration moest beëindigen om het Oval Office te ontruimen.

Toen Williams alleen was, draaide hij zich om en keek uit over het gazon.

‘Waar?’

‘Frankfurt. Weer een bus.’

‘Shit.’ In elk geval niet hier, dacht hij onwillekeurig.

Hij ging achter zijn bureau zitten, zette de telefoon op speaker en typte snel een opdracht in de beveiligde zoekmachine op zijn laptop. ‘Ik zie niks online.’

Barb Stenhauser kwam terug en stelde met haar lichaamstaal de vraag. Maar ze kreeg slechts een kort gebaar waar ze – terecht – uit afleidde dat ze op de tv-schermen langs de zenders moest zappen.

‘Nog een explosie,’ riep hij dwars door het Oval Office naar haar. ‘Frankfurt.’

‘Shit.’ Ze liet de tv op CNN staan en pakte haar telefoon.

‘Wanneer is het gebeurd?’ vroeg hij aan Ellen.

Ze keek op de klok en zag tot haar verbazing dat het nog maar anderhalve minuut geleden was. ‘Negentig seconden geleden.’

Het leek een eeuwigheid.

‘We hebben de Duitse regering en de internationale inlichtingendiensten op de hoogte gesteld,’ zei minister Adams. ‘Er zijn alerts uitgegaan via de beveiligde kanalen.’

‘Wacht even. Jullie hebben het de Duitsers verteld? Niet andersom? Hoe zijn jullie daar zo snel achter gekomen?’

Ellen zweeg, want ze wilde het hem niet vertellen. Maar ze wist dat ze wel moest.

‘Mijn zoon zat in de bus.’

Daarop volgde een stilte.

‘Wat erg,’ zei hij, en het klonk bijna alsof hij het meende.

‘Misschien is hij uitgestapt,’ zei hij.

‘Het klonk’ – ze vermande zich – ‘alsof dat zo was.’

‘U was met hem aan het praten? Op dat moment?’

‘Mag ik naar u toe komen, meneer de president, om uit te leggen hoe het gebeurd is?’

‘Dat kunt u maar beter doen, ja.’

Tegen de tijd dat Ellen in het Witte Huis aankwam met haar telefoon in de hand, die ze weigerde af te geven aan de Secret Service voor het geval Gil zou bellen, waren de directeur van de Nationale Inlichtingendienst, de directeur van de CIA en generaal Whitehead, het hoofd van de Gezamenlijke Stafchefs, al in het Oval Office.

'Binnenlandse Veiligheid en Defensie komen er zo aan,' zei president Williams, 'maar daar wachten we niet op.'

Hij begon niet over Gil en dat was een opluchting. Hoewel Ellen vermoedde dat het niet was om haar verdriet te besparen. Waarschijnlijk was het of emotionele lafheid, of hij was het vergeten.

Ellen vertelde snel, kort en bondig wat er gebeurd was. Inmiddels wist de hele wereld van de explosie. De beelden waren overal op het nieuws. Tv-presentatoren waren bijna hysterisch van angst of opwinding. Journalisten waren ter plaatse en kwamen dichterbij dan had gemogen, terwijl de normaal gesproken zo efficiënte Duitse politie het gebied weer onder controle probeerde te krijgen. Ambulances en brandweerwagens probeerden erdoorheen te komen.

'Zegt u nu dat een junior BD-medewerkster een waarschuwing had gekregen?' vroeg Tim Beecham, de DNI. 'Niemand anders op de hele wereld, in ons geavanceerde inlichtingennetwerk met al onze doorgewinterde medewerkers, niémand anders heeft het opgepikt. En iemand heeft haar een bericht gestuurd?'

'Ja,' zei Ellen, die hem zojuist precies dat had verteld.

'Maar wie dan?' vroeg de president.

'Dat weten we niet. Ze heeft het bericht gewist.'

'Gewist?'

'Dat is protocol. Ze dacht dat het spam was.'

'Kwam het van een Nigeriaanse prins?' vroeg de directeur van de Binnenlandse Veiligheidsdienst, die net binnen was gekomen. Niemand lachte.

'Waarom zij?' vroeg de president. 'Deze Ana...'

'Anahita Dahir. Ik weet niet...'

'Anahita Dahir,' mompelde het hoofd van de CIA en hij keek naar de minister van Binnenlandse Veiligheid.

'Ik heb geen tijd gehad om dat te vragen,' zei minister Adams. 'Ik ben gewoon dankbaar dat ze heeft gereageerd.'

'Te laat,' zei de minister van Defensie. 'Alle bommen zijn ontploft.'

Ellen zweeg. Het was per slot van rekening waar.

De directeur van de Binnenlandse Veiligheidsdienst verontschuldigde zich en kwam een minuut later terug.

Generaal Whitehead keek daarnaar, met zijn hoofd een beetje scheef. Hij wierp een blik naar minister Adams en schonk haar een lachje dat geruststellend had moeten zijn, maar het tegenovergestelde effect had.

Nu keek ook zij onderzoekend naar Tim Beecham.

'Alles goed?' vroeg Doug Williams.

'Prima, meneer de president,' zei Beecham. 'Ik moest alleen een paar van mijn mensen inlichten.'

Ellen Adams vroeg zich af waarom die korte afwezigheid het hoofd van de Gezamenlijke Stafchefs zorgen had gebaard. En ze dacht dat ze het antwoord wel wist.

Tim Beecham had de kamer niet uit hoeven lopen om dat telefoontje te plegen. De enige reden dat hij dat zou doen, was om het verborgen te houden voor de rest van hen.

Waarom zou dat zijn?

Ellen keek weer naar generaal Whitehead, maar die had zijn aandacht weer op de president gericht.

Minister Adams beantwoordde hun vragen, maar als Gils moeder werd ze naar de monitors getrokken. Ze durfde niet te kijken. Stel dat...

Generaal Whitehead was degene die het uiteindelijk vroeg.

'Uw zoon?'

'Nog niks gehoord.' Haar stem klonk hard en kortaf. Haar ogen smeekten hem niet verder te vragen.

Hij knikte kort en vroeg niets meer.

'En de verantwoordelijkheid is nog steeds niet opgeëist?' vroeg de president.

'Nee. Dit is duidelijk niet meer het werk van een lone wolf, meneer,' zei de minister van Defensie. 'Dit is een roedel.'

'Ik heb antwoorden nodig, geen clichés.' President Williams keek de kamer rond naar de wezenloze blikken van zijn adviseurs.

Het moment duurde steeds langer.

'Niks?' Hij schreeuwde bijna. 'Niks? Dat menen jullie toch niet, verdomme? We zijn het geweldigste land op aarde. We hebben de beste bewakingsapparatuur, het beste inlichtingennetwerk, en jullie hebben alleen maar shit voor me?'

'Met alle respect, meneer de president...' begon de directeur van de CIA.

'Kap daarmee. Zeg het maar gewoon.' Hij keek hem kwaad aan.

Het hoofd van de CIA keek de kamer rond voor steun. Zijn ogen bleven op de minister van Buitenlandse Zaken rusten. Ellen zuchtte. Aangezien ze toch al uit de gratie was bij de president, had zij het minst te verliezen. Trouwens, dit politieke gedoe liet Ellen Adams inmiddels koud.

'Je loopt vier jaar achter, Doug.'

Ze tutoyeerde hem zonder erbij na te denken.

'Wat bedoelt u daarmee?'

'Dat weet u heel goed,' snauwde ze en ze keek naar Barb Stenhauser, zijn stafchef. 'En u ook. Ik heb geen tijd te verliezen, dus dit zijn de kernpunten. De vorige regering heeft alles verpest wat er maar te verpesten viel. Ze hebben de bron vergiftigd, ze hebben onze relaties vergiftigd. We zijn alleen nog in naam de leider van de wereld. Dat effectieve inlichtingennetwerk waar u zo prat op gaat, bestaat niet langer. Onze bondgenoten wantrouwen ons. Degenen die ons kwaad zouden willen berokkenen, cirkelen boven ons. En wij laten het gebeuren. We hebben ze binnengelaten. Rusland. De Chinezen. Die idioot in Noord-Korea. En hier, in de regering, op invloedrijke posities? En zelfs de medewerkers op lagere niveaus? Kunnen we er echt van op aan dat zij hun werk goed doen?'

'Deep State,' zei de directeur van de Nationale Inlichtingendienst.

Ellen nam hem onder vuur. 'Het is niet de diepte waar we ons zorgen om moeten maken, maar de breedte. Het is overal. Na vier jaar van mensen inhuren, promoveren en belonen die alles zouden zeggen en doen om een gestoorde president te steunen, zijn we kwetsbaar geworden.' Ze keek op haar telefoon. Nog steeds niks. 'Niet iedereen is onbekwaam, en de mensen die dat wel zijn, hebben waarschijnlijk geen kwade bedoelingen. Ze ondermijnen ons niet, ze hebben gewoon geen idee hoe ze hun werk goed moeten doen. Kijk, ik kom uit de privésector. Ik weet wanneer mensen gemotiveerd en geïnspireerd zijn. We hebben duizenden medewerkers geërfd die vier jaar lang in angst hebben geleefd. Die willen zich gewoon gedeisd houden. Dat geldt ook voor mijn ministerie. En het werkt door tot' – ze keek naar Barb Stenhauser – 'in het Witte Huis.'

'Geldt het ook voor mij?' vroeg generaal Whitehead. 'Ik heb ook voor de vorige regering gewerkt.'

'En ik hoor dat u zichzelf het grootste deel van de tijd op granaten hebt geworpen,' zei Ellen. 'In een poging om de meest krankzinnige militaire en strategische beslissingen tegen te gaan, of in elk geval de impact ervan te verkleinen.'

'Niet geheel succesvol,' gaf de voorzitter van de Gezamenlijke Stafchefs toe. 'Ik heb de president en zijn aanhangers gesmeekt om de ontwikkelingen op nucleair gebied niet nog verder aan te moedigen, en weet u wat hij zei?'

Ellen zweeg, te bang om het te vragen.

'Hij zei: "Wat heb je aan kernwapens als je ze niet kunt gebruiken?"' Whitehead trok wit weg terwijl hij het zei. 'Als ik me duidelijker had uitgelaten...'

'U hebt het tenminste geprobeerd,' zei Ellen.

Whitehead kreunde even. 'Dat kan op mijn grafsteen worden gezet: "Hij heeft het tenminste geprobeerd..."'

'Toch is dat belangrijk,' zei Ellen. 'De meeste mensen hebben dat niet gedaan. Het spijt me, meneer de president. Ik moet terug naar het ministerie. Of eigenlijk moet ik naar Duitsland. Hebt u verder nog iets nodig van me?'

'Nee, Ellen.' President Williams aarzelde. 'Die reis naar Duitsland, is dat een persoonlijk bezoek?'

Ze staarde hem aan en kon nauwelijks geloven wat hij zei. Wat hij bedoelde.

Generaal Whitehead deed een duit in het zakje. 'Ik kan u op een van de militaire transporten zetten die binnen een uur al gepland staan om vanaf Andrews te vertrekken.'

'Nee,' zei de president. 'Het is al goed. Zelfs als het geen officiële zaak is, kunt u het regeringsvliegtuig nemen. Ik weet zeker dat de Duitse bondskanselier de lastminuteaard van de reis begrijpt en het niet zal zien als het schenden van het protocol.'

'Ze is menselijk.' Ellen keek duister naar Williams. 'Dat zou u ook eens moeten proberen.'

10

'Niks?' vroeg Ellen toen ze haar kamer binnenstormde.

Ze wist dat ze het wel gehoord zou hebben als er nieuws over Gil was geweest. Maar toch moest ze het vragen.

'Nee,' zei Boynton.

Betsy en Katherine waren weggegaan om hun koffers te pakken voor Frankfurt en nu beende Ellen de vergaderruimte binnen. Ze had dringende vragen van haar internationale evenknieën beantwoord en nu ging ze zitten en keek naar haar stafchef, senior medewerkers en beveiligingsanalisten.

'Breng verslag uit.'

'De Duitsers zeggen dat het duidelijk is dat dezelfde organisatie achter alle drie de explosies zit,' zei een senior medewerker. 'Maar ze weten niet welke organisatie.'

'Het zou Al Qaida kunnen zijn,' zei een beveiligingsanalist. 'Of ISIS...'

'ISIL.'

'Hou op.' Ellen stak haar hand omhoog. 'Er zat uren tussen de explosies. Je zou denken dat als terreur het doel was, ze toch wel zo'n beetje gelijktijdig gepland zouden zijn. Zoals bij de aanslagen op 11 september.' Ze keek de tafel rond naar de knappe koppen. 'Toch?'

Er volgde schouderophalen en stilte.

'Mevrouw de minister, eerlijk gezegd weten we niet wat het doel was. Is,' zei een senior analist.

'Is? Is het dan nog niet voorbij?' vroeg ze.

Ze voelde hysterie opwellen. Een duizelig, bijna overweldigend verlangen om te gaan lachen. Om de kamer uit te rennen, met haar armen te zwaaien en gillend door de gang te racen, door de voordeur, zo naar de straat. Pas stil te staan als ze bij het vliegtuig was.

Ze keken elkaar aan alsof ze elkaar uitdaagden om iets te zeggen.

‘Zeg het maar gewoon,’ zei ze.

Daarop volgde een nog langere stilte. Ellen kon deze mensen nog niet aanvoelen. Ze waren erin getraind om hun ware gevoelens te verbergen, en zeker hun ware gedachten. Dat was deels vanwege hun diplomatieke en inlichtingenopleiding en kwam deels voort uit het feit dat ze vier jaar lang gestraft waren voor het onthullen van alles wat ook maar enigszins op een feit leek, laat staan de waarheid.

‘We denken dat er een groter doel is,’ zei de vrouw die blijkbaar het kortste strootje had getrokken. ‘Dat deze bommen zijn gestuurd als een eerste waarschuwing.’ Ze kneep haar ogen toe en draaide haar hoofd een beetje af. Ze zette zich schrap. Ze verwachtte dat ze zou worden afgekraakt omdat ze slecht nieuws had gebracht.

Maar minister Adams verwerkte wat ze had gehoord en knikte.

‘Dank u.’ Ze keek de tafel rond. ‘En wat is die waarschuwing?’

‘Dat er iets groters op de planning staat. Dat dit nog maar een voorproefje was van waartoe ze in staat zijn,’ zei een van de beveiligingsanalisten, aangemoedigd door de reactie van zijn baas.

‘Dat ze alles kunnen en zullen doen wat ze maar willen,’ zei een ander. ‘Waar en wanneer ze maar willen.’

‘Dat ze bereid zijn om waar ook ter wereld onschuldige mannen, vrouwen en kinderen te vermoorden,’ zei weer een ander.

‘Dat ze professioneel zijn,’ zei er nog een. Inmiddels had Ellen er spijt van dat ze die eerlijkheid had aangemoedigd. ‘Geen ondergoedterroristen. Geen schoenterroristen. Geen spijkerbommen in rugzakken. Wie dit ook zijn, ze zijn van een heel ander kaliber.’

‘Ze zullen succesvol zijn, mevrouw de minister, in wat ze ook willen doen,’ beaamde weer een ander.

‘Zijn jullie klaar?’ vroeg Ellen.

Ze keken elkaar aan en slaakten een diepe zucht. Ze lieten een jarenlange frustratie naar buiten komen. En daarmee een lange litanie van zorgen.

‘Wat weten we van het bericht dat Miss Dahir heeft ontvangen?’ vroeg Ellen.

‘We hebben het op de server gevonden,’ zei een van de inlichtingenofficieren. ‘Er is geen IP-adres. Niets waaruit blijkt waar het vandaan komt. We werken eraan.’

‘Mooi. Waar is Miss Dahir?’ vroeg minister Adams. ‘Ik vertrek over vijfendertig minuten naar Duitsland en ik wil haar spreken voordat ik wegga.'

Ze keken om zich heen, alsof ze verwachtten dat Anahita elk moment kon opduiken.

'Nou?' vroeg Ellen.

'Ik heb haar al een tijdje niet meer gezien,' zei Boynton. 'Ze zit waarschijnlijk weer achter haar bureau. Ik zorg er wel voor dat ze hierheen komt.'

Een minuut later meldde hij dat ze er niet was.

Ellen voelde een rilling vanaf haar schedel over haar ruggengraat lopen. 'Zorg ervoor dat je haar vindt.'

Was ze uit eigen vrije wil weggegaan? Was ze verdwenen? Het was geen van beide goed.

Ellen herinnerde zich het gefluisterde 'Anahita Dahir' en de blik tussen de directeur van de CIA en Ted Beecham, de DNI.

Ze kende die blik. Die was gereserveerd voor iedereen die geen Jane, Debbie, Billy of Ted heette. Destijds was ze er kwaad om geworden, maar nu dacht ze het zelf ook.

Anahita Dahir. Waar kwam ze vandaan? Wat was haar achtergrond?

Waar lag haar loyaliteit?

Waar is ze?

En Ellen hoorde – opnieuw – die simpele constatering van feiten. Ondanks de voortijdige waarschuwing waren de bommen ontploft. Omdat Anahita Dahir hun het bericht te laat had gebracht.

De telefoon ging. Haar privélijn. Het was Katherine.

'Hij leeft nog.' Haar stem knalde jubelend door de telefoon.

'O, god,' kreunde Ellen en ze boog voorover tot haar hoofd de vergadertafel raakte.

'Wat is er?' vroeg Boynton met een bezorgde blik. 'Uw zoon?'

Ellen keek op en zag in zijn ogen dat hij, in tegenstelling tot de president, echt betrokken was. En op dat moment bedacht ze dat ze van Charles Boynton hield.

Ze hield van iedereen.

'Hij leeft nog.' Ze sprak weer in de telefoon en vroeg aan Katherine: 'Hoe gaat het met hem? Waar is hij?'

'Hij is gewond, maar niet ernstig. Ze zeggen dat hij er wel bovenop komt. Hij ligt in het *zum heiligen... Geist...*'

'Laat maar,' zei Ellen. 'We zijn er toch gauw. Ik zie je op Andrews.'

Terwijl ze ophing, deed Gils moeder haar ogen dicht en haalde diep adem. Daarna deed minister Adams haar ogen open en keek naar haar lachende medewerkers.

'Het gaat goed met hem. Hij komt erbovenop. Ik ga ernaartoe. En u gaat met me mee,' zei ze tegen haar stafchef. 'Weten we verder nog iets?' Ze schudden hun hoofd. 'Hebben we vermoedens?'

'Dit waren zonder twijfel gecoördineerde terroristische aanslagen, mevrouw de minister,' zei de senior inlichtingenanalist. 'Maar we weten niet door wie. Zoals we al zeiden, kan het van alles zijn, van een extreemrechtse groepering tot een nieuwe IS-cel. Als we het bericht dat de BD-medewerkster heeft ontvangen moeten geloven, is het gelukkig waarschijnlijk dat laatste.'

'Voorlopig,' zei een medewerker. 'Maar ik begrijp niet waarom ze ons zouden waarschuwen voor de bommen. Waarom zouden ze dat bericht sturen?'

'Dat hebben ze niet gedaan,' zei de analist. 'Degenen die de aanslagen gepland hebben, wilden dat de bommen zouden afgaan.'

'Wie heeft die waarschuwing dan gestuurd?' vroeg Ellen. Toen er een stilte viel, zei ze: 'Speculeer maar.'

'Een rivaliserende groep?' opperde de senior inlichtingenanalist. 'Een mol binnen de organisatie misschien. Iemand die hun ideologie niet deelt en de explosies wilde tegengaan. We werken in het wilde weg.'

'Nee, jullie zoeken op alle voor de hand liggende plaatsen,' zei Ellen. 'Gebruik je fantasie. Er kunnen er niet heel veel zijn die de mensen en de expertise bij elkaar kunnen krijgen. Ik wil een lijst.' Ze stond op. 'We moeten erachter komen uit wiens brein dit ontsproten is en het met wortel en tak uitroeien.'

'Hebben we nog steeds geen idee waarom het deze bussen waren?' vroeg Boynton. 'En waarom deze steden? Was het willekeur?'

Opnieuw schudden alle hoofden heen en weer, als van die hondjes voor op je dashboard.

Ellen stond op en de anderen volgden haar voorbeeld. 'Ik wil Miss Dahir spreken voor ik vertrek. Ga haar zoeken.'

Bij de deur bleef ze staan. Ze dacht aan de blik. De blik tussen de directeur van de CIA en Tim Beecham.

'Bel de directeur van de Nationale Inlichtingendienst voor me,' zei ze tegen Boynton.

Tegen de tijd dat ze achter haar bureau zat, was het telefoontje al doorverbonden.

'Tim.'

'Mevrouw de minister.'

'Heb jij mijn BD-medewerkster?'

'Waarom zou ik?'

'Speel geen spelletjes met me. Jij mag dan inlichtingenrapporten hebben, maar ik heb hele ambassades.'

'Technisch gesproken...'

'Zeg het nou maar gewoon.'

'Ja, mevrouw de minister. We hebben haar.'

Anahita had dit nooit voor mogelijk gehouden. Niet hier. Niet in een beschaafd land.

Niet in haar land.

Ze zat aan een metalen tafel tegenover twee mannen in uniform, maar zonder insignes of naamplaatjes. Militaire inlichtingendienst. Twee andere, nog grotere kerels stonden bij de deur. Voor het geval ze ervandoor zou gaan.

Maar zelfs als ze door die muur van massief vlees heen zou weten te komen, waar moest ze dan naartoe?

Naar waar ze vandaan kwam, vermoedden ze, dat had ze algauw in de gaten. Alsof ze niet uit Cleveland kwam.

Ze merkte het aan de manier waarop ze haar naam steeds weer herhaalden. Anahita.

Ze zeiden het alsof het de vertaling van iets ergs was. Terrorist. Vreemdeling. Vijand. Dreiging.

Anahita, zeiden ze spottend. Anahita Dahir.

'Ik ben in Cleveland geboren,' legde ze uit. 'Dat kunnen jullie nakijken.'

'Dat hebben we gedaan,' zei de jongste van de twee officieren. 'Maar gegevens kunnen vervalst worden.'

'Is dat zo?' Het was niet haar bedoeling geweest om zo onwetend te klinken en ze merkte wel dat het hun argwaan alleen nog maar versterkte. In hun ervaring was niemand zo naïef. Of onschuldig.

En iemand die Anahita Dahir heette al helemaal niet
'Dahir'. Van *dabir.* Dat betekende 'docent' in het Arabisch. Leraar.
En: 'Anahita'. Naar het Perzische woord voor genezer. En wijsheid.
Maar het had geen zin om hun dat te vertellen. Na 'Perzisch' zouden ze al niet meer verder luisteren.
Want dat vertaalde zich naar 'Iraans'. En dat betekende vijand.
Nee, ze kon maar beter niks zeggen. Hoewel Anahita Dahir zich inwendig afvroeg of ze misschien gelijk hadden en ze inderdaad niet aan dezelfde kant stonden. Het was moeilijk te geloven dat ze verbonden was met dit soort mensen.
'Wat is je etnische achtergrond?' vroeg de jongste van de twee.
'Mijn ouders komen uit Libanon. Beiroet. Ze zijn gevlucht tijdens de burgeroorlog en zijn hierheen gekomen als vluchtelingen. Ik ben de eerste generatie.'
'Moslim?'
'Christelijk.'
'Je ouders?'
'Mijn vader is moslim. Mijn moeder is christelijk. Dat was een van de redenen dat ze weg moesten. Christenen waren een doelwit.'
'Wie heeft je dat gecodeerde bericht gestuurd?'
'Ik heb geen idee.'
'Vertel het ons.'
'Dat doe ik. Ik heb echt geen idee. Zodra het binnenkwam, heb ik het aan mijn leidinggevende laten zien. Dat kunnen jullie hem vragen.'
'Ga ons nou niet vertellen hoe we ons werk moeten doen. Geef gewoon antwoord op de vragen.'
'Ik probe...'
'Heb je je leidinggevende verteld wat het bericht betekende?'
'Nee, w...'
'Waarom niet?'
'Omdat ik niet...'
'Je wachtte tot er twee bommen waren afgegaan en het te laat was om de derde tegen te houden.'
'Nee, nee!' Ze merkte dat ze in de war raakte en moeite moest doen om haar evenwicht te hervinden.
'En toen heb je het gewist.'

'Ik dacht dat het spam was.'

'Spam?' vroeg de oudste van de twee, die redelijker klonk. En veel angstaanjagender. 'Leg dat eens uit.'

'Dat krijgen we soms. Bots die door verschillende adressen heen gaan en willekeurig berichten versturen. De meeste worden tegengehouden door de firewall van het ministerie van BZ, maar sommige glippen erdoorheen...' Zodra ze 'glippen' had gezegd, had ze er al spijt van, maar ze ging verder. 'Dat gebeurt ongeveer één keer per week.' Ze stond op het punt om te zeggen: *vraag maar aan de andere BD-medewerkers*, maar hield zich in. Ze leerde het al. 'Als ze erdoorheen komen, lijkt het soms onzin. Zoals deze keer. Als ik het niet begrijp, vraag ik het.'

'Geef je nou je leidinggevende de schuld?' vroeg de jongste.

'Nee, natuurlijk niet. Ik beantwoord gewoon de vragen,' snauwde ze.

Haar boosheid was nu groter dan haar angst. Ze wendde zich tot de oudere officier.

'Als we weten dat iets troep is, kunnen we het wissen of het aan onze leidinggevende laten zien en die om zijn of haar mening vragen, en het daarna wissen. En dat heb ik gedaan.'

De oudste officier zweeg even en boog toen naar voren.

'Dat is niet het enige wat je gedaan hebt. Je hebt de getallen opgeschreven. Waarom?'

Anahita zweeg. En zat stil.

'Het leek gewoon raar.'

Dat kwam met een bonk in de kleine, gesloten ruimte neer. De jongste agent schudde zijn hoofd en leunde naar achteren, maar de oudste bleef naar haar kijken.

'Ik weet dat dat niet echt een verklaring is, maar het is echt zo,' zei ze, en ze sprak alleen nog tegen de oudste man. 'Ik weet niet precies waarom ik het deed.'

Dat klonk nog erger. Dat merkte ze omdat de oudste officier niet reageerde. Helemaal niet. Voor zover Anahita kon zien, haalde hij niet eens adem.

Op dat moment ontstond er commotie bij de deur.

En nog steeds reageerde de oudste van de twee niet. Hij vertrouwde erop dat de bewakers bij de deur hun werk deden, terwijl hij het zijne deed. En dat was, zo leek het nu, naar haar staren.

'Ga opzij.'

Nu draaide de oudste zich om en keek naar de deur, net als Anahita. Ze herkende de stem. Even later kwam Charles Boynton binnen, gevolgd door de minister van Buitenlandse Zaken.

Iedereen sprong overeind, al deed de oudste officier dat langzamer dan de rest.

'Mevrouw de minister,' zei hij en toen Anahita iets tegen Ellen wilde zeggen, snoerde hij haar met één blik de mond.

'Jullie hebben mijn BD-medewerkster,' zei Ellen, die even naar Anahita keek om zich ervan te verzekeren dat het goed met haar ging.

De jonge vrouw keek angstig, maar leek ongedeerd.

'Ja. We hebben wat vragen voor haar.'

'Net als ik. Hoe heet je?'

Hij aarzelde heel even. 'Jeffrey Rosen. Kolonel. Inlichtingendienst Defensie.'

Ellen stak haar hand uit. 'Ellen Adams. Minister van Buitenlandse Zaken, Verenigde Staten.'

Kolonel Rosen schudde haar de hand en glimlachte heel flauwtjes.

'Kan ik u even spreken, kolonel? Onder vier ogen, graag.'

Hij knikte naar de jongste officier, die Anahita de kamer uit leidde, maar niet voordat ze kon zeggen: 'Mevrouw de minister, Gil? Is hij...?'

'Hij ligt in het ziekenhuis. Hij redt het wel.'

Anahita gaf haar een knikje en liet haar schouders zakken, opgelucht na urenlange spanning. 'U weet dat ik... er niet bij betrokken was.'

Ellen negeerde haar en knikte naar de anderen om haar alleen te laten met de kolonel. Alleen Charles Boynton bleef bij de deur staan.

'Wat heeft ze jullie verteld?'

'Alleen wat u waarschijnlijk al weet.' Hij somde de gebeurtenissen op vanaf het moment dat het bericht binnenkwam in de mailbox van de BD-medewerkster tot het moment dat de bom ontplofte. 'Wat we niet weten is...'

'Waarom ze die getallen heeft opgeschreven,' zei Ellen.

Ze probeerde zijn opgetrokken wenkbrauwen niet op te vatten als een belediging. Ellen Adams was het gewend dat mensen haar onderschatten. Geslaagde vrouwen van middelbare leeftijd werden vaak gekleineerd door kleine mannen. Hoewel ze niet dacht dat deze kolonel Rosen ook zo iemand was.

Hij zou net zo verrast zijn geweest als generaal Whitehead dat antwoord zo snel gegeven zou hebben.

'En?' vroeg ze.

'Ze had geen verklaring.'

'Kolonel, denkt u niet dat ze een verklaring zou hebben gehad als ze een buitenlandse agent was geweest, als ze hierbij betrokken was geweest?'

Dat verraste hem en hij overwoog het. 'Ze lijkt onschuldig.'

'En daarom is ze schuldig? U zou het goed gedaan hebben tijdens de heksenprocessen.' Ellen liep naar de deur. 'Ik ga naar Duitsland.'

Hij liep achter haar aan. 'Ik hoop dat u antwoorden krijgt, mevrouw de minister. Ik vind het een hele opluchting dat het goed gaat met uw zoon. Hij is een dappere man.'

Ellen bleef abrupt staan. Ze keek even naar deze kolonel van de militaire inlichtingendienst en vroeg zich af of hij wist hoe dapper. Niet alleen die dag, maar ook tijdens die afgrijselijke dagen in Afghanistan. Rosens gezicht was ondoorgrondelijk, hij gaf niets prijs.

'Wij werken er vanaf deze kant aan. Anahita Dahir weet iets.'

'Als dat zo is, dan hoop ik dat ik dat uit haar krijg tijdens de vlucht.'

Ellen wist dat ze eigenlijk niet zo'n plezier mocht putten uit de verbouwereerde blik op het gezicht van kolonel Rosen. Maar toch was het zo.

'Dat zou een vergissing zijn.' Geen 'mevrouw de minister' deze keer. Slechts een ferme, gewaagde uitspraak. 'Miss Dahir is hierbij betrokken. Ik weet niet hoe, maar het is zo. Dat moet zelfs u toch zien.'

'Zelfs ik?' Ellens ogen waren net zo kil als haar toon. 'Ik ben uw minister van Buitenlandse Zaken. U mag het met me oneens zijn. Dat bent u duidelijk. Maar u hebt mijn ambt te respecteren.'

'Mijn excuses.' Hij wachtte even, maar gaf niet op. 'Ik denk dat u een vergissing begaat, mevrouw de minister.'

Ellen keek hem een lang ogenblik vorsend aan. Hij had gezegd wat hij dacht. Wat zijn waarheid was. En dat was meer dan de meesten zouden doen in het vacuüm dat de hoogste regionen van de regering was geworden.

‘En laat me u nog eens iets zeggen, mevrouw de minister. Anahita Dahir is niet te vertrouwen.’

‘Ja, dat hebt u wel duidelijk gemaakt, kolonel. En geloof me, ik neem uw woorden ter harte. Maar toch gaat Miss Dahir met mij mee.’

Wat de kolonel niet gezien had, was de blik op het gezicht van de BD-medewerkster toen ze minister Adams ervan had willen overtuigen dat er een derde aanslag ophanden was.

Daar was pure paniek op te lezen geweest. Dat was een jonge vrouw die de explosie wanhopig probeerde tegen te houden.

Ellen wist ook dat haar zoon dood zou zijn als Anahita er niet was geweest. Ze stond bij haar in het krijt. Maar vertrouwde ze haar ook?

Niet volledig. Die blik op het gezicht van de BD-medewerkster toen ze Ellen smeekte om haar te geloven, om iets te doen, kon ook een toneelstukje geweest zijn, een afleidingsmanoeuvre om in haar kring van vertrouwelingen binnen te dringen. Om hen te manipuleren terwijl er een veel grotere aanslag werd beraamd.

Ellen wist dat kolonel Rosen dacht dat ze veel naïever was dan in werkelijkheid het geval was. En voorlopig, totdat ze bondgenoten kon scheiden van vijanden, kwam dat Ellen heel goed uit.

Trouwens, als Anahita Dahir er echt bij betrokken was, wilde Ellen haar in haar buurt houden. Om haar in de gaten te houden. En haar daarna misschien zover te krijgen dat ze een fout maakte.

Tenzij, dacht Ellen terwijl ze hun voorging naar de wachtende limousine die hen naar Andrews zou brengen, zijzelf degene was die een fout maakte.

Tijdens de vlucht probeerde Anahita minister Adams te spreken te krijgen, om haar te bedanken dat ze haar gered had. Haar vertrouwd had. Haar mee te nemen naar Duitsland. Waar ze Gil kon zien.

Ze wilde uitleggen dat ze niks wist, dat ze niks verborg.

Maar ja, dat zou een leugen zijn.

11

De dag brak bijna aan tegen de tijd dat Gil Bahar weer naar de oppervlakte van zijn bewustzijn dreef. Hij voelde dat zijn ledematen zwaar waren, gehinderd. Alsof hij vastgebonden was.

Het riep vage herinneringen op.

En toen, in een vlaag van paniek, waren ze niet langer vaag. En ook geen herinneringen. Hij voelde de smerige touwen in zijn polsen en enkels snijden. Rook de stank van stront en urine en rottend eten en vlees.

Met zijn gezicht omlaag ademde hij het vuil van de grond in.

De dorst. De dorst. En de angst.

Hij werd met een ruk wakker, schoot snel omhoog naar de oppervlakte en worstelde om overeind te komen. In een plotselinge, overweldigende paniek.

'Het is in orde,' klonk een vertrouwde stem, die een vertrouwde geur met zich meebracht die zowel troostend als onbehaaglijk was. 'Je bent veilig.'

Hij deed moeite om eindelijk te kunnen focussen. 'Mam?'

Wat doe jij hier? Hebben ze jou ook ontvoerd?

'Het is al goed,' zei ze rustig. Haar gezicht dichtbij, maar niet té. 'Je ligt in het ziekenhuis. De artsen zeggen dat je je over een paar dagen weer kiplekker voelt.'

Toen kwam het terug. Zijn gekneusde brein werkte weer. Met een sprongetje kwam het struikelend terug. Frankfurt. De mensen, de voetgangers. De bus. De gezichten van de passagiers die hem aanstaarden. De kinderen.

De vrouw met de tas. Hoe heette ze. Wat was haar naam?

'Wie heißen Sie?'

Er werd met een fel lampje in zijn ogen geschenen. Er werd een hand op zijn hoofd gelegd die hem stilhield, hem omlaaghield. Die zijn oogleden openhield.

‘Wat?’ vroeg Gil, die om zich heen sloeg.

De vrouw, een arts, deed een stap achteruit. ‘Sorry. Uw naam. Hoe heet u, *bitte*?’

Hij moest even nadenken. ‘Gil.’

‘Van Gilbert, *ja*?’

Hij wachtte heel even en beaamde het. Hij kon zijn moeder niet aankijken.

‘Uw achternaam?’ De stem van de dokter was zacht maar ferm, met een zwaar Duits accent.

Dat duurde iets langer. Waarom kon hij het zich niet herinneren?

‘Bukhari,’ flapte hij eruit. ‘Nasrin Bukhari.’

De dokter keek naar hem en draaide zich daarna naar zijn moeder. Ze keken allebei bezorgd.

‘Nee, nee,’ zei hij en hij probeerde te gaan zitten. ‘Ik heet Gil Bahar. Haar naam is dr. Nasrin Bukhari.’

‘Mijn naam is dr. Gerhardt.’

‘Ik bedoel u niet. De vrouw in de bus.’ Hij keek langs de dokter heen naar zijn moeder. ‘Ik was haar aan het schaduwen.’

Ellen stond aan de zijkant. Ze had de anderen gevraagd om buiten te wachten terwijl zij bij Gil ging zitten. Toen hij zich verroerd had, had ze op de knop gedrukt om de dokter te roepen.

Nu kwam ze naar voren. ‘Laat de dokter haar onderzoek doen, dan kunnen we daarna praten.’

Ze hield Gils blik vast en maakte hem duidelijk dat hij maar beter zo min mogelijk kon zeggen in het bijzijn van anderen.

Daar was hij het mee eens. Trouwens, het zou hem de tijd geven om zich een weg door de chaos te banen. Om details op te graven. Waarom kreeg hij de kriebels van die naam, Nasrin Bukhari?

Wie was ze?

Dr. Gerhardt rondde haar onderzoek af en leek tevreden. Ze zei dat hij een hersenschudding, gebroken ribben en wat kneuzingen had. ‘En een flinke jaap in uw bovenbeen. U hebt geluk gehad. Het zou levensbedreigend zijn geweest als omstanders niet zo snel druk hadden uitgeoefend. We hebben de wond gehecht, maar u moet een paar dagen rust houden.’

Tegen de tijd dat ze vertrokken was, had Gil zijn antwoord.

Dr. Bukhari was niet degene voor wie hij bang was. Het was degene die achter haar in de schaduw stond.

Ellen zag de zware deur achter de dokter dichtgaan en draaide zich naar haar zoon. Ze wilde zijn hand pakken, maar hij trok hem terug. Niet fel. Automatisch.

En dat maakte het nog erger.

'Het spijt me zo,' begon ze, maar hij onderbrak haar en gebaarde dat ze zich naar hem toe moest buigen. Heel even dacht ze dat hij haar misschien op haar wang zou kussen. Maar in plaats daarvan fluisterde hij iets.

'Bashir Shah.'

Ze draaide haar hoofd naar hem toe en staarde hem aan. Ellen Adams had die naam in geen jaren gehoord. Niet sinds de lange vergaderingen met de bedrijfsjuristen, toen ze haar waarschuwden om de onderzoeksdocumentaire over de Pakistaanse wapenhandelaar niet uit te zenden.

Het had hun verslaggever ruim een jaar graafwerk gekost. Het had geleid tot dreigementen aan het adres van het gezin van de verslaggever. Meerdere van zijn bronnen waren verdwenen.

Daarna was het onmogelijk dat ze het verhaal niet zouden uitzenden.

Dr. Shah ontkende de beschuldigingen van wapenhandel, hoewel hij wel een vreemde verklaring aflegde waarin hij de aanval op een voorbeeldige Pakistaanse burger hekelde. Het waren dezelfde soort valse beschuldigingen die tegen de meeste van zijn voorgangers en mentors waren geuit, die dappere, briljante Pakistaanse kernfysici die het pad hadden geëffend. Mensen als A.Q. Khan.

Dr. Shah legde uit dat Pakistan de bondgenoot van het Westen was in de strijd tegen het terrorisme.

De hele documentaire draaide nu juist om het feit dat hij het terrorisme wás. En inderdaad, in zijn lauwe ontkenning ging een diepere waarheid schuil.

Bashir Shah wilde dat de hele wereld wist dat hij handelde in de dood.

Tot haar afgrijzen realiseerde Ellen Adams zich dat ze, onbedoeld en ten koste van levens, voor hem had geadverteerd. De met een Oscar bekroonde documentaire liet de terroristen weten waar ze hun biologische wapens konden halen. Hun chloor. Hun sarin. Hun kleinere wapens en hun raketwerpers.

En erger.

'Zat hij in de bus?' vroeg ze ongelovig.

'Nee. Maar hij zit erachter.'

'De bommen?'

Nu schudde Gil zijn hoofd. 'Niet de busbommen. Iets anders. Ik weet niet wie er achter de bomaanslagen zit.'

'Je zei dat je een vrouw volgde. Nasrin...' Ellen probeerde zich haar achternaam te herinneren.

'Bukhari,' zei Gil. 'Een informant vertelde me dat Shah drie Pakistaanse kernfysici had gerekruteerd. Dr. Bukhari is een van hen. Ik wilde zien waar ze naartoe ging. Wat Shah van plan was. Waar hij was, en zo mogelijk meer.'

'Maar we weten waar hij is,' zei Ellen. 'Hij staat onder huisarrest in Islamabad. Dat is al jaren zo.'

De Pakistanen hadden uit voorzorg ook dr. Shahs internettoegang gecensureerd. In tegenstelling tot andere wapenhandelaren was Bashir Shah zowel zakenman als ideoloog. Hij was geboren in Islamabad, maar opgegroeid in Groot-Brittannië. Hij was nu in de vijftig, maar hij was geradicaliseerd toen hij natuurkunde studeerde in Cambridge en vervolgens sterk beïnvloed door jihadistische sites op internet.

Hoewel hij de vorige generatie van Pakistaanse kernfysici bewonderde, was hij tot de overtuiging gekomen dat ze niet ver genoeg waren gegaan. Maar dat zou hij wel doen.

Er was geen grens die Bashir Shah niet zou overschrijden.

'De Pakistanen hebben hem vorig jaar vrijgelaten,' zei Gil.

'Dat zouden ze nooit doen,' zei ze, en ze verhief haar stem en dempte hem toen weer na een waarschuwende blik van haar zoon. 'Dat kunnen ze niet hebben gedaan,' fluisterde ze, bijna alsof ze siste. 'Dat zouden we weten. Ze zouden het nooit achter onze rug om doen. Amerikaanse agenten hebben hem nota bene gevonden.'

'Ze hebben het niet achter onze rug om gedaan. De vorige regering heeft ermee ingestemd.'

Ellen trok zich terug en staarde naar haar zoon. Ze probeerde te bevatten wat hij zei. Ze had niet goed begrepen waarom ze fluisterden. Nu snapte ze het.

Als het waar was wat hij zei...

Ze keek om zich heen in de privékamer, alsof ze verwachtte dat Bashir Shah in een hoekje naar hen stond te kijken.

De gedachten raasden door haar hoofd terwijl ze ongelijke stukjes in elkaar probeerde te passen. Probeerde de kieren en de gaten op te vullen.

Uit wat ze had gelezen in de briefings van het ministerie van BZ, wist Ellen Adams dat er een heleboel slechte spelers waren. Mannen en vrouwen die niets en niemand spaarden bij het najagen van hun doelen.

Assad in Syrië. Al-Qurayshi van de Islamitische Staat. Kim Jong-un in Noord-Korea.

En hoewel de diplomatie het niet toestond dat ze het officieel zou zeggen, zou Ellen Adams persoonlijk ook Ivanov in Rusland aan die lijst toevoegen.

Maar niemand kon tegen Bashir Shah op. Hij was niet zomaar slecht, of verdorven, zoals haar oma misschien gezegd zou hebben. Bashir Shah was duivels. Vastbesloten om de hel op aarde te creëren.

'Gil, hoe wist je over Shah en de fysici?'

'Dat kan ik je niet vertellen.'

'Je moet.'

'Het is een bron. Ik kan het niet zeggen.' Hij zweeg en negeerde de woede in haar ogen. 'Hoeveel?'

Ellen wist wat hij bedoelde. 'Er is nog geen vaststaand getal, maar het lijkt erop dat er drieëntwintig doden in de bus zijn gevallen en vijf op de grond.'

De tranen sprongen in Gils donkere ogen toen hij zich hun gezichten herinnerde. En zich afvroeg of hij meer had kunnen doen. Op zijn minst dat kind uit zijn moeders armen had kunnen grissen en...

'Je hebt het geprobeerd,' zei zijn moeder.

Maar was dat goed genoeg? vroeg hij zich af. Of was die troostende gedachte eigenlijk een straatkei op de weg naar de hel?

Katherine nam haar moeders plaats naast Gils bed in en zat bij haar halfbroer toen hij sliep, wakker werd en weer in slaap viel.

Ook Anahita was naar binnen gegaan om Gil gedag te zeggen. Hij lachte naar haar en stak zijn hand uit.

'Ik hoorde dat je mijn leven hebt gered.'

'Ik wilde dat ik er meer had kunnen redden.'

Ze pakte zijn hand, die zo vertrouwd was. Een hand die haar lichaam misschien wel beter kende dan zijzelf.

Ze praatten even en toen zijn oogleden zwaar werden, liet ze hem met rust. Ze wilde bijna bukken om hem een kus op zijn wang te geven, maar hield zich in. Niet alleen omdat Katherine erbij was, maar omdat het niet juist zou zijn.

Ze 'hadden' niets meer.

Toen ze de kamer uit kwam, wenkte Boynton haar. 'Jij gaat met ons mee.'

'Breng ons alstublieft naar de plaats van de bomaanslag,' zei minister Adams tegen de chauffeur van de Diplomatieke Beveiliging toen zij, Boynton, Anahita en Betsy in de auto stapten. 'En daarna naar het Amerikaanse consulaat.'

Er volgde nog een auto met medewerkers en adviseurs, en ze werden omringd door een cordon van Duitse politieauto's.

'Ik heb tegen de consul gezegd dat u er binnen een uur bent,' zei Boynton. 'Hij en zijn mensen verzamelen zo veel mogelijk informatie over wat er hier gebeurd is. U hebt een vergadering met hem, daarna met de top van de Amerikaanse inlichtingdienst en beveiligingsmensen hier in Duitsland, en daarna een conferencecall met uw ambtgenoten. Dit is de lijst van deelnemers, zoals voorgesteld door de Fransen.'

Ellen ging de lijst met landen en namen af, streepte er een paar door en voegde er een aan toe. Ze wilde het klein houden.

Ze gaf de namenlijst terug aan Boynton en vroeg: 'Is het voertuig veilig?'

'Veilig?'

'Is het doorzocht?'

'Doorzocht?' vroeg Boynton.

'Hou eens op met alles herhalen en geef gewoon antwoord.'

'Ja, het is veilig, mevrouw de minister,' zei Steve Kowalski, de leider van haar Diplomatieke Beveiligingsdienst, die met hen meereed op de passagiersstoel.

Boynton keek haar nog eens goed aan. 'Hoezo?'

'Wat kun je me vertellen over Bashir Shah?' Ondanks de geruststellingen dempte ze haar stem.

'Shah?' vroeg Betsy.

Toen Ellens media-imperium boven alle verwachtingen uit was gegroeid, had ze Betsy gevraagd haar baan als lerares op te geven en met haar samen te werken. In die wereld vol testosteron had Ellen een hechte bondgenoot en vertrouwenspersoon nodig. Het hielp ook mee dat Betsy fel was, in haar slimheid en haar loyaliteit.

Betsy had hen geholpen de documentaire over de wapenhandelaar op te zetten.

'Hij zit hier toch niet achter, hè?' vroeg ze. 'Zeg me dat hij hier niet achter zit.'

Ellen zag dat Betsy niet gewoon verbaasd was; ze kon het echt niet geloven. Vervolgens, terwijl Frankfurt voorbijgleed, veranderde Betsy's gezichtsuitdrukking van bedenkelijk naar bezorgd, om uiteindelijk te blijven steken in iets wat in de buurt kwam van ontsteltenis.

'Wie?' vroeg Charles Boynton.

'Bashir Shah,' herhaalde Ellen. 'Wat weet je over hem?'

'Niks. Ik heb nog nooit van de man gehoord.'

Hij keek van minister Adams naar Betsy en daarna weer naar de minister. Hij nam niet de moeite om naar Anahita Dahir te kijken. Maar Ellen wel. En wat ze zag, leek op de uitdrukking op Betsy's gezicht.

Het leek erop, maar was niet helemaal hetzelfde. Bij het horen van de naam Bashir Shah was Anahita niet zomaar bang; ze was doodsbang.

Wat Charles Boynton wel zag, was de gezichtsuitdrukking die zijn baas voor hem bestemd had. Ellen Adams was bozer dan hij haar ooit had gezien, hoewel hij – toegegeven – haar pas een paar weken kende.

'Je liegt.'

'Sorry?' vroeg hij, nauwelijks in staat om te geloven wat hij zojuist gehoord had.

'Je moet Shah kennen,' snauwde Betsy. 'Hij is...'

Maar Ellen legde haar haar hand op Betsy's been om haar het zwijgen op te leggen. 'Nee. Niks meer zeggen.'

‘Dit is belachelijk,’ snauwde hij terug. Daarna voegde hij er snel aan toe: ‘Mevrouw de minister, ik weet echt niet over wie u het hebt. Ik ben ook nieuw op Buitenlandse Zaken.’

Dat was waar. Barbara Stenhauser had, met instemming van de president, Charles Boynton gekozen als Ellens stafchef.

Het was voor hen allebei een verrassing geweest. In plaats van Ellen haar eigen stafchef te laten kiezen, of zelfs maar iemand te benoemen die al op het ministerie werkte, hadden ze een topmedewerker uit hun politieke campagne op de vooraanstaande bestuurspost op BZ gezet.

Ellen had het vermoeden gehad dat het allemaal deel uitmaakte van president Williams’ pogingen haar te ondermijnen. Maar nu vroeg ze zich af of er sprake was van duisterder bedoelingen. Kon Charles Boynton echt zo onwetend zijn? Hoe kon het dat hij Bashir Shah niet kende? Toegegeven, Shah leefde in de schaduw. Maar was het niet hun taak om in die schaduw te kijken?

‘We zijn er, mevrouw de minister,’ zei Kowalski vanaf de voorbank.

Er stonden honderden mensen te kijken, die uit de buurt van de plek van de explosie werden geweerd door dranghekken. De toeschouwers draaiden zich om en keken toe terwijl ze uit de auto stapte. Er hing een griezelige stilte, die werd verbroken door de zachte klik waarmee het portier van de auto dichtging.

Ze werd begroet door de dienstdoende Duitse politieagent en de leidinggevende agent van de Amerikaanse Inlichtingendienst in Duitsland, CIA-commandant Scott Cargill.

‘We kunnen er niet te dichtbij komen,’ legde de Amerikaan uit.

Het was bijna op de kop af twaalf uur geleden dat de explosie had plaatsgevonden. De zon was net op en het leek erop dat het weer een koude, vochtige, grauwe maartse dag zou worden. Industriestad Frankfurt liet zich van haar slechtste kant zien: troosteloos en onaantrekkelijk. En zelfs in de beste tijden zag de stad er al niet geweldig uit.

Een groot deel van het historische centrum was in de oorlog platgebombardeerd. Frankfurt werd weliswaar beschouwd als een alfa-wereldstad, maar dat kwam door de positie als economisch centrum. Het had niet de charme van de vele kleinere steden, of de bruisende, jonge energie van Berlijn.

Ellen keek achterom naar de zwijgende mensen die zich achter de dranghekken verzameld hadden.

'Voornamelijk familieleden,' zei de Duitse agent. Er lag al een zee van bloemen. Teddyberen. Ballonnen. Alsof de doden daar troost uit konden putten.

En wie weet was dat ook wel zo, dacht Ellen.

Ze keek om zich heen naar de verwoesting. Het verwrongen metaal. De bakstenen en het glas. De rode dekens die op de grond lagen. Bijna plat.

Ze wist dat de pers naar haar keek. Haar filmde.

Maar toch bleef ze naar de zee van dekens kijken die daar verspreid over zo'n groot oppervlak lagen, terwijl de hoekjes licht opwaaiden in de wind. Het was bijna mooi. Bijna vredig.

'Mevrouw de minister?' zei Scott Cargill, maar Ellen bleef staren.

Onder een van die dekens had Gil kunnen liggen.

Onder elk van die dekens lag iemands kind, moeder, vader, echtgenoot, echtgenote. Vriend of vriendin.

Het was zo stil, je hoorde bijna niks. Alleen het inmiddels vertrouwde geklik van de camera's. Op haar gericht.

Wij zijn de Doden, dacht ze, toen haar het oorlogsgedicht te binnen schoot. *Dagen snelden / In ochtenddauw, in avondlucht, / In liefde heen, tot men ons velde...*

Ellen Adams keek achterom naar de familieleden die haar bekeken. Daarna richtte ze haar blik weer op de dekens, als een veld vol klaprozen.

'Ellen?' fluisterde Betsy, die tussen haar en de journalisten in ging staan om haar vriendin af te schermen, al was het maar een ogenblik.

Ellen keek in haar ogen en knikte. Ze slikte wat gal weg, duwde haar afgrijzen opzij en werd weer minister Adams, die haar walging omzette in vastberadenheid

'Wat kunt u me vertellen?' vroeg ze aan de Duitse agent.

'Heel weinig, mevrouw. Het was een enorme explosie, zoals u kunt zien. Degene die dit heeft gedaan, wilde er zeker van zijn dat zijn doel werd bereikt.'

'En wat was dat doel?'

Hij schudde zijn hoofd. Hij was niet zozeer vermoeid, al moest hij al bijna vierentwintig uur op de been zijn, maar vooral ontdaan.

'Hetzelfde als dat van de andere twee, lijkt me. In Londen en Parijs.' Hij keek om zich heen en daarna weer naar haar. 'Als u enig idee hebt, vertel het me dan alstublieft.'

Hij bestudeerde haar en toen ze bleef zwijgen, vervolgde hij: 'Voor zover we weten is er hier, op deze plek, niets wat welke organisatie dan ook als strategisch zou kunnen beschouwen.'

Ellen haalde diep adem en bedankte hem.

Ze had hem wel naar het doel moeten vragen, al wist ze het antwoord al, in elk geval ten dele. Maar ze kon hem niets vertellen over dr. Nasrin Bukhari. De Pakistaanse kernfysica die in de bus had gezeten. Nog niet. Niet voordat ze meer wist.

En ze wilde Bashir Shah voor zichzelf houden, in elk geval tot ze haar ambtsgenoten had gesproken.

Voordat Ellen terugliep naar de auto wierp ze nog een laatste, lange blik op de plek. Was dit allemaal aangericht om één persoon te vermoorden?

En zoals de Duitse agent zo kernachtig had samengevat, het doel hier was vrijwel zeker hetzelfde als in Londen en Parijs. Wat betekende...

'We moeten naar het consulaat,' zei ze tegen Boynton.

Toch bleef Ellen bij de dranghekken even staan om de familieleden te spreken. Om naar de foto's te kijken die ze omhooghielden. Van zoons en dochters, van vaders en moeders, van echtgenoten en echtgenotes. Vermisten.

Wij vinden, als u bent beducht, / Geen rust...

Ellen Adams was niet van plan om beducht te zijn. Hoewel ze zich, nu ze in de auto zat die op de vroege ochtend door Frankfurt scheurde en naar Charles Boynton en Anahita Dahir keek, wel afvroeg of ze misschien iets te vrezen had.

12

Ze hadden hun antwoord tegen de tijd dat de vergadering bijeenkwam.

Op haar scherm zag Ellen ministers van Buitenlandse Zaken uit geselecteerde landen, samen met hun topambtenaren en medewerkers van de inlichtingendienst.

'Uw informatie klopte, mevrouw de minister,' zei de Britse minister van BZ, die nu een heel stuk minder hoog van de toren blies. 'We hebben dr. Ahmed Iqbal geïdentificeerd als een van de passagiers in de Londense bus. Hij is een Pakistaan die in Cambridge woont en doceert in het Cavendish Lab aan de faculteit Natuurwetenschappen van de universiteit van Cambridge.'

'Was hij kernfysicus?' vroeg de Duitse minister van Buitenlandse Zaken, Heinrich von Baier.

'Ja.'

'Monsieur Peugeot?' vroeg Ellen, die zich tot de Franse minister van BZ rechtsboven in het scherm wendde.

Ze vond dit altijd net boter-kaas-en-eieren, al was het geen spelletje.

'*Oui*, het is nog wat voorbarig, want we moeten het nog eens goed checken, maar het lijkt erop dat zich onder de doden in Parijs ook dr. Edouard Monpetit bevond. Leeftijd' – hij keek in zijn aantekeningen – 'zevenendertig. Getrouwd. Eén kind.'

'Geen Pakistaan?' vroeg de Canadese, Jocelyn Tardiff.

'Een Pakistaanse moeder en een Frans-Algerijnse vader,' vertelde Peugeot. 'Hij woonde in Lahore en is twee dagen geleden naar Parijs gereisd.'

'En vanaf daar?' vroeg Ellen. 'Waar ging hij naartoe?'

'Dat weten we nog niet,' gaf de Franse minister toe. 'We hebben agenten gestuurd om zijn familie te spreken.'

'Ik neem aan dat jullie hem met behulp van gezichtsherkenning hebben geïdentificeerd,' zei de Duitse minister.

'Ja,' beaamde de Brit. 'We hebben dr. Iqbal op bewakingscamera's gezien toen hij bij metrostation Knightsbridge in de bus stapte.'

'Waarom is hij dan niet eerder geïdentificeerd?' vroeg de Duitser. 'Toen jullie naar mogelijke verdachten en doelwitten zochten?'

Ellen boog zich voorover. Dat was een goede vraag.

'Nou,' zei Groot-Brittannië, 'onze inlichtingenalgoritmes beschouwden hem niet als doelwit.'

'Dat geldt ook voor Parijs,' zei Frankrijk. 'De eerste keer verwierp ons gezichtsherkenningssysteem dr. Monpetit.'

'Waarom?' vroeg Italië. 'Kernfysici zouden toch zeker vanzelfsprekend een doelwit moeten zijn, of in elk geval op de shortlist terecht moeten komen?'

'Dr. Monpetit wordt beschouwd als assistent-fysicus,' legde Frankrijk uit. 'Hij werkte in het Pakistaanse kernwapenprogramma, maar op een lage positie, aan de zijlijn. Vooral verpakking.'

'Bezorging?' vroeg Duitsland.

'Nee, alleen de behuizing.'

'En dr. Iqbal?' vroeg Italië.

'Voor zover we nu weten, was dr. Iqbal niet verbonden aan het Pakistaanse of enig ander kernwapenprogramma,' zei Groot-Brittannië.

'Maar hij was kernfysicus,' zei Canada, die het relevante woord benadrukte.

Ze had ofwel de slechtste kledingsmaak die ieder van hen ooit gezien had, of – waarschijnlijker – ze droeg een flanellen nachthemd. Met elanden en beren.

Haar grijze haar was naar achteren getrokken en ze had geen make-up op.

Het was per slot van rekening even na tweeën 's nachts in Ottawa en ze was uit een diepe slaap gerukt.

Maar haar uiterlijk mocht dan slordig lijken, haar gezicht vertelde een heel ander verhaal. Ze was alert, beheerst en gefocust. En meedogenloos.

'Dr. Iqbal was academicus,' zei Groot-Brittannië. 'Theoreticus. En niet eens bijster succesvol. Ook dit is allemaal voorbarig, maar we hebben snel even gekeken en zien slechts' – hij wendde zich tot zijn medewerker – 'een stuk of tien publicaties op zijn naam staan. Als secundaire auteur.'

De Britse minister zette zijn bril af en toen zijn medewerker zich naar hem toe boog en iets wilde zeggen, snauwde hij: 'Ja, ja. Dat weet ik.' Hij keek weer in de camera en zei: 'We doorzoeken zijn kamers in Cambridge en zullen zijn supervisor ondervragen. We hebben nog geen contact opgenomen met de Pakistanen.'

'Wij ook niet,' zei Frankrijk. 'We kunnen maar beter wachten.'

De Britse minister zette zijn stekels op. Hij hield er niet van als Frankrijk hem vertelde wat hij moest doen. Of Duitsland. Of Italië. Of Canada. Of zijn eigen medewerkers. Of waarschijnlijk, dacht Ellen, zijn moeder.

Ellen stond erbij stil dat deze alliantie als los zand aan elkaar hing en elk moment kon instorten. Wat hen bij elkaar hield, was geen wederzijds respect, maar wederzijdse noodzaak.

Het was niet zozeer boter-kaas-en-eieren, maar vooral een reddingsvlot. En dan wil je echt geen ruzie krijgen met een medepassagier en het risico lopen dat je allemaal omslaat.

'Iets over Nasrin Bukhari?' vroeg Canada.

'Alles wat we tot dusver weten, is dat ze een tijdje bij de kerncentrale van Karachi heeft gewerkt. We weten niet of dat nog steeds zo was,' zei Duitsland. 'Canada heeft die centrale helpen opzetten, toch?'

Nu was het de beurt aan Duitsland om een steek toe te brengen.

'Dat was tientallen jaren geleden,' zei Canada stijfjes. 'En we hebben onze steun ingetrokken zodra we beseften wat de ware bedoelingen van Pakistan konden zijn.'

'Een beetje laat...' zei Duitsland.

Canada deed haar mond open, maar meteen weer dicht. Ellen hield haar hoofd scheef en bedacht dat ze graag een glas chardonnay met die vrouw zou drinken. Wat een zelfbeheersing.

Wat de Canadese minister wel zei, was: 'De voorziening in Karachi is een energiecentrale. Geen onderdeel van hun wapenprogramma.'

'Tja...' zei Duitsland. 'Dat denken we. Hopen we. Maar nu dr. Bukhari een doelwit was, wijst dat wellicht op iets anders.'

'*Merde*,' mompelde Frankrijk.

'We hebben nog een lange weg te gaan,' zei Groot-Brittannië. 'Zoals natuurlijk de vraag waarom deze drie zijn vermoord. Wat waren ze van plan en wie zou hen willen tegenhouden?'

'Israël,' zeiden ze allemaal tegelijk. Dat was het standaardantwoord als er een moord was gepleegd.

'President Williams heeft een telefoontje naar de Israëlische premier op de planning staan,' zei Ellen. 'Het kan zijn dat we binnenkort meer weten, maar hoewel de Mossad die wetenschappers misschien in de gaten houdt, betwijfel ik of ze daarvoor bussen zouden opblazen.'

'Dat is waar,' gaf Groot-Brittannië toe.

'Er is ook goed nieuws,' zei Italië. 'Nu deze drie dood zijn, is wat het ook was dat ze van plan waren waarschijnlijk ook dood. Of niet?'

'We weten niet wat ze van plan waren,' zei Frankrijk. 'Misschien hadden ze iets ontdekt en kwamen ze ons dat vertellen.'

'Alle drie?' vroeg Canada. 'Op hetzelfde moment? Dat lijkt me wel heel toevallig.'

Ellen ging verzitten. Ze had hun nog niets over Bashir Shah verteld. Dat deze wetenschappers door hem gerekruteerd waren.

'Ik denk niet dat ze ons wilden waarschuwen,' zei ze.

De Duitse minister staarde haar aan. 'Weet u soms iets, minister Adams? Wij hebben verteld wat we tot dusver weten. Maar u niet. U hebt onze bondskanselier verteld dat er een bomaanslag in Frankfurt zou zijn. U wist zelfs in welke buslijn en het exacte tijdstip. Hoe kwam dat?'

'En,' zei Frankrijk, 'hoe wist u over Nasrin Bukhari en dat we moesten kijken of er in de andere bussen ook kernfysici uit Pakistan zaten? Ik denk dat u ons wat antwoorden verschuldigd bent.'

Op de een of andere manier klonken die vragen Ellen enigszins beschuldigend in de oren. Maar waar konden ze haar in hemelsnaam van beschuldigen?

Nee, dacht ze. Niet haar persoonlijk. De Amerikanen. En minister Adams realiseerde zich dat het weliswaar de bedoeling was dat deze mannen en vrouwen de VS vertrouwden – en dat ook wel wilden, misschien zelfs wanhopig graag, gezien wat er op het spel stond – maar ze dat feitelijk niet deden.

Niet meer. Niet na het debacle van de afgelopen vier jaar.

En ze besefte ook dat haar baan als minister van Buitenlandse Zaken voor een groot gedeelte zou bestaan uit het herstellen van dat vertrouwen. Ze herinnerde zich dat ze voor het eerst naar school ging en dat haar moeder bij de ingang van het schoolplein bukte en tegen haar zei: 'Ellen, als je een vriendin wilt hebben, moet je een vriendin zijn.'

Die dag had ze Betsy ontmoet. Betsy, die er zelfs op haar vijfde al uitzag als June Cleaver.

En nu, een halve eeuw later, had Ellen Adams, de Amerikaanse minister van Buitenlandse Zaken, wanhopig de behoefte om vrienden te maken.

Ze keek naar de bezorgde, behoedzame gezichten van haar collega's en wist wat haar te doen stond. Ze moest hun de waarheid vertellen. Over dat vreemde bericht dat was binnengekomen bij de BD-medewerkster. Ze moest hun vertellen wat Gil had gezegd. Over Bashir Shah.

Ze hadden het recht om dat te weten.

Hoewel misschien nog niet meteen.

Toen ze twintig minuten eerder bij het Amerikaanse consulaat in Frankfurt was aangekomen, was ze meteen naar een beveiligde kamer gegaan en had contact opgenomen met de voorzitter van de Gezamenlijke Stafchefs in Washington.

Generaal Whitehead nam al na de eerste keer overgaan op. 'Ja?'

'Met Ellen Adams. Heb ik u wakker gebeld?'

Op de achtergrond hoorde ze zijn vrouw slaapdronken vragen wie er om twee uur 's nachts belde.

'Het is minister Adams,' zei hij, zijn stem gedempt doordat hij blijkbaar zijn hand over het mondstuk had gelegd. 'Het geeft niet, mevrouw de minister.' Hij klonk slaperig, maar zijn stem werd met elk woord krachtiger. 'Hoe gaat het met uw zoon?'

Het was een vraag die een man die al te veel jonge mannen en vrouwen was verloren meteen stelde.

'Hij is herstellende, dank u wel. Ik moet u iets vragen. Het is vertrouwelijk.'

'Dit is een veilige lijn.' Hij was duidelijk zijn slaapkamer uit gelopen en naar een privékantoor gegaan. 'Ga verder.'

Ellen keek door het dikke raam van gewapend glas van het consulaat naar het park aan de overkant van de Gießener Straße. Maar het bleke ochtendlicht onthulde dat het niet echt een park was. Het zag er alleen zo uit.

Net zoals het gebouw waar ze zich in bevond weliswaar de thuisbasis van Amerikaanse diplomaten was, maar eruitzag als een stalag.

Dingen waren niet altijd wat ze leken.

Het was geen park waar ze naar keek. Een of ander licht had besloten om het Amerikaanse consulaat tegenover een enorme begraafplaats te zetten.

'Wat kunt u me vertellen over Bashir Shah?'

Bert Whitehead plofte met een bons in zijn stoel en keek dwars door zijn kantoor naar de foto's aan de achterste muur.

Dat zou zijn laatste campagne worden, wist hij. Hij had er het lef en de puf niet meer voor.

Bashir Shah. Had ze echt zojuist die naam genoemd?

'Mevrouw de minister, ik denk dat u net zoveel weet als ik.'

'Generaal Whitehead,' – haar stem klonk verrassend helder vanuit Frankfurt – 'ik denk dat dat niet zo is.'

'Ik heb de documentaire van uw journalist over Shah gezien.'

'Dat is al een tijdje geleden.'

'Klopt. Ik heb ook het dossier gelezen dat de Inlichtingendienst voor uw benoeming heeft samengesteld. Ik ben op de hoogte van de briefjes.'

Ellen stootte een kort, vreugdeloos lachje uit. 'Uiteraard.'

'Het was verstandig dat u daar melding van maakte zodra ze binnenkwamen.'

De briefjes waar hij naar verwees, waren voor het eerst binnengekomen kort nadat de documentaire was uitgezonden. Elk jaar werd er via de post een kaart bij Ellen thuisbezorgd. Hij was niet ondertekend en er stond een felicitatie op. In het Engels en het Urdu. Er werd haar ook een lang leven toegewenst.

Ellen had de eerste aan de FBI gegeven en was hem daarna weer vergeten. Tot er nog een kwam op Gils verjaardag. En daarna op die van Katherine.

En toen Quinn, Ellens tweede man en Katherines vader, onverwachts was overleden aan een hartinfarct, kwam er nog een. Binnen enkele uren. Nog voordat het officieel bekend was gemaakt. Een condoleancebriefje. In het Engels en het Urdu.

Ditmaal persoonlijk afgeleverd.

Ze kon het op geen enkele manier bewijzen en de FBI stond met lege handen, maar ze wist het. Terwijl ze het briefje vasthield en haar vingers koud werden doordat het bloed uit haar gebroken hart trok, wist ze het.

Het was van Bashir Shah.

Ze hadden een toxicologisch onderzoek gedaan en niets wees erop dat Quinns dood geen natuurlijke oorzaak had gehad. Tragisch. Maar natuurlijk.

Ellen wilde geloven dat Shah gewoon misbruik had gemaakt van de tragedie om twijfel te zaaien. Om wreedheid aan haar rouw toe te voegen. Om een kat-en-muisspelletje met haar te spelen.

Maar Ellen was geen bibberend muisje. Ze keek de waarheid recht in de ogen.

Bashir Shah had haar man vermoord. En er was nog een verschrikkelijke waarheid. Hij had het gedaan als wraak voor de documentaire die ze had uitgezonden en die tot een reeks krantenartikelen had geleid die, na maandenlange druk van de toenmalige Amerikaanse regering op de Pakistaanse regering, tot Shahs arrestatie en rechtszaak had geleid.

Nu had ze Shah opnieuw in het vizier. Maar ze had informatie nodig, en niet zo'n beetje ook.

'Doe maar net of ik niks weet,' zei ze.

'Mag ik weten waarom u naar dr. Shah vraagt?'

'Alstublieft, vertel het maar gewoon. Ik wilde eigenlijk Tim Beecham bellen, maar besloot eerst contact op te nemen met u.'

Weer viel er zo'n stilte. 'Ik denk dat dat een goede beslissing was, mevrouw de minister.'

En daarmee had Ellen Adams haar antwoord. Nu wist ze wat die bezorgde blik had betekend, toen de directeur van de Nationale Inlichtingendienst een miljoen jaar geleden het Oval Office had verlaten om een telefoontje te plegen. En de voorzitter van de Gezamenlijke Stafchefs met gefronst voorhoofd had zitten kijken.

'Dr. Shah is een Pakistaanse kernfysicus,' begon generaal Whitehead. Langzaam deed hij de kastdeur open om te onthullen wat erin zat. 'Hij is een van de zoons van hun kernwapenprogramma, nadat hij het geërfd had van de eerste generatie. Maar zijn wapens zijn veel sterker, veel geavanceerder. Hij is briljant. Zonder twijfel een genie. Hij heeft zijn eigen instituut opgericht, de Pakistaanse Onderzoekslaboratoria, dat een dekmantel was voor de pogingen van Pakistan om hun eigen kernwapenprogramma te ontwikkelen om met India te kunnen concurreren.'

'Succesvolle pogingen,' zei Ellen.

'Ja. We weten dat Pakistan het arsenaal nog verder aan het uitbreiden is. Voor zover we weten, hebben ze honderdzestig kernkoppen.'

'En Jezus weende.'

'Nou, dan huilt Jezus binnenkort tranen met tuiten. Volgens onze informanten hebben ze in 2025 tweehonderdvijftig kernkoppen.'

'Goeie god,' verzuchtte Ellen.

'Daardoor is Pakistan buitengewoon gevaarlijk in een onstabiele regio, en ze zijn vastbesloten om dat zo te houden.'

'Israël heeft toch ook kernwapens?' vroeg Ellen en ze hoorde gegrinnik aan de andere kant van de lijn.

'Als u ze zover krijgt dat ze dat toegeven, mevrouw de minister, dan wordt u straks door de Yankees ingehuurd als pitcher, want dan kunt u duidelijk wonderen verrichten.'

'Ik ben fan van de Pirates.'

'O, ja. Ik was even vergeten dat u uit Pittsburgh komt.'

'Maar even tussen ons, generaal, vertel eens. Israël heeft toch kernwapens?'

'Ja, mevrouw de minister. Dat is het enige geheim dat ze maar al te graag laten doorschemeren. Maar daardoor kreeg het Pakistaanse kernwapenprogramma eigenlijk een goed excuus. Ze beweren dat de uitbreiding van hun voorraad gewoon gelijk opgaat met het programma van Israël. Ze willen een zogenaamde terreurbalans tegen India verschaffen.'

'Leuk.'

Ellen Adams was bekend met het concept, door de Koude Oorlog tussen de VS en de USSR, toen ze geen van beide op de knop wilden drukken, in de wetenschap dat dat zou kunnen leiden tot represailles die de hele mensheid konden wegvagen.

Het weerhield elk van beide landen van bijzonder slecht gedrag. Dat was de theorie erachter.

Wat het in werkelijkheid creëerde was geen terreurbalans, maar een doorlopende staat van terreur.

'En het kernwapenprogramma van Iran?' vroeg ze.

Ze kon bijna horen dat hij zijn hoofd schudde. 'We hebben vermoedens, maar die kunnen we niet bevestigen. Maar inderdaad, mevrouw de minister, ik denk dat we ervan uit moeten gaan dat Iran zijn eigen kernwapens heeft of binnenkort zal hebben.'

'Dat is allemaal algemeen bekend,' zei Ellen. 'Wat kunt u me vertellen over dr. Shahs privétransacties? Op een gegeven moment is hij zijn eigen handel begonnen.'

'Klopt. Hij begon te handelen in verrijkt uranium en plutonium. Maar niet alleen dat. Er zijn ook anderen die daarin handelen, met name de Russische maffia. Maar wat Shah zo gevaarlijk maakt, is dat hij een soort alles-in-eenwinkel is, zoiets als een Walmart voor wapens, omdat hij niet alleen de materialen verkoopt, maar ook de technologie. De apparatuur, de expertise, de leveringssystemen.'

'De mensen.'

'Ja. Klanten kunnen naar hem toe gaan en in één transactie alles kopen wat ze nodig hebben om hun eigen kernbommen te ontwikkelen. Van soep tot nootjes, bij wijze van spreken.'

'Klanten. U bedoelt andere landen?' vroeg Ellen.

'In sommige gevallen wel. We denken dat hij de Noord-Koreanen de onderdelen heeft geleverd voor hun kernwapenprogramma.'

'En de Pakistaanse regering wist wat Shah aan het doen was?'

'Ja. Anders had hij er nooit mee weg kunnen komen; als ze het niet goedkeurden, waren ze toch in elk geval bereid om de andere kant op te kijken. Ze tolereerden zijn transacties. Waarom? Omdat zijn doelen fijn op één lijn lagen met die van hen.'

'En dat waren?'

'Ervoor zorgen dat de regio gedestabiliseerd bleef, in het voordeel zijn ten opzichte van India, en het Westen ondermijnen. Shah heeft miljarden verdiend door van alles en nog wat aan de hoogste bieder te verkopen. Niet alleen nucleaire technologie, maar ook zware wapens, chemicaliën, biologische middelen. Traditionelere wapens. U vroeg of zijn klanten andere landen waren. Daar schuilt het gevaar niet in. We hebben in elk geval nog enige controle op andere regeringen. De echte dreiging is dat kernwapens in handen kunnen vallen van criminelen en terroristische organisaties. Eerlijk gezegd is het schokkend dat dat nog niet gebeurd is.'

Ellen zweeg even om dat te verwerken, en haar gedachten raasden door haar hoofd. 'Wie levert die onderdelen, die wapens, aan Shah? Hij maakt ze niet.'

'Nee, hij is de tussenpersoon. Er zijn allerlei spelers, maar het lijkt erop dat een van zijn hoofdleveranciers de Russische maffia is.'

'En dat vindt Pakistan goed?' Op dat punt moest Ellen absoluut zeker zijn. 'Ze zijn onze bondgenoten.'

'Ze spelen een gevaarlijk spel. De Pakistaanse regering gaf ons toestemming om militaire bases in het noorden te exploiteren tijdens onze lange militaire aanwezigheid in Afghanistan, maar ze boden ook een veilige haven aan Bin Laden, Al Qaida, de Pathanen en de Taliban. De grens met Afghanistan is poreus. Het wemelt in het land van de extremisten, terroristen, die worden gesteund en beschermd door de regering.'

'En waar Shah aan levert.'

'Ja, hoewel je dat nooit zou vermoeden als je hem ziet. Hij ziet eruit als je broer, je beste vriend. Als een geleerde. Goedaardig.'

'Maar dingen zijn niet wat ze lijken.'

'Zelden,' zei generaal Whitehead. 'Ik ben bij die vergaderingen met het Pakistaanse leger geweest. Maar ik ben ook in die grotten geweest. Ik heb de wapens gezien die daar verborgen waren en die door Shah waren geleverd. Als een van die groeperingen ooit echt een kernbom in handen krijgt...'

'Waarom hebben ze die nog niet, als hij al tientallen jaren aan hen levert?'

'Om twee redenen,' zei Bert Whitehead. 'De meeste van deze groeperingen zijn kannibalen. Ze vechten onderling. Doden hun eigen soort. Er is weinig organisatie, geen continuïteit. Het vergt jaren en jaren, en stabiliteit, om een bom te maken. En dat kun je niet doen in een grot of op een berghelling. De andere reden is dat westerse inlichtingendiensten er een stokje voor steken. Onze inlichtingen- en politienetwerken hebben sinds de val van de Sovjet-Unie tientallen pogingen verijdeld om nucleair materiaal en kernafval te verkopen of te verkrijgen. En vergeet niet, er is maar een heel kleine hoeveelheid nodig om een vuile bom te maken.'

Daar hoefde hij minister Adams niet aan te herinneren. Die gedachte zakte nooit erg diep weg.

'Zoals u weet,' vervolgde de generaal, 'heeft de voorlaatste Amerikaanse regering de Pakistanen onder druk gezet om Shah te arresteren. Dat was deels te danken aan uw documentaire. Er werd publiekelijk druk uitgeoefend op de Pakistanen. We hadden gehoopt op gevangenisstraf, maar hij werd alleen onder huisarrest geplaatst. Maar goed, dat is nog altijd beter dan niks, neem ik aan. Zijn invloed wordt erdoor beperkt.'

'Tot nu toe,' zei Ellen.

'Hoe bedoelt u?'

'Wist u dat niet? Hij is vrij. De Pakistanen hebben hem vorig jaar vrijgelaten.'

'God allemensen... Wat erg, mevrouw de minister.' Generaal Whitehead zuchtte. 'Bashir Shah vrij. Dat is een probleem.'

'Het is nog erger dan u denkt. Blijkbaar hebben ze daarbij onze zegen gehad.'

'Onze?'

'Die van het vorige kabinet.'

'Dat is onmogelijk. Wie zou er nou zo stom zijn... O, laat maar.'

Oud-president Eric Dunn, die dus. Zelfs, of misschien wel vooral, bij zijn naaste medewerkers beter bekend als Eric the Dumb. Maar dit was niet zomaar dom, maar stapelgek.

'Het gebeurde vlak na de verkiezingen,' zei minister Adams.

'Na de verkiezingen? Nadat ze verloren hadden?' vroeg generaal Whitehead. 'Waarom zouden ze dat doen?' mompelde hij bij zichzelf. 'Hoe weet u dat allemaal?'

'Mijn zoon vertelde het. Hij heeft een kernfysica geschaduwd, ene Nasrin Bukhari die was ingehuurd door Shah.'

Ellen legde uit wat ze wist. Het was stil aan de andere kant van de lijn terwijl generaal Whitehead luisterde en elk woord in zich opnam. En wat dat betekende.

Uiteindelijk vroeg hij: 'Maar waarom zou Shah zijn eigen mensen doden?'

'Dat zou hij nooit doen.'

'Wie dan wel?'

'Ik hoopte dat u me dat kon vertellen.'

Maar het enige wat de minister hoorde was een oorverdovende stilte.

13

'De Israëlische minister-president ontkent dat zij iets te maken hadden met de bomaanslagen,' fluisterde Boynton een halfuur later in Ellens oor toen ze in de virtuele vergadering met andere ministers van Buitenlandse Zaken, directeurs van inlichtingendiensten en medewerkers zat.

'Dank je,' zei ze, waarna ze zich tot de anderen in de videocall wendde en het hun vertelde.

Boyntons interruptie was welkom. Dit betekende dat ze niet meteen hoefde te antwoorden op de vraag hoe het kon dat ze op de hoogte was geweest van het exacte tijdstip, het doelwit en de stad van de bomaanslag.

Zo had ze iets meer tijd om over haar antwoord na te denken.

'Geloven we de Israëlische premier?' vroeg Frankrijk.

'Hebben de Israëliërs ooit eerder tegen ons gelogen?' vroeg Italië.

Daar werd om gelachen.

Maar ze wisten ook dat Israël dan misschien niet altijd helemaal eerlijk tegen hen was, maar dat de premier niet zo snel zou liegen tegen de Amerikaanse president. Dat was een vriend die Israël moest zien te houden. En beginnen met een leugen hielp daar niet echt bij.

'Trouwens,' zei de Britse minister, 'Mossad zou misschien graag Pakistaanse kernfysici vermoorden, maar niet op zo'n smerige, brute manier. Ze gaan er prat op dat ze zo precies zijn. Netjes. Dit was allesbehalve dat.'

Hij was blijkbaar vergeten dat Ellen slechts een paar minuten eerder exact hetzelfde had gezegd.

'Mevrouw de minister,' zei de Canadese, 'u hebt onze vraag nog niet beantwoord. Hoe wist u over de aanslag in Frankfurt en dr. Bukhari?'

Ellen dacht dat zij en de Canadese misschien toch geen vriendinnen zouden worden.

'En dat de doelwitten in de andere bussen waarschijnlijk Pakistaanse fysici waren?' vroeg Italië.

'Zoals u weet, zat mijn zoon in de bus in Frankfurt. Hij is journalist. Een van zijn bronnen had hem verteld dat er een plan gaande was waar Pakistaanse kernfysici bij betrokken waren. De naam die hij doorgekregen had, was Nasrin Bukhari. Hij schaduwde haar. Daarna was het niet zo moeilijk om alles in elkaar te passen.'

'Wie was zijn bron?' vroeg de Canadese.

Jeetje, dacht Ellen, die vrouw met haar elanden en beren begon echt irritant te worden.

'Dat wil hij niet zeggen.'

'Tegen zijn eigen moeder niet?' vroeg de Duitser.

'Tegen de minister van Buitenlandse Zaken.' Haar toon ontmoedigde vervolgvragen over haar persoonlijke relatie met haar zoon.

'Wat voor plan? Wat wilden ze doen?' vroeg Frankrijk, die zich naar het scherm boog, waardoor zijn neus heel groot leek en ze zijn poriën konden zien.

'Dat weet mijn zoon niet.'

Frankrijk keek sceptisch.

'Uw zoon is een paar jaar geleden ontvoerd door de Pathanen,' zei de Duitse minister.

'Dat is zo,' zei Frankrijk.

'Pas op,' waarschuwde de Canadese. Maar Frankrijk luisterde zelden naar Canada.

'Terwijl andere journalisten geëxecuteerd werden, onder wie drie Fransen, wist hij te ontsnappen...' zei Frankrijk.

'Clément,' snauwde Canada. 'Zo is het genoeg.'

Maar dat was het niet.

'En ik begrijp dat uw zoon zich nu heeft bekeerd tot de islam. Hij is moslim.'

'Clément!' zei de Canadese. *'C'est assez.'* Zo is het genoeg.

Maar het was te laat. En het ging veel te ver.

'Wat zegt u?' Er klonk een waarschuwing in Ellens stem.

Al wist ze heel goed wat de Franse minister zei. Wat anderen hadden gesuggereerd, maar nooit in haar gezicht hadden gezegd.

'Hij zegt niks,' zei Italië. 'Hij is gewoon van slag. Parijs is zojuist getroffen door een vreselijke aanslag. Laat het los, mevrouw de minister.'

Nu zat het gezicht van Frankrijk bijna helemaal tegen het scherm gedrukt. ‘Hoe weet u of uw zoon geen deel uitmaakt van dit plan? Hoe weten we dat hij de bom niet heeft geplaatst?’

Daar had je het.

‘Hoe durft u,’ snauwde Ellen. ‘Hoe durft u te suggereren dat mijn zoon hier iets mee te maken heeft? Hij heeft geprobeerd het te verijdelen. Hij heeft zijn leven op het spel gezet om het te verijdelen. Hij is bijna omgekomen bij de explosie.’

‘Bijna,’ zei de Duitser met gekmakend kalme stem, onuitstaanbaar redelijk. ‘Maar net niet. Hij heeft het overleefd. Net zoals hij de ontvoering heeft overleefd.’

Ellen wendde zich tot hem. Ze kon haar oren niet geloven. ‘Dat kunt u niet menen.’

Ze keek hen allemaal aan. Zelfs Canada, in haar belachelijke elanden-en-berenflanelletje, zat te wachten tot ze de vraag zou beantwoorden.

Hoe was Gil Bahar aan zijn islamitische terroristenontvoerders ontsnapt terwijl alle anderen geëxecuteerd waren?

Dat was een vraag die ze zichzelf ook had gesteld toen ze hem vlak na zijn ontsnapping had ontmoet in Stockholm. Ze had niets willen suggereren. Maar Gil had een beschuldiging gehoord. Zoals altijd.

Hun toch al gespannen verstandhouding was daarna verslechterd, terwijl de onbeantwoorde vraag bleef etteren.

Nu spraken ze elkaar nauwelijks meer. Hoewel Ellen het keer op keer geprobeerd had, via Betsy, via Katherine. Met telefoontjes en brieven. Om uit te leggen dat ze van hem hield. Hem vertrouwde.

En dat ze het alleen maar had gevraagd omdat ze dacht dat hij erover wilde praten.

Gils ontvoering vormde ook de kern van het conflict tussen Ellen Adams en Douglas Williams, destijds senator en nu president.

Ook dat was blijven etteren.

Ze keek naar haar collega’s. Allemaal uitgeput, allemaal bang. Minister Adams kon nog niets zeggen over de gecodeerde boodschap die was binnengekomen, niet voordat ze daar meer grip op hadden, en evenmin over Anahita Dahir.

Maar ze moest hun iets toewerpen. En ze wist ook wat.

‘Zijn bron heeft wel verteld wie erachter zat,’ bood ze aan. ‘Dat kon hij me vanochtend vertellen vanuit zijn ziekenhuisbed.'

Dat wilde ze toch even vermelden. Gil was niet ongeschonden uit de strijd gekomen, dank u vriendelijk.

'En?' vroeg Duitsland.

'Bashir Shah.'

Het was alsof er een zwart gat open was gescheurd dat al het leven, al het licht, al het geluid uit hun kamers had gezogen. Waardoor ze gevoelloos achterbleven.

Shah.

En toen, *woesj*, begonnen ze allemaal door elkaar te praten. Vragen te schreeuwen.

Maar het kwam allemaal op één vraag neer, die op verschillende manieren gesteld werd.

'Hoe kan het Shah nou zijn? Die zit in Islamabad onder huisarrest. Al jaren.'

Ze vertelde exact wat ze ook al met generaal Whitehead had besproken en opnieuw viel er een verbijsterde stilte.

'Shit.'

'*Merde*.'

'*Scheiße*.'

'*Merda*.'

'*Fucking hell*,' zei de Canadese.

Ellen bedacht zich. Misschien toch maar een fles chardonnay met deze vrouw, als alles achter de rug was.

'Zegt u nou dat we geen idee hebben waar Shah is?' vroeg Frankrijk.

'Ja.' Ze speurde hun gezichten af en kwam tot de conclusie dat ze allemaal even onwetend waren. En even woedend. Even boos.

Op haar.

'Hebt u dit laten gebeuren?' vroeg Duitsland. 'U hebt de gevaarlijkste wapenhandelaar laten ontsnappen... *Nein*, niet ontsnappen, zo de voordeur uit laten wandelen?'

'Ik denk dat hij waarschijnlijk de achterdeur heeft genomen,' zei Italië. 'Zodat niemand zou zien...'

'Die deur doet er niet toe,' snauwde Duitsland. 'Het gaat erom dat hij vrij rondloopt, met de hartelijke groeten van de Amerikaanse regering.'

'Maar niet van dit kabinet, en niet van mij,' zei Ellen. 'Ik haat hem net zo erg als jullie, misschien nog wel meer.'

Want eerlijk gezegd vermoedde Ellen wel dat Shah Quinn vermoord had. Een man van wie ze met heel haar hart hield. Als vergelding voor die documentaire. Alleen maar omdat hij het kon.

En daarna beschimpte hij haar tot op de dag van vandaag met die opgewekte briefjes.

Nu was hij vrijgelaten en kon hij alles doen wat hij wilde, met de bescherming van wat mensen in de Pakistaanse regering en de zegen van een krankzinnige Amerikaanse president en diens vliegende apen in het kabinet.

Onder wie, vermoedde Ellen Adams nu, ook Tim Beecham, hun eigen huidige directeur van de Nationale Inlichtingendienst.

Daarom vertrouwde generaal Whitehead hem niet.

Tim Beecham was een overblijfsel van het vorige kabinet, hij was er een uit de wirwar van kandidaatsvoorstellen die in de laatste dagen van het presidentschap van Dunn naar de Senaat waren gestuurd. De Senaat had niet op hem gestemd en de nieuwe president had hem als 'dienstdoend' DNI laten zitten tot hij kon besluiten of hij hem wel of niet wilde laten aanblijven. Williams kende Beecham uit zijn tijd in de Senaat als rechts-conservatieve inlichtingendeskundige, maar dat was alles.

De president kon alleen maar hopen dat zijn directeur van de Nationale Inlichtingendienst loyaal was. En dat was hij zeker. Maar aan wie?

'Wat is Shah van plan?' vroeg de Canadese. 'Drie kernfysici. Dat kan nooit iets goeds zijn.'

'Drie dode fysici,' zei Italië. 'Betekent dat dat iemand ons een gunst bewezen heeft?'

Ellen zag de gezichten van de familieleden weer voor zich, de foto's die ze omhooghielden. De teddyberen en de ballonnen en de bloemen die op straat verlepten. Mooie gunst.

Maar toch had Italië wel een punt.

'Wat ik niet snap, is waarom hij tweederangs kernfysici wilde rekruteren,' zei Canada. 'Ik neem toch aan dat hij zo'n beetje iedereen had kunnen kopen.'

Dat had Ellen ook zorgen gebaard.

'U moet uw zoon onder druk zetten, mevrouw de minister,' zei Italië. 'Hij moet u vertellen wie zijn bron is. We moeten weten wat Shah van plan is.'

Op Ellens verzoek vloog Betsy terug naar D.C.

Toen ze eenmaal op haar plaats bij het raampje op de commerciële vlucht uit Frankfurt zat, vouwde ze de brief die Ellen haar had gegeven open. Geschreven in haar makkelijk herkenbare handschrift.

Ondanks het feit dat Ellen hem haar persoonlijk had gegeven, in een exemplaar van het tijdschrift *People* gestoken, begon Ellen de brief toch met: *komt een gemengde metafoor de bar binnen...*

Het 'riemen vast'-lampje ging aan en er werd verzocht om telefoons op vliegtuigstand te zetten. Dat deed Betsy nadat ze snel een mailtje naar Ellen had gestuurd: *... en wil het teken aan de wand in de kiem smoren.*

Daarna ging ze achteroverzitten en las de rest van het korte briefje, terwijl vlak achter haar aan de rechterkant, in het midden van de businessclass, een nietszeggende jongeman een krant zat te lezen.

Hij dacht zeker dat ze hem niet gezien had.

Nadat Betsy het briefje gelezen had, stopte ze het in haar broekzak. Iemand zou haar tas kunnen stelen, maar het was minder waarschijnlijk dat ze haar broek uit zouden trekken.

De brief zou daar veilig zijn.

De hele reis over de Atlantische Oceaan, terwijl andere passagiers aten en in hun *lie-flat beds* lagen te slapen, keek Betsy Jameson uit het raampje en peinsde over hoe ze voor elkaar kon krijgen wat Ellen haar gevraagd had.

'Ik kan haar nu ontvangen,' zei Ellen.

Ze zat in een kantoor dat beschikbaar was gesteld door de Amerikaanse consul-generaal en keek toe terwijl Charles Boynton de kamer verliet en terugkeerde met Anahita Dahir.

'Dank je, Charles. Je kunt ons alleen laten.'

Bij de deur aarzelde hij. 'Kan ik iets te eten of te drinken voor u halen, mevrouw de minister?'

'Nee, dank je. Miss Dahir?'

Hoewel Anahita verging van de honger, schudde ze haar hoofd. Ze ging echt geen broodje eiersalade eten waar de minister van Buitenlandse Zaken bij was.

Boynton deed met een bezorgd gezicht de deur dicht. Hij werd buitengesloten en moest een manier vinden om weer binnen te komen.

Ellen wachtte tot de deur met een zachte klik dichtging en gebaarde Anahita daarna naar een leunstoel tegenover die van haar.

'Wie ben je?'

'Pardon, mevrouw de minister?'

'Je hebt me wel gehoord. We hebben geen tijd te verliezen. Er zijn mensen dood en we hebben alle reden om te geloven dat er nog ergere dingen te gebeuren staan. En jij bent erbij betrokken. Dus geef antwoord. Wie ben je?'

Terwijl Anahita toekeek, legde Ellen langzaam haar hand met gespreide vingers op de gesloten dossiermap die op haar knieën lag. Het was, wist Ana, een briefing van de inlichtingendienst. Net zo een als haar ondervragers in de kelder van het ministerie van BZ hadden gehad.

Ze verplaatste haar blik van de map naar de minister.

'Ik ben Anahita Dahir, een medewerkster van de Buitenlandse Dienst. Dat kunt u aan iedereen vragen. Katherine kent me. Gil kent me. Ik ben precies wie ik zeg dat ik ben.'

'Dat is niet helemaal waar, hè?' zei Ellen. 'Ik geloof wel dat dat je naam en je functie zijn, maar ik denk ook dat er meer is dan dat. Dat bericht kwam bij jou binnen. Specifiek. We weten dat er een verband met Pakistan is. Alle drie de kernfysici kwamen daarvandaan. Jij hebt twee jaar op onze ambassade in Islamabad gewerkt. Nu werk je op de afdeling Pakistan. Wie heeft je dat bericht gestuurd?'

'Dat weet ik niet.'

'Dat weet je wel,' snauwde Ellen. 'Hoor eens, ik heb je uit dat verhoor gehaald. Dat had ik waarschijnlijk niet moeten doen, maar ik deed het toch. Ik heb je mee hiernaartoe genomen zodat je veilig zou zijn. Ook dat had ik waarschijnlijk niet moeten doen, maar ik deed het toch. Je hebt het leven van mijn zoon gered en dat was ik je verschuldigd. Maar er zijn grenzen, en die zijn nu bereikt. Er staan veiligheidsagenten vlak achter die deur.' Ze nam niet de moeite om die kant op te kijken. 'Als je me nu geen antwoord geeft, roep ik ze naar binnen en draag ik je over.'

‘Ik weet het niet.’ Ana’s stem klonk hoog en kwam met moeite uit haar dichtgeschroefde keel. ‘U moet me geloven.’

‘Nee, ik moet de waarheid zien te achterhalen. Je hebt dat bericht overgeschreven voordat je het wiste. Doe je dat altijd?’

Anahita schudde haar hoofd.

‘Waarom nu dan wel?’

Door de ongelukkige uitdrukking op het gezicht van de BD-medewerkster wist Ellen dat ze beethad. Ze mocht dan misschien geen antwoord krijgen, maar nu had ze tenminste de vraag.

Maar toen het antwoord kwam, was dat heel iets anders dan wat Ellen had verwacht.

‘Ik kom uit een Libanees gezin. Liefdevol, maar streng. Traditioneel. Een braaf Libanees meisje blijft thuis wonen tot ze trouwt. Mijn ouders hebben me veel meer vrijheid gegeven dan mijn vriendinnen ooit gehad hebben. Ik mocht het huis uit, en zelfs het land uit, voor mijn werk. Ze waren trots dat ik voor het ministerie van Buitenlandse Zaken werkte en mijn land diende. En ze vertrouwden erop dat ik nooit een bepaalde grens zou overschrijden.’

Ellen luisterde aandachtig en haar gedachten raasden voort, tot ze slippend tot stilstand kwamen.

‘Gil.’

Anahita knikte. ‘Ja. Toen dat bericht binnenkwam, dacht ik echt dat het spam was. Eerst. Daarom liet ik het aan mijn leidinggevende zien en wiste ik het daarna. Maar vlak voordat ik dat deed, vroeg ik me af of het misschien van Gil kwam.’

‘Waarom zou je dat denken?’

Even was het stil, en Ellen realiseerde zich dat deze volwassen vrouw bloosde.

‘We spraken altijd af in mijn flatje in Islamabad. Als hij bij me wilde zijn, stuurde hij me een appje met de tijd. Meer niet. Alleen het tijdstip.’

‘Charmant,’ zei Ellen en ze zag dat Anahita flauw glimlachte.

‘Dat was hij echt. Het klinkt als iets slechts, maar hij deed het voor mij. Ik wilde onze relatie geheimhouden zodat mijn ouders er niet achter zouden komen. En het was...’

Leuk. Onstuimig. Opwindend. Stiekeme dingen doen in een stad vol misleiding en dubbelhartigheid. Die zwoele, wellustige dagen en nachten in Islamabad. Iedereen zo jong, zo levenslustig, zo vastberaden, zo zelfverzekerd. Het leven dat om hen heen krioelde terwijl de Dood op het marktplein wachtte.

Het werk dat ze deden voelde zo belangrijk. Als vertalers, beveiligers, journalisten. Spionnen. Ze vonden zichzelf zo belangrijk. Onsterfelijk op een plek waar geweld en dood anderen troffen. Maar nooit hen.

En dan die berichtjes. *1945. 1330.* En haar favoriet, *0615.* Om daarmee wakker te worden. Met Gil.

Bij het zien van Anahita's fysieke reactie op de herinnering moest Ellen een glimlach onderdrukken. Het was, zag ze, precies zoals zij zich had gevoeld over Gils vader. Cal was haar eerste liefde geweest. Niet haar soulmate. Dat was Quinn, Katherines vader.

Maar man, wat was Cal Bahar leuk. En vastberaden.

En zelfs nu nog, als ze aan hem dacht...

Ze hield op. Als er een nog minder geschikt tijdstip hiervoor was, kon ze het niet bedenken.

Ellen schraapte haar keel, en Anahita bloosde weer en keerde terug naar de koude, grijze, fantasieloze kamer in Frankfurt. 'Ik hoopte dat het bericht van Gil kwam. Ik heb het overgeschreven en daarna gewist. Later die avond heb ik Gil een appje gestuurd om te vragen of het van hem kwam.'

'Wist je waar hij was?'

'Nee. We hadden al een tijdje geen contact meer gehad. Niet meer sinds mijn terugkeer naar D.C.'

Ellen knikte en vermoedde dat die veiligheidsagenten Anahita nooit hadden geloofd als ze hun dit had verteld. Ze zouden niet begrijpen hoe een jonge vrouw kon hunkeren, branden van verlangen naar haar eerste liefde. Hoe dat ertoe kon leiden dat ze een bericht overschatte, verkeerd interpreteerde, opnieuw las en opnieuw interpreteerde.

Hoe hoop zelfs de intelligentste mensen kon verblinden.

Maar voor Ellen Adams was het volkomen logisch. Ze was zelf ook ondersteboven geweest, van Gils vader. Blind voor wat anderen heel duidelijk zagen. Wat Betsy had gezien en – voorzichtig – had geprobeerd te zeggen. Alle redenen waarom het nooit zou kunnen werken tussen Cal en haar.

'Zo wist je dat hij in Frankfurt was,' zei ze.

'Ja.'

'Maar als Gil dat bericht niet heeft gestuurd, wie dan wel?'

'Dat weet ik niet. Ik denk niet dat degene die het heeft gestuurd de bedoeling had om het specifiek naar mij te sturen, maar gewoon naar iemand die op dat moment toevallig op de afdeling was.'

'Wat weet je over Bashir Shah?' Ellen zag dat het gezicht van de BD-medewerkster verstrakte. 'Je weet iets. Ik zag je reactie in de auto. Je was als de dood.'

Er viel een lange stilte, en Anahita kon niet stilzitten. 'Toen ik in Islamabad was, werkte ik aan zaken die betrekking hadden op de proliferatie van kernwapens, en toen spraken een paar van mijn Pakistaanse contactpersonen over hem. Bijna vol ontzag. Hij was mythisch. Op een afschuwelijke manier. Alsof hij een oorlogsgod was. Zit hij hierachter?'

Ellen gaf geen antwoord, maar kwam overeind. 'Is er nog meer wat je me moet vertellen?'

Anahita stond ook op en schudde haar hoofd. 'Nee, mevrouw de minister. Dat is alles.'

Ellen liep met haar mee naar de deur. 'Ik ga terug naar het ziekenhuis om Gil op te zoeken voordat we vertrekken. Wil je mee?'

Anahita aarzelde, stak haar kin vooruit en trok haar schouders naar achteren. 'Dank u wel, maar nee.'

Terwijl Ellen de deur dichtdeed, vroeg ze zich af of Gil enig idee had wat hij kwijt was geraakt.

Toen Anahita terugliep naar de gang, vroeg ze zich af hoe ver ze zou komen als ze gewoon door bleef lopen. Hoe lang zou het duren voordat ze zouden merken dat ze weg was?

Voordat ze beseften dat ze had gelogen. Alweer.

14

Betsy Jameson stond op Dulles Airport in de rij voor de taxi's te wachten en vroeg zich af of ze die aardige jongeman moest vragen of hij met haar mee wilde rijden.

Hij volgde haar zo overduidelijk dat het bijna schattig was. Ze hoopte maar dat hij geen spion was, want dan zou hij een korte carrière hebben en misschien ook een kort leven, als zelfs zij hem in de gaten had. Maar Betsy vermoedde dat hij haar niet zozeer schaduwde, als wel bewaakte.

Door Ellen gestuurd om te zorgen dat ze veilig was.

Dat was zowel geruststellend als verontrustend. Het was nog niet bij Betsy opgekomen dat het gevaarlijk kon zijn wat ze zou gaan doen. Moeilijk, ja, maar niet gevaarlijk.

Betsy Jameson was gewend aan moeilijk. Haar jeugd, in het zuidelijke deel van Pittsburgh, had een vechter van haar gemaakt. Het moeilijke was dat ze opgroeide in de overtuiging dat het leven een strijd was, dat mensen ellendelingen waren en dat je niemand kon vertrouwen. Familie was er om haar te misbruiken, mannen waren verkrachters en vrouwen waren bitches. Katten waren geniepig. Honden waren oké. Behalve van die kleine keffertjes. En over vogels moest je helemaal niet beginnen.

Het was haar ervaring dat monsters niet in de kast zaten; ze kwamen binnen via de voordeur. Op uitnodiging.

De Betsy Jameson die op haar vijfde op het schoolplein van haar nieuwe school stond, had geleerd om niemand binnen te laten.

Ze had zich teruggetrokken in haar eigen hol, op de helling van een emotionele berg. Waar niets en niemand bij haar kon komen. Haar pijn kon doen.

Als ze Kat-en-Muis speelden, liet ze nooit iemand door. En de andere kinderen leerden wel om nooit te proberen bij Betsy Jameson door de rij heen te breken.

Maar toen ze op die eerste schooldag met haar rug tegen de muur zat, had Betsy een klein blond meisje met X-benen, een bril met jampotglazen en een trui die veel te warm was voor die dag bij het hek van het schoolplein zien staan. Haar moeder bukte en fluisterde iets. Het ernstige meisje keek naar haar en knikte, en toen gaven ze elkaar een kus.

Betsy kon zich niet herinneren wanneer iemand haar voor het laatst een kus had gegeven. Niet op die manier, tenminste. Vluchtig, op haar wang, zachtjes. Aardig.

Daarna was het kleine blonde meisje, dat er zo breekbaar uitzag, door het hek heen het schoolplein op gelopen en was onverwachts en onherroepelijk diep het hol binnengegaan. Waar Betsy Jameson haar hart bewaarde.

Sinds die dag waren Ellen en Betsy vrijwel onafscheidelijk. Ellen leerde Betsy dat goedheid bestond, en Betsy leerde Ellen hoe ze belagers in hun ballen moest schoppen.

Ellen en Betsy waren samen naar de universiteit gegaan. Ellen ging rechten en politicologie studeren en Betsy haalde haar graad in Engelse literatuur en werd lerares.

Het was een prestatie die niet werd gevierd in de familie, maar dat deed er inmiddels niet meer toe. Betsy Jameson had haar hol verlaten en dompelde zich onder in een wereld waar nog steeds gevaar loerde, maar ook goedheid.

Nu, in de maartse kou van de luchthaven van D.C., herinnerde ze zich Ellens langdurige omhelzing in de lobby van het Amerikaanse consulaat in Frankfurt en haar gefluisterde 'Pas goed op jezelf'.

Natuurlijk had ze toen de brief nog niet gelezen. De brief die nog in haar broekzak zat.

De brief waarin haar gevraagd werd om onopvallend, stiekem, naar Tim Beecham te kijken.

Hij was nu de dienstdoend directeur van de Inlichtingendienst van president Williams. Hij was in het vorige kabinet een senior nationale veiligheidsadviseur geweest, officieel tenminste. Maar wat had hij echt gedaan? Dat wilde – en moest – Ellen weten. En snel ook.

Oppervlakkig gezien was dat wat Ellen haar gevraagd had heel eenvoudig. Maar ze waren niet geïnteresseerd in de oppervlakte.

Betsy keek zijdelings naar de jongeman, die nog steeds dezelfde krant bestudeerde die hij acht uur lang had zitten lezen tijdens de vlucht. Ze kreeg bijna medelijden met hem. Maar toen besloot ze dat ze hem alleen maar in verlegenheid zou brengen als ze naar hem toe zou gaan en hem een lift aanbood. Trouwens, ze wilde tijdens de rit naar Foggy Bottom tijd hebben om na te denken.

De volgende taxi was voor haar.

Toen hij wegreed, zag Betsy de agent over het touw springen en in een auto stappen die al klaarstond langs de stoeprand, in de rode zone. Normaal gesproken mochten auto's daar niet wachten, tenzij ze regeringsnummerplaten hadden.

Betsy zakte onderuit en dacht na over haar volgende stap.

'Heb je al gegeten?'

'Nog niet,' zei Katherine.

'Ga maar iets halen, ik blijf wel bij hem,' zei Ellen.

Hun vlucht naar Islamabad zou volgens de planning over minder dan een uur vertrekken. Ellen had het groene licht gekregen van de president en haar collega-ministers van Binnenlandse Zaken. Er was wel wat gesputterd, maar het was duidelijk dat Groot-Brittannië, Frankrijk en Duitsland weliswaar de doelwitten van de bomaanslagen waren geweest, maar dat de VS de beste kans had om antwoorden van de Pakistanen te krijgen.

Er was ook besloten dat niemand, ook Islamabad niet, voordat ze in de lucht waren iets te horen zou krijgen over de ophanden zijnde komst van de Amerikaanse minister van Buitenlandse Zaken.

Gils ademhaling veranderde. Er klonk een licht gekreun toen hij verschoof in zijn ziekenhuisbed en wakker begon te worden. Ellen pakte zijn hand, die vertrouwd en onbekend tegelijk voelde. Het was zo lang geleden dat ze die voor het laatst had vastgehouden.

Ze keek naar zijn knappe, gehavende gezicht, terwijl hij zich door het moeras van pijnstillers naar boven worstelde.

Hij deed zijn ogen open, focuste zijn blik op zijn moeder en glimlachte. Toen kwam hij bij zijn volle bewustzijn en zijn glimlach verdween.

'Hoe voel je je?' fluisterde ze en ze boog voorover om hem op zijn wang te kussen. Maar hij trok zich terug.

Subtiel, maar voldoende.

‘Oké.’ Hij fronste zijn wenkbrauwen toen de herinnering aan wat er gebeurd was terugkwam. ‘De anderen?’

Er lagen ook zeventien omstanders in het ziekenhuis. Minister Adams had sommigen van hen even gesproken. Degenen met de minst erge verwondingen. De artsen wilden niet dat de anderen, van wie er velen nog buiten bewustzijn waren, gestoord werden. Velen vochten voor hun leven en hun familieleden waakten bij hen.

In een ogenblik was alles veranderd toen ze op een route liepen, reden of fietsten die ze elke dag namen.

Afgerukte ledematen. Onherstelbare hersenschade. Blind geworden, verminkt, verlamd.

Er waren zichtbare en onzichtbare littekens veroorzaakt, die nooit zouden genezen.

De deur van de ziekenhuiskamer ging open en Charles Boynton keek naar binnen. ‘Mevrouw de minister, we hebben u nodig.’

‘Dank je, Charles. Ik kom er zo aan.’

Haar stafchef bleef even dralen en trok zich toen terug.

Ellen wendde zich weer tot Gil. ‘Ik vertrek zo naar Islamabad.’

‘Werken de Pakistanen mee?’

‘Daarom ga ik. Om ervoor te zorgen dat ze dat gaan doen. Ik vermoed dat ze precies weten waar Shah is.’

‘Dat denk ik ook.’

‘Gil, ik moet het nog een keer vragen.’ Ze hield zijn blik vast. ‘We moeten weten wie je bron is.’

Hij lachte. ‘En ik maar denken dat mijn moeder op bezoek kwam om te kijken hoe het met me ging. Ik had niet in de gaten dat ik met de minister van Buitenlandse Zaken praatte.’

Ellen slikte een paar antwoorden weg die kant-en-klaar bij haar waren opgekomen en er bijna uit waren gefloept.

Het was een flauwe opmerking, en dat wist Gil.

‘Ik kan het je niet vertellen,’ zei hij, nu met zachtere stem. ‘Dat weet je. Je hebt een media-imperium gerund. Je bent naar de rechter gestapt om journalisten te verdedigen die hun bronnen niet wilden prijsgeven, en nu vraag je mij om de mijne te onthullen?’

‘Er staan levens...’

‘Je hoeft mij niet te vertellen dat er levens op het spel staan,’ snauwde hij.

Er waren wat herinneringen die, eeuwig jong, in zijn hoofd zaten. Foto's, verstilde beelden, die onverwachts kwamen bovendrijven in duistere nachten en op zonnige dagen. Tijdens het lopen, het eten of het douchen. Op de meest alledaagse momenten kwamen ze tevoorschijn.

De onthoofding van zijn vriend, de Franse journalist. Gils ontvoerders zorgden er wel voor dat hij het zag, en dat hij wist dat hij de volgende was. Jean-Jacques had hem recht aangekeken en zijn blik vastgehouden toen het lemmet op zijn keel werd gezet.

Er was het beeld van de jonge, zwarte vrouw op het moment waarop de vrachtwagen, bestuurd door een ultrarechtse extremist in Texas, de menigte van vredige betogers had geraakt waar hij verslag van deed. Het laatste moment van haar leven.

Er waren er nog meer, maar dat waren de meest frequente bezoekers. De ongenode gasten. De ongenode geesten.

En nu nam er een ander beeld plaats naast deze gruwelen. De rij passagiers in de bus, die opkeken en naar hem staarden. Bang voor hem waren. Ze stonden op het punt om te sterven en hij kon niets voor hen doen.

'De enige reden dat we de hoop hebben om meer doden te voorkomen,' zei hij, 'is omdat mijn bron me vertrouwde. Dat houdt op zodra ik je vertel wie het is. Nee, Ellen. Ik zeg het niet.'

Het gebruik van haar voornaam in plaats van 'mam' of zelfs 'moeder' deed haar altijd pijn. En ze vermoedde dat hij het daarom juist deed. Deels om haar pijn te doen, deels ook als waarschuwing.

Ga niet verder.

Toch was haar relatie met haar zoon minder belangrijk dan de levens van misschien wel tienduizenden andere zoons en dochters. Moeders en vaders. Als dit haar gezin volledig zou verscheuren, dan moest dat maar. Dat zou minder afgrijselijk zijn dan het verlies dat veel gezinnen in de afgelopen uren hadden geleden.

'We hebben meer informatie nodig, en jouw bron moet die hebben. Hij hoeft niet te weten dat je het aan ons hebt verteld.'

'Ben je gek geworden?' Hij keek haar boos aan. 'Hij weet het zodra ze hem vermoorden.'

'Ze?'

'Shah en zijn mensen.'

'Werkt hij voor Shah?'

'Hoor eens, ik wil echt helpen. Ik wil Shah ook vinden. Hem tegenhouden. Maar meer kan ik je niet vertellen.'

Ellen haalde diep adem en probeerde te kalmeren.

Ze herpakte zich. 'Denk je dat je bron weet wat Shah van plan is?'

'Dat heb ik uiteraard gevraagd. Hij zei dat hij het niet weet.'

'Geloof je hem?'

Gils vader, Cal Bahar, had zijn zoon de overtuiging meegegeven dat journalisten, onderzoeksverslaggevers en oorlogscorrespondenten helden waren. De vierde macht, die de democratie bij de les hield.

Gil Bahar was opgegroeid in de wetenschap dat dat was wat hij wilde en waarvoor hij was voorbestemd. Hij wilde geen deel uitmaken van een conflict; hij wilde er verslag van doen. Of dat conflict nu in Afghanistan of in Washington was.

Hij wilde er getuige van zijn. Er verslag over uitbrengen. Erachter komen waarom. En hoe. En wie.

Zijn moeder daarentegen was altijd een zakenvrouw geweest. De bureaucraat die het imperium leidde. De rationele vrouw die nooit verder keek dan de cijfertjes op haar spreadsheet.

Pietje-precies noemde zijn vader haar, soms zelfs liefkozend. Maar hij hield van ordelijkheid, zei hij er dan lachend achteraan.

Gil, de journalist in de dop, zag de waarheid achter het plaagstootje, zelfs als kind.

Maar nu dacht hij dat er misschien iets veranderd was. Of zijn vader had al die tijd ongelijk gehad en kende zijn moeder misschien niet zo goed als hij dacht, of ze had de vaardigheid ontwikkeld om niet alleen te vragen wat mensen wisten maar ook – belangrijker nog – wat ze dachten.

En nu vroeg ze hem eindelijk wat hij dacht.

'Ik denk dat hij misschien wel weet wat Shah van plan is,' zei Gil. 'Maar het enige wat ik uit mijn bron kon krijgen, was Shahs naam. Hij was doodsbang, en daar had hij een goede reden voor. Hij heeft er waarschijnlijk al spijt van dat hij me dat heeft verteld.'

'Als hij niet wil vertellen wat Shah van plan is, kun je dan misschien in elk geval proberen uit te vissen of de dood van de fysici er een eind aan heeft gemaakt of dat het nog steeds gaande is?'

Gil duwde zichzelf omhoog in het bed, kromp even ineen en staarde naar zijn moeder. De minister van Buitenlandse Zaken.

'Traceer je mijn berichten?'

Ze aarzelde. 'Nee. Ik vertrouw erop dat je het aan me doorgeeft als je iets belangrijks ontdekt. Maar anderen...'

Hij knikte. 'In dat geval kan ik geen contact opnemen met mijn bron.' Hij had het luidkeels gezegd, op het onnatuurlijke af, en dempte zijn stem nu weer tot een fluistering. 'Maar misschien is er een andere manier.'

'Mevrouw de minister, we hebben u nodig.'

Ellen keek naar Boynton, die bij de deur stond, en vroeg zich af hoeveel hij gehoord had.

'Het vliegtuig wacht wel,' zei ze.

'Is Ana hier?' Gil keek naar de deur.

Heel even leek hij weer een klein jongetje. Bang om een pijnlijke vraag te stellen, maar, zoals het een goede journalist in een conflictgebied betaamt, vastbesloten dat de behoefte aan kennis zwaarder woog dan de angst.

'Nee. Ik heb haar wel gevraagd, maar...'

Hij knikte. Dat was voorlopig wel voldoende waarheid.

'Mevrouw de minister,' zei Boynton, nu met een scherp randje in zijn stem. 'Het gaat niet om het vliegtuig.'

Zodra Ellen bij het Amerikaanse consulaat in Frankfurt uit de limousine stapte, werd ze begroet door een man van middelbare leeftijd die ze ook al had gesproken op de plek van de bomaanslag. Het hoofd van de Amerikaanse Inlichtingendienst in Duitsland.

'Scott Cargill, mevrouw de minister.'

'Ja, ik herinner me u, meneer Cargill.' Ze wendde zich tot de iets jongere vrouw die bij hem stond, terwijl ze haar haastig het gebouw in leidden.

'Dit is Frau Fischer. Ze werkt voor de Duitse Inlichtingendienst,' zei hij, terwijl mariniers de deur openhielden.

'We hebben een verdachte,' zei Fischer in uitstekend Engels.

Hun voetstappen echoden op de marmeren vloer terwijl ze door de lobby naar de liften liepen, waarvan er een voor hen werd vastgehouden.

'In bewaring?' vroeg Ellen.

'Nog niet,' zei Frau Fischer toen de liftdeuren dichtschoven. 'Alles wat we tot dusver hebben, is beeldmateriaal van de bewakingscamera's langs de route en uit de bus.'

Ellen en Boynton werden een raamloze kamer in geleid, die net een bunker was. Tot Ellens verrassing zag ze daar de Duitse minister van Buitenlandse Zaken in eigen persoon, vanuit Berlijn.

'Ellen,' zei hij en hij stak zijn hand uit.

'Heinrich.'

Hij gebaarde naar een comfortabele draaistoel naast hem. 'Je moet de video zien die we gevonden hebben.'

Terwijl ze plaatsnam, moest ze een beetje lachen om dat 'we'. Ellen vermoedde dat Heinrich von Baier net zoveel met de vondst te maken had als het koffiekopje.

Hij gaf een teken en er verscheen een video op het scherm voor in de kamer.

Daarop was te zien dat bus 119 tot stilstand kwam en er een man uitstapte. Daarna, na een klik, bevroor het beeld.

'Dit,' zei Scott Cargill, 'is twee haltes voor de explosie.'

'Onze aanslagpleger,' zei Von Baier, en opnieuw moest Ellen lachen, nu vanwege het 'onze'. Ze vroeg zich af hoe lang die bezitterigheid zou duren als ze ongelijk hadden.

Op het scherm zag ze een tengere jonge man die een spijkerbroek en een jasje droeg, met om zijn hals een geblokte kaffiya.

Ze wendde zich tot Cargill. 'Hoe weten jullie dat hij het is? Dit lijkt op etnisch profileren.'

'We weten het aan de hand van twee andere bewijsstukken,' zei Cargill. Opnieuw verscheen er een video, ditmaal gefilmd in de bus.

En ook nu weer zetten ze het beeld stil.

Ze zag Gil schijnbaar volkomen ontspannen bijna achter in de bus zitten.

'Dat,' zei Frau Fischer, die naar de vrouw links achter Gil wees, 'is Nasrin Bukhari.'

'De fysica.'

'*Ja*, mevrouw de minister. U herkent uw zoon, natuurlijk. En dat' – haar vinger wees naar een passagier vlak voor dr. Bukhari – 'is onze verdachte. Kijk wat er nu gebeurt.'

De video werd weer afgespeeld en ze zagen de man neerknielen, zodat hij schuilging achter de vrouw die voor hem zat. Daarna kwam hij overeind, stond op en liep naar de voorkant van de bus. Het volgende beeld was dat wat ze al gezien hadden, van toen hij uitstapte.

Het beeld bevroor en Fischer zoomde in op zijn gezicht. Hij had een donkere huid, was gladgeschoren en het leek of hij recht in de bewakingscamera keek.

'Uit het explosiepatroon weten we dat de bom helemaal links achter in de bus is ontploft,' zei Fischer. 'Waar hij zat.'

Ellen staarde naar het gezicht.

Wat dacht hij toen hij uit de bus stapte? Die mensen achterliet? Wat had hij gedacht toen hij daar zat, kijkend naar de kinderen die op hun stoelen zaten te draaien? De tieners op hun telefoon? De uitgeputte mensen die na hun werk naar huis gingen? Hoe had hij zich gevoeld, in de wetenschap dat...?

Wat dacht en voelde een aanslagpleger die wist dat er onschuldige mensen zouden sterven?

Ellen was niet ongevoelig voor het feit – voor de waarheid – dat Amerikaans militair personeel op bevel van hun leiders op knoppen had gedrukt om raketten te lanceren die gericht waren op vijanden, maar waardoor soms ook onschuldige burgers om het leven kwamen.

Nu boog ze zich voorover en staarde naar de jongeman. 'Waarom leeft hij nog?'

'Nou, omdat hij uit de bus is gestapt, mevrouw de minister,' zei Von Baier.

'Ja, dat snap ik. Maar zijn het normaal gesproken geen zelfmoordterroristen?'

Er viel een stilte toen de vraag daar lag. Uiteindelijk gaf Cargill antwoord.

'Dat is vaak zo, maar niet altijd.'

'Wanneer wel?' vroeg Ellen.

'Als de betrokkenen geradicaliseerd zijn. Religieuze fanaten,' antwoordde hij. 'En als hun opdrachtgevers, die hen hebben ingelijfd, er absoluut zeker van willen zijn dat de bom afgaat.'

'Als het een simpel apparaatje is, bedoelt u?' vroeg Ellen, die de twee inlichtingenofficieren aankeek. 'Waarschijnlijk zelfgemaakt door amateurs. Dat zou kunnen weigeren als het niet handmatig wordt ingesteld.'

'Ja.'

'En als dat niet zo is? Wanneer laten ze het explosief gewoon achter, zoals hij?' ze gebaarde naar de man op het scherm.

Nu knikten de Duitse en Amerikaanse officier nadenkend. Overwegend.

'Als ze zeker zijn van de bom,' zei de Duitse.

'En als het geen fanaten zijn,' zei de Amerikaan.

'Ga verder,' zei Ellen.

'Als de dader te waardevol is om hem te verliezen aan een zinloze daad van zelfvernietiging. Of als hij besluit dat hij niet wil sterven,' zei Frau Fischer.

Iedereen staarde naar het scherm, naar het gezicht. Van de moordenaar. Die nog leefde, en daar ergens rondliep.

'We sturen dit naar het internationale inlichtingennetwerk,' zei de Duitse minister van Buitenlandse Zaken. 'Als hij is gerekruteerd en ingelijfd, staat hij ergens in het systeem.'

'Maar hij is er niet uitgepikt door gezichtsherkenning,' zei Ellen.

'Nee. Dat klopt,' zei Cargill. 'Misschien is hij een medewerker die ze in de luwte hebben gehouden. We zullen de luchthavens en de treinstations inseinen. Busterminals en autoverhuurbedrijven.'

'En we zetten het op social media en spelen het door naar de tv-zenders,' zei Frau Fischer. 'Zelfs als we hem niet kunnen identificeren, zal hij gehinderd worden door de publiciteit. Misschien dat iemand hem herkent en hem aangeeft.'

Cargill knikte naar een agent, die snel de kamer verliet.

'Er is nog iets wat een beetje, eh...'

Ellen en Von Baier wachtten tot de Amerikaanse inlichtingenofficier het juiste woord gevonden had.

'... ongebruikelijk is.'

'Geweldig,' mompelde Ellen, terwijl de gedistingeerde Von Baier naast haar 'Scheiße' zei.

'Meer dan een beetje,' zei Fischer. 'Kijk.'

Ze wees naar het scherm, naar het beeld waar ze nu al een paar minuten naar keken.

'Wat is er?' vroeg Ellen.

'Geen muts.'

Ellen verplaatste haar blik naar de Duitse officier en toen naar Von Baier, die al net zo in het duister tastte als zij. De jonge vrouw kon toch moeilijk bang zijn dat de aanslagpleger kou zou vatten omdat hij begin maart in het kille Frankfurt rondliep zonder...

En toen zag ze het, op hetzelfde moment waarop ook Von Baier het doorhad. Hij fronste zijn wenkbrauwen en zijn blauwe ogen werden groot.

'Hij probeert niet te verbergen wie hij is,' zei Ellen.

'Precies,' zei Fischer. 'Hij bleef praktisch stilstaan zodat we hem eens goed konden bekijken.'

Ellen werd stil. Ze staarde naar het gezicht. Keek nog eens goed. Was het haar verbeelding? Zag ze verdriet in die ogen? Een smeekbede zelfs? Om begrip? Om hulp? Vast niet. Niemand laat een bom afgaan waarbij zoveel onschuldige mensen worden gedood en verwacht dan begrip.

'Theorieën?' vroeg Von Baier.

'Dit zou iets goeds kunnen zijn,' zei Cargill. 'Misschien is hij overmoedig. Te zelfverzekerd. Of hij gelooft niet dat we erachter komen dat hij de bom heeft geplaatst, of hij wil dat we het weten.'

'Waarom?' vroeg Von Baier.

'Tja, dat weten we niet,' gaf Cargill toe. 'Ego? Bluf?'

'Kijk eens naar zijn gezicht,' zei Ellen. Was zij de enige die het zag? 'Hij heeft spijt.'

'Dat kunt u niet menen, mevrouw de minister,' zei Von Baier. 'Hij staat op het punt onschuldige burgers om te brengen. Hij heeft helemaal geen spijt.'

Ellen keek naar Cargill, die het duidelijk met de Duitse minister eens was. Daarna richtte ze haar blik op Frau Fischer, die naar het gezicht van de aanslagpleger keek en haar wenkbrauwen fronste.

Ze keek naar Ellen. Schudde haar hoofd.

'Ik denk dat hij bang is,' zei Frau Fischer.

Ellen bestudeerde het jonge gezicht weer en knikte. 'Ik denk dat u gelijk hebt.'

'Natuurlijk is hij bang,' zei Von Baier. 'Bang dat hij wordt opgeblazen door zijn eigen bom en dat hij een schepper ontmoet die helemaal niet blij is met wat hij gedaan heeft.'

'Nee, het is iets anders,' zei Ellen, en haar gezicht klaarde op. 'Het was niet de bedoeling dat hij het zou overleven.'

'Misschien heeft zijn opdrachtgever er daarom niet op aangedrongen dat hij zijn identiteit moest verbergen,' zei Frau Fischer. 'Omdat het niet uit zou maken.'

Ellens gedachten raasden door haar hoofd. 'We moeten de verspreiding van zijn foto tegenhouden.'

'Hoezo?' vroeg Cargill. Een fractie van een seconde later begreep hij het. 'O, shit.'

Als de aanslagpleger had moeten sterven, konden zijn opdrachtgevers maar beter denken dat hij inderdaad dood was.

'*Verdammt*,' tierde Fischer. 'We moeten hem zien te vinden. Snel. Voordat zij ons voor zijn.'

'Ga naar Thompson,' brulde Cargill in de telefoon. 'Zeg dat hij moet stoppen. Zet de foto van de verdachte niet...'

Hij ging met een bons zitten. 'Oké. Beperk de verspreiding dan.' Hij hing op. 'Te laat. Hij is er al uit. Maar we kunnen misschien een aantal publicaties tegenhouden.'

'*Nein*,' zei Frau Fischer. 'Het kwaad is al geschied. We moeten die foto gebruiken als het kan. Verspreid hem zo ver mogelijk. Iemand moet weten wie hij is. Ik zal de directeuren van de inlichtingendiensten in andere landen op de hoogte brengen, voor het geval hij de grens over is.' Ze liep naar de deur. 'We vinden hem wel.'

Ellen maakte aanstalten om op te staan. 'Als er verder niets is, moet ik de president bellen en verslag uitbrengen, en dan naar mijn vliegtuig...'

'Er is nog één video die we je willen laten zien, Ellen,' zei Heinrich von Baier.

Ze ging weer zitten en keek naar het scherm, waarop de binnenkant van de bus weer te zien was.

De aanslagpleger was al uitgestapt. Zijn zitplaats was leeg. Ellen zag dat Gil zijn telefoon opnam, luisterde, en daarna opstond en begon te schreeuwen.

Ze keek met gebalde vuisten hoe Gil wanhopig de bus probeerde te laten stoppen. Om mensen eruit te krijgen. Hij huilde bijna van paniek en frustratie. Hij pakte mensen vast, probeerde hen overeind te trekken. Ook Nasrin Bukhari, die hem wegmepte met een tas.

Elke spier in Ellens lijf was gespannen toen ze zag dat de bus eindelijk stopte. De chauffeur stond op en gooide Gil eruit.

De video flikkerde en ze zagen de straatbeelden, van Gil die hard op de stoep belandde en de bus die wegreed.

Ellen boog zich voorover, nu met haar hand voor haar mond geslagen, toen haar zoon overeind krabbelde en achter de bus aan rende. Er was geen geluid, maar het was duidelijk dat hij schreeuwde. Gilde. Daarna bleef hij staan, draaide zich om en probeerde mensen van de stoep af te krijgen.

En toen de explosie.

Ze deed haar ogen dicht.

'Ellen.' Heinrich von Baier was opgestaan en keek haar aan. Zijn gezicht stond ernstig, zijn houding was stijfjes. 'Ik moet je mijn excuses aanbieden. Ik had het mis toen ik suggereerde dat je zoon er misschien bij betrokken was. Hij heeft er alles aan gedaan om levens te redden en zou zelf zijn omgekomen als de chauffeur hem er niet uit had gegooid.'

Hij boog zijn hoofd om te laten zien dat hij zijn fout erkende.

Inwendig erkende ze ook haar eigen fout omdat ze zijn integriteit had onderschat. Hij nam de verantwoordelijkheid voor zijn vergissingen.

'*Danke*,' zei ze. Ze stond op en stak beide handen uit naar de diplomaat. Hij pakte ze en kneep er zachtjes in. 'Het was een logische vergissing,' zei ze. 'Ik zou het zelf waarschijnlijk ook gedacht hebben.'

'Dank je wel,' zei hij, al vermoedden ze allebei dat het niet waar was.

Von Baier dempte zijn stem en zei tegen Ellen: 'Succes in Islamabad. Wees voorzichtig. Shah zal je in de gaten houden.'

'Ja.' Ze wendde zich tot Boynton, die dit allemaal stilletjes had zitten bekijken. 'Ik bel de president wel vanuit Air Force Three.'

'U hebt die meeting nog.'

'Was dit niet de meeting die je bedoelde?'

'Nee, mevrouw de minister. Er is er nog een.'

15

‘Wil je dat nog even herhalen?’ vroeg Ellen.

Boynton had haar naar een andere schaars verlichte, raamloze, fantasieloze kamer gebracht. Die bevond zich in het souterrain. Ze hadden door een aantal beveiligingscontroles en gepantserde deuren moeten gaan om er te komen.

Toen ze binnen waren, tikte een technicus op een toetsenbord en zei: ‘Kunt u uw beveiligingscode even intypen, mevrouw de minister?’

‘Mijn stafchef kan die van hem toch gebruiken?’

‘Nee, helaas niet. Hier is het hoogste toestemmingsniveau voor nodig.’

Zonder te weten waarvoor dat dan was, typte Ellen de getallenreeks in en wachtte.

Er kwam een grote monitor tot leven en daar was Tim Beecham, de directeur van de Nationale Inlichtingendienst.

Na een formele begroeting zonder een spoortje van warmte begon Beecham te praten, maar zodra duidelijk werd waar deze meeting om draaide, legde Ellen hem het zwijgen op en wendde zich tot Charles Boynton.

‘Haal Scott Cargill hierheen, alsjeblieft. Hij moet dit horen.’

‘Mevrouw de minister, hoe minder...’ begon Beecham, maar ze snoerde hem met een blik de mond.

‘Ja, natuurlijk,’ zei Boynton, en een paar minuten later kwam hij terug met Cargill, die een stoel bijtrok en naast haar ging zitten.

Ze hoefden zich niet aan elkaar voor te stellen. De DNI kende de CIA-commandant in Duitsland goed.

‘En?’ fluisterde ze, maar Cargill schudde zijn hoofd.

Op Ellens verzoek herhaalde Tim Beecham wat hij eerder had gezegd.

'We hebben het mailtje bekeken dat naar Miss Dahir is gestuurd. Het bericht waarvan ze zei dat ze het gewist had.'

Zijn woordkeuze ontging Ellen niet. 'Nou, ze heeft het blijkbaar inderdaad gewist, als jullie het uit de prullenbak hebben gevist. Daar hebben jullie het toch gevonden?'

'Ja.'

'En dan zat er toch een tijdcode aan, zodat te zien is wanneer het verwijderd is?'

'Ja.'

'En die correspondeert met de tijdlijn die ze noemde.'

'Ja.'

'Dus Anahita Dahir heeft de waarheid verteld.' Ellen dacht dat de feiten en haar autoriteit maar beter zo snel mogelijk konden worden vastgesteld. Zonder ruimte voor twijfel.

Ze mocht deze sluwe man niet, en ze vermoedde dat generaal Whitehead er net zo over dacht. En nu ze Beecham zag kronkelen, dacht Ellen aan Betsy en de opdracht die ze haar vriendin had gegeven om meer te weten te komen over de DNI.

Ze had niets meer van Betsy gehoord sinds haar korte appje waarin ze zei dat ze in D.C. was aangekomen en op weg was naar het ministerie van BZ.

'Dus wat heb je voor nieuws, Tim?'

'We zijn erachter gekomen waar het bericht vandaan kwam.'

'Echt?' Ze boog zich zo dicht naar het scherm dat ze de warmte voelde die ervanaf kwam. 'Waarvandaan dan?'

'Iran.'

Als door een wesp gestoken schoof Ellen naar achteren, ademde lang en diep in en daarna langzaam uit. Naast zich hoorde ze Cargill 'Oef' zeggen. Het zachte gekreun dat iemand maakt als hij in zijn middenrif wordt geraakt.

Iran. Iran.

Haar hersenen kraakten. Iran.

Als Shah zowel in kernwapengeheimen als kernfysici handelde, zou Iran dat willen verijdelen. Iran had zijn eigen kernwapenprogramma, wat ze publiekelijk ontkenden terwijl ze er wel voor zorgden dat elke macht in de regio en daarbuiten de waarheid kende.

Ellen zag het verband. Het bloederige spoor van explosies en moordpartijen door het hele Midden-Oosten. Allemaal ten behoeve van Iran, dat op die manier voorkwam dat andere landen in de regio nucleaire capaciteit zouden krijgen.

'Iran zou absoluut willen voorkomen dat Shahs fysici hun bestemming bereikten,' zei ze.

'Dat is zo,' beaamde Beecham. 'Alleen...'

'Degene die dat mailtje naar uw BD-medewerkster heeft gestuurd, heeft de bommen niet geplaatst,' zei Cargill. 'Die probeerde de aanslagen juist te voorkomen.'

Ellens ogen werden groter. Dat was waar. Ze keek van hem naar het scherm. Beecham keek niet alleen nog geïrriteerder, deze keer omdat zijn grote onthulling van hem was weggekaapt, maar ook verontrust.

'En dat begrijpen we dus niet,' zei Beecham. 'Waarom zouden de Iraniërs de bomaanslagen willen verijdelen? Waarom zouden ze Shahs fysici willen redden? We hebben de mogelijkheid overwogen dat zij die fysici van dr. Shah hebben gekocht, maar dat hebben we verworpen.'

'De Iraanse regering zou echt nooit Pakistanen vertrouwen, laat staan inhuren,' beaamde Cargill. 'En ze zouden al helemaal niet met Bashir Shah in zee gaan. Die is veel te dicht betrokken bij de Saoediers en andere soennitische Arabische landen.'

'En hij zou ook geen zakendoen met Iran, hè?' vroeg Ellen.

'Onwaarschijnlijk,' zei Beecham. 'Trouwens, Iran heeft zelf zeer deskundige kernfysici en een eigen programma. Nee, dit is heel onlogisch.'

'Dus waar staan we nu?' vroeg Ellen.

Niets.

'Weten we zeker dat het uit Iran kwam?' vroeg Ellen. 'Mails kunnen toch worden omgeleid? Worden verstuurd vanaf verschillende masten en IP-providers? Degene die achter de aanslagen zit, is ongetwijfeld slim genoeg om te verbergen waar hij zit.' Ze zweeg even. 'Verdomme. Ik maak steeds dezelfde fout. Het zou veel logischer zijn als Iran achter de aanslagen zit. Niet dat het ze heeft geprobeerd te verijdelen.'

'Het kwam zeker uit Iran,' bevestigde Beecham. 'Maar er lijkt wel een zekere urgentie achter het bericht te zitten, anders denk ik dat de afzender wel beter had geprobeerd te verbergen waar het vandaan kwam. En er is nog iets.'

Hij keek zelfvoldaan en Ellen voelde iets over haar ruggengraat kriebelen. Alsof er een enorme spin omhoogkroop.

'Ga verder.'

'We weten waar het bericht vandaan kwam.'

'Ja, dat zei je al. Uit Iran.'

'Nee, preciezer. We hebben het herleid naar een computer in Teheran, die eigendom is van ene' – hij keek in zijn aantekeningen – 'professor Behnam Ahmadi.'

'Dat meen je niet,' zei Cargill. Maar dat was slechts bij wijze van spreken. Hij wist, net als zij allemaal, dat de directeur van de Nationale Inlichtingendienst het zeer zeker wel meende.

'Kent u hem?' vroeg Ellen aan Cargill.

Hij knikte en zette zijn gedachten op een rijtje. 'Hij is kernfysicus.'

'Is het mogelijk dat hij die mensen kende en ze wilde redden?' vroeg ze.

'Dat is mogelijk,' zei Beecham. 'Maar onwaarschijnlijk.'

'Hoezo?'

'Dr. Ahmadi is een van de ontwerpers van het kernwapenprogramma van Iran,' zei Cargill. 'Dat denken we tenminste. Het is lastig om precieze informatie te krijgen over een wapenprogramma waarvan ze ontkennen dat ze het hebben.'

'We weten dat ze het hebben, we weten alleen niet of ze al een bom hebben weten te ontwikkelen,' zei Beecham.

'Goed, wat betekent dit?' Ellen keek van de een naar de ander en speurde hun gezichten af. 'Waarom zou dr. Ahmadi de moord op die fysici hebben willen verijdelen?'

'We hebben de mogelijkheid overwogen dat hij een buitenlandse agent in dienst van een ander land is,' zei Beecham. 'De Saoediërs bijvoorbeeld, die wanhopig graag zelf een kernwapenprogramma willen ontwikkelen. Ze zouden er goed voor betalen. Of zelfs de Israëliërs. Die hebben Iraanse wetenschappers vermoord die aan het kernwapenprogramma van Iran werkten.'

'Maar dr. Ahmadi zou nooit voor de Israëliërs werken, toch?' vroeg Ellen.

'Dat hangt ervan af hoeveel ze betalen en hoe wanhopig hij is. We kunnen niks uitsluiten.'

Cargill schudde zijn hoofd. 'Ik geloof het niet. Ahmadi zou nooit met een ander land samenwerken.'

'Waarom zegt u dat? Wat voor soort man is die professor Ahmadi?' vroeg Ellen.

'U herinnert zich misschien nog wel dat de Amerikaanse ambassade in Teheran door studenten werd bezet en dat er Amerikanen gegijzeld werden,' zei Beecham. 'In 1979.'

Ellen keek hem onheilspellend aan. 'Ja, ik geloof dat iemand dat weleens heeft verteld.'

'Nou, Behnam Ahmadi was een van die studenten. We hebben foto's van hem waarop hij een pistool tegen het hoofd van een Amerikaanse diplomaat houdt.'

'Die zou ik graag willen zien.'

'Ik zal ze naar u toe sturen, mevrouw de minister,' zei Beecham. 'Behnam Ahmadi is een ware gelovige. Een volgeling van Khomeini en een aanhanger van de strenge geestelijke Mohammad Yazdi.'

'Maar die zijn allebei dood,' zei Ellen.

'Dat klopt, maar het zegt wel iets over dr. Ahmadi's loyaliteit en overtuigingen,' zei Beecham. 'Hij staat nu duidelijk achter de huidige grootayatollah, Khosravi.'

'Heeft Khosravi geen fatwa uitgevaardigd tegen kernwapenprogramma's?' vroeg Ellen. Met enige voldoening zag ze dat Beecham ervan stond te kijken dat ze zoveel wist.

'Ja,' zei Cargill. 'Maar we geloven niet dat dat oprecht was. Zolang Iran deel uitmaakte van het Joint Comprehensive Plan of Action en VN-inspecteurs toeliet, waren we er redelijk zeker van dat hun programma gestopt was. Maar nadat het kabinet-Dunn het heeft afgebroken...'

'Was Iran vrij om verder te gaan,' zei Ellen.

'Het is daarna veel moeilijker geworden om dingen te verifiëren,' zei Beecham.

Dus bleef de vraag staan. 'Waarom zou een Iraanse strenggelovige drie Pakistaanse kernfysici redden, die werk deden dat zijn land zou kunnen schaden?' vroeg Ellen.

Er viel een stilte. Ze hadden duidelijk geen idee. Even dacht ze dat het scherm bevroren was.

'Er is nog een stukje belangrijke informatie, mevrouw de minister,' zei de DNI eindelijk. 'U zult het waarschijnlijk niet leuk vinden.'

'Ik vind vrijwel niets leuk aan de afgelopen vierentwintig uur. Kom maar op, Tim.'

'Nadat u uit D.C. was vertrokken en de BD-medewerkster had meegenomen, zijn we eens diep in Anahita Dahirs achtergrond gedoken.'

De spin was naar de onderkant van Ellens schedel gekropen.

'Ze had ons verteld dat haar ouders Libanees zijn en dat ze als vluchtelingen vanuit Beiroet hierheen zijn gekomen tijdens de burgeroorlog. Dat hebben we gecheckt en het staat inderdaad zo in de aanvraag voor hun vluchtelingenstatus.'

Maar, dacht Ellen. Maar...

'Maar destijds, tijdens de oorlog, was het onmogelijk om dat grondig na te gaan. Nu kunnen we dat wel. En dat hebben we ook gedaan. De moeder van Miss Dahir is een maronitische christen uit Beiroet. Professor in de geschiedenis.'

Maar, dacht Ellen. Maar...

'Maar haar vader is niet Libanees,' zei Beecham. 'Hij is econoom. Uit Iran.'

'Weet je dat zeker?'

'Ik zou u dit niet vertellen als ik het niet zeker wist.'

Ellen dacht dat dat waarschijnlijk waar was.

'Is dat de BD-medewerkster die met u meereist?' vroeg Cargill. 'Hoeveel toegang heeft ze gekregen?'

Ellen keek naar Charles Boynton, die tijdens de meeting stil en vrijwel onzichtbaar was geweest. Hij had, was haar opgevallen, dat zeldzame vermogen om te verdwijnen terwijl hij nog aanwezig was. Geen groot voordeel in sociale situaties, maar een enorm voordeel als je hoopt staatsgeheimen te achterhalen.

'De BD-medewerkster heeft geen veiligheidsbevoegdheden of toegangscodes van topgeheimen,' zei Boynton.

'Maar ze heeft wel oren en hersenen,' zei Ellen. 'Ze heeft het gisteren voor elkaar gekregen om zich naar binnen te kletsen tijdens mijn meeting. Ga haar zoeken. Breng haar hier.'

Nadat Boynton vertrokken was, draaide Ellen zich weer naar het scherm, waar ze zag dat een medewerkster zachtjes iets tegen Beecham zei en hem iets liet zien. Hij had het geluid van zijn beeldscherm uitgezet, maar ze zagen wel dat hij zowel geïnteresseerd als geërgerd was.

Hij keek weer naar haar en zette het geluid aan. 'Wanneer was u van plan me te vertellen dat jullie een verdachte hebben van de aanslag in Frankfurt?'

'Daar wilde ik net over beginnen.'

'Nou, dat hoeft dus niet meer. Ik heb het zojuist van een junior medewerkster gehoord. Ze had het van CNN.' Zijn gezicht was bijna paars.

'Wilt u ons even alleen laten?' vroeg Ellen aan Cargill, omdat ze wist dat dit heel vervelend ging worden.

Toen hij weg was, trok Tim Beecham van leer. 'U weet dat de president dit ook via de tv hoort en niet van ons.'

'Zo kan-ie wel weer, Tim,' zei Ellen, die haar hand opstak. 'Ik begrijp je frustratie, maar we hebben dit zelf ook net pas gehoord en ik ben rechtstreeks hierheen gekomen. Je hebt me niet de kans gegeven om iets te zeggen.'

Ze wist dat dat niet helemaal fair was, maar eerlijk gezegd had Ellen niet zo'n haast om deze man iets te vertellen.

Voor het geval... Voor het geval de DNI de boeman was.

Ze vroeg zich weer af hoe Betsy ervoor stond en of het misschien een vergissing was geweest om een voormalige lerares informatie te laten opduikelen over een mogelijke verrader.

Ze vroeg zich ook af waarom ze nog niets van Betsy had gehoord. Maar goed, haar telefoon was in handen van de agent van de Diplomatieke Beveiliging buiten bij de deur. Misschien had Betsy het wel geprobeerd.

'Vertel het me nu dan,' snauwde Tim Beecham.

Dat deed Ellen, en ze eindigde door te zeggen: 'We denken nu dat het mogelijk is dat hij een zelfmoordterrorist had moeten zijn. Londen en Parijs hebben opnamen bekeken. Ze denken dat ze de aanslagplegers hebben geïdentificeerd aan de hand van camerabeelden uit de bus. Ze zijn allebei omgekomen bij de explosie.'

'Waarom deze dan niet?'

'We denken dat hij de orders niet heeft opgevolgd.'

'Waardoor hij extreem waardevol voor ons is,' zei Beecham. 'En extreem gevaarlijk voor degene die dit allemaal gepland heeft.'

'Ja.'

Ellen zag dat een senior medewerker een vel papier naar Tim Beecham toe schoof, die het las, waarbij er een vluchtig ogenblik oprechte verwarring op zijn gezicht te lezen stond.

'We hebben nog iets achterhaald over uw BD-medewerkster en haar familie.' Hij tikte op het papier dat voor hem lag. 'Toen haar vader na de revolutie vanuit Iran in Beiroet aankwam, veranderde hij zijn naam in Dahir. Daarvoor was het Ahmadi.'

Nu was het Ellens beurt om te verstrakken. 'Ahmadi? Als in Behnam Ahmadi?'

'Zijn broer.'

De oom van Anahita Dahir had de leiding over het Iraanse wapenprogramma.

16

'Scott?'

Cargill keek op van de berichten die binnenstroomden. Het werd steeds moeilijker om de stortvloed aan informatie te verwerken. Om het kaf van het koren te scheiden. De feiten van de valse meldingen.

De aanslagpleger was in heel Europa gesignaleerd, en zelfs in Rusland.

'Ja? Wat is er?'

'Bad Kötzting.'

'Weet je het zeker?'

'Heel zeker. Daar woont hij. De plaatselijke politie heeft hem herkend. Ze hebben ons zijn ID gestuurd.'

Ze liet het aan haar commandant zien.

Daar was hij dan. Aram Wani. Zevenentwintig. En zijn adres in het kleine stadje in Beieren.

'Hij heeft een vrouw en een kind.'

'Is hij daar nu?'

'Dat weten we niet. Ik heb gevraagd of er *Spezialeinsatzkommandos* naar zijn huis gestuurd kunnen worden. Die zijn nu onderweg vanuit Neurenberg, maar dat duurt even. In de tussentijd heb ik de plaatselijke politie opdracht gegeven om iemand te sturen om onopvallend een kijkje te nemen.'

'Mooi. We moeten erheen.'

'Er staat een helikopter te wachten.'

'*Ja?*'

De jonge vrouw deed de deur op een kiertje open.

'Frau Wani?'

'*Ja.*'

Ze had een kind in haar armen en keek bedachtzaam, maar niet echt bang.

De vrouwelijke agent had burgerkleding aan en was oud genoeg om Frau Wani's moeder te kunnen zijn. Of bijna haar oma.

'O, mooi. Ik hoop dat u het niet erg vindt dat ik onaangekondigd langskom.'

'Nee hoor, maar wie bent u?' De deur ging iets verder open.

'Ik heet Naomi. Koud vandaag.' De agente trok haar schouders op en hield haar ellebogen tegen haar lichaam om aan te geven dat ze huiverde. De deur ging nog verder open en ze werd binnengevraagd.

'*Danke*.'

'*Bitte*.'

'Het is vooral de vochtigheid, hè?' Naomi glimlachte warm en keek om zich heen. Het huis was klein en smetteloos schoon. Het kind, een meisje van anderhalf, was bijna onwaarschijnlijk mooi, met de lichtbruine huid en blauwe ogen van een kind met een Duitse moeder en een Iraanse vader.

Frau Wani was geboren en getogen in Duitsland en was van Europese afkomst, wist de agente, die een vlugge check had gedaan voordat ze hierheen was gekomen.

'Heeft uw man het niet verteld?' vroeg ze.

'Nee.'

De agente schudde haar hoofd alsof ze zeggen wilde: mánnen...

'Zoals u weet is er een regionale loting opgezet om versneld staatsburgerschap voor immigranten mogelijk te maken. Omdat uw man met een Duitse getrouwd is' – haar glimlach werd nog warmer – 'en een kind heeft, kwam zijn naam naar boven als iemand die in aanmerking zou kunnen komen.' Nu wachtte ze even en keek ongerust. 'Hij heet toch Aram Wani, hè?'

'Jazeker.' Frau Wani lachte nu breeduit. Ze deed een stap opzij, sloot de deur en gebaarde dat haar bezoekster naar de keuken mocht lopen. 'Ik heb nog nooit van die loting gehoord. Is het echt zo?'

'Ja. Maar eerst moet ik hem wat vragen stellen. Is hij er?'

Aram Wani zat onderuitgezakt achter in de bus.

Als hij de ironie daarvan inzag, liet hij het niet merken. Sterker nog, hij liet helemaal niks merken. Niks. Want als hij iets los zou laten, zou hij in vlammen opgaan.

Hij moest thuis zien te komen. Naar zijn gezin. Ze weghalen. De grens oversteken naar Tsjechië. Hij had gehoopt dat te kunnen doen voordat iemand erachter kwam dat hij nog leefde. Maar op het busstation had hij zijn gezicht op alle schermen gezien.

Ze wisten het. De politie, ja, maar ook Shah en de Russen.

Hij had overwogen zichzelf aan te geven. Dan zou hij tenminste een kans op overleven hebben. En hij zou de Duitse autoriteiten kunnen smeken om zijn gezin te beschermen. Maar daar was geen tijd voor. Hij moest eerst bij hen zien te komen.

Betsy Jameson liep door de Mahogany Row met een zakje waarin een croissantje met kipsalade zat. Het was een rekwisiet om de indruk te wekken dat alles normaal was.

Een paar druk rondrennende stafmedewerkers bleven even staan om haar te begroeten en te vragen of ze iets van minister Adams had gehoord. En waarom ze terug was.

'De minister wilde me hier hebben voor het geval er iets gebeurt,' zei ze.

Gelukkig hadden de mensen op het ministerie van BZ het te druk om acht te slaan op haar vage antwoorden. En de meesten wisten wel dat ze niet te veel vragen moesten stellen.

Het was razend druk. Het nieuws over de foto van de aanslagpleger was als een lopend vuurtje rondgegaan in de kantoren en had de hoop gewekt dat er snel een doorbraak zou komen.

Op het ministerie van Buitenlandse Zaken in Washington waren ze wel gewend aan crises. Er was altijd minstens één plek op de wereld waar de hel losbarstte, wat een respons vereiste. Maar dit was anders. Niet alleen omdat de terreuraanslagen zo spectaculair goed waren uitgevoerd, maar omdat niemand in dit gebouw en waar dan ook in de inlichtingenwereld ook maar een gefluisterde waarschuwing had gehoord.

Niks.

En als ze niets gehoord hadden over die aanslagen, wat stond er dan nog meer te gebeuren? Dat was de nachtmerrie waar deze mensen mee leefden.

Het National Terrorism Advisory System had alarm geslagen om burgers te waarschuwen dat er nog een aanslag gepleegd zou kunnen worden, ditmaal op Amerikaanse bodem.

In elk kantoor, op alle verdiepingen, namen mannen en vrouwen van het ministerie van BZ contact op met collega's en informanten. Om informatie te achterhalen. Ze groeven diep. En als er een brokje binnenkwam, probeerden ze het echte goud van het nepgoud te onderscheiden.

Betsy gebruikte haar pasje en hoorde de sloten van de dikke deur van de kantoorsuites van de minister van Buitenlandse Zaken openklikken en zag de deur op een kier opengaan, maar voordat ze naar binnen kon gaan, hoorde ze iemand zeggen: 'Mevrouw Jameson.'

Ze draaide zich om en zag een vrouw aan komen lopen, gekleed in het diepgroene uniform met de insignes van een kapitein van de commando's. Special Forces.

'Ja?'

'Generaal Whitehead hoorde dat u terug was en heeft me gestuurd. Hij zegt dat u mij moet bellen als u iets nodig hebt. Mijn naam is Denise Phelan.' Betsy voelde dat er iets in de zak van haar jasje werd gestopt. 'Aarzel niet.'

Daarna lachte kapitein Phelan innemend en liep terug naar de liften, terwijl Betsy zich verwonderd afvroeg waarom ze in hemelsnaam hulp van een kapitein van de commando's nodig zou kunnen hebben.

Eenmaal in Ellens kantoorsuite werd ze begroet door de mannen en vrouwen die de minister ondersteunden. Ze wisten allemaal dat ze de adviseur van minister Adams was. Een erefunctie, dachten ze. Om de minister moreel te steunen, maar niet om serieus werk te verrichten.

Ze deden beleefd, vriendelijk en enigszins neerbuigend.

Op haar beurt kletste Betsy erop los, maakte overal een babbeltje en ging zelfs op de hoek van een bureau zitten. Schijnbaar klaar voor een lekker lang praatje.

Na tientallen jaren lesgeven op een middelbare school sprak Betsy Jameson vloeiend lichaamstaal. Vooral die van mensen die totaal geen belangstelling meer hadden.

Toen ze er vrijwel zeker van was dat ze iedereen zo had verveeld dat ze bijna ontploften, ging ze naar Ellens kantoor en deed de deur dicht. In de wetenschap dat de mensen daarbuiten nog liever hun hand af zouden bijten dan riskeren dat ze nog meer onnozel gewauwel moesten aanhoren van iemand die duidelijk niet snapte dat ze midden in een crisis zaten.

Betsy Jameson wist dat ze niet zou worden gestoord.

Ze ging op de kleine bank in Ellens kantoor zitten, haalde de croissant uit het zakje en legde hem op wat papieren, zette Candy Crush aan op haar telefoon, speelde anderhalf potje en schakelde de screensavermodus uit zodat het spelletje steeds zichtbaar in beeld bleef.

Als er iemand binnen zou komen, zou die het op haar telefoon zien staan en denken dat ze niets beters te doen had dan eten en een spelletje spelen. Niemand zou ooit bevroeden dat ze informatie over de directeur van de Nationale Inlichtingendienst aan het verzamelen was.

Daarna liep ze via de tussendeur naar het kantoor van Charles Boynton. Ze zette zijn computer aan en typte zijn wachtwoord in. Als iemand zou nagaan wat ze aan het doen was, zou het terugvoeren naar die fretterige Boynton. Niet naar haar. Niet naar Ellen.

Toen ze op de stoel ging zitten, voelde ze iets hards en rechthoekigs in haar zak.

Nog voor Betsy het eruit haalde, wist ze wat het was. Een telefoon. Een wegwerpexemplaar. In haar zak gestopt door kapitein Phelan.

Ze zette hem aan en zag dat hij volledig was opgeladen en dat er slechts één nummer in was voorgeprogrammeerd. Ze stopte hem weer terug en keek naar Boyntons scherm. Ze haalde diep adem en ging aan het werk.

Mensen die leraren onderschatten, deden dat op eigen risico.

'Oké, eikel,' mompelde ze terwijl ze typte. 'Ik krijg jou wel.'

Ze drukte op enter en daar waren de vertrouwelijke dossiers over Timothy Beecham.

Anahita nam plaats op de stoel die haar werd aangewezen in het bunkerachtige kantoor in het souterrain van het consulaat in Frankfurt.

Minister Adams en zij kregen gezelschap van Charles Boynton. Tim Beecham, de DNI, en de twee agenten die haar hadden ondervraagd waren te zien op een scherm vanuit D.C.

De oudste agent begon te praten, maar werd beleefd en vastberaden het zwijgen opgelegd door de minister van BZ.

'Als u het niet erg vindt, leid ik dit gesprek. Als u na afloop nog vragen hebt, mag u die uiteraard stellen.'

Ze had dit opzettelijk een gesprek genoemd en geen verhoor. Ze wilde Anahita Dahir op haar gemak stellen. En ze zag dat het werkte.

De BD-medewerkster zag er al minder gestrest uit nu ze zag dat minister Adams de ondervraging voor haar rekening nam, en niet de anderen.

Ze denkt dat ik haar vriendin ben. Dat denkt ze dan verkeerd.

Anahita dwong zichzelf haar gezicht te ontspannen. Ze dwong zichzelf om haar lichaam te ontspannen.

Net voldoende om de indruk te wekken dat ze erin was getrapt. Maar dat was niet zo.

De BD-medewerkster was meer op haar hoede dan ooit. Hoewel ze vermoedde dat het niet genoeg was. En dat het veel te laat was.

Ze wisten het.

Wat Anahita Dahir niet wist, was hoeveel ze precies hadden ontdekt. Ze waren over haar muren geklommen, zoveel was duidelijk, maar hoe diep hadden ze in haar leven weten door te dringen?

Betsy's hand zweefde een paar centimeter boven Boyntons toetsenbord.

Ze had iets gehoord. Er was iemand in het andere kantoor.

Ze keek naar de deur. Die was dicht, maar niet op slot.

Betsy vervloekte zichzelf en besefte dat ze geen tijd had om uit te loggen en af te sluiten. Ze stak haar hand naar achteren, greep de voedingskabel en rukte hem uit de muur.

Ze wachtte niet tot het scherm zwart werd. Ze pakte haar aantekeningen op, sprong door de deur naar Ellens kantoor en zat net weer op de bank toen Barb Stenhauser binnenkwam.

De stafchef van het Witte Huis bleef abrupt staan en staarde naar Betsy.

'Mevrouw Jameson, ik dacht dat u in Frankfurt was met minister Adams.'

'O, hallo.' Betsy legde haar croissant neer. 'Daar was ik ook, maar...'

'Ja?'

Maar wat? Wat? Betsy speurde haar hersenen af. Ze had niet verwacht dat ze Barb Stenhauser zou tegenkomen. Het was extreem ongebruikelijk dat de stafchef van het Witte Huis naar Foggy Bottom kwam.

Stenhauser wachtte.

'Nou, dat is nogal gênant...'

Jezusmina, smeekte Betsy haar hersenen, zo maak je het alleen maar erger. Wat kan er in hemelsnaam gênant zijn? Verzin iets.

'We hebben ruzie gekregen,' flapte ze eruit.

'O, dat is jammer. Dat moet dan wel erg geweest zijn. Waar ging het over?'

Allemensen, dacht Betsy. Waar ging het over???

'Haar zoon. Gil.'

'Echt? Wat was er dan?'

Lag het aan Betsy's overspannen geest of was Stenhausers toon veranderd? Van milde verbazing tot groeiend wantrouwen.

'Pardon?'

'Die ruzie. Waar ging die over?'

'Tja, dat is persoonlijk.'

'Nou,' zei de stafchef, die nog een stap verder het kantoor binnen kwam. 'Ik wil het toch graag weten. U kunt me vertrouwen.'

'Ik denk dat u het wel kunt raden,' zei Betsy. *Raad maar. Alsjeblieft.*

Barb Stenhauser staarde haar aan en Betsy besefte enigszins verbaasd dat ze het echt probeerde te raden. De stafchef van het Witte Huis wilde nooit onwetend overkomen. Haar waarde was dat ze alles wist. Haar achilleshiel was dat ze nooit kon toegeven dat ze iets niet wist.

'De ontvoering.' Stenhauser zei het met zoveel autoriteit dat zelfs Betsy het een ogenblik geloofde.

Barb Stenhauser had eigenlijk precies het enige genoemd wat Betsy's vriendschap met Ellen in gevaar zou kunnen brengen.

De ontvoering van Gil Bahar drie jaar eerder.

En dus noemde Betsy het enige wat Stenhauser echt altijd wilde horen. De woorden die de pijl afvuurden. Het enige wat de stafchef van het Witte Huis ten val zou kunnen brengen.

'U hebt gelijk.' Ze zag Stenhauser ontspannen. Als een junkie die een shot nam.

Ze had ongelijk, natuurlijk, maar nu was het pad voor Betsy geëffend.

'Ik zei tegen Ellen dat ik vond dat senator Williams gelijk had toen hij niet wilde onderhandelen om Gil vrij te krijgen.'

'Echt?' vroeg Stenhauser, die een stap in Betsy's richting zette en een blik op het spelletje Candy Crush op haar telefoon wierp. Betsy zette hem snel uit, zogenaamd beschaamd.

'Was u het eens met de senator?' vroeg de stafchef.

'Ja. Ik vond het een moedig standpunt.'

'Dat was mijn idee, weet u.'

'Aahh, dat had ik natuurlijk kunnen weten.' Tot haar eigen verbazing wist Betsy de afkeer uit haar stem te weren.

Die lange weken toen Gil in Afghanistan vermist werd. Daarna die foto. Smerig, onverzorgd. Klitten in zijn haar en zijn baard. Bijna onherkenbaar, behalve voor een moeder. En een peettante.

Die ogen, verwilderd. Bijna wezenloos.

Briljante, bruisende, gekwelde Gil. Op zijn knieën, terwijl er twee Pathaanse Taliban-strijders achter hem stonden met AK-47's over hun borst, alsof hij een bok was en zij de jagers.

'Senator Williams wilde eerst wel onderhandelen, maar ik wees hem erop dat een succesvolle poging om in het Witte Huis te komen afhing van de kracht en vastberadenheid die we toonden.'

Betsy forceerde een flauwe glimlach en probeerde de lange termijn voor ogen te houden en niet dit stuk stront.

'Verstandig.'

Het was een nachtmerrie geweest.

Elke avond waren er op het nieuws, op Ellens eigen zenders, beelden van de onthoofdingen te zien. En foto's van Gil Bahar, de gevierde journalist. De enige Amerikaanse gijzelaar en daarmee de hoofdprijs.

Zijn eigen dood dreigde elke dag.

Ellen had gesmeekt, ze was letterlijk op haar knieën gevallen en had senator Williams gesmeekt om achterdeurtjes te gebruiken om hem vrij te krijgen. Officieel konden ze niet laten zien dat de VS met terroristen onderhandelde, en zeker niet met de Pathanen, de wreedste tak van de Taliban. Maar achter gesloten deuren gebeurde het heel regelmatig.

Soms zelfs met succes.

Maar ook al wierp Ellen zich ter aarde, deze keer weigerde de toenmalige senator Williams, de voorzitter van de senaatscommissie.

Ellen was nooit volledig hersteld van de verschrikkingen van die tijd. En ze had het hem nooit vergeven. En zou dat ook nooit doen.

Net zomin als Betsy Jameson.

En Doug Williams zou Ellen Adams nooit vergeven voor de genadeloze campagne die haar media-imperium vervolgens had gevoerd om te voorkomen dat hij de partijbenoeming zou winnen.

'Destijds zei ik tegen Ellen dat ik het met haar eens was toen ze zei dat senator Williams een arrogante, machtsdronken maniak was.'

Ellen was achter hem aan gegaan met alle middelen die ze tot haar beschikking had, met de bedoeling zelf een politieke onthoofding uit te voeren.

Helaas had dat anders uitgepakt en was Ellens politieke vijand, haar verwoester, toch verkozen tot president. En tot ieders verbijstering had hij Ellen Adams gekozen als zijn minister van Buitenlandse Zaken.

Maar Ellen wist waarom. En Betsy wist waarom. President Williams had zelf ook een executie gepland.

Eerst zou hij Ellen Adams van haar mediatroon plukken en haar in zijn kabinet zetten, waar minister Adams zijn gijzelaar werd. Daarna zou hij het zwaard over haar keel halen.

Als Ellen en Betsy nog enige twijfels over zijn beweegredenen hadden gehad, waren die wel verdwenen door het reisje naar Zuid-Korea. Dat was een mislukking die nooit had mogen plaatsvinden. Het was een openbare executie geweest, georkestreerd door de Amerikaanse president, die blijkbaar geen middel schuwde om zijn eigen minister van BZ om zeep te helpen.

'Op de vlucht naar Frankfurt,' zei Betsy tegen de stafchef van het Witte Huis, 'had ik iets te diep in het glaasje gekeken en zei ik tegen Ellen dat ik niet vond dat president Williams een slappe zak was met zaagsel in plaats van hersenen. Dat hij helemaal geen lul was die uit een zak vol idioten ontsnapt was. En dat hij echt geen oliedomme egoïst was die zijn rechtenbul had gekregen bij een pakje boter.'

Betsy begon er nu lol in te krijgen. Het was alweer een tijdje geleden dat ze de ondeugende Mrs Cleaver tevoorschijn had gehaald om wat grappen uit te halen.

Maar nu was het tijd om verder te gaan.

Betsy moest bijna kokhalzen om wat ze nu zou gaan zeggen, maar ze keek Barb Stenhauser in de ogen en loog: 'Ik zei dat ik vond dat hij de juiste beslissing had genomen door Gil niet te redden. Hij had geen keus.'

'En daarom stuurde ze u naar huis.'

'Ik heb nog geluk dat ze me niet uit Air Force Three heeft gegooid. Dus nu zit ik hier een croissantje te eten, Candy Crush te spelen en de moed te verzamelen om haar op te bellen en mijn excuses aan te bieden. Ook al vind ik dat Doug Williams een narcistische zakkenwasser is.'

Oké, dat voelde lekker.

'Wel of niet?'

'Pardon?'

'U zei dat u hem een narcistische je-weet-wel vond.'

'Wat?'

'Laat maar.'

'Wat doet u hier eigenlijk?' vroeg Betsy. 'Kan ik u helpen?'

'Nee. De president heeft me hierheen gestuurd om te kijken of minister Adams en haar stafchef nog aantekeningen hebben achtergelaten na hun meeting. De stenograaf lijkt in alle opwinding een paar puntjes over het hoofd te hebben gezien.'

'Succes. Zoals u ziet is haar bureau een puinhoop en dat van hem veel te netjes voor iemand die echt werkt.' Betsy aarzelde. 'Jullie hebben toch al eens samengewerkt? Boynton en u?'

'Korte tijd.'

'In de senaatscommissie, toen senator Williams daar voorzitter van was.'

'Ja. En tijdens de campagne.'

Het was een gok geweest van Betsy's kant, maar het was niet zo moeilijk geweest om het te achterhalen, want Stenhauser had Charles Boynton zelf benoemd tot Ellens stafchef. Ze zag Stenhauser Boyntons kantoor binnengaan en de deur achter zich dichtdoen, en ze vroeg zich of hoe groot die zak vol idioten eigenlijk was. En wie er nog meer uit was ontsnapt.

Betsy stuurde snel een mailtje naar Ellen om te zeggen dat ze op het ministerie was aangekomen en om haar te bedanken voor de jonge agent die ze had gestuurd om haar te bewaken.

Een conditionalis zou de bar zijn binnengekomen...

Twintig minuten later probeerde ze de deur van Boyntons kantoor. Die zat niet op slot en het kantoor was leeg.

Barb Stenhauser was weg.

Ze ging achter Boyntons bureau zitten en stak haar hand naar achteren om de voedingskabel te pakken. Haar hart sloeg een slag over.

Charles Boyntons computer was alweer aangesloten.

Scott Cargill maakte zijn stoelriem vast en gebaarde naar de piloot dat ze konden opstijgen.

Zijn nummer twee gaf hem haar telefoon. Hij las het bericht snel, met een ondoorgrondelijk gezicht. 'De anderen?'

'Zijn we nu aan het nagaan. Zou ik binnen een paar minuten moeten horen.'

Cargill knikte kort en stuurde een bericht naar de minister van Buitenlandse Zaken, waarna hij uitkeek over Frankfurt toen de helikopter een zwenking maakte en koers zette naar het oosten. Naar Beieren, naar het charmante middeleeuwse stadje Bad Kötzting, waar een terrorist was neergestreken.

De Diplomatieke Beveiligingsagent gaf Ellen haar telefoon. Er was een als urgent gemarkeerd bericht van Scott Cargill binnengekomen.

Nasrin Bukhari's echtgenoot vermoord aangetroffen. Trekken andere families na. Verdachte bomaanslag opgespoord in Beieren. Nu onderweg.

Cargill keek naar het antwoord. *Succes. Hou me op de hoogte.*

Ellen gaf haar telefoon terug aan de beveiligingsagent en wendde zich tot Anahita.

'We hebben niet veel tijd, Miss Dahir,' zei minister Adams met bruuske, formele stem. 'Je hebt keer op keer tegen ons gelogen. Nu moet je ons de waarheid vertellen.'

Anahita schoot overeind in haar stoel en knikte.

'Wat is uw betrokkenheid bij de bomaanslagen?'

Anahita was zichtbaar verbaasd. 'Mevrouw de minister?'

'Genoeg nu. We weten het van je vader.'

'Wat is er met hem?' Ze zei het op effen toon.

Het was belachelijk om hun niet alles te vertellen. Het was duidelijk dat ze het wisten en ze zou het alleen maar erger maken als ze het ontkende.

En toch vond Anahita Dahir dat ze hun niet de waarheid kon vertellen. Dit was het enige wat haar ouders van haar gevraagd hadden. Het enige wat ze beloofd had nooit te zullen vertellen. Aan niemand.

Aan geen enkele levende ziel, had haar moeder, die in zielen geloofde, gezegd.

Haar vader, die daar niet in geloofde, had haar op zijn knie gezet en gezegd dat ze niet bang hoefde te zijn. Dat alles goed zou komen zolang ze dit ene geheim maar bewaarde. En daarna zei hij dat hij meer van haar hield dan van het leven zelf.

Hij geloofde in het leven, in de heiligheid van het leven.

Toen ze oud genoeg was om het te begrijpen, had hij haar verteld waarom hun grote geheim nooit bekend mocht worden buiten hun huisje in de buitenwijken van D.C.

Met kalme stem legde hij uit dat hun hele familie was uitgemoord. Tijdens de revolutie in bloederige razernij weggevaagd door Iraanse strenggelovigen omdat zijn familie, haar familie, bestond uit intellectuelen die kennelijk niet te vertrouwen waren.

Want opleiding leidde tot vragen stellen, wat weer leidde tot onafhankelijk denken. Wat weer leidde tot vrijheidsdrang. Die de ayatollahs niet in de hand konden houden.

'Ik was de enige die wist te ontsnappen.'

Zijn stem klonk sterk, bijna nuchter, maar het verdriet stond in zijn ogen te lezen.

'Je bent bang dat de Iraniërs achter je aan komen,' had ze gezegd.

'Nee. Ik ben bang dat ze dat niet hoeven te doen. Als de Amerikanen erachter komen dat ik heb gelogen bij mijn vluchtelingenaanvraag, als ze erachter komen dat ik eigenlijk Iraniër ben...'

'Sturen ze je dan terug?' Inmiddels was ze oud genoeg geweest om te weten wat dat betekende. 'Ik zal het nooit, maar dan ook nooit verder vertellen,' had ze beloofd.

En dat had ze ook niet gedaan. En zou ze ook nooit doen.

'Dit is belachelijk,' zei Beecham. 'U ziet toch dat ze nooit gaat meewerken. Het is duidelijk voor wie ze werkt, en dat zijn wij niet. Arresteer haar. Stel haar in staat van beschuldiging.'

De beveiligingsagent in de kamer zette een stap in de richting van Anahita.

'Waarvan?' vroeg Ellen, die de agent met een handbeweging tegenhield.

'Gezagsondermijning, massamoord, terrorisme. Samenzwering,' zei Beecham. 'En als die redenen u niet bevallen, heb ik er nog wel meer.'

'Je vergeet iets,' snauwde Ellen. 'Het Iraanse bericht was bedoeld om de aanslagen te verijdelen. Ze hebben hooguit geholpen.'

'Kwam dat bericht uit Iran?' vroeg Anahita.

'Hoor eens,' zei Ellen, die haar geduld verloor. 'Zo is het wel genoeg. We weten dat je vader Iraniër is. Hij heeft gelogen bij zijn vluchtelingenaanvraag. We weten dat hij vroeger Ahmadi heette...'

Beecham viel haar in de rede. 'Waarom heeft je oom dat bericht gestuurd?'

Anahita keek van de een naar de ander. 'Wat?'

Ellen liet haar hand zo hard op tafel neerkomen dat Anahita opsprong door de klap en zelfs Beecham helemaal aan de andere kant van de oceaan ervan schrok.

Minister Adams boog zich naar voren, zodat haar gezicht vlak voor dat van Anahita kwam. 'Genoeg. We hebben weinig tijd. We moeten antwoorden hebben.'

'Maar u vergist zich. Ik heb geen oom.'

'Natuurlijk wel,' snauwde Beecham. 'Hij woont in Teheran. Zijn naam is Behnam Ahmadi en hij is kernfysicus. Hij heeft geholpen met het wapenprogramma van Iran opzetten.'

'Dat is onmogelijk. Mijn hele familie is vermoord tijdens de revolutie. Mijn vader was de enige die...'

Ze zweeg, maar het was al te laat. Ze had het verklapt.

Anahita wachtte. Wachtte. Op het monster, de Azhi Dahaka, dat haar zou komen halen. Het was haar zo goed ingeprent, haar belofte aan haar ouders was zo sterk, dat Anahita Dahir zelfs als rationele volwassene geloofde dat ze, als ze dat geheim verklapte, onmiddellijk getroffen zou worden door het noodlot.

Ze wachtte met opengesperde ogen en een gejaagde ademhaling.

Maar er gebeurde niks. Toch liet Anahita zich niet om de tuin leiden. Het monster was vrijgelaten en zou achter hen aan komen. Het zou halsoverkop naar het nederigste gezin in Bethesda snellen.

Ze moest hen bellen. Hen waarschuwen. Om wat te doen? Weg te rennen? Zich te verstoppen? Waar dan?

'Ana?' De stem kwam van ver. 'Ana?'

Anahita keerde terug naar de bunkerkamer in het souterrain van het Amerikaanse consulaat in Frankfurt.

'Vertel,' zei minister Adams zacht.

'Ik begrijp het niet.'

'Vertel ons dan maar wat je weet.'

'Er is me verteld dat ze allemaal dood waren. De hele familie van mijn vader. Vermoord door de extremisten. Dat ik geen familie meer had.' Ze hield Ellens blik vast.

'Dat is bullshit,' zei de senior inlichtingenofficier op het scherm vanuit D.C. 'Het bericht kwam op haar werkplek binnen. Haar oom wist waar en hoe hij haar kon vinden. Ze moet hem kennen.'

'Maar ik ken hem niet,' zei Anahita, die hen aankeek.

'Dan moet je je vader bellen,' zei Ellen. Haar stem klonk helder. Gedecideerd.

'Is dat wel zo'n goed idee, mevrouw de minister?' vroeg de senior agent.

'Het is verdomme een belabberd idee,' zei Beecham. 'Waarom laten we de terroristen niet in onze groep toe? Kom maar binnen.' Hij zwaaide met zijn armen. 'We laten jullie zien wat we wel en niet hebben.'

Hij keek kwaad naar Ellen. Die zijn blik beantwoordde.

'Ze zijn onderweg,' meldde de junior inlichtingenofficier, die opkeek van zijn telefoon. 'Ze kunnen elk moment in Bethesda zijn.'

'Wie?' vroeg Anahita, en ze voelde de paniek opwellen.

Maar ze wist het antwoord.

Het monster. Dat zij had vrijgelaten.

'Mooi,' zei Beecham, die overeind kwam. 'Ik ga er ook naartoe.'

Betsy Jameson staarde in het kantoor van Charles Boynton op het ministerie van BZ naar het scherm. Met grote ogen en haar hand voor haar mond geslagen.

'Verdorie.'

Betsy's vrienden en familie wisten al jaren dat haar taalgebruik grof was zodra er iets ergs aan de hand was. Maar als de dingen bijna op een ramp uitliepen, werd haar taalgebruik ineens keurig netjes.

'O jee,' fluisterde Betsy terwijl ze tussen haar gespreide vingers door naar het scherm keek.

Barb Stenhauser had gezien waar Betsy mee bezig was geweest. Op het scherm stond haar zoektocht naar de dossiers over Timothy T. Beecham.

Vreemd ingekorte dossiers.

Toen begon Betsy te lachen.

Wat Stenhauser te weten was gekomen, was dat Charles Boynton onderzoek had gedaan naar de directeur van de Nationale Inlichtingendienst. Niet Betsy Jameson, die het veel te druk had met Candy Crush spelen en haar emoties wegeten.

Ze ging weer op de stoel zitten en haalde diep adem om te kalmeren.

Daarna boog ze zich voorover en ging weer aan het werk. Ze moest er duidelijk nog dieper in duiken.

Een uur later zette Betsy haar bril af, wreef in haar ogen en staarde naar het scherm. Ze bereikte niets. Steeds als ze dacht dat ze op een veelbelovend spoor zat, liep dat weer dood. Het was net een doolhof. Met de echte Tim Beecham in het midden, maar geen enkel paadje om er te komen.

Maar dat moest er wel zijn. Ze zag het alleen niet.

Ze had de universiteitsdossiers geprobeerd. Ze wist dat hij naar Harvard Law was geweest, maar daar vond ze niks. Alleen de bevestiging dat hij was afgestudeerd, meer niet.

Zijn militaire gegevens waren op diezelfde manier opgeschoond.

Hij was getrouwd en had twee kinderen. Hij was zevenenveertig. Een Republikeinse familie uit Utah.

Dat kon niet geheim worden gehouden.

Het zou eenvoudiger zijn om informatie te vinden over haar postbode dan over de DNI, wist Betty. Ze kon er niet eens achter komen waar de T in 'Timothy T. Beecham' voor stond.

Ze had niet het juiste paadje naar het midden van de doolhof nodig. Ze had een kettingzaag nodig.

Ze trok haar jas aan en ging een eindje lopen. Haar hoofd leegmaken. Nadenken. Nadenken.

Ze ging op een bankje zitten en zag een paar stoere joggers voorbijkomen, waarna haar oog op de jongeman uit het vliegtuig viel. Haar bodyguard. Hij stond discreet bij een afdakje.

Betsy pakte haar telefoon en zag Ellens antwoord.

Een conditionalis zou de bar zijn binnengekomen... als hij het geweten had, begon het bericht.

Hier maken we vorderingen, vervolgde Ellen. *Blij dat je thuis bent.*

PS Welke bodyguard?

Betsy pakte haar spullen bij elkaar en liep nonchalant weg, zonder naar het afdakje te kijken. Haar hart ging tekeer en haalde bijna haar voortrazende gedachten in.

Ze wandelde door de steeds bitter wordende dag en voelde de ogen in haar rug prikken.

De bus kwam tot stilstand bij het kleine station van Bad Kötzting.

'Gaat u er nog uit?' riep de chauffeur geërgerd en ongeduldig.

Aram had gewacht tot iedereen was uitgestapt. En daarna had hij nog iets langer gewacht om te kijken of er iemand op het station bleef rondhangen.

Hij zag niemand.

'*Es tut mir Leid*,' zei hij. Hij liep langs de chauffeur en trok de wollen muts die hij in Frankfurt had gekocht verder over zijn gezicht. 'Sorry. Ik was in slaap gevallen.'

Dat interesseerde de chauffeur niks. Hij wilde gewoon naar het eetcafé voor warm eten en lauw bier.

'Nog een bericht, meneer,' schreeuwde Cargills onderbevelhebber over het geluid van de rotorbladen heen.

Ze liet hem haar telefoon en het korte bericht zien.

De vrouwen, kinderen en ouders van de andere aanslagplegers en fysici waren allemaal vermoord.

'O, jezus,' fluisterde hij. 'Shah houdt een grote schoonmaak.' Hij boog voorover en zei tegen de piloot: 'Sneller. We moeten daar sneller zijn.'

Daarna zei hij tegen zijn onderbevelhebber: 'Waarschuw de politie in Bad Kötzting.'

Ze hoorden de voordeur opengaan.

'O, dat zal Aram zijn.'

Frau Wani stond op terwijl Naomi haar hand naar achteren stak en haar pistool pakte.

17

Irfan Dahir nam op met een glimlach.

'*Dorood*, Anahita. *Chetori?*'

Er viel een stilte, maar hij wist dat zijn dochter in Frankfurt was. Overzeese verbindingen hadden soms vertraging.

Het woord 'Farsi' verscheen onder in Ellens scherm in de bunkerkamer in Frankfurt, getypt door de schrijftolk.

Daarna verschenen er snel meer woorden: *Hallo, Anahita. Hoe gaat het met je?*

Ellen keek naar Anahita en knikte, gebarend dat ze moest antwoorden. Maar de jonge vrouw keek aangeslagen. Verlamd.

'Ana?' De diepe, warme stem waar nu een vleugje bezorgdheid in doorklonk, kwam over de speaker. '*Halet khubah?*'

Gaat het wel goed met je? typte de schrijftolk.

Ellen gebaarde naar Anahita dat ze iets moest zeggen. Wat dan ook.

'*Salam*,' zei ze eindelijk.

Hallo.

Irfan had het gevoel dat zijn hart stilstond; daarna bonkte het weer tegen zijn ribbenkast. In een poging te ontsnappen.

Salam. Het simpele woordje dat hij zijn dochter had geleerd toen ze jong genoeg was om naar hem te luisteren en oud genoeg was om het te begrijpen.

'Hallo', maar dan in het Arabisch. Dat zou hun code zijn, had hij het ernstige kleine meisje uitgelegd. Als er problemen ontstonden, als iemand er ooit achter zou komen, zou ze het Arabische woord voor 'hallo' gebruiken. Niet het Farsi.

Hij keek naar het woonkamerraam, dat uitkeek op de rustige straat.

Er reed een zwarte, ongemarkeerde auto de oprit op, en een andere werd langs de stoep geparkeerd.

'Irfan?' vroeg zijn vrouw, die uit de keuken kwam en de geur van munt, komijn en koriander meevoerde van de köfte die ze aan het maken was. 'Er staan mannen in de achtertuin.'

Hij blies de adem uit die hij al tientallen jaren inhield.

Hij bracht de telefoon weer naar zijn oor en zei in het Engels met een licht accent: 'Ik begrijp het. Anahita, gaat het wel goed met je?'

'Papa,' zei ze, en haar kin trilde. 'Het spijt me.'

'Het geeft niet. Ik hou van je. En het komt goed. Dat weet ik zeker.'

Toen Ellen naar deze waardige man luisterde en naar zijn radeloze dochter keek, voelde ze een steek van schaamte. Maar toen herinnerde ze zich de rode dekens die opwaaiden in de wind, en de foto's van de zoons en dochters, echtgenoten en echtgenotes en kinderen, die in trillende handen gehouden werden.

En ze voelde geen schaamte meer. Ze voelde woede. Ellen Adams zou niet het vertrouwen schenden van de mensen die overleden waren.

Via de speaker hoorden ze in de verte een deurbel.

Irfan Dahir gebaarde naar zijn vrouw, die nu stokstijf midden in de woonkamer stond, dat ze moest blijven staan waar ze stond.

Toen hij de deur ontgrendelde en een stukje opendeed, werd die opeens wijd opengeduwd. Terwijl hij achteruitdeinsde, werd hij door zwaarbewapende mannen vastgepakt en op de grond gegooid.

'Irfan!' gilde zijn vrouw.

Anahita's ogen werden groot van paniek.

'Papa? Mama?' schreeuwde ze in de telefoon. 'Wat gebeurt er?'

De knie op Irfans rug gaf hem nog een laatste scherpe stoot, waardoor de adem uit zijn longen werd gedrukt, en werd daarna opgetild.

Hij voelde dat hij als een lappenpop overeind werd gesleurd, waarna hij wankel bleef staan.

'Irfan Dahir?'

Hij draaide zich om en focuste op een oudere man in alledaagse kleding. Gladgeschoren, kort grijs haar, een kostuum en een das. Hij leek, dacht Irfan in zijn enigszins verwarde staat, net de rector van een middelbare school.

'Ja,' fluisterde hij schor.

'U staat onder arrest.'

'Waarvoor?'

'Moord.'

'Wat?'

Zijn verbijstering reisde door de telefoonlijn over de Atlantische Oceaan en belandde op het Amerikaanse consulaat in Frankfurt, in de oren van zijn dochter. En die van de Amerikaanse minister van Buitenlandse Zaken.

Betsy Jameson nam haar extra sterke espresso mee naar het ronde bistrotafeltje in de hoek. Ze had ook een muffin gekocht. Iets om te rechtvaardigen dat ze een tafel in beslag nam, al was de koffietent bijna leeg.

Maar het was in elk geval een openbare ruimte.

De jongeman deed niet langer alsof. Het was duidelijk dat hij haar schaduwde.

Ze voelde de telefoon nog in de zak van haar jasje zitten. Ze haalde hem tevoorschijn en staarde naar het nummer. Dat was vrijwel zeker van kapitein Phelan, de legercommando die door generaal Whitehead gestuurd was.

Haar vinger zweefde boven de knop.

'Aarzel niet,' had Denise Phelan met een intense blik gezegd.

Maar dat deed Betsy nu wel. Hoe moest ze weten dat de commando door de voorzitter van de Gezamenlijke Stafchefs was gestuurd? Ze had alleen Phelans woord. En vandaag was dat niet goed genoeg.

Ze nam een besluit. Ze stopte de telefoon weer in haar zak, pakte die van haarzelf en koos een nummer. Nadat ze tig keer was doorverbonden, hoorde ze een diepe mannenstem.

'Mevrouw Jameson?'

'Ja. Sorry dat ik u stoor, generaal.'

'Wat kan ik voor u doen?'

'We hebben elkaar nooit ontmoet...'

'Klopt, maar ik weet wel wie u bent. Hebt u mijn pakje gekregen?'

Betsy ademde uit. Opgelucht, maar opeens ook uitgeput. 'Dus het kwam echt van u.'

'Ja. Maar verstandig dat u het checkt. Is er een probleem?'

'Nou...' Ze schaamde zich een beetje. Maar toen ze aan de andere kant van de koffiebar de man zag zitten kijken, was al haar schaamte verdwenen. 'Ik vroeg me af of we samen iets konden drinken.'

'Absoluut. Wanneer en waar?'

Betty vond de snelheid waarmee hij instemde zowel geruststellend als zorgwekkend. Hij maakte zich duidelijk ongerust.

Ze vertelde het hem, en nadat ze in een taxi was gestapt en het adres van een willekeurig hotel had gegeven, stapte ze uit, liep naar een zijdeur en riep een andere taxi. Iets wat ze weleens in een tv-serie had gezien om een achtervolger af te schudden. En iets waarvan ze nooit had gedacht dat ze het echt zou moeten doen.

Tot haar verbazing leek het te werken.

Een paar minuten later liep ze Off the Record binnen. De bar in het souterrain van hotel Hay-Adams was een bekende ontmoetingsplek voor ingewijden van Washington, met gedempt licht en luxe roodfluwelen bekleding.

Het zat pal aan de overkant van het Witte Huis en was de plek waar journalisten en politiek medewerkers in donkere hoekjes zaten te fluisteren. Waar vertrouwelijkheden werden uitgewisseld en deals werden gesloten.

In het stadscentrum werd het beschouwd als neutraal terrein.

Betsy nam plaats in een van de halvemaanvormige privézitjes en hield de deur in de gaten in afwachting van de generaal, en ook van haar schaduw.

Het duurde even voordat ze generaal Whitehead herkende toen die arriveerde. Het feit dat hij het zitje binnenschoof en zich voorstelde was, moest ze toegeven, een goede aanwijzing.

Betsy mocht er dan uitzien als June Cleaver, maar deze man leek een beetje op Fred MacMurray uit *My Three Sons*. Slungelig, gemoedelijk. Een man die zich lekkerder voelde in een vest dan in een uniform.

Hoewel Betsy hem vele malen op tv had gezien, en persoonlijk van een afstandje, hadden ze elkaar nog nooit echt ontmoet. En daar had ze ook nooit behoefte aan gehad, tot nu toe.

Betsy Jameson stond argwanend tegenover de hoogste rangen in het leger, want ze dacht altijd dat ze diep in hun hart op oorlog uit waren. En niemand had een hogere rang dan de voorzitter van de Gezamenlijke Stafchefs.

En niemand verdiende haar argwaan meer dan generaal Albert Whitehead, die ook had gediend in het kabinet-Dunn.

Maar Ellen vertrouwde hem. En Betsy vertrouwde Ellen.

Trouwens, ze wist niet tot wie ze zich anders moest wenden.

De helikopter landde en Cargill sprintte naar de gereedstaande auto.

Hij stuurde snel een appje naar de minister van Buitenlandse Zaken.

Geland in Bad Kötzting. Op weg naar het huis. Update volgt.

Er was een camera opgesteld en nu zag Anahita, in Frankfurt, haar ouders naast elkaar aan de familie-eettafel in Bethesda zitten.

Het was een kamer die ze goed kende. Het was de plek waar verjaardagen gevierd waren. Waar tijdens de feestdagen maaltijden werden gegeten met vrienden. Waar ze vijftien jaar lang elke dag haar huiswerk had gedaan.

Waar ze de initialen van een jongen op wie ze verliefd was in de tafel had gekrast.

Daar had haar moeder haar voor op haar donder gegeven.

En nu zag ze iets wat ze in haar jeugd nooit voor mogelijk had gehouden. De directeur van de Nationale Inlichtingendienst van de Verenigde Staten was bij haar ouders aan de eenvoudige tafel gaan zitten. Maar het leek in de verste verte niet op een sociale aangelegenheid.

Terwijl Tim Beecham de Dahirs bestudeerde, deed minister Adams dat ook. Hun gezichten waren vervaagd door het harde licht van de camera. Maar één ding kon niet worden vervaagd.

Ze waren doodsbang. Zo bang alsof de directeur van de Iraanse geheime politie tegenover hen zat.

Ellen probeerde die vergelijking uit haar hoofd te zetten, maar hij bleef terugkruipen via Abu Ghraib en Guantánamo en talloze geheime detentielocaties waarvan ze pas net op de hoogte was.

'Vertel eens wat jullie over de bomaanslagen weten,' zei Tim Beecham.

'Die in Europa?' vroeg Maya Dahir.
'Zijn er dan nog andere?' vroeg de DNI.
Nu keek mevrouw Dahir verbouwereerd. 'Nee. Ik bedoel, dat weet ik niet.'
'Honderdtwaalf doden tot nu toe,' zei Beecham, die zijn boze blik van Maya naar Irfan verplaatste. 'En nog eens honderden gewonden. En het spoor leidt naar u.'
'Naar mij?' Irfan Dahir keek oprecht geschokt. 'Ik heb er niets mee te maken. Niets.'
Hij wendde zich tot Maya voor steun. Ze keek al net zo onthutst, en net zo bang.
'Maar uw broer, Behnam, weet het wel,' zei Beecham. 'Misschien moet u het aan hem vragen.'
Irfan deed zijn ogen dicht en liet zijn hoofd hangen. 'Behn,' fluisterde hij, 'wat heb je gedaan?'

In Frankfurt zat Anahita naast de minister van Buitenlandse Zaken en staarde naar de monitor.
Dit leek allemaal heel onwerkelijk.

'Vertel eens over uw familie in Iran, meneer Dahir.'
Nadat hij een ogenblik de tijd had genomen om zichzelf te herpakken, begon Irfan te praten. De woorden uit te spreken die hij tientallen jaren stevig had weggestopt.
'Ik heb een broer en een zus die nog in Teheran zijn.'
'Papa?' vroeg Anahita.
'Mijn zus is arts,' vervolgde hij, nog niet bereid of in staat zijn dochter aan te kijken. 'Mijn broer, mijn jongere broer, is kernfysicus. Ze zijn allebei loyaal aan het regime.'
'Ontzéttend loyaal,' zei Tim Beecham. 'We hebben foto's van uw broer die een pistool tegen het hoofd van een Amerikaanse hooggeplaatste diplomaat houdt, terwijl er mensen werden gegijzeld.'
'Dat was heel lang geleden. Hij en ik waren heel verschillend.'
Beecham boog voorover. 'Misschien toch niet zo heel verschillend. Komt dit u bekend voor?'
Hij hield een korrelige krantenfoto omhoog, waarvan het onderschrift nog net te lezen was.

Studenten houden Amerikanen gegijzeld in Teheran.

'Nou, meneer Dahir?'

Als Irfan Dahir in staat was geweest om te zeggen: *Ik ben de lul*, dan had hij dat gedaan. En hij was het inderdaad.

Dus zei Tim Beecham het maar voor hem.

'U bent de lul, meneer Dahir. Dat bent u, op die foto, hè? Naast uw broer.'

Irfan keek ernaar en liet zijn schouders hangen. Hij had geen idee dat er zo'n foto bestond. Hij had het zelfs voor elkaar gekregen om te vergeten dat de jongeman die triomfantelijk een geweer boven zijn hoofd hield had bestaan. Ooit.

'Ja. Dat klopt.' Hij haalde een paar keer snel en oppervlakkig adem, alsof hij een wedstrijd had gelopen die veel te lang had geduurd. En veel te ver had gevoerd.

'Volgens onze gegevens bent u pas twee jaar later uit Iran vertrokken. Niet echt een man die vlucht voor zijn leven.'

Irfan dacht even na en zei toen zachtjes: 'Hebt u ooit gehoord van het secretaresseprobleem, meneer Beecham?'

18

Nadat hun drankjes waren gebracht – gingerale voor Betsy Jameson en een biertje voor hemzelf – keek generaal Whitehead haar aan.

Een van de redenen dat ze hem niet meteen herkend had, was dat hij geen uniform droeg. Bert Whitehead had de tijd genomen om een gewoon kostuum aan te trekken.

'Minder in het oog springend,' legde hij glimlachend uit.

Dat snapte Betsy. Het zou moeilijk zijn om meer in het oog te springen dan een viersterrengeneraal in uniform, behangen met insignes en medailles. Hij zag eruit als de tinnen man uit *De tovenaar van Oz*. Die op zoek ging naar een hart, dacht Betsy.

Ontbrak bij deze man ook het hart? Een arsenaal aan wapens tot zijn beschikking en geen hart. Dat was een beangstigende gedachte.

Maar zonder uniform zag Bert Whitehead eruit als een van de duizenden regeringsbureaucraten. Alsof de regering Fred MacMurray in dienst had genomen.

En toch hing er onmiskenbaar een aura van stille autoriteit om hem heen. Ze kon begrijpen waarom mannen en vrouwen deze man zouden volgen. Zouden doen wat hij zei, zonder vragen te stellen.

'Wat kan ik voor u doen, mevrouw Jameson?'

'Ik word gevolgd.'

Hij hief verrast zijn hoofd, maar keek niet om zich heen. Toch was hij wel extra aandachtig.

'Is die persoon hier?'

'Ja. Hij kwam vlak voor u binnen. Ik dacht dat ik hem had afgeschud, maar blijkbaar niet. Hij zit achter u. Bij de deur.'

'Hoe ziet hij eruit?'

Nadat Betsy de jongeman had beschreven, verontschuldigde Bert Whitehead zich, en terwijl Betsy toekeek, liep hij recht op hem af.

Hij boog zich omlaag, zei een paar woorden en daarna vertrokken de twee samen, waarbij Whitehead zijn hand op de arm van de man legde. Het zag er vriendschappelijk uit, maar Betsy wist wel beter.

Een eeuwigheid later, hoewel er volgens het klokje op haar telefoon slechts twee minuten waren verstreken, kwam Bert Whitehead terug naar het zitje.

'Hij zal u niet meer lastigvallen.'

'Wie is hij? Wie heeft hem gestuurd?'

Toen Whitehead geen antwoord gaf, zei Betsy het voor hem: 'Timothy T. Beecham.'

Hij keek haar een ogenblik aan. 'Heeft minister Adams iets tegen u gezegd?'

'Ze heeft me terug laten gaan om te kijken wat ik over Beecham kon opduikelen. Om uit te vissen waar hij bij betrokken zou kunnen zijn.'

'Ik heb haar gezegd dat ze niets moest doen.'

'Nou, dan kent u Ellen Adams niet.'

Hij glimlachte. 'Dat begint te komen.'

'Wat kunt u me over Beecham vertellen? Ik kan niets vinden in de dossiers. Alles is verplaatst.'

'Of gewist.'

'Waarom zou iemand dat doen?'

'Ik neem aan omdat er iets in staat waarvan ze niet willen dat iemand het ziet.'

'Wat dan?'

'Dat weet ik niet.'

'Maar u weet wel iets.'

Bert Whitehead keek ongelukkig. Of misschien geërgerd omdat hij in deze positie werd geduwd. Maar uiteindelijk zwichtte hij.

'Het enige wat ik weet is dat het kabinet-Dunn zich, tegen alle verstandige adviezen in en ondanks mijn eigen argumenten, heeft teruggetrokken uit het Iraans nucleair akkoord. Dat was een vreselijke vergissing. Iran werd daardoor afgesloten voor alle inspecties en van kritisch toezicht op hun wapenprogramma.'

'Wat heeft dat met Beecham te maken?'

'Hij was een van de mensen die er bij president Dunn op aandrongen om dat te doen.'

'Waarom zou Beecham dat doen?'

'Een betere vraag zou zijn: wie heeft ervan geprofiteerd?'

'Oké, laten we net doen alsof ik die betere vraag heb gesteld.'

De generaal glimlachte. Maar de lach verdween al snel. 'De Russen, om te beginnen. Toen wij ons terugtrokken, hadden zij vrij spel in Iran. Het is nu te laat om dat te veranderen. Het is gebeurd.' Hij keek naar de bierviltjes op tafel en lachte. '"*When thou hast done, thou hast not done, for I have more.* En doet U dat, dan is het niet gedaan, want er is meer."'

Generaal Whitehead keek op en hield haar blik vast. Hij had onverwacht de Engelse dichter John Donne geciteerd. Waarom?

Toen zag ze waar hij naar had zitten kijken. Een van de beroemde bierviltjes van Off the Record, met karikaturen van politieke leiders.

General Whitehead keek naar die van Eric Dunn.

Hij zei niet *when thou hast done*. Hij zei: *when thou hast Dunn* – als u Dunn hebt.

Eric Dunn.

Minister Adams luisterde mee terwijl Beecham verderging met Irfan Dahir ondervragen, maar ze concentreerde zich steeds meer op haar telefoon.

Ten slotte pakte ze hem op en stuurde een bericht naar Scott Cargill. *Nog nieuws?*

Niks.

'Hoe bedoelt u?' vroeg Betsy. 'Wat heeft Eric Dunn nog meer? Ik moet het weten. Ellen moet het weten.'

Generaal Whitehead zuchtte. 'Om te beginnen de wens om weer aan de macht te komen.'

'Welke politicus wil dat nou niet?' Betsy wees naar de bierviltjes op tafel. Geestige plaatjes van verschillende presidenten en ministers, en ook van een paar buitenlandse leiders.

De Russische president. De Opperste Leider van Noord-Korea. De minister-president van Groot-Brittannië. Allemaal bekend van het avondnieuws.

'Klopt,' zei generaal Whitehead. 'Maar het gaat veel verder dan Eric Dunn. Bepaalde elementen in de Verenigde Staten zijn niet blij met de richting die dit land op gaat. Ze gebruiken hem. Ze zien

Dunn als de enige kans om de uitholling van *the American way* tegen te gaan. Niet omdat hij visie heeft, maar omdat hij gemanipuleerd kan worden. Maar dan moeten ze hem eerst weer aan de macht zien te krijgen.'

'Hoe dan?'

Hij zweeg even om de juiste woorden te vinden. 'Wat zou er gebeuren als er een ramp plaatsvond op Amerikaanse bodem? Een afschuwelijke terroristische aanslag waar het land generaties lang last van zou blijven houden? En als die zich zou voordoen tijdens deze kabinetsperiode?'

'Dan zou Doug Williams er de schuld van krijgen. Er zou worden opgeroepen tot de val van het kabinet.'

'En stel nou dat de president de aanslag niet zou overleven?'

Betsy voelde zo'n zware druk op haar borst dat ze bijna geen adem kreeg. 'Wat zegt u? Gaat dat gebeuren?'

'Dat weet ik niet.'

'Maar u bent er wel bang voor.'

Hij gaf geen antwoord, maar zijn lippen waren op elkaar geperst en zijn knokkels werden wit in een poging zijn angst onder controle te krijgen.

De extreemrechtse media legden de schuld van de bomaanslagen, en het feit dat het niet was gelukt om die te verijdelen, bij de Amerikaanse inlichtingendienst en in het verlengde daarvan bij het nieuwe kabinet. En zelfs de gematigder kanalen begonnen de angst voor nog een aanslag aan te wakkeren. Een grotere aanslag. Op Amerikaanse bodem.

En als die zou plaatsvinden...

'Zegt u nu dat de oud-president willens en wetens zou toestaan dat terroristen de hand op een bom zouden kunnen leggen, misschien zelfs een kernbom, zodat hij daardoor weer aan de macht zou kunnen komen?' vroeg Betsy.

'Ik denk niet dat het iets is waar Eric Dunn bewust, willens en wetens, mee zou instemmen. Ik denk dat hij wordt gebruikt; niet alleen door de Russen, maar ook door andere elementen, dichter bij huis.'

'In zijn eigen partij?'

'Ja, waarschijnlijk wel, maar het gaat veel verder dan politieke voorkeur. Er zijn mensen die een hekel hebben aan de diversiteit van

Amerika en de veranderingen die daarmee gepaard gaan. Ze zien het als een bedreiging van hun leven, van hun manier van leven. Ze zien zichzelf als patriot. U hebt ze ongetwijfeld gezien bij demonstraties. Strenggelovigen, neonazi's, fascisten.'

'Ik heb ze inderdaad gezien, generaal, en ik kan me niet voorstellen dat die mensen met spandoeken dit allemaal orkestreren.'

'Nee, dat zijn de zichtbare symptomen. De ziekte zit dieper. Bij de mensen met macht en geld, die willen beschermen wat ze hebben. En die meer willen.'

Want er is meer...

'Ze hebben het ideale vehikel gevonden in Eric Dunn.'

'Hun paard van Troje,' zei Betsy.

Whitehead glimlachte. 'Mooie vergelijking. Hol. Een leeg vat waar deze mannen en vrouwen hun ambities, hun haat en hun onzekerheden in hebben gegoten.'

Terwijl ze naar hem keek en naar zijn stem luisterde, viel haar iets in. 'Mocht u Eric Dunn?'

Generaal Whitehead schudde zijn hoofd. 'Ik mocht hem niet en had ook geen hekel aan hem. Hij was mijn opperbevelhebber. Ik denk dat hij ooit een fatsoenlijk mens is geweest. Dat geldt voor de meeste mensen. Er zijn er maar weinig die opgroeien met de hoop hun land te gronde te richten.'

'Maar u zegt dat de mensen die hierachter zitten niet vinden dat ze hun land te gronde richten. Integendeel. Ze denken dat ze patriotten zijn en hun land redden.'

'Hun land. Zo zien ze het. Wij en Zij. Ze zijn net zo geradicaliseerd als Al Qaida. Binnenlandse terroristen.'

Was deze man gek? vroeg Betsy zich af. Te veel klappen op zijn hoofd gehad? Te veel keiharde militaire saluten? Zag hij complotten die er niet waren?

Ze wist niet waar ze op moest hopen. Dat de voorzitter van de Gezamenlijke Stafchefs knettergek was, of dat hij zei wat anderen niet durfden te benoemen.

Dat er sprake was van een heuse dreiging tegen het land. Van binnenuit.

Betsy liet haar vinger op en neer over haar beslagen glas gingerale glijden en wilde dat het whisky was.

'En Beecham? Hoe past die in het plaatje?'

Toen Whitehead zijn lippen zo hard op elkaar perste dat ze nauwelijks meer te zien waren, zei ze: 'U bent nu zo ver gekomen. Ik moet het weten. Wat is zijn rol hierin?'

'Dat weet ik niet. Ik heb geprobeerd het uit te vissen via achterdeurtjes, maar ik heb nog niks gevonden.'

'Toch vermoedt u iets.'

'Wat ik wel weet, is dat Tim Beecham de leiding had over inlichtingenanalyses van het Iraanse kernprogramma. Hij weet een heleboel over het wapenverkeer in die regio. Hij kent mensen.'

'Shah?'

'Waarom is het kabinet-Dunn akkoord gegaan met Shahs vrijlating?' vroeg Whitehead.

'Dat moet u mij niet vragen.'

'In een paar maanden tijd trok het kabinet zich terug uit het akkoord, waarmee Iran de vrije teugels kreeg met het kernwapenprogramma, en gaven ze toestemming om een Pakistaanse kernwapenhandelaar vrij te laten.'

'Hebben die twee zaken iets met elkaar te maken?' vroeg Betsy.

'In zoverre dat door allebei het risico op proliferatie van kernwapens is verhoogd, ja. Maar wat is precies het einddoel?'

'Ook daarvoor bent u bij mij niet aan het juiste adres,' zei Betsy. 'Geef me nog een citaat van John Donne, daar kan ik u wel bij helpen.'

Whiteheads glimlach was van korte duur. 'Wat ik wel weet, is dat de gemene deler bij beide beslissingen Tim Beecham was.'

'Weet u wat u zegt?'

'Ik ben bang van wel.' En generaal Whitehead keek inderdaad bang. 'Er is meer.'

'*Want er is meer*,' zei Betsy zacht. En ze wachtte.

'Het is wat ze noemen een "ongestructureerd probleem". Het Midden-Oosten was al een heksenketel, zij het redelijk stabiel. En toen trok president Dunn al onze troepen terug uit Afghanistan, zonder een plan of voorwaarden van de Taliban te eisen. President Williams heeft die beslissing geërfd.'

Betsy zweeg en bestudeerde de legerman. Klopte haar aanvankelijke indruk? Was hij een oorlogsstoker met het gezicht van Fred MacMurray?

'Ik weet dat het controversieel was, maar we moesten toch een keer vertrekken,' zei ze. 'Onze troepen thuis laten komen. Ik vond dat het enige goede wat hij heeft gedaan.'

'Niemand wil liever dan ik dat ze uit de gevarenzone zijn, geloof me. En ik ben het met u eens, het werd tijd. Daar ging het niet om.'

'Waar ging het dan wel om?'

'Het gebeurde zonder plan, zonder er iets voor terug te krijgen. Er werd niets geregeld om ervoor te zorgen dat alle verdiensten, de felbevochten stabiliteit, onze capaciteiten op het gebied van spionage en contraspionage en contracontraspionage behouden zouden blijven. Onder het kabinet-Dunn werd er een vacuüm gecreëerd. Dat de Taliban maar al te graag opvullen.'

Betsy ging achteroverzitten. 'Huh? Dus u zegt dat na meer dan twintig jaar vechten de Taliban weer aan de macht zijn in Afghanistan?'

'Dat gaat wel gebeuren. En ze brengen niet alleen Al Qaida mee, maar ook de Pathanen. Kent u die?'

'Die hebben Gil ontvoerd.'

'De zoon van minister Adams, ja. Het is een grote familie van extremisten, met klauwen in elke organisatie, rechtmatig en anderszins, in de regio. De huidige zogenaamde democratische regering van Afghanistan is door ons opgezet. Als je ons daar weghaalt, zonder plan...' Hij spreidde zijn handen. 'Dan stromen alle ratten terug. Gaat alle grond verloren. Worden alle regels ingetrokken.'

'De vrouwen, de meisjes...'

'Die dachten dat ze veilig waren om een opleiding te volgen en een baan te krijgen?' vroeg Whitehead. 'Die zullen gestraft worden. Maar er is meer.'

Betsy begon een hekel aan John Donne te krijgen.

'Ga verder.'

'De Taliban zullen steun nodig hebben. Bondgenoten in dat gebied. En wie zouden daarvoor beter zijn dan de Pakistanen, die zo'n beetje alles zouden doen om te voorkomen dat Afghanistan zich tot India wendt voor steun?'

'Maar Pakistan is onze bondgenoot. Dus dan zou dat toch goed zijn? Ik weet dat er heel wat bewegende delen zijn, maar dan nog...'

'Pakistan speelt een ingewikkeld spel,' zei generaal Whitehead. 'Waar is Osama bin Laden gevonden?'

‘In Pakistan,’ zei Betsy.

‘Niet zomaar in Pakistan, niet in een grot op een afgelegen berghelling. Hij woonde in een enorm, luxe complex vlak buiten de stad Abbottabad. Een heel eind van de grens. U maakt mij niet wijs dat de Pakistanen niet wisten dat hij daar was. Ik heb geprobeerd het bindweefsel tussen die bewegende delen te vinden,’ zei Whitehead. ‘En er is maar één ding dat logisch lijkt. Dunn was ervan overtuigd dat het politiek gezien gunstig was om de troepen terug te trekken uit Afghanistan...’

‘Ja. We waren die oorlog allemaal zat.’

‘Mee eens. Hij is schrander genoeg om niet te willen dat Afghanistan afglijdt in chaos. Het zou er niet goed uitzien als alle verdiensten, alle opofferingen, voor niets zouden zijn geweest. Dus wat doet hij?’

Betsy dacht even na en lachte vreugdeloos. ‘Hij benadert Pakistan.’

‘Of zij benaderen hem stilletjes. Ze beloven Afghanistan onder controle te houden, maar daar willen ze iets voor terug. Iets echt angstaanjagends.’

‘O, goddank. Écht angstaanjagend. In tegenstelling tot wat u zojuist hebt verteld. Oké, wat wilden ze?’

Generaal Whitehead staarde naar haar en dwong haar te zien wat hij zag.

‘Bashir Shah,’ zei ze. ‘Ze lieten de oorlogshond vrij.’

‘Hij is de spil waar dit allemaal om draait. Pakistan zou het kabinet-Dunn behoeden voor een politieke blunder. Zelfs als de Taliban terugkeren, zouden zij de terroristische organisaties onder de duim houden. In ruil daarvoor wilde Pakistan dat de vs de vrijlating van Bashir Shah zou accepteren.’

‘En Dunn wist niet wie Shah was, of het kon hem niet schelen,’ zei Betsy. ‘Hij was alleen maar bezig met herkozen worden.’

‘En toen dat niet gebeurde...’

‘Raakten degenen die hierachter zaten in paniek,’ zei ze. ‘Ze zijn in paniek. Ze moeten hem weer aan de macht krijgen.’

De voorzitter van de Gezamenlijke Stafchefs knikte. Hij keek ernstig, treurig, terwijl hij de lerares van middelbare leeftijd aankeek, die eruitzag als een huisvrouw uit de jaren vijftig.

Met gedempte stem zei hij: ‘U moet uw onderzoek staken. Dit zijn onaangename mensen die onaangename dingen doen.'

'Ik ben geen klein kind, generaal Whitehead. U hoeft niet tegen me te praten alsof dat wel zo is.'

Hij glimlachte flauwtjes. 'Sorry. U hebt gelijk. Ik ben er gewoon niet aan gewend om hier met burgers over te praten. Of eigenlijk met wie dan ook.'

Zonder zijn hoofd te bewegen liet hij zijn blik naar het bargedeelte glijden, waar een man die Betsy vaag bekend voorkwam was gaan zitten en commotie veroorzaakte, waardoor mensen bij hem weggliepen.

Whitehead richtte zijn ogen weer op haar en dempte zijn stem nog meer. 'Die mensen zijn moordenaars.'

'Ja. Dat had ik al begrepen.' Betsy zag de verwoesting in de rustige straat in Frankfurt weer voor zich. 'Zeg het nou maar. Wat is de nachtmerrie?'

'Bashir Shah is vrijgelaten terwijl bekend was dat hij nucleaire kennis en materialen aan andere landen kon verkopen. Hij heeft machtige bondgenoten binnen de Pakistaanse regering en het leger. Die zouden er allemaal rijk van worden. Maar...'

'Laat me raden. Er is meer.'

'De echte nachtmerrie is dat Bashir Shah kernwapens aan terroristen gaat verkopen.'

Die boude bewering belandde op de versleten tafel tussen hen in. Een tafel die al heel wat geheimen, heel wat samenzweringen en heel wat verschrikkelijke dingen had gehoord. Maar geen ervan was zo verschrikkelijk als dit.

'Stelt u zich eens voor,' zei hij zacht. 'Een terreurorganisatie, Al Qaida, ISIS, met kernbommen. Dat is de nachtmerrie.'

'Gaat dit dáár om?' Betsy's stem was nauwelijks verstaanbaar. 'De fysici? De bomaanslagen in de bussen?' Ze keek hem even vorsend aan. 'En maakt Tim Beecham daar deel van uit?'

'Dat weet ik niet. Ik weet alleen dat hij betrokken was bij al die beslissingen die los van elkaar leken te staan maar die in feite hecht met elkaar verweven zijn. De VS uit het Iran-akkoord terugtrekken, de troepen uit Afghanistan weghalen zonder plan en er daarmee voor te zorgen dat terroristen weer zouden meeliften met de Taliban, en de vrijlating van Shah. Ik vermoed dat u daarom niets over

Beecham kunt vinden. Er zijn documenten, e-mails, berichten, aantekeningen van meetings, waar dit allemaal uit blijkt. Die moesten allemaal verstopt worden.'

'Dus dit gaat verder dan alleen Beecham?'

'Veel verder. Dat moet wel. Ik vermoed dat Tim Beecham, als die erbij betrokken is, slechts een marionet is. Een speelbal. Er zitten veel machtiger mensen achter.'

'Wie dan?'

'Dat weet ik niet.'

Deze keer geloofde ze hem. Maar er was meer. Dat voelde ze. Betsy Jameson bleef een eeuwigheid zwijgen, tot generaal Whitehead het eindelijk kon zeggen.

'Mijn angst is dat die fysici niet aan het begin van hun opdracht zijn vermoord, maar na afloop.'

'O, jee.'

19

De deur van het huis in Bad Kötzting stond op een kier.

Nog voor hij naar binnen ging, wist Scott Cargill wat hij zou aantreffen. De scherpe geur van afgevuurde automatische wapens drong door de deur heen en voerde nog iets anders onmiskenbaars mee. De licht metalige geur van bloed.

Met zijn pistool stevig in zijn hand geklemd gebaarde hij naar zijn nummer twee om naar de achterkant van het huis te lopen. Daarna ging hij zachtjes en behoedzaam naar binnen.

In de gang vond hij het lijk van de vrouw. En dat van het kind.

Hij stapte er zorgvuldig omheen en keek de voorkamer in.

Leeg.

Weer door de donkere gang ging hij de keuken binnen. En daar vond hij het lijk van een oudere vrouw. Haar politiewapen nog in haar hand. Haar ogen wijd open. Glazig.

Hij bleef volkomen stil staan. Luisterde.

Dit was kortgeleden gebeurd.

Waren de schutters nog in huis? Hij dacht van niet.

En Aram Wani? De aanslagpleger? Hadden ze die ook vermoord?

Cargill klom de trap op, zijn pistool in de aanslag. Hij liep de kleine slaapkamers in en uit. De geur van het geweld was daar niet doorgedrongen. Hij rook alleen maar babylotion.

Hij ging de trap weer af en zag een schaduw over de drempel van de openstaande voordeur vallen.

Hij bleef wachten.

De schaduw bleef wachten.

Cargill hoorde een geluidje. Een snik.

Hij sprong de trap af en landde op de grond, waar hij nog net de rug van een jongeman zag, die op de vlucht sloeg.

Hij rende achter hem aan naar buiten, terwijl hij naar zijn onderbevelhebber schreeuwde. Hij wist niet of ze het hoorde.

Aram Wani rende. Hij rende in de wetenschap dat zijn leven ervan afhing. Ook al wist hij dat het hem niet meer uitmaakte of hij zou leven of sterven.

Het rennen was instinctief. Meer niet. En toch rende hij weg voor de dood. Voor de man met het pistool. De man die zijn vrouw en kind had vermoord.

Aram Wani rende.

Scott Cargill zat hem achterna. Hij rende uit alle macht. Als CIA-commandant in Duitsland had hij al een hele tijd niet hoeven rennen.

Maar nu deed hij dat wel. Zijn knieën stootten naar voren, zijn voeten bonkten op de keien. Zijn longen zogen de koude lucht naar binnen.

Hij rende.

Wani sloeg slippend een hoek om.

Cargill minderde ietsje vaart om te voorkomen dat hij zou vallen toen hij afsloeg. En hij probeerde te bedenken of hij Wani kon neerschieten zonder hem te doden. Alleen maar om hem tegen te houden. Om hem mee te nemen. Zodat ze hem konden verhoren. Om meer te weten te komen over het netwerk dat de aanslagen beraamd had.

En misschien over waar dit allemaal over ging.

Toen hij de hoek om rende, kwam hij slippend tot stilstand.

'O, shit.'

Anahita's ouders werden gearresteerd en in bewaring gesteld. Maar toen ze werden weggeleid, hield Ellen hen tegen.

'Nog één vraag, meneer Dahir. Wat is het secretaresseprobleem?'

'Dat is een wiskundig vraagstuk, mevrouw de minister.'

'Wat voor soort vraagstuk?' Ze zat in Frankfurt via de monitor naar hem te kijken.

'Het gaat erom wanneer je moet stoppen,' zei Irfan.

'Stoppen waarmee?'

'Stoppen met zoeken naar een huis, een partner, een baan. Een secretaresse,' zei hij. 'Weten wanneer je de juiste hebt gevonden. De beste. Of vraag je je altijd af of er eigenlijk geen betere is? Zolang je dat doet, is er geen vooruitgang mogelijk. Er moet een beslissing worden genomen, ook al is die niet perfect. Toen ik in Teheran was, tijdens de revolutie, heb ik te veel gezien. Te veel dingen die niet op één lijn lagen met alles wat ik had geleerd over de islam. Maar in welk stadium moest ik vertrekken? Iran was mijn thuis. Al mijn familie en vrienden waren daar. Ik was dol op Iran. Dus hoe ver is te ver? Wanneer neem ik de stap om te vertrekken, terwijl ik weet dat er geen weg terug is?'

'En wanneer ging u?' vroeg Ellen.

'Toen ik zag dat het nieuwe regime net zo slecht, zo niet slechter was dan het oude. En als ik bleef, zou ik ook zo worden.'

Vanuit haar ooghoeken zag ze dat Tim Beecham zijn gewicht van zijn ene voet op zijn andere verplaatste, alsof hij stond te popelen om een eind te maken aan dit gesprek.

'Bestaat daar echt een berekening voor?' vroeg ze aan Dahir.

'Ja. Hoewel het net zo gaat als met zoveel dingen; we kunnen het sommetje wel maken, en dat helpt soms ook wel, maar uiteindelijk komt alles neer op intuïtie.' Hij zweeg en keek met zijn bruine, droevige ogen naar haar. 'En moed, mevrouw de minister, om te weten wanneer je moet stoppen.'

Het secretaresseprobleem, dacht Ellen.

Ze begreep het.

Toen de Dahirs waren weggevoerd en alle schermen leeg waren, richtte Anahita zich tot Ellen.

'Ze hebben niks verkeerd gedaan. Ja, hij heeft gelogen, tientallen jaren geleden. En sindsdien is hij altijd een trotse Amerikaan geweest, een modelburger. U weet dat ze niets te maken hebben met wat er gebeurd is.'

'Dat weet ik helemaal niet,' zei Ellen. 'Wat ik wel weet, is dat iemand in het huis van je oom je een bericht heeft gestuurd. Iemand weet wie je bent, ook al ken je die persoon niet.'

Anahita's voorhoofd werd glad. 'Dus u gelooft me. En u gelooft hen.'

'Zo ver zou ik nou ook weer niet willen gaan. Maar je hebt Gils leven gered. Je hebt anderen proberen te redden. Ik denk niet dat jij erbij betrokken bent, maar je ouders...' Ze vroeg zich af of ze de rest ook moest zeggen, maar besloot dat ze dat net zo goed wel kon doen. 'Gil geeft om je. Hij vertrouwt je, en hij schenkt zijn vertrouwen niet zomaar.'

'Geeft hij om me? Zei hij dat?'

'Ik denk niet dat het daar nu om gaat, jij wel?'

Terwijl ze de bunkerkamer van het consulaat in Frankfurt verliet, dacht minister Adams aan Gil. Hij was zo boos op haar geweest omdat ze naar zijn informant vroeg. Zo onvermurwbaar toen hij haar er niets over wilde vertellen. Zo vastberaden om die informant te beschermen.

En daarna zijn gefluisterde 'maar misschien is er een andere manier'. Vlak voordat hij vroeg of Anahita er was.

Ellen had aangenomen dat hij dat vroeg omdat hij gevoelens voor de jonge vrouw koesterde. Maar nu vroeg ze zich af of dat waar was.

Was het mogelijk dat de informant de tengere, slanke vrouw was die een eindje achter haar liep, naar rozen rook en bezwoer dat ze onschuldig was? En van niets wist? Maar die wel een familie had die er tot aan de nek toe in zat? En misschien wel tot over hun oren?

Er verscheen een dringend bericht op haar telefoon, gemarkeerd als uiterst urgent.

Scott Cargill. Eindelijk.

Ellen opende het en zag dat het niet van Cargill was, maar van Tim Beecham.

Zojuist bericht gekregen uit Teheran. Er is een dochter. Zahara Ahmadi. 23. Student. Natuurkunde.

Ellen wendde zich tot Boynton, wiens aanwezigheid ze – alweer – was vergeten.

'Bel de president via een beveiligde lijn.' Daarna typte ze naar Beecham: *Is zij het?*

Dat denken we wel. Ze is kennelijk minder strikt.

Denken of weten?

We kunnen het niet zeker weten zonder haar hierheen te halen.

Nee. Niks doen. Ik heb een ander idee. Ellen keek naar Anahita. 'Je moet een bericht naar je nicht sturen.'

'Heb ik een nicht?'

'Ja.'

'Een nicht?' vroeg Anahita.

‘Concentreer je. Je moet contact met haar opnemen.’

Nu trok ze Anahita’s aandacht. ‘Ik? Hoe dan? Ik wist niet eens dat ik een nicht had voordat u het me net vertelde.’

Dat liet Ellen voor wat het was. ‘Als zij jou een bericht kan sturen, kun jij haar er ook een sturen. Cargill helpt je wel.’ Maar toen herinnerde ze zich dat hij naar de verdachte van de bomaanslag was gegaan.

‘We hebben het IP-adres van de afzender in Teheran, mevrouw de minister,’ zei Boynton. ‘Dat kunnen we gebruiken.’

Ellen overwoog het. ‘Nee. Die computer wordt waarschijnlijk gemonitord door de Iraniërs.’ Ze zweeg. Als dat waar was, zou het niet lang duren voordat de Iraanse autoriteiten dat bericht naar het Amerikaanse ministerie van Buitenlandse Zaken zouden vinden. Ze zouden denken dat het door de oom was verstuurd. Tenminste, in eerste instantie. En hij zou zijn dochter willen beschermen. Tenminste, in eerste instantie.

Ze moesten die Zahara Ahmadi een bericht sturen, en snel.

‘Ik heb over drie minuten de president voor u aan de lijn,’ zei Boynton.

‘Dank je. Breng Miss Dahir naar Cargills afdeling,’ zei Ellen. ‘Ze werken eraan om de nicht te bereiken. Ik wil over tien minuten andere opties horen.’

Ze waren nu weer boven. Waar de zon scheen en ze leuk op de begraafplaats uitkeken.

Ze keek weer op haar telefoon. Nog steeds geen bericht uit Bad Kötzting.

‘Ietsje smeriger dan mijn bedoeling was,’ zei de man bij het zwembad. Hij was in de vijftig, slank en fit, en hij had er alles aan gedaan om nog fitter te worden terwijl hij onder huisarrest stond. ‘Maar de klus is tenminste geklaard.’

‘Ja, meneer. En het werkt misschien zelfs wel in ons voordeel,’ zei de man die hem het nieuws was komen vertellen.

‘Hoe dan?’ vroeg Bashir Shah.

‘Het trekt vast hun aandacht.’

‘Ik denk dat we hun aandacht al hebben, denk je ook niet?’ Hij gebaarde dat zijn medewerker moest gaan zitten, zodat hij tijdens het praten zijn ogen niet meer hoefde af te schermen tegen de felle zon. 'Er waren twee flaters die ik niet nog eens wil zien.'

Hoewel Shahs stem hartelijk klonk, had de medewerker, die toch al doodsbang was geweest omdat hij het nieuws moest vertellen over de zelfmoordterrorist die geen zelfmoord had gepleegd, het gevoel dat hij in steen veranderde. Zijn lichaam verstijfde. Het zette zich schrap. Het lichaam van zijn baas was gespannen, gekromd, als een roofdier dat zich voorbereidde op de fatale sprong.

'Weet je welke flaters dat waren?' vroeg Shah.

'De aanslagpleger is ontsnapt, ook al hebben we...'

Shah stak zijn hand op. 'En?'

'En de zoon is niet gedood.'

'Juist. De zoon is ontkomen. Er zijn heel wat inspanningen verricht om ervoor te zorgen dat Gil Bahar in die bus zat. Hoe komt het dat hij is uitgestapt?'

'Dat was ook nog een ding, meneer. Onze informant heeft een video gestuurd.'

Shah bekeek het filmpje dat in bus 119 in Frankfurt was gemaakt. Toen het afgelopen was, keek Shah naar de medewerker.

'Hij kreeg een telefoontje. Hij werd gebeld. Wie belde hem?'

'Zijn moeder.'

Shah haalde diep adem. Het was zowel het antwoord dat hij had verwacht als dat wat hij het minst graag wilde horen.

'En hoe is de minister van Buitenlandse Zaken aan de weet gekomen dat er een bom zou afgaan?' Nu klonk zijn stem hard. Er likte woede aan zijn woorden. 'Wie heeft haar gewaarschuwd?'

De medewerker keek om zich heen, maar de anderen hadden een stap achteruit gedaan.

'Ik weet het niet, meneer. We denken dat het iemand van het ministerie van Buitenlandse Zaken was. Een medewerkster van de Buitenlandse Dienst.'

'En hoe is die erachter gekomen?'

Nu keek de medewerker terneergeslagen. 'Daar komen we gauw genoeg achter, meneer. Er is' – hij deed zijn ogen dicht en prevelde een kort gebed – 'nog iets anders.'

'Ga verder.'

'Ze weten het over u.'

'Ellen Adams weet dat die kernfysici voor mij werkten?'

'Ja, meneer.' Hij vroeg zich af hoe het zou gebeuren. Een schot? Een messteek? Of gewoon als voer voor de alligators in het moeras gegooid? O god, dat niet.

Maar hij zag zijn baas slechts glimlachen. En knikken.

Bashir Shah stond op. 'Ik ga iets drinken bij de club en moet me omkleden. Ik wil antwoorden tegen de tijd dat ik terugkom.'

De medewerker zag dr. Shah om het zwembad heen lopen en het grote huis binnengaan dat hij van een goede vriend in Palm Beach huurde.

De Amerikaanse consul-generaal in Frankfurt had zijn kantoor ter beschikking gesteld aan minister Adams.

Ze zat achter zijn bureau. Het niet al te blije gezicht van de president van de Verenigde Staten stond op de beveiligde telefoon die ze vasthield. Het voelde één giechelig ogenblik alsof ze hem in de hand had.

Als dat zou kunnen...

Maar het moment was snel voorbij toen Tim Beechams eveneens niet blije gezicht op de andere helft van het split screen verscheen, alsof het tegen dat van de president gedrukt werd.

Hoewel het Ellen verbaasde dat hij was uitgenodigd om deel te nemen aan het gesprek, koos ze ervoor om dat niet te laten merken of ernaar te vragen. Ze kon er toch niets aan veranderen. Maar ze zou voorzichtig te werk moeten gaan. Moeten bepalen wat ze zou zeggen. En wat ze niet zou zeggen.

'Oké,' zei president Williams. 'Wat is er nu weer?'

'Niets, meneer de president,' zei Ellen. 'Eigenlijk zijn we een heel stuk verder gekomen.'

Ze stelde hem op de hoogte en zorgde ervoor dat ze de president alleen vertelde wat Beecham al wist.

'Dus jullie denken dat die Zahara Ahmadi achter die waarschuwingen zit,' zei Williams. 'Wat weten we over haar, Beecham?'

'Ik heb zojuist een rapport over haar ontvangen. Ze studeert natuurkunde aan de universiteit van Teheran.'

'Net als haar vader,' zei de president.

'Niet helemaal. Haar vakgebied is statistische mechanica.'

'Dat is waarschijnlijkheidstheorie, toch?' vroeg Williams.

Het was maar goed, dacht Ellen, dat ze zichzelf erin had getraind om geen verbazing te tonen, anders was ze van haar stoel gevallen.

Het leek erop dat Doug Williams slimmer was dan ze had gedacht.

'Ja, meneer de president. Maar het interessante is dat ze zich heeft aangesloten bij een progressieve studentenorganisatie. Die aanstuurt op meer openheid. Op verbinding met het Westen. Het enige alarmerende is dat ze behoorlijk religieus lijkt te zijn.'

'Ik ben ook behoorlijk religieus,' zei president Williams. 'Is dat reden voor argwaan?'

'In Iran wel, meneer.'

'Hoort ze bij een moskee?' vroeg Ellen.

'Ja.'

'Dezelfde als haar vader?' vroeg ze.

'Nee. Die van haar is verbonden aan de universiteit. We trekken de geestelijke na om te kijken of hij radicaal is.'

'Wat denk jij, Ellen?' vroeg president Williams.

'We zijn er inmiddels vrij zeker van dat Iran achter de aanslagen zat, meneer de president. Dat leek altijd al het meest logisch. Ze zagen de Pakistaanse fysici als bedreiging. Goed, als Zahara Ahmadi degene is die dat bericht aan mijn BD-medewerkster gestuurd heeft, dan wilde ze de aanslagen verijdelen. Waarom? Dat kan ik pas zeggen als we haar gesproken hebben. Er zijn mensen aan het uitzoeken hoe we haar een bericht kunnen sturen.'

Dat moest ze wel toegeven waar Beecham bij was. Het was tenslotte zijn afdeling die eraan werkte en hij had deel uitgemaakt van die beslissing.

Het feit dat hij op de hoogte was van Zahara en de inspanningen om contact met haar op te nemen was, zacht uitgedrukt, problematisch. Maar daar kon Ellen nu niets aan veranderen.

'Hoe wist ze van die bomaanslagen?' vroeg de president, en hij wachtte even. 'Van haar vader? De fysicus?'

'We denken dat dat mogelijk is, meneer de president,' zei Beecham.

'Tim, zeg je nou dat haar vader het tegen haar heeft gezegd?' vroeg Williams. 'Dat hij het ook wilde tegenhouden?'

'Nee, dr. Ahmadi volgt de harde lijn, hij is aanhanger van het regime. Maar misschien heeft ze iets gehoord of iets tussen zijn papieren gezien.'

'Dat is speculatie. Daar hebben we niks aan. Hoe kunnen we er zekerheid over krijgen?' vroeg president Williams, die naar voren leunde zodat zijn gezicht er verwrongen uitzag. 'Ellen?'

'Ik heb geprobeerd een relatie met de Iraanse minister van Buitenlandse Zaken op te bouwen sinds we zijn aangetreden. Er is veel schade aangericht, maar het is een beschaafde, goed opgeleide man die het voordeel van een goede verstandhouding tussen ons wel in lijkt te zien.'

'Ze hebben onschuldige mensen vermoord in die bussen,' zei president Williams. 'Niet bepaald een daad van een beschaafde man die op vrede uit is.'

'Nee,' beaamde Ellen. 'Maar kijk, als wij erachter zijn gekomen waar die waarschuwing vandaan kwam, vermoed ik dat de Iraniërs niet ver op ons achterliggen. Het zou kunnen dat Zahara's vader haar een tijdje beschermt, maar dat is niet gezegd. Als ze wordt opgepakt...'

'Dus wij moeten als eerste bij haar zien te komen,' zei Williams. 'Hoe?'

'Als de BD-medewerkster, haar nicht, een kort berichtje naar mijn mensen ter plaatse kan sturen,' zei Beecham, 'dan kunnen zij haar misschien benaderen. Het haar toespelen. Haar laten weten dat we er zijn en haar beschermen.'

'Maar hoe kunnen we dat beloven?' vroeg Williams. 'We kunnen haar moeilijk ontvoeren. Of wel?'

Hij keek echt hoopvol.

'Ik heb een ander idee,' zei Ellen. Ze had dit eigenlijk niet willen zeggen waar de directeur van de Nationale Inlichtingendienst bij was, maar had nu het gevoel dat ze geen keus meer had. De dingen gebeurden te snel. 'Ik wil naar Teheran gaan.'

Doug Williams deed zijn mond open en daarna weer dicht, waarna hij zei: 'Sorry?'

'Naar Teheran. Airforce Three staat klaar. Het plan was om naar Pakistan te vliegen, maar we kunnen het vluchtplan en de route wijzigen. En stiekem naar Teheran vliegen.'

'Met Airforce Three, dat bakbeest?' informeerde Williams. 'Denk je niet dat iemand dat zal merken?'

Beecham zweeg weliswaar, maar hij zag eruit alsof zijn ogen elk moment uit zijn kop konden knallen.

'Ja. Maar we kunnen erin en eruit zijn voordat de pers het in de gaten heeft. Er is in Iran niet bepaald vrijheid van informatievoorziening. Misschien zou ik zelfs Zahara Ahmadi mee terug kunnen nemen.'

'O echt, Wile E. Coyote, is dat je plan?' vroeg Williams. 'En stel dat ze je het land niet uit laten gaan? Hoewel dat wel een goede manier zou zijn om van mijn inmiddels krankzinnig geworden minister van Buitenlandse Zaken af te komen.'

'Te veel variabelen,' zei Beecham. 'Waarschijnlijk willen ze haar niet houden.'

'Ik kan het ze niet kwalijk nemen. En als ze het toch zouden doen, zou iemand hier misschien in de gaten krijgen dat ze weg was. Het zou even duren, maar uiteindelijk...'

'Oké,' zei Ellen. 'Nou weet ik het wel. Maar ik denk dat ik de Iraanse minister van Buitenlandse Zaken persoonlijk moet ontmoeten om dit te bespreken. Daarmee zou ik een relatie kunnen opbouwen, misschien wel een vertrouwensband. En misschien kunnen we ze daarmee lang genoeg afleiden om dat bericht naar Zahara Ahmadi te krijgen. Tot dusver lijken ze zich niet te realiseren dat iemand geprobeerd heeft de aanslagen te verijdelen.'

'Tim?' vroeg president Williams.

De DNI schudde zijn hoofd. 'Als minister Adams dat doet, zullen de Iraniërs weten dat wij weten dat zij achter de aanslagen zitten. Het is nooit een goed idee om aan hen te laten merken hoeveel informatie we hebben. Of niet hebben.'

'Als de Iraniërs die fysici hebben vermoord, betekent dat dat ze misschien wel weten wat er speelt,' zei Ellen. 'Wat Shah van plan is. En misschien zelfs waar hij is.' Ze keek president Williams recht in de ogen. 'Is dat het risico niet waard?'

Hij gaf haar een kort knikje. 'Doe het maar. Maar niet in Teheran. Spreek af in Oman. Dat is een neutraal land. Ik bel de sultan en laat je weten of hij akkoord gaat. Tim, jij en Ellen werken samen om een bericht bij de dochter te krijgen.'

'Meneer, ik...' begon Beecham.

'Genoeg,' snauwde Williams. 'Ik zie dat jullie elkaar niet mogen, maar helaas voor jullie lijken jullie samen wel resultaat te boeken. Net als Lennon en McCartney. Dus jullie gaan verder. Los het op.

Aan het eind van de dag wil ik een *Abbey Road*. Succes in Oman, Ellen. En laat het me weten zodra je mensen de aanslagpleger in Duitsland hebben opgepakt.'

'Dat zal ik doen, meneer,' zei Ellen.

Zijn scherm werd zwart. En Ellen Adams en Tim Beecham bleven achter en keken elkaar boos aan.

'Ik mag McCartney zijn,' zei ze.

'Best. Lennon was toch de beste muzikant van de twee.'

Ellen wilde er al tegenin gaan, maar besefte dat er belangrijkere zaken waren.

'Nou, *let's come together, right now* dan maar,' zei ze en ze zag een flauwe glimlach.

'He just do what he please,' neuriede ze bij zichzelf.

Ellen besloot naar Cargills afdeling te gaan om een update te krijgen, maar zodra ze daar aankwam, zag ze dat er iets mis was.

De kamer, waar het normaal gonsde van de activiteiten, was stil. Niemand verroerde zich, behalve dan om hun geschokte gezichten naar haar toe te draaien.

'Wat is er?' vroeg ze. 'Wat is er gebeurd?'

Een senior analist stapte naar voren. 'Ze zijn dood, mevrouw de minister.'

Ellen werd koud vanbinnen en verstarde. 'Wie?'

Maar ze wist het antwoord al.

Scott Cargill. Zijn onderbevelhebber. En Aram Wani.

Alle drie neergeschoten in een achterafsteegje in Bad Kötzting.

20

Betsy nam na de eerste keer overgaan op.

'Hoe gaat het?'

'Niet zo goed,' zei Ellen.

Ze klonk uitgeput. En dat was niet zo gek. Het was na zessen in D.C., en dat betekende dat het na middernacht was in Frankfurt.

Maar Ellen klonk meer dan uitgeput, ze klonk moedeloos.

'Vertel,' zei Betsy.

Ze ging rechtop zitten op de bank in Ellens kantoor. Ze had geprobeerd een dutje te doen voordat ze haar tanden weer in Timothy T. Beecham zou zetten. Ze wilde dat ze nieuws voor Ellen had, wat voor nieuws dan ook.

Terwijl Betsy naar de stem van haar vriendin luisterde, waar de meeste kracht uit was weggevloeid, besloot ze haar niets te vertellen over de man die haar had geschaduwd. Trouwens, generaal Whitehead had al met hem afgerekend. En Ellen was misschien al vergeten dat ze haar berichtje had afgesloten met *welke bodyguard?*

'Vertel me eerst eens hoe het nou zat met die bodyguard,' zei Ellen, en Betsy glimlachte.

Natuurlijk was ze dat niet vergeten.

'Het was een grapje. Er was een knappe jonge vent die me probeerde te versieren. Dat weet ik tenminste bijna zeker. Het kan ook zijn dat hij de blik van de mooie jonge vrouw die naast me zat probeerde te vangen.'

'Natuurlijk niet.' Ellen liet een korte imitatie van een lach horen. 'En kon je je een beetje met hem uitleven?'

'Helaas versta ik onder me uitleven tegenwoordig een hele cheesecake en een fles chardonnay.'

'O god, dat klinkt heerlijk,' zei Ellen.

'Ik heb wel een ontmoeting gehad met generaal Whitehead. Die had nog wat ideeën over wat er gebeurd is. En wat er gaat gebeuren.'

'Vertel.'

Dat deed Betsy. 'Hij denkt dat de Pakistanen, met steun van de Russen, Dunn hebben overgehaald om Shah vrij te laten als onderdeel van een deal.'

'Wat voor deal?' De ongerustheid was in Ellens stem te horen.

'Dunn zou onze troepen uit Afghanistan terugtrekken zonder voorwaarden te stellen aan de Afghanen, en Pakistan zou de stabiliteit daar garanderen. In ruil eisten de Pakistanen dat de VS zou instemmen met de vrijlating van de gevaarlijkste wapenhandelaar ter wereld. En Dunn was te stompzinnig om te weten waar hij mee instemde.'

Te stompzinnig, dacht Ellen, of bijziend. Hij zag alleen populariteitscijfers. Of dollartekens.

'En Beecham?' vroeg ze.

'Die was betrokken bij beide beslissingen,' zei Betsy.

'De Jago die in Othello's oor fluistert.'

'Ik zie hem liever als Lady Macbeth,' zei Betsy.

'Bewijs?'

'Tot nu toe niks. Er is nog meer.' *Want er is meer*, dacht Betsy. 'Generaal Whitehead denkt dat Beecham niet alleen staat. Dat er een heleboel mensen zijn die zichzelf als patriotten zien en die een regering die zij als onrechtmatig beschouwen neer willen halen om Dunn weer te installeren. Omdat hij zal doen wat zij zeggen.'

Betsy kon het niet zien, maar de minister knikte. Het feit dat dit niet als een volslagen schok kwam, was op zich al schokkend.

Ellen zat alleen in haar hotelkamer in Frankfurt. Het liep al tegen één uur 's nachts en ze was te moe, te opgefokt, om te slapen. Hoewel ze dat wanhopig graag wilde.

Ze wachtte op een bericht dat de reis naar Oman doorging. Dat ze haar Iraanse evenknie kon ontmoeten. Ze had al wat kleine, persoonlijke balletjes opgegooid.

Als Iran de bomaanslagen en de aanslagplegers had geregeld, hadden ze ook de moord op Aram Wani in Bad Kötzting geregeld. En daarmee ook die op Scott Cargill en zijn onderbevelhebber.

Ja, minister Adams stond te popelen om een hartig woordje met de Iraniërs te spreken.

‘Ik moet weten wie ik kan vertrouwen,’ zei Ellen. ‘En wie niet. Ik heb bewijs nodig.’

Betsy hoorde angst in die vertrouwde stem.

‘Wees voorzichtig, Elizabeth Anne Jameson,’ zei Ellen.

‘Geen zorgen. Bert Whitehead heeft een commando gestuurd om op me te passen. Ik heb haar nog niet gebeld.’

‘Beloof alsjeblieft dat je dat wel zult doen.’

‘Beloofd. Nu ben jij aan de beurt. Vertel eens wat er gebeurd is.’

En dat deed Ellen Adams. Ze vertelde alles aan haar beste vriendin, haar adviseur. En toen ze klaar was, zei Betsy: ‘Wat vreselijk. Het waren de Iraniërs die Scott Cargill en zijn nummer twee hebben vermoord.’

‘En de aanslagpleger. Ik denk het ook. Ik ga naar Oman voor een ontmoeting met de Iraanse minister van Buitenlandse Zaken.’

‘Ben je gek geworden?’ vroeg Betsy, die prompt kaarsrecht ging zitten. ‘Dat kun je niet doen. Straks vermoorden ze je nog. Of ze ontvoeren je.’

Onverwachts klonk er een lach door de lijn. ‘Doug Williams suggereerde dat wel toen hij zijn fiat gaf voor de reis.’

‘Klootzak.’

‘Nee, het was een grapje. Het komt wel goed. De Iraniërs zijn niet bepaald onze vrienden, maar ze zijn wel slim. Ze hebben er niks aan om mij kwaad te doen of te ontvoeren. Ik had aanvankelijk Teheran voorgesteld...’

‘God allemensen...’

‘Zodat Tim Beecham zou weten dat ik zo stom ben als hij denkt dat ik ben,’ zei Ellen. ‘En ik wist ook dat als ik als eerste Oman zou zeggen, Williams dat van de hand zou wijzen.’

‘Wacht eens even. Datzelfde psychologische spelletje speelde je ook over mijn eerste man. Is dat...’

‘Nee. Hij is nooit mijn idee geweest.’

‘Ik zou willen dat ik met je mee kon.’

‘Ik ook.’

‘Wie gaat er wel mee?’

‘Naast Boynton en de Diplomatieke Beveiliging heb ik besloten om Katherine en Anahita Dahir, de BD-medewerkster, mee te nemen. Die spreekt Farsi. Het is handig om iemand te hebben die weet wat de minister van Buitenlandse Zaken echt zegt.'

'Kun je haar vertrouwen na wat je over haar familie ontdekt hebt?'

Er viel een stilte. 'Nee. Niet volledig. Dat is nog een reden dat ik haar bij me in de buurt wil houden. Maar we kunnen haar goed gebruiken. De CIA heeft een manier gevonden om een bericht bij Zahara Ahmadi te krijgen en daar hebben we Anahita voor nodig. Haar nicht zou ooit een Amerikaanse agent vertrouwen, maar misschien vertrouwt ze Anahita wel. De Iraniërs houden waarschijnlijk de communicatie vanaf dr. Ahmadi's computer in de gaten. We moeten eerder dan de Iraanse geheime politie bij Zahara zien te komen.'

'Weet je zeker dat zij degene is die het bericht heeft verstuurd?'

'Nee, maar dat is wel het meest waarschijnlijk.' Ellen slaakte een diepe zucht. 'Ik heb de operatie goedgekeurd. Ze benaderen Zahara Ahmadi zodra ze van huis vertrekt om naar college te gaan.'

Betsy wist allang dat zij weliswaar stoer deed, maar dat Ellen de moedigste van hen beiden was. Ze was blij dat zij niet dit soort beslissingen hoefde te nemen.

'Voordat ik ga ophangen, hoe gaat het met Gil?'

'Ik heb het ziekenhuis net gebeld. Hij slaapt en de dienstdoende arts zei dat het veel beter met hem gaat. Ik ga onderweg naar de luchthaven nog even bij hem langs.'

'Nog steeds niks over zijn informant?'

'Nee, niks.'

Er was een korte stilte gevallen. Betsy wist niet of Ellen opzettelijk had geaarzeld of dat het vermoeidheid was. Ze besloot er niet naar te vragen. Hoe sneller ze de verbinding verbrak, des te eerder haar vriendin wat kon slapen.

'Wees voorzichtig, Ellen Sue Adams.'

Het schoot Betsy een uur later ineens te binnen, waardoor ze wakker schrok uit haar dutje.

Wie ze had gezien in de souterrainbar in hotel Hay-Adams. De man die de generaal ook had gezien. Die al die commotie veroorzaakte.

Ze had hem in geen jaren gezien. Hij had er toen jonger uitgezien. Bijna onbedorven.

Maar die middag in Off the Record was hij bijna onherkenbaar geweest. Eigenlijk, dacht Betsy toen ze van de bank sprong en onder de douche stapte, leek hij heel erg op een doorgedraaide man met een kettingzaag.

Het telefoontje kwam toen het in Frankfurt een uur of drie 's nachts was en wekte Ellen uit een rusteloze slaap.

Het reisje naar Oman ging door.

Ellen sprong uit bed en had binnen twee uur een toezegging van de Iraanse minister van Buitenlandse Zaken voor een afspraak in de ambtswoning van de sultan in Oud-Masqat.

'Ik heb een uur voor u, mevrouw de minister,' had hij gezegd. Hij sprak prachtig Engels, hoewel hij vaak liever gebruikmaakte van een tolk.

Deze keer spraken ze echter rechtstreeks met elkaar. Eenvoudiger. Makkelijker. En discreter.

Nadat ze Charles Boynton had gebeld en hem Anahita Dahir had laten bellen, maakte ze Katherine wakker.

'We gaan naar Oman,' zei ze. 'Trek bescheiden kleding aan.'

'Goed. Ik laat mijn leren broek thuis.'

Haar moeder lachte. 'Het vliegtuig vertrekt over veertig minuten. Over twintig minuten rijden de auto's hier weg.'

'Begrepen. Anahita?' vroeg Katherine.

Het leek erop dat de twee jonge vrouwen vriendschap hadden gesloten. Ellen wist niet of ze daar blij mee was of niet.

'Die gaat met ons mee.'

En ja hoor, twintig minuten later vertrokken de gepantserde auto's naar de luchthaven.

'Kunt u alstublieft eerst even langs het ziekenhuis rijden?' vroeg Ellen.

Binnen enkele minuten stond ze bij Gils bed. Hij lag te slapen en zijn bont en blauwe gezicht was ontspannen. 'Gil?' fluisterde ze. Ze vond het vreselijk om te doen, maar er was zoveel wat Ellen Adams vreselijk vond aan deze hele situatie dat dit er ook nog wel bij kon. 'Gil?'

Hij bewoog en sloeg zijn opgezette ogen op. 'Hoe laat is het?'

'Even over vieren 's ochtends.'

‘Wat doe je hier?’ Hij had moeite om rechtop te gaan zitten en ze hielp hem en legde een kussen achter zijn rug.

‘Ik ben op weg naar Oman om met de Iraanse minister van Buitenlandse Zaken te praten. De Iraniërs zaten achter de bomaanslagen.’

Gil knikte. ‘Dat klinkt logisch. Ze zouden niet willen dat Shah nucleaire geheimen, of wetenschappers, zouden verkopen aan iemand anders in die regio.’

‘Je informant...’

‘Ik zei toch, ik ga niet...’

Ze stak haar hand op om hem het zwijgen op te leggen. ‘Weet ik. Ik vraag ook niet wie het is.’ Ze dempte haar stem. ‘De laatste keer dat ik hier was, stond je op het punt om iets te zeggen. Je zei dat er misschien een andere manier was om meer uit je informant te krijgen. Meer over Shah.’

‘Dat kan ik je niet vertellen,’ fluisterde hij.

‘Maar hoe ga je dat dan doen? Je ligt in het ziekenhuis.’

‘Ik heb het al uitgedacht. Doe jij nou maar wat jij moet doen en laat mij mijn ding doen. Ik ben degene die is opgeblazen. Ik ben degene die hun gezichten eeuwig voor me zal zien. Ik heb hier ook belang bij. Je zult me moeten vertrouwen.’

‘Het is niet dat ik je niet vertrouw. Ik wil je gewoon niet kwijt.’ Ze besloot het te zeggen. Ze zou wel zien. ‘Ik neem Anahita mee naar Oman. Ze staat nu buiten.’

Ellen wachtte op Gils reactie. Als Anahita zijn informant was...

Maar er kwam geen reactie. Behalve: ‘Doe haar de groeten van me, oké?’

‘Doe ik. Als het goed is, zijn we later vandaag weer terug. Dan kom ik weer langs.’

‘Succes.’

Vijfentwintig minuten later raasde Air Force Three in het donker over de startbaan en begon aan de zeven uur durende vlucht naar de Golfstaat.

Toen ze eenmaal op kruishoogte waren, ging Ellen haar kantoor binnen om zich voor te bereiden. Ze vond er een prachtig boeket. Haar lievelingsbloemen. Lathyrus. Sierlijk en geurig.

Ze boog voorover om eraan te ruiken en zag een briefje.

‘Heb jij deze besteld?’ vroeg ze aan haar stafchef toen die binnenkwam met een steward die koffie en een licht ontbijt kwam brengen.

Boynton legde de dossiers die hij bij zich had neer en keek naar het boeket. ‘Nee. Maar ze zijn mooi. Waarschijnlijk van de Amerikaanse ambassadeur.’

‘Ik vraag me af hoe ze weet dat dit mijn lievelingsbloemen zijn.’

‘Ze is heel grondig,’ zei Boynton, die niet eens had geweten dat zijn baas een lievelingsbloem had. Maar goed, hij had het dan ook druk gehad met andere dingen over de nieuwe minister van Buitenlandse Zaken uitvissen. ‘Blijkbaar heeft ze haar research gedaan.’

‘Dank je,’ zei Ellen tegen de steward, die haar een grote kop zwarte koffie inschonk en daarna wegging.

Ze vouwde het briefje open en voelde dat het koffiekopje uit haar vingers gleed. Ze kon het nog net op tijd vastpakken, maar er landde wel een gloeiend heet druppeltje op haar bovenbeen.

‘Wat is er?’ vroeg Boynton, die naar haar toe liep.

‘Wie heeft deze bloemen gestuurd?’ vroeg ze, nu op bruuske toon.

‘Dat zei ik al, mevrouw de minister,’ zei hij. ‘Ik weet het niet.’ Hij leek oprecht verbijsterd door haar reactie. ‘Wat is er aan de hand?’

‘Zoek dat uit, alsjeblieft.’

‘Doe ik.’

Hij haastte zich de kamer uit terwijl Ellen het briefje op haar bureau legde. Voorzichtig om het niet nog meer toe te takelen dan ze al gedaan had.

Het was een scan van het briefje dat ze aan Betsy had gegeven voordat haar vriendin en adviseur terug was gevlogen naar D.C. Het was het briefje waarin ze haar vroeg om onderzoek te doen naar Tim Beecham. En om het aan niemand anders te laten zien, wat er ook gebeurde.

Toch was het hier. Op weg naar Oman aan boord van Air Force Three, verstopt in een boeket lathyrussen, die nu lang niet zo mooi meer leken.

Er stond verder niets op geschreven. En geen ondertekening. Maar ze wist al wie erachter zat. Wie er door de jaren heen altijd achter al die briefjes zonder ondertekening zat. De verjaardagskaarten. Kerstkaarten. Het briefje dat geschreven was vlak na het overlijden van Quinn.

Ze pakte de beveiligde telefoon en belde Betsy, terwijl haar hart in haar keel bonkte.

21

De bar was nu stampvol.

Het was even na tienen 's avonds en heel D.C. dook het avondleven in. Betsy keek om zich heen en liet haar ogen wennen aan het schemerlicht. Ze liep recht op de bar zelf af, waar ze Pete Hamilton voor het laatst had gezien. Hij zat er nu niet meer, maar ze kwam in de verleiding om eronder te kijken, aangezien het erop had geleken dat hij daar terecht zou komen.

'Wat kan ik voor u inschenken?' vroeg de barman.

Een vat chardonnay, dacht Ellen Adams' beste vriendin.

'Een gingerale light, graag,' zei de adviseur van de minister. 'Met een cocktailkersje, als het kan,' voegde Betsy eraan toe.

Terwijl ze zat te wachten, voelde ze haar telefoon trillen.

'Waarom ben jij al op? Het moet...' vroeg ze, maar ze werd afgekapt.

'Komt een vergelijking de bar binnen,' zei Ellen met gespannen stem.

'Wat? Nou, eigenlijk kom ik net een bar binnen.'

'Betsy! Komt een vergelijking de bar binnen!'

Betsy's hersenen stonden even stil... Vergelijking. Vergelijking.

'En is zo uitgedroogd als een woestijn. Ellen,' – ze dempte haar stem – 'wat is er? Waar zit je? Wat is dat voor een lawaai?'

'Gaat het goed met je?'

'Ja. Ik ben in Off the Record. Weet je dat ze al een bierviltje hebben met jouw karikatuur erop?'

'Luister, Betsy, dat briefje dat ik je heb gegeven vlak voordat je vertrok, waar is dat?'

'In mijn zak.' Ze stak haar hand erin. Het was er niet. 'O, wacht, nu weet ik het weer. Ik heb het eruit gehaald en op je bureau gelegd toen ik in je kantoor was. Ik wilde dat het op een veilige plek lag.' Betsy werd stil. 'Hoezo?'

'Omdat er hier een kopie van is.'

'In Frankfurt? Hoe...'

'Nee. In Air Force Three.'

'Shit.' Haar gedachten raasden door haar hoofd en ze dacht terug aan wat ze die dag had gedaan. 'Ik heb het op je bureau gelegd toen ik naar Boyntons kantoor ging om zijn computer te gebruiken om Beecham na te trekken.'

'Is er iemand binnen geweest?'

'Ja. Barb Stenhauser. Jezus, Ellen.'

Goeie god, dacht Ellen. De DNI was al erg genoeg, maar de stafchef van de president?

'Waarom zou zij het pakken en dan een scan naar jou sturen?'

'Degene die het gepakt heeft, heeft het naar Shah gestuurd. Die heeft het in een lathyrusboeket in het vliegtuig gestopt.'

'De bloemen die Quinn je altijd stuurde. Als waarschuwing?'

'Als bespotting. Hij wil me laten weten dat hij dichtbij is. Zo dichtbij dat hij alles kan doen waar hij zin in heeft. Me overal kan bereiken.'

'Maar dan moeten ze iemand in Frankfurt hebben, iemand die toegang heeft tot je vliegtuig. Ellen...'

'Ik weet het.'

Het kon iedereen zijn. Een lid van haar beveiligingsteam. Een van de stewards. Zelfs de piloot.

Of – Ellen keek naar de dichte deur – haar eigen stafchef. De vrijwel onzichtbare Charles Boynton.

'Mijn god,' zei Betsy. 'Als Stenhauser... Betekent dat dat Williams...?'

'Nee,' zei Ellen. 'Je kunt veel van hem zeggen, maar ik geloof niet dat hij onder één hoedje speelt met Bashir Shah. Ik weet wel dat we duidelijkheid moeten hebben. Tot nu toe verdenken we iedereen. Daar moet een eind aan komen.'

'Mee eens, maar wat moeten we doen?'

'Nogmaals, we hebben feiten nodig, bewijs. Informatie. Weet je zeker dat er verder niemand in mijn kantoor is geweest?'

'Ik weet het z...'

'Wat is er?' vroeg Ellen.

'Het zou kunnen dat iemand je kantoor is binnengegaan toen ik hierheen kwam voor die afspraak met generaal Whitehead. Dat betekent dat Shah weet dat je Beecham in de smiezen houdt.'

Ellen Adams voelde zichzelf heel rustig worden, uiterst kalm. Zoals de meeste vrouwen was ze, ondanks de mythe die er rondging, heel goed in crisissituaties. En dit was een crisissituatie. 'Dat betekent dat de tijd dringt. Ze zijn ongetwijfeld aan het besluiten wat ze eraan moeten doen. Heb je al iets gevonden?'

'Nee, nog niks. Daarom ben ik hier.'

'In de bar?'

'Met een gingerale light...'

'Met een cocktailkersje?' vroeg Ellen.

'Het beste deel. Hé, Ellen, toen ik hier vanmiddag was, zag ik Pete Hamilton.'

'De vroegere persvoorlichter van Dunn?'

'Ja.'

'Jong, idealistisch. Nogal aandoenlijk,' zei Ellen. 'Hij wist Dunns leugens goed te verkopen.'

'Hij was heel overtuigend,' beaamde Betsy.

'Waarschijnlijk omdat hij zelf geloofde wat hij zei. De propagandist is zelf zijn beste klant.'

Dat had ze er altijd ingeramd bij iedere beginnende journalist die door haar media-imperium werd ingehuurd, samen met de raadgeving van de boeddhistische monnik Thubten Chodron: geloof niet alles wat je denkt.

'Hamilton deed het goed,' zei Ellen, 'maar toen werd hij vervangen door Dunns zoon.'

'Dat leeghoofd,' zei Betsy. 'Hebben we eigenlijk ooit gehoord waarom ze Hamilton hebben geloosd?'

'Dat is nooit uitgelegd, maar het gerucht ging dat hij een drankprobleem had. Hij was niet te vertrouwen met staatsgeheimen. Waarom wil je hem ontmoeten?'

'Omdat ik iemand uit het kabinet-Dunn moet hebben. Iemand die ons kan helpen de informatie te vinden die we nodig hebben. Alle anderen zijn te bang om te praten, maar Hamilton wil dat misschien wel.'

'Je kunt een verbitterde verslaafde moeilijk op zijn woord geloven. Maar misschien is hij hersteld.'

Betsy dacht aan de luide, strijdlustige stem en de mannen en vrouwen die hem uit de weg gingen.

‘Misschien ook niet,’ gaf Betsy toe. ‘Maar ik hoef niet iemand die ik kan citeren. Ik heb iemand nodig die ons het bewijs kan bezorgen dat we nodig hebben. Trouwens, ik ben nu geobsedeerd aan het uitzoeken waar de T in “Timothy T. Beecham” voor staat.’

‘Kom straks alsjeblieft niet alleen daarmee aanzetten.’

Betsy schoot in de lach en Ellen ook. Na de dag die ze achter de rug had, had ze niet gedacht dat ze nog kon lachen, maar Betsy wist haar hart altijd lichter te maken.

‘Wees voorzichtig,’ zei Ellen. ‘Je zei toch dat generaal Whitehead een commando naar je toe had laten komen? Bel haar. Als Shah mijn briefje aan jou heeft gelezen, weet hij dat je achter Beecham aan zit. Als je te dicht in de buurt komt...’ Ellen zweeg. Ze kon de gedachte niet verdragen. Maar ze moest wel. ‘Ik zou er niet raar van opkijken als hij...’

‘Me kwaad zou doen?’

‘Alsjeblieft, doe het voor mijn gemoedsrust. Daar heb ik al zo weinig van.’

‘Oké. Doe ik. Maar ik wil eerst die Pete Hamilton spreken. Ik heb geen zin om hem te laten afschrikken door een commando. Ben je onderweg naar Oman?’

‘Ja.’

‘Liefs voor Katherine. Ik hoop dat ze haar leren broek niet heeft meegenomen.’

Ellen moest weer lachen, maar dacht er toch over na. Ze had aangenomen dat haar dochter een grapje had gemaakt, maar misschien...

‘O, en Ellen?’

‘Ja?’

‘Doe jij ook voorzichtig.’

Ellen hing op en keek naar de lathyrussen. Zulke tere blaadjes, zulke vrolijke kleuren. Zo’n heerlijke geur. Ze deden haar altijd denken aan Quinns zachtaardigheid.

Ze pakte het boeket en wilde het al in de vuilnisbak kieperen, toen ze zich bedacht en het weer op haar bureau zette.

Dat zou Shah haar niet afnemen.

En goeie god, laat hem Betsy niet van me afnemen.

'Ja, dat was hij,' zei de barman toen Betsy ernaar vroeg. 'Pete Hamilton. Komt zo'n beetje om de twee weken. Voor het geval dat.'

'Dat wat?'

'Dat iemand een keer met hem wil praten. Hem wil inhuren misschien.'

'En gebeurt dat weleens?'

'Nee, nooit.' De barman nam haar op, deze vrouw die eruitzag als de moeder van de Beavers.

'Dus hij is weg?'

'Er is hem gevraagd te vertrekken. Hij was dronken of high of zoiets toen hij binnenkwam. Begon wat klanten lastig te vallen, dus hij is de deur uit gezet.' Hij keek haar onderzoekend aan. 'Waarom zoekt u hem?'

'Ik ben zijn tante. Zijn familie is hem uit het oog verloren nadat hij het Witte Huis heeft verlaten. Zijn moeder is ziek en ik moet hem spreken. Weet u waar hij woont?'

'Nee. Niet precies. Ergens in Deanwood, denk ik. Ik zou er nu niet naartoe gaan. Niet als het al donker is.'

Betsy betaalde haar gingerale en raapte haar spullen bij elkaar. 'Helaas is zijn moeder echt heel ziek. Ik moet hem snel zien te vinden.'

De barman haalde haar in bij de deur. 'Hoor eens, u moet echt niet in die buurt gaan rondhangen.' Hij gaf haar een kaartje. 'Dit heeft hij een paar maanden geleden achtergelaten voor het geval iemand een pr-man zocht.'

Ze keek naar het groezelige papiertje, dat duidelijk vanaf zijn computer thuis was geprint.

'Dank je wel.'

'Als u hem ziet, zeg hem dan maar dat hij hier niet meer terug hoeft te komen. Het is gewoon gênant.'

De taxi kwam tot stilstand bij het adres. Deanwood, aan de noordoostkant van D.C., was twintig minuten en een wereld verwijderd van het Hay-Adams. En het Witte Huis.

Betsy stond bij de voordeur van het appartementengebouw. Er was geen bel, alleen een gat waar er vroeger misschien een gezeten had.

Ze probeerde de deur. De klink was kapot, zodat hij niet op slot was. Toen Betsy er binnenging, liep ze tegen een geur aan die ze bijna voor zich kon zien.

Urine. Uitwerpselen. Verrot voedsel en iets, of iemand, in staat van ontbinding, dacht ze.

Ze klom de krakkemikkige trap op naar de bovenste verdieping en klopte op de deur.

22

'Fuck off.'

Betsy hield een zakdoekje tegen haar neus in een poging de geuren tegen te houden.

'Meneer Hamilton?'

Stilte.

'Pete Hamilton? Ik... eh,' – ze keek naar het groezelige papiertje in haar hand – 'heb een pr-man nodig.'

'Midden in de nacht? Fuck off.'

'Het is een noodgeval.'

Stilte. Daarna gekras van een stoel op hout.

'Hoe hebt u me gevonden?' De stem klonk nu vlak achter de deur.

'Ik heb uw adres van de barman van Off the Record. Ik zag u daar vanmiddag.'

'Wie bent u?'

Op weg hiernaartoe had Betsy zich afgevraagd hoe ze op die vraag zou antwoorden.

'Ik ben Elizabeth Jameson. Mijn vrienden noemen me Betsy.'

Als ze wilde dat hij eerlijk was, dan moest zij dat ook zijn. Een leugen zou geen goed begin zijn.

Ze hoorde dat er een, twee, drie sloten werden omgedraaid en een grendel opzij werd geschoven. En de deur zwaaide open.

Betsy zette zich schrap voor een golf van giftige dampen. Ze deed er een paar ademteugen over om te beseffen dat het er niet stonk. Of preciezer gezegd: het rook er naar aftershave. De vage geur van aangename mannelijkheid.

En een baklucht. Van *chocolate chip cookies*, om precies te zijn.

Ze had verwacht dat de man die tegenover haar stond bloeddoorlopen ogen zou hebben. Onder de aangekoekte kots zou zitten. Dat hij afzakkend, vies ondergoed zou dragen. Daar had ze zich op voorbereid.

Hier had Betsy Jameson zich niet op voorbereid.

Pete Hamilton stond gladgeschoren en met een heldere blik tegenover haar, in een joggingbroek die eruitzag alsof hij misschien wel gestreken was. Zijn donkere haar was nog vochtig van de douche.

Hij was maar ietsje langer dan zij, met zo te zien een laagje babyvet. Niet dik, maar zacht. Met zijn mollige gezicht zag hij eruit als de baby op het etiketje van de potjesvoeding, maar dan in een appartementje.

'U bent de adviseur.'

'Dat klopt. En u de voormalige persvoorlichter.'

Hij deed een stap opzij. 'U kunt maar beter even binnenkomen.'

De deur ging open en ze stonden meteen in een kleine woonkamer met muren die rustgevend grijsblauw waren geverfd. De houten vloeren zagen eruit alsof ze waren geschuurd en afgelakt.

Er stond een bank, die was opengeklapt tot bed, en iets wat eruitzag als een comfortabele fauteuil. Op een tafel bij het raam stond een geopende laptop met papieren ernaast. En ook een glas water en een koekje.

In een van de hoeken was een kitchenette.

Tijdens de paar seconden die het kostte om dit in zich op te nemen, hoorde ze dat de sloten weer werden dichtgedraaid.

'Wat wilt u?' vroeg hij. 'Geen pr-man, neem ik aan.'

'Nou, jawel, ik heb wel een pr-man nodig. Om preciezer te zijn: ik heb u nodig.'

Hij staarde haar aan en glimlachte. 'Laat me raden. Dit heeft iets te maken met de busexplosies.' Hij hield zijn hoofd scheef. 'U verdenkt mij toch niet, hè?'

Hij schonk haar zo'n zelfde engelachtige glimlach waar hij zo'n effect mee bereikte op het podium, als hij Dunns leugens verkocht. Het was ontwapenend en Betsy moest moeite doen om zich ertegen te verdedigen.

Maar nu ze te maken had met een cherubijntje en de geur van chocolate chip cookies, was ze bang dat ze de strijd nooit kon winnen. En toen dacht ze weer aan de gezichten van de familieleden in Frankfurt en was haar verdediging op slag weer intact.

'Ik denk dat u me kunt helpen, meneer Hamilton.'

'Waarom zou ik dat willen?'

Ze keek het flatje rond en liet haar ogen op hem rusten.

'Denkt u soms dat ik het hier vreselijk vind en dolgraag wil ontsnappen?' vroeg hij. 'Het lijkt misschien niet veel, maar voor mij is het thuis. En eigenlijk is dit een gemeenschap, met gebroken maar fatsoenlijke mensen. Ik hoor hier helemaal thuis.'

'Maar het zou fijn zijn om een keuze te hebben, toch? Ik denk dat u daarnaar verlangt. Dat doen we immers allemaal. U kunt ervoor kiezen om hier te wonen, maar het hoeft niet. Zoals ik al zei, ik zag u vanmiddag in Off the Record. U leek straalbezopen. Helemaal de weg kwijt, meelijwekkend.'

'U hebt echt een pr-man nodig,' zei hij en ze lachte naar hem.

'Vanwaar die act?' Toen hij geen antwoord gaf, liep ze naar de tafel en keek naar de aantekeningen die bij zijn computer lagen. Ze kon er net een glimp van opvangen voordat hij zijn hand erover uitspreidde.

'Ga weg, alstublieft.'

'U bent een boek aan het schrijven. Over Dunn.'

'Nee. Ga weg, alstublieft. Ik kan u niet helpen.'

Ze keek in zijn donkere ogen. 'U hoort hier helemaal niet thuis.'

Hij snoof. 'Jullie elitaire Democraten zijn allemaal hetzelfde. Jullie doen net of jullie om de vertrapten geven, maar eigenlijk verachten jullie ze.'

Ze trok haar wenkbrauwen op. 'U begrijpt me verkeerd. U zei dat uw buren fatsoenlijke mensen zijn. Daarom hoort u hier niet thuis. U bent onfatsoenlijk. Ik bied u een kans om te helpen erachter te komen wie er verantwoordelijk is voor de bomaanslagen. Misschien zelfs andere te voorkomen. En u bent alleen maar bezig met uw boek, uw wraak.'

'Het is geen wraak, het is rechtvaardigheid. Ik ben geen boek aan het schrijven. Ik probeer bewijs te vinden.'

'Waarvan?'

'Van wat ze me hebben aangedaan. Of wie dat heeft gedaan.'

'Mevrouw de minister?' Charles Boynton stak zijn hoofd om de deur van de cabine van Air Force Three. 'Ze zijn klaar in Teheran. Ze hebben alleen groen licht van u nodig. Zal ik meneer Beecham voor u bellen?'

'Nee, dat is niet nodig.'

'Maar...'

'Dank je, Charles. Kun je vragen of Miss Dahir en Katherine binnenkomen?'

Nadat hij was vertrokken, pakte minister Adams de beveiligde telefoon.

De agent in Teheran was duidelijk verrast toen ze de stem van de Amerikaanse minister van Buitenlandse Zaken hoorde.

'Zijn jullie ter plaatse?'

'Ja, mevrouw de minister. We kunnen Ahmadi's huis zien. Ze kan nu elk moment het huis verlaten om colleges aan de universiteit te volgen.'

'Weten jullie zeker dat de Iraanse beveiliging jullie niet in de gaten heeft?'

De vrouw aan de andere kant van de lijn grinnikte zacht. 'Zo zeker als we maar kunnen zijn. Maar daarom moeten we snel zijn. Hoe langer we wachten, des te groter de kans dat ze erachter komen.'

Ellen zweeg en dacht aan Scott Cargill. Aan de andere inlichtingenagent. Pas een paar uur geleden neergeschoten in Bad Kötzting.

Wat waren deze mensen dapper, terwijl zij daarboven vloog met warme koffie en gebakjes en de geur van lathyrus.

'Doe het. Allah zegene je.'

'*Inshallah*.'

'Mag ik even gebruikmaken van uw toilet?' vroeg Betsy.

Toen ze terugkwam, stond hij in het keukentje een pot thee te zetten en lagen de koekjes op een bord op het aanrecht. Hij knikte ernaar.

Ze deed wat haar werd opgedragen, pakte het bord en nam een koekje terwijl ze naar de fauteuil liep. Het bed was weer ingeklapt tot bank.

'Zal ik dan maar inschenken?' vroeg hij toen hij bij haar kwam zitten, en hij wees naar de theepot. Hij gaf haar een mok en zei: 'Gevonden wat u zocht?'

Ze nam hem aan. 'Eigenlijk niet.'

Geen drugs, alleen aspirine. Dat verbaasde haar niet meer. Deze man was niet de dronken verslaafde die hij wilde lijken.

'Ik heb een insider nodig, meneer Hamilton. Iemand die dingen weet, die dingen kan achterhalen. Iemand die bereid is om te praten.'

'Over de bomaanslagen? Daar weet ik niks van.'

'Over de smerige geheimpjes van het kabinet-Dunn.'

Er volgde een stilte.

'Waarom zou ik dat doen?' vroeg hij uiteindelijk.

'Omdat u daar zelf ook naar aan het graven bent.'

'Nee, ik probeer alleen mijn eigen bewijs te vinden.'

'Mag ik? Ze zijn heerlijk.' Ze knikte naar de koekjes.

'Wilt u een broodje? Hebt u honger?'

Ze glimlachte. 'Nee, dat hoeft niet. Maar toch bedankt.' Ze boog zich naar hem toe. 'Wat hebben ze u aangedaan?'

Toen hij bleef zwijgen, besloot ze hem een handje te helpen.

'Ze hebben u zonder reden ontslagen, dus moesten ze een reden verzinnen. Ze hebben e-mails vervalst, berichten, iets waaruit bleek dat u verslaafd was.'

Terwijl ze het zei, keek ze naar hem. Hij sloeg zijn ogen neer.

Nee, dacht ze, er was meer. *Want er is meer...*

'Er werd gesuggereerd dat u dealde.'

Hij keek op en haalde diep adem. 'Dat deed ik niet.'

'Maar u gebruikte wel drugs.'

'Wie niet? Ik was een puber, ze waren onze variant van een martini. Maar ik heb nooit...'

'Geïnhaleerd?'

Hij glimlachte. 'Ik heb nooit gedeald. Dat zou ik nooit doen. En ik heb nooit iets sterkers gebruikt dan wiet. Maar zij lieten het klinken alsof ik een of ander knetterstoned gevaar voor de regering was en dat ik waarschijnlijk staatsgeheimen zou verkopen om mijn verslaving te kunnen bekostigen. Dat ik een gevaar voor de nationale veiligheid was.'

Zijn ogen smeekten haar nu. Nee, niet haar. Betsy besefte dat hij weliswaar naar haar keek, maar zijn beschuldigers zag. Tijdens de besloten vergadering. Toen ze het bewijs voor hem neerlegden.

Zijn schok. Zijn ontkenningen. Zijn smeekbeden. Zijn huilbuien. Ze moesten hem geloven.

En het tragische was dat ze dat uiteraard ook deden.

'Waarom hebben ze u dat aangedaan?' vroeg ze.

Hij nam zijn laptop mee naar haar toe en tikte op wat toetsen, waardoor er een document met een foto verscheen.

'Het enige wat ik kan bedenken is dit. Het kwam drie dagen voor mijn ontslag naar buiten.'

Het kwam uit een krantenbericht. Nee, geen bericht. Een politieke roddelcolumn. Op de foto stond Pete Hamilton, die veel jonger leek dan de man naast haar. Hij stond met een paar correspondenten van het Witte Huis te lachen. Ze waren in Off the Record.

Het onderschrift luidde: *Pete Hamilton, persvoorlichter van het Witte Huis, vindt het duidelijk een goeie grap.*

Betsy keek op. 'Is dat het? Hebben ze u ontslagen omdat u met verslaggevers praatte? Dat was toch juist uw taak?'

'Loyaliteit was het allerbelangrijkste in dat Witte Huis. Iedereen die ook maar enigszins de indruk wekte iets kritisch te kunnen zeggen, werd afgedankt.'

'Maar u staat alleen maar te lachen. Dat had overal over kunnen gaan.'

'Dat deed er niet toe. Dat zijn journalisten van CNN. De president dacht dat ik om een of andere grap over hem lachte. Het zaadje was geplant. Onkruid groeit snel. Ik moest weg.'

'Weg, oké, dat kan desnoods. Maar ze lieten het lijken alsof u een bedreiging voor de nationale veiligheid was. Een dealer. Ze hebben u te gronde gericht.'

'Om een voorbeeld te stellen. Het was in de begintijd van het kabinet, ze moesten iedereen laten zien wat er zou gebeuren met iemand die er zelfs alleen maar van verdacht werd niet loyaal te zijn. Ik heb nog geluk dat ze mijn hoofd niet op een spiets hebben gezet.'

'Dat hadden ze net zo goed wel kunnen doen. U kunt niet meer aan het werk.'

'Inderdaad. Ze hebben nooit een verklaring afgelegd, me nooit publiekelijk beschuldigd, niks gedaan waartegen ik me kon verdedigen of waarmee ik een rechtszaak zou kunnen beginnen.'

'Ze? Eric Dunn?'

Ze zag hem aarzelen. 'Dat hoop ik niet, maar ik weet het niet zeker. Er is in dat kabinet weinig gebeurd waar hij niets van afwist.'

'En nu?' Ze keek naar de tafel en de bestanden. 'U probeert uw naam te zuiveren. Bewijs te vinden dat het verzonnen is.'

'Het heeft even geduurd voordat ik zo kwaad werd. Eerst was ik geschokt. Daarna dacht ik echt dat ik het verdiend had. Ik geloofde in Eric Dunn. In de doelen van het kabinet. Maar naarmate de tijd verstreek en ik zag wat voor schade ze me hadden berokkend, werd ik kwaad.'

'U hebt een lang lontje.'

'Dat vastzit aan een grote bom.'

'Wat was dat nou voor toneelstukje in Off the Record vandaag? U deed alsof u dronken of high was. Waarom?'

'U moet me vertellen waarom u hier bent, mevrouw Jameson. En u moet weten dat ik, ongeacht wat er met me gebeurd is, een conservatief in hart en nieren ben. Ik mag dan geen groot fan meer zijn van Dunn, maar ik vind jullie man ook een stuk onbenul.'

Betty verbaasde hem met een lach. 'Als u echt nog steeds de politiek volgt, weet u dat ik u op dat punt niet zal tegenspreken, evenmin als minister Adams.' Daarna werd ze weer serieus. 'Onze man mag dan een stuk onbenul zijn, maar hij is tenminste niet gevaarlijk.'

'Een president die onbenullig is, is per definitie gevaarlijk.'

'Ik bedoel dat hij niet direct plannen beraamt om de regering omver te werpen door terroristen te steunen of misschien zelfs wel van wapens te voorzien. U vroeg wat ik hier kwam doen. We denken dat Eric Dunn, of mensen die loyaal aan hem zijn, betrokken zijn bij de bomaanslagen en wat er hierna komt.'

Pete Hamilton staarde haar aan. Verbaasd, misschien, maar niet geschokt, dacht ze.

'En hoe komen jullie daarbij?'

'Omdat hij toestemming heeft gegeven voor de vrijlating van Bashir Shah, de Pakistaanse...'

'Ik weet wie hij is. Staat hij niet meer onder huisarrest?'

'Nee, en hij is verdwenen.'

'Denkt u dat Shah achter de aanslagen zat?'

'Nee. Het is nog niet openbaar gemaakt, maar in elk van die bussen zat een Pakistaanse kernfysicus, gerekruteerd door Shah.'

Het was griezelig om naar zijn gezicht te kijken. Hij zag er nog steeds uit als een cherubijntje, maar dan wel als een cherubijntje dat een monster had ingeslikt.

'Wat weet u?' vroeg ze. 'U weet iets. U hebt iets gehoord.'

'U vroeg waarom ik naar Off the Record ga en net doe of ik dronken ben. Ik ga daarheen om hun te laten zien dat ik geen bedreiging vorm. Ik ben zo ver heen dat niemand zich zorgen om me hoeft te maken. En dat doen ze ook niet. Dus zit ik daar met een glazige blik in mezelf te mompelen, terwijl zij met elkaar praten. Ik hoor dingen. Als zij me willen afschilderen als een dronken lapzwans, kan ik daar net zo goed gebruik van maken.'

Betsy keek naar deze jongensachtige man en besefte dat ze zich misschien wel in de aanwezigheid van een moderne Mozart bevond. Een jong genie.

'En wat hebt u gehoord?'

'Geruchten. Mensen in D.C. zijn altijd aan het konkelen, ze overdrijven altijd. Ze beloven altijd grootse dingen, maar dit is iets anders. Dit gaat rustiger. Niet de gebruikelijke politieke bullshit en stoerdoenerij. Ik heb geprobeerd het uit te zoeken, maar mijn probleem is: ik weet waar ik moet kijken en hoe ik moet kijken. Ik weet waar ze hun vertrouwelijke dossiers bewaren. Maar wat ik niet heb, is toegang. Ik kom niet langs de cyberbeveiliging van het Witte Huis.'

Betty glimlachte.

Om even na zevenen 's ochtends verliet Zahara Ahmadi haar huis om de korte wandeling naar de universiteit van Teheran te maken.

Een roze hidjab omlijstte haar gezicht en reikte tot haar voeten.

Haar moeder droeg altijd zwart en haar vader had erop aangedrongen dat ook zijn dochters uit respect een hidjab in sobere kleuren droegen. Maar toen Zahara eenmaal in de twintig was en naar de universiteit ging, genoot ze van deze ene daad van persoonlijke rebellie.

Haar hidjabs waren felgekleurd en vrolijk. Want, legde ze haar vader uit, de islam maakte haar blij. Allah bracht haar vreugde en vrede.

Hoewel haar vader zag dat dat waar was, kon het zijn goedkeuring of instemming niet wegdragen. Dr. Ahmadi was bang dat zijn oudste dochter, die hij adoreerde, niet op de juiste manier respect, eerbied of zelfs angst toonde voor hun god, laat staan voor de regering.

Hij wist wat die allebei konden doen als ze ontstemd raakten.

Toen Zahara de gebruikelijke route liep, merkte ze dat er iemand achter haar liep. In een etalageruit zag ze niet één, maar twee mensen. Een man en een vrouw. Allebei in diepzwart, de vrouw in een volledige boerka.

Zahara herkende VAJA-agenten, leden van de geheime inlichtingendienst, zodra ze die zag. Ze waren haar hele leven bij haar thuis, bij haar vader, op bezoek gekomen. Dan gingen ze in zijn rommelige werkkamer zitten om hem te ondervragen. Hem instructies te geven. Hij hoorde het allemaal aan en deed wat hem werd opgedragen.

Niet omdat hij daartoe werd gedwongen, wist ze, maar omdat hij het wilde. Ze was nooit bang voor die mensen geweest. Zahara zag hen net zoals haar vader hen zag. Als verlengstuk van een regering die haar onderdanen wilde beschermen tegen een vijandige wereld. Maar nu wist ze beter. Sinds dat laatste bezoek. Dat laatste gesprek dat via de ventilatieopening haar kamer binnen was gezweefd.

Ze versnelde haar pas.

De straten waren leeg, afgezien van een paar kooplieden die hun waar begonnen uit te stallen.

De man en de vrouw gingen sneller lopen, hun voetstappen kwamen dichterbij.

Ze ging sneller lopen.

Zij gingen sneller lopen.

Ze begon te rennen.

Zij renden achter haar aan. Kwamen dichterbij. Hoe sneller ze rende, des te paniekeriger ze werd.

Ze had altijd gedacht dat ze dapper was. Nu besefte ze dat ze gewoon naïef was geweest.

Zahara racete door een steegje en kwam er aan de andere kant uit, terwijl haar vrolijke felroze gewaden achter haar aan fladderden. Waardoor ze opviel. Waardoor ze niet te missen was.

'Blijf staan,' riep een van hen. 'We willen je geen kwaad doen.'

Maar wat zouden ze anders moeten zeggen? *Blijf staan, zodat we je kunnen vermoorden? Je kunnen martelen? Je kunnen laten verdwijnen?*

Zahara bleef niet staan. Maar toen ze de volgende hoek om ging, liep ze recht tegen de man aan. Ze botste zelfs zo hard tegen hem aan dat ze achterovertuimelde en gevallen zou zijn als de vrouw die achter haar aan kwam lopen haar niet had opgevangen.

Zahara worstelde, maar de man hield haar stevig vast, met een hand over haar mond, terwijl de vrouw in de zak van haar boerka grabbelde.

'Nee,' probeerde Zahara te smeken. Haar stem werd gedempt door de hand. 'Nee, niet doen.'

Er werd iets voor haar neus gehouden.

'Zahara?' klonk een stem.

Langzaam hield ze op met spartelen en staarde naar de mobiele telefoon, die tegen haar sprak in het Farsi, met een accent. Het was de stem van een jonge vrouw. Een Amerikaanse stem.

'Met Anahita. Je nicht. Die mensen zijn er om je te helpen.'

In het kantoor in Air Force Three, die pijlsnel richting Oman vloog, staarden minister Adams, Katherine en Anahita alle drie naar de telefoon op het bureau.

Wachtend op antwoord. De seconden tikten weg.

'Anahita?' klonk de blikkerige stem.

De mensen die bijeenstonden keken elkaar aan en lachten. Ontspanden.

'Hoe weet ik dat jij het bent?'

Ze waren voorbereid op die vraag. Van tevoren hadden ze Irfan Dahir gevraagd zijn dochter iets te vertellen wat alleen hij en zijn jongere broer konden weten.

Ellen knikte naar Anahita.

'Mijn vader noemde jouw vader vroeger altijd "ettertje" en jouw vader noemde mijn vader "sukkel" omdat hij geen natuurkunde ging studeren maar economie.'

Er klonk een zucht van opluchting, en zelfs geamuseerdheid, door de speaker.

'Dat klopt. Ik noem mijn zusje nu zo. Die studeert theaterwetenschap.'

'Heb ik dan nog een nicht?' vroeg Anahita, die naar het apparaatje op het bureau keek alsof de familie waar ze haar hele leven naar gehunkerd had daarin zat.

'Ik heb ook nog een broer. Dat is echt een ettertje.'

Anahita lachte.

Ellen maakte een snel rondje met haar vinger.

Anahita knikte. 'Ik heb je bericht ontvangen, maar ik kon de bomaanslagen niet tegenhouden. Hoor eens, die mensen zijn daar om je te helpen als je in de problemen komt. Ze kunnen je daar weghalen.'

'Maar ik wil hier niet weg. Iran is mijn thuisland. Ik heb het gedaan om te helpen, niet om Iran te schaden. Onschuldige mensen vermoorden is niet de juiste weg.'

'Ja, oké, maar je wilt niet in handen van de geheime politie belanden. Luister, we moeten weten hoe je vader het heeft ontdekt van die fysici. Weet je iets van Bashir Shah? Wat heeft hij beraamd? Als...'

Toen klonk er een schreeuw. Het geluid van een vechtpartij.

En daarna was de lijn dood.

23

'Het spijt me, mevrouw de minister,' zei de Iraanse minister van Buitenlandse Zaken. 'Bomaanslagen in bussen? Ik heb geen idee waar u het over hebt.'

'Dat verbaast me, minister Aziz. Neemt president Nasseri u niet in vertrouwen?'

Ze zaten in een enorme ontvangstruimte, nadat ze bij de ingang waren verwelkomd door de sultan zelf.

De lange, elegante man was met Ellen meegelopen naar de zaal die uitkeek over de Golf van Oman en had beleefd een praatje gemaakt over de Omaanse kunst en cultuur.

Daarna had hij hen alleen gelaten.

De zaal was van vloer tot plafond bedekt met bijna verblindend wit marmer. Door de dubbele deuren, die op een breed terras uitkwamen, kon Ellen over het water bijna Iran zien. Als de Iraanse minister had gewild, had hij met de boot naar hun meeting kunnen komen.

Nu boog ze zich naar voren, terwijl Aziz achterover ging zitten. Tot op dat moment had ze alles gedaan wat de cultuurattachés geadviseerd hadden.

Als ze de Iraanse minister van Buitenlandse Zaken ontmoette, mochten er geen aanrakingen plaatsvinden.

Ze moest zijn formele titel gebruiken.

Haar haar moest worden bedekt met een bescheiden hoofddoek.

Draai hem nooit de rug toe, had ze te horen gekregen, en kijk nooit hoe laat het is. En nog honderd andere dingetjes om te voorkomen dat ze hem voor het hoofd stootte.

Al had ze absoluut beledigingen vermeden, die dingen hadden eigenlijk nergens toe geleid. En hoewel ze niet van plan was nog meer schade toe te brengen aan een relatie die al aan een zijden draadje hing, had ze ook geen tijd voor dit gedraai.

'Ik kan u verzekeren,' zei hij, 'dat ik het zou weten als er iets te weten viel.'

Dit alles werd via zijn tolk gezegd.

Ellen had de Iraanse minsister gevraagd of ze gebruik mocht maken van die van hem.

'Dat is nogal een uiting van vertrouwen, minister Adams,' had minister Aziz tijdens hun telefoongesprek in vloeiend Engels gezegd.

'U wilt toch niet suggereren dat het risico bestaat dat uw tolk mijn woorden zal verdraaien?' vroeg ze, en het klonk geamuseerd.

'Als hij dat doet, moeten we zijn tong door adelaars laten uitrukken. Dat wordt er bij jullie in de pers toch over ons gezegd? Dat we barbaren zijn?'

'Onze eigen onwaarheden,' gaf Ellen toe. 'Er is heel wat dat we niet weten over elkaars cultuur en werkelijkheid. Misschien wordt het nu tijd voor eerlijkheid.' Ze wachtte even. 'En transparantie.'

Hoewel ze in de verleiding kwam om te vragen wat er met Zahara Ahmadi gebeurd was, deed ze dat niet. Dan zou ze het alleen maar erger maken.

In plaats daarvan bleef ze gewoon tegenover hem zitten, terwijl de felle zon weerkaatste in de enorme oceaan van wit marmer van het Al Alam-paleis, met de Mutrah-haven in Oud-Masqat tegenover hen.

Natuurlijk had Ellen hem niet verteld dat de jonge medewerkster achter haar Farsi sprak.

Anahita had de instructie gekregen om niets te zeggen, en al helemaal niet in het Farsi, maar om slechts te luisteren en haar later te vertellen wat de minister van Buitenlandse Zaken echt had gezegd.

Aziz had naar Anahita gekeken en haar daarna in het Farsi aangesproken. Hij vroeg waar ze vandaan kwam.

Anahita was neutraal blijven kijken.

Hij glimlachte.

Ellen wist niet zeker of hij overtuigd was, maar naarmate de meeting vorderde, zag ze wel dat hij Katherine, Anahita en Charles Boynton, die stilletjes achter haar zaten, helemaal vergeten was.

'U zegt dat president Nasseri u alles vertelt wat belangrijk is,' zei Ellen, 'en toch weet u niets van die bomaanslagen? Die uw eigen regering heeft beraamd?'

Ze was geïntrigeerd door deze man. Hij geloofde duidelijk in de doelen van de revolutie, maar leek ook te geloven dat een geïsoleerd Iran verzwakt zou zijn.

En hij had subtiele signalen aan haar afgegeven dat hij niet langer vertrouwen had in Rusland, Iraans buurland en bondgenoot, en dat hij zou kunnen openstaan voor een goede verstandhouding met de vs. Geen volledige diplomatieke relaties, verre van dat, maar een lichte verandering. Wat, gezien de manier waarop Dunn zich had teruggetrokken uit het nucleair akkoord, wereldschokkend zou zijn voor Iran.

Hoewel Aziz ook duidelijk had gemaakt dat de nieuwe Amerikaanse president van start zou gaan met een enorme vertrouwensachterstand. Het zou lastig voor Iran zijn om opnieuw in een toezichtsovereenkomst te stappen, want daardoor zouden ze verzwakt en kwetsbaar overkomen.

Er was nu, voelde minister Adams, een piepkleine opening gecreeerd door een roofzuchtig en onvoorspelbaar Rusland en een Amerika dat ervoor openstond minder confronterend te zijn.

Het was haar taak om dat sprankje wederzijds belang te vinden. En misschien zou het mettertijd wel overgaan in oprecht begrip. Zodat Iran niet langer een voortdurende dreiging zou vormen en de vs en hun bondgenoten niet langer doelwitten voor aanslagen zouden zijn.

Maar zover waren ze nog niet. Nog lang niet. En de bomaanslagen hadden de kloof alleen maar groter gemaakt. Maar ze hadden haar ook de opening gegeven die ze nodig had.

'Dus u wilt het liever niet over de moord op de Pakistaanse fysici hebben,' zei ze, en ze koos een dikke dadel van de schaal met fruit en ander lekkers dat uit de keukens van de sultan kwam. 'Om nog maar te zwijgen van de moord op al die mensen in de bussen.'

'Daar wil ik het best over hebben, ik wil er alleen niet de schuld van krijgen. Waarom zou Iran per slot van rekening Pakistanen willen vermoorden? En dan nog wel op zo'n bloederige mar ier? Dat is onlogisch, mevrouw de minister. Maar India...'

Hij spreidde zijn expressieve handen alsof hij haar aanspoorde te zien wat hij bedoelde.

'Aha,' zei ze, en ze ging achteroverzitten en spreidde zelf ook haar handen. 'Maar Bashir Shah...'

Ze zag de man tegenover haar in marmer veranderen. De zon weerkaatste in het zweet op zijn voorhoofd.

Zijn glimlach was verflauwd en zijn blik was niet eens meer een beetje geamuseerd. Hij keek haar boosaardig aan en het masker van beleefdheid verdween.

'Misschien,' zei ze, 'kunnen we elkaar onder vier ogen spreken?'

Nadat de anderen vertrokken waren, boog Ellen zich naar minister Aziz en hij boog zich dichter naar haar toe.

'*Havercrafte man pore mārmāhi ast.*' Ze sprak de woorden langzaam, rustig en zorgvuldig uit. En zag zijn grijze wenkbrauwen omhooggaan.

'Echt?' vroeg hij.

Ellen fronste haar wenkbrauwen. 'Wat heb ik gezegd? Mijn medewerkster heeft het opgezocht en me de zin gegeven. Ik heb geoefend.'

'Ik hoop maar dat het niet waar is wat u zei. Uw hovercraft zit vol met palingen.'

Ellens lippen vertrokken tot een glimlach die ze duidelijk probeerde te bedwingen. Uiteindelijk gaf ze het op en lachte. 'Het spijt me. Om eerlijk te zijn zitten er geen palingen in mijn hovercraft.'

Nu moest hij ook lachen. 'Daar zou ik maar niet zo zeker van zijn. Goed, wat wilde u echt zeggen, mevrouw de minister?'

'De Engelse uitdrukking die ik zocht was "de kaarten op tafel leggen".'

'Daar ben ik het mee eens. Tijd voor eerlijkheid.'

Ze hield zijn blik vast en knikte. 'Er is een bericht verstuurd vanuit het huis van een van uw senior kernfysici in Teheran, waarin we gewaarschuwd werden voor de bomaanslagen. Helaas heeft de BD-medewerkster die het ontving het afgedaan als spam en er niets mee gedaan tot het te laat was.'

'Zonde,' was het enige wat hij zei.

Als de Iraanse minister van Buitenlandse Zaken verrast was door haar eerlijkheid, was hij een veel te doorgewinterde diplomaat om dat te laten merken.

Er was weinig tijd en er moest een hoop terrein worden gewonnen. Ze had hem sneller dan ze gedacht had op de juiste koers weten te krijgen, maar nu moest ze de finishlijn nog zien te halen.

'Die fysicus en zijn gezin zijn nu in bewaring genomen door uw geheime politie.'

'Die bestaat helemaal niet,' zei hij. Een loos antwoord voor de oren van eventuele palingen die meeluisterden.

Ze negeerde het. 'De Amerikaanse regering zou het als een gunst beschouwen als ze werden vrijgelaten, samen met de twee andere Iraniërs die tegelijkertijd zijn opgepakt.'

'Als we ze al zouden hebben, betwijfel ik of ze kunnen worden vrijgelaten. Laat u verraders en spionnen gaan?'

'Als er een groter voordeel mee gepaard gaat wel, ja.'

'En wat zou dat voordeel voor Iran zijn?'

'De dank van de nieuwe president. Een persoonlijke schuldbrief.'

'We hebben de dank van de oude president gekregen. En die was aanzienlijk. Hij heeft zich teruggetrokken uit het nucleaire verdrag, waardoor Iran de onafhankelijkheid kreeg die we verdienen om ons eigen vredige kernenergieprogramma te ontwikkelen. Zonder bemoeienis.'

'Dat klopt. Hij heeft ook toestemming gegeven om Bashir Shah vrij te laten. Dr. Shah zou de cobra in uw hovercraft zijn, nietwaar?'

Aziz staarde naar haar. En zij staarde terug. Ze wachtte. En wachtte.

'Wat wilt u echt, mevrouw de minister?'

'Ik wil weten hoe jullie wisten over de Pakistaanse kernfysici en wat jullie weten van Shahs plannen. En ik wil dat die mensen worden vrijgelaten.'

'Waarom zouden we dat allemaal doen?'

'Om een vriend te krijgen, moet je een vriend zijn. Waarom hebt u ermee ingestemd me te ontmoeten? Omdat u weet dat Rusland onstabiel is, onberekenbaar. Jullie raken steeds geïsoleerder. De Islamitische Republiek Iran heeft vrienden nodig, en zo niet in elk geval minder vijanden. Shah staat met hulp van Pakistan op het punt om kernwapencapaciteiten te geven aan minstens één ander land in de regio. Misschien zelfs aan terreurorganisaties. Daarom hebben jullie die wetenschappers laten vermoorden. Maar er zijn nog meer fysici. Die kunnen jullie niet allemaal doden. Jullie hebben ons nodig om te helpen dat te laten ophouden. En wij hebben jullie nodig.'

Een paar minuten later namen minister Adams en minister Aziz afscheid. De Iraanse minister van Buitenlandse Zaken ging meteen naar de luchthaven om de korte vlucht naar huis te nemen, terwijl Ellen vroeg of de sultan zo vriendelijk wilde zijn om haar nog iets langer in zijn paleis te laten blijven.

De Amerikaanse minister ging bij de balustrade staan en keek uit over de oude, legendarische haven, terwijl ze haar telefoontje pleegde.

'Barb? Ik moet de president spreken.'

'Hij heeft het nogal druk...'

'Nu.'

Barb Stenhauser stapte naar achteren en keek toe terwijl president Williams het gesprek aannam.

'Ellen, hoe ging het?' Er klonk meer dan een vleugje spanning door in zijn stem.

'Ik moet naar Teheran.'

'Tuurlijk. En ik moet negentig procent zien te krijgen in de polls.'

'Nee, Doug, dat wíl je. Ik heb het over een noodzaak. Minister Aziz heeft min of meer toegegeven dat ze die bommen hebben geplaatst en ik denk dat we een kans hebben om onze mensen te redden en informatie over Shah te krijgen, maar Aziz zou ons nooit geven wat we willen. Dat kan hij niet. Dat kan alleen de president. En misschien zelfs Nasseri niet. Het kan best zijn dat het de ayatollah moet zijn.'

'Ze laten je nooit op audiëntie komen bij de Opperste Leider.'

'Ik kan het proberen. Als ik me bereid toon naar hen toe te gaan, helpt dat.'

'Wat je toont, is wanhoop. God allemensen, Ellen, waar is je verstand? Hoe denk je dat het overkomt als een van de eerste plekken die je als minister van BZ bezoekt een gezworen vijand is die tankers heeft gebombardeerd, vliegtuigen heeft neergeschoten, terroristen onderdak heeft verleend en nu onschuldige burgers heeft vermoord?'

'Niemand hoeft het te weten. Ik kan binnen een paar uur erin en eruit zijn. Ik neem wel een privéjet. Weet iemand zelfs maar dat ik in Oman ben?'

'Nee. We hebben je afwezigheid verklaard door te zeggen dat je in een luxe spa in Noord-Korea zit.'

Ellen schoot in de lach voordat ze zich kon inhouden.

'Kan dit niet virtueel?' vroeg de president. 'We kunnen niet riskeren dat iemand denkt dat we met de vijand aanpappen.'

Aan de andere kant van de kamer zag hij de rij beeldschermen met wauwelende koppen. De zogenaamde deskundigen. De meesten, zo niet allemaal, vroegen zich af waar het kabinet-Williams in deze hele situatie stond. Hoe kon het dat ze niets van die aanslagen hadden geweten? Wat wisten ze nog meer niet?

De voormalige minister van Buitenlandse Zaken was op Fox News aan het uitleggen dat er in hun termijn nooit zo'n catastrofe had plaatsgevonden of had kunnen plaatsvinden. En wie weet wat er nog te gebeuren stond, op Amerikaanse bodem, met zoveel zwakheid in het Oval Office.

'Ik begrijp hoe dit kan overkomen,' gaf Ellen toe. 'Maar we hebben eindelijk de kans om bij Shah te komen en te verijdelen wat hij van plan is. Ik moet er persoonlijk naartoe. Ik moet onze goodwill tonen.'

'Weten we wel of die Iraniërs die informatie hebben?'

'Nee,' bekende Ellen. 'Maar ze weten meer dan wij. Ze wisten het van die fysici. Wat ik niet snap, is waarom ze vonden dat ze hele bussen moesten opblazen. Waarom niet gewoon die wetenschappers neerschieten? Veel makkelijker.'

'Als een openbaar spektakel?' opperde Williams. 'Ze hebben wel ergere dingen gedaan.'

'Het is nog steeds onlogisch. De antwoorden zijn in Teheran, en dat geldt ook voor Zahara Ahmadi en onze agenten. Ze zijn gearresteerd door de geheime politie. We moeten proberen hen vrij te krijgen en uitzoeken wat de Iraniërs over Shah weten. Als zij niet weten wat Shah van plan is en waar hij is, dan weten ze misschien wie dat wel weet.'

'Waarom zouden ze ons dat vertellen?'

'Omdat ze willen dat wij hem tegenhouden.'

'Waarom hebben ze dat dan niet eerder gezegd? Als ze onze hulp willen, waarom hebben ze ons dan niks verteld over die fysici?'

'Hoor eens, dat weet ik ook niet. Daarom moet ik naar Teheran.'

'En als het averechts werkt? Als de Iraniërs besluiten foto's naar buiten te brengen van jou, terwijl je een buiging maakt voor de grootayatollah of president Nasseri? Of als ze besluiten je te arresteren? Je aan te klagen wegens spionage? Wat dan?'

'Dan weet ik het wel,' zei ze, haar stem ineens kil. 'Ik weet dat je niet gaat onderhandelen voor mijn vrijlating.'

'Ellen...'

'Heb ik je goedkeuring of niet? De sultan is zo aardig geweest me een van zijn privéjets te lenen, en hij moet het weten. En ik moet daarheen gaan voordat de Iraniërs van gedachten veranderen en naar de Russen gaan voor hulp.'

'Oké,' zei Williams. 'Ga maar. Maar als je in de problemen komt...'

'Sta ik er alleen voor. Ik heb dit op eigen houtje gedaan. Ik heb niet met jou overlegd.'

Lafaard, dacht ze toen ze ophing.

Gestoorde gek, dacht hij toen hij ophing.

'Laat Tim Beecham hier komen,' snauwde hij.

'Ja, meneer de president.'

Nadat zijn stafchef was vertrokken, staarde Doug Williams naar de beeldschermen en had het gevoel dat de muren van het Oval Office begonnen te draaien. Als een centrifuge. Die vloeistoffen van vaste stoffen scheidde.

En alleen de drab achterliet.

24

'Oké, ik zit erin,' zei Pete Hamilton. 'Wat moet ik voor je zoeken?'

Betsy had hem in Boyntons kantoor gezet en hem de inlognaam en het wachtwoord gegeven om bij de vertrouwelijke informatie te komen, maar pas nadat ze de hoofddeur van de kantoren van de minister van Buitenlandse Zaken op slot had gedaan, evenals de deuren van Ellens eigen kantoor en dat van de stafchef.

Ze had alles gedaan behalve de bank tegen de deur schuiven, en ze overwoog om ook dat te doen.

'Alles wat je kunt vinden over Tim Beecham.'

Hamiltons vingers bleven boven het toetsenbord hangen terwijl hij haar aanstaarde. 'Jezus. De directeur van de Nationale Inlichtingendienst?'

'Ja. Timothy T. Beecham. En als je toch bezig bent, zoek dan ook even uit waar de T voor staat.'

Twee uur later, toen de zon net opkwam, schoof Hamilton zijn stoel naar achteren.

'Heb je iets?' vroeg ze, en ze ging achter hem staan. 'Wat is dit?'

Hamilton wreef met beide handen over zijn gezicht. Zijn ogen waren bloeddoorlopen en zijn gezicht was betrokken.

'Dat is alles wat ik over Beecham kon vinden.'

'In twee uur tijd?'

'Ja. Iemand wil niet dat we meer te weten komen. Geen van zijn rapporten, e-mails, aantekeningen van vergaderingen, zijn agenda. Vier jaar aan documenten weg. Niks. Geen van de dingen die volgens de wet bewaard moeten blijven. Ze zijn allemaal weg.'

'Weg waarheen? Gewist?'

'Of ergens anders opgeslagen. Op een andere afdeling, waar niemand zou kijken. Het kan overal zijn. Óf ze hebben de informatie gewoon zo diep begraven dat ik het niet kan vinden.'

'Waarom?'

'Dat ligt toch voor de hand? Er is iets wat ze willen verbergen.'

'Blijf spitten.'

'Dat kan ik niet. Ik heb de bodem bereikt.'

Betsy knikte nadenkend. 'Oké, tot nu toe zijn we achter Beecham aangegaan. Misschien moeten we ergens anders kijken, achter hem gluren. Een achterdeurtje zoeken.'

'Shah? Taliban?'

'Vlinderdasjes.'

'Sorry?'

'Tim Beecham draagt vlinderdasjes. Ik herinner me dat ik een keer een artikel over hem gelezen heb in de modebijlage van Ellens krant in D.C.'

'Dus?'

'Dus moeten ze alle krantenberichten archiveren. Er is toch een knipseldienst? Tim Beecham was in het kabinet-Dunn niet de directeur van de Nationale Inlichtingendienst. Hij was een hooggeplaatste inlichtingenadviseur. Hij zal niet in heel veel artikelen geciteerd zijn. Sterker nog, hij heeft er vast voor gezorgd dat dat niet gebeurde. Maar eentje over mode? Een feelgoodartikel in een krant die erom bekendstond dat ze alles bekritiseerden wat Dunns mensen deden? Ze stonden vast te springen om die kans.'

'Vlinderdasjes?'

'Ze hebben Al Capone gepakt wegens belastingontduiking,' zei Betsy, die zich dichter naar het scherm toe boog. 'Waarom dan Beecham niet wegens vlinderdasjes? De strop om zijn nek. Ze nemen heus niet de moeite om vlinderdasjes aan te merken als vertrouwelijk. Als je het artikel vindt, vind je hem.'

Pete Hamilton begreep het. Vlinderdasjes konden de brug zijn, de brug die ze waren vergeten achter zich te verbranden, naar een schat aan belastende informatie.

'Ik ga koffie halen,' zei Betsy.

'En wat lekkers,' riep Pete haar na. 'Kaneelbroodjes.'

Toen ze Boyntons kantoor uit liep, onder begeleiding van het geluid van vingers die op toetsen tikten, herinnerde ze zich haar belofte om generaal Whiteheads commando te bellen en om bescherming te vragen.

Het leek raar. Het was onmogelijk om te geloven dat hier, in de comfortabele, vertrouwde en veilige omgeving van de kantoren van de minister van Buitenlandse Zaken in het ministeriegebouw, hun leven in gevaar kon zijn. Maar goed, ze wist dat de mensen in die bussen precies datzelfde moesten hebben gedacht.

Goed, nu eerst koffie en kaneelbroodjes.

Betsy nam de lift naar de cafetaria op de begane grond en troostte zich met de gedachte dat ze er in elk geval achter waren gekomen waar de T in 'Timothy T. Beecham' voor stond. Hoewel ook dat raar was.

De oudere Iraanse vrouw uit de regering van Teheran deed een stap naar achteren en bestudeerde Ellen. Toen zei ze in het Engels: 'U kunt ermee door.'

Ze stonden in de slaapkamer van het vliegtuig van de sultan, dat nu geparkeerd stond in de hangar van Imam Khomeini International Airport in Teheran. Daarna richtte de vrouw haar aandacht op de anderen in de ruime cabine. Katherine Adams en Anahita Dahir waren net zo gekleed en net zo onherkenbaar in boerka's die hen van top tot teen bedekten.

Voordat ze in Oman aan boord waren gegaan van de privéjet van de sultan had minister Adams minister Aziz gebeld en gevraagd om de traditionele kledij. Hij begreep meteen waarom.

Daarna, toen ze nog in de terminal in Oman stonden, had ze Anahita apart genomen.

'Ik denk dat je beter hier kunt blijven. Als de Iraniërs erachter komen wie je bent, en dat gaat waarschijnlijk gebeuren, kan dat problemen opleveren. Misschien word je zelfs wel gearresteerd als spion.'

'Dat weet ik, mevrouw de minister.'

'Dat weet je?'

Anahita glimlachte. 'Ik heb mijn hele leven in angst geleefd voor wat er zou gebeuren als de Iraniërs mijn familie zouden vinden. Het lijkt onvoorstelbaar dat ik zomaar het hol van de leeuw in loop. Maar gisteren keek ik naar mijn ouders en ik zag wat al die geheimen en angst met hen gedaan hebben. Het leven dat ze geleid hebben, altijd maar bang. Ik ben het zat om bang te zijn. Ik ben het zat om mezelf klein te maken uit angst om op te vallen. Genoeg. Trouwens, wat er ook gebeurt, het kan nooit erger zijn dan wat ik me heb voorgesteld.'

‘Ik weet niet of dat waar is,’ zei Ellen.

‘U weet niet wat ik me heb voorgesteld. Ik ben opgegroeid met verhalen over de demonen die ’s nachts komen. De *khrafstra*. Ik was het bangst voor de *Al*. Die zijn onzichtbaar. Je kunt alleen weten dat ze er zijn omdat er verschrikkelijke dingen gebeuren.’

En er gebeurden zeker verschrikkelijke dingen.

Ellen herinnerde zich Anahita’s gezicht toen ze voor het eerst hoorde dat Bashir Shah achter de bomaanslagen zat.

‘En Shah is een Al?’

‘Was het maar waar. Hij is Azhi Dahaka. De machtigste demon. Hij voert het bevel over een leger van Als en brengt chaos en terreur. Azhi Dahaka is geschapen uit leugens, mevrouw de minister.’

De twee vrouwen staarden elkaar aan.

‘Ik begrijp het,’ zei Ellen.

Ze deed een stap opzij en keek toe terwijl Anahita aan boord van de vlucht naar Teheran stapte.

Vlak voordat het vliegtuig landde had Ellen het ziekenhuis in Frankfurt gebeld om met Gil te praten.

‘Hoe bedoelt u, hij is vertrokken?’ vroeg ze.

‘Het spijt me, mevrouw de minister. Hij zei dat u het wist.’

Nog meer leugens, dacht Ellen, die uit het raampje omlaagkeek, naar Iran. Perzië. Ze vroeg zich af of ze, als ze goed genoeg keek, de Azhi Dahaka naar Teheran zag racen om het vliegtuig op te wachten. Of was hij ergens anders bezig? Kroop hij naar de kust van de Verenigde Staten, nog machtiger gegroeid door alle leugens die er verteld werden?

‘Maar zijn verwondingen dan?’ vroeg ze aan de hoofdarts.

‘Die zijn niet levensbedreigend en hij is volwassen. Het staat hem vrij om te gaan.’

‘Weet u waar hij naartoe is gegaan?’

‘Ik ben bang van niet, mevrouw de minister.’

Daarna probeerde ze zijn privénummer, maar er werd opgenomen door iemand anders. Een verpleegkundige. Gil had haar zijn telefoon gegeven en gevraagd of ze die bij zich wilde houden, legde de verpleegkundige uit.

Zodat hij niet kon worden getraceerd, wist Ellen.

‘Heeft hij verder nog iets gezegd?’ vroeg ze.

‘Nee.’

‘Wat is er? Er is nog iets, hè?’ Ze hoorde het aan haar stem.

‘Hij vroeg of hij tweeduizend euro kon lenen.’

‘En die hebt u hem gegeven?’

‘Ja. Ik ben gisteren naar de bank geweest.’

Wat betekende, besefte Ellen, dat hij toen al had bedacht dat hij ervandoor zou gaan, maar dat niet tegen haar had gezegd.

‘Waarom hebt u hem het geld gegeven?’

‘Omdat hij wanhopig was,’ zei ze. ‘En hij is uw zoon, en ik wilde helpen. Heb ik iets verkeerd gedaan?’

‘Nee, helemaal niet. Ik zal zorgen dat u uw geld terugkrijgt. Als u iets van hem hoort, laat het me dan alstublieft weten. *Danke*.’

Toen ze ophing, ging haar telefoon.

‘Komt een zwevende bepaling de bar binnen...’

Betsy! Ellen was altijd opgelucht als ze die stem hoorde.

‘... en ziet daar een man met een glazen oog die Ralph heet. Wat is er? Heb je iets gevonden?’

‘Wat we hebben gevonden is niets, helemaal niets, over Tim Beecham. Het zit allemaal diep verstopt. Wat op zich al heel veel zegt, vind je ook niet?’

‘Betsy, we moeten iets vinden. We moeten bewijs hebben dat hij hierachter zit. Hij zegt straks gewoon dat hij erin geluisd is. Dat iemand anders hem de schuld in de schoenen wil schuiven. Ik moet de president waarschuwen, maar dat kan ik niet doen zonder bewijs.’

‘Weet ik, weet ik. We blijven proberen. En ik denk dat we misschien een weg naar binnen hebben gevonden, via een achterdeurtje. Dankzij jou.’

‘Mij?’

‘Nou, niet echt dankzij jóú, maar dankzij je krant in D.C. Je had een keer een modeartikel over machthebbers met vlinderdasjes.’

‘O echt? Dan was het zeker komkommertijd.’

‘Het zou weleens het belangrijkste artikel kunnen blijken dat je kanalen ooit gepubliceerd hebben. Alle documenten over Beecham zijn begraven in een andere map, waar we ze nooit gevonden zouden hebben. Ik zou niet weten waar ik zou moeten kijken. Alleen hebben ze ook het verhaal over het vlinderdasje opgeslagen, het enige interview dat hij gegeven heeft terwijl hij voor Dunn werkte. Ik kan me niet voorstellen dat ze dat als vertrouwelijk hebben bestempeld. Pete Hamilton is nu aan het kijken.'

'Als je dat vindt, vind je de rest ook.'

'Ik hoop het.' Betsy hoorde een diepe zucht aan de andere kant van de lijn.

'Laat je me weten of het ergens toe leidt?'

'Je bent de eerste die het hoort. O, en we hebben wel één ding over Beecham gevonden. Waar de T voor staat. Je gelooft het nooit.'

'Nou?'

'Zijn volledige naam is Timothy Trouble Beecham.'

'Is zijn tweede naam Trouble?' vroeg Ellen, die moeite moest doen om niet te lachen. 'Wie noemt zijn kind nu zo?'

'Het is ofwel een oude familienaam, of zijn ouders hadden al zo'n vermoeden...'

Dat ze een Al ter wereld hadden gebracht, dacht Ellen.

'O ja, ik heb kapitein Phelan gebeld, die commando,' zei Betsy. 'Ze komt eraan.'

'Dank je wel.'

'Waar ben je?'

'Ik ga nu landen in Teheran.'

'Hou me op de hoogte.'

'Doe ik. Jij mij ook.'

Het vliegtuig reed over Imam Khomeini International Airport van Teheran. Ellens adem bewasemde het raam toen ze gedachteloos een halfvergeten liedje neuriede.

Ineens werd de Amerikaanse minister van BZ zich bewust van het nummer dat ze aan het neuriën was, van de Horselips.

'*Trouble, trouble*,' mompelde ze. '*Trouble with a capital T.*'

Toen het vliegtuig tot stilstand was gekomen in de hangar, kwam de Iraanse vrouw aan boord met de boerka's waar de minister om had gevraagd.

Een paar minuten later stapten ze uit het vliegtuig. De vrouwen liepen de trap af en Charles Boynton kwam erachteraan.

De westerse vrouwen pasten goed op dat ze niet over de lange boerka's struikelden, die hen van top tot teen bedekten, met alleen een klein gazen raampje voor hun ogen.

In Iran droegen vrouwen meestal geen volledige boerka – dat was vooral zo in Afghanistan – maar er waren er wel genoeg om ervoor te zorgen dat deze vrouwen niet volkomen misplaatst leken. Een toevallige voorbijganger, een luchthavenmedewerker of een chauffeur zou niet kunnen zeggen dat de Amerikaanse minister van Buitenlandse Zaken zojuist in Iran was aangekomen.

Ellen Adams bereikte de onderste tree en stapte op de grond. De eerste hooggeplaatste Amerikaanse ambtenaar die voet zette op Iraanse bodem sinds president Carter in 1979.

'Holy shit,' zei Pete Hamilton, die over zijn scherm heen naar Betsy keek. 'Ik zit erin.'

'Waarin?' vroeg Denise Phelan en ze legde haar kaneelbroodje neer.

Betsy grijnsde van oor tot oor. 'Laat me het eerst aan je baas vertellen.'

Ze belde generaal Whitehead en vertelde het hem.

'Vlinderdasjes,' zei de voorzitter van de Gezamenlijke Stafchefs met een lach. 'U bent een gevaarlijke vrouw. Ik kom eraan.'

'Dr. Shah, het vliegtuig van de minister van Buitenlandse Zaken is niet zoals gepland in Islamabad geland,' zei de medewerker.

'Waar is ze dan?'

'We denken in Teheran.'

'Dat kan onmogelijk waar zijn. Zo roekeloos zou ze niet zijn. Zoek uit of het zo is.'

'Ja, meneer.'

Bashir Shah nam een slokje van zijn limonade en staarde in het niets. In de loop der jaren was hij bijna verzot geraakt op Ellen Adams. Hij had haar vrij persoonlijk leren kennen en dat had een merkwaardige band gesmeed.

'Wat ben je van plan?' fluisterde hij bij zichzelf.

Hij kende haar goed genoeg om te weten dat ze goed nadacht voordat ze tot handelen overging. Hoewel het mogelijk was dat hij haar zo had opgejaagd dat ze nu een fout beging.

Of misschien was het wel geen fout.

Misschien was hij wel degene die de fout maakte. Die gedachte was zo vreemd, zo onverwacht, dat hij besefte dat hij zelf opgejaagd was. Het was een piepklein steekje van twijfel. Maar het was er.

De medewerker kwam een paar minuten later terug en zag dat dr. Shah het bestek op tafel goed legde; die was gedekt voor zijn lunchgasten.

'Het is Teheran, meneer.'

Bashir Shah verwerkte die informatie terwijl hij over het terras heen naar de oceaan keek. Zo anders dan al die jaren onder huisarrest in Islamabad, waar zijn wereld werd omringd door zijn rijkelijk begroeide tuin.

Hij zou zichzelf nooit meer laten opsluiten, hoe comfortabel ook.

'En de zoon?'

'Die is precies waar u had voorspeld.'

'Niet voorspeld. Het was geen giswerk. En er was ook geen sprake van vrije wil. Hij had geen keus.'

Er was tenminste één lid van die verdomde familie bij wie je erop kon rekenen dat hij precies in de richting ging waarin je hem duwde.

'Breng mijn vliegtuig in gereedheid.'

'Maar meneer, uw lunchgasten zijn er over...' Eén blik van Shah bracht hem tot zwijgen, en hij haastte zich weg om het telefoontje te plegen.

'Hij kan niet afzeggen,' zei de vrouw aan de andere kant van de lijn. 'Wie denkt hij wel dat hij is? Het is een eer om de voormalige pres...'

'Dr. Shah biedt zijn welgemeende verontschuldigingen aan. Er is iets dringends tussengekomen.'

Bashir Shah stapte in de gepantserde limousine en keerde de Atlantische Oceaan de rug toe. Hij had genoeg water gezien voor een heel leven. Hij merkte dat hij verlangde naar een tuin.

25

Gil Bahar had het ziekenhuis in Frankfurt verlaten zodra zijn moeder weg was.

Terwijl hij zich aankleedde, gaf de jonge verpleegkundige hem het geld. Hij vermoedde dat het haar spaargeld was.

'Ik kom terug. Ik betaal je terug.'

'Mijn zusje had in die bus moeten zitten. Ze heeft hem net gemist. Ik weet dat je probeert te voorkomen dat er nog iets gebeurt. Pak aan. Ga maar.'

In de auto op weg naar de luchthaven maakte hij de tas open. Daar waren de euro's. En wat medicijnen en verband.

Hij nam een van de pijnstillers en bewaarde de rest.

Uren later, op het moment dat zijn moeder naar zijn ziekenhuiskamer in Frankfurt probeerde te bellen, stapte Gil Bahar uit het vliegtuig en keek om zich heen.

Peshawar. Pakistan.

Hij kreeg een knoop in zijn maag en zijn hart ging tekeer, en even vroeg hij zich af of hij flauw zou vallen toen het bloed van zijn hoofd naar zijn buik stroomde. Alsof hij probeerde te ontsnappen aan de herinnering aan al dat andere bloed. Alle andere hoofden.

Hij was sinds zijn ontvoering niet meer in Peshawar geweest. Sinds zijn afgrijzen toen hij besefte dat het niet ISIS of Al Qaida was, wat al gruwelijk genoeg zou zijn geweest. Nee, hij was in handen van de Pathanen.

De Pathanen, die minder bekend waren dan andere jihadisten – waarschijnlijk omdat mensen al bang waren om hun bestaan te erkennen, laat staan hun naam uit te spreken – was een grote familie met invloed die tot aan Al Qaida reikte, tot aan de Taliban, en zelfs tot aan veiligheidstroepen. Het waren de geesten. En je wilde er echt niet bij zijn als die zich materialiseerden.

Maar toen de zak van zijn hoofd was gehaald en zijn ogen gewend waren aan het licht, zag hij dat hij daar was. In een Pathaans kamp op de grens tussen Pakistan en Afghanistan.

Gil Bahar wist dat hij dood was. En dat het gruwelijk zou zijn.

Maar hij had weten te ontsnappen. Hij had zo snel en zo ver gerend als hij kon. En nu rende hij zo snel en zo ver als hij kon om terug te keren.

Hij probeerde er ontspannen uit te zien toen de douanebeambte op de luchthaven hem goed bestudeerde. Ze hadden er weinig toeristen.

'Ik ben student,' legde hij uit. 'Ik werk aan mijn proefschrift. Het gebouw staat aan Silk Road. Wist u...'

Met een klap kwam de stempel op zijn paspoort neer en hij werd verder gewuifd.

Eenmaal buiten de luchthaven, in de hitte en het stof en de hectiek van de stad met bijna twee miljoen inwoners, bleef Gil even staan. Er kwamen slanke mannen op hem afrennen.

'Taxi?'

'Taxi?'

Gil hield zijn hand boven zijn ogen om ze af te schermen voor het felle licht en koos een van de chauffeurs, die zijn hand uitstak om zijn tas aan te pakken. Maar Gil hield hem stevig vast en mepte de man weg.

Hij stapte in de gehavende taxi en ging achteroverzitten. Pas toen de stad in het achteruitkijkspiegeltje te zien was, deed Gil zijn mond open.

'Salam alaikum. Akbar.'

'Je accent wordt al beter, strontkop.'

'Zeg maar eikel. Een strontkop heb ik alleen als ik dronken ben.'

'Of in jouw geval als je te veel reten hebt gelikt,' zei Akbar en hij hoorde Gil lachen. 'En vrede zij met je, vriend.'

Akbar reed van de hoofdweg af en ze hobbelden over wegen met steeds meer kuilen. De Zijderoute was verre van egaal, zoals Alexander de Grote, Marco Polo, Dzjengis Khan en vele anderen met gevaar voor eigen leven hadden ontdekt.

Het gezicht van de voorzitter van de Gezamenlijke Stafchefs stond bars toen hij achter het bureau van Charles Boynton zat en de appjes en e-mails las.

‘Tot nu toe niets wat bijster belastend is,’ zei hij en hij keek over de computer. ‘Shah wordt wel genoemd, maar alleen en passant. Het is bijna net of Beecham niet wist wie hij was.’

Generaal Whitehead keek naar de anderen. In het kantoor van de stafchef van de minister van Buitenlandse Zaken rook het naar koffie en kaneelbroodjes. Betsy Jameson en Pete Hamilton stonden aan de andere kant van het bureau, terwijl kapitein Phelan een strategische positie bij de deur had gekozen.

De jaloezieën waren omlaaggetrokken, de gordijnen waren dicht. Dat was het eerste wat de generaal had gedaan toen hij aankwam. Niet om de zon te weren, maar om het zicht van een eventuele langeafstandskijker te blokkeren.

Ze zaten diep in de verborgen dossiers over Timothy Trouble Beecham. Maar dat betekende dat ze ook in steeds groter gevaar verkeerden.

‘Ze hebben niet voor niets zoveel moeite gedaan voor Beechams documenten,’ zei Whitehead, en hij stond zijn stoel af aan Hamilton, die weer aan het werk ging. ‘Het moet weken hebben gekost om dit allemaal te verbergen.’ Hij knikte peinzend. ‘Ja, er staat daar ergens iets in.’

‘Ik vind het wel,’ zei Hamilton, die scrolde en speurde.

‘Is zijn tweede naam echt Trouble?’ vroeg Whitehead.

‘Kennelijk wel,’ zei Betsy. ‘Ik snap wel dat hij hem nooit gebruikt. Ik dacht dat die T misschien voor Traitor stond: verrader.’

Bert Whitehead keek vol walging naar de computer, alsof die de landverrader was. Daarna richtte hij zijn blik weer op Betsy. ‘Waar is minister Adams nu?’

Voordat Betsy antwoord kon geven, zei Hamilton: ‘Oké, genoeg voor nu. Mijn ogen zijn te moe, ik ben bang dat ik fouten ga maken. Ik moet even uitrusten.’

Hij zette de computer uit.

‘Ik kan het wel overnemen,’ zei Betsy.

‘Nee, u moet ook uitrusten. U hebt de hele nacht niet geslapen. Trouwens, ik weet welke documenten ik al heb doorgenomen. Ik heb een systeem. Dat zou u alleen maar door de war gooien. Over een uur ben ik weer wat opgefrist.’

‘Hij heeft gelijk,’ zei Whitehead tegen kapitein Phelan. ‘Wij kennen het belang van rust. Van scherp blijven, toch, kapitein?’

'Ja, meneer.'

Generaal Whitehead pakte zijn pet van het bureau en keek intussen met scherpe, taxerende ogen naar Hamilton. Daarna liep hij naar de deur.

'Weet u zeker dat u hem kunt vertrouwen?' fluisterde hij tegen Betsy. 'Hij heeft wel voor Dunn gewerkt.'

'Dat geldt ook voor u.'

'O, nee. Ik werkte voor het Amerikaanse volk. Dat doe ik nog steeds. Maar hij?' Hij gebaarde met zijn pet naar Pete Hamilton, die zijn armen over elkaar op het toetsenbord legde en zijn hoofd erop liet rusten. 'Dat weet ik nog niet zo zeker.' Hij draaide zijn hoofd weer naar Betsy en glimlachte opeens. 'Vlinderdasjes. U bent me er eentje. Zodra dit voorbij is, hoop ik dat u een keer met mij en mijn vrouw wilt gaan eten. Niet in Off the Record.'

Betsy lachte naar hem. 'Graag.'

Zodra dit voorbij is, dacht ze en ze keek naar kapitein Phelan, die de generaal vergezelde toen hij door de Mahogany Row naar de liften liep. Ze spraken op gedempte toon, waardoor niemand, ook zij niet, hen kon verstaan.

Zodra dit voorbij is.

Dat was een aangename gedachte.

'Doe de deur dicht,' zei Pete Hamilton toen ze terugkwam in Boyntons kantoor. Hij was klaarwakker en logde weer in op de computer. 'Of beter nog, doe hem op slot.'

'Hoezo?'

'Doe het nou maar.'

Ze deed het en liep naar hem toe. Zijn vingers vlogen over de toetsen. Het klonk als rennende, racende voetstappen. Als een wilde achtervolging.

Daarna stopte hij en stond op, zodat Betsy op de stoel kon gaan zitten om te lezen wat hij had gevonden – en gevangen – in de zwarte rechthoek van het computerscherm.

'Hebt u het?' vroeg ze, en ze ging zitten, al was ze gealarmeerd door de uitdrukking op zijn gezicht, dat lijkbleek was. Het was niet wat ze verwacht hadden. Het was, dat voelde ze, veel en veel erger.

Ze moest het twee, drie keer lezen. Daarna scrolde ze omlaag. En weer omhoog. Voordat ze naar hem durfde te kijken.

'Zette u daarom de computer uit?' vroeg ze.

Hij knikte en staarde naar het memo op het scherm.

Daarin kregen de Pakistanen de volledige steun om het huisarrest van dr. Shah in te trekken.

Ze scrolde omlaag en ze keken allebei in verbijsterde stilte naar het tweede memo. Dat bevatte een sterk advies tot terugtrekking uit het Iraanse nucleaire akkoord.

Een derde memo vermeldde tot in de details waarom een plan voor na de terugtrekking uit Afghanistan niet noodzakelijk of raadzaam was.

De memo's waren stuk voor stuk gemarkeerd met de hoogste prioriteit en aangemerkt als topgeheim. En ze waren ondertekend door de voorzitter van de Gezamenlijke Stafchefs. Generaal Albert Whitehead.

'O, jee.'

'Mevrouw de minister.' Het hoofd van haar Diplomatieke Beveiligingsteam boog naar voren en fluisterde: 'Er is telefoon voor u.'

'Dank u,' fluisterde ze terug, 'maar ik kan nu niet opnemen.'

'Het is uw adviseur, mevrouw Jameson.'

Ellen aarzelde. Ze hield haar blik op president Nasseri gericht. 'Zeg maar tegen haar dat ik zo snel mogelijk terugbel.'

De Iraanse president had minister Adams en haar kleine entourage verwelkomd bij de ingang van het hoofdgebouw van de regering, waar hij kantoor hield. Ellen had zijn toestemming gevraagd om haar boerka af te doen voordat de vergadering begon, zodat ze hem beter kon zien en hij haar.

'Maar eerst, meneer de president, wil ik u graag voorstellen aan mijn gezelschap. Mijn stafchef, Charles Boynton.'

'Meneer Boynton.'

'Meneer de president.'

'En mijn dochter, Katherine.'

'Ah, de mediagigant. U hebt het bedrijf van uw moeder overgenomen.' Hij glimlachte charmant. 'Ik heb ook een dochter. Ik hoop dat ze me op een dag opvolgt, zo het volk het wil.'

Zo de Opperste Leider het wil, zul je bedoelen, dacht Ellen, maar ze zei het niet.

'Dat hoop ik ook,' zei Katherine. 'Het zou fantastisch zijn om een vrouw als president van Iran te zien.'

'En om een vrouw als president van de Verenigde Staten te zien. We zullen zien wie dat eerder bereikt. Misschien zullen jullie allebei dienen. Of misschien uw moeder...?'

Hij wendde zich tot Ellen en maakte een kleine buiging.

'Nou, zeg, president Nasseri,' zei Ellen. 'Wat heb ik gedaan om u te beledigen?'

Hij lachte. Het was precies het goede antwoord. Ze had zijn opmerking erkend en toch zichzelf omlaaggehaald.

Nu kon ze die poppenkast achterwege laten, en de boerka ook. Maar ze moest nog iemand voorstellen. Ellen draaide zich naar de vrouw die links van haar stond.

'En dit is Anahita Dahir, een medewerkster van de Buitenlandse Dienst van het ministerie van Buitenlandse Zaken.'

Anahita deed een klein stapje naar voren. Haar boerka verborg haar gezicht, maar de spanning in haar lijf viel niet te verhullen. Die straalde van haar af. Ellen, die vlak bij haar stond, zag het dikke materiaal trillen.

'Meneer de president,' zei ze in het Engels, waarna ze overschakelde op Farsi, 'mijn achternaam was vroeger Ahmadi.'

Ze stak haar kin naar voren en keek hem aan, terwijl hij haar aankeek. Een van zijn bewakers kwam al naar voren, maar werd weggewuifd.

Hoewel Ellen het Farsi niet verstond, hoorde ze 'Ahmadi' en wist dat Anahita het gedaan had.

Minister Adams ging dichter bij haar BD-medewerkster staan.

'Ik weet wie u bent,' zei president Nasseri in het Engels. 'De dochter van Irfan Ahmadi. Uw vader heeft Iran verraden. Hij heeft zijn broers en zusters in de revolutie verraden. Hij heeft zijn eigen broer en zus verraden. En hoe heeft Amerika hem behandeld? Volgens mijn bronnen zitten hij en uw moeder in de gevangenis. Ze zijn gearresteerd wegens het simpele misdrijf dat ze Iraans zijn. Ze waren niet bang voor ons. Ze waren bang' – hij richtte zich tot Ellen – 'voor u.'

Dit viel veel sneller in duigen dan Ellen had kunnen voorspellen. Ineens leek Zuid-Korea een triomf.

Ze deed haar mond open om iets te zeggen, om het te ontkennen, maar dacht aan de Azhi Dahaka. Die gedijde op leugens.

Wat was het toch makkelijk, dacht Ellen, om de waarheid te ontkennen uit angst om een nog grotere leugen te voeden. En toen besefte ze hoe gevaarlijk de Azhi Dahaka was. Niet omdat het een of ander wezen was dat fatsoenlijke mensen achternazat. Er was geen achtervolging. Het was er al. In hun binnenste. Het bedacht leugens, het dicteerde ze.

Het was de ultieme verrader.

'Dat is waar,' zei ze.

Haar woorden brachten hem kortstondig tot een verbijsterd zwijgen. Hij keek haar aan alsof hij probeerde te ontdekken waarom de Amerikaanse minister van Buitenlandse Zaken zoiets toe zou geven.

'En hij had alle reden om bang te zijn,' vervolgde ze. 'Niet omdat hij Iraniër was, maar omdat hij erover gelogen had. Maar daarom zijn we hier niet.'

'Waarom bent u hier?'

'Misschien wilt u ons toestemming geven om onze boerka's uit te trekken voordat we dit gesprek voortzetten.'

President Nasseri knikte kort naar de vrouwelijke ambtenaar die met de kleding naar het vliegtuig was gekomen. Ze nam hen mee naar een aangrenzend kantoor, waar ze zich konden omkleden en opfrissen.

Ellen was opgelucht dat de boerka uit was, waar ze het nogal benauwd in had gehad.

'Gaat het een beetje?' vroeg Katherine aan Anahita, die grauw zag, maar zichzelf wel in de hand had.

'Hij wist heel veel over ons,' zei Anahita. 'Mijn vader vermoedde wel dat er spionnen waren, maar ik dacht dat dat paranoia was.'

Ze slenterde naar het raam dat uitkeek over de oude stad.

Katherine pakte haar hand. 'Het geeft niet.'

'Wat geeft niet?' vroeg Anahita.

'Dat je je hier thuis voelt. Dat voel je toch? Ondanks je aanvaring met Nasseri.'

Anahita lachte naar Katherine en zuchtte. 'Is het zo duidelijk? Hoe kan ik nu blij en bang tegelijk zijn? Ergens ben ik bang omdat ik blij ben. Dat slaat toch nergens op? Ik ben mijn hele leven bang geweest voor Iran, ik schaamde me er zelfs voor. Maar nu ben ik hier en praat ik nota bene met de president. En' – ze keek uit het raam – 'ik voel me hier prettig. Alsof ik hier thuishoor.' Ze wendde zich tot Ellen. 'Het slaat nergens op.'

'Dat hoeft ook niet altijd,' zei Ellen. 'De belangrijkste dingen in ons leven tarten vaak ons gezonde verstand.'

'En dan zal ik je nu mijn geheim verklappen, een heel eenvoudig geheim,' zei Katherine met een kneepje in Anahita's hand. '"Alleen met het hart kun je goed zien. Het wezenlijke is voor de ogen onzichtbaar."' Ze lachte naar haar moeder. 'Toen ik klein was, lazen mijn vader en moeder elke avond voor het slapengaan een verhaaltje voor. Mijn lievelingsboek was *De kleine prins.*'

Ellen glimlachte. Wat had die periode eenvoudig geleken. Met Quinn en Gil en de kleine Katherine. Net als Anahita had Ellen Adams nooit kunnen voorspellen dat het leven haar hier zou brengen. Naar Iran. Naar het hart van de vijand. Laat staan als minister van Buitenlandse Zaken. Daar zou haar jongere ik wel van hebben staan te kijken.

En al kon ze het niet bewijzen, in haar hart wist minister Adams nu wel dat Anahita Dahir loyaal was aan de Verenigde Staten. Ironisch genoeg was Ellen daar eindelijk van overtuigd geraakt toen ze had gezegd dat ze zich thuis voelde in Iran.

Een spion, een verrader, zou dat nooit toegeven.

Ze betwijfelde of de president van de Verenigde Staten en de Amerikaanse inlichtingendienst haar redenering zouden accepteren. Maar de Kleine Prins wel.

Helaas lag hun lot niet in zijn handjes.

Ellen ving hun blik en keek daarna naar de vrouwelijke ambtenaar die bij de deur stond.

'Het spijt me,' zei Anahita fluisterend. 'Ik had dat niet tegen president Nasseri moeten zeggen. Het maakte hem alleen maar boos.'

'Nee.' Ook Ellen dempte haar stem. 'Als je iets gevraagd wordt, blijf dan gewoon de waarheid vertellen.'

'Als hij het van mijn vader weet, moet hij ook weten dat Zahara mijn nicht is.'

'Ja.' Dit was het moment waarop Ellen moest besluiten hoe gevaarlijk ze het spel wilde spelen. Haar volgende woorden sprak ze op normale toon. Zodat iedereen het kon horen. 'Maar misschien beseft hij niet dat zij die waarschuwing naar je gestuurd heeft. Misschien weten ze alleen dat die vanuit het huis van Ahmadi kwam en naar het ministerie van BZ is gestuurd.'

'Wat gaan ze met Zahara doen?' vroeg Anahita.

'Ze zeggen dat ze haar als spion en verrader behandelen,' zei Ellen.

'En wat doen ze met spionnen en verraders?' vroeg Katherine.

'Die worden geëxecuteerd.'

Het werd stil.

'En als ze het te weten komen van Anahita?' Katherine keek boos naar haar moeder. 'Wat doen ze dan met haar?'

Ellen haalde diep adem. 'Laten we gewoon uitgaan van wat we weten, en niet speculeren.'

Hoewel ze het diep vanbinnen wel wist. En ze vroeg zich af hoe groot de blunder was die ze had gemaakt door de BD-medewerkster mee hiernaartoe te nemen. En hoe groot het fiasco was dat ze had begaan door zojuist haar stem niet meer te dempen.

En nu zat minister Adams in ingetogen westerse kleding, met een hidjab die haar haar bedekte en haar gezicht omlijstte, tegenover president Nasseri in de kleurloze vergaderruimte in een kleurloos gebouw dat, vermoedde Ellen, in de jaren tachtig was ontworpen en gebouwd door de Sovjets.

Ze ging er ook van uit dat de Russen afluisterapparatuur hadden geïnstalleerd en meeluisterden met alles wat ze zeiden. Evenals de Iraanse inlichtingendienst en hun geheime politie. Voor zover ze wist luisterden ook hun eigen inlichtingenagenten mee. Onder wie Timothy Trouble Beecham.

Deze meeting had misschien wel een groter publiek dan Big Brother.

'U vroeg waarom we hier zijn. Ik neem aan dat minister Aziz' – ze knikte naar de oudere man – 'u dat heeft verteld. We weten dat u verantwoordelijk bent voor de bommen waarmee die drie bussen zijn opgeblazen.'

Toen president Nasseri begon te praten, stak ze haar hand omhoog.

'Laat me even uitpraten, alstublieft. Dat zegt ons twee dingen, waaronder het feit dat u die fysici wanhopig graag wilt tegenhouden.

We weten ook dat Bashir Shah hen heeft ingehuurd. En dat betekent dat u informatie over die fysici hebt gekregen van iemand die dicht bij hem staat.'

'Er is ook een heleboel wat u niet weet,' zei Nasseri.

'Daarom ben ik hier, meneer de president. Om te luisteren en te leren.'

Voordat hij de kans kreeg om nog iets te zeggen, stond president Nasseri op; hij sprong bijna overeind. Net als Aziz. Net als iedereen in de kamer, behalve de Amerikanen.

Ellen keek om en zag een oudere man de kamer binnenkomen. Hij had een lange, getrimde baard en droeg een zwart, golvend gewaad.

Ze stond ook op, draaide zich om en stond oog in oog met de Opperste Leider van de Islamitische Republiek Iran, grootayatollah Khosravi.

'Goeie god,' fluisterde Anahita.

26

Gil Bahar hield de portiergreep vast en drukte zijn andere hand tegen het plafond van de gehavende taxi om zichzelf overeind te houden terwijl de auto over paadjes hotste die geen wegen meer genoemd konden worden.

Dat ging ruim een uur zo door en daarna zette Akbar de auto aan de kant.

'We lopen de rest van de weg. Red je dat?'

Het was duidelijk dat Gil pijn had.

'Laat me heel even op adem komen.'

Akbar gaf hem een fles water en wat brood, die Gil dankbaar aannam. Hij keek naar zijn voorraad pijnstillers. Nog twee over.

Daarna keek hij naar het ruige terrein voor hen. Hij wist waar ze naartoe gingen en die steile helling en de puntige rotsen waren wel zijn minste zorg.

Hij nam een pil en trok zijn broek uit om het nu bloederige verband van zijn beenwond te verversen.

'Hier,' zei Akbar. 'Laat mij maar.'

Hij pakte de rol verband uit Gils trillende handen en maakte de wond heel voorzichtig en buitengewoon vaardig schoon, strooide er ontsmettingspoeder op en wikkelde een nieuw verband om het been.

'Lelijke wond.'

'Ik heb geluk gehad,' zei Gil, die zijn pijn niet kon verbergen, al zou hij dat willen. Trouwens, Akbar en hij hadden te veel meegemaakt om nog pijn van welke soort dan ook te hoeven verbergen.

Binnen een paar minuten deed het medicijn zijn werk en kwam Gil overeind. Hij zag bleek, maar was wel weer op krachten gekomen.

Hij keek vooruit en zei tegen Akbar: 'Je mag ook wel hier wachten als je wilt.'

‘Nee, ik ga mee. Hoe weet ik anders of hij je vermoordt?’

‘En als hij jou vermoordt omdat je me erheen hebt gebracht?’

‘Dan is dat Allahs wil.’

‘*Alhamdulillah*,’ zei Gil. Allah zij dank.

De twee mannen gingen op weg. Omhoog over het stenige pad. Akbar vond een boomtak als wandelstok voor Gil, die achteraan hinkte en moslimgebeden opzei voor kracht. En moed.

‘Ze neemt niet op,’ zei Betsy met een lage stem, bijna grommend.

Ze had Denise Phelan, de commandokapitein, gevraagd om op de gang te gaan staan. Bij het zien van haar verbaasde blik had Betsy uitgelegd dat ze uiterst geheim materiaal moesten bekijken en dat er verder niemand in de kamer aanwezig mocht zijn.

Kapitein Phelan had, begrijpelijkerwijs, naar Pete Hamilton gekeken, de in ongenade gevallen voormalige spreekbuis van Eric Dunn.

‘Ik heb hem tot plaatsvervanger benoemd,’ zei Betsy, die de blik van de kapitein vasthield.

Dat was natuurlijk flauwekul. Ze had net zo goed kunnen zeggen dat ze Hamilton een decodeerring of een gereedschapsriem had gegeven. Of de hamer van Thor.

Ze zag de commando aarzelen. Misschien geloofde ze het wel. Wie zou er nou zoiets belachelijks zeggen als het niet waar was?

Maar al stond Phelan op de gang, toch dempten ze hun stem, omdat ze ervan uitgingen dat de kamer werd afgeluisterd.

Denise Phelan was Whiteheads adjudant. En dat betekende dat ze hierheen was gestuurd om hen in de gaten te houden, en niet om hen te bewaken. Ze moesten wel aannemen dat er afluisterapparatuur was geïnstalleerd in de kantoren.

Betsy moest er nog steeds van bijkomen dat Whitehead en niet Beecham de mol was, degene die met Bashir Shah samenwerkte. De voorzitter van de Gezamenlijke Stafchefs speelde onder één hoedje met terroristen en verschafte hun belangrijke informatie.

Het waarom daarvan was niet te bevatten, dus dat probeerde ze niet eens. Dat kwam later wel. Op dit moment moest ze Ellen waarschuwen.

Betsy kon haar niet telefonisch bereiken, dus stuurde ze een appje.

'Ik denk dat u een typefout gemaakt hebt,' fluisterde Pete Hamilton toen hij zag wat ze geschreven had.

Wandelt een synoniem een eetcafé binnen...

'Waar dan?'

'De hele zin. Had er niet moeten staan: *Whitehead is de mol*? U hebt het verkeerd gespeld.'

'Het is onze codetaal voor problemen,' zei Betsy zacht. Ze knikte naar de computer. 'We moeten zien uit te vissen wat er nog meer in die documenten staat.'

Hamilton nam plaats achter Boyntons bureau en ging weer aan de slag.

Ellen wendde zich tot de geestelijke. Toen hij de kamer binnenliep, maakten de bewakers en de ambtenaren een buiging, terwijl ze hun handpalmen op hun hart hielden.

'Mevrouw de minister.'

'Uwe Eminentie,' zei Ellen. Ze aarzelde, zich er ten volle van bewust dat het waar was wat president Williams had gezegd. Als er een foto van haar naar buiten kwam waarop ze de leider van een terroristische staat ontmoette, laat staan een buiging voor hem maakte, zou de hel losbarsten.

Niettemin maakte Ellen Adams aanstalten om een buiging te maken. Er waren belangrijker zaken dan uiterlijkheden. Zoals de duizenden levens die op het spel stonden. En die hingen af van de uitkomst van deze meeting.

Ze had haar hoofd nog geen centimeter laten zakken of grootayatollah Khosravi stak zijn hand uit. Hij raakte haar niet aan. Bij lange na niet. Maar de betekenis van het gebaar was duidelijk.

'Nee,' zei hij met de ietwat schrille stem van een man van in de tachtig. 'Dat is niet nodig.'

Ellen ging rechtop staan en keek in zijn grijze ogen. Daarin blonken nieuwsgierigheid en ernst. Ze liet zich niet om de tuin leiden. Hier stond een man die door de jaren heen vrijwel zeker had ingestemd met de moord op talloze mensen. En die in de afgelopen uren om drie mensen te vermoorden het bevel had gegeven om meer dan honderd onschuldige mannen, vrouwen en kinderen af te slachten.

Maar ze reageerde hoffelijk op zijn hoffelijkheid.

'Allah zij met u,' zei ze en ze legde haar hand op haar hart.

'En met u.' Zijn ogen waren standvastig en hij keek haar recht aan. Hij taxeerde haar terwijl zij hem taxeerde.

Achter de geestelijke stond een muur van jongere mannen opgesteld. In de korte tijd die minister Adams had gehad om research te doen en met deskundigen op het gebied van het moderne Iran te praten, had ze geleerd dat dit de zoons van de ayatollah waren, samen met wat adviseurs.

Ze wist ook dat grootayatollah Khosravi niet slechts de geestelijk leider van Iran was. In de ruim dertig jaar dat hij Opperste Leider was, had hij persoonlijke macht opgebouwd terwijl het leek of hij de bescheiden geestelijke was die hij beweerde te zijn.

Ayatollah Khosravi hield toezicht op wat een schaduwregering was geworden, met zijn eigen mensen die de belangrijke beslissingen over de toekomst van Iran namen. Als er een verschuiving bewerkstelligd moest worden, hoe klein ook, zou die van hem moeten komen. Zijn hand lag op het roer. Niet die van Nasseri.

De grootayatollah droeg het golvende zwarte gewaad dat bij zijn functie hoorde, en een immense zwarte tulband die een eigen code had. Het feit dat hij zwart was en niet wit betekende dat hij een rechtstreekse afstammeling van de profeet Mohammed was. En de grootte van de tulband stond voor status.

Die van de grootayatollah leek net de buitenste ring van Saturnus.

Hij wuifde met zijn geaderde hand en ze gingen weer zitten. Khosravi nam plaats op een stoel naast president Nasseri en tegenover Ellen.

'Mevrouw de minister, u bent hier vanwege informatie waarvan u denkt dat wij u die kunnen geven,' zei hij. 'En u denkt dat er een reden is waarom we dat kunnen.'

'Ik denk dat onze behoeften momenteel op één lijn liggen.'

'En die behoeften zijn?'

'Bashir Shah tegenhouden.'

'Maar we hebben hem al tegengehouden,' zei de grootayatollah. 'Zijn fysici kunnen hun missie niet langer uitvoeren.'

'Wat is die missie?'

'Kernbommen bouwen. Ik dacht dat dat duidelijk was.'

'Voor wie?'

'Dat doet er niet toe. Als enige andere macht in deze regio een kernbom of nucleaire capaciteiten zou krijgen, zou dat tegen onze belangen ingaan.'

'Maar hun plek kan worden ingenomen door anderen. U kunt niet iedere fysicus ter wereld vermoorden.'

Khosravi trok zijn wenkbrauwen op en glimlachte flauwtjes. Alsof hij wilde zeggen dat hij iedere kernfysicus ter wereld kon – en indien nodig ook zou – ombrengen. Behalve die van henzelf.

Maar minister Adams wist ook dat hij niet zomaar naar deze meeting was gekomen. Het was onmogelijk dat de Opperste Leider van de Islamitische Republiek Iran hier zou zijn als er niet iets was wat hij wilde. Wat hij nodig had.

En ze vermoedde dat ze wel wist wat dat was. Ondanks het feit dat hij er robuust uitzag, klonken er vanuit de Amerikaanse Inlichtingendienst geluiden dat zijn gezondheid achteruitging. Khosravi wilde dat zijn zoon Ardashir hem op zou volgen. Maar de Russen wilden dat hun eigen man opklom. Iemand over wie ze de controle hadden.

En dat zou betekenen dat Iran alleen in naam onafhankelijk was. In werkelijkheid zou het een Russische satelliet worden.

Het was een heimelijke machtsstrijd. Een strijd die deze geslepen overlever van de byzantijnse en vaak meedogenloze politiek van het Midden-Oosten koste wat het kost wilde winnen. Maar dat hij hier aanwezig was, maakte haar duidelijk dat hij er niet langer zeker van was dat hij dat kon.

Dus had hij besloten dat hij beide kanten vanuit het midden zou bespelen. Dat was een gevaarlijk spel en uit het feit dat hij bereid was het te spelen, sprak een wanhoop en een kwetsbaarheid die hij nooit zou erkennen.

Maar dat hoefde ook niet. Ze was hem tegemoetgekomen door te zeggen dat hun behoeften op één lijn lagen. Ze zag dat hij het begreep. Ze wilden geen van beiden dat Rusland deze strijd zou winnen. En ze waren allebei wanhopiger en kwetsbaarder dan ze wilden toegeven.

Het was beter, en erger, dan Ellen had gedacht. Beter omdat er een kans op succes was; erger omdat wanhopige en kwetsbare mensen, en staten, onverwachte en zelfs rampzalige dingen konden doen.

Zoals bussen vol burgers opblazen om één persoon te vermoorden.

'Hoe wist u het van Shahs fysici, Uwe Eminentie?' vroeg ze.

'Iran heeft vrienden over de hele wereld.'

'Een land met zoveel vrienden hoeft toch zeker geen massamoord te plegen? U hebt niet alleen al die mensen in de bussen omgebracht, maar u hebt daarna ook de enige aanslagpleger die ontsnapt was opgespoord en vermoord. Evenals zijn gezin en twee hooggeplaatste Amerikaanse officieren.'

'U bedoelt het hoofd van uw Inlichtingendienst in Duitsland en zijn nummer twee?' vroeg de grootayatollah.

Uit het feit dat hij geen onwetendheid veinsde maakte Ellen op dat hij haar wilde laten weten dat dit belangrijk genoeg voor hem was om persoonlijk te volgen, zo niet te sturen.

'Wat hadden we anders moeten doen,' vroeg hij, 'als al onze waarschuwingen in de wind werden geslagen? Geloof me, we wilden al die mensen geen kwaad doen. En dat hadden we ook niet gedaan als u aan onze verzoeken had voldaan. U bent net zozeer verantwoordelijk als wij. Nog meer zelfs.'

'Pardon?'

'Kom nou, mevrouw de minister. Ik weet dat er een verandering van regime...'

'Regering.'

'... heeft plaatsgevonden in uw land, maar er is toch zeker wel continuïteit in de informatievoorziening? U gaat me toch niet vertellen dat ik, een eenvoudige geestelijke, meer weet dan de minister van Buitenlandse Zaken van zo'n groot land?'

'Zoals u weet ben ik nieuw in de positie van minister van Buitenlandse Zaken. Misschien kunt u me wijzer maken.'

De ayatollah richtte zich tot de jongeman rechts van hem. Zijn zoon en schijnbaar zijn opvolger, Ardashir.

'We hebben jullie ministerie van Buitenlandse Zaken al maanden geleden gewaarschuwd voor die fysici,' zei Ardashir. Zijn stem klonk zacht, bijna nuchter, toen hij die bom liet inslaan.

'Aha,' zei Ellen, die deze informatie schijnbaar onbewogen verwerkte. 'En?'

Hij hield zijn handen omhoog. 'En niks. We hebben het een paar keer geprobeerd omdat we dachten dat de berichten misschien niet aankwamen. U zult begrijpen dat we het niet via de officiële kanalen konden doen. We kunnen u wel laten zien wat er verstuurd is.'

'Dat zou handig zijn.' Niet dat ze bevestiging nodig had van het bestaan ervan, of van de woorden die erin stonden. Ze wilde de namen van de mensen aan wie die waarschuwingen gericht waren geweest. Ze vermoedde dat Tim Beecham er daar één van was.

Ze probeerde wanhopig haar evenwicht te hervinden, hoewel het voordeel verloren was gegaan.

'Toen ons duidelijk werd dat het Westen er niet warm of koud van werd,' vervolgde Ardashir, 'hebben we de zaken in eigen hand genomen, wat ons spijt.'

'U had geen onschuldige mensen hoeven op te blazen.'

'Helaas wel, mevrouw de minister. De enige informatie die onze bron kon achterhalen, was dat die fysici waren ingehuurd om kernwapens te maken voor dr. Shah. Maar we wisten hun namen niet. We hadden alleen hun reisschema.'

'De bussen,' zei Nasseri. 'We vroegen of jullie netwerk meer informatie had. We hebben jullie erom gesmeekt. En uiteindelijk hadden we geen keus.'

'We moesten dr. Shah en het Westen laten weten dat dit soort dreigingen aan het adres van de Islamitische Republiek Iran niet worden geaccepteerd,' zei Ardashir. 'We zullen niet toestaan dat enig ander land in deze regio een kernwapen aanschaft, vooral niet nadat mijn vader een fatwa heeft uitgevaardigd tegen alle massavernietigingswapens.'

'Ja,' zei Ellen. 'En toch hebben jullie zelf ook kernfysici. Ik geloof dat jullie zojuist het hoofd van jullie kernwapenprogramma, dr. Behnam Ahmadi, hebben gearresteerd.'

'Nee.'

'Nee? Wat nee?'

'Nee, het programma dat dr. Ahmadi leidt is voor kernenergie, niet voor wapens,' zei Ardashir. 'En nee, we hebben hem niet gearresteerd. We hebben hem gevraagd om mee te komen om wat vragen te beantwoorden. Maar die jonge vrouw, zijn dochter? Ja. Die staat onder arrest. Ze moet voor de rechter verschijnen en als ze schuldig wordt bevonden, wordt ze geëxecuteerd.' Hij wendde zich tot Anahita. 'U bent degene met wie ze contact heeft opgenomen, haar nicht. Dat is toch zo?'

Anahita maakte aanstalten om iets te zeggen, maar Ellen pakte haar hand. Ze had de BD-medewerkster weliswaar gezegd niet te liegen, maar het was niet nodig om meer informatie te geven dan noodzakelijk was.

De onthulling dat Iran nota bene had geprobeerd de VS te waarschuwen voor Shahs plannen en dat die waarschuwingen in de wind waren geslagen, was een politieke, diplomatieke en morele catastrofe. Het was nog steeds geen excuus voor wat Iran had gedaan en zorgde ook niet voor morele gelijkheid, maar het gooide wel heel wat roet in het eten.

Ellen zocht naar iets om te zeggen. 'De Verenigde Staten zijn nu bereid om te handelen...'

Dat werd geamuseerd ontvangen door de groep ambtenaren, al werden die met een vrijwel onwaarneembare beweging tot zwijgen gebracht door de Opperste Leider, die haar zijn volle aandacht schonk.

'... zij het dan wat laat.' Ellen wendde zich tot Khosravi.

Ze zag wel dat de Iraniërs zich erop hadden voorbereid dat ze de aanval zou kiezen. Dat ze de tragisch lange lijst van hun eigen overtredingen zou aanvoeren.

En de verleiding was groot. Maar ze wist ook dat toegeven aan dat verlangen, hoe gerechtvaardigd ook, alleen maar weer zou leiden tot de eeuwige polemiek. Zodat er weer niks zou worden opgelost en er alleen maar met modder gegooid zou worden.

'Uwe Eminentie, het spijt me echt heel erg dat uw berichten aan dovemansoren gericht waren. Namens de Verenigde Staten bied ik mijn excuses aan en laat ik weten dat we het betreuren dat we uw waarschuwing hebben genegeerd.'

Ze hoorde iemand naar adem snakken. Maar het was niet een van de Iraniërs, al was hun verbazing duidelijk.

Het was Charles Boynton, haar stafchef, die fluisterde – nee, siste: 'Mevrouw de minister!'

Ellen stelde zich voor dat al die mensen die meeluisterden, van de Russen tot de Amerikaanse Inlichtingendienst, ook naar adem snakten vanwege het feit dat de Amerikaanse minister van Buitenlandse

Zaken zojuist haar excuses had aangeboden aan de grootayatollah van Iran.

Maar dat had ze ingecalculeerd. Ze wist precies wat ze deed. Ze liep op het scherp van de snede. Ze zocht de balans tussen waarheid en discretie terwijl ze een subtiele boodschap aan de grootayatollah stuurde.

Hij was ervaren genoeg om te weten dat de zwakken snoefden, ontkenden, logen en in het wilde weg uithaalden.

De sterken gaven hun fouten toe en namen daarmee de macht daarvan weg.

Alleen de echt groten konden het zich veroorloven om spijt te betuigen. De Amerikaanse minister van Buitenlandse Zaken had helemaal geen zwakte getoond, maar juist immense kracht en vastberadenheid aan de dag gelegd.

De grootayatollah begreep wat Ellen Adams zojuist had gedaan.

Hij hield zijn hoofd scheef ten teken van erkenning, deels van de verontschuldiging maar vooral van de zet die hen had beroofd van hun voordelige positie.

'U wilt informatie over dr. Shah,' zei Khosravi. 'En wij willen hem tegenhouden. Ik denk dat onze behoeften op één lijn liggen, zoals u al zei, mevrouw de minister. Maar helaas kunnen we u niet veel informatie geven. We weten niet waar Shah is. We weten alleen dat hij nucleaire geheimen aan het verkopen is, naast wetenschappers en materialen.' Hij zweeg even om zijn neus af te vegen met een zijden zakdoek. 'We geloven ook dat we het deze keer weliswaar verijdeld hebben, maar dat hij doorgaat totdat hij zelf wordt gepakt. Jullie hebben het monster vrijgelaten. Hij is jullie verantwoordelijkheid.'

'Om hem weer onder huisarrest te stellen?'

'Daar zou ik niet voor pleiten, mevrouw de minister.'

Ellen wist heel goed wat hij zei. Wat hij, de staat Iran, wilde dat de VS zou doen.

'Hoe hebt u informatie gekregen over Shah en de fysici?' vroeg ze.

'Een anonieme bron.'

'Aha. Is dat soms dezelfde bron die u over Zahara Ahmadi heeft ingelicht?' vroeg Ellen.

De grootayatollah knikte naar een Revolutionaire Gardist bij de deur, die hem opendeed. Er kwam een jonge vrouw binnen, gekleed in een schitterend roze gewaad met hidjab.

Anahita wilde al opstaan, maar Ellen legde haar hand op haar been om haar tegen te houden.

Dat bleef niet onopgemerkt.

Achter Zahara liep een oudere man. Haar vader, kernfysicus Behnam Ahmadi.

Ze bleven allebei staan bij het zien van de grootayatollah. Geschokt. Het viel te betwijfelen of ze hem ooit in levenden lijve hadden gezien, behalve misschien op grote afstand.

Dr. Ahmadi maakte onmiddellijk een diepe buiging met zijn hand op zijn hart. 'Uwe Eminentie.'

Zahara volgde zijn voorbeeld, maar pas nadat ze naar Ellen had gekeken, die ze duidelijk herkende als de minister van Buitenlandse Zaken, en daarna naar Anahita.

De nichten leken zo op elkaar dat het onmogelijk was dat Zahara niet zou weten wie ze was. Maar ze wist zich in te houden en boog voor de Opperste Leider, met neergeslagen ogen ten teken van nederigheid en bescheidenheid.

'We hadden het net over jullie,' zei president Nasseri. Khosravi had hem het teken gegeven om het over te nemen. 'Miss Ahmadi, misschien wilt u ons vertellen hoe u op de hoogte bent gebracht van de bommen in de bussen.'

'Dat hebt u me verteld.'

Alle wenkbrauwen in de kamer gingen omhoog, maar geen van alle hoger dan die van Nasseri. 'Helemaal niet.'

'Niet rechtstreeks, maar u hebt uw wetenschappelijk adviseur naar mijn vader gestuurd en die vertelde hem over de fysici en dat jullie alleen wisten dat ze in die bussen zouden zitten, op die tijdstippen. Dat heb ik gehoord. Mijn slaapkamer bevindt zich boven mijn vaders werkkamer.'

Ze keek niet naar haar vader terwijl ze het zei. Aan haar vrijwel mechanische toon te horen had ze deze vraag al verwacht en haar antwoord voorbereid en gerepeteerd.

Het was ook duidelijk dat ze haar vader probeerde te beschermen.

'En waarom besloot u het aan de Amerikanen te vertellen?' vroeg Nasseri.

Er hing een zinderende spanning in de kamer. Haar toekomst hing af van haar antwoord. Als ze het toegaf, had ze geen toekomst meer.

'Omdat, Uwe Eminentie,' zei Zahara met haar ogen op de grootayatollah gericht, 'ik niet geloof dat Allah, de genadige, de barmhartige, zou instemmen met de moord op onschuldigen.'

Daar had je het. Een geloofsbelijdenis. Een bezegeld lot.

'Wilt u ons de les lezen, wilt u de grootayatollah de les lezen over Allah?' vroeg Nasseri. 'Kent u Allahs wil?'

'Nee. Maar ik weet wel dat Allah niet zou willen dat er onschuldige mannen, vrouwen en kinderen worden vermoord. Als ik had gehoord dat jullie alleen de fysici wilden doden om Iran te beschermen, dan had ik niet geprobeerd dat te verijdelen.'

Ze draaide haar hoofd naar haar vader, die zijn ogen nog steeds neergeslagen had.

'Mijn vader wist hier niks van.'

'Nou,' zei de grootayatollah, 'dat zou ik niet zeggen, mijn kind. Hoe denk je dat we erachter zijn gekomen wat je had gedaan?'

Het werd muisstil in de kamer. Ze waren verstild tot een tableau. Iedereen staarde naar de vader en de dochter.

'Baba?'

Stilte.

'Papa? Heb jij het hun verteld?'

Hij keek op en mompelde iets.

'Harder,' beval president Nasseri.

'Ik had geen keus. Mijn computer wordt in de gaten gehouden. Elke zoekopdracht die ik invoer, elk bericht dat ik verstuur wordt gezien. Ze zouden erachter zijn gekomen. Ik moest het wel doen om je broer en zus te beschermen. En je moeder.'

'Hij heeft zijn loyaliteit bewezen,' zei Nasseri.

Maar Ellen zag de afkeer op het gezicht van de grootayatollah en minister Aziz. Loyaliteit aan de staat mocht dan op de eerste plaats staan, maar het verraden van je familie zei heel wat over een persoon. En niets goeds.

Dr. Behnam Ahmadi mocht zijn dochter dan overleven, maar dat gold niet voor zijn karakter.

Zahara keerde zich van hem af.

Minister Adams keerde zich van hem af.

De grootayatollah en alle anderen in de kamer keerden zich van Behnam Ahmadi af.

Alles kwam nu in een stroomversnelling, de stukjes vielen op hun plek terwijl ze uiteenvielen.

Ellen moest snel nadenken. Ze moest snel handelen als ze de boel wilde redden.

'We moeten vooruitkijken, niet achterom,' zei Ellen, die haar aandacht van de jonge vrouw losrukte. Daar zou ze zich later wel om bekommeren. 'De Verenigde Staten zijn bereid tot handelen, maar daarvoor moet ik wel informatie over Shah krijgen. Zijn locatie. Zijn plannen. Hoe ver hij al is. Ik moet weten wie jullie bron is.'

Ellen hield de blik van de ayatollah vast en probeerde hem iets duidelijk te maken. Ze probeerde hem te vertellen dat ze zich ervan bewust was dat de Russen vrijwel zeker meeluisterden. Dat veel van wat er in deze kamer werd gezegd in hun voordeel was. Ze wist dat hij het haar onmogelijk kon vertellen, zelfs als hij de informatie had. Maar misschien kon hij haar een teken geven.

Iets. Wat dan ook.

Hij moest weten waar de informatie over Shah vandaan kwam. Het moest iemand zijn die dicht genoeg bij Shah stond om het te begrijpen. Maar ook weer niet zo dichtbij dat hij alle informatie had.

De onwilligheid van de grootayatollah om het haar te vertellen betekende vrijwel zeker dat de bron Russisch was. Maar niet het land. Als dat zo was, zou Khosravi er geen moeite mee hebben het haar te vertellen. Dan zou hij per slot van rekening niets prijsgeven wat de Russische Inlichtingendienst niet al wist.

Dus, dacht Ellen. De bron was Russisch. Maar niet Rusland. Dan was er nog maar één mogelijkheid over.

De grootayatollah hield haar blik vast. 'U las uw kinderen *De kleine prins* voor. Ik las mijn kinderen ook altijd voor.'

Ellen was volkomen, uiterst geconcentreerd. Haar zenuwen tintelden. Hij had zojuist rustig bevestigd dat hij inderdaad alles had gehoord wat zij, Katherine en Anahita hadden gezegd terwijl ze hun boerka's uittrokken.

Dus ook dat minister Adams opzettelijk, omdat ze vermoedde dat ze in de gaten werden gehouden, had toegegeven dat Anahita de ontvanger van het bericht van haar nicht was geweest.

Het was een weloverwogen risico geweest en nu zou Ellen erachter komen of haar overwegingen juist waren geweest.

Alles wat de Opperste Leider nu zei had vele lagen van betekenis.

De oudere geestelijke wendde zich tot zijn zoons. 'Jullie lievelingsverhalen waren altijd de Perzische *Fabels van Bidpai*.' Hij tilde zijn slappe rechterarm op met zijn linker, en Ellen herinnerde zich dat hij jaren geleden ernstig gewond was geraakt bij een bomaanslag en sindsdien zijn arm niet meer kon gebruiken. Nu wiegde hij die arm alsof het een kind was, en wendde zich weer tot haar. 'Kent u de fabel van de kat en de rat?'

'Het spijt me,' zei ze, 'die ken ik niet.' Het was haar niet ontgaan dat hij het oude woord voor hun land had gebruikt: Perzië.

'Een grote kat, laten we zeggen een leeuw, werd gevangen in het net van een jager.' Zijn stem klonk laag en geruststellend. Zijn ogen waren scherp. 'Er kwam net een rat uit zijn hol, die het zag. De leeuw smeekte de rat om de touwen door te knagen en hem te bevrijden, maar de rat weigerde.' De geestelijke glimlachte. 'Het was een wijs, oud dier en hij was bang dat de leeuw, als die eenmaal bevrijd was, hem zou opeten, want dat doen leeuwen nu eenmaal. Maar de kat smeekte, en weet u wat de rat deed?'

'Hij...' begon Nasseri, maar hij werd onderbroken door Aziz.

'Meneer de president, ik geloof dat dat tegen de Amerikaanse minister gericht was.'

Ellen dacht na. Ze vermoedde dat dit de boodschap was, de code. Maar ze kon hem niet kraken.

'Ik weet het niet, Uwe Eminentie.' Tot haar verbazing zag ze een goedkeurende blik.

'De sluwe rat knabbelde het touw door, maar niet helemaal. Hij liet één streng zitten, die hij in één hap kon doorbijten, zodat de kat nog steeds gevangenzat. Ze hoorden de jager aankomen. Hij kwam steeds dichterbij.'

De anderen in de kamer verdwenen en de enigen die nog overbleven, waren de Opperste Leider van de Islamitische Republiek Iran en de Amerikaanse minister van Buitenlandse Zaken.

Grootayatollah Khosravi dempte zijn stem en het leek wel of hij rechtstreeks in Ellens oor sprak.

'De rat wachtte tot de leeuw was afgeleid door het naderen van de jager en toen, op het laatste moment, beet hij de laatste streng door en bevrijdde de kat. In het ogenblik voordat de kat besefte dat hij vrij was, ontsnapte de rat in zijn hol. En de bevrijde leeuw ontsnapte in de boom.'

'En de jager?' vroeg Ellen.

'Die bleef met lege handen achter.' De ayatollah haalde zijn schouders op, al lieten zijn donkere ogen de hare geen moment los.

'Of misschien,' zei Ellen, 'werd hij wel opgegeten door de leeuw. Want dat doen leeuwen nu eenmaal.'

'Misschien.' De grootayatollah richtte zich tot de Revolutionaire Gardist. 'Arresteer haar.'

Ellen verstijfde. De gardist deed een stap naar Zahara toe.

'Haar niet,' zei Khosravi. 'Háár. De dochter van de verrader. Die het bericht heeft ontvangen.'

Anahita kwam wankelend overeind. Ellen sprong op en ging voor haar staan. 'Nee!'

'Mevrouw Adams, u dacht toch zeker niet,' zei Aziz, terwijl de Revolutionaire Gardist haar opzijduwde en Anahita uit Ellens greep rukte, 'dat we een spion, een verrader, Iran laten binnenwandelen bij een meeting op het hoogste regeringsniveau zonder dat dat gevolgen heeft? Wij weten wie de ratten zijn.'

'Het spijt me,' zei de grootayatollah, die opstond en de kamer verliet.

27

Vanuit de uitkijkposten in de bergen werden er AK-47's op Gil en Akbar gericht toen ze langzaam het Pathaanse kamp naderden. Ze konden de strijders niet zien, maar wisten dat ze er waren.

Beide mannen, die nu gekleed waren in regionale Pasjtoen-kleding, hielden hun armen opzij en Gil gooide de tak die hij als wandelstok had gebruikt weg voor het geval die werd aangezien voor een geweer.

Naast hem ademde Akbar zwaar, zowel door de klim over de ruige voetpaden als door angst. Gil hinkte nu heviger en kromp ineen bij elke stap.

Toch gingen ze verder.

Er liep een gewapende bewaker op hen af en daarachter kwam een bekende figuur. Het machinegeweer werd op de twee nieuwkomers gericht. Gil en Akbar bleven staan.

'*As-Salam Alaikum,*' zei Gil Bahar. 'Vrede zij met u.'

'*Wa-Alaikum-as-Salam,*' zei de man die duidelijk de leiding had, de commandant van het Pathaanse kamp. Ook met u zij vrede.

Er volgde een gespannen ogenblik. De jongste man, die het geweer vasthield, verstevigde zijn grip en wachtte op instructies. Met zijn rug naar de commandant toe kon hij niet zien dat er een flauwe glimlach op diens bebaarde gezicht was verschenen.

'Je ziet er niet bepaald goed uit, vriend,' zei de commandant.

'Maar ik hoop toch wel beter dan de laatste keer dat ik je heb gezien.'

'Nou ja, je hebt je hoofd nog.'

'Dankzij jou.'

De bewaker liet zijn wapen zakken toen de guerrillacommandant langs hem heen liep en Gil omhelsde, waarna hij hem drie kussen gaf.

Gil deed een stap naar achteren, hield de man op armlengte en bekeek hem eens goed.

Hij was steviger geworden, gespierder. Nu hij begin dertig was, was hij niet meer die jongen met dat frisse gezicht die Gil had leren kennen. Maar goed, dat gold ook voor Gil.

Het gezicht van de man was verweerd en afgetobd; hij had een baard en zijn lange haar was uit zijn gezicht getrokken. Hij droeg het uniform van een Afghaanse strijder. Een mengeling tussen islamitische kleding en westerse legerkledij.

'Hoe gaat het, Hamza?'

'Ik leef nog.' De commandant keek om zich heen, legde zijn grote hand op Gils schouder en zei: 'Kom. Het wordt al laat en wie weet wat er uit het donker tevoorschijn komt.'

'Ik dacht dat de nacht van jou was,' zei Gil, terwijl hij achter hem aan liep.

'Er is niks van mij.' Hamza hield de flap van de tent omhoog om Gil binnen te laten, terwijl Akbar buiten bleef.

'Ja, ik zie dat je dezelfde eenvoudige man bent gebleven die ik heb achtergelaten,' zei Gil, en hij inspecteerde de dozen met explosieven en granaten, en de lange houten kisten waar AVTOMAT KALASHNIKOVA op gedrukt stond.

AK-47's. Alle kisten hadden Russische opschriften.

Hamza beval de mannen in de tent om te vertrekken en daarna schonk hij hun allebei thee in uit een samowar.

'Gelukkig is niet alles van de Russen bedoeld om te doden,' zei hij, terwijl hij zijn glas zoete thee hief voor een toost. Daarna werd hij serieus. 'Je had niet moeten komen.'

'Ik weet het. Sorry. Ik was niet gekomen als er een andere mogelijkheid was.'

Hamza knikte naar Gils been, waar weer bloed uit sijpelde. 'Wat is er gebeurd? Heb je geprobeerd om haar tegen te houden?'

'De kernfysica? Nee. Ik ben dr. Bukhari gevolgd vanaf de vlucht uit Pakistan, waar je had gezegd dat ze zou zijn, naar Frankfurt. Ik hoopte gewoon dat ik haar naar Shah kon volgen om erachter te komen wat hij van plan is. Maar in de bus waar ze in zat ontplofte een bom.'

Hamza knikte. 'Ik heb het gehoord van die explosies. Ze hebben niet gezegd waarom het gebeurd is of wie het heeft gedaan, maar ik vroeg het me wel af.' Hij staarde naar Gil. 'Waarom ben je hier?'

'Sorry, Hamza. Ik moet meer informatie hebben.'

'Ik kan je niet meer geven. Ik heb al veel te veel gezegd. Als iemand erachter komt...'

Gil boog zich voorover op het grote kussen op de grond waar hij op zat, en kromp een beetje ineen. 'Jij en ik weten allebei dat je alleen veilig bent als Shah wordt uitgeschakeld. Hij moet inmiddels wel weten dat iemand hem verraden heeft. Het zal niet lang duren voor hij alle stukjes in elkaar past en achter je aan komt.'

'Een Pakistaanse wetenschapper van middelbare leeftijd die deze berg beklimt en langs mijn bewakers moet? Ik denk dat ik wel veilig ben.'

'Je snapt wat ik bedoel. En je weet wie hij zal sturen.' Gil keek naar de kisten achter hem. 'Sorry.'

'Ik heb niks met Shah te maken. Ik heb alleen een gerucht over die fysici doorgegeven.'

'Klopt, maar iemand heeft je over hen verteld.' Toen Hamza zijn hoofd schudde, keek Gil om zich heen. 'Ik moet meer hebben.'

'Je moet weg. Het is nu te laat, maar morgenochtend ben je de eerste.' Hamza stond op. 'Ik heb verder niks te zeggen. Ik heb je jaren geleden helpen ontsnappen. Zorg ervoor dat ik daar geen spijt van krijg. Misschien had Allah het wel voorbestemd om je te laten onthoofden. Ik heb geen zin om Zijn wensen uit te voeren.'

'Dat geloof je niet echt,' zei Gil, die bleef zitten waar hij zat. 'Je hebt me laten gaan omdat we maandenlang samen de Koran hebben bestudeerd. Jij hebt me het woord van de profeet Mohammed geleerd. Dat de ware islam om vredig samenzijn draait. Daarom wilde je Shah tegenhouden. En dat wil je nog steeds.'

Tijdens zijn gevangenschap was Gil naar zijn bewakers gaan luisteren en had woorden en zinnen opgepikt. Hij was tegen de bewakers gaan praten in hun eigen taal, het Pasjtoe. Net zo lang tot op een dag de jongste, die hem altijd zijn maaltijden bracht, antwoord gaf.

Na een paar maanden ging de jongeman op Gils verzoek bij hem zitten en leerde hem Arabische zinnen, de taal van de Koran. Ze spraken over de islam. Ze lazen samen de Koran en Gil leerde over de lessen van de profeet. En mettertijd werd hij verliefd op wat de profeet, de islam, te zeggen had als manier van leven.

En mettertijd, terwijl ze erover discussieerden, werden Hamza's denkbeelden milder en zag hij hoe de radicale geestelijken de woorden en hun betekenis in hun eigen voordeel hadden verdraaid.

In het holst van de nacht, nadat de Franse journalist onthoofd was, had Hamza de boeien van Gils polsen en enkels losgemaakt en hem bevrijd. Stiekem hielden ze contact. Hun band bleef sterk.

'Ik weet dat jij geen onschuldige mannen, vrouwen en kinderen zou vermoorden,' zei Gil. 'Andere strijders, ja, maar Allah zou niet willen dat er onschuldigen gedood werden. Daarom heb je me over Shah en de fysici verteld. Een geweer is één ding,' – hij keek naar de kisten vol AK-47's achter hen – 'maar massavernietigingswapens die zonder onderscheid doden zijn een ander verhaal. Ik heb meer informatie nodig. Om het tegen te houden.' Gil boog zich voorover op het grote kussen op de grond van de tent en klemde zijn kiezen op elkaar vanwege de pijn in zijn been. 'Als Shahs klanten een kernbom maken en die ontploft, worden er duizenden mensen vermoord. En wat zegt Allah dan?'

'Steek je nou de draak met mijn geloof?'

Gil keek aangeslagen. 'Nee, helemaal niet. Het is ook mijn geloof. Daarom ben ik helemaal hierheen gekomen, op die verdomde berg. Om jou te zien. Om te proberen het tegen te houden. Alsjeblieft. Ik smeek je, Hamza. Help me.'

Ze staarden elkaar aan. Ze waren ongeveer van dezelfde leeftijd en waren ieder in een andere wereld opgegroeid, maar het lot had hen bij elkaar gebracht, als broers. Als geestverwanten. Misschien wel juist om deze reden, juist op dit moment.

Hamza was niet zijn echte naam. Hij had hem aangenomen toen hij zich had aangesloten bij de strijders. Het betekende Leeuw.

En hoewel Gil wel zijn echte naam was, was het niet zijn volledige naam. De meeste mensen dachten dat het een afkorting was van Gilbert. Maar midden in de nacht, toen de gevangene en zijn bewaker over de Koran discussieerden, had Gil hem zijn geheim verteld.

Zijn volledige naam was Gilgamesh.

'O, god.' Hamza's lach had aan hysterie gegrensd. 'Gilgamesh? Hoe is dat zo gekomen?'

'Mijn vader heeft het oude Mesopotamië bestudeerd aan de universiteit en hij las mijn moeder altijd gedichten voor. Haar favoriet was het Gilgamesh-epos.'

Gil vertelde Hamza niet dat er in zijn jeugd een poster van het Louvre aan de muur hing. Daarop stond een standbeeld dat eeuwen eerder van een opgraving in de oude Mesopotamische stad Dur-Sharrukin was geroofd. Het was een gravure van Gilgamesh, de held van het epos. Hij hield een leeuw tegen zijn borst. Hun geesten, hun lot met elkaar vervlochten.

Die opgraving was in de recente oorlogen verwoest door ISIS. Dus wat op roof had geleken, had in werkelijkheid vele artefacten gered.

Redders, had Gilgamesh gaandeweg ontdekt, kwamen in onverwachte gedaanten. En vaak leken het aanvankelijk helemaal geen redders. Integendeel. Redders konden tamelijk reddeloos overkomen en monsters konden fascinerend zijn en het slechtste het mooiste laten lijken. Zoals die radicale geestelijken. Zoals gewetenloze politieke leiders.

Nu zaten de twee mannen, Gilgamesh en de Leeuw, bij schemerlicht in de tent tegenover elkaar. En ze stonden voor een beslissing.

28

'Mam, wat gaan we doen? We kunnen Ana niet achterlaten.'

Katherine liep achter haar moeder aan terwijl Ellen door het kantoor ijsbeerde waar ze naartoe waren gebracht en opdracht hadden gekregen de boerka's weer aan te trekken.

Het was dezelfde kamer waar ze duizend jaar geleden hun boerka's hadden uitgetrokken.

'Ik weet het niet,' zei Ellen. Dat was waar, en waarschijnlijk was het geen verrassing voor de Iraniërs en de Russen die vrijwel zeker meeluisterden.

Minister Adams hield op met ijsberen om naar Anahita's boerka te staren. Die lag op de bank, een platte vorm van een mens. Alsof de vrouw zo plotseling was vertrokken dat ze haar schaduw had achtergelaten.

Het deed Ellen denken aan die afschuwelijke beelden uit Hiroshima en Nagasaki nadat de atoombommen waren gevallen en de mensen waren verdampt, waarna er slechts een donkere omtrek was achtergebleven.

Lieve God, bad Ellen. *Lieve God, help me.*

Minister Adams staarde naar de zwarte omtrek van Anahita's boerka en voelde dat ze in de lucht greep. In een verwoede poging haar val te breken.

Ze wist zich geen raad. Hoe moest ze Shah tegenhouden en ook nog haar BD-medewerkster en Zahara Ahmadi vrij krijgen en meenemen uit Iran?

De boel was er niet beter op geworden door haar bezoek. Sterker nog, het was aanzienlijk verslechterd.

Oppervlakkig bezien, tenminste.

Ellen begon weer te ijsberen, steeds maar rondjes langs de wanden van de kamer, als een grote gekooide kat. Ze had het gevoel dat ze al had wat ze nodig had. Dat de grootayatollah haar de informatie en de hulpmiddelen gegeven had om te doen wat er gedaan moest worden. Ook al had hij haar BD-medewerkster gearresteerd, waarmee hij Anahita in feite had gegijzeld en de handen van de minister van BZ gebonden waren.

Wat was hij van plan?

De arrestatie van de Amerikaanse BD-medewerkster was een verrassing geweest. Een schok. Het was een aanval, een provocatie. Het sloeg nergens op, oppervlakkig bezien.

Waarom had de grootayatollah het dan gedaan? En wat wilde hij dat ze nu deed? Ze had niet veel opties. Wat ze niet kon doen, was vertrekken zonder Anahita Dahir en zonder informatie over Bashir Shah. Dat moest hij weten.

En toch gooide hij haar Iran uit. Met lege handen.

Toen ze bij het raam kwam, hield ze op met ijsberen en keek uit over de Iraanse hoofdstad.

Het verhaal van de kat en de rat betekende duidelijk iets. Het was meer dan een allegorie. Maar wie was de kat uit het verhaal, en wie de rat?

En waarom zou de een de ander helpen? Omdat ze een tijdelijk gemeenschappelijk doel hadden. De jager verslaan. Dr. Bashir Shah verslaan.

Dus waarom was Anahita Dahir dan verslagen?

Waarom?

Die sluwe kerel zei of deed niets zonder dat er lagen van betekenis en zin onder schuilgingen.

'Mam,' zei Katherine, en er klonk groeiende ongerustheid door in haar stem, 'je moet iets doen.'

'Ik doe ook iets. Ik denk na.'

Er werd op de deur geklopt.

'Mevrouw de minister,' zei Steve Kowalski, haar Diplomatieke Beveiligingsagent, 'u hebt een bericht van uw adviseur.'

Ellen wilde hem al vragen of hij hen alsjeblieft alleen kon laten zodat ze kon nadenken. Maar toen herinnerde ze zich Betsy's telefoontje. En nu een appje. Het moest wel dringend zijn.

Ellen vroeg om haar telefoon.

'Wat is er?' vroeg Katherine.

Ellen, die toch al bleek zag door alle stress van een dag waar geen eind aan leek te komen, raakte het beetje kleur dat ze nog overhad nu ook kwijt bij het lezen van Betsy's bericht.

Wandelt een synoniem een eetcafé binnen...

Problemen. Grote problemen.

Komt een dyslecticus een bra binnen, typte Ellen. Het afgesproken antwoord om te zeggen dat zij het inderdaad was en dat ze begreep dat er iets vreselijks was gebeurd.

Het antwoord kwam een paar tellen later. Betsy had blijkbaar naar haar beveiligde telefoon zitten staren in afwachting van Ellen.

De verrader is niet Beecham. Het is Whitehead.

Ellen liet zich op een stoel zakken. Haar vrije val was voorbij. Ze had de bodem bereikt.

Ze was geneigd om te schrijven: *Weet je het zeker?* Maar ze wist dat Betsy het absoluut zeker wist als ze zoiets stuurde.

In plaats daarvan schreef ze: *Alles goed met jou?*

Ja. Maar Whiteheads commando staat bij de deur.

Ellen voelde haar hart verkrampen. Zij had Betsy gevraagd contact op te nemen met de kapitein. En nu...

Bewijs?

Memo's. Whitehead heeft de vrijlating van Shah goedgekeurd. Goedgekeurd en gesteund.

Ellen ademde uit. Hij had gelogen.

Ze herinnerde zich Whiteheads blik toen Tim Beecham het Oval Office uit was gelopen om te bellen. Dat had Ellen gesterkt in haar overtuiging dat de voorzitter van de Gezamenlijke Stafchefs de directeur van de Nationale Inlichtingendienst niet vertrouwde.

Nu zag ze dat, net als honderden andere kleine dingetjes, in een ander licht. Niet gewoon subtiel, maar sluw. Hij was stilletjes Tim Beecham aan het ondermijnen, om zeep aan het helpen. Dood door duizend kunstzinnige blikken.

Wat weet hij? schreef Ellen.

Alles wat ik weet.

En dat was zo'n beetje alles. Behalve wat er in Iran was gebeurd. En dat wist hij misschien ook wel. Misschien luisterde hij wel mee.

Ellen besefte dat Whitehead, die toegang had tot het hoogste beveiligingsniveau, betrokken moest zijn geweest bij het verbergen van alle bestanden van Beecham, in de wetenschap hoe vernietigend dat zou lijken, terwijl hij tegelijkertijd alles kon verwijderen wat belastend was met betrekking tot zijn eigen rol. Dat plan was niet snel even in elkaar geflanst. Het moest al maanden, misschien jaren, in de maak zijn. Tijdens de hele termijn van het kabinet-Dunn, toen er interne chaos heerste en bijna geen overzicht was.

Maar generaal Whitehead had één verwijzing naar zichzelf gemist. Een bijzonder belastende. Dat kwam haar vreemd voor. Zoveel inspanningen, maar ze misten die ene paddenstoelenwolk van een boodschap?

Maar die gedachte werd overvleugeld en overgenomen door de andere.

Bert Whitehead? Een verrader? Samenspannend met Bashir Shah? Informatie doorspelend aan terroristen? Waarom zou de voorzitter van de Gezamenlijke Stafchefs dat doen?

Hij had zijn land verraden. Hij was medeschuldig aan massamoord. Hij had over alles gelogen.

Generaal Albert Whitehead, de voorzitter van de Gezamenlijke Stafchefs, was de Azhi Dahaka.

Fred MacMurray was de duivel.

Generaal Whitehead wist dat er, als Shah succesvol was, duizenden en misschien wel honderdduizenden mensen tot schimmen zouden vergaan.

Haar telefoon trilde toen er een ander berichtje binnenkwam. Deze keer van Gil.

Moet gaan, schreef ze aan Betsy. *Wees voorzichtig.*

Ze keek nog eens goed en zag dat het bericht van haar zoon afkomstig was van een bron die ze niet kende, maar in de onderwerpregel stond *Van Gil.* In plaats van zijn gebruikelijke korte appjes had Gil zijn moeder een mailtje gestuurd.

Nee, besefte Ellen toen ze het opende. Hij had het naar de Amerikaanse minister van Buitenlandse Zaken gestuurd.

Ze las het, en toen ze klaar was glipte de telefoon uit haar vingers op haar schoot.

Gil was in Afghanistan, vlak bij de grens met Pakistan. In een gebied waar de Pathanen heersten. Waar hij eerder gevangen was gehouden. Lieve Heer.

Hij had de informatie die ze nodig hadden.

De drie Pakistaanse kernfysici die vermoord waren door de bomaanslagen waren lokvogels. Afleidingsmanoeuvres. Onbeduidende wetenschappers die door Bashir Shah waren ingehuurd met als enige doel om te worden afgeslacht. Om het Westen te laten geloven dat het gevaar geweken was. Of dat ze op zijn minst de tijd hadden.

Terwijl de tijd in werkelijkheid om was.

Gils bron had hem verteld dat de echte kernfysici enkele jaren eerder al waren gerekruteerd. Topwetenschappers die zogenaamd een sabbatical hadden genomen, maar die in werkelijkheid aan Shah waren verhuurd, die hen doorverhuurde aan een derde partij, vrijwel zeker Al Qaida. Om een kernwapenprogramma op te zetten in Afghanistan.

Ellen stond zo abrupt op dat haar stoel omviel. Ze dacht snel na. Daarna schreef ze: *Bel me.*

Gil had de telefoon geleend van iemand die hij blijkbaar vertrouwde. Ene Akbar. Hij zou niet worden afgeluisterd. En haar telefoon was beveiligd. Niettemin werd de kamer vrijwel zeker afgeluisterd. Ze moest oppassen met wat ze zei.

Ze zouden een minuut of twee, drie hebben voordat het telefoontje werd onderschept.

'Zet je timer op twee minuten,' fluisterde ze tegen Katherine, die de urgentie zag en nu eens een keer geen vragen stelde.

Ellen nam al op voordat de telefoon goed en wel was gegaan. 'Vertel me waar.'

'Shahs wetenschappers? Dat weet ik niet precies. Ergens langs de Pakistaans-Afghaanse grens. Het zal geen grot of kamp zijn. Het zal een of andere verlaten fabriek moeten zijn.'

Het was een lange grens, een groot gebied, maar Gil kon het niet specifieker zeggen.

'Omvang?' Ze probeerde haar stem te dempen en haar opmerkingen vaag te houden.

'Weet ik niet. Het kan variëren van een paar vuile bommen in een rugzak tot iets groters. Het kan een paar straten wegvagen of een hele stad.'

Katherine stak haar vinger op. Eén minuut voorbij. Nog één minuut over.

'Meervoud?'

'Ja.'

'Waar?'

Het leek of er een oneindige stilte viel voordat hij antwoord gaf. 'De vs.'

'Waar?'

'Steden. Ik weet niet welke. Er worden er meer gemaakt. Ik denk dat de Russische maffia de materialen aan Shah levert.'

Dat klonk logisch, dacht Ellen, en haar hoofd tolde. Ze legde verbanden. Niet de Russische regering. Niet officieel. Maar de Russische president en zijn oligarchen hadden banden met de maffia en ze hadden persoonlijk hun aandeel gekregen van de miljarden die waren verdiend door van alles te verkopen, van wapens tot mensen.

De Russische maffia was gespeend van elke ideologie en had geen scrupules. Geen remmingen. Wat ze wel hadden, waren wapens, contacten en geld. Ze verkochten alles aan iedereen. Van plutonium tot antrax. Van kinderseksslaven tot organen.

Ze zouden zo nodig met de duivel naar bed gaan en daarna een ontbijtje voor hem maken.

Shah moest een derde partij hebben om de Iraniërs te tippen over die wetenschappers. Wie zou daarvoor beter zijn dan een informant die zowel voor de Russische maffia als voor de Iraanse Inlichtingendienst werkte?

De Russische maffia was de link tussen Iran en Shah. De schim die tussen die twee bewoog.

'Mam,' zei Gil.

'Ja?'

'Volgens de geruchten zijn ze daar al. In de steden. De bommen. Daarom heeft Shah die fysici in Europa laten vermoorden, om de focus van de vs weg te halen. Om ons te laten denken dat de volgende aanval, de grote, ook in Europa zal zijn.'

Katherine draaide haar vinger rond. Het was tijd.

Maar ze had nog een laatste vraag.

'Wanneer?'

'Binnenkort. Dat is het enige wat ik weet.'

Ellen hing op en mompelde: 'Fuck.'

Er kwam een appje binnen voor Betsy.

Ze had een dof gevoel door het slaapgebrek en had tegen Pete Hamilton gezegd dat ze moesten pauzeren om een paar uur rust te pakken. Hij lag met opgetrokken knieën op de bank in het kantoor van Charles Boynton, helemaal van de wereld, terwijl Betsy op Ellens bank naar het plafond lag te staren.

Haar lichaam was uitgeput, maar haar gedachten bleven maar kolken. Bert Whitehead. De mol. De voorzitter van de Gezamenlijke Stafchefs, een viersterrengeneraal, een veteraan van de bloederige oorlogen in Afghanistan en Irak, een verrader.

En toen kwam het appje.

Kan niet slapen. Al meer info over Beecham? Ik moet het de president vertellen.

Even dacht Betsy dat het van Ellen in Teheran kwam, maar ze besefte al snel dat het van Whitehead was.

Niks, schreef ze, met vingers die trilden van uitputting en woede. *Nu even pauze om te slapen. Ik stel voor dat u dat ook doet.*

En daarna, voordat ze haar hoofd weer neer kon leggen, kwam er nog een bericht binnen, deze keer van Ellen. Ze had Gils bericht doorgestuurd.

Betsy las het en mompelde: 'Verdorie.'

Bashir Shahs vliegtuig landde midden in de nacht en hij werd naar zijn huis in Islamabad gereden via de weinig gebruikte weg aan de achterkant, door de tuin.

Hij had de VS verlaten, slechts één dag voordat hij dat van plan was geweest. Voordat hij wel zou moeten.

Slechts één dag voordat de wereld voor altijd zou veranderen.

'Is Ellen Adams nog steeds in Teheran?' vroeg hij aan zijn luitenant.

'Voor zover we weten wel.'

'Dat is niet goed genoeg. Ik moet zekerheid hebben en ik moet weten wie ze heeft ontmoet en wat haar is verteld.'

Een kwartier later, toen Shah zich klaarmaakte om naar bed te gaan, kwam zijn luitenant met de informatie.

'Ze heeft president Nasseri ontmoet.'

'En?' Shah zag dat er nog meer was, maar dat de man bang was om hem dat te vertellen.

'En de grootayatollah.'

'Khosravi?' Shah keek dreigend en zijn luitenant knikte met grote ogen.

'Ze heeft niks te horen gekregen.'

'Niks?'

'Nee. En iemand uit haar gezelschap, de BD-medewerkster, is gearresteerd wegens spionage.'

Shah ging op de rand van zijn bed zitten en probeerde het te begrijpen. Dit sloeg nergens op.

'De grootayatollah heeft haar een of ander verhaaltje over een kat en een rat verteld. Een fabel. Iets wat hij zijn kinderen vroeger voorlas.'

'Dat interesseert me niet. Ik moet alles weten wat zij weet.'

Wat was Khosravi van plan? dacht Shah terwijl hij zijn tanden poetste. Wat was Ellen Adams van plan?

Ik had haar moeten vermoorden toen ik de kans had.

Gelukkig is haar zoon binnenkort dood, en dan weet ze dat het door hem kwam en dat het haar schuld is.

Hij spuugde in de wasbak, liep naar zijn laptop en vond het oude Perzische fabeltje over de kat en de rat. Dat ging over onwaarschijnlijke bondgenootschappen, zag hij. Dat was wel duidelijk. Maar het ging ook over de jacht. En mensen op het verkeerde been zetten.

Bashir Shah klapte langzaam de computer dicht. Hij was, wist hij, een veel te ervaren jager om te worden misleid. Hij zou zowel de kat als de rat te pakken krijgen.

'We moeten weg,' zei Akbar. 'En het moet nu.'

'Ben je gek?' zei Gil. 'Het is donker. In de bergen stikt het van de moedjahedien. Als Hamza's strijders ons niet per ongeluk doden, doen zij het wel. Hoor eens, ik wil ook weg, maar we zullen moeten wachten tot het eerste ochtendlicht.' Gil keek nog eens goed naar zijn metgezel. Het leed geen twijfel dat Akbar ongedurig was, nerveus. 'Waarom sta je zo te popelen om te vertrekken?'

Akbar keek achter hem. Ze waren in hun eigen tent. Hamza had eten en drinken geregeld en nu maakte Gil zich klaar om te gaan slapen, terwijl zijn hele lijf pijn deed.

'Ik heb hier gewoon een slecht gevoel over,' zei Akbar.

Hij sloeg de wollen deken om zich heen, leunde tegen de tentstok en voelde voor de zoveelste keer aan het lange mes dat hij in de plooien van zijn kleding verborgen hield.

29

'Mevrouw de minister,' zei Charles Boynton. Haar stafchef had aangeklopt en kwam binnen. 'Het vliegtuig van de sultan van Oman staat klaar. De Iraniërs dringen erop aan dat u vertrekt.'

De slanke man bleef onzeker bij de deur staan.

De minister van BZ en haar dochter stonden allebei bij het raam en keken alsof ze zojuist de schrik van hun leven hadden gehad.

'Wat is er?' vroeg hij, waarna hij verder de kamer binnenkwam en de deur achter zich dichtdeed.

Ellen had Gils bericht, met toevoeging van de details die hij haar aan de telefoon had verteld, doorgestuurd naar zowel Katherine als Betsy. Ze had overwogen het ook naar president Williams en Tim Beecham te sturen, maar aarzelde.

Generaal Whitehead kon niet alleen werken. Hij moest handlangers hebben in de hoogste kringen van het Witte Huis, misschien zelfs in het kabinet. Als ze het zou doorsturen en het werd onderschept, zouden ze weten dat de samenzwering aan het licht was gekomen. En dan zouden ze, om te voorkomen dat ze gepakt zouden worden, de bommen misschien voortijdig laten ontploffen.

Nee. Ellen wist dat ze het president Williams persoonlijk moest vertellen. Onder vier ogen.

Maar haar werk in Iran was nog niet gedaan. Ze moesten meer informatie hebben. Iemand leverde Shah het nucleaire materiaal; waarschijnlijk de Russische maffia, zoals Gil had gezegd.

En iemand had de Iraniërs over de fysici verteld.

Ook nu waarschijnlijk weer een Iraanse informant die met de maffia werkte. Ze hadden de informatie opzettelijk laten uitlekken zodat Nasseri en de ayatollah precies zouden doen wat Shah wilde. Ze zouden zijn fysici vermoorden.

Die persoon zou op de hoogte kunnen zijn van Shahs grotere

plan. Misschien zelfs van zijn verblijfplaats. En die informant was waarschijnlijk nog in Iran. Als ze hem of haar toch eens konden vinden.

'Wat is er?' herhaalde Boynton. 'Mevrouw de minister?'

'Mam?' vroeg Katherine.

Ellen legde haar hand op haar mond, hield haar hoofd naar achter en staarde naar het plafond. Ze probeerde het te zien.

Als zij dit allemaal had uitgevogeld, had de grootayatollah dat ook gedaan. Hij had haar hulp nodig om Shah tegen te houden. En zij had zijn hulp nodig om de terroristische aanvallen te verijdelen.

Wist Khosravi wie de informant was? Zo ja, dan kon hij haar dat onmogelijk vertellen. Niet rechtstreeks. Al hun woorden, al hun handelingen werden gemonitord.

Dus moest hij haar de informatie op een andere manier toespelen.

Daar ging het verhaal over de kat en de rat over. Wederzijdse belangen. Maar het ging ook over misleiding. Afleiding. De ene kant op kijken terwijl de belangrijke zaken ergens anders plaatsvonden.

'Zeiden ze dat ik moest vertrekken?' vroeg ze aan Boynton. 'Of dat wij moesten vertrekken?'

De vraag leek hem in verwarring te brengen. 'Is dat niet hetzelfde?'

'Doe me een plezier. Probeer je precies te herinneren wat die ambtenaar zei.'

Boynton dacht na. 'Hij zei: "Deel minister Adams alstublieft mee dat ze Iran moet verlaten, op bevel van de grootayatollah."'

'Nou, dat lijkt me duidelijk,' zei Katherine.

'Dat vraag ik me af,' zei Ellen en ze richtte zich weer tot haar stafchef. 'Laat ze maar wachten.'

Hij snoof en kon een ongelovig lachje niet binnenhouden. 'Tot sint-juttemis?' Maar bij het zien van de ernstige blik van zijn baas betrok zijn gezicht.

'Hou ze aan het lijntje,' zei minister Adams.

'Aan het lijntje?' vroeg Boynton bijna piepend. 'Hoe dan?'

'Doe het nou maar gewoon.'

Ze duwde hem zo'n beetje de deur uit. Toen die dichtging, hoorde ze haar stafchef tegen de Iraanse ambtenaar zeggen dat ze zo naar buiten zouden komen. 'Klein oponthoud. Vrouwenzaken.' Daarna hoorde ze hem vragen: 'Hebben jullie hier ook vrouwenzaken?'

Misschien hebben we niet zoveel tijd als ik had gehoopt, dacht Ellen.

Ze probeerde haar gedachten tot bedaren te brengen. Er niet aan te denken dat generaal Whitehead de mol was.

Niet te denken aan wat Gil had gezegd. Dat er vrijwel zeker al kernbommen in Amerikaanse steden lagen. Klaar om tot ontploffing gebracht te worden. Binnenkort.

Elke slag van haar hart voelde als het wegtikken van de tijd.

Ze deed haar ogen dicht en ademde diep in. En lang uit. *Probeer de volgende stap te zien*, zei ze bij zichzelf. *Sluit alle ruis buiten, alle storende elementen. Zie het helder...*

'Mam?'

Stilte. Toen schoten haar ogen open.

Haar hart begon sneller te kloppen. Het bonkte tegen haar ribbenkast. De Big Ben, die de kostbare ogenblikken telde. Die snel afstevende op het klokgelui van middernacht.

Haar gedachten raasden met haar hart mee. Ze was er bijna. Bijna.

En toen snapte ze het. Wat de grootayatollah bedoelde.

Ellen beende door de kamer en zwaaide de deur open. Terwijl ze dat deed, hoorde ze Boynton en die arme Iraanse ambtenaar praten over welke boom de profeet geweest zou zijn als hij een boom was geweest.

Ze vermoedde dat ze net op tijd tussenbeide was gekomen voordat ook haar stafchef gearresteerd zou worden, wegens blasfemie.

'Charles!'

Hij keek haar aan als een vis aan een haak. 'Ja?'

'Kom eens.'

Dat liet hij zich geen twee keer zeggen.

'Ik moet weg,' zei ze, terwijl ze de deur achter hem dichtdeed. 'Nu.'

'Ja, dat zei ik al,' zei Boynton.

'En jij moet hier blijven.'

'Huh?'

'Samen met Katherine.'

Ze staarden haar aan.

'We kunnen Anahita niet achterlaten,' legde Ellen op normale toon uit. Zodat iedereen die meeluisterde het kon horen. 'Ik moet terug naar D.C. om met president Williams over de situatie te praten. Hij moet me instructies geven. Jullie moeten in Iran blijven tot ik terug ben. In de tussentijd kunnen jullie een beetje gaan sightseeën.'

Ze keken haar allebei aan alsof ze haar verstand verloren was.

'Er zullen mensen zijn die jullie schaduwen. Hou ze dan maar lekker nutteloos bezig. Laat ze maar denken dat jullie iets op het spoor zijn. Ga Persepolis bekijken. Of wacht, nog beter, vraag of jullie de prehistorische grot van Beloetsjistan mogen zien.'

'Waar heb je het over?' vroeg Katherine.

'Dat heb ik onderweg hiernaartoe gelezen,' legde Ellen uit. 'Archeologen hebben daar grottekeningen gevonden. Elfduizend jaar oud. Sommige mensen denken dat duizenden jaren geleden Iraniërs naar het Amerikaanse continent zijn getrokken.'

'Wat?' vroeg Katherine, die nu volledig in het duister tastte, terwijl Boynton wijselijk zijn mond hield.

'Op die tekeningen staat hetzelfde paard waar ook de inheemse volkeren van Noord-Amerika op reden. Dat moet je gewoon zien.'

'Echt?' wist Boynton eindelijk uit te brengen. 'Is dat zo?'

'Natuurlijk, als teken dat we weten dat we allemaal één volk zijn. Kijk, het gaat erom dat jullie eventuele achtervolgers een vrolijke speurtocht bezorgen.'

'Vrolijk?' vroeg Boynton.

'Nou ja, een chagrijnige speurtocht, als je dat liever hebt.'

Terwijl Boynton de grotschilderingen opzocht, dempte Katherine haar stem tot een raspend gefluister. 'Mam, die bommen. Wat Gil vertelde. We mogen geen tijd verspillen.'

'Dat doe ik ook niet.' Ellen hield haar dochters blik vast en Katherine zag haar vastberadenheid.

'Die archeologische site is bijna twintig uur rijden,' zei Boynton, die opkeek van zijn telefoon.

'Ik weet zeker dat ze jullie wel naar een nabijgelegen vliegveld kunnen laten vliegen, dan kun je vanaf daar verder met de auto,' zei Ellen, die weer op normale toon sprak. Of in elk geval zo normaal als ze kon. 'Jullie kunnen onderweg slapen, en iedereen die geïnteresseerd is in jullie doen en laten zal des te meer tijd en moeite verspillen door jullie te volgen.'

'Maar zo verspillen wij ook tijd en moeite,' wierp Boynton tegen.

Katherine keek naar de ogen van haar moeder, die bloeddoorlopen waren van vermoeidheid, maar wel schitterden. Van slimheid of waanzin, dat kon Katherine niet zeggen. Hadden Gils bericht en de druk om een catastrofe af te wentelen haar de afgrond in geduwd?

'Anahita?' vroeg Katherine. 'En Zahara? Wat wil je dat we doen om hen te helpen?'

'En de twee Iraniërs die gearresteerd zijn?' vroeg Charles.

'Ik zal kijken wat president Williams wil doen. Zulke beslissingen zijn niet aan mij. Ik kom zo snel mogelijk terug. Luister, maak zo veel mogelijk ophef over het bezoek aan die grotten. Dan worden jullie geschaduwd en besteden ze geen aandacht aan wat ik doe.'

Terwijl ze het zei, typte ze snel een bericht aan Katherine.

Ga maar. Vertrouw me. Ik zit erbovenop.

Het was pikdonker toen minister Adams aan boord van het vliegtuig van de sultan stapte. Eenmaal in de ruime cabine trok ze haar boerka uit en probeerde die aan de vrouwelijke ambtenaar te geven.

'U mag hem houden,' zei ze in vloeiend Engels. 'Ik geloof dat u nog terugkomt.'

Terwijl het vliegtuig over de startbaan reed voor het eerste deel van haar lange reis naar huis, ging Ellen vooroverzitten, alsof ze daardoor sneller in Washington zou zijn.

Het laatste wat ze van haar dochter zag, was dat ze met Boynton in een auto stapte voor hun eigen lange reis, naar de grotten.

Ze hoopte en bad dat ze het verhaal van de ayatollah over de kat en de rat goed begrepen had. Ze wist vrijwel zeker dat hij Anahita Dahir had laten arresteren zodat er iemand van Ellens gezelschap moest achterblijven.

Toen hij publiekelijk opdracht had gegeven om minister Adams weg te sturen, maar haar dochter en haar stafchef had laten blijven, was dat voor Ellen de bevestiging geweest.

Hij speelde een misleidingsspel. Hij wilde hun iets vertellen, maar Ellen werd te scherp in de gaten gehouden.

Dus moest de Opperste Leider haar het land uit krijgen, terwijl hij de garantie had dat iemand van de Amerikaanse delegatie achter zou blijven om de informant te ontmoeten en de informatie te krijgen die ze nodig hadden.

Toen het vliegtuig op kruishoogte was, kreeg Ellen een appje van Katherine.

Vliegtuig wachtte op ons op vliegveld. We werden verwacht.

Ellen liet haar hoofd zakken, dat zwaar was van opluchting.

Ze werden verwacht. Khosravi had gewild dat ze dit deed.

Ze stuurde snel een omhooggestoken duimpje terug en ging achteroverzitten. Vol vertrouwen. Zeker wetend dat ze de Opperste Leider van de Islamitische Republiek Iran goed begrepen had.

Maar...

Ze probeerde de verraderlijke gedachte te verdrijven.

Maar...

De man was een terrorist. Een gezworen vijand van de Verenigde Staten. Die een groot aantal aanvallen op het Westen had gefinancierd. En ze had zojuist haar dochter, haar land, in zijn handen gelegd? Op basis van een fabel over een kat en een rat?

Ze vertrouwde erop dat die sluwe oude geestelijke niet degene was die een val had uitgezet en dat zij er niet zojuist was in getrapt.

Dat was haar laatste gedachte voordat ze werd geveld door vermoeidheid.

Boynton sloeg een kruis toen de deur van het kleine propellervliegtuigje dichtging.

Ze slaagden erin om wat te slapen tijdens de vlucht naar de provincie Sistan en Beloetsjistan die, zo legde Boynton op zijn Iejoor-achtige manier aan Katherine uit toen ze de daling inzetten, niet ver van de grens met Pakistan lag. Op de een of andere manier maakte dat alles volgens hem nog erger.

Maar goed, dacht Katherine terwijl ze uit het raampje keek en door het donker tuurde om iets van het land te zien, hij wist dan ook niets over de kernbommen die al in de Amerikaanse steden lagen. Hij wist niet wat 'erger' echt betekende.

Een grijsharige oudere kerel die Farhad heette kwam naar hun vliegtuig toe en legde uit dat hij hun chauffeur en gids zou zijn. Ze stapten in zijn gedeukte auto, die naar tabak rook, en hij bracht hen naar de woestijn.

Hij sprak vloeiend Engels met een zacht, zangerig accent. Hij zei dat hij het gewend was om westerse archeologen naar deze site te brengen. Hij was er duidelijk trots op. Ze zaten met zijn drieën in de auto en er waren nergens andere voertuigen te bekennen. Geen van de altijd aanwezige bewakers en observanten. Niemand had meer belangstelling voor hen.

Charles Boynton had ook geen belangstelling meer en staarde uit het raampje naar de gloed van de bijna opkomende zon in het eindeloze landschap van zand en rotsen.

Tijdens het rijden had Farhad hun verteld over de vondsten van hiërogliefen en petrogliefen van dieren, planten en mensen.

'Sommige zijn getekend met plantaardige kleurstoffen,' legde hij uit. 'Sommige met bloed. Er zijn er duizenden.'

Dit gebied, vertelde hij, werd grotendeels genegeerd door toeristen, ondanks de schat aan rotstekeningen.

'Er komen hier nooit buitenlandse reizigers.'

Hij vertelde gepassioneerd over de noodzaak om de vondsten te beschermen. Hij keek naar Katherine, die naast hem zat terwijl Boynton op de achterbank zat te snurken. Hoofd achterover, mond open.

'Daarom zijn jullie hier toch? Om te beschermen wat belangrijk is?'

Zijn blik was zo intens dat ze knikte. Zonder precies te weten waarmee ze instemde.

Toen ze arriveerden, kwam de zon net op. Toen Boynton eenmaal wakker was gemaakt, klommen ze op een plateau en zette Farhad een ontbijtje neer van sterke koffie uit een thermoskan, dikke vijgen, sinaasappels, kaas en brood.

Katherine maakte een foto van Boynton en Farhad. De stafchef, nog steeds in kostuum en das, zag eruit alsof hij door een verborgen deur in Foggy Bottom was gestapt en hier was beland.

Onverwachts. Ongelukkigerwijs.

Ze stuurde hem naar haar moeder met een kort berichtje om te zeggen dat ze bij de grotten waren aangekomen en dat ze weer zou schrijven als er meer te vertellen viel.

Nu zat Katherine op de rots terwijl de zon opkwam en keek uit over het oude landschap dat al tienduizenden, misschien wel miljoenen jaren onveranderd was gebleven. Ze verwonderde zich erover. Anderen hadden precies op de plek gezeten waar zij nu zat en hadden de figuren in de rots gekrast en hun leven vastgelegd. Hun overtuigingen. Hun ideeën. Hun gevoelens, zelfs.

'Mag ik?' vroeg ze, en toen Farhad knikte, stak ze haar wijsvinger uit en liet die langs de lijnen glijden.

'Het is een adelaar,' legde hij uit. 'En dat' – hij wees naar de lijnen erboven – 'is de zon.'

Katherine begreep niet hoe het kwam, maar ze kreeg een brok in haar keel en haar ogen werden vochtig. Net zoals wanneer ze muziek hoorde die haar op diep verborgen plekken raakte. Of een passage las in een boek dat haar ontroerde. Deze tekeningen van paarden en jagers, kamelen en sierlijke vogels die door de lucht zweefden. Van vrolijke zonneschijn. Ze waren indringend menselijk.

De handen die dit getekend hadden, hadden dezelfde grond aangeraakt, dezelfde zon gevoeld. En hadden de behoefte gevoeld hun rituelen vast te leggen. Het leven van die mensen was helemaal niet zo anders, eigenlijk helemaal niet anders, dan dat van haar.

En niet zo anders van wat zij deed met de kranten en de tv-zenders die ze had. Dit was, in steen, hun nieuws. Het waren de gebeurtenissen van hun dag.

Het was een troostrijke gedachte, vond ze, terwijl ze van de koffie dronk en fruit en kaas at. En naar de zonsopkomst keek. En ze had troost nodig.

Ze was zo bang voor wat Shah van plan was. Wat hij al in Amerikaanse steden had geplaatst. Ze was zo bang dat ze het niet konden tegenhouden.

Ze had echt geen idee waarom haar moeder haar daarnaartoe had gestuurd, wat ze van hen wilde. En toch voelde Katherine, nu ze de lijnen van de zon volgde, een diepe, onverwachte kalmte.

Deze levensverklaringen hadden millennia overleefd.

En al zouden er levens eindigen, het leven ging door.

'Kom,' zei Farhad, terwijl hij de ontbijtboel opruimde. 'De mooiste zijn binnen.'

Hij knikte naar iets wat eruitzag als een nauwe rotsspleet, stond op en gaf hun ieder een lantaarn. Ze wrongen zich door de spleet en Boynton mopperde: 'Shit, shit, shit.'

Eenmaal binnen veegde Katherine de rode aarde van haar jasje en keek om zich heen, terwijl ze het licht in een trage boog bewoog. Ze zag geen tekeningen meer.

'Ze zijn verder naar binnen,' legde Farhad uit. 'Daarom zijn ze nog maar pasgeleden ontdekt.'

Hij liep voor hen uit en Boynton en Katherine keken elkaar aan.

‘Misschien kan ik beter hier blijven,’ zei Boynton.

‘Misschien kun je beter met mij meegaan,’ zei Katherine.

‘Ik hou niet van grotten.’

‘Wanneer ben je voor het laatst in een grot geweest?’

‘Jij hebt duidelijk niet veel tijd in het Witte Huis doorgebracht,’ fluisterde hij.

Katherines lach tuimelde door de grotten en keerde bij hen terug als een soort laag gekreun.

Ze pakte haar telefoon. Geen bereik. Ze kwam in de verleiding om hun voortgang te filmen, maar haar batterij begon leeg te raken, dus zette ze de telefoon uit, maar hield hem als een talisman in haar hand.

Ze liepen achter Farhad aan een hoek om en zagen dat hij was blijven staan. Daarna draaide hij zich naar hen om.

‘Dit lijkt me wel ver genoeg.’ Hij had een pistool in zijn hand.

Ze staarden naar de gids. Naar het pistool.

‘Wat doe je?’ wist Katherine uit te brengen.

‘Ik wacht.’

En daarna hoorden ze het, van nog dieper in de grot. Voetstappen. Door de echo was het onmogelijk te zeggen hoeveel mensen eraan kwamen. Het klonk als honderden. En Katherine had het wilde idee dat de oude figuren op de muren, getekend met bloed, tot leven waren gekomen. Dat ze uit het gesteente waren gestapt en nu op hen afkwamen.

Ze draaiden zich naar de geluiden toe en Katherine zag dat Farhad zijn wapen nu op de duisternis gericht hield. Op wat het ook was dat steeds dichterbij kwam.

Ze zette snel haar lantaarn op de aarden grond van de grot en gebaarde naar Boynton om hetzelfde te doen, en samen schuifelden ze langzaam bij het licht vandaan, naar het donker.

Ze hadden amper drie stappen gezet toen ze zagen wie er uit de diepten van de oude grot kwamen. Aanvankelijk leek het een groepje dansende lichtjes. Zwevende geesten.

Maar naarmate ze dichterbij kwamen, werden de gedaanten achter de lichtjes zichtbaar. Het waren Anahita, en Zahara en haar vader, dr. Ahmadi. En de twee Iraanse agenten, Amerikaanse spionnen, die Zahara hadden ontmoet en de boodschap hadden doorgegeven. Er waren twee Revolutionaire Gardisten bij hen, die hun wapens hadden getrokken en die niet op hun gevangenen richtten, maar op Farhad, Katherine en Boynton.

Ze bleven op vijf meter afstand staan.

Had haar moeder een vreselijke vergissing begaan? vroeg Katherine zich af.

Zou het zo eindigen? Met haar eigen bloed dat op de rotswanden spatte? En zich bij dat van haar voorouders voegde? Waar het over een paar eeuwen zou worden bestudeerd door een paar antropologen die zouden besluiten dat de spetters een soort poging waren om de sterren in kaart te brengen?

Het leek erop dat het artikel dat haar moeder had gelezen toch klopte. Oude Iraniërs en Amerikanen kwamen inderdaad op dezelfde plek terecht. Alleen was het niet Oregon; het waren de wanden van deze grot.

Katherine keek in Anahita's ogen, waar ook doodsangst in stond af te lezen. De BD-medewerkster dacht hetzelfde als zij.

Dit was het einde.

Katherine drukte op de opnamekop van de video op haar telefoon. Wat er ook met hen zou gebeuren, het zou worden vastgelegd.

'Mahmoud?' Een van de Iraanse agenten die gearresteerd waren, gluurde naar hen.

Farhad liet zijn handwapen iets zakken, maar niet helemaal. 'Ik hoorde dat ze je hadden opgepakt.'

'Ja,' zei ze zonder te glimlachen. 'Iemand moet hebben geklikt.' Ze wendde zich tot de bewakers. 'Jullie kunnen jullie wapens laten zakken. Dit is de man met wie we hebben afgesproken.'

'Mahmoud?' fluisterde Katherine. 'Ik dacht dat je Farhad heette.'

'Als ik gids ben, heet ik ook zo.'

'En wat ben je nu?' vroeg Boynton.

'Jullie redder.'

De vrouwelijke agent schudde haar hoofd. 'Een wandelend ego. Hij is informant voor MOIS.'

'De Iraanse inlichtingendienst,' zei Boynton.

'Mahmoud werkt ook voor de Russische maffia,' verklaarde de vrouw met uitgesproken minachting. 'Daarom zijn we hier toch?'

Ze stonden nog steeds vijf meter bij elkaar vandaan. Hoewel ze hartelijk en collegiaal klonken, was de sfeer tussen hen strakgespannen. Als vleeseters die klaarstonden voor de fatale sprong.

Katherines lantaarn, die op de grond stond, wierp zijn licht op de ruwe stenen wand van de grot. Daardoor werden er schitterende tekeningen verlicht.

Gracieus, weelderig. Deze waren van een nog fraaiere grootsheid dan de tekeningen buiten. Er zat beweging in, een vloeiende lijn waarbij de bloedmannen op bloedpaarden en -kamelen hun speren in een krijsend, kronkelend, katachtig wezen boorden.

Dit was een jacht. Dit was een prooi.

30

Hamza wachtte op hen bij de buitenste rand van zijn kampement.

Het was een heldere, koude ochtend, maar halverwege de middag zou het snikheet zijn. Zo was het leven op deze lengte- en breedtegraad. Het leven in dit klimaat vergde aanpassingsvermogen.

Toen Gil en Hamza elkaar omhelsden, voelde Gil dat er iets in zijn jaszak werd gestopt. Eerst dacht hij dat het een telefoon was, maar daarvoor was het te groot en veel te zwaar.

'Ik denk dat je het nodig zult hebben,' fluisterde Hamza. 'Succes.'

'Dank je wel. Voor alles.'

Ze keken elkaar aan en begrepen ieder wat de ander had gedaan. En de consequenties daarvan. Daarna liep Gil achter Akbar aan de berg af, over het smalle pad dat hen uiteindelijk terug zou brengen bij de oude taxi. En vanaf daar door Pakistan en een vlucht naar... waar?

Naar huis? Naar D.C.? Waar vrijwel zeker een van de bommen lag?

Terwijl Gil verder hinkte, probeerde hij te rechtvaardigen waarom hij daar weer naartoe zou gaan. En hij probeerde te rechtvaardigen waarom niet.

Akbar, die de route kende, wist precies waar hij het zou doen. Op de plek waar het pad verdween. Waar ze voorbij Hamza's wachters waren en er geen getuigen zouden zijn.

Hij tastte in zijn jaszak naar zijn telefoon. Hij zou extra geld krijgen als hij een foto kon maken van het lijk. Genoeg om een nieuwe auto te kopen.

Zodra Air Force Three geland was, werd minister Adams snel weggeleid in de gepantserde SUV, door de straten van Washington. Met zwaailichten. Escortevoertuigen blokkeerden kruisingen.

En het leek nog steeds een eeuwigheid te duren om van Andrews naar het Witte Huis te komen.

Ellen keek steeds op haar telefoon. Ze had geen bericht meer van Katherine ontvangen sinds ze de foto had gestuurd van haar chagrijnige stafchef naast een verweerde, oudere Iraniër in traditionele kleding, met de tekst: *We zijn er. Je had gelijk. Zeer de moeite waard. Maar niet gevolgd.*

Dat was al een paar uur geleden. En daarna niks meer.

Ze keek nog een keer en stuurde zelf een bericht.

Nieuws? Alles goed? Gevolgd door een hartje.

Toen de SUV bij de zijingang van het Witte Huis tot stilstand kwam, sprong Ellen eruit. Bewakers deden de deur open. Ambtenaren bleven staan om haar te begroeten: 'Mevrouw de minister.'

Ze probeerde er beheerst uit te zien terwijl ze min of meer door de brede gangen sprintte. Ze had Betsy een appje gestuurd om naar haar toe te komen in het kantoor van de president en om Pete Hamilton mee te nemen.

De twee vrouwen omhelsden elkaar en Betsy stelde haar voor aan de voormalig persvoorlichter van Eric Dunn.

'Bedankt dat u ons helpt,' zei Ellen.

'Ik help mijn land.'

Ellen glimlachte. 'Dat is goed genoeg.'

'Ik laat de president weten dat u er bent, mevrouw de minister,' zei Williams' secretaresse met haar lijzige zuidelijke accent. Ellen verwachtte bijna dat ze gezoete ijsthee zou krijgen.

Maar hoewel de vrouw heel ontspannen klonk, handelde ze snel, met efficiënte bewegingen die bewezen dat ze precies wist waar dit over ging.

Nou, misschien niet precies, dacht Ellen, terwijl ze op haar telefoon keek. Alweer.

Niks.

De deur ging open, maar toen ze nog geen twee stappen in het Oval Office hadden gezet, bleven ze alle drie staan. En staarden.

Hoewel ze had gevraagd of deze vergadering privé kon zijn, alleen tussen hen en president Williams, zag ze twee mannen overeind komen van de bank, waar ze op hadden gezeten.

De mannen draaiden zich in een soort gesynchroniseerde beweging om.

Tim Beecham en generaal Bert Whitehead.

Ellen probeerde haar verbazing en haar ergernis niet eens meer te verbergen. Ze deed een stap naar voren, negeerde de mannen en sprak rechtstreeks tegen Williams.

'Meneer de president, ik dacht dat ik had gevraagd of deze vergadering privé kon zijn.'

'Dat klopt. Ik was het er niet mee eens. Als u informatie over Shah hebt, kunnen we dat maar beter allemaal zo snel mogelijk horen, zodat we spoedig een plan in werking kunnen stellen. Tim heeft zijn vlucht naar Londen uitgesteld zodat hij hierbij kon zijn. Dus voor de dag ermee.'

Toen pas merkte hij de twee andere mensen op die ze bij zich had. Betsy Jameson kende hij, maar die ander... President Williams bladerde duidelijk door het fotoalbum dat iedere politicus in zijn hoofd had.

En toen wist hij het. Zijn gezicht werd blijer nu hij de man had weten te plaatsen, en ook perplexer. Nu hij hem had weten te plaatsen.

'Bent u niet...'

'Pete Hamilton, meneer de president. Ik was de persvoorlichter van president Dunn.'

Williams wendde zich tot zijn minister van BZ. 'Wat is dit?'

Ellen deed een stap dichter naar de president toe. 'Ik ben teruggekomen omdat er iets is wat u persoonlijk moet horen. Onder vier ogen. Alstublieft.'

Als hij de smeekbede in haar stem al hoorde, negeerde hij die.

'Over Shah?' vroeg hij. 'Bent u erachter gekomen wat hij van plan is?'

Er zat niks anders op. Ellen Adams rechtte haar rug en zei: 'Het gaat over de mol, de verrader, in uw Witte Huis. Die goedkeuring heeft gegeven voor het intrekken van dr. Shahs huisarrest. Die met hem en elementen uit de Pakistaanse regering samenwerkt om de Taliban en Al Qaida een kernwapen te bezorgen dat ze tegen de Verenigde Staten kunnen gebruiken.'

Bij elk woord sperde president Williams zijn ogen wijder open, tot hij net een karikatuur van een doodsbange man leek.

'Wat?'

'Hebt u het gevonden?' vroeg Whitehead. Hij deed een stap naar Tim Beecham toe. 'Het bewijs dat we nodig hadden?'

Williams keek naar de voorzitter van de Gezamenlijke Stafchefs. 'Wist u ervan?'

Ellen richtte zich ook tot generaal Whitehead. Haar woede, haar razernij die ze onmogelijk kon inhouden, was onmiskenbaar. Ze trilde van kwaadheid.

Een ogenblik kon ze niets zeggen, maar haar gezicht sprak boekdelen toen ze de generaal aanstaarde.

Whiteheads mond viel open van verbazing. Daarna fronste hij zijn wenkbrauwen. 'Wacht eens even. U kunt toch onmogelijk denken...'

'Ik weet het zeker,' zei Ellen en ze keek hem dreigend aan. 'We hebben het bewijs.'

Ze knikte naar Betsy, die de uitgeprinte pagina's op de Resolute Desk legde. Mevrouw Cleaver had de eerste klap toegediend. Ze draaide zich om en keek Whitehead kwaad aan, waarna ze terugliep.

De generaal wilde al naar het bureau en de papieren lopen, maar Williams stak zijn hand omhoog en hij bleef staan.

De president pakte de papieren op. Tijdens het lezen verslapte zijn gezicht. Zijn mond viel open en zijn ogen keken glazig, niet-begrijpend. Het was zo'n moment, zo'n ogenblik, dat je struikelt terwijl je de trap af loopt. Dat moment waarop je beseft dat je jezelf niet kunt redden. En dat het heel erg wordt.

Het werd volkomen stil in het Oval Office. Afgezien van het tik, tik, tik van de klok op de schoorsteenmantel.

President Williams liet de papieren vallen en wendde zich tot Whitehead.

'Klootzak.'

'Nee, ik ben het niet! Ik ben het niet. Ik weet niet wat er in die papieren staat, maar het is een leugen.'

Hij keek wild om zich heen; daarna bleven zijn ogen op Tim Beecham rusten, die vol afgrijzen en geschoktheid naar de voorzitter van de Gezamenlijke Stafchefs staarde.

'Jij,' zei Whitehead en hij kwam naar voren. 'Jij hebt dit gedaan.'

Hij deed een stap in de richting van Beecham, die terugdeinsde, over een fauteuil struikelde en op de grond viel.

'Beveiliging!' riep Williams en alle deuren zwaaiden open.

Agenten van de Geheime Dienst gingen om de president heen staan terwijl anderen hun wapens trokken en de kamer afspeurden naar gevaar.

'Arresteer hem.'

De agenten keken van de president naar de man die hij aanwees. Een viersterrengeneraal. Een oorlogsheld. Hún held, voor velen van hen.

De voorzitter van de Gezamenlijke Stafchefs.

Het was heel even stil voordat de hoogste agent naar voren kwam.

'Laat uw wapen vallen, generaal.'

'Ik ben niet gewapend,' zei Whitehead, die zijn armen spreidde. Terwijl hij gefouilleerd werd, schoten zijn ogen naar de president. 'Ik ben het niet. Hij is het.' Hij knikte naar Beecham, die net overeind krabbelde. 'Ik weet niet hoe hij dit heeft gedaan, maar het is Beecham.'

'God allemensen,' zei Ellen. 'Geef het nou maar op. We hebben het bewijs. We hebben de memo's, de aantekeningen. Waarvan jij dacht dat je ze verstopt had. Met je toestemming voor de vrijlating van Shah. Waarmee de regio gedestabiliseerd werd. Waarmee je dit allemaal hebt opgezet.'

'Ik heb nooit...' begon Whitehead. 'Shah vrijlaten was waanzin. Ik zou nooit...'

Betsy kapte hem af. 'We hebben de memo's tussen de papieren van Beecham gevonden.'

'De wat?' vroeg de directeur van de Nationale Inlichtingendienst. 'Waar?'

'Generaal Whitehead hier probeerde u zwart te maken,' legde Betsy uit. 'Hij probeerde u als de verrader af te schilderen door onder andere uw documenten uit het tijdperk-Dunn te nemen en ze uit de officiële archieven te verplaatsen. Hij heeft ze begraven, zodat het leek alsof u iets te verbergen had.'

'Ik heb de documenten gevonden,' zei Pete Hamilton. 'Ze waren verborgen in de privéarchieven van het kabinet-Dunn.'

'Dat bestaat niet,' zei president Williams. 'Alle correspondentie en documenten worden automatisch naar de officiële archieven gestuurd. Ze kunnen als geheim worden gemarkeerd, maar ze zijn er wel.'

'Nee, meneer de president,' zei Hamilton. 'Dunns mensen hebben zorgvuldig een parallel archief gemaakt. Ze konden geen documenten wissen, maar ze konden ze wel achter een bijna ondoordringbare muur zetten. Alleen de insiders met het wachtwoord konden erin. Ik had het wachtwoord, maar geen toegang tot de computer.'

'Ik had de toegang,' zei Betsy Jameson, 'maar niet het wachtwoord. Dus hebben we samengewerkt.'

'U hebt alle referenties van uw betrokkenheid bij Shah en de Pakistanen veranderd om het te laten lijken alsof het meneer Beecham was,' zei Pete Hamilton tegen Whitehead. 'Maar u bent er twee vergeten. En die hebben we gevonden.'

Whitehead schudde zijn hoofd. Schijnbaar met stomheid geslagen. Maar Ellen was erachter gekomen dat hij uiteraard een goede leugenaar was, een goede acteur. Dat moest wel.

Ze had zich één keer laten inpalmen door deze Fred MacMurray, een allemansvriend. Eens, maar nooit weer.

'En daarna begon u stilletjes te insinueren dat Tim Beecham niet te vertrouwen was,' zei ze. 'En dat werkte. Ik geloofde u.'

'Die jongeman die me vanuit Frankfurt is gevolgd en die daarna in het park en in de bar was,' zei Betsy. 'Die over wie ik u vertelde. U bent met hem gaan praten. Ik was zo dankbaar dat u daar zo makkelijk mee afrekende. Nu snap ik waarom. Hij was er een van u.'

'Nee.'

'Hebt u toen die scan gemaakt van het briefje dat Ellen me had gegeven?' vroeg Betsy. 'U hebt helemaal niet met hem afgerekend. U hebt gezegd dat hij naar het kantoor van de minister van Buitenlandse Zaken moest gaan om dat te doorzoeken terwijl ik met u in de bar was. U hebt gezegd dat hij iets persoonlijks moest zoeken. Iets wat u naar Shah kon sturen, om Ellen de stuipen op het lijf te jagen.'

'Was het uw idee of dat van Shah?' vroeg Ellen.

'Zo is het helemaal niet gegaan.' Maar zijn ontkenningen werden steeds zwakker naarmate het net zich om hem heen sloot.

'Betsy, is die commando nog bij je?' vroeg Ellen.

'Ja, die heb ik buiten op de gang laten staan.'

Ellen wendde zich tot de president. 'Er is een legercommando...'

'Kapitein Denise Phelan,' zei Betsy.

'Die hoort bij hem. Ook zij moet worden gearresteerd.'

'O, kom nou, dit gaat veel te ver,' zei Whitehead. 'Kapitein Phelan is een veteraan met vele onderscheidingen. Ze heeft haar leven op het spel gezet voor dit land. Dit kunt u haar niet aandoen. Ze is er niet bij betrokken.'

'Maar u geeft toe dat u er wel bij betrokken bent?' vroeg president Williams, en toen generaal Whitehead zweeg, knikte hij naar een van de agenten van de Geheime Dienst. 'Arresteer kapitein Phelan.'

Whitehead haalde diep adem nu hij besefte, wist Ellen, dat er geen ontsnapping meer mogelijk was. Hij was erbij, hij zat in de val. Phelan zou ongetwijfeld alles toegeven in ruil voor een lichtere straf.

'Wacht,' zei Beecham, die alles probeerde te verwerken. 'Even voor de duidelijkheid. Dus u dacht dat ik mijn land had verraden?' vroeg hij aan Ellen. 'Dat ik met Bashir Shah samenwerkte? Zonder bewijs? Alleen door zijn insinuaties?'

'Dat klopt, en dat spijt me, Tim,' zei minister Adams.

'"Het spijt me"?' zei Beecham, bijna schreeuwend. Ongelovig. '"Het spijt me"?'

'Het hielp niet echt mee dat u erg onsympathiek bent,' zei Betsy. Ellen perste haar lippen op elkaar. Stevig.

'Waarom?' vroeg Williams. Hij had zijn ogen niet van Bert Whitehead afgehouden. 'In godsnaam, generaal, waarom zou u dat doen?'

'Ik heb het niet gedaan. Ik zou het nooit doen.' Zijn wenkbrauwen waren gefronst, hij dacht koortsachtig na. De strateeg die nooit opgaf. Die wanhopig een gat in het net zocht.

Maar er was geen uitweg. Hoe hij ook spartelde, hij zat in de val en hij wist het.

'Geld,' zei Beecham. 'Het gaat altijd om geld. Wat hebben ze u betaald om mannen, vrouwen en kinderen te vermoorden? Om een kernbom aan onze vijanden te geven? Hoeveel, generaal?' Hij wendde zich tot de president. 'Ik zal mijn mensen naar buitenlandse rekeningen laten kijken. Ik durf te wedden dat we het daar vinden.'

Whiteheads ogen bleven op Ellen rusten, schoten een ogenblik naar Betsy en daarna weer terug.

'Kapitein Phelan heeft hier niets mee te maken,' herhaalde hij zachtjes tegen Ellen.

'En jij, klootzak, probeerde mij zwart te maken? Om me erin te luizen?' Beechams woede ging langzamerhand over in hysterie. 'Ik heb mijn hele leven alles gegeven om dit land te dienen en jij probeert me te besmeuren met jouw shit?'

Nu draaide Whitehead zich met onverwachte snelheid om en haalde uit naar Beecham, die hij met één vlugge beweging tackelde en naar het tapijt werkte. Whitehead ging schrijlings op hem zitten en liet zijn vuist keer op keer op het gezicht van de directeur van de Nationale Inlichtingendienst neerkomen, terwijl Beecham het uitschreeuwde en hem tevergeefs probeerde af te weren.

De Geheime Dienst deed er maar een ogenblik over om te reageren, maar dat was lang genoeg voor de generaal, die getraind was bij de Special Forces, om schade aan te richten.

Twee agenten grepen de president, duwden hem omlaag en beschermden hem met hun lichaam, terwijl twee anderen op de generaal af doken. Een van hen zwiepte zijn pistool tegen Whiteheads gezicht, waardoor hij hem van Beecham af sloeg zodat hij op de grond belandde. Verdwaasd.

Ze knielden op hem neer en hielden hun pistool tegen zijn hoofd.

Instinctief had Ellen haar armen om Betsy's lichaam geslagen, in een beschermende beweging. Ze duwde haar naar achteren. Zoals een moeder met een kind zou doen als ze plotseling moest remmen.

Doug Williams stond weer op en fatsoeneerde zijn kleding.

Ze sleurden Whitehead overeind en het bloed stroomde langs zijn gezicht.

'Het is voorbij, Bert,' zei Williams. 'Er valt niks te winnen als je ons niet alles vertelt. We moeten weten wat Shah van plan is. Waar is het doelwit?' Stilte. 'Wie koopt de nucleaire technologie? Zijn het de Taliban? Is het Al Qaida? Hoe ver zijn ze? Waar werken ze?' Stilte. 'Waar zijn de bommen? Vertel het ons!' brulde de president en hij zette een stap naar Whitehead toe alsof hij op het punt stond hem aan te vliegen.

Een agent hielp Tim Beecham overeind, zette hem op een stoel en gaf hem een handdoek. Zijn neus was gebroken en zijn bloed sijpelde op het witte tapijt.

Whitehead wendde zich tot Ellen. 'Ik heb mijn deel gedaan.'

'O, god,' fluisterde Betsy. 'Hij geeft het toe. Tot op dit moment...'

'Wat?' Ellen staarde naar Bert Whitehead. 'U moet ons vertellen wat u gedaan hebt.'

'*En doet U dat, dan is het niet gedaan*,' zei hij en hij keek Betsy aan. '*Want er is meer.*'

De woorden daalden neer in een verafschuwde stilte, die werd doorbroken door de president van de Verenigde Staten.

'Neem hem mee. Ik wil dat hij verhoord wordt. We moeten weten wat hij weet. En Tim, ga medische hulp halen.'

Nadat het Oval Office was ontruimd, ging Doug Williams moeizaam op zijn stoel achter zijn bureau zitten en staarde naar de geprinte documenten. De belastende memo's.

'Ik had nooit kunnen dromen...'

Hij keek op en gebaarde dat Ellen en Betsy moesten gaan zitten. Daarna stond hij weer op. Langzaam. Als een aangeslagen man.

Hij liep naar Pete Hamilton, pakte de arm van de jongere man en begeleidde hem naar de deur.

'Bedankt voor uw hulp. Geef me een paar dagen en dan wil ik u graag weer zien.'

'Ik heb niet op u gestemd, meneer de president.'

Williams glimlachte vermoeid en dempte zijn stem. 'Ik weet niet zo zeker of zij dat wel gedaan hebben.'

Hij hield zijn hoofd scheef naar zijn minister van Buitenlandse Zaken en haar adviseur.

Maar er stond geen geamuseerdheid op zijn gezicht. Alleen verpletterende bezorgdheid.

'Succes, meneer de president. Als er iets is wat ik kan doen...'

'Dank u wel. En geen woord tegen wie dan ook.'

'Ik begrijp het.'

Nadat Hamilton vertrokken was, ging Williams weer achter zijn bureau zitten. 'Bent u helemaal uit Teheran teruggekomen alleen maar om me over generaal Whitehead te vertellen?'

Terwijl hij met Hamilton sprak, had Ellen op haar telefoon gekeken. Niks. Nog steeds niks van Katherine. En ook niks meer van Gil.

Haar bezorgdheid begon nu om te slaan in paniek.

Maar ze moest zich focussen. Focussen.

Betsy pakte haar hand en fluisterde: 'Gaat het?'

'Katherine en Gil. Geen woord.'

Betsy kneep in haar hand toen Ellen zich weer tot Williams wendde. 'U moest het weten van generaal Whitehead, meneer de president, en ik kon niet riskeren dat de boodschap onderschept zou worden.'

'Denkt u dat er nog anderen bij betrokken zijn naast de commando?'

'Ik denk dat dat mogelijk is.'

'Is dit een couppoging?' Zijn gezicht was bleek, maar hij was in elk geval bereid om het ergste onder ogen te zien, dacht Ellen.

'Ik weet het niet.' Ze zweeg.

Was het dat? Als die kernbommen ontploften en honderden, duizenden, misschien wel honderdduizenden mensen doodden en grote Amerikaanse steden wegvaagden, zou er chaos ontstaan. En woede.

En zodra de orde ook maar weer enigszins hersteld zou zijn, zou er terecht om aansprakelijkheid worden geroepen. En om antwoorden. Maar ook geschreeuwd worden om wraak. En niet alleen op de terroristen die het gedaan hadden, maar ook op een regering die het niet had weten tegen te gaan.

Het feit dat dit allemaal onder Eric Dunn was begonnen, zou verloren gaan in de chaos.

Ellen dacht dat Eric Dunn een dwaas was, maar ze geloofde niet dat hij krankzinnig was. Niet actief betrokken bij deze samenzwering. Het waren anderen, mensen die baat hadden bij chaos. Bij oorlog. Bij een nieuwe regering. De parasieten en de hielenlikkers die onder Dunn als paddenstoelen uit de grond waren geschoten en die nog steeds onder hen waren.

Misschien was dit inderdaad een couppoging.

Doug Williams zag dat zijn minister van Buitenlandse Zaken perplex stond.

'We krijgen het wel uit Whitehead,' zei hij.

'Dat weet ik niet zo zeker,' zei Ellen. 'Maar er is nog iets. Iets wat ik u ook onder vier ogen moest vertellen.'

De president keek naar Betsy.

'Zij weet het,' zei Ellen. 'En mijn dochter en mijn zoon ook. Maar ze zijn de enigen. Gil heeft de informatie achterhaald.'

De deur van het Oval Office zwaaide open. Barb Stenhauser kwam binnen en bleef na een paar stappen staan om naar de bloedvlekken op het tapijt te staren.

'Ik hoor het net. Is het waar?'

'Je moet ons even alleen laten, Barb,' zei hij. 'Ik bel wel als ik wil dat je komt.'

Stenhauser bleef sprakeloos staan. Door wat ze in de gangen over generaal Whitehead had gehoord en door wat ze nu net van de president hoorde.

Haar ogen, die eerst op de president gericht waren geweest, bleven nu op minister Adams rusten en verplaatsten zich daarna naar Betsy Jameson. Haar blik was kil. IJzig.

'Wat gebeurt er allemaal?'

'Barb, alsjeblieft,' zei Williams, en iets in zijn stem waarschuwde haar dat hij het geen derde keer wilde zeggen.

Nadat ze vertrokken was, boog Williams zich voorover en zei: 'Vertel, mevrouw de minister.'

En dat deed Ellen.

31

'Laten we hier even uitrusten,' zei Akbar.

Hij bleef staan en keek over de rand in het ravijn.

Gil stopte, dankbaar dat zijn metgezel rekening hield met hem en zijn been. De afdaling was weliswaar gemakkelijker voor zijn longen, maar veel zwaarder voor zijn gewonde been. Al dat bonken en glijden.

'Nee,' zei hij. 'We moeten naar beneden. Snel. Ik moet contact opnemen met mijn moeder.'

'Wat heeft Hamza tegen je gezegd? Je leek nogal boos.'

'Ach, je kent hem toch? Dramaqueen.'

Akbar lachte. 'Ja. Daar staat hij om bekend. Net als alle Pathanen.'

'Ik was boos omdat hij me niets kon of wilde zeggen. Ik denk dat hij dingen over Shah weet, maar die wilde hij niet vertellen. Hij was mijn laatste hoop. Ik moet naar beneden om tegen mijn moeder te zeggen dat ik niks heb.'

'Je hebt haar gisteren toch geschreven? Je hebt mijn telefoon geleend.'

'Ja, maar ik had gehoopt dat Hamza vanochtend van gedachten veranderd zou zijn en dat ik haar iets bruikbaars kon sturen. Maar dat was niet zo.'

Akbar keek zijn metgezel onderzoekend aan. Zijn vriend. Nou ja, niet zo'n goede vriend, dat bleek wel.

'Jammer. Deze hele reis voor niks.' Akbar stak zijn arm naar voren om Gil aan te sporen voorop te lopen. 'Jij eerst.'

'Eigenlijk kun jij beter eerst gaan. Als mijn been het begeeft, wil ik op jou kunnen landen.'

'Wie is hier nou een dramaqueen?' Maar hij liep naar voren. Dit maakte dat wat hij moest doen een beetje moeilijker, omdat Gil het zou zien aankomen. Een mes in iemands rug was altijd makkelijker. Net als een duw van achteren.

En dan zou hij niet achtervolgd worden door Gils geschokte gezicht. Hoewel Akbar vermoedde dat dat wel minder erg zou worden als de nieuwe auto er eenmaal was.

Om de hoek van de rotswand, op het smalle pad dat bezaaid was met steengruis van aardverschuivingen, bleef hij staan, draaide zich om en stak zijn armen uit om Gil te pakken.

Toen Gil dat zag was hij een ogenblik verbouwereerd. Maar dat duurde maar een fractie van een seconde.

Hij deed een stap opzij en stootte met zijn wond tegen een uitstekende rots. Schreeuwend van de pijn voelde hij dat zijn been het begaf. Automatisch stak hij zijn handen uit en greep Akbar bij zijn gewaad om hem mee omlaag te trekken.

Nadat hij op de grond was beland, liet hij Akbar los en kroop weg, terwijl hij met zijn rechterhand naar de zak van zijn gewaad tastte. Waar Hamza het pistool had verstopt.

'Wat doe jij nou?' schreeuwde hij toen Akbar op handen en knieën ging zitten en achter hem aan kroop.

Gils ogen werden groter. Akbar gaf geen antwoord, maar het lange, kromme mes in zijn hand wel.

'Shit,' zei Gil en hij graaide verwoed naar zijn zak. Maar het wijde gewaad gaf niet zo makkelijk mee.

Hij pakte een handvol stenen en aarde en gooide die in Akbars gezicht. De man werd er nauwelijks door gehinderd.

Gil schopte wild naar hem, maar Akbar, bedreven in man-tegenmangevechten door zijn jaren bij de moedjahedien, pakte Gils schoen en draaide die om, zodat Gil het uitgilde van de pijn en angst terwijl zijn hele lijf op zijn zij werd gekanteld. Als een kalf in een lasso.

Hij was volkomen weerloos. Hij spartelde en schreeuwde en wachtte op het mes op zijn keel, maar realiseerde zich tot zijn afgrijzen wat Akbar aan het doen was. Hij sleepte hem over de rand. Zodat het zou lijken alsof hij was uitgegleden en gevallen. Een ongeluk. Geen moord.

'Nee, nee!'

Hij gleed over de rand. Zijn zware schoenen trokken hem omlaag. Het gebeurde in slow motion, als in een nachtmerrie waarin hij probeerde te rennen maar het niet kon.

Met zijn armen recht vooruit probeerde hij met zijn handen paniekerig naar houvast te graaien. Iets, wat dan ook, om vast te grijpen.

Maar het was al te laat. Er was geen houden meer aan. Hij kon nu elk moment sneller gaan glijden en dan zou hij over de rand schuiven en wild met zijn armen zwaaiend door de lucht vliegen.

En dan...

Zijn vingers schraapten over de grond, waardoor zijn nagels scheurden en er een spoor van bloed achterbleef.

Toen klonk er een schot. Eentje maar. En vanuit zijn ooghoeken zag hij iets, een waas, over de rand kukelen.

Maar daarmee was Gil nog niet uit de problemen. Hij bleef glijden. Hij worstelde nog verwoeder en graaide om zich heen.

En toen voelde hij een hand in zijn kraag, die hem tegenhield. Hem omhoogtrok.

Eenmaal in veiligheid lag hij op de grond te hijgen en te huilen. Hij kon niet ophouden met beven. Eindelijk tilde hij zijn hoofd op, zijn gezicht vuil van de aarde en de modderige tranen.

'Wie is hier nou de dramaqueen?' vroeg Hamza.

'O, shit, o shit. Hoe...'

'Hoe ik het wist? Ik wist het niet. Maar ik heb dat kleine ettertje nooit vertrouwd. Hij deed altijd alleen maar mee om wat hij ervoor kon krijgen. Meestal geld. Hij verkocht de buitgemaakte wapens op de zwarte markt, zodat ze weer terechtkwamen bij degenen van wie wij ze hadden afgepakt. Het was een klootzak.'

'Waarom heb je me dat niet verteld?'

'Hoe moest ik nou weten dat je contact had gehouden met dat stuk stront?'

'Voor wie werkte hij?' vroeg Gil. Maar hij wist het al. 'Shah? O, jezus. Als Akbar door hem was ingehuurd, betekent dat dat Shah weet dat ik hierheen ben gekomen. En met jou heb gepraat.' Hamza knikte terwijl Gil verderging. 'Dan weet hij dat jij me die informatie hebt gegeven.'

'Misschien niet. Loyaliteit is hier' – hij speurde het dorre landschap af – 'nogal veranderlijk. Akbar kan voor iedereen hebben gewerkt. Overal waar de zoon van de Amerikaanse minister van Buitenlandse Zaken gaat of staat, is informatie die verkocht kan worden, dat wist hij heus wel.'

'Maar het ging niet alleen om informatie. Iemand heeft hem betaald om me te vermoorden.'

'Daar lijkt het wel op.'

'Vandaar het pistool.' Gil legde zijn hand op zijn zak.

'Ja, daar had je echt iets aan. Ik heb gehoord wat je tegen hem zei. Je loog. Je zei dat ik je niks had verteld. Waarom? Verdacht je hem?'

Gil keek over de rand naar het te pletter geslagen, verbrijzelde lichaam in de diepte. Was dat zo? Maar hij schudde zijn hoofd. 'Nee,' gaf hij toe. 'Ik ben gewoon voorzichtig van aard. Hoe minder mensen het weten, hoe beter.'

Hamza keek ook over de rand van het klif, naar het lijk dat hij had veroorzaakt. 'Het verbaasde me om hem samen met jou te zien in het kampement.'

Die zin klonk bekend. Het duurde even voordat Gil besefte waarom. 'Ik had een afspraak in Samarra met hem.'

Toen Hamza zijn hoofd scheef hield, zei Gil: 'Dat komt uit een oud Mesopotamisch verhaal. Over de onmogelijkheid om de Dood om de tuin te leiden.'

'Volgens mij heb jij die anders twee keer om de tuin geleid. Ik vraag me af waar hij je uiteindelijk zal willen ontmoeten.' Hamza bukte en raapte iets op van het pad. 'Dit is uit zijn zakken gevallen.' Hij gaf Gil de telefoon en de autosleutels. Maar het lange, gekromde mes hield hij voor zichzelf. 'Ik zou maar uit de buurt van Samarra blijven, als ik jou was.'

Terwijl Gil hinkend en glijdend de berg af klauterde, had hij het vreemde gevoel dat de Dood hem niet volgde, maar achterbleef. Dat die een afspraak met Hamza had. Dat hij de Dood rechtstreeks naar hem toe had geleid.

En aan de laatste blik die zijn vriend hem toewierp kon hij zien dat Hamza hetzelfde vermoedde.

Door Gilgamesh die informatie te geven, had Hamza de Leeuw ook zijn leven gegeven. En de zelfingenomen Dood, in de vorm van Bashir Shah, zou het nemen.

Gil bleef maar op Akbars telefoon kijken of hij bereik had. Boven in het kamp was er een signaal geweest, maar in de valleien en de rotsspleten? Niks.

Zodra hij in de auto zat, reed hij naar de onbewaakte grens en ging via hobbelige achterafweggetjes naar Pakistan.

Hij was nu van plan om terug te gaan naar Washington. Hij wilde gewoon naar huis. Om in de buurt te zijn zodat hij kon helpen. Maar hij zou via Frankfurt gaan, om de aardige verpleegkundige terug te betalen en Anahita te zoeken.

Sinds zijn ontvoering had hij de angst een muur om hem heen laten bouwen, en vanuit dat fort had hij de wereld bekeken. Veilig, soeverein en alleen. Maar nu niet meer. Toen hij over die rand was gegleden, was zijn fort ingestort. Nu hij opnieuw een kans had gekregen, zou hij voor geen goud toelaten dat de angst hem nog meer kostbare tijd zou ontnemen die hij met haar zou kunnen doorbrengen. Als de Dood hem zou vinden, zou hij geen angst in zijn hart hebben, maar liefde.

Terwijl Anahita plaatsnam naast haar nicht, viel het haar op dat Zahara zo ver bij haar vader vandaan zat als maar mogelijk was in de grot. Met Katherine Adams aan de andere kant van Zahara vormden de twee vrouwen een bemoedigende omhelzing.

Toen de wapens niet meer op hen gericht waren, had Farhad, of Mahmoud, hen door een vrijwel verborgen zijgang geleid, die uitkwam in een spelonk. Daar had hij hun opdracht gegeven hun lantaarns midden in de stenen cirkel te zetten, waar de grond van de grot zwartgeblakerd was door een vuur dat tienduizenden jaren eerder was gedoofd.

Ze zaten op keien die op hun plek waren gerold door handen die allang dood waren en tot stof waren vergaan.

Had er een of andere ramp plaatsgevonden, vroeg Anahita zich af, waardoor deze mensen hun huis hadden moeten verlaten? Was dit een plek voor vieringen geweest? Voor rituelen? Of was het een schuilplaats geweest? Hadden ze zich hier, diep in de grotten, verscholen in de overtuiging dat ze veilig waren?

Zoals Anahita en de anderen nu dachten.

Maar waren ze toch gevonden?

Ze keek naar de tekeningen waar de wanden en zelfs het plafond vol mee stonden. Door het zachte geflakker van de petroleumlampen kwamen de figuren in beweging, zodat het net leek of de jacht voortdurend in volle gang was. In één reeks leek het ook net of het katachtige wezen dat ze achternazaten was omgedraaid. Alsof het nu op hen joeg.

Was dat wat er gebeurd was? Had het dier deze mannen, vrouwen en kinderen gevonden?

Anahita wist dat haar fantasie met haar op de loop ging, en dat was niet goed. Vooral omdat de werkelijkheid al beangstigend genoeg was.

Ze staarde over de lantaarns heen naar haar oom, aan de andere kant van de kring. Hij had niets tegen Anahita gezegd, maar haar dreigend aangekeken alsof ze de vijand was. Alsof zij zijn dochter had overgehaald om iets te doen wat ze nooit had mogen doen.

Dr. Ahmadi had wel op Zahara ingepraat en haar bij elke gelegenheid gesmeekt om hem te vergeven. Om te begrijpen waarom hij haar had aangegeven. Hij had gehuild en haar hand willen pakken, maar ze had zich losgerukt en was naar Anahita en Katherine gelopen, zodat dr. Ahmadi alleen achterbleef met zijn ellende.

De kernfysicus zat met zijn hoofd in zijn handen en Anahita moest denken aan wat Einstein had gezegd: 'Ik weet niet welke wapens er in de Derde Wereldoorlog zullen worden gebruikt, maar in de Vierde Wereldoorlog zal er worden gevochten met stokken en stenen.'

Maar Einstein was niet helemaal eerlijk geweest. Hij had heel goed geweten, net als de mensen die hier in de kring zaten, waardoor ze zouden worden teruggeblazen naar het Stenen Tijdperk.

En er was niemand die dat beter wist dan de vader van veel van die wapens, dr. Behnam Ahmadi.

'"Nu ben ik de Dood..."' Ze mompelde zachtjes de woorden van Robert Oppenheimer, die ze citeerde uit de Bhagavad Gita. '"De vernietiger van werelden."'

Misschien, dacht Anahita terwijl ze naar haar oom keek, moeten we er maar aan wennen om in grotten te leven.

Katherine wendde zich tot Charles Boynton, die zich naast haar had geposteerd. Om haar te beschermen? vroeg ze zich af. Maar ze wist het antwoord al. Hij zat daar zodat zij hem kon beschermen.

Katherine begon bijna dol op die man te worden.

'Het Oval Office?' fluisterde ze, terwijl ze om zich heen keek in de grot.

Hij glimlachte. 'Het is griezelig.'

Farhad schraapte zijn keel en alle ogen werden op hem gericht.

'Mijn opdrachtgever van MOIS zei dat ik de Amerikanen moest ophalen en hierheen brengen. En dat ik hun moest vertellen wat ik wist.'

Katherine deed even haar ogen dicht. Dus haar moeder had geweten, of vermoed, dat dit het plan van de ayatollah was. Maar ze moest een manier vinden om hen uit Teheran te krijgen zonder pottenkijkers, zodat ze de informatie om Shah tegen te houden zouden krijgen zonder dat iemand anders het wist.

En in elk geval zonder dat de Russen het wisten.

De bestemming deed er niet toe, zolang niemand hen maar volgde.

Slimme moeder. Slimme ayatollah.

Farhad keek in het donker dat hen omringde en daarna weer naar het gezelschap. 'Er is me niets verteld over' – hij zwiepte zijn arm in het rond – 'jullie allemaal.'

'Maakt het iets uit?' vroeg Katherine.

'Misschien wel. Als ze geschaduwd zijn.' Hij was duidelijk bang. Zijn ogen schoten alle kanten op. 'Waarom zijn jullie hier?'

'Wij kregen te horen dat we hen hierheen moesten brengen,' zei de oudste Revolutionaire Gardist. 'En om ze aan jullie over te dragen. Maar hem niet. Hij moet met ons mee terug.'

De gardist keek naar dr. Ahmadi, die opkeek.

'Waarom moesten jullie hem dan meebrengen?' vroeg Boynton.

De gardist glimlachte. 'Hebben jullie te horen gekregen waarom jullie hier echt zijn?'

'Hoor eens,' zei Katherine met gierende zenuwen. 'Hoe eerder jullie ons vertellen wat jullie weten, des te sneller kunnen we hier allemaal weg.'

Haar onbehagen groeide. Als deze man te horen had gekregen dat hij informatie moest doorspelen, en het was duidelijk dat hij popelde om dat te doen en weg te kunnen, waar was dat ontbijt dan voor nodig geweest? Waarom tijd verspillen aan een maaltijd?

Nu leek het net of hij tijdrekte. Zelfs alsof hij wachtte. Maar als hij niet op Anahita en de anderen had gewacht, op wie dan wel?

'Waar werken de echte wetenschappers?' vroeg Katherine.

‘Echte wetenschappers?’ vroeg Boynton. ‘Waar heb je het over?’

Ze wilde geen kostbare tijd verspillen aan een uitleg over Gils bericht. Ze richtte al haar aandacht op Farhad.

‘Er is een verlaten fabriek in Pakistan, op de grens met Afghanistan,’ zei Farhad, die zijn stem dempte tot een fluistering.

Iedereen in de kring boog zich voorover. Katherine, die haar fantasie niet helemaal in de hand had, stelde zich voor dat de tekeningen op de muren zich omdraaiden. Ook naar voren leunden. Groter wild roken. Vers bloed roken.

‘De Russische maffia verkoopt al bijna een jaar splijtbaar materiaal en gereedschap aan Shah en stuurt het daarnaartoe,’ zei Farhad.

‘Ze hebben al minstens drie bommen gemaakt,’ zei Katherine, en Farhad keek haar aan, verbaasd dat ze dat wist. Hij knikte.

‘Holy shit,’ zei Boynton.

‘Waar zijn ze?’ vroeg Katherine.

‘Dat weet ik niet. Ik weet alleen wat ik heb gehoord, en dat is dat ze twee weken geleden op containerschepen naar de vs zijn gestuurd.’

‘Holy fuck,’ zei Boynton. ‘Dus er zijn kernbommen in de Verenigde Staten?’ Hij sprong overeind en torende boven Farhad uit. ‘Waar? Dat weet u, hè?’

Toen Farhad zijn hoofd schudde, haalde Boynton naar hem uit en duwde hem van de kei op de aarden grond. De pennenlikker was weliswaar aanzienlijk groter en een paar jaar jonger dan Farhad, maar hij was geen partij voor de pezige man die getraind was in fysieke strijd. De zwaarste strijd die Charles Boynton had geleverd was tegen de snoepautomaat in Foggy Bottom. En zelfs die had hij verloren.

Voordat Boynton het wist, lag hij in de houdgreep.

‘Hou op,’ beval Katherine. ‘Hier hebben we geen tijd voor.’ Ze gaf Farhad een duw en die keek haar met boze ogen aan, zodat Katherine even dacht dat hij haar zou aanvallen. Maar hij trok zich terug en liet Boynton los, die wankelend overeind kwam en zijn keel vasthield.

‘Ga zitten,’ zei Katherine en dat deden ze allebei. Ze ging zelf ook weer zitten en boog zich dichter naar Farhad toe. ‘Bent u bij die fabriek geweest?’

Opnieuw keek hij om zich heen en knikte kort. ‘Ik heb iets afgeleverd in kisten. Ik weet niet wat het was.’

'Vertel me waar het is.'

'Het district Bajaur, even buiten Kitkot. Een oude cementfabriek. Maar daar komen jullie nooit in de buurt. De Taliban zitten overal.'

'Wie weet waar de bommen geplaatst zijn? In welke steden en waar?' vroeg Katherine.

'Dr. Shah.'

'En? Er moeten nog anderen zijn. Hij heeft ze niet zelf afgeleverd.'

'Iemand in de fabriek moet het wel weten. Ze zullen toch het transport geregeld moeten hebben. En er moeten ook mensen in de vs zijn die ze geplaatst hebben. Maar ik weet niet wie dat zijn. Ik weet alleen wat ik heb gehoord.'

'En dat is?'

'Het is maar een gerucht. Kijk, dr. Shah is net een mythe. Er zijn allerlei fantasieverhalen om hem heen geweven. Dat hij honderd jaar oud is. Dat hij je met één blik kan doden.'

'Dat hij de Azhi Dahaka is,' zei Anahita.

Farhad zag grauw van angst en knikte.

'Feiten, geen mythen,' beval Katherine. 'Kom op, kom op.'

Ze zag dat de vlammetjes in de lantaarns, waarvan de glazen buizen omhoogstaken, flakkerden. En ze voelde een heel lichte tochtstroom. Voldoende om te zorgen dat de haartjes op haar onderarmen overeind gingen staan.

Het kwam, dacht ze, gewoon doordat Shah ter sprake was gekomen. Het was haar verbeelding.

Maar de vlammetjes flakkerden nu onmiskenbaar. Ook de anderen zagen het.

'Vertel,' zei Katherine, en haar stem klonk zachter, maar wel dringender.

Farhad sperde zijn ogen open en de Revolutionaire Gardisten hielden hun geweer in de aanslag en verstevigden hun greep. Ze draaiden zich naar de duisternis achter hen.

Het eerste schot trof Farhad in zijn borst.

Katherine zwaaide haar armen in het rond en duwde zowel Zahara als Boynton van hun kei, terwijl ze zelf ook naar beneden rolde en op de aarden grond ging liggen, waar ze achter de rotsen probeerde weg te duiken terwijl de kogels in het rond vlogen en afketsten.

Ze zag dat Charles Boynton naar Farhad kroop, zijn pistool pakte en zich over hem heen boog, waarna de stervende man woorden mimede en bloed in Boytons gezicht hoestte.

Boynton keek met grote angstogen naar Katherine.

Farhad was dood. En ook anderen, onder wie een van de Revolutionaire Gardisten, waren uitgeschakeld.

'Zahara!' schreeuwde dr. Ahmadi boven de kogelregen uit.

De overgebleven gardist had zich in een rotsspleet geposteerd en schoot terug, in het duister.

Ze moesten bij het licht vandaan zien te komen, wist Katherine. Of, beter nog, ze moesten het licht bij hen vandaan zien te krijgen.

Ze zette zich schrap.

Anahita, die naar haar keek, raadde wat Katherine wilde doen en bereidde zich voor.

Bij het volgende spervuur van de gardist sprongen beide vrouwen terug in de stenen cirkel, pakten de lantaarns en gooiden ze naar het donker. Naar de plek waar de vijandelijke kogels vandaan kwamen. Daarna lieten ze zich op de grond vallen en doken weg.

De gardist was geraakt en zakte tegen de muur ineen, maar de vrouwelijke agent was al bij hem en pakte de AK-47.

Toen de lantaarns de grond raakten en uit elkaar spatten, werden hun aanvallers ineens verlicht.

'*Poimet*,' schreeuwde een van hen in het Russisch. Het was het laatste wat hij zei toen de agent vuurde. 'Fuck.'

Boynton richtte zijn wapen ook op hen en bleef schieten, terwijl het kogels regende in de grot.

Te midden van het kogelgeweld was Katherine teruggekropen in de dubieuze beschutting van de keien en lag nu met haar armen over haar hoofd. Toen het ophield, tilde ze langzaam haar hoofd op.

Er hing een scherpe rook in de lucht. Toen die optrok, was er een bloederig tafereel te zien.

'Baba?'

Katherine en Anahita draaiden zich om en zagen Zahara naar haar vader kruipen, die met zijn gezicht omlaag en zijn benen wijd op de plek lag waar hij gevallen was. Getroffen door een uitbarsting van machinegeweervuur toen hij probeerde bij zijn dochter te komen.

'Baba?' Zahara was bij haar vader aangekomen en knielde naast hem neer.

Katherine wilde naar haar toe gaan, maar Anahita hield haar tegen. 'Laat haar maar even.'

Farhad was dood, net als de Revolutionaire Gardisten en beide Iraanse agenten.

'Charles,' zei Katherine en ze liep naar Boynton toe, wiens benen het hadden begeven, waardoor hij als een kind op de grond zat. Een kind met een wapen. 'Gaat het? Ben je gewond?'

Ze hurkte bij hem neer en pakte zachtjes het pistool.

Hij keek haar aan; zijn kin en onderlip trilden. 'Ik denk dat ik iemand heb vermoord.'

Ze pakte zijn hand. 'Je had geen keus. Je moest wel.'

'Misschien is hij alleen gewond.'

'Ja, misschien wel.' Katherine pakte een zakdoekje, likte eraan en wreef Farhads stollende bloed van Boyntons gezicht.

'Hij zei' – Boynton keek naar Farhad, die omhoogstaarde alsof hij betoverd was door de geweldige tekeningen die boven hem op het plafond van de grot prijkten – '"het Witte Huis."'

'Wat?'

'Hij zei "het Witte Huis". Wat kan dat betekenen?'

32

De ogen van president Williams stonden helder en geconcentreerd. Hij nam alles in zich op.

Met elk woord dat Ellen uitsprak balde hij zijn handen langzamerhand meer tot vuisten, zo stevig dat Betsy dacht dat er straks bloed uit zou sijpelen. Dat zijn nagels in zijn huid boorden en stigmata zouden veroorzaken.

De vermoorde wetenschappers in de bussen waren afleidingsmanoeuvres geweest.

De echte kernfysici, veel kundiger dan de anderen, werkten al minstens een jaar voor dr. Shah.

Shah was vrijgelaten en was aan de slag gegaan om een kernwapenprogramma voor de Taliban en Al Qaida te ontwikkelen. Bepaalde elementen in Pakistan en Rusland wisten daarvan.

Ze hadden minstens drie bommen weten te maken, die al in Amerikaanse steden waren geplaatst. En die nu elke dag, elk ogenblik konden ontploffen.

Maar ze wisten niet waar. Ze wisten niet wanneer. Ze wisten niet hoe groot.

'Klaar?' vroeg hij. Toen minister Adams knikte, drukte hij op een knop en Barb Stenhauser kwam binnen. 'Zeg tegen de vicepresident dat ze met Air Force Two naar Cheyenne Mountain in Colorado Springs moet vliegen en daar verdere instructies moet afwachten.'

'Ja, meneer de president.' Stenhauser keek geschokt, maar verdween zonder vragen te stellen.

Hij wendde zich weer tot Ellen. 'Komt dit allemaal van je zoon?'

Ellen zette zich schrap voor de insinuatie, zo niet de regelrechte beschuldiging: hoe kon Gil dit weten als hij er zelf niet bij betrokken was? Als hij tijdens zijn gevangenschap niet geradicaliseerd was? Hij was, zoals iedereen wist, bekeerd tot de islam. Hij hield van het Midden-Oosten, ondanks wat er was gebeurd.

Hoe konden ze op zijn informatie vertrouwen?

'Hij is een moedig man,' zei Doug Williams. 'Bedank hem, alsjeblieft. Goed, we hebben meer informatie nodig.'

'Ik denk dat de grootayatollah me iets probeerde te vertellen.'

'Waarom zou hij dat doen?'

'Omdat hij naar zijn opvolging kijkt, naar de toekomst van Iran, en hij wil niet dat die hem uit handen wordt genomen en naar een tegenstander gaat, of onder Russisch bewind komt. En hij wil ook geen Amerikaanse bemoeienis. Maar hij ziet een smal pad voor zich. Waar de kat en de rat samenwerken.'

'Sorry?'

'Laat maar. Gewoon een verhaaltje.'

De president knikte. Hij hoefde de fabel niet te horen om het te begrijpen. 'Als we Shah tegenhouden, winnen we allebei.'

'Maar ayatollah Khosravi kon me de informatie niet openlijk geven. Ik heb mijn dochter Katherine daar achtergelaten met Charles Boynton, in de hoop dat ik gelijk heb. De ayatollah heeft een van mijn BD-medewerksters laten arresteren. Anahita Dahir.'

'Die dat waarschuwingsbericht kreeg?' De president herkende haar naam.

'Ja.' Het was nu niet nodig, dacht Ellen, om hem over haar familieachtergrond te vertellen. 'Daarna liet hij me wegsturen uit Iran.'

'Ik zal onze mensen van de Zwitserse ambassade in Teheran laten weten dat een van onze BD-medewerkers illegaal wordt vastgehouden.'

'Nee, doe dat maar niet.'

Zijn hand, die hij al naar de telefoon had uitgestoken, bleef in de lucht hangen. 'Waarom niet?'

'Ik denk dat de grootayatollah dat gedaan heeft zodat hij de informatie aan hen kon doorspelen.'

'Maar waarom niet aan jou?'

'Ik spring te veel in het oog. Hij moest me uit Iran weg zien te krijgen. Hij wist dat iedereen die meekeek...'

'De Russen...'

'Of de Pakistanen of Shah, me zou volgen. Ze zullen denken dat ik vernederd ben...'

'Nou,' zei Williams en hij trok een gezicht.

'... en het zal hun niets kunnen schelen dat mijn dochter en Boynton zijn achtergebleven om te proberen de BD-medewerkster vrij te krijgen.'

'Maar je zei dat ze zijn achtergebleven om de informatie te krijgen die de grootayatollah wil doorspelen. Wat voor informatie?'

'Dat weet ik niet.'

'Je weet niet eens zeker of hij dat wel in gedachten had. Je riskeert nogal wat, Ellen.'

Alles, dacht ze, maar dat zei ze niet. 'Er staat heel wat op het spel.'

'Boynton,' zei de president. 'Je stafchef. Is hij niet degene die de strijd met de Twinkies verloren heeft?'

'Ik geloof dat het een Snickers was.'

'Nou ja, in elk geval zal niemand hem ervan verdenken dat hij een spion is. Hebben ze al iets ontdekt?'

Ellen haalde diep adem. 'Ik heb al een paar uur niks meer van ze gehoord.'

Doug Williams beet op zijn bovenlip en knikte kort. 'We moeten erachter zien te komen waar die bommen zijn geplaatst. En we moeten uitvissen waar ze gemaakt worden.'

'Mee eens, meneer de president. Ik denk niet dat generaal Whitehead het u zal vertellen, al denk ik dat hij het wel weet.'

'Desnoods slaan we het uit hem.'

Ellen, die de wreedheid van 'extra stevige verhoortechnieken' weerzinwekkend vond, bespeurde bij zichzelf nu een diepe bron van situationele ethiek. Als ze door middel van marteling de informatie uit hem konden krijgen en duizenden levens konden redden, dan moest dat maar.

Ellen richtte haar ogen omlaag op haar handen, die met ineengestrengelde vingers en witte knokkels op haar schoot lagen.

'Wat is er?' vroeg Betsy.

Ellen keek op en hield de blik van haar vriendin vast. Betsy snoof even omdat ze het begreep.

'Je kunt het niet, hè? Het doelt heiligt de middelen niet...'

'Het doel wordt bepaald door de middelen,' zei Ellen en ze keek naar Doug Williams. 'Er zijn betere, snellere manieren dan martelen. We weten dat mensen die gemarteld worden alles zullen zeggen om ervoor te zorgen dat het ophoudt. Niet noodzakelijkerwijs de waarheid. Trouwens, Whitehead zou het veel te lang volhouden. We moeten zijn huis doorzoeken. Hij zou zulke informatie nooit in zijn kantoor in het Pentagon bewaren en ik betwijfel of hij het op zijn computer bewaart. Hij heeft vast aantekeningen ergens bij hem thuis.'

Williams pakte de telefoon. 'Waar is Tim Beecham?'

'In het ziekenhuis, meneer. Hij heeft zijn neus gebroken. Hij zal er zo wel weg mogen.'

'We hebben geen tijd. Stuur zijn vervanger hierheen. Nu.'

'Ik wil wel graag met hen mee,' zei Ellen en ze stond op.

'Ga maar,' zei Williams. 'Hou me op de hoogte. Ik neem contact op met onze bondgenoten. Eens kijken wat hun inlichtingendiensten te weten kunnen komen over die andere wetenschappers die voor Shah werken.'

Met loeiende sirenes reed de colonne naar Bethesda, en Ellen keek de hele weg op haar telefoon.

De spanning was bijna ondraaglijk. Stel dat ze nooit meer iets hoorde? Stel dat ze haar kinderen de dood in had gejaagd? En nooit te weten zou komen wat er met hen was gebeurd?

Misschien moest ze contact opnemen met Aziz in Teheran. De Iraanse minister van Buitenlandse Zaken kon mensen naar Beloetsjistan sturen, naar de grotten. Om te kijken...

Maar ze aarzelde.

Ze moest Katherine meer tijd geven. Contact opnemen met Aziz zou de hele boel verknallen.

Dus dwong ze zichzelf om zich te concentreren op de taak die voor hen lag. De informatie vinden die generaal Whitehead verborgen hield.

'Heeft hij iets tegen jou gezegd?' vroeg Ellen voor de honderdste keer. 'Iets, wat dan ook, wat kan helpen?'

Betsy had haar hersenen al gekraakt. 'Niks, behalve dat klotegedicht. En dat helpt helemaal niet.'

Het was ijzingwekkend geweest, zoals hij John Donne had geciteerd. Opnieuw.

Ze reden de oprit van een huis in koloniale stijl op, met een wit houten spijlenhek en dakkapellen en een brede, ruime veranda met schommelstoelen.

Het feit dat het zo typisch, bijna stereotiep Amerikaans was, maakte Ellen nog bozer. Ze voelde gal omhoogkomen.

Een paar agenten bonsden op de voordeur terwijl anderen uitzwermden naar de achterkant.

Net toen ze op het punt stonden de deur in te beuken, deed er een vrouw open. Haar grijze haar was keurig geknipt in een eenvoudig, maar klassiek kapsel. Ze droeg een broek en een zijden blouse.

Elegant, dacht Ellen, maar helemaal niet pretentieus.

'Wat is er? Wat gebeurt er?' vroeg ze. Haar toon was nog net niet dwingend, maar het scheelde niet veel. Terwijl ze aan de kant werd geduwd, vroeg ze: 'Waar is Bert?'

Ze keek langs hen heen, zoekend naar haar man. Haar ogen bleven rusten op de minister van Buitenlandse Zaken.

Ze hield de halsband van een grote hond vast, die opgewonden en verward keek. Verder naar binnen hoorden ze een kind huilen.

'Wat is er aan de hand?'

'Opzij,' zei een van de agenten, die haar een duw gaf.

Ellen knikte naar Betsy, die mevrouw Whitehead bij de arm nam en haar in de richting van het huilende kind leidde.

Inmiddels waren de agenten overal. Ze trokken boeken uit de kast en keerden stoelen en banken om. Ze haalden schilderijen van de muur. Zodat het huis, dat nog maar enkele ogenblikken geleden elegant en aangenaam was geweest, nu een grote bende was. En het werd steeds erger.

Betsy liep achter de vrouw van de generaal aan naar de keuken, terwijl Ellen de werkkamer vond, waar de waarnemend directeur van de Nationale Inlichtingen en de senior agent aan het zoeken waren.

De kamer was groot en licht, met enorme ramen die uitkeken over de achtertuin, waar een zelfgemaakte schommel van een kind hing. Het was een dikke, houten plank die met touwen aan de tak van een eikenboom was bevestigd.

Een kindervoetbal lag eenzaam op het gras.

Langs de wanden van de werkkamer stonden boekenkasten vol met boeken en ingelijste foto's, die er allemaal uit werden gehaald, werden bekeken en op de grond werden gegooid.

Wat er niet in de kamer aanwezig was, waren medailles of oorkondes.

Alleen foto's van kinderen en kleinkinderen. Van Bert Whitehead en zijn vrouw. Van vrienden. Van kameraden.

Terwijl de wervelwind om haar heen raasde stond minister Adams tegen de muur geleund. Peinzend.

Waarom deed een man zoiets? Zijn land verraden? Medeburgers vermoorden? Een van de kernbommen was vrijwel zeker in D.C. geplaatst. Vrijwel zeker in het Witte Huis zelf.

Dat wist de president ook en dat was de reden dat hij zijn vp en hoge regeringsfunctionarissen had weggestuurd, op Ellen na. De klap en de radioactieve neerslag zouden kilometers ver te voelen zijn. En alles en iedereen in de omgeving verbranden en van straling doordringen.

Wat was er met Bert Whitehead gebeurd? Als samenzweren met terroristen het antwoord was, wat was dan in hemelsnaam de vraag?

Ellen trof Betsy en de anderen in de keuken, waar mevrouw Whitehead en haar dochter werden ondervraagd.

Ze bleef een paar minuten bij de deur staan luisteren. De vrouwen werden door de twee inlichtingenagenten bestookt met vragen, terwijl het huilende kind spartelend in zijn moeders armen lag.

'Kunnen jullie ons even alleen laten?' vroeg Ellen.

De agenten keken geërgerd op en sprongen overeind.

'Ik wil graag even alleen met mevrouw Whitehead en haar dochter spreken.'

'Dat kunnen we niet doen.'

'Weten jullie wel wie ik ben?'

'Ja, mevrouw de minister.'

'Mooi. Ik heb de hele nacht gereisd en heb het ziekenhuisbed van mijn zoon in Frankfurt verlaten' – ze rekte de waarheid een beetje op – 'om hier te kunnen zijn. Ik denk dat jullie ons best een paar minuten kunnen geven.'

Ze keken elkaar aan, duidelijk niet blij. Maar ze gingen wel weg.

Voordat Ellen plaatsnam, keek ze naar het huilende kind en zei tegen de dochter: 'Misschien kunt u hem even mee naar buiten nemen. Een luchtje scheppen.'

'Mam?'

Mevrouw Whitehead gaf haar een kort knikje. Toen de dochter en de kleinzoon weg waren, ging Ellen zitten en bekeek de vrouw eens goed. Het was duidelijk dat boosheid om voorrang streed met angst, die weer om voorrang streed met verwarring.

Maar ook Ellen stond perplex. Mevrouw Whitehead kwam haar heel bekend voor. Ellen kende haar ergens van.

Toen wist ze het. 'U bent niet mevrouw Whitehead, hè?'

Ze zag dat Betsy haar wenkbrauwen optrok, al zei ze niks.

'Wel als ik thuis ben.'

'U bent professor Martha Tierney. U doceert Engelse literatuur aan Georgetown.'

Op een van de boeken die was opengevallen op de vloer van de werkkamer stond het gezicht van deze vrouw. Een auteursportret, zij het van jaren geleden. Het boek heette *Koningen en wanhopige mannen*, naar een gedicht van John Donne. Het was een biografie van de metafysische dichter.

'Waarom citeert uw man steeds weer *When thou hast done, thou hast not done?* En doet U dat, dan is het niet gedaan?'

'*Want er is meer*,' maakte professor Tierney af. 'Het is een woordspelletje. Ik ben Donne-deskundige. En daardoor is Bert ook min of meer een Donne-deskundige. Ik denk dat hij het een mooi citaat vindt.'

'Ja, maar waarom?'

'Dat weet ik niet. Ik heb het hem nog nooit horen zeggen. Maar u bent hier niet om over poëzie te praten, mevrouw de minister. Vertel me wat er aan de hand is. Waar is mijn man?'

'Goed, als uw jarenlange nabijheid hem tot Donne-deskundige heeft gemaakt,' zei Ellen, 'bent u dan ook beveiligingsexpert?'

'Ik wil een advocaat,' zei professor Tierney. 'En ik wil Bert spreken.'

'Ik ben geen politieagent en u staat niet onder arrest. Ik vraag of u ons wilt helpen. Of u uw land wilt helpen.'

'Dan moet ik eerst weten waar dit over gaat.'

'Nee. U moet onze vragen beantwoorden.' Ellen dempte haar stem. 'Ik weet dat dit een schok is. Ik weet dat het beangstigend is. Maar alstublieft, vertel me gewoon wat we moeten weten.'

Professor Tierney zweeg even en knikte. 'Ik zal op alle mogelijke manieren helpen. Vertel me alleen of het goed gaat met Bert.'

‘Heeft uw man het ooit over Bashir Shah gehad?’

‘De wapenhandelaar. Ja. Gisteren nog. Hij ging tekeer omdat zijn huisarrest was opgeheven.’

‘Heeft hij u dat verteld?’ vroeg Ellen.

‘Is het staatsgeheim?’ vroeg professor Tierney.

Ellen dacht na. ‘Nee, ik neem aan van niet.’

‘Nee. Bert heeft me nooit iets verteld wat geheim was en zou dat ook nooit doen.’

‘Dus hij was verbaasd vanwege Shahs vrijlating?’

‘Geschokt. En bozer dan ik hem in heel lange tijd heb gezien.’

Ellen was geneigd het te geloven, maar daar rekende dit soort mensen, dit soort verraders, natuurlijk juist op. Dat mensen bereid zijn het ergste te geloven, maar het rampzalige te verwerpen.

Als generaal Whitehead boos was, kwam dat niet doordat Shah vrij was, maar doordat ze erachter waren gekomen.

‘Waar bewaart uw man zijn privédocumenten?’ vroeg Ellen.

Na een korte aarzeling zei professor Tierney: ‘Er is een kluis achter de boekenkast die het dichtst bij de deur van de werkkamer staat.’

Ellen stond al. ‘De combinatie?’

‘Ik loop wel mee. Dan maak ik hem open.’

‘Nee. We moeten de combinatie hebben.’

De twee vrouwen staarden elkaar aan en eindelijk gaf de professor de code en verklaarde: ‘Het zijn de geboortedata van onze kinderen.’

Ellen liep weg en kwam een paar minuten later terug. ‘Laten we gaan,’ zei ze tegen Betsy.

In de auto op de terugweg naar D.C. vroeg Betsy: ‘En? Wat zat er in de kluis?’

‘Niks, behalve de geboortebewijzen van de kinderen. Die zullen worden geanalyseerd voor het geval er iets in verborgen is, maar...’

Betsy zag dat Ellen niet met lege handen terug was gekomen. Ze klemde het boek van professor Tierney vast.

Koningen en wanhopige mannen.

En vrouwen, dacht Betsy.

Pas over de grens met Pakistan had Gil weer bereik. Hij stopte langs de kant van de weg en typte snel een bericht aan zijn moeder.

Het was niet veilig om in een stilstaande auto langs de kant van de weg te zitten, dus draalde hij niet. Nadat hij op 'verzenden' had getikt, zette hij koers naar het vliegveld, dat nog een paar uur rijden was.

'Ik ga wel,' zei Anahita.

'Ik ga met je mee,' zei Zahara. 'Mijn vader. Ik moet...'

Ze zaten in de auto waarin Farhad had gereden. Maar de sleutels waren nergens te vinden. Die had hij nog bij zich, beseften ze.

Katherine, die haar eigen vader onverwachts was verloren, begreep het. Ze knikte. 'Ga maar, maar kom snel terug. God mag weten wie er nog meer hierheen komt. Het is duidelijk dat iemand de Russen heeft ingelicht over deze bijeenkomst.'

'Farhad,' zei Boynton. 'Die at van twee walletjes.'

Katherine gaf Anahita het pistool dat Boynton van de dode man had gepakt. 'Schiet op.'

De nichten, die zo op elkaar leken in uiterlijk en beweging, klauterden samen de helling op naar de ingang van de grot. Eenmaal binnen renden ze door de nu bekende gangen naar de gloed van de kapotte lantaarns.

Ze waren nog niet heel ver gekomen toen Zahara langzaam tot stilstand kwam en haar hand optilde. Ana kwam naast haar staan. Gespannen. Al haar zintuigen paraat.

En toen hoorde zij het ook.

Stemmen. Russische stemmen.

'Shit,' mompelde ze. 'Fuck, fuck, fuck.'

Ze keek achter zich in de richting van de ingang van de grot. Daarna weer naar de zachte gloed en de boze, brute stemmen.

Ze hadden geen keus. Ze moesten die sleutels hebben.

Half gehurkt kroop Ana stukje bij beetje naar de open spelonk. In de gang aan de andere kant van de grot bewogen donkere, verwrongen schaduwen. Ze keek naar Zahara, die naar haar vaders lichaam staarde. Hij lag nog waar hij gevallen was, deels verscholen achter de keien.

'Ga maar,' fluisterde Ana. 'Maar wees snel.'

Ze wist niet precies wat Zahara moest doen, en dit was niet het juiste moment om dat te bespreken.

Op haar buik gleed Ana naar Farhads lijk, dwong zichzelf naar hem te kijken en klopte op zijn kleren, waarna ze de sleutels vond.

Voorzichtig, voorzichtig, voorzichtig haalde ze ze tevoorschijn en probeerde geen geluid te maken.

Ze klemde de sleutels stevig in haar vuist en keek naar Zahara, precies op het moment dat haar nicht haar vader een kus op zijn voorhoofd gaf en daarna op handen en knieën wegkroop.

Ze waren al helemaal bij het begin van de gang waar ze door naar buiten konden komen, toen er een schreeuw klonk. Er werd een lichtbundel uit een zaklamp op hen gericht.

De nichten draaiden zich om en renden weg. Zonder achterom te kijken. Zonder zich te verstoppen. Ze sprintten door de gang naar de smalle opening waar de zon doorheen scheen, als het lemmet van een mes.

Ze hoorden zware voetstappen achter zich, en geschreeuwde orders.

Ana wrong zich door de spleet en schreeuwde tegen Katherine en Boynton: 'Er zijn er nog meer. Ze hebben ons gezien.'

'Ze komen eraan,' riep Zahara, die struikelend en glijdend de helling af kwam.

Katherine rende hun tegemoet en pakte de sleutels van Anahita. 'Stap in!'

Ze hoefde hen niet over te halen. Toen de auto startte, klonken er schoten. Ana draaide het raampje omlaag en schoot terug. In het wilde weg. Ze had nog nooit een pistool in haar hand gehad, laat staan afgevuurd. Maar het was voldoende om ervoor te zorgen dat de twee mannen bij de ingang van de grot wegdoken.

Katherine trapte het gas in en ze gingen ervandoor. Ze wisten het allemaal.

Ze zouden achter hen aan komen.

Boynton had oude wegenkaarten op de achterbank gevonden en probeerde erachter te komen waar ze waren en waar ze naartoe gingen.

'Mijn telefoon is leeg,' zei Katherine, die moeite moest doen om de oude auto niet van de weg af te laten slippen. 'We moeten mijn moeder laten weten wat Farhad zei over Shahs fysici. Charles?'

'Ik doe het,' zei Boynton, die worstelde om de kaart van zich af te krijgen. Zahara pakte hem terwijl de auto hotste en schudde.

Charles' telefoon stond in het rood. Nog drie minuten batterij over. Hij schreef snel, maar besteedde kostbare ogenblikken aan het controleren of hij geen typefouten had gemaakt. Dit was niet het moment om fouten te maken.

Hij tikte op 'verzenden' en ademde uit.

'Waar gaan we naartoe?' vroeg Ana.

In de verte joeg een stofwolk achter hen aan. Het was stil in de auto. Ze wisten amper waar ze waren, laat staan waar ze naartoe konden.

'Stoppen, alsjeblieft,' zei Ellen en dat deed de agent van de Diplomatieke Beveiliging die achter het stuur zat.

'Mevrouw de minister?' vroeg Steve op de voorbank aan de passagierskant, en hij draaide zich om en keek naar haar.

Maar ze zweeg en las de twee berichten die vrijwel tegelijkertijd binnen waren gekomen een paar keer.

Eerst dat van Gil, vanaf de telefoon van die Akbar, die zei dat hij via Frankfurt naar D.C. zou reizen.

Daarna een van Charles Boynton.

Ellen haalde diep adem, boog zich naar voren en zei tegen de chauffeur: 'We moeten naar het Witte Huis. Zo snel als je kunt.'

'Goed.'

De sirene werd aangezet en ze scheurden met de zwaailichten aan door de straten.

'El?' vroeg Betsy. 'Wat is er?'

'Katherine en Boynton hebben de informatie. We weten waar de bommen gemaakt worden.'

'O, goddank. Weten we ook waar ze geplaatst zijn? In welke steden?'

'Nee, maar dat weten we zodra we de fabriek zijn binnengevallen. Gil heeft ook geschreven. Hij wil hiernaartoe komen. Ik heb gezegd dat hij dat niet moet doen.'

Betsy knikte en probeerde te kijken alsof ze niet totaal overweldigd was. 'Ze zijn tenminste veilig.'

'Nou...' zei Ellen. Uit Charles' bericht bleek duidelijk dat ze verre van veilig waren. 'Kun je de grotschilderingen van Saravan opzoeken? In de provincie Sistan en Beloetsjistan in Iran.'

Terwijl Betsy dat deed, vroeg ze: 'Waarom?'

'Omdat ik Katherine en Boynton daarnaartoe heb gestuurd.'

'Zodat ze buiten gevaar bleven?'

'Niet bepaald.' Toen Betsy de kaart van dat deel van Iran op haar telefoon had, keek Ellen ernaar en trok een lijn over de grens tussen Iran en Pakistan. Daarna stuurde ze een appje naar haar zoon.

Gil hoorde de *ping* en zette de auto aan de kant om het antwoord van zijn moeder te lezen.

Daarna zocht hij snel op de kaart. 'Shit.'

Hij dacht heel even na en stuurde zijn antwoord.

Ellen zag de koepel van het Capitool toen Gils bericht binnenkwam.

Ze stuurde het door naar Boynton, met een paar woorden die ze zelf toevoegde. Daarna liet ze zich achterover tegen de rugleuning vallen en dacht na.

Boynton had nog een minuut batterijtijd op zijn telefoon toen het bericht van zijn baas binnenkwam.

'Pen en papier, snel,' zei hij, en nadat hij de kaart van Zahara had gepakt, krabbelde hij een paar woorden neer voordat zijn telefoon helemaal uitging.

'Pakistan,' zei hij tegen de anderen. 'We moeten naar Pakistan.'

'Ben je gek geworden?' vroeg Zahara. 'Ik ben Iraans. Ze vermoorden ons waarschijnlijk.'

'Zij in elk geval wel,' zei Ana, die naar de stofwolk gebaarde die hen achtervolgde alsof de Tasmanian Devil hen op de hielen zat.

Charles boog zich naar voren en praatte tegen Katherine. 'Je broer is in Pakistan. Die kan ons daar ontmoeten. Hij heeft er vrienden en contacten. Ik heb de naam van het stadje. Het is niet ver van de grens. Die moeten we alleen wel oversteken.'

Katherine keek in het achteruitkijkspiegeltje. De wervelwind kwam dichterbij.

Terwijl Zahara en Anahita probeerden te ontdekken wat de beste weg was om bij de grens te komen, leunde Charles Boynton naar achteren en staarde voor zich uit.

Er zat hem iets dwars. Iets wat hij was vergeten. En toen wist hij het weer. Hij pakte snel zijn telefoon en tikte er een paar keer op, maar hij was echt helemaal leeg. Dood.

Hij was vergeten aan minister Adams te vertellen wat Farhad met zijn laatste adem had geprutteld.

Het Witte Huis.

33

Ellen en Betsy waren nog maar net door de deur van het Oval Office of president Williams zei: 'Hebben jullie iets gevonden?'

'Niet bij Whitehead thuis, maar Katherine en Charles Boynton hebben wel ontdekt waar Shah zijn fysici geïnstalleerd heeft. En ze weten vrijwel zeker dat we daar ook informatie zullen vinden over waar de bommen verstopt zijn.'

'Goddank. Waar is het?'

'In Pakistan, dicht bij de Afghaanse grens.' Ze gaf hem de specifieke informatie.

'Dat moet niet zo moeilijk te vinden zijn,' zei hij. 'Een verlaten cementfabriek in het district Bajaur in Pakistan, even buiten Kitkot,' herhaalde hij om nog eens te checken of hij het goed had. Toen Ellen knikte, drukte hij op de intercom. 'Laat generaal Whitehead hier ko...'

Hij zweeg.

'Meneer, de generaal...' zei Stenhauser.

'Ja, dat was ik vergeten. Zeg tegen de commandant van de Special Forces dat hij naar me toe moet komen in de Situation Room. Nu. En zeg tegen Tim Beecham dat hij ook moet komen. Is hij al uit het ziekenhuis?'

'Ik heb zojuist een bericht van hem gekregen, meneer de president. Hij is onderweg naar Londen voor die meeting van de inlichtingendiensten. Moet ik hem terugroepen?'

'Nee,' zei Ellen, en toen president Williams naar haar keek, zei ze: 'Het is belangrijk dat hij bij die gesprekken is.'

Williams kneep zijn ogen toe, maar zei in de intercom: 'Nee, Barb. Laat hem maar gaan.' Daarna pakte hij papieren van zijn bureau en zei: 'Kom mee.'

'Het spijt me, meneer de president, maar ik wil uw toestemming om naar Pakistan te gaan voor een ontmoeting met de minister-president. Ik denk dat het tijd wordt dat we het uitpraten.'

'Zoals jij en de Iraniërs het hebben uitgepraat, Ellen?'

'We hebben de informatie.'

'Je hebt ook een BD-medewerkster die gearresteerd is en je bent zelf het land uit gezet.'

'We hebben de informatie,' herhaalde ze. 'Het was niet fraai, het was niet conventioneel, maar we hebben het.'

'Maar kunnen we erop vertrouwen?'

'Vraagt u nu of ik mijn dochter kan vertrouwen?'

'Jezus, Ellen, laat het los. Ik heb het verkloot met Gil. Het spijt me. Ik had moeten ingrijpen om ervoor te zorgen dat zijn ontvoerders hem vrijlieten.'

Ellen wachtte op meer.

Al die maanden, dagen, uren, minuten. Elke martelende seconde dat ze zich voorbereidde op het nieuws dat haar zoon onthoofd was. Dat ze het zou zien. Zou zien. Hoe ze ook zou proberen het te vermijden, de beelden zouden op elke voorpagina te zien zijn, in elke nieuwsuitzending. Op elke website.

Gils moeder zou voor altijd blind zijn geworden door die aanblik. Het beeld zou voor alle andere dingen zijn geschoven die ze ooit van haar leven nog zou zien.

En de man die Gil die gruwelijke angst had kunnen besparen, die haar ervoor had kunnen behoeden, zei nu dat het hem spéét?

Ze vertrouwde haar eigen stem niet. Dus stond ze daar maar in het Oval Office en probeerde op adem te komen. Ze staarde naar de president van de Verenigde Staten. En ze wilde hem pijn doen. Zoals hij haar zoon pijn had gedaan. Haar pijn had gedaan.

'Stelt u zich eens voor,' zei ze eindelijk, 'dat uw zoon onthoofd was.'

'Maar Gil is niet onthoofd.'

'Jawel, elke nacht en elke dag, in mijn gedachten.'

Zo had Doug Williams het nog niet bekeken, en nu verscheen er een beeld. Van zijn eigen zoon, knielend op de grond. Vuil. Bang. Het lange mes op zijn keel.

Williams hapte naar adem, staarde naar Ellen en hield haar blik vast. Er verstreken ellenlange seconden voordat hij fluisterde: 'Het spijt me.'

En deze keer kon ze zien dat hij het meende. Het was geen plichtmatige politieke verontschuldiging, bedoeld om een kleine vergissing weg te poetsen. De woorden kwamen van heel diep.

Het speet hem.

Hij wist wel beter dan haar om vergiffenis te vragen. Die zou hij nooit krijgen, en dat zou ook niet moeten.

'Ellen, ik twijfel niet aan je zoon of dochter, maar ik trek hun bronnen in twijfel.'

'Mensen hebben hun leven gegeven om die informatie bij ons te krijgen. Het is het enige wat we hebben. We moeten het ermee doen. Ik moet naar Islamabad en ik moet daar aankomen met alle toeters en bellen, al het machtsvertoon dat we maar kunnen verzamelen. Ik moet op zijn minst een afleiding zijn terwijl u de inval voorbereidt en uitvoert.'

'Ik wil niet eens weten wat je bedoelt met "afleiding"', zei de president terwijl ze haastig door de brede gang liepen, waarbij Ellen moest rennen om zijn grote stappen bij te houden.

'Maar...' zei ze.

Williams bleef staan, draaide zich om en keek haar aan. 'Wat nu weer?'

Ze haalde diep adem. 'Ik wil onderweg een tussenstop maken om Eric Dunn te ontmoeten.'

'In Florida? Hoezo?'

'Om erachter te komen wat hij weet.'

'Denk je dat de voormalige president hierachter zit?' vroeg Williams. 'Hoor eens, ik heb geen respect voor die vent, maar ik kan me niet voorstellen dat hij echt zou toelaten dat er kernbommen tot ontploffing zouden worden gebracht in Amerikaanse steden.'

'Ik ook niet, maar misschien dat hij iets weet, zelfs zonder dat hij het zelf beseft.'

Betsy, die dit aanhoorde, moest denken aan de beroemde uitspraak over president Reagan tijdens de Iran-Contra-affaire.

Wat wist hij niet, en wanneer wist hij dat hij het niet wist?

De archieven zouden vol staan met wat Eric Dunn niet wist.

Zodra ze Williams' toestemming hadden gekregen en op weg waren naar Air Force Three keek Betsy naar het boek dat Ellen nog steeds bij zich had.

Koningen en wanhopige mannen van professor Tierney. De biografie van John Donne.

Betsy leunde naar achteren en dacht aan de confrontatie die eraan kwam. *When thou hast Dunn*, dacht ze, *thou hast not Dunn...*

Ze schoot naar voren alsof iemand haar een duw in haar rug had gegeven.

'Jezus, El, dat zei Whitehead. Dat zei hij de hele tijd. "Dunn." Niet "done". Een woordspelletje. John Donne deed het. En Whitehead ook. Daarom heb jij dat boek, en daarom gaan we naar Eric Dunn. Omdat Bert Whitehead zegt dat we dat moeten doen.'

'Ja.'

'Maar het moet een of andere truc zijn. Hij wil dat we onze tijd verdoen. Eric Dunn weet niks, of hij weet wel iets maar gaat ons dat nooit vertellen. Whitehead speelt met ons, hij probeert in ons hoofd te kruipen. Een soort psychologische oorlogsvoering.'

'Misschien wel,' zei Ellen. Ze boog zich naar voren en vroeg haar beveiligingsagenten om een omweg te maken naar Tim Beechams huis in Georgetown.

'Hij zei toch dat hij onderweg naar Londen was?' vroeg Betsy.

'Ja,' zei Ellen en daar liet ze het bij.

Eenmaal daar bevestigde de huishoudster dat hij weg was en dat mevrouw Beecham en hun twee tienerzonen naar hun vakantiehuis in Utah waren vertrokken.

Vlak voordat hun vliegtuig naar Florida vertrok, vroeg ze aan Betsy: 'Waarom is Bert Whitehead nog in D.C.?'

'Nou, hij wordt tegen zijn wil vastgehouden in een verhoorkamer in het Witte Huis. Daarom misschien.'

'En waarom is Tim Beecham hier niet?'

'Omdat hij een meeting van inlichtingendiensten in Londen heeft, om meer informatie te krijgen. Je zei zelf dat het belangrijk was dat hij daar bij zou zijn.'

'Dat is ook zo.'

'Wat denk je?' vroeg Betsy.

Maar Ellen gaf geen antwoord. Ze was diep in gedachten. In gedachten verzonken.

Toen ze op kruishoogte waren, zoemde de console op Ellens bureau omdat er een versleuteld bericht binnenkwam. De president vroeg om een videocall. Ellen tikte op het scherm voor haar en het gezicht van Doug Williams verscheen.

Ze keek naar Betsy, die met een glimlach het vertrek verliet. Dit was topgeheim. Zelfs de adviseur van de minister van Buitenlandse Zaken mocht er niet bij zijn.

'Ik ben er, meneer de president,' zei Ellen.

'Goed. We zijn bijeen.' President Williams knikte naar de generaals om de tafel.

En zo begon de belangrijkste vergadering van het leven van ieder van hen.

Over hoe ze de Amerikaanse Special Forces in die verlaten cementfabriek moesten krijgen om de productie van kernwapens tegen te gaan en, het allerbelangrijkste, om erachter te komen waar die al geplaatst waren.

Het leek wel de honderdste keer dat er die dag een automatisch geweer op Katherine Adams werd gericht.

En ze besefte dat het niet meer schokkend was.

De afgelopen vijfentwintig kilometer, toen ze naar de grens tussen Iran en Pakistan waren gescheurd, had Katherine geoefend wat ze moest zeggen. Ze had het met de anderen besproken, vooral met Charles.

Hoe ze de grens over konden komen. En ervoor konden zorgen dat hun achtervolgers er niet overheen kwamen.

'U beweert dat u de dochter van de Amerikaanse minister van Buitenlandse Zaken bent?' vroeg de Pakistaanse grenswachter.

Anahita vertaalde het en Katherine knikte. Hij had haar paspoort en dat van Boynton. De anderen hadden geen paspoort of enig ander document.

Om redenen waar Katherine maar niet te lang bij stil bleef staan, vond de Pakistaanse grenswachter hun paspoorten veel verdachter dan het gebrek aan documenten van de anderen.

'Waarom willen jullie naar Pakistan? Wat is jullie doel?'

'Veiligheid,' zei Boynton. 'Ik weet dat jullie minister-president heel boos zou worden als hij hoorde dat de dochter en de stafchef van de Amerikaanse minister van Buitenlandse Zaken gewond zouden raken of zouden worden gedood omdat u ons het land niet in liet. Het zou een politieke en persoonlijke nachtmerrie zijn. Voor hem, en voor u.'

'Maar,' zei Katherine tegen de nu verbouwereerde en geagiteerde grenswachter, 'stelt u zich eens voor hoe blij hij met u zal zijn als we hem vertellen dat u ons leven hebt gered. Hoe heet u?'

Anahita schreef het op.

Boynton wees naar de naderende stofwolk. 'Dat voertuig zit vol met leden van de Russische maffia. Die moet u tegenhouden. Amerika is jullie bondgenoot, Rusland niet.'

De andere wachter kwam uit het huisje en liet zijn collega een telefoon zien. Wat erop stond, leek hun identiteit te bevestigen.

Charles Boynton staarde naar de telefoon en kwam in de verleiding te vragen of hij hem mocht lenen. Hoe meer hij erover nadacht, des te belangrijker werd het om minister Adams te vertellen over Farhads laatste woorden, die hij had uitgehoest alsof ze in bloed geschreven stonden.

Het Witte Huis.

Maar zelfs als de Pakistaanse grenswachter hem zijn telefoon zou geven, zou Boynton die onmogelijk kunnen gebruiken om een bericht naar de beveiligde privételefoon van de Amerikaanse minister van Buitenlandse Zaken te sturen. Toch bleef Charles ernaar kijken alsof het een biefstuk was en hij een uitgehongerde man.

'En zij?' De wachter wees met zijn geweer naar Anahita en Zahara. 'Iran is niet onze vriend. Deze mensen hebben geen papieren. Ik kan ze niet binnenlaten.'

Dat was het gevaar. Dat de wachters Katherine en Boynton wel binnen zouden laten, maar de anderen niet.

'Nou, aangezien ze geen papieren hebben,' zei Katherine, 'hoe weet u dan dat ze niet Pakistaans zijn?'

'Dat zijn ze niet.'

'Ze zouden het wel kunnen zijn. Zeg, we gaan niet weg zonder onze vrienden, dus neem een beslissing. Zijn ze Iraniërs of Pakistanen? Mogen we de grens over en wordt u een held? Of stuurt u ons weg en zit u straks tot over uw oren in de problemen?'

'Ze hebben ons op een wachtpost langs de grens met Iran gezet, mevrouw,' zei de nieuwe wachter in goed Engels, en hij gaf hun paspoorten terug. 'Hoeveel erger zou het kunnen worden?'

'Jullie hebben ook een grens met Afghanistan, toch?' vroeg Charles. 'Dat kan geen makkie zijn.'

Hij haalde zijn schouders op. 'Daar zou u nog van opkijken.' Maar hij zag wel dat dat niet zo was. 'Neemt u alcohol mee de grens over? Tabak?' Ze schudden hun hoofd. 'Wapens?'

Hij keek recht naar het pistool op Ana's schoot.

Ze schudden hun hoofd en hij wuifde hen door. Niet uit liefde voor de vs, maar uit angst voor zijn eigen minister-president. En de Afghaanse grens.

Terwijl ze optrokken, hoorden ze hem mopperen: 'Klote-Amerikanen.' Maar hij zei het zonder rancune, bijna met bewondering. Bijna.

Het maakte Katherine niet uit.

Deze regio, in feite de hele arbitraire grens, was een allegaartje van groeperingen, van stammenloyaliteit. Van eeuwenoude grieven. Van gemengde, verdeelde, complexe trouw. Vrijwel nooit aan de vs. Maar van Rusland waren ze ook geen fan.

Katherine gaf gas en toen ze een hoek om gingen, zagen ze in het achteruitkijkspiegeltje de stofwolk bij de grens aankomen.

Er klonk zacht gemompel vanaf de achterbank.

Zahara hield een gebedssnoer vast en mompelde bij elke kraal: 'Alhamdulillah.'

Anahita deed mee.

De kralen waren versleten en glommen een beetje doordat dr. Ahmadi's vingers het gebed zijn hele leven lang vele malen per dag had herhaald. Zahara had haar leven op het spel gezet om ze te halen. Een aandenken aan de man van wie ze hield. Ondanks wat hij gedaan had. Eén afschuwelijk voorval wiste geen leven vol vroomheid uit.

'Alhamdulillah.'

Terwijl ze door de stadjes en dorpjes naar hun afspraak met Gil scheurden, viel eerst Boynton en daarna ook Katherine in, tot de vuile schijtbak van een auto werd gevuld met dat zacht gemompelde woord dat steeds herhaald werd. Keer op keer. Het bracht iets met zich mee wat aan kalmte grensde.

Alhamdulillah.

Alle dank en lof aan Allah.

Godzijdank, dacht Katherine. Nu hoefden ze alleen Gil nog maar te vinden.

Ellen zag dat het hoofd van de Special Forces zich over een 3D-landkaart van het district Bajaur in Pakistan boog. Hij veegde hem vakkundig heen en weer terwijl hij verkende, manipuleerde en zocht.

'In 2008 was er de Slag bij Bajaur.' Hij zoomde in en ging verder. 'De Pakistaanse strijdmachten vochten om de Taliban uit de regio te verjagen. Uiteindelijk wonnen ze en verdreven ze hen. Maar het ging er meedogenloos aan toe. De Pakistanen vochten dapper en vasthoudend. Ik vind het heel erg om te horen dat de Taliban terug zijn.' Hij keek op en zijn blik kruiste die van de president. 'We hadden daar de hele tijd adviseurs. Inlichtingen en leger. Bert Whitehead was een van hen. Hij was destijds kolonel. Hij kent de regio. Hij zou hier moeten zijn, meneer de president.'

'Generaal Whitehead is elders nodig,' zei president Williams.

Er werden blikken gewisseld tussen de legermannen en -vrouwen in de kamer. Ze hadden kennelijk de geruchten gehoord.

'Dus het is waar?' vroeg een van hen.

'Ga verder,' zei president Williams. 'We moeten bij die fabriek zien te komen. Hoe doen we dat?'

Was het daar begonnen? vroeg Ellen zich af. Was het haarscheurtje in kolonel Whiteheads overtuigingen ontstaan terwijl de wrede gevechten in de bergen, valleien en grotten losbarstten?

Had hij in de loop der jaren te veel gezien? Was hij gedwongen om te veel te doen? Gedwongen om te zwijgen als er daden werden gepleegd die hij weerzinwekkend vond?

Had hij te veel jonge mannen en vrouwen zien sterven terwijl anderen ervan profiteerden? Had het scheurtje dat in kolonel Whitehead was ontstaan zich mettertijd langzaam uitgebreid tot het een kloof was geworden in generaal Whitehead?

Ze pakte haar telefoon, zocht de Slag bij Bajaur op en zag dat die Operatie Lion Heart was genoemd.

Was de leeuw aan de val ontsnapt, maar had hij zijn hart achtergelaten?

Ze legde haar telefoon neer en concentreerde zich op wat er in D.C. in de Situation Room gebeurde. Ze was geen deskundige op het gebied van militaire tactieken. Het was haar taak om de boel glad te strijken zodra de Pakistanen in de gaten kregen dat de vs ongeoorloofd een geheime militaire operatie had uitgevoerd binnen hun landsgrenzen, en Pakistaanse staatsburgers gevangen hadden genomen en misschien wel vermoord.

Met een beetje geluk, dacht ze, zou Bashir Shah zich onder de doden bevinden. Maar dat betwijfelde ze. Hoe vermoord je een Azhi Dahaka?

Ze concentreerde zich op de kaart, op het ruwe, vrijwel ondoordringbare terrein. Waar president Williams en zij dorpen, bergketens en rivieren zagen, zagen de generaals iets anders. Ze zagen mogelijkheden en levensgevaarlijke situaties. Ze zagen landingsplaatsen voor helikopters en paratroepers. En ze zagen hoe die troepen zouden sneuvelen nog voordat hun legerkistjes de grond raakten.

'Dit gaat wel even duren, meneer de president,' zei de hoogste generaal.

'Nou, we hebben geen tijd.' Williams keek naar minister Adams op het scherm. Ze knikte. Het moest gebeuren.

'Ik heb jullie verteld dat terroristen die fabriek gebruiken om een kernwapenprogramma voor de Taliban op te zetten,' zei hij. 'Maar er is nog iets.'

Want er is meer, dacht Ellen.

'We beschikken over informatie waaruit blijkt dat ze drie bommen hebben gemaakt en in Amerikaanse steden hebben geplaatst.'

De generaals, die tot dan toe over de map gebogen hadden gestaan, kwamen als één man overeind en staarden hem aan. Een ogenblik met stomheid geslagen.

Het was net of er een ravijn was ontstaan waardoor de mensen in de kamer werden gescheiden van de rest van de wereld. Een onoverbrugbare leegte tussen weten en niet-weten.

'We moeten naar die fabriek,' zei president Williams. 'Om de wetenschappers tegen te houden, maar nu vooral om erachter te komen waar die bommen verstopt zijn.'

'Ik moet mijn vrouw bellen,' zei een officier, die in de richting van de deur liep. 'Zij en de kinderen moeten weg uit D.C.'

'Mijn man en mijn dochters,' zei een andere, die ook een stap naar de deur zette.

Williams knikte naar de officieren bij de deur, die ervoor gingen staan.

'Niemand gaat weg voordat we een plan hebben. We hebben één kans en die moeten we in de komende uren grijpen.'

Ellen keek ernaar terwijl de gedachten door haar hoofd tolden. Ze probeerde ze te bedaren, want ze wist al waar dit toe zou leiden en dat beviel haar helemaal niet.

Ze was al halverwege, maar was te bang geweest om ook de rest onder ogen te zien. Dat deed ze nu wel.

'Mevrouw de minister,' klonk de stem van de piloot door de speaker. 'We hebben toestemming om op Palm Beach International te landen. We staan over zeven minuten aan de grond. Ik moet de communicatie uitschakelen.'

'Nee,' snauwde ze, en meteen daarna paste ze haar toon aan. 'Sorry, maar ik heb meer tijd nodig. Vlieg desnoods nog maar een rondje.'

'Dat kan niet. Daarvoor heb ik geen toestemming van de verkeers...'

'Dan zorg je er maar voor dat je die krijgt. Ik heb nog vijf minuten nodig.'

Er viel een stilte. 'Komt voor elkaar.'

Terwijl Air Force Three een zwenking maakte en omkeerde, sprak Ellen voor de eerste keer tijdens de vergadering.

'Meneer de president, ik moet u spreken. Onder vier ogen.'

'We zitten midden in...'

'Alstublieft. Nu.'

Na afloop van het gesprek met de president liet Ellen de piloot weten dat ze konden landen en keek door het raampje naar de palmbomen en de oceaan, die schitterde in de felle zon, en ze dacht aan de ouderwetse schommel en de voetbal. Aan de foto's. En het witte spijlenhek.

En ze dacht aan de vaders en moeders bij de dranghekken in Frankfurt, die foto's van hun vermiste kinderen omhooghielden. En die intussen naar de platte, opwaaiende dekens op het asfalt keken.

Ze dacht aan Katherine en Gil, ergens in Pakistan.

Ellen Adams dacht aan koningen en wanhopige mannen. En ze vroeg zich af of ze zojuist niet de grootste fout van haar leven had gemaakt. Van iedereens leven.

34

De colonne van minister Adams kwam aan bij de hoge gouden hekken aan de voorkant van het landgoed van Eric Dunn in Florida.

Hoewel hij wist dat ze zouden komen, hoewel zijn privébeveiligers de colonne konden zien aankomen over de vreselijk lange oprijlaan, moesten ze toch wachten.

Minister Adams glimlachte en deed hartelijk toen de veiligheidsagenten, voornamelijk Dunns privémilitie, om haar identiteitsbewijs vroegen. En de tijd namen om haar dat terug te geven. Zonder dat Dunns mensen het merkten wipte Ellens knie op en neer, terwijl Betsy haar schat aan scheldwoorden doornam.

Steve Kowalski, het hoofd van Ellens Diplomatieke Beveiliging, een oude rot in het vak, draaide zich op de passagiersstoel om en keek naar Mrs Cleaver, die woorden combineerde en vervoegde die eigenlijk helemaal niet onderling verbonden waren. Het resultaat dat dat opleverde was zowel grotesk als hilarisch, want ze boog zelfstandige naamwoorden om tot werkwoorden, en werkwoorden in heel wat anders. Het was een staaltje taalkundige gymnastiek dat de agent niet voor mogelijk had gehouden. En hij had nog wel bij de mariniers gezeten.

Het was duidelijk dat hij minister Adams weliswaar bewonderde, maar dat hij dol was op haar adviseur.

Onderweg van de luchthaven naar de hekken hadden ze naar een persconferentie gekeken die Eric Dunn had gehouden terwijl ze in het vliegtuig zaten. Die had hij belegd in de wetenschap dat ze onderweg waren.

Het enige doel leek te zijn om vuil te spuien over de zoon van minister Adams. Om niet alleen te impliceren, maar regelrecht de beschuldiging te uiten dat Gil Bahar betrokken was geweest bij de bomaanslagen in Londen, Parijs en Frankfurt. Dat hij geradicaliseerd was. Dat hij zijn moeder dingen influisterde en misschien zelfs wel zorgde dat de minister van Buitenlandse Zaken zich tegen de vs keerde. Een land, zei hij met veel geschreeuw en bombarie, dat nu was verzwakt door de wisseling van de regering. Een land waar de radicalen, de socialisten, de terroristen, de aborteurs, de verraders en de sukkels het voor het zeggen hadden.

'U mag naar binnen,' zei de bewaker. Hij droeg een insigne dat Ellen herkende van hun reportages over de alt-rightbeweging.

'Is de Secret Service niet meer verantwoordelijk voor de beveiliging van de oud-president?' vroeg Ellen terwijl de SUV de rest van de weg naar het kasteelachtige huis aflegde.

'Dat zou wel moeten,' zei agent Kowalski. 'Maar hij heeft zijn eigen mensen aan de frontlinie gezet. Hij denkt dat de Secret Service onderdeel is van de Deep State.'

'Nou ja, als dat betekent dat ze volkomen loyaal zijn aan de Verenigde Staten en de positie van de president, maar niet aan het individu, dan heeft hij gelijk,' zei Ellen.

Voordat ze naar binnen gingen, keek ze weer op haar telefoon. Geen bericht van Katherine, Gil of Boynton. Geen bericht van de president.

Ze gaf haar telefoon aan het hoofd van haar beveiligingsteam en stapte uit; daarna gingen Betsy en zij voor de enorme dubbele deuren staan en wachtten tot ze opengingen.

En wachtten. En wachtten.

De barman zag tot zijn ontsteltenis dat Pete Hamilton weer eens door de schemerige ruimte banjerde en op een kruk aan de bar van Off the Record ging zitten.

'Ik dacht dat ik had gezegd dat je niet meer terug mocht komen,' zei hij zodra Pete zat.

Maar er was iets veranderd aan de jongeman. Hij zag er niet meer zo verlopen uit. Zijn ogen stonden helderder. Zijn kleren waren schoner. Zijn haar zat niet meer onder de klitten.

'Wat is er met jou gebeurd?' vroeg de barman.

'Hoe bedoel je?'

De barman hield zijn hoofd scheef terwijl hij Pete aankeek en besefte tot zijn verrassing dat hij om deze kerel gaf. Dat kreeg je ervan als je vier jaar lang aan moest zien hoe iemand langzaam en tragisch afgleed. Hij had met hem te doen.

De politiek kon op elk niveau keihard zijn. Maar hier in D.C.? Meedogenloos. En deze jongen was aan de schandpaal genageld. Aan het spit geregen en verbrand.

Maar nu leek Pete Hamilton onverwachts en plotseling weer de oude. Weer gezond. En dat binnen een dag. Ongelofelijk wat een douche en schone kleren konden doen.

De barman deed dit werk al te lang om zich om de tuin te laten leiden. Dit was een laagje vernis, meer niet.

'Een whisky, graag,' zei Pete.

'Een glaasje bruiswater kun je krijgen,' zei de barman. Hij deed er een schijfje limoen in en zette het hoge glas op een bierviltje met de karikatuur van minister Adams.

Pete glimlachte en keek om zich heen.

Niemand lette op hem. Hij wist dat het misschien een vergissing was geweest om hier te komen; er was hem gezegd dat hij rechtstreeks naar huis moest gaan en hij had nog een hoop werk te doen om bewijs te verzamelen tegen Whitehead en diens medeplichtige in het Witte Huis.

Maar hij wilde horen wat er hier gezegd werd, in de krochten van de macht.

Het verbaasde hem niets dat het voornaamste onderwerp van gesprek, het enige onderwerp van gesprek, Bert Whitehead was, en de wilde geruchten dat de voorzitter van de Gezamenlijke Stafchefs gearresteerd was.

Het was niet duidelijk op grond waarvan.

De grootste groep stamgasten stond om een jonge vrouw heen die zojuist was binnengekomen. Iemand die Pete nog nooit in de bar had gezien, maar die hij nu herkende van eerder die dag, toen hij had staan wachten om het Oval Office binnen te gaan. Ze was de assistente van de stafchef van president Williams.

Ze ving zijn blik en lachte stralend. Hij lachte terug. Misschien, dacht hij terwijl hij zijn glas pakte en haar kant op slenterde, was dit wel zijn geluksdag.

Het kwam niet bij hem op om zich af te vragen waarom Barb Stenhausers assistente hier in de bar was, midden in de grootste crisis waar het land ooit mee te maken had gehad.

Het kwam niet bij hem op om zich af te vragen of ze hem misschien, heel misschien, hierheen gevolgd was.

En het kwam niet bij hem op dat dit weleens een dikke, vette ongeluksdag zou kunnen zijn.

President Williams had de Situation Room verlaten en keerde een halfuur later terug nadat hij een persconferentie had gehouden die al eerder was gepland.

Hij wist dat het raar zou zijn als hij die zou afblazen. De persconferentie had slechts tien minuten geduurd. De rest van de tijd had hij iets anders gedaan. De journalisten hadden een paar vragen gesteld over generaal Whitehead, maar die waren vaag geweest. De onweerswolken begonnen samen te pakken, maar tot dusver was het noodweer nog niet losgebarsten. Er was slechts wat gerommel in de verte.

'Wat hebben jullie?' vroeg Williams nadat hij weer bij de generaals om de kaart heen was komen staan.

Ze hadden inmiddels twee plannen bedacht.

'We hebben in geen van beide veel vertrouwen, meneer,' zei het hoofd van de Special Forces. 'Maar dit is het beste wat we kunnen verzinnen op zo'n korte termijn. Als we meer tijd hadden...'

'Die hebben we niet,' zei Williams. 'Sterker nog, we hebben steeds minder tijd.' Hij luisterde naar hun suggesties. 'Hoe groot is de kans op succes?'

'We schatten twintig procent voor het eerste plan en twaalf procent voor het tweede. Als de Taliban zich zo goed hebben verschanst als wordt gerapporteerd, is het vrijwel zeker dat ons team de grond niet eens haalt.'

'We kunnen die fabriek wel platbombarderen,' zei een van de generaals.

'De verleiding is groot,' gaf de president toe. 'Maar als er nog meer bommen zijn, lopen we het risico dat die ontploffen. En bovendien vernietigen we dan alle informatie die ze hebben over de plaatsen in de VS waar de kernbommen zijn geplaatst. Dat heeft nu prioriteit.'

'Kunnen we die informatie op geen enkele andere manier krijgen?'

'Als dat zo zou zijn, zouden we het zo doen.' De president boog zich over de kaart. 'Het is misschien belachelijk, maar ik zie een andere mogelijkheid. Stel dat we hier landen...' Hij wees naar een plek die de generaals niet in overweging hadden genomen.

'Dat gebied is veel te ruig,' zei een van de generaals.

'Maar er is een plateau. Net groot genoeg om een paar helikopters te laten landen.'

'Hoe weet u dat daar een plateau is?' vroeg een ander, die zich verder naar voren boog.

'Dat zie ik.' President Williams manipuleerde het 3D-beeld en zoomde in. En inderdaad, er was een vlak gedeelte. Niet groot, maar toch.

'Sorry, meneer de president, maar wat hebben we daar nou aan? Dat ligt tien kilometer van de fabriek. Dat redden ze nooit.'

'Dat hoeft ook niet. Het is een afleidingsmanoeuvre. We kunnen ze ondersteunen met luchtaanvallen, zodat zij de Taliban-strijders bezighouden terwijl de echte krijgsmacht op de fabriek landt.'

Ze staarden hem aan alsof hij niet goed bij zijn hoofd was.

'Dat is krankzinnig,' zei de vicevoorzitter van de Gezamenlijke Stafchefs. 'Ze zouden ogenblikkelijk sneuvelen.'

'Niet als we een afleiding creëren. Als de Taliban ergens anders worden beziggehouden. Dat kan toch?' Hij keek hen onderzoekend aan. 'In de uren voor de aanval verspreiden we via ons netwerk van informanten het gerucht dat we hebben gehoord over de aanwezigheid van de Taliban in dat gebied, en dat we misschien een aanval beramen. Dan wordt hun aandacht getrokken. De inval zou zo ver weg zijn dat ze niet vermoeden dat de fabriek het echte doelwit is, maar nog steeds midden in het gebied dat de Taliban in handen hebben, dus het is wel geloofwaardig. Ik zal het met premier Bellington van Groot-Brittannië bespreken. We kunnen het laten klinken als een SAS-aanval als vergelding voor de bomaanslagen. Dat is geloofwaardig en het leidt de aandacht van ons af.'

Hij keek naar hen terwijl ze elkaar aankeken.

'Is het te doen?' vroeg hij.

Er viel een stilte.

'Is het te doen?!' schreeuwde hij.

'Geef ons een halfuur, meneer de president,' zei de dienstdoend voorzitter.

'Jullie hebben twintig minuten.' Williams liep naar de deur. 'En dan wil ik de Special Forces in de lucht hebben. Onderweg kunnen jullie de details uitwerken.'

Eenmaal buiten leunde hij tegen de deur, deed zijn ogen dicht en sloeg zijn handen voor zijn gezicht terwijl hij mompelde: 'Wat heb ik gedaan?'

'Koningen en wanhopige mannen,' fluisterde Betsy toen ze door de enorme entreehal liepen en naar alles gaapten wat schitterend zou zijn geweest als dit echt een paleis was geweest en geen monument van overcompensatie.

'De president wacht op u op het terras,' zei zijn personal assistant.

Er was eigenlijk een hele reeks terrassen in Italiaanse stijl, die naar een zwembad van olympische afmetingen met een fontein in het midden leidden. Waardoor het zowel imposant werd als nutteloos om echt in te zwemmen.

Dit alles werd omringd door gemanicuurde gazons en tuinen. En helemaal aan het eind van het terrein, de oceaan. En daarachter niks...

Voor Eric Dunn hield de wereld op, vermoedde Ellen, waar zijn eigen terrein ophield. Niets deed ertoe voorbij zijn eigen invloedssfeer.

Die, dat moest ze toegeven, verrassend groot bleef.

Ze moest deze meeting snel afhandelen, maar als ze die indruk zou wekken, zou hij hem alleen maar oprekken, wist ze.

'Mevrouw Adams,' zei hij, en hij stond op en liep met uitgestoken hand naar haar toe.

Hij was groot. Reusachtig, zelfs. Ellen had hem vele malen ontmoet, zij het alleen in het voorbijgaan bij sociale aangelegenheden. Ze had hem geestig gevonden, charmant zelfs. Al had hij geen belangstelling voor anderen en was hij snel verveeld als de spotlights op iemand anders werden gericht.

Ze had haar mediakanalen profielen van Eric Dunn laten maken toen zijn imperium was gegroeid, was ingestort en weer was opgebouwd. Elke keer roekelozer. Bombastischer. Zwakker.

Als een luchtbel in bad kon het elk moment knappen zodat er een stank vrijkwam.

En toen was hij onverwachts de politiek in gegaan en had de hoogste positie van het land gewonnen. Maar, wist ze, niet zonder hulp van mensen en buitenlandse regeringen die daarvan wilden profiteren. En dat ook hadden gedaan.

Het was de sterke schaduw die gepaard ging met het heldere licht van de democratie. Het stond mensen vrij om misbruik te maken van hun vrijheden.

'En wie is dit dametje?' vroeg Dunn met een blik op Betsy. 'Uw secretaresse? Uw partner? Ik sta overal voor open, zolang jullie het maar niet in het openbaar doen en de paarden laten schrikken.'

Terwijl hij lachte, maakte Ellen een keelgeluid en waarschuwde Betsy om niet te reageren. Dat vond deze leeghoofdige vent alleen maar leuk.

Ellen stelde Betsy Jameson voor, haar vriendin voor het leven en haar adviseur.

'En wat adviseert u mevrouw Adams zoal?' vroeg hij, en hij gebaarde naar twee stoelen die al klaarstonden.

'Minister Adams bepaalt zelf wat ze doet,' zei Betsy zo poeslief dat Ellen er bang van werd. 'Ik ben er alleen voor de seks.'

Ellen knipperde met haar ogen en dacht: God, als u luistert, kom me dan halen. Even was het stil, en toen schoot Eric Dunn in de lach.

'Oké, Ellen, wat kan ik voor je doen?' vroeg hij, op zijn ouwe-jongens-krentenbroodmanier. 'Het heeft toch niks te maken met die explosies, hoop ik? Dat is Europa's probleem, niet het onze.'

'Er is wat informatie onze kant op gekomen die... verontrustend is.'

'Weer shit over mij?' vroeg hij. 'Dat moet u niet geloven. *Fake news*.'

Ellen kwam sterk in de verleiding om te beginnen over de rotzooi die hij zojuist over haar zoon had uitgestort, maar wist dat dat precies was wat hij wilde. Dus deed ze, tegen zichzelf en tegen hem, liever net of ze het niet gezien had.

'Niet rechtstreeks, nee. Maar wat kunt u ons vertellen over generaal Whitehead?'

'Bert?' Dunn haalde zijn schouders op. 'Ik heb nooit zoveel aan hem gehad, maar hij deed wat hem gezegd werd. Zoals al mijn generaals.'

Zei hij dat nou om haar uit te lokken om te zeggen dat ze eigenlijk niet zíjn generaals waren? Of dacht hij echt dat het zo was?

'Zou het kunnen dat hij meer deed dan wat hem gezegd werd?'

Dunn schudde zijn hoofd. 'Absoluut niet. In mijn kabinet is niets gebeurd zonder mijn medeweten, zonder mijn goedkeuring.'

Nou, die bewering zal hem nog duur komen te staan, dacht Betsy.

'Waarom hebt u ermee ingestemd dat het huisarrest van dr. Shah werd ingetrokken?' vroeg Ellen.

Hij ging achteroverzitten en zijn stoel kraakte. 'Aha, dus dat is het. Hij zei al dat u dat zou vragen.'

'Hij?' vroeg Ellen. 'Generaal Whitehead?'

'Nee, Bashir.'

Ellen kon haar tong in bedwang houden, maar haar bloedsomloop niet. Haar bloed trok uit haar gezicht en stroomde naar haar binnenste. Daar hoopte het zich op en haar gezicht werd lijkbleek.

'Shah?' vroeg ze.

'Bashir, ja. Hij zei al dat u daar geërgerd over zou zijn.'

Ellen hield haar mond tot ze weer beschaafd kon praten. 'Hebt u hem gesproken?'

'Tuurlijk. Waarom niet? Hij wilde zijn dankbaarheid betuigen voor mijn hulp. Hij is geniaal, een ondernemer. We hebben veel gemeen. Zeg, hebt u hem niet genoeg schade berokkend? Hij is een Pakistaanse zakenman die door, onder andere, uw mediabedrijf vals beschuldigd is van wapenhandel. Hij heeft het me allemaal uitgelegd. De Pakistanen hebben het uitgelegd. Uw probleem is dat u kernenergie verwart met kernwapens.'

Betsy mompelde iets onverstaanbaars.

Dunn wendde zich tot haar, zijn gezicht ineens vuurrood. De luchtbel kwam naar de oppervlakte en knapte bijna.

'Wat zei u daar?'

'Ik noemde u... een slimme man.'

Dunn bleef haar dreigend aankijken en richtte zich weer tot Ellen.

Ze leunde bijna de andere kant op. De kracht van deze man viel niet te ontkennen. Ellen had nog nooit zo iemand, zoiets, meegemaakt.

De meeste succesvolle politici hadden charisma. Maar dit ging veel verder dan dat. Het was buitengewoon om in zijn omgeving te zijn. Je voelde iets trekken, een belofte van opwinding. Van gevaar. Alsof je met granaten jongleerde.

Het was stimulerend. En angstaanjagend. Zelfs zij voelde het.

Ellen Adams voelde zich er totaal niet door aangetrokken, sterker nog, ze walgde ervan. Maar ze moest toegeven dat Eric Dunn een sterke fascinatie en dierlijk instinct bezat. Hij wist feilloos de zwakke punten van mensen te ontdekken. Hen naar zijn wil te buigen. En als ze niet bogen, dan brak hij ze.

Hij was vreselijk, en gevaarlijk.

Maar ze zou niet terugdeinzen. Ze zou geen dekking zoeken.

Ze zou niet buigen. En ze zou absoluut niet breken.

'Wie in uw kabinet heeft voorgesteld om dr. Shahs huisarrest in te trekken?'

'Niemand. Het was mijn idee. Ik had de Pakistanen privé ontmoet tijdens een top, om de boel een beetje te lijmen. Toen kwam het ter sprake. Ze klaagden over de bemoeienis van de vorige regering en zeiden dat ze zo blij waren dat er eindelijk iemand aan de macht was die een echte leider was. Ze hadden het vreselijk gevonden met de vorige president. Zwak en dom. Ze hadden het over dr. Shah. Hij is een held in Pakistan, maar ja, de president had naar slechte adviezen geluisterd en de Pakistanen gedwongen hem te arresteren. Dat heeft heel veel schade aangericht in de onderlinge relatie. Dus dat heb ik rechtgetrokken.'

'Door in te stemmen met de vrijlating van dr. Shah.'

'Hebt u hem weleens ontmoet? Hij is heel ontwikkeld, intelligent. Hij is niet zoals u denkt.'

Hoe verleidelijk het ook was om dat te betwisten, ze deed het niet. En ze vroeg ook niet hoe Shah zijn dankbaarheid had getoond. Dat was niet nodig.

'Waar is dr. Shah nu?' vroeg ze dus maar.

'Nou, ik zou gisteren met hem lunchen, maar hij heeft afgezegd.'

'Sorry?'

'Ja, niet te geloven, hè? Afgezegd. Een afspraak met mij.'

'Was hij hier? In de vs?'

'Ja. Al sinds januari. Ik had geregeld dat hij in het huis van een vriend van me kon verblijven, niet ver hiervandaan.'

'Had hij een visum om de vs in te mogen?'

'Dat zal wel. Ik heb hem over laten vliegen vlak voordat ik hierheen verhuisde.'

'Kunt u me het adres geven?'

'Hij is hier niet meer, als u soms dacht dat u even binnen kon wippen. Hij is gisteren vertrokken.'

'Waarnaartoe?'

'Al sla je me dood.'

Ellen wierp Betsy een waarschuwende blik toe om te voorkomen dat ze dat inkoppertje zou benutten. Maar Betsy kon alleen onthutst staren en was niet in staat om onder woorden te brengen hoe graag ze dat zou doen. In plaats daarvan keek ze tersluiks naar haar telefoon, waarop een urgent bericht van Pete Hamilton was binnengekomen.

HLI.

Het was duidelijk een typefout, dus Betsy antwoordde met een vraagteken en concentreerde zich weer op het gesprek.

'Meneer de president,' zei Ellen. 'Als u weet waar dr. Shah is of weet of iemand anders dat weet, vertel het me dan. Nu.'

Haar toon zorgde ervoor dat Eric Dunn echt luisterde. Zijn gezicht stond ineens ernstig. Hij fronste zijn wenkbrauwen terwijl hij haar onderzoekend aankeek.

'Wat is er?'

'We denken dat dr. Shah betrokken is bij een plan om Al Qaida kernwapens te leveren.' Verder dan dit kon ze niet gaan.

Dunn staarde haar aan en even dacht ze dat hij zo geschrokken was dat hij haar echt wilde helpen. Maar toen begon hij te lachen.

'Geweldig. Hij zei al dat u dat zou zeggen. U bent paranoïde. Als u dat zou zeggen, moest ik vragen of u de bloemen mooi vond. Ik heb geen idee wat dat betekent. Heeft hij u bloemen gestuurd? Dat is vast ware liefde.'

In de stilte die volgde hoorde Ellen alleen haar eigen ademhaling. Ze stond op.

'Bedankt voor uw tijd.' Ze stak haar hand uit, en toen hij die vastpakte, trok ze de enorme man overeind zodat hun neuzen elkaar aanraakten en ze zijn adem kon ruiken. Die rook naar vlees.

Ze fluisterde: 'Ik denk dat u onder al die hebzucht en domheid wel echt van uw land houdt. Als Al Qaida een bom heeft, gaan ze die hier gebruiken, op Amerikaanse bodem.'

Ze trok haar hand terug en keek naar zijn nu slap hangende gezicht, voordat ze verderging.

'U hebt keer op keer duidelijk gemaakt dat er in het Witte Huis niets is gebeurd zonder uw goedkeuring. Misschien wilt u die bewering nog eens goed overdenken, of ons anders helpen dit te verijdelen. Als er een ramp gebeurt, zal die voor uw grote gouden deur worden gedumpt. Daar zorg ik wel voor. Als u weet waar Shah is, moet u ons dat vertellen.'

Ze zag angst in zijn ogen. Angst voor de ophanden zijnde ramp, of omdat hij daar de schuld van zou krijgen? Ellen wist het niet en het kon haar ook niet schelen.

'Zeg op. Nu,' beval ze.

'Ik kan u vertellen waar hij gelogeerd heeft. Mijn assistente zal u het adres geven. Maar dat is alles.'

Maar ze wist dat dat vrijwel zeker niet alles was. *Want er is meer...*

'Generaal Whitehead. Welke rol heeft hij gespeeld bij de vrijlating van Shah?'

'Probeert hij de eer op te eisen? Het was mijn idee.'

Ellen keek hem aan. Hij wilde per se de eer opeisen, zelfs voor een ramp.

Minister Adams en Betsy Jameson wachtten in de entreehal op Dunns assistente, die hun het adres van Shahs villa in Palm Beach zou geven. Zodra ze aan kwam lopen, gaf ze Ellen het papiertje en zei: 'Ik hoop dat u weet dat president Dunn een geweldige man is.'

Ellen had bijna gevraagd of hij had gezegd dat ze dat moest zeggen, maar vroeg: 'Zou kunnen. Het is alleen jammer dat hij geen fatsoenlijke vent is.'

Interessant genoeg ging de jonge vrouw daar niet tegenin.

Toen ze weer in de SUV zaten, knikte Betsy naar het papiertje in Ellens hand.

'Gaan we daarnaartoe?'

'Nee, we gaan naar Pakistan.' Ze vroeg om haar telefoon en stuurde het adres dat Dunns assistente haar had gegeven naar president Williams, die meteen actie zou ondernemen, dat wist ze.

'Meneer de president.' De opgewekte zakelijke stem van de Britse premier klonk over de beveiligde lijn. 'Wat kan ik voor u doen?'

'Jack, ik ben blij dat je het vraagt. Ik moet het gerucht verspreiden dat jouw SAS een aanval beraamt op een gebied in Pakistan dat in handen is van Al Qaida, als vergelding voor de bomaanslagen.'

Er viel een stilte.

Het sierde de Britse premier dat hij niet onmiddellijk ophing.

Williams klemde de telefoon steeds steviger vast. Zijn knokkels waren bloedeloos.

'Wat ben je van plan, Doug?'

'Dat kun je maar beter niet weten. Maar we hebben jullie hulp nodig.'

'Je weet dat mijn land hierdoor in het vizier van iedere terrorist kan belanden.'

'Ik vraag je niet om het echt te doen, alleen om het gerucht niet te ontkennen. Alleen de komende paar uur.'

'Perceptie is werkelijkheid. Het doet er niet toe of Groot-Brittannië verantwoordelijk is, de terroristen zullen het geloven. Ze willen het geloven.'

'De werkelijkheid is dat ze je al in het vizier hebben. Zesentwintig doden, Jack.'

'Zevenentwintig. Een uur geleden is er een klein meisje overleden.' Er klonk een diepe zucht. 'Oké. Doe het maar. Als ernaar gevraagd wordt, zal ik het niet ontkennen.'

'Niemand mag de waarheid weten. Zelfs je eigen mensen niet,' zei Williams. 'Ik weet dat er een urgente meeting van internationale leiders van inlichtingendiensten in Londen is.'

Hij hoorde Bellington lang uitademen. 'Vraag je me nou om tegen mijn eigen mensen te liegen?'

'Ja. Dat doe ik zelf ook. Als jij ermee instemt, ga ik beginnen met mijn eigen directeur van de Nationale Inlichtingendienst. Tim Beecham is bij die meeting in Londen. Ik ga hem vertellen over het gerucht over een SAS-aanval. Hij zal het aan jouw mensen vragen. Die zullen het aan jou vragen.'

'En ik moet liegen.'

'Je moet niet de waarheid vertellen. Wees ontwijkend. Wees vaag. Dat is je sterkste kant, toch?'

Bellington lachte. 'Je hebt zeker met mijn ex-vrouw gepraat.'

'Dus wat wordt het, Jack?'

Williams zag dat er een dringend bericht van minister Adams binnenkwam. Hij wachtte, hij wachtte op Bellingtons antwoord.

'Dat meisje was zeven. Net zo oud als mijn kleindochter. Ja, meneer de president, ik kan de wolven wel een paar uur op afstand houden.'

'Dank je, meneer de minister-president. Je houdt een borrel van me tegoed.'

'Geweldig. De volgende keer als je hier bent, Doug, gaan we naar de pub voor bier en een warme hap. En misschien kijken we wel een voetbalwedstrijd.'

Beide mannen zwegen en zagen het voor zich. Ze wilden dat het kon. Maar die tijd was voorgoed voorbij, voor hen allebei.

Nadat hij had opgehangen, las Williams Ellens bericht en gaf de FBI en Homeland Security opdracht om naar de villa in Palm Beach te gaan.

Hij zei ook dat ze moesten uitzoeken welke privéjets er de dag daarvoor uit Palm Beach waren vertrokken, wie de passagiers waren en wat hun bestemming was geweest. Daarna bracht hij het SAS-gerucht in omloop.

De zoemer op zijn bureau ging.

'Meneer de president,' zei de vicevoorzitter van de Gezamenlijke Stafchefs, 'ze zijn in de lucht.'

President Williams keek op de klok. Over enkele uren zou Special Ops het door de Taliban bezette Pakistan binnenvliegen, waar ze in het donker zouden aankomen.

De inval was in gang gezet. Het offensief was begonnen.

35

Ellen sliep onrustig tijdens de vlucht naar Islamabad; ze werd vaak wakker en keek of er berichten waren.

Alle luchtvaartuigen – de Chinook-helikopters en bijgetankte vliegtuigen – waren opgestegen vanaf een geheime basis in het Midden-Oosten en de commandanten namen de laatste plannen voor de aanvallen door.

Toen Air Force Three aan het begin van de avond in Pakistan arriveerde, waren de commando's opgesplitst in twee eenheden.

Ze keek op de klok. Nog drie uur en drieëntwintig minuten tot de eerste schoen de grond zou raken. De afleidingseenheid eerst. Daarna, twintig minuten later, de inval in de fabriek.

Een volgend bericht bevestigde dat Bashir Shah met onbekende bestemming uit Florida was vertrokken. De villa was leeg. Geen mensen. Geen papieren. En er was nergens een log van welke vlucht dan ook met zijn naam.

Teleurstellend, maar geen verrassing.

Ze trokken alle privévluchten na en hadden de zoektocht nu uitgebreid naar commerciële vluchten uit het gebied.

Bashir Shah was verdwenen, als een geest.

Ze keek naar haar bureau, waar het boeket lathyrussen nog stond. Tevreden zag ze dat ze verlepten. Wegkwijnden. Doodgingen.

De steward had ze willen weghalen, maar Ellen wilde ze laten staan. Het schonk haar een vreemde voldoening om te zien dat zijn geschenk stierf.

Een armzalige vervanging voor Shah zelf, maar beter dan niks.

'Voordat we uit het vliegtuig stappen, wil ik je iets laten zien,' zei Betsy.

Ze had niks meer van Pete Hamilton gehoord en had besloten om Ellen toch zijn berichtje te laten zien.

'HLI?' zei Ellen. 'Wat betekent dat?'

'Ik denk dat het een typefout is.'

Ellen fronste haar voorhoofd. 'Maar het is als urgent gemarkeerd. Dat doe je niet met een typefout. Als het zo belangrijk is, zorg je er wel voor dat het klopt, toch?'

'Ja, maar waarschijnlijk had hij haast.'

'Heeft Hamilton het uitgelegd?'

'Ik heb het gevraagd, maar er kwam geen antwoord.'

Ze keken allebei naar de letters. Had hij soms *HIL* willen schrijven? Maar zo ja, wat zou dat dan betekenen? Hill? Capitol Hill? Lag een van de bommen daar? Maar dan sloeg het nog nergens op. Waarom zou hij de tweede L dan achterwege laten? En toch had Hamilton het gemarkeerd als urgent.

'Laat het me weten als hij antwoord geeft.'

Ellen keek naar zichzelf in de spiegel. Geen boerka deze keer. Slechts conservatieve, bescheiden kleding. Lange mouwen, een broekpak. Een prachtige zijden hoofddoek die haar Pakistaanse evenknie haar had gestuurd toen haar benoeming tot minister van Buitenlandse Zaken bekend was gemaakt. De stof had het motief van een pauwenveer en was schitterend.

Ze voelde zich bijna slecht om wat ze ging doen. Maar het kon niet anders. Als die dappere mensen straks konden doen wat ze moesten doen, zou zij dat ook kunnen.

'Ben je hiertegen opgewassen? Of wil je soms liever hier blijven? Wat slapen?' vroeg ze aan Betsy, die er moe en gespannen uitzag maar dat voor haar probeerde te verbergen.

'Ben je gek? Vergeleken met het uitleggen van Shakespeare aan pubers is dit een makkie. Jezus, ik land nog liever met een parachute in door Al Qaida bezet gebied dan dat ik dertig kinderen van veertien voor mijn neus heb.'

'*O prachtige nieuwe wereld*,' zei Betsy, die naar haar vriendin keek, '*waar zulke mensen leven*.'

'We kunnen dit,' zei Ellen.

De hel is leeg, dacht ze, en alle mensen zijn hier.

Of in elk geval niet ver hiervandaan. Ze hoopte dat Shah in de fabriek was, zich niet bewust van wat eraan kwam. Ze keek weer op de klok.

Drie uur en twintig minuten...

De Chinooks vlogen in een zigzagpatroon.

De zon ging net onder toen ze opstegen en met hun neus omlaag voortstuwden, met de commando's aan boord die op dat plateau zouden springen. En het zouden bezetten.

De kapitein keek naar hun vastberaden gezichten. De meesten waren in de twintig. Al geharde veteranen. Maar deze missie zou zwaarder worden dan alles wat ze hadden meegemaakt. En sommigen, zo niet velen, zouden niet terugkeren.

Haar eigen bevelhebber wist het, zelfs toen hij haar de opdracht had gegeven. En zij wist het toen ze naar het plan had gekeken. Maar het belang van deze missie was zo groot dat ze niet had geprotesteerd. Of geaarzeld.

'Raar om te bedenken dat Katherine en Gil ook in Pakistan zijn,' zei Betsy terwijl ze zich voorbereidden om Air Force Three te verlaten. 'Al zijn ze behoorlijk ver weg. Konden ze maar met ons mee komen.' Ze wachtte even om Ellen te laten zeggen dat dat ook kon. En zou gebeuren. Maar er volgde een stilte. 'Toch,' vervolgde Betsy, 'heb ik ze liever hier dan in D.C.'

'Ik ook.' Dat was, wist Ellen, de eerste ingeving van iedereen die het wist van de kernbommen. Hun familie uit D.C. zien te krijgen. Uit elke grote stad die een doelwit zou kunnen zijn.

Buiten het vliegtuig was een militaire band begonnen met de ceremoniële dril onder het spelen van marsmuziek.

'Heb je dit gezien?' Betsy hield haar iPad omhoog.

Ellen boog zich voorover en zag een fragment van president Williams' persconferentie.

Een verslaggever had hem gevraagd naar de beweringen van oud-president Dunn over Gil Bahar en diens rol bij de bomaanslagen.

'Daar zal ik één keer antwoord op geven en dat is dan de laatste keer,' zei president Williams, die recht in de camera keek. 'Gil Bahar heeft zijn leven op het spel gezet en bijna verloren toen hij die mannen, vrouwen en kinderen in die bus probeerde te redden. Hij is een uitzonderlijke jongeman. Zijn familie kan trots op hem zijn, zijn land kan trots op hem zijn. Elke poging om hem zwart te maken en zijn naam of die van zijn moeder door het slijk te halen, is afkomstig van mensen die zowel slechte bedoelingen hebben als slecht geïnformeerd zijn.'

Ellen trok haar wenkbrauwen op en vroeg zich af waarom het haar nooit eerder was opgevallen dat Doug Williams een mooie stem had.

'Nog steeds niks van Pete Hamilton?' vroeg ze.

Betsy keek nog een keer en schudde haar hoofd.

'Mevrouw de minister,' zei haar assistente. 'Het is tijd.'

Ellen keek nog een laatste keer naar zichzelf in de spiegel. Ze haalde diep adem. Ging rechtop staan. Schouders naar achteren. Kin naar voren. Hoofd omhoog.

We kunnen dit, herhaalde Ellen bij zichzelf toen ze de warme avond in stapte, waar werd gejuicht en met Amerikaanse vlaggen werd gezwaaid. Naar het volkslied, dat haar altijd in haar hart raakte.

'Twilight's last gleaming,' zong ze.

Lieve God, sta ons bij.

De tweede golf steeg op, de helikopters gevuld met kostbare lading. De zoons en dochters van ouders die doodsangsten uit zouden staan als ze wisten wat hun land van hun kinderen vroeg. De jonge mannen en vrouwen hielden M4-geweren vast en keken elkaar over het gangpad heen aan.

Ze waren het neusje van de zalm. De commando's. Elitetroepen. Tien jaar eerder waren Navy SEAL's ook in Pakistan geland, destijds om Osama bin Laden te pakken. En dat hadden ze gedaan.

Deze soldaten wisten dat hun missie net zo belangrijk was, zo niet belangrijker.

En ze wisten dat dit net zo gevaarlijk was, zo niet gevaarlijker.

'Dit kan het niet zijn,' zei Charles Boynton toen de auto schokkend tot stilstand kwam in het piepkleine Pakistaanse dorpje. 'Dit is een krot.'

'Wat had je dan verwacht?' vroeg Katherine. 'Het Ritz?'

'Er zit nog heel wat tussen het Ritz en...' Hij gebaarde naar het houten gebouwtje, dat iets overhelde. 'Is er wel elektriciteit?'

'Voor je elektrische tandenborstel?' vroeg Katherine terwijl ze uitstapte. Hoewel ze stiekem moest toegeven dat ze een beetje verbaasd en teleurgesteld was.

'Nee,' zei Boynton. 'Hiervoor.' Hij hield zijn telefoon omhoog. 'Ik moet hem opladen en een bericht naar je moeder sturen.'

Het Witte Huis. Het Witte Huis.

Katherine wilde iets schampers zeggen, maar beet op haar tong. Ze had honger en ze was moe en ze had gehoopt dat hun bestemming allebei de kwesties had kunnen oplossen, maar dat was duidelijk niet het geval.

Het Witte Huis. Het Witte Huis, dacht Boynton. Waarom had hij dat bericht niet samen met de rest verstuurd? Omdat mensen hadden geprobeerd hem te vermoorden. Omdat hij een man had vermoord.

Omdat hij tijdelijk zijn verstand was verloren en hij alleen maar kon denken dat hij de informatie over de echte wetenschappers en hun locatie naar hun baas moest zien te krijgen voordat hij zelf vermoord zou worden.

Het Witte Huis. De hele weg hiernaartoe had hij zich afgevraagd wat dat betekende. Of eigenlijk had hij geprobeerd niet te accepteren wat voor de hand leek te liggen.

Iemand in het Witte Huis werkte samen met Shah. Het had generaal Whitehead kunnen zijn, maar die zat niet in het Witte Huis. Die zat in het Pentagon.

Maar goed, misschien maakte Farhad dat onderscheid niet.

Toch wist Charles Boynton in zijn hart dat dat niet waar was. Als Farhad met zijn laatste adem 'het Witte Huis' met bloed uitspuwde, dan bedoelde hij dat.

Katherine klopte op de deur. Die rammelde toen ze erop bonkte. En toen ging hij onverwachts open en daar stond Gil.

'O, goddank,' zei hij.

Katherine omhelsde haar broer, maar merkte dat hij langs haar heen keek.

Naar Anahita Dahir.

Daarna voelde ze dat ze opzij werd geduwd toen Anahita naar Gil liep en hem innig omhelsde.

'Zo,' zei een stem achter Katherine. 'Die zag ik niet aankomen.'

Ze draaide zich om en zag Ana. Daarna keek ze nog eens goed en besefte dat het Boynton was, niet Ana, die Gil vasthield en min of meer aan het huilen was.

Charles liet hem los en vroeg: 'Telefoon, heb je een telefoon?'

'Ja...'

'Geef op.' Dat deed Gil en enkele ogenblikken later tikte Boynton op 'verzenden'.

Zo. Het was niet langer zijn verantwoordelijkheid. En toch had hij het gevoel dat de woorden weliswaar verstuurd waren, maar dat hun betekenis bleef hangen. Als een weerhaakje in zijn gedachten.

Het Witte Huis.

'Mevrouw de minister, wat een onverwacht genoegen.'

De premier van Pakistan, dr. Ali Awan, stak zijn hand uit, al keek hij niet al te blij.

'Ik was in de buurt,' zei Ellen met een warme glimlach.

Dr. Awan lachte gespannen. Dit kwam niet gelegen, maar als de Amerikaanse minister van Buitenlandse Zaken ineens op de stoep staat voor het avondeten, kun je moeilijk een plaatsvervanger sturen.

Hij had haar verwelkomd bij de ingang van zijn ambtswoning op het terrein van de ministersenclave. Schijnwerpers verlichtten de sierlijke witte gebouwen en schenen op de weelderige tuinen.

Boven hun hoofd verhieven zich majestueuze palmen en Ellen, die van geschiedenis hield, stelde zich voor hoeveel mensen door de eeuwen heen hadden gestaan waar zij nu stond en ook vol bewondering hadden gekeken.

Het was een warme avond en het rook heerlijk. Er stegen zowel zoete als kruidige geuren op van de bloemen in de zware, vochtige lucht. Minister Adams' colonne was door het chaotische, uitbundige straatleven van de Pakistaanse hoofdstad gereden, over de lange Constitution Avenue, en was in deze eerbiedwaardige enclave aangekomen, een vredige haven in het centrum van de bruisende stad.

Het was extreem raar om in zo'n serene omgeving te zijn, gezien wat er een paar honderd kilometer verderop te gebeuren stond.

Ze keek omhoog naar de sterren en dacht aan de commando's die door de avondlucht zweefden.

De helikopters naderden de landingszone, maar tussen de bergen en ravijnen was het onmogelijk om het plateau echt te zien tot ze er pal boven hingen.

De piloten hadden nachtzicht en hoopten vurig dat de Taliban en hun luchtafweergeschut hen niet zouden zien voordat ze bij de LZ waren. Hoewel de Chinooks ingrijpend waren aangepast, wisten de piloten en de bemanning dat de stealthtechnologie verre van volmaakt was bij helikopters.

Er werd niet gesproken. De piloten deden hun uiterste best om iets te kunnen zien, terwijl de soldaten in de romp van de chopper naar de sterren keken, verzonken in hun eigen gedachten.

Na de cocktails, die tot Ellens opluchting van verse vruchtensappen waren gemaakt en geen alcohol bevatten, mochten de gasten plaatsnemen aan een ovale tafel, die prachtig gedekt was voor het diner.

Ellen had haar telefoon aan Steve Kowalski, haar hoofd beveiliging, gegeven. Dat was protocol, maar ze wilde het ding ook uit haar handen hebben. Ze wist lang niet zeker of ze zichzelf er wel van kon weerhouden om er om de twee minuten op te kijken.

Tegenover haar had Betsy een gesprek aangeknoopt met een jonge legerofficier, terwijl Ellen zich tot de premier wendde, die links van haar zat.

Er waren haastig wat mannen en vrouwen gebeld om aanwezig te zijn bij dit diner, onder wie, zoals Ellen tot haar opluchting zag, dr. Awans militaire secretaris, generaal Lakhani, die aan de andere kant van de premier zat.

Ook de minister van Buitenlandse Zaken was er, in de hoop, nam Ellen aan, dat de nieuwe Amerikaanse minister van Buitenlandse Zaken net zo onbekwaam was als de vorige.

Ze besefte dat het recente debacle in Zuid-Korea onverwacht zo zijn voordelen had. Daarmee was bewezen, volgens sommigen tenminste, dat ze inderdaad incompetent was. En daarmee makkelijk te manipuleren.

Dat was precies wat ze deze mensen wilde laten denken. In elk geval de komende paar cruciale uren.

'Ik had gehoopt dat dr. Shah hier zou zijn.'

Ze kon net zo goed bevestigen hoe goed ze in staat was om indiscreet te zijn.

Er klonk gekletter toen twee of drie regeringsfunctionarissen hun vork lieten vallen. Maar niet premier Awan. Die bleef volkomen beheerst.

'Bedoelt u Bashir Shah, mevrouw de minister? Ik ben bang dat die niet welkom is in mijn huis, of in enig regeringsgebouw. Hij wordt door sommigen als held gezien, maar wij weten wel beter.'

'Dat hij een wapenhandelaar is? En nucleaire technologie en materialen verkoopt aan wie er maar wil betalen?' Haar blik was onschuldig, haar stem neutraal, alsof ze een gerucht bevestigde dat ze net pas had gehoord.

'Ja.' Zijn stem was afgemeten. Als hij niet zo'n zelfbeheersing had gehad, zou zijn toon op het randje van onbeschoft zijn geweest. Er klonk onmiskenbaar een waarschuwing in door. Bashir Shah hoorde in Pakistan niet ter sprake te komen in beleefd gezelschap, zeker niet waar buitenlanders bij waren.

'De vis is trouwens heerlijk,' zei Ellen, en ze liet dr. Awan met rust.

'Ik ben blij dat u hem lekker vindt. Het is een specialiteit uit de streek.'

Ze deden allebei hun uiterste best om hartelijk en ontspannen te blijven. Ellen vermoedde dat hij net zo graag als zij wilde dat deze poppenkast voorbij was. Tijdens haar research, die onder meer bestond uit het praten met Pakistaanse geleerden en inlichtingenambtenaren die dit turbulente land bestudeerd hadden, was Ellen tot de conclusie gekomen dat dr. Awan hevig in tweestrijd verkeerde.

Hij was een van de eerste aanhangers van Shah geweest, maar had hem publiekelijk de rug toegekeerd. Als Pakistaanse nationalist geloofde dr. Awan dat de enige hoop op overleving van zijn land, naast de reus die hun buurland India was, was om almaar sterker te worden. Of dat in elk geval zo te laten lijken.

Als een kogelvis liet het land zich steeds maar groter lijken, intimiderender. En dat deed het door zichzelf te vullen met splijtbaar materiaal.

En dat verschafte Bashir Shah. Maar de kernfysicus bracht ook allerlei ongewenste en gevaarlijke aandacht mee. De zoveelste maniak die met wapens jongleerde, alleen waren die van hem geen granaten, het waren kernbommen.

'Ik neem aan dat u niet weet waar hij is, meneer de minister-president. Ik denk dat zijn huis hier niet ver vandaan staat.'

Amerikaanse agenten hielden zijn huis in de gaten, maar misschien had hij naar binnen weten te glippen voordat dit allemaal gebeurde.

'Shah? Geen flauw idee.' Dr. Awan had zich erbij neergelegd dat hij dit gesprek maar moest uitzitten, aangezien ze vastbesloten leek om over dit onaangename en zelfs gevaarlijke onderwerp te praten. 'Uw vorige president heeft verzocht om het intrekken van zijn huisarrest en dat hebben we gedaan. Daarna was dr. Shah vrij om te gaan en staan waar hij wilde.'

'Beschouwt u hem als dreiging?'

'Voor ons? Nee.'

'Voor wie dan wel?'

'Als ik Iran was, zou ik me zorgen maken.'

'Ik ben blij dat u daarover begint. Ik hoop dat we samen kunnen werken, meneer de minister-president, om Iran weer in het nucleair akkoord te krijgen en om hen alle kernwapens te laten opgeven die ze hebben. Dat heeft ook gewerkt voor Libië.'

Ze kreeg de reactie die ze had verwacht en gewild. Zijn wenkbrauwen gingen omhoog en generaal Lakhani, de militaire secretaris, boog zich voor de premier langs om haar aan te staren alsof ze iets grandioos doms had gezegd.

En dat was ook zo.

Soms, dacht minister Adams, was je de kat. Soms de rat. En soms de jager.

Ze kon hen zien denken.

Hier viel zomaar een kans uit de lucht, bijna letterlijk, zo in hun schoot. Die moesten ze niet aan zich voorbij laten gaan. Ze konden de nieuwe minister van Buitenlandse Zaken bij de hand nemen. Aanbieden haar leraren te zijn, haar mentors. Om haar eigenlijk het Pakistaanse standpunt over de regio te laten zien. Waar zij witte petten droegen en India, Israël, Iran, Irak en alle anderen zwart droegen en niet te vertrouwen waren.

Maar ze wist ook dat er elementen in Pakistan waren, binnen de regering en zelfs binnen het leger, waarschijnlijk ook rond deze tafel, die de Amerikaanse terugtrekking uit Afghanistan als kans zagen om nog meer macht en invloed uit te oefenen in de regio.

Door van Afghanistan in feite een extra provincie van Pakistan te maken.

Als de Amerikanen weg waren, zouden de Taliban, nadat ze jarenlang een veilige haven hadden gehad in Pakistan, opnieuw de macht overnemen in Afghanistan. En met hen zouden ook hun bondgenoten komen, die in sommige opzichten hun internationale militaire tak waren: Al Qaida.

Het was een Al Qaida dat erop uit was om het Westen schade toe te brengen. Dat specifiek uit was op wraak op de Verenigde Staten vanwege het doden van Osama bin Laden. Dat hadden ze gezworen en nu, met hulp van Bashir Shah en de Russische maffia, met de Amerikaanse terugtrekking uit Afghanistan en de herrijzenis van de Taliban, zouden ze in een positie zijn om het dreigement uit te voeren, en wel op een manier die spectaculairder en verwoestender was dan ze ooit hadden durven dromen.

Een terreurorganisatie kon doen wat een regering niet kon doen. Een regering was onderworpen aan internationale kritiek en sancties.

Een terroristische organisatie niet.

Dr. Awan, een fatsoenlijke, zo niet een geweldige man, was niet bepaald een jihadist. Hij was verre van radicaal. Terroristische aanslagen vond hij weerzinwekkend. Maar hij was realistisch. Hij kon die radicale elementen in Pakistan niet onder de duim houden. Toen de Amerikanen eenmaal vertrokken waren, toen de Taliban waren teruggekeerd en Shah was bevrijd, was er bijna geen houden meer aan.

De Pakistaanse premier was persoonlijk geschokt toen de vorige Amerikaanse president tijdens de topontmoeting had gevraagd om Shahs vrijlating. Hij had geprobeerd president Dunn uit te leggen wat de mogelijke gevolgen waren, maar sprak voor dovemansoren.

Ondanks flinke hoeveelheden vleierij, wat meestal wel werkte bij de Amerikaanse president, was die erop gebrand om Shah vrij te laten. Het was Awans enige mislukking. Blijkbaar was iemand anders eerst bij Dunn geweest, met nog meer vleierij. Hij kon wel raden wie.

En nu liep Bashir Shah vrij rond en danste premier Awan weer op het slappe koord, balancerend tussen de Amerikanen te vriend houden en de radicale elementen in zijn eigen land nog beter te vriend houden.

En Al Qaida? Awan wilde zich gewoon gedeisd houden.

Zijn leven, zowel politiek als fysiek, hing af van zijn vermogen om dat te doen.

Ze hadden zich zorgen gemaakt toen Dunn de verkiezingen verloor, maar nu zag het ernaar uit dat deze nieuwe minister van Buitenlandse Zaken al net zo onwetend, net zo arrogant was. En daardoor net zo kneedbaar.

De vis smaakte steeds lekkerder.

36

Het was een ruwe landing.

De wind die door de ravijnen geselde maakte het bijna onmogelijk om de helikopters in bedwang te houden. Maar de piloten van de Chinooks hielden ze lang genoeg stabiel om ervoor te zorgen dat het commandopeloton eruit kon springen en weg kon rennen.

Net op het moment dat de helikopters opstegen en omdraaiden om dekking te zoeken, werd de voorste heli door een sterke windvlaag richting de rotswand geduwd.

'Shit, shit, shit,' mompelde de piloot, terwijl zij en de copiloot zich inspanden om de controle terug te krijgen. Maar het rotorblad botste tegen de rotsen. Er volgde een schok.

Ze voelde haar stuurknuppel schudden en trillen. En de helikopter hing schuin.

Ze zag waar dit naartoe ging en keek naar haar copiloot en haar navigator. Ze keken haar aan en knikten.

Daarna stuurde ze weg van de troepen op het plateau. Weg van de andere helikopter.

Het werd stil in de cabine toen de helikopter over de rand en uit het zicht glipte.

'O, god,' fluisterde de piloot.

En toen kwam de vuurbal.

Die werd een paar seconden later gevolgd door condensatiestrepen van de Taliban-locaties.

'Vijandelijk vuur!' schreeuwde de commandokapitein.

Een strijkkwartet speelde Bachs Dubbelvioolconcert toen de salade geserveerd werd.

Het was een van Ellens favoriete muziekstukken. Ze luisterde er 's ochtends meestal naar om de dag ontspannen te beginnen. Ze vroeg zich af of het toeval was, maar vermoedde van niet. Ze vroeg zich ook af wie in deze kamer had geregeld dat dit gespeeld zou worden.

De premier? Hij leek zich niet bewust van verborgen boodschappen. De minister van Buitenlandse Zaken? Misschien.

De militaire secretaris, generaal Lakhani. Door wat ze in de vertrouwelijke briefings had gelezen, leek hij de meest waarschijnlijke. Een man met één voet in zowel het kamp van de gevestigde orde als dat van de radicalen.

Maar iemand had het tegen generaal Lakhani moeten zeggen. En Ellen wist wie dat was.

Dezelfde persoon die ook de lathyrussen had gestuurd.

Die de kaarten op de verjaardagen van haar kinderen had gestuurd, die zonder enige twijfel haar man had vergiftigd.

Die met de bomaanslagen de dood van zoveel mannen, vrouwen en kinderen had beraamd.

Bashir Shah zette het bord met groenten en verse kruiden voor minister Adams neer.

Dit was het moment. Hij voelde een vreemde sensatie en besefte dat het opwinding was. Het was lang geleden dat de cynicus iets had gevoeld, laat staan deze huivering.

Hij had Ellen Adams nog nooit persoonlijk ontmoet, maar haar wel van een afstand bestudeerd. Nu hij bukte, was hij zo dicht bij haar dat hij haar eau de toilette kon ruiken. Clinique, wist hij. Aromatics Elixir. Het zou zelfs uit het flesje kunnen komen dat hij haar met kerst had gestuurd. Al vermoedde hij dat ze dat zo in de vuilnisbak had gekieperd.

Hij wist dat hij een belachelijk risico nam, maar wat was het leven nu zonder risico's? En wat was het ergste wat er kon gebeuren? Als het uitkwam, zou hij zeggen dat het gewoon een grapje was. Om zich te verkleden als een van de obers. In het ergste geval was het huisvredebreuk, maar dan zou er geen aangifte worden gedaan. Dat wist Shah zeker.

Een deel van hem, de roekeloze kant, wilde betrapt worden en het gezicht van Ellen Adams zien als ze besefte wie hij was. Hoe dichtbij hij was gekomen. En dat er absoluut niets was wat ze daartegen kon doen. Hij was, dankzij de Amerikanen zelf, een vrij man.

Hij kon haar nu vermoorden. Haar nek omdraaien. Of een van de scherpe messen in haar steken. Hij kon gif in haar eten stoppen, of misschien fijngemalen glas.

Hij had de macht van leven en dood over haar.

In plaats daarvan stopte hij een papiertje in de zak van haar jasje. Daar zou ze niet dood van gaan, maar het zou misschien niet veel schelen.

Ja, hij zou nog iets langer met haar spelen. Naar haar reactie kijken als de bommen zouden ontploffen. Als ze besefte dat haar nalatigheid de dood van duizenden mensen tot gevolg had. Een seismische verschuiving in haar land.

Hij snoof haar subtiele geur op en vroeg zich af of hij soms een macaber oogje op deze vrouw had. Een soort omgekeerd stockholmsyndroom. Zo dicht lagen haat en liefde kennelijk bij elkaar.

Maar nee, hij wist dat deze sterke gevoelens echt waren. Deze vrouw had zijn leven verwoest. En nu zou hij het haar betaald zetten. Langzaam. Hij had alles wat haar dierbaar was van haar afgenomen. Oké, haar zoon was aan die moordpoging ontsnapt, maar er zouden een heleboel andere dagen, nieuwe kansen komen.

Nu, op dit moment, vermaakte hij zich wel. Hij sprak zelfs tegen haar.

'Uw salade, mevrouw de minister.'

Ellen draaide zich om.

'Shukria,' zei ze in het Urdu.

'Apka khair maqdam hai,' zei de ober en hij schonk haar een warme glimlach.

Hij had leuke ogen, dacht ze. Donkerbruin en vriendelijk. Haar vaders ogen. Daarom kwam hij haar zeker zo bekend voor.

Hij rook ook lekker. Naar jasmijn.

De ober liep verder en ging naar de premier, die hem ook bedankte, maar niet opkeek. De militaire secretaris was zo te zien in een goede bui, bijna joviaal. Hij zei iets tegen de ober en de man glimlachte beleefd voordat hij verderging met zijn ronde.

Waar was generaal Lakhani nou zo vrolijk door? Ellen kon het gevoel niet van zich afzetten dat het niet veel goeds voorspelde.

Terwijl Bach zachtjes verder speelde op de achtergrond, besefte Ellen dat deze dans veel ingewikkelder was dan ze had verwacht.

Waar waren de commando's nu? De afleidingsmanoeuvre moest nu wel begonnen zijn. Waren ze al bij de fabriek?

'U hebt het erover dat Iran moet worden overgehaald om het wapenprogramma op te geven,' zei premier Awan, waardoor Ellen haar aandacht weer op het gesprek richtte. 'Mevrouw de minister, ik denk dat de grootayatollah daar te uitgekookt voor is. Hij wil geen volgende Muammar Gaddafi worden.'

Ellen zei bijna: Wie is dat ook alweer? maar dacht dat dat iets te ver zou gaan. Premier Awan zou nooit geloven dat ze zo onwetend was. Hij keek haar onderzoekend aan. Analyserend. Ze voelde de intensiteit van zijn blik.

Ze besloot te zwijgen en hem zich af te laten vragen hoe naïef ze eigenlijk was. Ze vocht ook tegen de neiging om op haar horloge te kijken, wat zou worden beschouwd als het toppunt van onbeschoftheid en, voor iemand die toekeek, een teken zou kunnen zijn dat ze verwachtte dat er iets zou gebeuren.

Wat ook zo was.

Opnieuw dwaalden haar gedachten af naar de aanvalstroepen. Naar hoe de operatie zou verlopen. En naar hoeveel *merde* er aan de knikker zou zijn als haar gastheren erachter kwamen wat er werkelijk gaande was terwijl zij hier van hun verse kruidensalades genoten en naar Bach luisterden.

'Kolonel Gaddafi werd overgehaald om zijn kernwapens op te geven,' legde de militaire secretaris uit, terwijl dr. Awan naar Ellen bleef kijken. 'En voor we het wisten was Libië binnengevallen en was Gaddafi afgezet en vermoord. Niemand in deze regio heeft dat lesje gemist. Elk land met een kernwapen is veilig. Niemand zou het durven aan te vallen. Elk land zonder nucleaire capaciteiten is kwetsbaar. Het is zelfmoord om hun wapens op te geven.'

'De balans van de terreur,' zei Ellen.

'De balans van de macht, mevrouw de minister,' zei de premier met een welwillende glimlach.

Een medewerker boog voorover en fluisterde iets tegen generaal Lakhani, die zich omdraaide, de medewerker aanstaarde en iets tegen hem zei, waarna de man haastig wegliep.

De militaire secretaris sprak zachtjes tegen dr. Awan.

Dit was het, besefte Ellen. Ze dwong zichzelf te ontspannen. Adem in. Adem uit. Aan de overkant van de ovale tafel had Betsy ook gezien wat er gebeurde.

Premier Awan luisterde en richtte zich tot Ellen. 'We hebben zojuist gehoord dat de Britten van plan zijn vanavond een aanval uit te voeren op Al Qaida-posities in Pakistan. Weet u daar iets van?'

Gelukkig was Ellen oprecht verbaasd door dit nieuws en dat liet ze ook merken.

'Nee.'

Awan keek haar vorsend aan met zijn opvallend intense blik en knikte. 'Ik zie dat dat echt zo is.'

'Maar het is wel logisch, lijkt me,' zei Ellen langzaam. 'Als zij denken dat Al Qaida achter de bomaanslagen in Londen en de andere steden zit.'

Hoewel haar zorgvuldig gekozen woorden traag kwamen, schakelde haar scherpe geest snel, terwijl ze alle mogelijkheden overwoog.

Kon het waar zijn wat de premier zei? Hadden de Britten, misschien door een suggestie die afkomstig was uit die bijeenkomst van inlichtingendiensten waar Tim Beecham bij was, besloten hun eigen aanval te beramen? Zou het die avond druk zijn in de lucht boven Pakistan?

De andere mogelijkheid was dat het niet waar was. Dat president Williams een vals gerucht in omloop had gebracht. Als dat zo was, was het briljant. Ellen wilde alleen dat ze zou weten welke van de twee het was.

'Wat niet logisch is,' snauwde Awan, terwijl alle gesprekken in de kamer verstomden, 'is dat wij niet geïnformeerd zijn. Het is een aanval op ons soevereine grondgebied. Weten we ook waar?'

'Dat probeert mijn medewerker nu uit te zoeken,' zei generaal Lakhani, die nu een stuk minder joviaal keek. Op dat moment kwam de medewerker terug en boog voorover om tegen hem te fluisteren.

'Hardop,' zei hij. 'Iedereen weet het nu. Waar moet die aanval plaatsvinden?'

'Die is al gaande, generaal. In het district Bajaur.'

‘Wat denken ze nou?’ vroeg de premier. ‘Nog een Slag bij Bajaur? Alsof de eerste nog niet bloederig genoeg was.’

Hij was erbij geweest. Als onderofficier die het er ternauwernood levend had afgebracht. En nu zat hij hier salade te eten en naar muziek te luisteren terwijl de tweede strijd woedde. O god, wat was hij blij dat hij hier was en niet daar. Zijn gedachten gingen uit naar de Britse commando’s die de Taliban en Al Qaida aanvielen in hun vesting in de bergen.

De Slag bij Bajaur. Operatie Lion Heart. Het trauma sluimerde altijd onder de oppervlakte. Die gebeurtenis was slechts een van de vele redenen waarom premier Awan een hekel had aan oorlog en verlangde naar een vreedzaam, veilig Pakistan.

Dr. Awan zag dat zijn militaire secretaris opgelucht keek, wat vreemd was. Hoe kon hij blij zijn dat de Britten in het geheim een aanval uitvoerde binnen de Pakistaanse landsgrenzen? De generaal had woest moeten zijn.

Wat voerde hij in zijn schild? vroeg de premier zich af. Hij vroeg zich ook af, terwijl hij op het slappe koord balanceerde, of hij dat eigenlijk wel wilde weten.

Premier Awan maakte zich geen illusies over generaal Lakhani en hij had de man alleen benoemd om de meest radicale elementen in zijn partij te paaien. Het was een probleem dat hij een militaire secretaris had die hij niet kon vertrouwen.

Op dat moment fluisterde minister Adams’ hoofd van de beveiliging iets tegen haar en gaf haar haar telefoon.

‘Wilt u me even excuseren, meneer de minister-president? Een dringende boodschap.’

‘Van de Britten?’ vroeg hij, want de steek van de nationale belediging deed nog steeds pijn.

‘Nee, van mijn zoon.’

‘We zijn er bijna, meneer,’ zei de piloot. ‘Nog negentig seconden.’

De kolonel gaf het bevel en de aanvalstroepen stonden op en gingen in een rij bij de deur staan.

Door de ramen zagen ze in de verte dat de nachtelijke hemel oplichtte door artillerievuur, gevolgd door enorme explosies toen hun vliegtuigen bommen op Taliban-locaties lieten vallen.

De commando's op het plateau hadden de vijand aangevallen. De afleidingsmanoeuvre was in gang gezet.

'Vijfenveertig seconden.'

Hun ogen schoten van de ramen naar de deur die zo open zou gaan. Ze moesten hun eigen taak uitvoeren. Vlug, zo snel als de bliksem, de fabriek veiligstellen voordat de mensen daarbinnen zich konden verspreiden. Voordat de mensen daarbinnen documenten konden vernietigen.

Voordat de mensen daarbinnen een kernbom tot ontploffing konden brengen.

'Vijftien seconden.'

De deur werd opengerukt en er kwam een enorme golf koude, frisse lucht binnen.

Ze haakten hun touwen aan de kabel boven hun hoofd en zetten zich schrap.

Ellen las het korte bericht. Niet van Gil, maar van Boynton.

De informant, Farhad, die voor zowel de Iraanse inlichtingendienst als de Russische maffia had gewerkt, was door de Russen gedood. Vlak voor hij stierf, had hij drie woorden gezegd.

'Het Witte Huis.'

Het vijandelijke vuur van de Taliban-locaties was meedogenloos. Erger dan verwacht. De kapitein zag dat het wapenvuur van Russische makelij was, en gaf die informatie door aan het hoofdkwartier, waarbij ze ook rapporteerde dat ze standhielden. Terugschoten.

Ze wilde net vragen waar de luchtondersteuning was, toen er boven haar een enorm gebrul klonk, gevolgd door bulderende explosies toen Amerikaanse gevechtsvliegtuigen bommen op de berghelling lieten vallen.

Daardoor werd het vernietigende wapenvuur heel even stilgelegd.

Maar toen begon het weer.

Hurkend achter een rots keek de kapitein op haar horloge. Het andere peloton moest nu bij de fabriek zijn. Ze moesten nog twintig minuten doorgaan met schieten.

Hou vol, hou vol. Wat er ook gebeurt, hou vol.

Ze was de enige van haar peloton die wist waarom ze hier echt waren. Als ze gevangen werden genomen, kon geen van haar soldaten worden gemarteld en onthullen wat de ware aard van hun missie was.

Maar ze wist dat ze nooit zou toelaten dat een van hen gevangen werd genomen.

President Williams zat in de belangrijkste Situation Room op de benedenverdieping van het Witte Huis, omringd door zijn inlichtingen- en militaire adviseurs. Ze zaten daar al een uur. Er waren geen ramen. Het was er benauwd. Maar daar lette niemand op.

Ze waren volledig gefocust op de monitors, keken en luisterden naar de commando's die op het punt stonden om aan touwen af te dalen op de fabriek.

'Vijftien seconden,' klonk de stem van de piloot. Verrassend helder.

President Williams zette zich schrap en omklemde de armleuningen van zijn draaistoel.

Het hoofd van de Joint Special Operations Command stond naast hem, terwijl de vicevoorzitter van de Gezamenlijke Stafchefs in de kamer ernaast de troepen op het plateau in de gaten hield.

'Meneer de president, we zijn een van de helikopters verloren,' rapporteerde de vicevoorzitter.

'De commando's?' vroeg Williams, die niet gealarmeerd probeerde te klinken.

'Zijn eruit. Maar de drie Special Ops-bemanningsleden zijn verloren.'

Williams knikte bruusk. 'Houden de anderen het vol?'

'Ja, meneer. Ze lokken beschietingen uit en trekken de aandacht.'

'Mooi.'

'Gaan, gaan, gaan!' luidde het bevel.

In de Situation Room, duizenden kilometers verderop, boog de president van de Verenigde Staten naar voren.

Hij kon precies zien wat er gebeurde door de nachtzichtcamera's op de helmen van de commando's. Het was net of hij erbij was, maar dan anders.

Doug Williams schokte lichtjes toen hij, samen met de commandant die de leiding had over de inval, aan het touw afdaalde vanuit de heli. Het was griezelig stil, bijna vredig, terwijl de president de anderen omlaag zag gaan.

Er klonk een bons en wat gekreun toen zijn legerkistjes de grond raakten.

Er werd geen woord gezegd. De commando's wisten precies wat ze moesten doen.

De agent klopte op Pete Hamiltons deur en keek om zich heen in de groezelige hal.

Het stonk er. Hij keek naar zijn partner, die grimaste.

'Hamilton?' riep hij, en hij bonkte met zijn vuist op de deur.

Ze waren hem hierheen gevolgd vanaf Off the Record. Hij was meer dan een uur geleden aangekomen, maar had sindsdien geen enkel bericht beantwoord.

De hoofdagent, een veteraan van de Secret Service, keek om zich heen. Dit klopte niet. Als iemand voor het Witte Huis werkte, zou hij ervoor zorgen dat hij appjes, mails en telefoontjes beantwoordde. Als het nou drie uur 's nachts was geweest... maar het was midden op de dag.

Zijn nekhaartjes gingen overeind staan.

Hij boog zich over het slot en had maar een paar tellen met zijn gereedschap nodig voor hij een zachte klik hoorde. Hij pakte zijn pistool en knikte naar zijn partner.

Klaar?

Klaar.

Met zijn voet duwde hij de deur open.

En bleef staan.

Het dessert werd voor haar neergezet, ditmaal door een andere ober.

Het diner in Islamabad was al niet bijster opwekkend geweest, maar na het nieuws van de schijnbare Britse inval in Bajaur werd de sfeer regelrecht somber.

General Lakhani had zich geëxcuseerd, maar de premier was gebleven. Waaruit misschien wel bleek hoe belangrijk dr. Awan zijn Amerikaanse gast vond. Of waarschijnlijker, dacht Ellen, waaruit bleek wie er echt de baas was. En wie er gewoon maar van zijn zoete *gulab jamun* moest genieten.

Minister Adams besefte dat het gerucht over de SAS inderdaad een krijgslist was. De Amerikaanse Special Forces waren in Bajaur geland en hadden Al Qaida aangevallen. Het was slechts een kwestie van tijd, nu nog slechts minuten, voordat de Pakistanen zouden inzien wat er echt aan de hand was. En wie de inval echt had georkestreerd. De invallen.

Ze schoof de cakeballetjes heen en weer door de siroop. Er steeg een lichte geur van rozen en kardemom op uit de fraaie porseleinen kom.

Ze had niets meer van president Williams gehoord nadat ze hem die waarschuwing van Boynton had doorgestuurd.

Het Witte Huis.

Eigenlijk was het gewoon een bevestiging van wat ze al wisten. Er was een verrader in het Witte Huis. Dicht bij de president.

Precies op dat moment kwam er een zeer urgent bericht binnen op Ellens telefoon.

De agenten die naar Pete Hamilton waren gestuurd hadden hem in zijn appartement aangetroffen. Doodgeschoten.

Ze waren hem gevolgd naar Off the Record, waar hij met een jonge vrouw had staan kletsen, die kort na hem vertrokken was. Ze zochten nu uit wie ze was.

'Gaat het?' vroeg dr. Awan, die haar wit weg zag trekken.

'Ik denk dat de vis het niet met me eens was. Wilt u me excuseren, meneer de minister-president?'

'Uiteraard.' Hij kwam overeind toen ze opstond en Betsy een knikje gaf om met haar mee te komen. Ook alle anderen aan tafel stonden op en keken naar de twee vrouwen, die snel de kamer uit liepen en door een vrouwelijke medewerker naar het toilet werden begeleid.

Het leek erop dat deze merkwaardige, eindeloze avond tot een einde kwam. Als de eregast moest overgeven, was dat meestal een teken dat het voorbij was.

Maar ze hadden het mis.

De commando's raakten de grond al rennend en ze raceten naar de fabriek. Nu, terwijl de president en de anderen toekeken, braken ze door het hek heen en stroomden naar binnen.

'Veilig!'

‘Veilig!’

‘Veilig!’

Zeven seconden na binnenkomst. En tot dusver geen verzet. Geen enkel schot afgevuurd.

‘Is dit normaal?’ vroeg Williams aan het hoofd van Special Operations.

‘Er bestaat geen “normaal”, meneer de president, maar we hadden wel verwacht dat de fabriek verdedigd zou worden.’

‘En het feit dat dat niet zo is?’

‘Dat zou kunnen betekenen dat we hen volkomen verrast hebben.’ Toch leek hij verontrust.

President Williams wilde al vragen wat het dan nog meer kon betekenen, maar besloot gewoon toe te kijken. Ze zouden er snel genoeg achter komen.

De seconden tikten weg en werden zo lang dat ze bijna braken. Williams had nooit geweten dat een seconde zo elastisch en zo lang kon zijn.

Zware schoenen bonkten met twee treden tegelijk een betonnen trap op, met M16-geweren in de aanslag. Eén groep ging naar boven, een andere naar beneden, weer een ander rende de enorme open ruimte vol fabrieksapparatuur binnen.

Drieëntwintig seconden.

‘Veilig!’

‘Veilig!’

‘Veilig!’

‘Wat is dat?’ Williams wees naar een van de schermen.

De commandant kreeg het bevel om er dichterbij te gaan staan en toen hij dat deed, was te zien wat ‘dat’ was.

‘O, fuck,’ zei de president.

‘O, fuck,’ zei het hoofd van de Joint Special Ops.

‘O, fuck,’ zei de commandant op de grond.

‘Dat’ was een rij lijken. Allemaal in witte labjassen. De fysici lagen in elkaar gezakt op de vloer. De muur achter hen zat vol kogelgaten en was besmeurd met bloed.

‘Pak hun ID,’ zei de commandant. ‘Zoek naar papieren.’ In handschoenen gestoken handen doorzochten de lichamen.

‘Wanneer is dit gebeurd?’ vroeg het hoofd van Special Ops aan de commandant van de elite-eenheid.

'Zo te zien zijn ze een dag dood, misschien langer.'

Shah had zijn eigen mensen laten vermoorden. Ze kwamen niet meer van pas. Hij had wat hij nodig had, wist Williams. De bommen waren in elkaar gezet en aan Al Qaida verkocht, dat nu onder bescherming van de Taliban stond.

Shah was aan het opruimen.

'Zorg ervoor dat jullie de documenten vinden,' beval de president. 'We moeten die informatie hebben.'

'Ja, meneer!'

O god, alsjeblieft, alsjeblieft.

'Nog meer lijken hier,' klonk een andere stem. 'Op de eerste verdieping.'

'En in de kelder. Jezus, wat een slachting.'

'Pas op voor explosieven,' beval de commandant, terwijl hij en de anderen het gebouw uitkamden, op zoek naar documenten. Naar computers. Naar telefoons. Naar wat dan ook.

President Williams bracht zijn handen omhoog en greep naar zijn gezicht terwijl hij naar de schermen keek. Met grote ogen. Een snelle ademhaling.

'We moeten weten waar die bommen naartoe zijn gestuurd,' herhaalde hij.

Negentig seconden binnen en nog steeds niks.

Twee minuten en tien seconden. Niks.

'Tot nu toe niks,' meldde de commandant. 'We blijven zoeken. Geen spoor van boobytraps.'

Het hoofd van de Joint Special Operations Command wendde zich tot de president. 'Dat is vreemd.'

'Maar wel goed, toch?'

'Tja.' De man leek niet op zijn gemak.

'Vertel.'

'Ik ben bang dat degene die dit gedaan heeft, wil dat onze mensen verder dat gebouw binnengaan en ze daarna te grazen neemt.'

'Wat kunnen we doen?'

'Niks.'

'Moeten we ze niet waarschuwen?' President Williams knikte naar het scherm.

'Ze weten het.'

De mensen in de Situation Room keken met sombere gezichten naar de schermen en zagen dat de commando's verder het gebouw binnengingen op zoek naar belangrijke informatie. Terwijl ze zich ten volle bewust waren van wat hun waarschijnlijk te wachten stond.

'Meneer de president.'

Williams schrok, uit zijn concentratie gehaald, en keek naar de deur, waar de vicepresident van de Gezamenlijke Stafchefs stond. Hij hield de deurlijst vast en zag er belabberd uit. Achter hem stonden de mannen en vrouwen die de gebeurtenissen op het plateau in de gaten hadden gehouden.

Williams stond op. Hij zag aan hun gezichten dat het geen goed nieuws was. 'Ja, generaal?'

'Ze zijn dood.'

'Sorry?' zei Williams.

'Ze zijn allemaal dood. Het hele peloton.'

Er viel een doodse stilte. 'Allemaal?'

'Ja, meneer. Ze probeerden de rebellen tegen te houden, maar het waren er te veel. Het lijkt erop dat ze misschien gewaarschuwd zijn.'

Williams keek naar het hoofd van de Special Ops, die verbijsterd was. Daarna keek hij weer naar de man bij de deur.

'Ga verder, generaal,' zei de president, die rechtop ging staan en zich schrap zette.

Want er is meer...

'Toen duidelijk werd dat de Pathanen en de Al Qaida-eenheden hen zouden overmeesteren en er geen ontsnappen meer aan was, beval de kapitein die de leiding over de operatie had dat ze alle terroristen die ze te pakken konden krijgen als schild moesten gebruiken en door moesten vechten tot het eind.'

'O, god.' Williams deed zijn ogen dicht, boog zijn hoofd en probeerde het zich voor te stellen...

Maar hij kon het niet.

Daarna rechtte hij zijn rug, haalde diep adem en knikte. 'Dank u, generaal. De lichamen?'

'Ik heb bewapende helikopters gestuurd om te proberen hen op te halen, maar...' De generaal zag eruit alsof hij misselijk was.

'Ja. Dank u. Ik wil hun namen.'

'Ja, meneer.'

Rouwen kwam later wel. President Williams keerde terug naar de fabriek, waar de andere commando's steeds verder doordrongen en vrijwel zeker in de val zouden lopen.

Maar ze moesten die informatie hebben.

In welke Amerikaanse steden bevonden zich kernbommen die elk moment tot ontploffing konden komen?

Betsy controleerde de toiletruimte en deed de deur op slot.

Ze waren alleen, al betekende dat niet dat ze niet werden afgeluisterd.

'Wat is er?' fluisterde ze. 'Wat is er gebeurd?'

Ellen ging op de zijden canapé zitten en staarde naar haar vriendin, die naast haar plaatsnam.

'Pete Hamilton is vermoord,' fluisterde Ellen. 'Zijn laptop, zijn telefoon en zijn papieren zijn weg.'

'Ooo...' Betsy zakte in elkaar. Elk bot in haar lijf begaf het nu ze het gretige gezicht van de jongeman voor zich zag. Zij had hem ingehuurd. Hem overgehaald haar te helpen.

Als ze dat niet had...

'Dat laatste bericht van hem, wanneer kwam dat binnen?' vroeg Ellen.

Betsy herstelde zich, checkte het en vertelde het aan Ellen.

'En daarna niks meer? Geen uitleg?'

Betsy schudde haar hoofd. Opeens was *HLI* geen raadselachtige typefout meer, maar een laatste, dringende boodschap van een jongeman die misschien vreesde voor zijn leven.

'Maar er is meer,' zei Ellen. Ze zag eruit als een geest. 'Het afleidingsteam... De commando's...'

'Ja?'

Ellen haalde diep adem. 'Ze zijn vermoord.'

Betsy keek Ellen aan. Ze wilde haar blik afwenden. Haar ogen dichtdoen. Zich terugtrekken in de duisternis, heel even maar. Maar ze kon haar vriendin niet in de steek laten, zelfs niet één kostbaar ogenblik. Dus stak ze haar hand uit en pakte die van Ellen.

'Allemaal?'

Ellen knikte. 'Dertig commando's en zes Special Ops-helikopterbemanningsleden. Dood.'

'O, god.' Betsy zuchtte en stelde de gevreesde vraag. 'En de anderen? In de fabriek?'

'Niks gehoord.'

Er werd op de deur geklopt en aan de klink gerammeld.

'Mevrouw de minister,' riep een vrouwenstem. 'Gaat het goed met u?'

'Een ogenblikje,' antwoordde Betsy. 'We komen er zo aan.'

'Hebt u hulp nodig?'

'Nee,' snauwde Betsy, maar daarna hield ze zich in. 'Dank u. We hebben even tijd nodig. Maagproblemen.'

Wat inmiddels echt zo was.

Ze keken allebei strak naar de telefoon die Ellen in haar hand geklemd hield. En wachtten op nog een bericht uit het Witte Huis.

Het Witte Huis, dacht Ellen. Dat was de boodschap van Boynton. Dat had de Iraanse dubbelspion met zijn laatste adem uitgebracht.

'Laat me dat bericht van Pete Hamilton nog eens zien.'

Nog een bericht van een man die op het punt stond te sterven. En die dat wist. Niet *Het Witte Huis*, maar dat had er net zo goed wel kunnen staan.

HLI.

Precies op dat moment verscheen er een urgent bericht op Ellens telefoon. Van het Witte Huis.

President Williams keek naar de schermen terwijl de commando's in de fabriek hun tweede zoektocht door het gebouw afrondden. Daarna richtte hij zich tot het hoofd van de Joint Special Operations Command.

'Haal ze naar huis.'

'Ja, meneer.'

Ellen Adams ging het wc-hokje in, liet zich op haar knieën zakken en gaf over terwijl Betsy naar de paar zinnen op de telefoon keek, die verstuurd waren door president Williams.

Fabriek leeg. Fysici en technici dood. Geen papieren. Geen computers. Geen idee waar bommen naartoe zijn gestuurd. Bewijs dat hier splijtbaar materiaal is geweest. Signatuur aan het analyseren. Geen info over bestemmingen.

Niks.

Betsy wist dat ze naar Ellen toe zou moeten gaan. Om haar te helpen. Koude doekjes voor haar gezicht moest gaan halen.

Maar ze kon niet bewegen, alleen om eindelijk haar ogen dicht te doen. Ze bedekte ze met trillende handen en voelde dat haar wangen nat waren.

Pete Hamilton was dood. Het commandopeloton dat als afleiding had gediend was dood.

De fysici waren dood en de fabriek was leeg.

Het was allemaal voor niets geweest.

Ze hadden nog steeds geen idee, absoluut geen flauw idee, waar de kernbommen waren geplaatst. Of wanneer ze tot ontploffing zouden worden gebracht. Alleen dat het vrijwel zeker heel binnenkort zou gebeuren.

37

'Mevrouw de minister?'

Deze keer was de stem aan de andere kant van de deur die van agent Kowalski, het hoofd van Ellens Diplomatieke Beveiligingsteam.

'Hebt u hulp nodig?'

'Nee, nee. Dank je. Een minuutje nog. We plenzen even wat water in ons gezicht.'

Dat hadden ze ook gedaan, maar Ellen had de kraan open laten staan om te verhullen wat ze tegen Betsy wilde zeggen.

'Ik denk dat ik weet wat Pete Hamilton bedoelde,' fluisterde ze.

'Pardon?'

'Dat bericht. *HLI*.'

'Was het dan toch geen typefout die hij in paniek verzonden heeft?'

'Ik denk het niet. Jaren geleden, vlak nadat Dunn was aangesteld, kwam Alex Huang naar me toe.'

'Je senior correspondent van het Witte Huis,' zei Betsy.

'Inderdaad. Hij had wat chats van een paar tweederangs complotdenkers op internet opgevangen. Vage verwijzingen naar een webroom, een site met de naam HLI. Hij is erin gedoken en kwam tot de conclusie dat die HLI ofwel een grap was, of wishful thinking, in omloop gebracht door rechts-extremisten. Fantasten. Hoe dan ook, het bestond niet.'

'Weet je zeker dat het HLI was? Hoe kun je je zoveel jaar later nog zulke details herinneren?'

'Door de betekenis van HLI. Door het verhaal dat erin kon zitten, als het waar was.'

'Waar stond het dan voor?'

'*High-level informant*. In het Witte Huis.'

'Maar denkbeeldig, toch? Een fictieve senior functionaris die...

wat? Geheime informatie doorspeelde naar extreemrechts?' vroeg Betsy. 'Area 51? Er zijn aliens onder ons. Vaccins bevatten een opsporingschip. Finland bestaat niet. Dat soort dingen? Verzonnen ze van alles en schreven ze dat toe aan die HLI?'

'Dat dacht Huang aanvankelijk. Geschift, maar waarschijnlijk onschuldig. Hij vroeg Pete Hamilton er zelfs een keer naar bij een briefing van het Witte Huis. Pete ontkende dat hij er iets van wist en Huang besloot dat het het zoveelste konijnenhol van complotdenkers was. Maar ik vroeg hem er nog iets beter naar te kijken.'

'Waarom?'

'Omdat de meeste konijnenholen op het randje blijven hangen, maar in dit geval ging het dieper.'

'Naar het darkweb.'

'Dat weet ik niet zeker.'

'Maar Alex Huang is uiteindelijk gestopt?'

Ze had het altijd grappig gevonden dat journalisten die verslag deden van de regering 'correspondenten' werden genoemd, alsof het over een vreemd land ging. Maar nu snapte ze waarom. Het was een land in een land, met eigen gedragsregels. Een eigen zwaartekracht en verstikkende atmosfeer. Eigen, steeds verschuivende grenzen en randen.

Het symbool van dat land was een gerucht. Het Witte Huis werd erdoor geteisterd. Veteranen die vele regeringswisselingen hadden overleefd, hadden dat voor elkaar gekregen door te weten welke geruchten waar waren. En welke niet. En, misschien wel belangrijker, ze hadden geleerd welke valse geruchten toch nog van pas konden komen.

'Ja. Hij kwam niet ver. En dat vond hij nog het gekst van alles. De meeste mensen die complottheorieën rondstrooien, willen zo veel mogelijk publiciteit. Ze willen dat hun "geheim" wijd en zijd wordt verspreid. Maar de mensen die iets van HLI wisten, deden dat niet. Sterker nog, die leken het wanhopig graag stil te willen houden.'

'Een enorme stilte,' zei Betsy.

Ellen knikte. 'Uiteindelijk hield hij op met zoeken en niet lang daarna nam hij ontslag.'

'Waar is hij naartoe gegaan? Een andere krant?'

'Nee, volgens mij is hij naar Vermont verhuisd. Misschien naar een krant daar. Een rustiger leven. Als correspondent voor het Witte Huis vraag je om een burn-out.'

'Oké, ik zal proberen hem op te sporen.'

'Hoezo?'

'Omdat ik het wil natrekken. Als die HLI echt bestaat en hierbij betrokken is, moeten we daarachter komen. Voor Pete.'

Dat wilde ze echt. Ze had het gevoel dat ze dat aan de jongeman verplicht was.

'Prima, maar jij niet,' zei Ellen. 'Ik zet er wel iemand anders op.'

'Waarom ik niet?'

'Omdat Pete Hamilton vermoord is toen hij vragen ging stellen.'

'Maar lieve schat, als die bommen ontploffen, staan we toch allemaal met onze rug tegen de muur?' zei Betsy. 'Ik duik erin. Wat waren die initialen ook alweer?'

Ellen glimlachte flauwtjes. 'Wat ben je toch een gek mens.' Ze draaide de kraan dicht. 'Klaar?'

'"Nog één keer op de bres, lieve vriendin"', citeerde Betsy en ze controleerde haar lippenstift in de spiegel.

Ze liepen de toiletruimte uit en keken recht in het woedende gezicht van de Pakistaanse premier.

Ali Awan stond in de schitterende hal en hield zijn handen achter zijn rug. Iedere man en vrouw van de dinertafel stond achter hem, het strijkkwartet incluis.

Ze keken allemaal boos naar Ellen Adams.

'Mevrouw de minister, wanneer was u van plan het me te vertellen?'

Hij hield zijn telefoon omhoog, waar zojuist een bericht op was verschenen over de ware aard van de invallen van Special Ops van die avond.

Ellen had er genoeg van.

'Wanneer was u van plan het mij te vertellen, meneer de minister-president?' Hij mocht dan boos zijn, maar zij was witheet. 'Ja, onze Special Forces hebben vanavond de Taliban en Al Qaida aangevallen, wat een zeer hoge tol heeft geëist, terwijl een andere strijdmacht de verlaten cementfabriek is binnengevallen. Het waren niet de Britten, wij waren het. En ja, dat was op Pakistaans grondgebied. En weet u waarom?'

Ze zette twee stappen in zijn richting en kon zichzelf er nog maar net van weerhouden om zijn lange, geborduurde *kurta* beet te pakken.

'Omdat de terroristen daar zitten. En waarom zitten die daar?

Omdat u hun een veilige haven hebt geboden. U hebt vijanden van het Westen, van de Verenigde Staten, toegestaan om in uw land te opereren. Waarom hebben we u niets verteld over de invallen van vanavond? Omdat we u niet konden vertrouwen. U hebt niet alleen toegestaan dat Al Qaida bases in Pakistan bemande, maar u hebt ook Bashir Shah toestemming gegeven om een verlaten fabriek te gebruiken voor zijn wapens. U.' Ze deed nog een stap naar hem toe en hij deinsde terug. 'Bent.' Nog een stap. 'Verantwoordelijk.'

Ze stond nu pal voor hem en keek omhoog naar zijn glimmende gezicht.

'En hoe moeten we u nu nog vertrouwen?' vroeg hij, en hij probeerde zich te herpakken. 'U hebt gelogen, mevrouw de minister. U bent hier gekomen met als enige doel om ons af te leiden.'

'Natuurlijk. En dat zou ik zo weer doen.'

'U hebt onze nationale eer aangetast.'

Ze boog voorover en fluisterde: 'Stik maar in die eer van u. Er zijn vanavond vierendertig leden van onze Special Forces om het leven gekomen om te proberen een catastrofe te voorkomen die u hebt toegestaan.'

'Ik...' De premier was letterlijk en figuurlijk op het verkeerde been gezet.

'U wat? U wist het niet? Of wilde u het niet weten? Wat dacht u dat er zou gebeuren toen u Shah vrijliet?'

'We hadden...'

'Geen keus? Laat me niet lachen. De grote natie Pakistan heeft gecapituleerd voor een Amerikaanse gek?'

'Een Amerikaanse president.'

'En hoe gaat u dat aan de huidige Amerikaanse president uitleggen?' Ze keek hem kwaad aan.

Premier Awan keek geschokt. Hij was van het slappe koord gevallen, maar hield het nog met één hand vast. Alsof zijn leven ervan afhing. Alsof hij boven de afgrond bungelde.

'Kom mee.' Ellen pakte zijn arm en sleurde hem zo'n beetje de damestoiletten in. Betsy liep achter hen aan en deed de deur op slot voordat er nog iemand mee kon lopen.

'Meneer de minister-president,' schreeuwde het hoofd van zijn beveiliging. 'Achteruit.'

'Nee,' riep Awan. 'Wacht. Ik verkeer niet in gevaar.' Hij keek naar Ellen. 'Of wel?'

'Als het aan mij lag...' begon Ellen, maar ze slaakte een diepe zucht. 'Kijk, ik heb informatie nodig. Shah heeft kernfysici ingehuurd om bommen te maken en daarvoor heeft hij die fabriek in Bajaur gebruikt.'

'Bommen?'

Ze keek hem onderzoekend aan. Was het mogelijk dat dr. Awan het niet wist? Door de onthutste blik op zijn gezicht dacht ze dat dat waarschijnlijk inderdaad zo was. Misschien hadden ze dan eindelijk een morele grens gevonden die hij niet wilde overschrijden.

'Er ligt bewijs van splijtbaar materiaal in die fabriek.'

'Nucleair?' Hij probeerde de situatie te overzien. Zijn gezichtsuitdrukking veranderde van onthutst in verafschuwd.

'Ja. Wat weet u nu?'

'Niks. O, god.' Hij wendde zich van haar af en begon door de luxe ruimte te ijsberen, tussen de grote, met zijde beklede poefs door. Hij hield zijn hand op zijn voorhoofd.

'Kom op, u moet iets weten,' zei Ellen, die achter hem aan liep. 'Volgens onze inlichtingendienst zijn de bommen verkocht aan Al Qaida en zijn ze al bij hun doelwitten afgeleverd.'

'Waar?'

'Dat is nu juist het probleem.' Ellen stak haar hand uit en hield hem tegen, waarna ze hem omdraaide zodat hij haar aan kon kijken. 'We weten het niet. Het enige wat we weten is dat ze in drie Amerikaanse steden liggen. We moeten weten wat hun exacte locatie is en wanneer ze ontploffen. U moet ons helpen, meneer de minister-president, anders weet ik het ook niet meer...'

Premier Awan begon snel en oppervlakkig te ademen en Betsy was bang dat hij flauw zou vallen.

Het was duidelijk dat hij misschien wel iets dergelijks had verwacht, maar dat de specifieke details een schok voor hem waren.

Hij ging moeizaam op een van de poefs zitten. 'Ik heb hem gewaarschuwd. Ik heb geprobeerd hem te waarschuwen.'

'Wie?' Ellen nam de poef naast hem en boog zich voorover.

'Dunn. Maar zijn adviseurs waren onbuigzaam. Dr. Shah moest worden vrijgelaten.'

'Welke adviseurs?'

'Dat weet ik niet. Ik weet alleen dat hij naar hen luisterde en zich niet liet overhalen.'

'Generaal Whitehead?'

'Van de Gezamenlijke Stafchefs? Nee, die was erop tegen.'

Tja, dacht Betsy, natuurlijk. Publiekelijk wel. Ze dacht aan Pete. Aan zijn opwinding, vermengd met afgrijzen, toen hij die documenten in de privéarchieven vond, die naar de voorzitter van de Gezamenlijke Stafchefs wezen.

Was Whitehead de HLI? Dat moest wel. Maar de kans bestond dat hij niet alleen werkte. Hij was het Pentagon. Stel dat er nog iemand was, in het echte Witte Huis?

'Waar is Shah nu?' vroeg Ellen aan Awan.

'Dat weet ik niet.'

'Wie weet het wel?'

Stilte.

'Wie weet het wel?' vroeg Ellen. 'Uw militaire secretaris?'

Dr. Awan richtte zijn blik omlaag. 'Zou kunnen.'

'Haal hem hierheen.'

'Hier?' Hij keek om zich heen in het damestoilet.

'Uw kantoor dan. Waar dan ook. Maar snel.'

Awan pakte zijn telefoon en belde. Hij ging over. En nog eens. En nog eens.

De premier fronste zijn voorhoofd. Hij stuurde een bericht en belde een ander nummer.

'Zoek generaal Lakhani. Nu.'

Terwijl hij daarmee bezig was, stuurde Ellen een bericht naar president Williams en stelde voor dat hij Tim Beecham liet terugroepen uit Londen.

Ze kreeg onmiddellijk antwoord. Beecham zou met een militair vliegtuig worden teruggevlogen naar D.C.

En ik wil dat jij ook terugkomt, schreef de president.

Ellen wachtte even voordat ze haar bericht opstelde. *Geef me nog een paar uur. Ik krijg hier misschien antwoorden.*

Ze tikte op 'verzenden' en zijn antwoord kwam bijzonder snel.

Je hebt een uur, en dan wil ik dat je in Air Force Three zit.

Ellen wilde haar telefoon al opbergen, maar bedacht zich. Ze had nog een vraag.

Gebruikte munitie om fysici te doden?

Russisch.

Ze keek naar premier Awan en vroeg: 'Hoe sterk zijn de Russen betrokken bij Pakistan?'

'Helemaal niet.'

Ze nam hem op. En hij nam haar op. Op de een of andere manier was het onbehaaglijker als minister Adams kalm was dan wanneer ze tegen hem schreeuwde.

En waar was generaal Lakhani in hemelsnaam? Hij had hen hierin meegesleept, hij zou deze woede over zich heen moeten krijgen.

'Ik weet dat u dacht dat ik een onbekwame idioot was,' zei ze tot zijn verrassing, 'die u kon manipuleren.'

'Die indruk wekte u, mevrouw de minister. Opzettelijk, zie ik nu in.'

'Weet u wat ik van u dacht?'

'Dat ik een onbekwame idioot was die u kon manipuleren?'

Betsy, die hiernaar luisterde, dacht dat het niet moeilijk was om deze man aardig te vinden. Maar het was wel moeilijk om hem te vertrouwen.

'Nou, een beetje wel, misschien,' gaf Ellen toe. 'Maar ik dacht vooral dat u een fatsoenlijke man op een onmogelijke positie was. En dat denk ik nog steeds. Maar nu komt de rekening. U moet een keuze maken. Nu. Wij of de jihadisten? Schaart u zich achter terroristen of achter uw bondgenoten?'

'Als ik jullie kies, Ellen, als ik jullie help...'

'Dan kun je hun volgende doelwit worden. Ik weet het.' Ze keek hem met enige sympathie aan. 'Maar als je voor de terroristen kiest, dan zullen ze je uiteindelijk toch wel vermoorden, als ze je niet meer nodig hebben. En ik kan je wel vertellen dat je op het randje staat, Ali. Na vanavond ben je er misschien wel overheen gegaan. Het lijkt erop dat Shah aan het opruimen is, en jij bent nu onderdeel van het afval. Er is alleen nog hoop voor je als je ons helpt hem te vinden.' Ze zag hem worstelen. 'Wil je echt dat Pakistan in handen van terroristen en gekken valt? Of van de Russen?'

Koningen en wanhopige mannen, dacht Betsy. Alleen waren zij nu de wanhopigen.

'Ik weet niet waar Shah is, echt niet,' zei Awan. 'Generaal Lakhani kan het je misschien vertellen, maar ik betwijfel of hij dat doet. Je vroeg naar de Russen. Ze zijn niet onze bondgenoten, maar bepaalde elementen in Pakistan hebben banden met de Russische maffia.'

'Onder wie generaal Lakhani?'

De premier keek diepongelukkig en knikte. 'Ik denk het wel.'

'Verkoopt hij wapens van de Russische maffia aan Shah?'

Een knikje.

'Ook splijtbaar materiaal?'

Een knikje.

'En van Shah aan Al Qaida?'

Een knikje.

'En hij garandeert de terroristen een veilige haven.'

Een knikje.

Ellen vroeg bijna waarom Awan dat niet had tegengehouden, maar dit was niet het juiste moment. Als ze dit zouden overleven, zou ze het hem vragen. Maar ze wist ook dat de Amerikaanse regering door de geschiedenis heen zelf ook met de nodige duivels in bed was gekropen. Soms was het een noodzakelijk kwaad. Het was zelden een eerlijke deal.

Terwijl minister Adams naar hem keek, maakte premier Awan zijn keus. Hij liet het slappe koord los en begon aan zijn vrije val.

'Als Bashir Shah splijtbaar materiaal heeft,' zei hij, 'moet hij in contact staan met het hoogste niveau van de Russische maffia.'

'En wie is dat?'

Toen Awan aarzelde, fluisterde Ellen: 'Je bent nu zo ver gekomen, Ali. Nog één stap.'

'Maxim Ivanov. Het wordt nooit toegegeven, maar er gebeurt niets zonder dat de Russische president daar de hand in heeft. Niemand zou die wapens, dat splijtbare materiaal, kunnen krijgen zonder zijn goedkeuring. Hij heeft miljarden verdiend.'

Ellen had wel vermoedens gehad en ze had zelfs het onderzoeksteam van een van haar grote kranten naar Ivanovs connectie met de Russische maffia laten kijken, maar na anderhalf jaar spitten waren ze nergens gekomen. Niemand wilde praten. En degenen die dat wel zouden willen, die verdwenen.

De Russische president maakte oligarchen. Hij gaf hun rijkdom en macht. Hij hield hen onder controle. En zij hielden de maffia onder controle.

De Russische maffia was de rode draad die alle elementen verbond. Iran. Shah. Al Qaida. Pakistan.

Er klonk een *ping* toen er weer een hoogst urgent bericht binnenkwam. Van president Williams.

Het splijtbare materiaal dat in de fabriek was gevonden, was geïdentificeerd als uranium-235. Gedolven in de Zuidelijke Oeral en twee jaar eerder door de nucleaire waakhond van de VN als vermist gerapporteerd.

Dat verwerkte Ellen, waarna ze haar moed bij elkaar raapte en een antwoord stuurde.

Maar ze had nog een laatste vraag voor premier Awan.

'Zegt HLI je iets?'

'HLI? Nee, sorry.'

Minister Adams kwam overeind. Ze bedankte hem en vertrok, maar voordat ze dat deed, vroeg ze hem om aan niemand te vertellen waar ze het over hadden gehad.

'O, maak je geen zorgen. Dat doe ik niet.'

En dat geloofde ze.

In het Oval Office keek president Williams op zijn telefoon en mompelde: 'O, shit.'

De avond was zojuist van afgrijselijk veranderd in iets nog ergers.

Volgens de boodschap van zijn minister van Buitenlandse Zaken was de Russische maffia er waarschijnlijk bij betrokken. Wat betekende dat de Russische president er waarschijnlijk bij betrokken was.

Doug Williams twijfelde er geen moment aan dat hij boven op een kernbom zat. En hij was doodsbang. Hij wilde niet sterven, net zomin als ieder ander.

Maar hij wilde vooral niet falen.

Hij had bevel gegeven om het Witte Huis te evacueren en hield alleen het hoogstnoodzakelijke personeel daar.

Specialisten waren nu bezig het hele gebouw uit te kammen, op zoek naar sporen van straling van het uranium-235, maar president Williams wist dat er manieren bestonden om dat te maskeren. En hij wist dat er in het Witte Huis heel veel verstopplekken waren.

Een vuile bom, als dat het was, kon in een aktetas passen. En daarvan waren er een heleboel in dit grillige oude gebouw.

Williams keek weer naar Ellens bericht.

Ze zou niet terugkeren naar Washington. Nog niet. In plaats daarvan ging ze met Air Force Three naar Moskou. En of hij even een afspraak met de Russische president kon regelen.

Heel even speelde president Williams met het idee dat de verrader in hun midden zijn minister van Buitenlandse Zaken was. Dat dat de reden was dat ze zo ver mogelijk bij de kernbommen vandaan wilde blijven.

Maar hij verwierp de gedachte. Dat was een van de grootste gevaren, wist hij. Dat ze zich in de paniek tegen elkaar keerden. Elkaar verdachten.

Als ze wilden slagen, moesten ze bij elkaar blijven.

Hij mocht dan misschien op een kernbom zitten, Ellen Adams was niet veel beter af. Zijn minister van Buitenlandse Zaken stevende af op een krachtmeting met de Russische Beer.

Wat was beter? In de as worden gelegd of uit elkaar worden gerukt?

Hij vouwde zijn armen over elkaar op de Resolute Desk en legde zijn hoofd neer. Hij deed heel even zijn ogen dicht en stelde zich een wei vol wilde bloemen en een beekje dat glinsterde in het zonlicht voor. Zijn golden retriever, Bishop, sprong achter vlinders aan die hij nooit zou kunnen vangen.

Daarna bleef Bishop staan en keek naar de lucht. Waar een paddenstoelwolk was verschenen.

President Williams tilde zijn hoofd op, wreef met zijn handen over zijn gezicht en pleegde het telefoontje naar Moskou.

God, dacht hij, laat me nu geen vergissing begaan.

Onderweg naar de luchthaven stak Ellen haar hand in haar jaszak om haar telefoon te pakken. Dat ging automatisch. Ze vergat steeds dat ze hem elke keer als ze hem gebruikt had aan het hoofd van haar Diplomatieke Beveiliging gaf.

Maar...

'Wat is dit?'

'Wat?' vroeg Betsy. Ze was nu opgefokt en uitgeput tegelijk. Helemaal gaar. Ze vroeg zich af hoe lang ze zo nog door konden gaan.

Daarna dacht ze aan Pete Hamilton. En aan de commando's op het plateau.

Langer, zo lang als nodig was, luidde het antwoord.

Ellen hield een stuk papier tussen haar duim en wijsvinger. 'Steve?'

Hij draaide zich voor in de auto om. 'Ja, mevrouw de minister?'

'Heb je een bewijszakje?'

Door haar toon keek hij nog eens goed naar haar, en daarna naar wat ze vasthield. Hij stak zijn hand in het vakje tussen de voorstoelen en haalde er een zakje uit.

Ze liet het papiertje erin vallen, maar pas nadat Betsy een foto had genomen van wat erop geschreven stond in een keurig, zelfs sierlijk handschrift:

310 1600

'Wat betekent dat?' vroeg Betsy.

'Dat weet ik niet.'

'Waar komt het vandaan?'

'Het zat in mijn zak.'

'Ja, maar wie heeft het erin gestopt?'

Ellen had de hele avond nog eens doorgenomen. Het was er niet geweest toen ze het jasje had aangetrokken in de Air Force Three, een eeuwigheid geleden. Daarna hadden allerlei mensen het in haar zak kunnen stoppen. Al hadden de meeste gasten wel een respectvolle afstand bewaard. Ze dacht niet dat premier Awan of de minister van Buitenlandse Zaken dichtbij genoeg waren gekomen.

En generaal Lakhani ook niet.

Wie dan?

Ze dacht aan een stel ogen. Donkerbruine ogen. En een stem met een licht accent toen hij vooroverboog. Zo dichtbij dat ze zijn aftershave kon ruiken.

Jasmijn.

'Uw salade, mevrouw de minister.'

En daarna was hij verdwenen. Hij was de rest van de avond niet meer teruggekomen.

Maar hij was er lang genoeg geweest om dit papiertje in haar zak te stoppen. Ze wist het zeker.

En ze wist nog iets zeker.

'Het was Shah.' Haar stem was nauwelijks verstaanbaar.

'Shah?' Betsy was op slag klaarwakker. 'Heeft hij het door iemand aan je laten geven? Net als de bloemen?'

‘Nee, ik bedoel dat het Shah zelf was. De ober die me de salade gaf. Dat was Shah.’

‘Was hij er vanavond? O god, Ellen.’

‘Snel, Steve, ik heb mijn telefoon nodig.’ Zodra hij hem aan haar gaf, pleegde ze het telefoontje. ‘Met minister Adams. Verbind me door met degene die bij de inlichtingendienst zit.’

Nadat ze een tergende minuut bezig was geweest om de nachttelefonist van de Amerikaanse ambassade in Islamabad ervan te overtuigen dat ze echt de minister van Buitenlandse Zaken was, hing Ellen uiteindelijk maar op en belde de ambassadeur.

‘Ik heb het adres van Bashir Shah nodig,’ zei ze. ‘En ik heb beveiligingspersoneel en inlichtingenmedewerkers nodig die onmiddellijk naar me toe komen bij zijn huis. Volledig gewapend.’

‘Ja,’ mompelde hij, terwijl hij moeizaam bijkwam uit een diepe slaap. ‘Een ogenblikje, mevrouw de minister. Ik zoek het adres voor u op.’

Dat deed hij, en een paar minuten later waren ze in een lommerrijke buitenwijk van Islamabad. Terwijl ze op het ambassadepersoneel wachtten, begon Betsy aan een zoektocht naar Alex Huang, de voormalige correspondent van het Witte Huis die de HLI had blootgelegd.

Ellen pleegde nog een telefoontje. Deze keer naar premier Awan, om hem op de hoogte te stellen.

‘Was dr. Shah vanavond hier?’ vroeg de met stomheid geslagen premier. ‘Dat moet generaal Lakhani geregeld hebben. Ik zag hem grapjes maken met de ober en vroeg me al af...’

‘Ik ook. Al iets gehoord van de generaal?’

‘Nee. We zijn aan het zoeken. Misschien is hij bij Shah.’

‘Heb ik je toestemming om Shahs woning binnen te gaan?’

‘Je doet het toch wel, hè?’ vroeg hij.

‘Absoluut. Maar ik geef je de kans om het te doen zoals het hoort.’

‘Oké. Je hebt mijn toestemming, al betwijfel ik of de rechtbank het ermee eens is dat ik daar de autoriteit voor heb.’ Hij wachtte even. ‘Maar bedankt voor je vertrouwen.’

Ze had hem niet volledig vertrouwd. Nog niet. Maar die stap zette ze nu wel.

‘Zeggen de getallen “310 1600” je iets?’

Hij herhaalde ze en zweeg even peinzend. ‘Is 1600 niet het huisnummer van het Witte Huis?’

Ellen verbleekte. Hoe had ze dat nou niet kunnen zien? 1600 Pennsylvania Avenue. 'Ja.'

Maar wat konden de andere cijfers betekenen? 310. Was het een tijdstip? Was de bom ingesteld om te ontploffen in het Witte Huis om tien over drie 's nachts?

'Ik moet gaan.'

'Succes, mevrouw de minister.'

'U ook, meneer de minister-president.'

Nadat ze had opgehangen, vertelde ze Betsy wat Awan over de getallen had gezegd.

'Ja, dat zou het kunnen zijn,' beaamde Betsy. 'Een van de bommen ligt in het Witte Huis. Dat vermoedden we al. Maar als er drie bommen zijn, waarom zou Shah je dan voor slechts één daarvan waarschuwen? Ik denk dat het eenvoudiger dan dat is. Ik denk dat het net zoiets is als de andere.'

'Welke andere?'

'De bussen. De getallen die je BD-medewerkster heeft gekregen en uitgevogeld.'

Ellen keek nog eens goed naar de cijfers. 'Bussen? Heeft Al Qaida de bommen in buslijnen nummer 310 ergens in de VS gelegd en ontploffen die om 16.00 uur?'

'Vier uur 's middags. Ik denk het. Stel dat die explosies in Londen, Parijs en Frankfurt niet alleen bedoeld waren om de lokfysici te vermoorden maar ook een soort generale repetitie waren?'

'Maar we komen er nooit achter in welke steden,' zei Ellen. 'En vier uur 's middags? In welke tijdzone?'

Betsy keek naar het papiertje. Er viel haar iets op. 'Ellen, het is niet 310. Het is drie, spatie, tien. Er zijn drie buslijnen 10 die om vier uur 's middags tot ontploffing worden gebracht, ongeacht in welke tijdzone ze zich bevinden.'

'Maar dat slaat ook nergens op,' zei Steve, die zich omdraaide op de voorstoel. 'Sorry, maar ik kan het niet helpen dat ik het hoor.' Hij zag bleek, duidelijk geschokt door wat hij had gehoord. 'Als we weten dat er vuile bommen op drie buslijnen 10 ergens in de VS liggen, dan hoeven we alleen maar een melding naar alle transportafdelingen te sturen om ze te laten stilleggen en ze te doorzoeken. Het is niet eenvoudig, maar het is te doen. En we hebben de tijd.'

Ellen slaakte een zucht. 'Je hebt gelijk. Dat kan het niet zijn.'

Ze staarden naar de getallen. Ellens wazige, oververmoeide ogen hadden de kleine ruimte ertussen niet gezien, maar die was er wel. Onmiskenbaar als je hem eenmaal zag.

3 10 1600

Maar ze hadden nog steeds geen idee wat het betekende. En daardoor was het des te belangrijker dat ze Shah zouden vinden.

Terwijl ze naar het donkere huis keek, voelde Ellen de angst als ijswater door haar lichaam stromen. Het gevoel kroop omhoog naar haar mond, naar haar neus. En steeg, vreesde ze, tot boven haar hoofd.

Ze wist het niet. Ze wist het niet. Ze wist niet wat deze boodschap betekende.

Het konden bussen zijn. Of het kon over het Witte Huis gaan.

Of het konden willekeurige cijfers zijn. Bashir Shah kon een spelletje met haar spelen. Haar kostbare tijd verspillen.

Wat Ellen wel wist, was dat ze veel te uitgeput was om hier zelf achter te komen, zelfs als ze het eigenlijk wel zou kunnen. Ze had de ruimte tussen de getallen over het hoofd gezien – wat zag ze nog meer over het hoofd?

'Stuur me de foto die je gemaakt hebt.' Nadat Betsy dat gedaan had, stuurde Ellen hem door.

'Naar de president?' vroeg Betsy.

'Nee. Die kan het net zomin uitvogelen als wij, en als er echt een HLI is, kunnen we het risico niet nemen dat iemand anders in het Witte Huis het ziet. Ik heb hem naar de persoon gestuurd die de eerste code gekraakt heeft.'

Daarna stuurde ze Doug Williams wel een bericht om hem te waarschuwen dat als er een kernbom in het Witte Huis lag, die misschien was ingesteld om die nacht om tien over drie te ontploffen.

Williams keek op de klok.

Het was iets na achten 's avonds. Dan had hij nog zeven uur.

38

Gil en Anahita hadden zich het dorpje in gewaagd en hadden eten en flessen water gevonden om mee terug te nemen naar de anderen.

Ze hadden de hele weg ernaartoe en de hele weg terug gepraat, terwijl ze het geurige voedsel in boodschappennetjes meedroegen.

Ze begonnen voorzichtig door elkaar te vertellen wat ze de afgelopen vierentwintig uur hadden beleefd.

Anahita luisterde geïnteresseerd toen Gil de ontmoeting met Hamza en Akbars aanval beschreef. Ze stelde vragen, leefde mee en schonk hem haar volledige aandacht. Daarna vroeg hij wat zij had meegemaakt.

Anahita kende hem goed genoeg om te weten dat het een beleefde vraag was. Een quid pro quo. Meer niet. Haar moeder had vaak gezegd dat iedereen de eerste vraag kan stellen. Het waren de tweede en de derde die telden.

In de tijd dat ze samen waren geweest had Gil haar, als ze na het vrijen in bed lagen, vaak gevraagd hoe haar dag was geweest. Maar hij stelde haar zelden de tweede en nooit de derde vraag. En hoewel hij nog wel enige belangstelling voor haar dag had, vroeg hij zelden of nooit hoe het met haarzelf ging.

Ana had geleerd dat er grenzen waren aan zijn belangstelling voor haar. Ze had ook geleerd om nooit uit zichzelf persoonlijke informatie te geven. Niet aan iemand die niet echt om haar gaf. En toch kon ze het niet helpen dat ze wel om hém gaf. Net als Othello kon ze niet verstandig liefhebben, maar wel hevig.

Maar Othello had wel liefde teruggekregen. Bij hem was het tragische dat hij dat niet wist.

Terwijl ze door de donkere steegjes van het kleine Pakistaanse dorp liepen, omhuld door de warme geur van het kruidige eten, had ze Gil heel oppervlakkige antwoorden gegeven. De hoofdlijnen. Dat wat ze aan ieder willekeurig iemand zou vertellen. Meer niet. Niet voldoende om hem toe te laten tot haar echte gedachten en gevoelens.

Al had ze de deur niet op slot gedaan. Ze stond gewoon aan de andere kant, hunkerend om hem toe te laten. De sleutel was dat hij die tweede vraag moest stellen. Met de derde zou hij over de drempel komen, waar ze haar hart bewaarde.

'Dat moet afschuwelijk zijn geweest,' zei hij nadat ze uitgepraat was; daarna verviel hij in stilzwijgen.

Onwillekeurig wachtte Anahita. Eén stap. Twee. Drie stappen door het steegje, in stilte.

Ze voelde dat Gil haar hand pakte. Ze wist wat dat was. De opmaat naar een intimiteit die hij niet had opgebouwd en niet langer verdiende. Ze wachtte even en voelde zijn warme, vertrouwde huid op de hare. Voelde hem heel even, tijdens die hete, plakkerige nacht, in haar.

Daarna liet ze hem los.

Hij deed zijn mond open om iets te zeggen, maar precies op dat moment kwam er een bericht binnen op zijn telefoon.

'Het is van mijn moeder. Bashir Shah heeft haar een papiertje met getallen erop gegeven. Ze wil dat jij ernaar kijkt om te zien wat je ervan kunt brouwen.'

'Ik?'

'Het lijkt een code. Jij hebt de vorige gekraakt, ze denkt dat je dat met deze ook kunt.'

'Laat eens zien.'

Hij draaide de telefoon om zodat ze het bericht kon zien en zei: 'Ana.'

'Laat me even lezen,' zei ze zakelijk. Kortaf.

3 10 1600

Haar jonge ogen hadden de spatie tussen de getallen meteen gezien. De BD-medewerkster ging nu volledig op in dit werk.

Ze zou het nu niet zo langzaam doorhebben. Ze had er veel te lang over gedaan om het belang van het bericht van haar nicht Zahara in te zien en daarna had het nog veel meer tijd gekost om te snappen wat het betekende.

Die vertraging had meer dan honderd mensen het leven gekost.

Dat zou niet nog eens gebeuren. Ze zou zich niet laten afleiden. De hele weg terug naar het onderduikadres nam ze in haar hoofd de getallen door.

3 10 1600

Eenmaal daar schreef ze ze op papiertjes en gaf hun er ieder een.

'Bashir Shah heeft deze gestuurd,' zei ze. 'We moeten erachter komen wat ze betekenen.'

'Gaat dit over die vuile bommen?' vroeg Katherine.

'Je moeder denkt van wel.'

Ze deelden het eten, hun hoofden gebogen over de met olielampen verlichte tafel, en wisselden intussen ideeën en gedachten uit. Speculaties.

1600. Het Witte Huis?

Drie bussen van lijn 10?

Ze deden er niet lang over om op dezelfde theorieën te komen als minister Adams. Inclusief de mogelijkheid dat de getallen een truc waren, een grap van een gek. Maar ze moesten er ook van uitgaan dat ze wel iets betekenden.

Gil keek over de tafel heen naar Ana. Haar gezicht werd verlicht door het zachte vlammetje. Haar ogen waren helder, intelligent. Ze was volkomen gefocust.

Tijdens hun wandeling had hij haar willen vragen – hij had ernaar gehunkerd om het haar te vragen – hoe het was geweest om te zien dat haar ouders werden verhoord.

Over hoe het was geweest om in Teheran te zijn. Toen ze gearresteerd werd. Wat er was gebeurd, hoe ze zich voelde.

Toen ze in een paar korte zinnen had beschreven hoe de aanval in de grotten was verlopen, was hij duizelig geworden door de gedachte om haar kwijt te raken.

Hij had willen vragen wat er daarna was gebeurd. En daarna. En daarna. Hij had op een stoepje willen gaan zitten om naar haar te luisteren. Voor eeuwig. Zichzelf willen verliezen in haar wereld. Zichzelf willen vinden in haar wereld.

Maar hij had gezwegen.

Zijn vader had hem ingeprent dat het onbeschoft was om persoonlijke vragen te stellen, tenzij hij met een verhaal bezig was. Als journalist. Hij zou moeten wachten tot vrienden, en vooral vriendinnen, zich openstelden. Vragen stellen kon volgens zijn vader worden opgevat als opdringerig. Het zou kunnen worden geïnterpreteerd als ongepaste nieuwsgierigheid.

Maar er was een reden dat zijn moeder van zijn vader was gescheiden. En er was een reden dat zijn vader een hele reeks mislukte relaties had gehad.

En er was een reden dat zijn moeder met Quinn Adams was getrouwd. Die wél vroeg hoe ze zich voelde. En die naar het antwoord luisterde. En meer vragen stelde. Niet omdat hij nieuwsgierig was, al was hij dat waarschijnlijk wel, maar omdat hij om haar gaf.

In plaats van te praten, had Gil op de enige manier die hij kende laten merken dat hij om haar gaf. Hij had haar hand gepakt. Maar die had ze teruggetrokken. In stilte.

Er kwamen twee zwarte SUV's tot stilstand achter de auto van minister Adams, en er sprongen agenten in aanvalstenue uit.

Nadat de Diplomatieke Beveiliging met de hand op hun wapen hun ID's had gecontroleerd, maakten ze de portieren open en Ellen en Betsy stapten uit.

'Weten jullie wiens huis dit is?' vroeg Ellen.

'Ja, mevrouw de minister. Van dr. Bashir Shah,' zei de senior agent. 'We hebben het onder surveillance gehouden. Geen spoor van hem.'

'Ja, nou, we hebben reden om aan te nemen dat hij in Islamabad is. We moeten hem vinden en hem levend oppakken.' Ze hield de blik van de agent vast. 'Levend.'

'Ik begrijp het.'

'Ben je bekend met de indeling van het huis?'

'Ja. Ik heb het bestudeerd omdat ik aannam dat we er op een dag naar binnen zouden moeten gaan.'

Ellen knikte goedkeurend. 'Mooi.' Ze keek naar het donkere huis. 'Er zouden ook belangrijke papieren kunnen liggen. Waarop de details van zijn volgende doelwit staan.'

'Volgende?'

'Hij is verantwoordelijk voor de bomaanslagen in Londen, Parijs en Frankfurt. En we denken dat hij nog meer bommen geplaatst heeft. We moeten weten waar.'

De senior agent haalde diep adem. Dit was zojuist veranderd van een inval in het huis van een prominente fysicus en een eventuele arrestatie tot iets veel en veel ernstigers.

'We kunnen niet aanbellen en vragen of we binnen mogen komen,' zei minister Adams. 'We kunnen niet riskeren dat hij de documenten verbrandt. We moeten hem volkomen overrompelen.'

'Daar zijn we in gespecialiseerd, mevrouw.' Hij keek naar de hoge muren. 'Ik neem aan dat het bewaakt wordt.'

'Dat verwacht ik wel. Is dat een probleem?'

'Nee, mevrouw. We verwachten altijd problemen.'

'Trouble with a capital T,' zong ze. 'Ik ga met jullie mee.'

'Dat lijkt me niet,' zei hij op het moment dat Steve Kowalski zei: 'Nee.'

'Ik zal me nergens mee bemoeien, maar ik moet die papieren zoeken.'

'Nee, dat kan ik niet toestaan. Niet alleen voor uw eigen veiligheid, mevrouw de minister, maar ook omdat u alleen maar in de weg zult lopen. En de hele operatie in gevaar brengt.'

'Ik stel niet voor dat ik de leiding neem over de inval.' Ze wendde zich tot haar eigen hoofd Beveiliging. 'Hoor eens, Steve, je hebt naar onze gesprekken geluisterd. Je weet wat er op het spel staat. Je weet hoeveel mensen er om het leven zijn gekomen om deze informatie te proberen te krijgen.' Toen hij weer wilde protesteren, zei Ellen: 'Je weet net zo goed als ik dat er geen enkele plek meer veilig is. Niet totdat we Shah en die informatie te pakken krijgen. Als hij slaagt, houdt hij niet op na deze bommen. Het zal steeds maar doorgaan. Ik stel voor dat we de taken verdelen. Jullie zoeken Shah en stellen de plek veilig, terwijl ik door zijn papieren ga.' Ze keek van Steve naar het hoofd van het aanvalsteam. 'Ik ga pas naar binnen als jullie zeggen dat het mag. Oké?'

Schoorvoetend stemden ze in.

Ellen wendde zich tot Betsy. 'Jij blijft hier.'

'Oké.'

Toen ze naar de hoge hekken liepen die het huis omheinden, liep Betsy achter hen aan.

'Trouble, trouble...'

Op een teken van Steve sprintten de twee vrouwen door de voortuin. Met elke stap kwamen ze dichter en dichter bij het donkere huis, en Ellen voelde dat de haartjes op haar armen overeind gingen staan.

'Trouble with a capital T.'

Er was geen verzet. Geen bewaking. Minister Adams had het weeë gevoel dat ze wist wat dat betekende.

'Wacht even, wacht even, wacht even.' Zahara Ahmadi stak haar handen omhoog om hen tot stilte te manen.

Ze verzonnen steeds maar nieuwe theorieën over die cijfers, de ene nog vergezochter dan de andere.

'Die Bashir Shah heeft informatie over de kernfysici naar mijn regering gelekt,' zei ze. 'Toch?'

'De Iraniërs, ja,' zei Boynton.

'Omdat hij wilde dat we ze vermoordden. En daar de schuld van zouden krijgen.'

'Ja,' zei Katherine. 'Waar wil je naartoe?'

'Wie zegt dat hij hier niet hetzelfde doet? Ons manipuleert?'

'Dat doet hij waarschijnlijk ook,' beaamde Boynton. 'Maar deze keer weten we het.'

'Dat is niet het enige verschil,' zei Zahara. 'Ik denk dat we ons zelfs te veel op Shah richten. Omdat hij wil dat we dat doen. Waarom zou hij die boodschap aan minister Adams geven?'

'Omdat hij een egoïstische maniak is die heel graag spelletjes met ons speelt?' opperde Boynton.

'Dat is hij zeker,' merkte Gil op. 'Maar hij is ook een zakenman. Als dit mislukt, moet hij verantwoording afleggen bij zijn kopers en ik vraag me af of hij daar zin in heeft. Ik denk dat hij gewoon een beetje bang is dat het mis zal gaan. De tijd dringt en we komen dichterbij dan hij voor mogelijk had gehouden.'

'Dat denk ik ook,' zei Zahara. 'Dit is een verzekering. Die man staat praktisch op en neer te springen en te zwaaien, zodat we naar hem kijken.'

'En ons afwenden van waar we naar zouden moeten kijken,' zei Katherine.

'Waarheen dan?' vroeg Boynton.

'Naar zijn klanten,' zei Anahita. 'Shah is de wapenhandelaar. De tussenpersoon. Hij regelt dat de bommen worden gemaakt, maar hij is niet degene die ze gebruikt. Hij is niet degene die de doelwitten en de timing bepaalt.'

'Precies. Maar hij weet het waarschijnlijk wel,' zei Zahara.

'Ja, waarschijnlijk wel,' zei Anahita. 'Misschien heeft hij zelfs de levering wel geregeld.'

'Maar zijn klanten bepalen waar en wanneer,' zei Katherine en haar ogen werden groot toen ze besefte waar ze naartoe gingen. 'We hebben die getallen vanuit Shahs perspectief bekeken, maar we moeten overschakelen...'

'Naar Al Qaida?' vroeg Zahara.

Anahita keek naar haar nicht. 'We hebben met westerse ogen gekeken. Jij zegt dat we die getallen vanuit islamitisch oogpunt moeten zien.'

'Niet islamitisch. Jihadistisch,' zei Zahara. 'Wat zouden deze getallen in hun wereld betekenen? Wat voor betekenis zit erachter? Al Qaida en andere terreurorganisaties leunen zwaar op mythologie, niet alleen religie. Ze herhalen steeds maar weer grieven, onrecht dat hun is aangedaan, oud en nieuw. Ze houden de wonden open. Dus bij welke wond zouden deze getallen kunnen horen?'

3 10 1600

'We hebben een lichaam!'

Toen de agent de man naderde die op zijn buik in de kelder van Shahs huis lag, zag hij dat er draden nog net zichtbaar onder het lijk lagen.

'Hij is van bedrading voorzien,' meldde de agent, en hij deinsde achteruit.

Ze hadden al geweten dat het huis verlaten was nog voordat ze de tweede stap in de tuin hadden gezet. Er was geen verzet, en een man als Shah zou zich omringen met een privélegertje.

Nee. Er was hier niemand. Niemand die nog leefde, tenminste.

Ellen en Betsy bladerden op de begane grond in Shahs werkkamer door zijn papieren. De kamer was gecontroleerd op apparatuur en was veilig bevonden.

'U moet vertrekken, mevrouw de minister,' zei Steve. 'Ze hebben een lijk in de kelder gevonden, dat is verbonden met explosieven.'

‘Is het Shah?’ vroeg Betsy, al wist ze het antwoord al.

Steve leidde hen uit het huis. ‘Dat weten we niet. Ze willen de bom onklaar maken voordat ze hem omdraaien en identificeren.’

Ellen was er vrijwel zeker van dat ze wist wiens lijk er in de kelder lag, en vijf minuten later werd dat bevestigd. Generaal Lakhani, de Pakistaanse militaire secretaris.

De Azhi Dahaka had het druk gehad die avond. Schoonmaken, met een oplossing van bloed en angst.

Toen het sein veilig was gegeven, maakte Betsy aanstalten om terug te gaan naar het huis en verder te gaan met de documenten doorzoeken, maar Ellen hield haar tegen.

‘Er is daar niks. Hij heeft alles meegenomen. En alles wat we wel vinden, kan zijn neergelegd om ons op het verkeerde been te zetten. We moeten gaan.’

‘Naar Moskou?’ vroeg Betsy. Ze keek alsof ze liever weer naar binnen was gegaan en het risico van de bom voor lief zou nemen.

‘Moskou.’

Het was, wist Ellen, het laatste station. Na Moskou konden ze nergens meer naartoe. Behalve naar huis, om te wachten.

Hoewel er nog één weg te bewandelen was. Nadat ze aan boord van Air Force Three waren gegaan, vervolgde Betsy haar zoektocht naar de vermiste journalist. Die de HLI had blootgelegd.

Ergens boven Kazachstan vond ze hem.

39

Het was tien over negen toen Air Force Three op een ochtend in maart in een sneeuwstorm landde op Sjeremetjevo, de internationale luchthaven van Moskou.

De lucht zag eruit alsof hij in elkaar was geslagen. Bont en blauwe wolken blokkeerden de winterzon, die in het gunstigste geval zwak was. Betsy herinnerde zich wat Mike Tyson ooit had gezegd. 'Iedereen heeft een plan, totdat hij op zijn bek geslagen wordt.'

Zij had het gevoel dat ze wel meer dan een kopstootje had gehad. En als ze een plan had gehad, was ze vergeten wat dat was.

Noch Ellen, noch Betsy, noch de Diplomatieke Beveiligingsagenten hadden een jas meegenomen. Of handschoenen. Of een muts. Er was snel een telefoontje gepleegd naar de Amerikaanse ambassade en er stonden verschillende gepantserde SUV's op hen te wachten op de landingsbaan. Maar ze hadden er niet aan gedacht om te vragen om dikkere kleding.

Ellen haalde diep adem en stapte uit het vliegtuig met slechts een paraplu boven haar hoofd als bescherming. Die klapte meteen binnenstebuiten, gegeseld door een wind die in Siberië was begonnen en door heel Rusland was geraasd, waar hij sneeuw en snelheid had opgepikt voordat hij op haar inbeukte. Ze stond bovenaan de trap en was een ogenblik geschokt. Niet in staat om adem te halen. Niet in staat om te bewegen, behalve om de sneeuw weg te knipperen terwijl die tegen haar gezicht en in haar ogen kwam.

Ze gaf de nutteloze paraplu aan de agent achter haar en stak haar armen uit om zich staande te houden. Haar handen pakten het koude metaal van de leuning en ze liet het onmiddellijk weer los uit angst dat de warmere huid van haar handen eraan vast zou vriezen en ze haar handpalm eraf zou moeten rukken.

'Gaat het?' Steve moest in haar oor schreeuwen om zich verstaanbaar te maken boven het geraas uit.

Of het ging? Hoe verkeerd kon een dag lopen? Maar toen dacht ze aan de commando's. Aan de mensen in de bussen. Aan de vaders en moeders en kinderen die foto's omhooghielden.

Aan Pete Hamilton en Scott Cargill.

'Prima,' schreeuwde ze en ze zag vanuit haar ooghoeken dat Betsy instemmend knikte.

Betsy had haar met kerst een exemplaar gegeven van het laatste boek van haar lievelingsdichteres, Ruth Zardo. Het dunne boekje heette *I'm* F.I.N.E.

Dat stond voor '*Fucked up*, *Insecure*, *Neurotic* en *Egotistical*'.

Minister Adams klemde haar kiezen op elkaar om het bibberen tegen te gaan en wendde zich weer tot de mensen die beneden stonden te wachten. Ze forceerde een glimlach, alsof ze zojuist op een of ander Caraïbisch eiland was geland voor een vakantie.

Ze wist dat president Williams nadrukkelijk had gevraagd of haar bezoek vertrouwelijk kon zijn. Geen aandacht. Geen heisa. En absoluut geen media.

Slechts een privébijeenkomst tussen zijn minister van Buitenlandse Zaken en de president van Rusland.

Nu stond ze bovenaan de trap en zwaaide naar de journalisten met hun camera's. Als je Ivanov iets vroeg, kon je er donder op zeggen dat hij het tegenovergestelde deed. Misschien, dacht ze toen ze weer door elkaar werd geschud door een windstoot, moest ze zeggen dat hij haar nooit, onder geen beding, mocht vertellen waar Bashir Shah was.

En dat hij haar ook niet mocht vertellen waar de bommen verstopt waren.

Ze liep de trap af in de hoop dat ze de onderste tree zou bereiken voordat ze doodgevroren was. Halverwege werd het al moeilijk om te lopen. Haar benen en voeten, in schoenen met lage hakken gestoken, begonnen te bevriezen en ze voelde haar gezicht niet meer.

De trap was bedekt met sneeuw en ijs en met elke stap gleed ze een beetje uit. Ze vroeg zich af of Ivanov dit met opzet had gedaan. Hoe moeilijk kon het zijn om de trap schoon te vegen? Hoopte hij soms dat ze haar nek zou breken?

Nou, dat zou ze verdomme mooi niet doen, besloot ze, al glipte haar voet weer onder haar vandaan. Ze kon zichzelf nog net overeind houden.

Ellen zag de auto's, die verder weg stonden dan nodig was. Warmte. Ze wilde de laatste paar treden af springen en ernaartoe rennen. In de hoop dat ze daar aankwam voordat ze in een ijssculptuur veranderde.

Maar ze dwong zichzelf langzamer te gaan lopen en vlak voor de onderste tree te blijven staan om op Betsy te wachten, die een paar treden achter haar liep. Dat wist ze door het gemompelde 'Fuck, fuck, fuck.'

Als Betsy uitgleed op het gladde ijs, wilde Ellen haar val kunnen breken. Zoals Betsy die van haar al haar hele leven had verzacht.

Eindelijk, na een afdaling die voelde als die van de Everest, raakte haar voet de met sneeuw bedekte landingsbaan.

Ellen dwong zichzelf te knikken en te lachen naar de mensen die haar begroetten. Tenminste, ze hoopte dat ze lachte. Het kon ook zijn dat haar gezicht gewoon gebarsten was.

Alle mensen die daar bijeen stonden om haar te ontmoeten, droegen parka's die zo zwaar waren en waarvan de met bont afgezette capuchons zo hoog op stonden, dat het mannen of vrouwen hadden kunnen zijn. IJsberen of etalagepoppen.

Ze gleed uit op weg naar de auto, maar Steve pakte haar arm. Eenmaal in het voertuig begon Ellen onbeheersbaar te beven. Ze wreef over haar armen en hield haar handen op de verwarmingsroostertjes.

'Gaat het?' vroeg ze aan Betsy, al kwam het eruit als onverstaanbaar gemompel.

Door Betsy's bevroren gezicht en klapperende tanden kon ze slechts wat gegrom uitbrengen bij wijze van antwoord. Al slaagde ze er op de een of andere manier in om zelfs dat godslasterlijk te laten klinken.

'Hoe laat is het?' vroeg Ellen aan Steve zodra haar mond het weer deed.

'Vijf over halftien,' zei hij, en zijn halfbevroren lippen konden de woorden bijna niet vormen.

'En in D.C.?'

Hij keek op zijn horloge. 'Vijf over half' – er ging een koude huivering door hem heen – 'drie 's nachts.'

'Mag ik mijn telefoon, alsjeblieft?' Toen ze die in haar hand had, typte ze een kort bericht aan president Williams. Haar vingers trilden zo erg dat ze een paar keer tikfouten moest corrigeren. En om de autocorrectie te corrigeren, die 'Rusland' had veranderd in iets wat nooit zou mogen verschijnen in een bericht aan de president van de Verenigde Staten.

Doug Williams las het bericht.

Hij was in het Oval Office. Het beveiligingsteam had het Witte Huis uitgekamd en geen enkel spoor van uranium-235 gevonden, of van enige straling. Ze hadden hem wel meegedeeld dat dat niet betekende dat er echt niks was. Alleen dat ze het niet gevonden hadden.

De Secret Service, die wist wat er aan de hand was, verzocht, eiste en smeekte hem vervolgens om te vertrekken. Ze wisten net zo goed als hij dat als er werkelijk een kernbom in het Witte Huis lag, die zo dicht mogelijk bij de president zou zijn geplaatst.

Maar hij weigerde te vertrekken.

'Het is een leeg gebaar, meneer,' had zijn senior agent vermoeid, gestrest en geïrriteerd gesnauwd.

'Denk je?' Williams keek de vrouw vorsend aan. 'Je bent lang genoeg in de buurt van presidenten geweest om te weten dat geen gebaar, geen woorden, geen handeling of gebrek aan handeling zonder impact is. Wat zou erger zijn? Hier sterven of de terroristen laten weten dat ze de president uit zijn eigen huis hebben verjaagd?' Hij lachte naar haar. 'Geloof me, ik zou dolgraag vertrekken. Ik ben in de afgelopen paar uur gaan inzien dat ik geen dappere man ben. Maar ik kan niet gaan. Sorry.'

'Dan kunnen wij ook niet weg.'

'Ik beveel het jullie. Jullie dood zou pas echt een leeg gebaar zijn. Hoor eens, ik weet dat het jullie taak is om mij te beschermen, maar dat betekent dat jullie moeten proberen een aanval af te wenden. Of zelfs een kogel op te vangen om de president te beschermen. Maar jullie kunnen geen bom opvangen. Als die ontploft, kunnen jullie me niet beschermen. Mijn dood zou een statement aan de wereld zijn dat we ons niet laten intimideren. Jullie dood zou zinloos zijn. Jullie moeten vertrekken. En ik moet blijven.'

Natuurlijk weigerden ze. Maar de agent die de leiding had deed één concessie aan haar opperbevelhebber. Agenten met kleine kinderen werden naar de buitenste omheining verplaatst. Waar ze misschien veiliger waren.

Pas toen Williams alleen was, kwam de generaal uit het privétoilet.

De twee mannen gingen bij het raam staan en keken uit over het zuidelijke gazon.

'Ik wil u wel even zeggen, meneer de president, dat u een heel dappere man bent.'

'Dank u, generaal, maar zeg dat maar eens tegen mijn onderbroek.'

'Is dat een bevel, meneer?'

Williams lachte en keek naar de voorzitter van de Gezamenlijke Stafchefs. Zolang hij leefde zou president Williams nooit de blik op het gezicht van de man vergeten toen die in de deuropening stond. Toen tot hem doordrong dat alle commando's op het plateau dood waren. Inclusief zijn eigen adjudant, die hij persoonlijk had gekozen als leider van de aanval. Een aanval, een afleidingsmanoeuvre, die het idee van de generaal was geweest.

Zelfs nu, uren later, was die blik van afgrijzen er nog, als een vlies dat alleen te zien was voor iemand die heel dicht bij hem stond.

William vermoedde dat dat zo zou blijven zolang de generaal leefde.

Het was kwart voor drie.

Dus dat kon nog vijfentwintig minuten zijn.

Door de sneeuwstorm heen zag Ellen de strenge naoorlogse sovjetgebouwen en de mensen, met gebogen hoofden, voorbijglijden. Voorovergebogen tegen de ijzige wind. Ploeterend naar hun werk. Zonder op te kijken terwijl de colonne voorbijkwam.

Al was minister Adams niet gecharmeerd van het leiderschap, ze hield wel heel erg van het Russische volk. Tenminste, van de mensen die ze ontmoet had. Ze waren meer dan veerkrachtig; ze waren bruisend, vol leven en plezier. Altijd vrijgevig en gastvrij. Bereid om een maaltijd te delen, en een fles. Ellen kon de standvastigheid van het Russische volk nooit ontkennen. Hoewel ze het een grof schandaal vond dat ze heldhaftig de nazi's en het fascisme van buitenaf hadden bestreden, om nu te zien dat het van binnenuit weer naar hen toe kroop.

Ellen was bang, en niet zo'n beetje ook, dat datzelfde in de Verenigde Staten zou gebeuren als haar missie mislukte. Dat het in feite al gaande was.

Ze hadden een overwinning behaald op de despoot en waren met een eerlijke verkiezing van hem afgekomen. Maar de overwinning was nog kwetsbaar. Maar goed, het was niet haar taak om het electoraat te overtuigen. Het was haar taak om ervoor te zorgen dat ze de volgende verkiezingen haalden.

Ze keek op de klok. Vijf voor tien 's ochtends in Moskou.

Vijf voor drie in D.C.

Ze zag de opvallende uivormige koepels van het Kremlin voor haar verschijnen en verdwijnen in de wervelende sneeuw. Ellen en Betsy waren opgewarmd, in elk geval voldoende om niet meer zo te bibberen, al waren hun kleren doorweekt en hun schoenen nat en vlekkerig door de olieachtige drab op de landingsbaan.

Ellen hunkerde hevig naar een lange, warme douche. Maar dat zat er niet in.

Betsy keek op haar telefoon. Ze had de voormalige correspondent van het Witte Huis gevonden, die nu in Quebec woonde, in een dorpje dat Three Pines heette. Hij had zijn naam veranderd, maar hij was het wel.

Ze had hem een bericht gestuurd waarin ze hem om hulp vroeg.

Ondanks het late tijdstip had hij geantwoord. Hij was een nieuw leven begonnen, legde hij uit. Hij was verliefd geworden en woonde nu samen met de eigenaar van een boekhandel, een vrouw die Myrna heette. Hij werkte drie dagen per week in de winkel en deed de rest van de tijd vrijwilligerswerk in en om het dorp.

Sneeuwruimen, eten bezorgen. 's Zomers grasmaaien.

Hij was gelukkig. Ga weg.

Hij had niet gevraagd waar het over ging, al vermoedde Betsy, gezien zijn antwoord, dat hij het wel geraden had.

Toch kon ze maar beter duidelijk zijn.

HLI, typte ze en ze tikte op 'verzenden'.

Daarna was het stil gebleven, al dacht ze dat ze zijn angst door de telefoon kon voelen pulseren, alsof angst een app was en ze die zojuist had geactiveerd.

‘Mevrouw de minister.’

Ellen werd bij de deur van het Kremlin ontvangen door de junior medewerkster van president Ivanov, die hen binnenliet, waar Ellens beveiligingsteam gevraagd werd de wapens in te leveren.

‘Het spijt me, mevrouw,’ zei Steve. ‘Maar dat kunnen we niet doen. Ik geloof dat we diplomatieke ontheffing hebben om wapens te dragen.’ Hij liet haar zijn papieren zien.

‘*Spasibo.* Ja, onder normale omstandigheden klopt dat, maar aangezien dit een lastminutebezoek is, hebben we geen tijd gehad voor al het papierwerk.’

‘Wat voor papierwerk?’ Aan de oppervlakte bleef Steve Kowalski uiterst kalm, maar Ellen zag de ader op zijn slaap kloppen.

‘Tja, u weet hoe dat gaat in een democratie,’ zei de medewerkster stoïcijns. ‘Altijd formulieren om in te vullen.’

‘Heel anders dan in die goeie ouwe tijd,’ zei Betsy en ze kreeg een staalharde blik toegeworpen.

‘Het is al goed,’ zei Ellen zachtjes tegen Steve.

‘Nee, mevrouw de minister. Als er iets gebeurt...’

‘Dan ben je nog steeds bij me. En er gebeurt niks. Laten we dit gewoon afhandelen en wegwezen.’

Het was twee minuten over tien.

Nog acht minuten te gaan.

Doug Williams zat op de bank in het Oval Office. Tegenover hem zat de generaal.

Ze kenden elkaar al jaren. De president had de vrouw van de generaal ontmoet en ook zijn zoon, die een tijdje bij de luchtmacht in Afghanistan had gezeten. Williams had het gevoel dat hij tegen de generaal moest zeggen dat hij moest vertrekken, maar eerlijk gezegd was hij blij met zijn gezelschap.

Ze hadden allebei een glas whisky in hun hand. Ze hadden het eerste achterovergeslagen, proostend op elkaars gezondheid, en omklemden nu het tweede.

Williams wist niet of het bekrompen van hem was, maar hij had Tim Beecham laten terugkomen uit Londen. De gedachte dat zijn directeur van de Nationale Inlichtingendienst lekker in het Brown’s Hotel zat te genieten van een uitgebreid Engels ontbijt terwijl hij hier op een kernbom zat, was de president te gortig.

Beecham zou pas over een paar uur komen, maar het schonk de president toch enige voldoening.

Terwijl de twee mannen zaten te kletsen, had Williams onwillekeurig het gevoel dat ze het zouden moeten hebben over dingen die van historische betekenis waren, die politiek of persoonlijk van levensbelang waren. Maar uiteindelijk hadden ze het over honden.

De hond van de generaal was een Duitse herder met de naam Pine. Dat was, vertelde hij de president, een geschenk geweest van een goede vriend in een klein dorpje in Quebec. De generaal had zijn vriend, een senior officier bij de Sûreté, 's zomers een keer bezocht. Ze waren op een bankje op het dorpsplein gaan zitten, in de schaduw van drie enorme naaldbomen. Hij had naar de vogels en de wind en de spelende kinderen geluisterd en zich voor het eerst in tientallen jaren rustig gevoeld.

Zozeer dat hij de hond naar het dorp had vernoemd.

Williams praatte over Bishop, een golden retriever die niet naar een geestelijke was vernoemd, maar naar een school waar de president op had gezeten en die hij bijzonder leuk vond. Waarschijnlijk omdat hij en zijn inmiddels overleden vrouw elkaar daar hadden leren kennen. Bishop zat, of sliep, normaal gesproken altijd onder het bureau in het Oval Office, maar Doug Williams had een butler gevraagd om Bishop weg te halen uit het Witte Huis.

En om voor hem te zorgen. Als het nodig mocht zijn.

Nog vijf minuten.

'Mevrouw de minister.'

Maxim Ivanov stond midden in de kamer en verroerde zich niet. Daardoor was Ellen gedwongen om naar hem toe te lopen, wat ze dan ook deed. Dit soort kleinzielige gebaren, bedoeld als belediging, hadden geen effect op haar. Vroeger hadden ze haar misschien dwarsgezeten, maar vandaag niet.

'Meneer de president.'

Ze schudden elkaar de hand en Ellen stelde Betsy voor, terwijl Ivanov zijn eigen senior medewerker voorstelde. Niet zijn adviseur, merkte Ellen op. Niemand gaf deze man advies. Niet meer dan één keer, in elk geval.

Ivanov was veel kleiner dan ze had verwacht. Maar zijn persoonlijke aanwezigheid was intens. Als je bij hem in de buurt stond, kreeg je het gevoel dat je naast een explosief stond waarvan het ontstekingsmechanisme op zijn plek werd gehouden door een strakgespannen elastiekje dat zo ver werd uitgerekt dat het elk moment kon knappen.

Er was vrijwel geen verschil tussen de Russische president en een gekkenhuis. Dat, en nog veel meer, had hij gemeen met Eric Dunn. Wat anders was, en onmiddellijk opviel, was dat Maxim Ivanov het echte werk was.

Een meedogenloze tiran, geschoold in zowel subtiele als wrede onderdrukking.

Hoewel Eric Dunn van nature een neus had voor de zwakheden van anderen, was hij niet berekenend. Daar was hij veel te lui voor. Maar deze man? Deze man berekende alles, met een ijzigheid waar zelfs Siberië het koud van zou krijgen.

Maar waar Ivanov niet op gerekend had, wat hij niet had zien aankomen, was Ellen Adams. Hij had niet verwacht dat de Amerikaanse minister van Buitenlandse Zaken in Air Force Three zou springen en naar Moskou zou komen. Naar het Kremlin. Zo in zijn ontvangstkamer.

Ellen kon zien dat er onder die staalharde blik een zeldzame verwarring schuilging. Die gepaard ging met enige angst, die weer gepaard ging met woede.

Hij vond dit maar niks. Hij vond haar maar niks. Dat was altijd zo geweest, en nu meer dan ooit.

Maar ze zag ook dat zijn zelfvertrouwen terugkeerde nu hij haar tegenover zich had. En Ellen wist waarom.

Het kwam omdat ze er niet uitzag. Haar haar stond alle kanten op, aan de ene kant opgebold en aan de andere kant plat tegen haar hoofd geplakt. Ze had zich opgedoft in het vliegtuig, maar dat was allemaal tenietgedaan door de sneeuwstorm.

Haar kleren waren vochtig en vies. Haar schoenen maakten een zompig geluid tijdens het lopen.

Dit was niet de formidabele vertegenwoordiger van een supermacht. Dit was een verzopen kat van een minister van Buitenlandse Zaken. Zielig. Zwak. Net als het land dat ze vertegenwoordigde. Dat dacht hij, tenminste. Of dat wilde ze hem laten denken.

'Koffie?' vroeg hij via een tolk.

'*Pozhaluysta*,' zei Ellen. Graag.

Ze had kunnen vragen of ze zich mocht opfrissen voordat ze president Ivanov zou ontmoeten, maar ze had ervoor gekozen om dat niet te doen. Ze wist dat mannen als Ivanov en Dunn vrouwen altijd zouden onderwaarderen en onderschatten. Vooral een vrouw die er verfomfaaid uitzag.

Dat was een heel klein voordeel voor haar. En ze kon maar beter niet dezelfde fout maken door Ivanov te onderschatten. Het liep slecht af met mensen die dat deden.

De tijd tikte en nu de indruk was gewekt, kon ze het wel vragen.

'Meneer de president, vindt u het erg als mijn adviseur en ik ons even opfrissen?'

'In het geheel niet.' Hij gebaarde naar de jonge medewerkster, die de vrouwen naar het toilet begeleidde.

Die was eenvoudig, maar functioneel. En bovenal was het een afgezonderde plek.

Eenmaal binnen was het eerste wat Ellen deed het telefoontje plegen.

Negentig seconden te gaan.

President Williams' telefoon ging. Hij keek ernaar. Ellen Adams.

'Heb je iets?' vroeg hij, en hij liet de hoop opwellen.

'Nee, sorry.'

'Oké,' zei hij, met onverholen teleurstelling en gelatenheid in zijn stem. Er zou geen verlossing komen. De cavalerie zou niet verschijnen.

3 10 1600

Nog vijftig seconden.

'We zijn zojuist in het Kremlin aangekomen en ik wilde...' begon Ellen, maar haar stem stokte. 'Ik wilde niet dat je alleen was.'

'Ik ben niet alleen.' Hij vertelde haar wie er bij hem was.

'Daar ben ik blij om,' zei ze. 'Nou ja, blij is niet...'

'Ik snap wat je bedoelt.'

Nog dertig seconden. Betsy stond zo dichtbij dat ze het kon horen. Hun hart ging tekeer.

In het Oval Office stond Doug Williams op. Net als de generaal.

Twintig seconden.

De vrouwen keken elkaar aan.

De mannen keken elkaar aan.

Tien seconden.

Williams deed zijn ogen dicht. De generaal deed zijn ogen dicht.

Er was een wei met wilde bloemen. Een heldere, zonnige dag.

Twee.

Eén.

Stilte. Stilte. Een grote stilte.

Ze wachtten. De timing week misschien een paar seconden af. Of een minuut.

William deed zijn ogen open en zag de generaal naar hem kijken. Maar ze zeiden nog steeds niks. Dat durfden ze niet.

'O, god,' zei Anahita. 'Ik denk dat ik het heb. Ik weet wat "3 10 1600" betekent.'

'Wat dan?' vroeg Boynton, terwijl ze om haar heen gingen staan.

'Je zei dat we vanuit jihadistisch oogpunt moesten kijken,' zei ze tegen Zahara. 'Als wij 9/11 zeggen, oftewel 11 september, weten we allemaal wat dat betekent. Ik neem aan dat 3/10 net zoiets is voor Al Qaida.'

'Hoezo?' vroeg Katherine. 'Wat kan het betekenen?'

'Osama bin Laden is op tien maart geboren. Derde maand, tiende dag.' Anahita draaide haar telefoon naar hen toe zodat ze de biografie konden zien die ze had opgezocht. 'Zie je? Het is zijn geboortedag. Vandaag. Al Qaida heeft gezworen zijn dood, door toedoen van de Amerikanen, te wreken. Daarom moeten de bommen vandaag ontploffen. Ze maken iets duidelijk. Het is symbolisch.'

'Het is wraak,' zei Boynton.

Katherine keek op en knikte. 'Het is zo. Hij is geboren op 10 maart 1957. En wat betekent 1600 dan?'

'Dat is het tijdstip waarop hij vermoord is,' zei Zahara.

'Nee,' zei Katherine. 'Hier staat dat hij om één uur 's nachts is gedood.'

'In Pakistan,' zei Gil. 'Dat is vier uur 's middags aan de Amerikaanse oostkust.'

‘Dat weten we omdat we in Islamabad hebben gewerkt en aan D.C. moesten rapporteren,’ zei Anahita, die Gils blik vasthield. ‘We moeten het je moeder laten weten.’

‘Hier.’ Gil gaf haar de telefoon. ‘Jij hebt de code gekraakt, stuur jij het bericht maar.’

Ellen bekeek het appje snel en las het meteen voor aan de president.

Doug Williams slaakte een zucht.

‘Het lijkt erop dat we nog dertien uur hebben, generaal. Dan doen we dit nog eens dunnetjes over.’

Hij vertelde over de code en de generaal knikte. ‘We hebben nog tijd om die verdomde dingen te vinden. En dat zullen we doen ook.’ Hij riep naar Ellen, die nog steeds aan de telefoon was: ‘Bedankt, mevrouw de minister. En wees voorzichtig.’

‘Jullie ook. Ik zie jullie in het Witte Huis. Ik kom naar huis zodra ik hier klaar ben.’

‘Neem de tijd,’ zei Williams. ‘Morgen is vroeg genoeg.’

40

Terwijl ze zich opfristen, vertelde Betsy aan Ellen dat ze de journalist gevonden had.

'Hij is bang,' zei ze. 'Daarom is hij niet alleen bij de krant weggegaan, maar heeft hij ook het land verlaten en zijn naam veranderd.'

'Dus het kan zijn dat hij echt iets weet?' vroeg Ellen.

'Ik denk het wel.'

'We moeten bij hem zien te komen.'

'Hem kidnappen?' vroeg Betsy. Ze leek bijna verheugd bij die gedachte.

'Jezus, Bets, ik denk dat we wel één persoon ongekidnapt kunnen laten.'

'Ik weet niet of dat wel een woord is.'

'Ik weet niet of het daar wel om gaat. Nee, we moeten iemand hebben die met hem kan praten. Kun je uitzoeken of hij familie of goede vrienden heeft? Iemand die we daar snel naartoe kunnen sturen?'

Bij het verlaten van de toiletruimte gaf Ellen haar telefoon aan Steve, die haar gezicht afspeurde. Hij wist heel goed wat er zojuist gebeurd zou kunnen zijn in D.C.

'Alles goed,' zei ze en ze zag zijn opluchting.

'Ik begon al bang te worden dat u was vertrokken, mevrouw Adams,' zei president Ivanov toen ze terug waren. 'Uw koffie wordt koud.'

'Ik weet zeker dat hij heerlijk is.' Ze nam een slok, en dat klopte inderdaad. Vol en sterk.

'Goed, ik moet toegeven dat ik benieuwd ben waarom u gekomen bent.' Ivanov leunde naar achteren in zijn fauteuil en ging met zijn benen wijd zitten. 'Rechtstreeks uit Pakistan, waar u naartoe bent gereisd vanuit Teheran. En daarvoor was u in Oman op bezoek bij de sultan, en daarvoor in Frankfurt. U hebt het druk gehad.'

'En u hebt me goed in de gaten gehouden,' zei Ellen. 'Fijn om te weten dat u aan me denkt.'

'Het doodt de tijd. En nu bent u hier.' Hij staarde haar aan. 'Ik denk dat ik wel kan raden waarom, mevrouw de minister.'

'Dat vraag ik me af, meneer de president.'

'Zullen we wedden? Ik wed om een miljoen roebel dat het iets te maken heeft met de bommen die in Europa zijn ontploft. U bent hier voor advies. Al gaat het me te ver om te zeggen dat ik weet waarom u denkt dat ik u zou kunnen helpen.'

'O, ik denk dat er maar weinig is wat u te ver gaat. En u hebt ten dele gelijk. Misschien kunnen we de winst delen.'

Zijn glimlach vervaagde. Toen hij weer sprak, klonk zijn stem hard en waren zijn woorden afgemeten.

'Laat het me dan specificeren.'

Het enige wat voor Maxim Ivanov belangrijker was dan gelijk hebben, was geen ongelijk hebben. En hij wilde al helemaal niet dat hem werd gezegd dat hij ongelijk had. En al helemaal niet dat hem werd gezegd dat hij ongelijk had door wat in zijn ogen een verfomfaaide, slonzige vrouw van middelbare leeftijd was. Een beginneling in een spel dat hij allang onder de knie had.

Elke ontmoeting met een ander land was een oorlog, en hij moest en zou winnen. Gelijkspel bestond niet.

'Ja?' Ellen hield haar hoofd scheef, alsof ze om hem moest lachen.

'U hebt ontdekt dat de wetenschappers die bij die explosies zijn omgekomen niet degenen waren die Bashir Shah heeft ingehuurd om aan de kernbommen te werken die hij aan zijn klanten verkoopt. U bent hier in de hoop dat ik u kan helpen die bommen te vinden voordat ze ook ontploffen.'

'Wat weet u er veel van, meneer de president. En nogmaals, u hebt ten dele gelijk. Ik ben hier vanwege een bom, maar niet van de nucleaire soort. Die hebben we prima in de hand. Ik kom hier om u een gunst te bewijzen. Om u te helpen iets onschadelijk te maken wat hier dichter bij huis op ontploffen staat.'

Hij boog voorover. 'Hier? In het Kremlin?' Hij keek om zich heen.

'Bij wijze van spreken. Zoals u weet werkt mijn zoon voor Reuters. Hij heeft me een artikel gestuurd dat hij binnenkort gaat inleveren en ik dacht dat ik dat, als teken van respect, eerst aan u zou moeten laten lezen. Persoonlijk.'

'Aan mij? Waarom?'

'Nou, het heeft met jou te maken, Maxim.'

Ivanov leunde weer naar achteren en glimlachte. 'Je zit toch niet nog steeds achter dat verhaal over mij en de Russische maffia aan, hè? Die bestaat helemaal niet, en als het wel zo was, zou ik er een eind aan maken. Ik wil niks te maken hebben met eenieder die de Russische Federatie ondermijnt of Russische burgers kwaad doet.'

'Heel nobel. Ik weet zeker dat de mensen in Tsjetsjenië het fijn vonden om dat te horen. Maar nee. Niet de maffia.'

Betsy zat heel stil, met een uitgestreken gezicht, al was dit allemaal nieuw voor haar. Tijdens de vlucht hiernaartoe was Ellen wel op haar computer bezig geweest, maar niet om met Gil te communiceren. Wat had ze dan gedaan?

Net als Ivanov was ook Betsy benieuwd om te zien waar dit toe leidde. Al was hij, aan zijn gezicht en zijn gespannen lichaam te zien, misschien toch iets benieuwder dan zij.

'Nou...?' vroeg Ivanov.

'Nou...' Ellen knikte naar Steve, die haar haar telefoon bracht. Na even tikken en swipen draaide ze hem om.

Betsy kon het scherm niet zien, maar ze zag wel Ivanovs gezicht, dat ineens rood werd. En daarna paars.

Hij kneep zijn grijze ogen tot spleetjes en zijn lippen waren op elkaar geperst. En er straalde een woede van hem af die ze nog nooit had gevoeld. Het was alsof ze met een baksteen in haar gezicht werd geslagen. En Betsy merkte dat ze ineens bang was.

Ze waren diep in Rusland. Diep in het Kremlin. Ellens Diplomatieke Beveiliging was ongewapend. Hoe moeilijk kon het zijn om hen te laten verdwijnen? Gewoon bekendmaken dat ze een binnenlandse vlucht hadden genomen en dat die was neergestort.

Ze keek naar Ellen, die stoïcijns bleef kijken. Maar een kloppend adertje op haar slaap verraadde haar. Ook de minister van Buitenlandse Zaken was bang.

Maar ze zou niet opgeven.

'Wat is dit, verdomme?!' schreeuwde Ivanov.

'Wat?' vroeg Ellen, en haar toon was niet langer licht geamuseerd.

Nu klonk er een kilheid, een hardheid in door die Betsy zelden had gehoord. 'Het is toch zeker niet de eerste keer dat je dit soort foto's hebt gezien, Maxim? Je hebt ze zelf ook weleens gebruikt. En als je naar rechts swipet, zie je een video. Maar dat zou ik niet doen. Hij is echt vreselijk. Lang niet zo leuk als die andere, waar je met je blote bast op dat paard zit, al zei Gil dat dat paard wel figureert in een ander filmpje.'

Nu was Betsy pas echt nieuwsgierig.

Ivanov keek Ellen woest aan, met stomheid geslagen. Of, waarschijnlijker, alle woorden stapelden zich op, als een opstopping in zijn keel.

Ellen wilde de telefoon weer wegdoen, maar Ivanov haalde uit, griste hem uit haar hand en smeet hem tegen de muur.

'Maxim toch, je hoeft niet zo tekeer te gaan. Daar kom je nergens mee.'

'Domme, domme bitch die je bent!'

'Een bitch, misschien, maar zo dom is het toch niet? Ik heb het van jou geleerd. Hoeveel mensen heb je gechanteerd, hoeveel mensen heb je te gronde gericht met gemanipuleerde beelden van pedofilie? Als je gekalmeerd bent, kunnen we er als volwassenen over praten.'

Betsy zag tot haar opluchting dat Steve en de andere Diplomatieke Beveiligingsagent aanzienlijk dichter bij hen waren komen staan. Steve had de telefoon opgeraapt en gaf die nu aan Ellen, die hem controleerde.

Hij deed het nog.

'Weet je,' zei ze, terwijl ze de telefoon op haar knie liet balanceren alsof ze Ivanov ermee wilde pesten, 'je hebt geluk. Als je hem kapot had gemaakt en ik geen contact had kunnen opnemen met mijn zoon, zou dat artikel worden gepubliceerd. Maar nu heb je vijf minuten om deze bom onklaar te maken.' Ze knikte naar de telefoon. 'Voordat het wordt geplaatst, en de bom ontploft.'

'Dat zou je nooit doen.'

'Waarom niet?'

'Daarmee zou alle hoop op vrede tussen onze naties verkeken zijn.'

'O, echt? Is dat de vrede die gepaard gaat met niet één, niet twee, maar drie kernbommen?'

Hij wilde iets zeggen, maar ze stak haar hand op en snoerde hem de mond.

'Genoeg. We verspillen tijd die we geen van beiden hebben.' Ze boog zich naar hem toe. 'Je leidt de Russische maffia niet alleen, je hebt haar gecreëerd. Jij bent de vader van die smeerlapperij en die lui doen alles voor je. De Russische maffia heeft toegang tot Russisch uranium. Hoe? Via jou. Om precies te zijn uranium-235, gedolven in de Zuidelijke Oeral. Splijtbaar. De signatuur is gevonden in de fabriek die gisteravond in Pakistan is binnengevallen door Amerikaanse troepen. Het uranium is door de maffia verkocht aan Bashir Shah, die kernfysici heeft ingehuurd om er vuile bommen van te maken. Die heeft hij aan Al Qaida verkocht. Die ze in Amerikaanse steden heeft geplaatst. En dat allemaal onder jouw schild. Ik moet weten waar Shah is en ik moet precies weten waar die bommen zijn.'

'Dit is fantasie.'

Ze pakte haar telefoon en stelde een bericht op. Daarna hield ze haar vinger boven de verzendknop. Haar vastberadenheid was onmiskenbaar, evenals de walging die ze voelde toen ze naar hem keek.

'Toe maar,' zei hij. 'Niemand zal het geloven.'

'Ze geloofden het ook toen je vergelijkbare foto's manipuleerde om je tegenstanders erin te luizen. Dat is je favoriete manier om je doel te bereiken, hè? De neutronenbom van de politieke karaktermoord. Een beschuldiging van pedofilie, compleet met foto's. Succes verzekerd.'

'Ik word veel te veel gerespecteerd,' zei Ivanov, maar hij hield zijn knieën nu bij elkaar. 'Niemand zou het geloven. Dat zou niemand durven.'

'Aha, daar hebben we het. Angst. Jij heerst door angst. Maar wat je daarmee creëert, is geen loyaliteit, het zijn vijanden-in-de-wacht. En dit' – ze hield de telefoon omhoog – 'is het lontje waarmee de revolutie zal worden aangestoken. Pedofilie, Maxim. Geloof me, het zijn beelden die mensen niet gauw vergeten. Maar je hebt waarschijnlijk gelijk. We zullen zien.'

Voordat hij nog iets kon zeggen, tikte ze op 'verzenden'.

'Wacht!' schreeuwde hij.

'Te laat. Het is al weg. Gil krijgt dat bericht en post het verhaal binnen dertig seconden. Binnen een minuut gaat het de wereld over via het nieuwskanaal van Reuters. Drie minuten later wordt het opgepakt door andere kanalen. Een paar seconden daarna staat het op social media en word je trending. Binnen vier minuten is je carrière, het leven zoals jij dat kent, voorbij. Zelfs de mensen die zeggen dat ze het niet geloven, zullen hun kinderen verstoppen en hun huisdieren opsluiten als ze je zien aankomen.'

Hij keek haar met onverholen haat aan. 'Ik klaag je aan.'

'Natuurlijk. Dat zou ik ook doen. Maar helaas is het kwaad dan al geschied. Er is altijd een kansje, meneer de president, dat ik Gil in de komende paar seconden kan tegenhouden, zodat hij het niet zal posten.'

'Ik weet niet waar die bommen zijn.'

Ellen stond op. Betsy stond ook op en balde haar handen tot vuisten om te voorkomen dat ze trilden. Totdat ze in Air Force Three zaten, zouden ze zijn overgeleverd aan de genade van deze man. En genade was nogal karig in het Rusland van Ivanov.

'Het is echt zo,' riep hij. 'Hou dat verhaal tegen.'

'Waarom? Je hebt me niks gegeven. Trouwens, ik mag je niet. Ik zie je graag ten onder gaan.' Ze liep naar de deur. 'We hebben een veel grotere kans op vrede als jij bent vertrokken naar je datsja om je rozen te verzorgen.'

'Ik weet waar Shah is.'

Ellen bleef staan. Ze wachtte. Daarna draaide ze zich om. 'Vertel op. Nu.'

Ivanov aarzelde en zei uiteindelijk: 'Islamabad. Hij stond vlak voor je neus.'

'Je hebt het weer mis. Hij was er, maar hij is weg. Hij heeft het lijk van de militaire secretaris achtergelaten, verbonden met explosieven. Wist je dat? Je hebt er vast heel lang over gedaan om generaal Lakhani klaar te stomen tot informant, en nu moet je helemaal opnieuw beginnen, al denk ik dat je zult merken dat premier Awan niet meer zo blind is als voorheen. Allemaal dankzij Shah. Niet zo'n stabiele bondgenoot, hè?' Ze keek hem dreigend aan. 'Waar is hij?' Ze verhief haar stem. 'Vertel op.'

'De Verenigde Staten.'

'Waar?'

'Florida.'

'Waar?'

'Palm Beach.'

'Je liegt. We hebben zijn villa onder surveillance geplaatst. Er is daar niemand aangekomen.'

'Daar niet,' zei Ivanov. Nu glimlachte hij.

'Tik-tak, meneer de president. Waar in Palm Beach?'

Maar Ellen en Betsy wisten het antwoord inmiddels al. En toch was het een hele schok om het over de dunne lippen van de Russische president te horen komen.

41

'Ik weiger het te geloven,' zei president Williams. 'Het enige wat we hebben is het woord van een tiran. Eric Dunn is een arrogante sukkel, een bruikbare idioot voor extreemrechts, om over Ivanov en Shah nog maar te zwijgen, maar hij zou nooit willens en wetens een terrorist beschermen. Ivanov liegt, hij speelt een spelletje met je.'

Ellen slaakte een wanhopige zucht en keek naar Betsy. Ze zaten in Air Force Three en waren op weg naar huis.

'Hij heeft geen ongelijk,' zei Betsy. 'Je zag hoe Ivanov keek. Hij had je het liefst levend gevild. Er is geen garantie dat hij de waarheid vertelt, zelfs nu je hem chanteert met die foto's. Juist daarom. In dit stadium zou hij alles doen om je kapot te maken.'

Ellen had haar hand over de telefoon gelegd, maar kon nog steeds het kleine, blikkerige stemmetje van de president horen, alsof hij in het apparaat gevangenzat. 'Chantage? Wat voor foto's?'

Ze haalde haar hand van de telefoon en legde het uit.

'Holy shit. Heb je dat gedaan? Dat kind...'

'Het jongetje was door de computer gegenereerd. Hij bestaat niet,' zei Ellen.

'Goddank. Maar je hebt foto's gemanipuleerd en vervolgens een staatshoofd gechanteerd?' vroeg Williams.

'Hij staat aan het hoofd van een criminele organisatie die heeft geholpen bij het plaatsen van bommen op Amerikaans grondgebied. Ja, ik heb dat allemaal gedaan en ik zou nog veel meer doen als het moest. Wat had je dan gedacht dat ik zou doen? Hem martelen? Hé, je kunt best gelijk hebben, misschien heeft hij gelogen dat Shah bij Dunn thuis zit. Daar komen we maar op één manier achter.'

'Ik neem aan dat je niet voorstelt om maar gewoon aan te bellen.'

'Nee. Ik stel voor dat we de commando's een inval laten doen in het huis van een oud-president om een van zijn gasten te ontvoeren.'

'O, jezus.' Hij zuchtte. 'Hoor eens, Ellen, Ivanov is slim. Als dit een coup is, spelen we hem misschien regelrecht in de kaart. Zelfs als we Shah en de bommen vinden, en als we die onklaar weten te maken, worden we eruit gegooid, niet alleen vanwege het overtreden van de wet, maar ook voor het aanvallen van een politieke rivaal. Letterlijk aanvallen, met echte wapens. Goeie god, als ik een inval op zijn terrein autoriseer, kan Eric Dunn zelfs gewond raken. En dan?' Ze zwegen even en daarna vroeg president Williams: 'Denk je dat Dunn een informant van de Russen is?'

Ellen haalde diep adem. 'Misschien niet opzettelijk, maar ik denk het wel, zonder dat hij het weet. Niet dat het iets uitmaakt. Het komt op hetzelfde neer. Als Dunn weer aan de macht komt, wordt hij een pion. Dan kan de VS net zo goed een Russische staat worden. Dan deelt Maxim Ivanov de lakens uit. Hij zal zelf iemand installeren als premier van Pakistan en zorgen dat de volgende grootayatollah van Iran een Russische loyalist is. En dan wordt Ivanov inderdaad de hypermacht die hij altijd beweert te zijn.'

'Shit,' zei Betsy met een zucht.

'Inderdaad, shit,' zei Williams. 'Ik denk dat onze enige hoop is om Dunn te vragen of Shah daar is en zo ja, een beroep op hem te doen om hem vrijwillig over te dragen. Als hij dat doet is het fantastisch. Als hij het niet doet, hebben we tenminste bewijs dat we het geprobeerd hebben.'

'Sorry hoor, Doug, maar ben je gek geworden? Ben je vergeten met wie we hier te maken hebben? Dat zou kunnen werken bij iedere andere oud-president, maar geen enkele andere oud-president zou ooit Bashir Shah als gast in zijn huis toelaten. We kunnen het risico niet nemen. Als we het Dunn vragen, waarschuwen we Shah. Onze enige hoop is overrompeling.'

'Dat heeft gisteravond in Bajaur ook niet gewerkt.'

'Nee.' En dat was niet alleen tragisch, maar ook zorgwekkend. Zacht uitgedrukt. De rebellen leken te weten dat de commando's eraan kwamen.

'Het Witte Huis,' had Farhad gezegd. HLI, had Pete Hamilton geschreven toen hij vrijwel zeker had geweten wat er met hem zou gebeuren.

Ze hadden allebei hetzelfde proberen duidelijk te maken. *Verrader.*

Die persoon had Shah gewaarschuwd voor de inval en hij had de Taliban gewaarschuwd. En zij hadden de commando's vermoord.

Diezelfde persoon zou het ook weten van de bommen. En had er waarschijnlijk zelfs een in het Witte Huis geplaatst. Ze moesten erachter komen wie het was. En daarom moest Ellen een gok wagen.

'Er is iets wat ik nog niet heb verteld, Doug.'

'O god, ga me niet vertellen dat je Ivanov hebt ontvoerd.'

'Nee, al...'

'Wat dan?'

'Voordat Pete Hamilton vermoord werd, heeft hij Betsy een bericht gestuurd. Drie letters: HLI.'

Ze wachtte. Er viel een stilte.

'Dat komt me vaag bekend voor,' zei Williams. 'HLI. Maar ik kan het niet plaatsen. Wat betekent het?'

'High-level informant.'

'O ja.' Hij lachte. 'Dat was het. Het was een paar jaar geleden een grap rondom het Congres. Een of andere journalist stelde vragen. Allemaal onderdeel van een enorm extreemrechts complot.' Hij liet het bespottelijk klinken.

'Nou, hilarisch.'

Er viel weer een stilte. 'Misschien is het nu niet zo grappig meer, nee,' gaf hij toe.

'Zou je denken? Pete Hamilton is dood omdat hij het had ontdekt. Het laatste wat hij gedaan heeft, was dit bericht verzenden. En voor de goede orde, ik denk niet dat het zomaar een extreemrechts complot is. Ik denk dat het veel verder gaat.'

'Dus je denkt echt dat er een HLI is?'

'Ja.'

'Waarom heb je dat dan niet eerder gezegd?' vroeg hij.

'Ik kon niet riskeren dat iemand anders het zou horen. Iemand dicht bij jou.'

'Je bedoelt mijn stafchef.'

'Ja. Barb Stenhauser is zo high-level als het maar kan. En dan is er nog haar assistente, en we hebben achterhaald dat dat de jonge vrouw was die met Hamilton in de bar was. Ze wordt nu vermist. Je moet toegeven dat dat raar is.'

'Wat ik moet toegeven is dat iemand die zo slim en zo geduldig is om dit allemaal te organiseren ook zou zorgen voor wat zondebokken. Denk je ook niet?'

Ellen zweeg.

'En denk je niet dat mijn stafchef een behoorlijk voor de hand liggend doelwit is? Misschien een beetje té voor de hand liggend?'

'Misschien heb je gelijk. De enige manier om erachter te komen is om die HLI-site te achterhalen,' zei Ellen. 'En de naam te pakken krijgen. En dat betekent dat we Alex Huang moeten vinden.'

'Wie?'

'De correspondent die vragen stelde.'

'Hoe weet je hoe hij heet?'

'Omdat hij mijn correspondent was. Hij heeft ontslag genomen voordat hij het hele verhaal rond had. Destijds zei hij dat die HLI nergens op uitliep. Dat het waarschijnlijk verzonnen was door complotdenkers. Die konden allerlei gekke dingen bedenken en die toeschrijven aan de mysterieuze HLI.'

'Dat klinkt inderdaad wel plausibel.'

'Ik heb er verder nooit meer aan gedacht, tot Pete Hamilton stierf terwijl hij ons die informatie toespeelde. En tot die Iraanse informant "het Witte Huis" zei vlak voordat hij doodging. We kunnen het niet naast ons neerleggen.'

'Waar is hij?' vroeg Williams. 'Die journalist?'

'Betsy heeft hem gevonden. Hij heeft zijn naam veranderd en houdt zich schuil in een dorpje in Quebec. Het heet Three Pines. Maar hij wil niet praten. Ik wil proberen iemand ernaartoe te sturen die hem kan overhalen. Iemand die hij vertrouwt. Als wij hem hebben gevonden, zal Shah niet ver achterliggen.'

'En als hij ons niet wil vertellen wat hij over de HLI weet?' vroeg Williams. 'Ontvoeren we hem dan ook? Waarom niet? We kunnen net zo goed nog een soeverein land binnenvallen, nog een bondgenoot. Dat vindt Canada vast niet erg.'

Het duizelde hem en hij trok zich terug. Hij moest zijn hoofd erbij houden als hij deze dag wilde overleven, als hij de bommen wilde vinden om ze onklaar te maken.

'Luister,' zei hij. 'Shah is ons hoofddoel, onze prioriteit. Als we hem hebben, is de rest bijzaak. Maar om hem te pakken, moet ik een geheime operatie autoriseren. Op klaarlichte dag. Tegen onze eigen mensen. Tegen een oud-president. Even voor de duidelijkheid: dat is illegaal.'

'Ja, nou ja, kernbommen plaatsen waarschijnlijk ook,' zei Betsy.

'Doug, de kans dat jij en ik deze dag fysiek, laat staan politiek overleven, is tamelijk klein,' zei Ellen. 'Gevangenisstraf is wel onze minste zorg. Als Shah weet waar die bommen zijn, en we hebben' – ze keek op de klok, ironisch genoeg een atoomklok, op haar bureau in Air Force Three – 'tien uur om ze te vinden en onklaar te maken, dan stel ik voor dat we alle wetten overtreden om dat te doen. En dan zien we wel waar het schip strandt.'

'Dat schip laat ons kapseizen, Ellen.' Hij klonk niet zomaar uitgeput, maar helemaal kapot. En gelaten. 'Ik zet het in gang. Laten we hopen dat het werkt. Laten we hopen dat Shah daar inderdaad is.'

Air Force Three naderde Andrews Air Force Base op het moment dat Eric Dunn de eerste tee naderde. En de commando's de villa naderden.

President Dunns afslagtijd was verplaatst vanwege een onverwachte computerstoring, legde de secretaresse van de club uit aan Dunns geïrriteerde assistente.

De Special Operators zagen hem het terrein verlaten en namen hun posities in.

Ze konden de bewakers zien. Privécontractanten met automatische geweren, behangen met zoveel munitiegordels dat ze niet alleen rinkelden tijdens het patrouilleren; ze konden amper bewegen.

De Delta Force-agenten daarentegen vertrouwden op heimelijkheid en snelheid. Ze hadden messen, pistolen, touwen en tape bij zich. Dat was alles.

Iedere echte commando wist dat mensen belangrijker waren dan uitrusting. Het succes van een missie hing meer af van de training en het karakter van de soldaat dan van diens wapen.

De leden van de extreemrechtse militie hadden juist meer waardering voor een Uzi dan voor mentale stabiliteit.

De Secret Service-agenten die normaal gesproken een oud-president zouden bewaken, waren aan de zijlijn gezet door deze privébeveiligers die door Dunn waren aangesteld. En die ochtend, na een stille mededeling vanaf het hoofdkwartier, had de Secret Service zich nog iets verder op de achtergrond gehouden.

De leider van het geheime team hoefde maar een paar minuten naar de privébeveiligers te kijken om te weten wat hun routine was.

Op zijn teken klommen zijn mensen over de muur, kwamen op katachtige wijze aan de andere kant op de grond terecht en sprintten stilletjes naar de villa. Met behulp van scans was vastgesteld waar de mensen in huis zich bevonden, en hoewel ze wel min of meer konden raden waar Shah was, konden ze dat niet zeker weten.

De opdracht was: geen slachtoffers. Geen gewonden. Die vent pakken en wegwezen.

Het was een vrijwel onmogelijke taak, maar dat waren de enige opdrachten die deze commando's aannamen.

Terwijl de ene groep de bovenverdieping uitkamde, ging de tweede groep naar de begane grond en een derde naar het souterrain, terwijl twee commando's naar de achtertuin slopen, waar een man op de patio zat.

'Niet onze man,' rapporteerden ze en ze kropen ongezien terug. Daarna gingen ze verder naar hun tweede doelwit.

'Niet onze man.'

'Niet onze man.'

'Niet onze man.'

Een voor een meldden ze zich, terwijl Williams in het Witte Huis en Ellen en Betsy in Air Force Three naar de bodycams keken. Met ingehouden adem. Als Shah daar niet was...

'Niet onze man,' meldde de laatste commando.

'Hij is hier niet,' zei de ondercommandant.

Een ogenblik was het stil en daarna zei de leider: 'Er zijn mensen in de keuken.'

'Allemaal personeel,' zei een ander. 'Een kok, een afwasser en een bediende. Bevestigd.'

'Volgens mijn scans zijn er vier mensen. Er was er waarschijnlijk een in de koelruimte.' Die was met metaal bekleed, dus waren mensen daarbinnen niet te zien op de scans. 'Kijk nog een keer.'

Twee Special Operators renden zachtjes de trap naar het souterrain af, schoten een zijkamer in en misten op een haar na een medewerkster die de trap op liep met haar ontbijt.

Toen ze bij de keuken kwamen, hing daar een onmiskenbare geur van koriander en gebakken brood. En er klonk een stem die Engels met een licht accent sprak.

'Dit heet *paratha*,' zei de man bij het fornuis, terwijl hij in een driehoekig stuk brood in de gietijzeren pan prikte. 'Als het bijna klaar is, voegen we het eimengsel toe.'

Delta Force ging de keuken binnen. De kok kreeg de indringers net in de gaten en de man begon net om te kijken toen hij tape over zijn mond en een zak over zijn hoofd kreeg.

'We hebben 'm.'

Een van de commando's gooide hem over zijn schouder, waarna ze zich omdraaiden en wegrenden. Binnen een paar tellen waren ze verdwenen, voordat de kokkin en de afwasser konden reageren.

Ze spurtten de trap op met het schoppende, spartelende en kreunende lichaam. De commando's werden door de technici geleid, die hun vertelden waar de mensen waren.

Ze doken een kamer binnen, waar ze wachtten tot het personeel en de beveiliging langs kwamen rennen als reactie op het geschreeuw in de keuken.

De Delta's waren binnen een paar minuten in en uit het huis.

Twaalf minuten later steeg er een burgerhelikopter op vanaf een privévliegveld, die koers zette naar het noorden.

Air Force Three was geland, maar Ellen en Betsy bleven aan boord om naar de operatie te kijken.

'O god, alsjeblieft,' zei Ellen toen de helikopter wegvloog, 'laat het Shah zijn, en niet een of andere arme kok.'

'Trek die zak van zijn hoofd,' beval president Williams en dat deed de Delta-commandant.

Ze keken in het gezicht van de ober van het diner in Islamabad.

Ze keken in het gezicht van een beruchte kernfysicus.

Ze keken in het gezicht van de gevaarlijkste wapenhandelaar ter wereld.

Dr. Bashir Shah.

'We hebben hem,' verzuchtte Ellen. 'We hebben de Azhi Dahaka gepakt.'

Aan de andere kant van de lijn hoorde ze Doug Williams lachen, en er klonk een vleugje hysterie door in zijn opluchting. Daarna hield hij op met lachen. 'Azhi wie? Is het niet Shah?'

'O, sorry. Ja, ja. Het is Shah. Gefeliciteerd meneer de president, het is u gelukt.'

'Het is ons gelukt. Het is hun gelukt.' Williams sprak tegen de Delta-commandant, die het via zijn koptelefoon hoorde. 'Gefeliciteerd. Ik hoop dat ik je op een dag kan vertellen hoe belangrijk deze actie is geweest.'

'Graag gedaan, meneer de president.'

Toen Shah dat hoorde, sperde hij zijn ogen open. Zijn mond was nog dichtgetapet, maar zijn ogen spraken boekdelen. Hij wist vrij zeker waar ze hem naartoe brachten.

En wat daar op hem wachtte, naast de Amerikaanse president.

Doug Williams boog zijn hoofd en bracht zijn handen naar zijn gezicht, waar hij stoppels voelde.

Voordat hij naar zijn privébadkamer ging om te douchen en zich te scheren, zocht hij 'Azhi Dahaka' op. Het kostte hem een paar pogingen om de juiste spelling te vinden, maar nu had hij het.

Een driekoppige draak van verwoesting en terreur, geboren uit leugens en verrezen om de wereld te vernietigen. Een slangentiran die chaos opriep met zijn verschijning.

Ja. Dat was Bashir Shah ten voeten uit.

Maar toen Doug Williams water in zijn gezicht plensde en naar zichzelf in de spiegel keek, vroeg hij zich af van wie die andere twee koppen waren.

Ivanov, ja. Maar wie was de ander? Wie was de HLI?

Pas toen hij onder de douche stond en het warme water over zijn haar, zijn hoofd, zijn gezicht en zijn lichaam stroomde, pas toen hij zichzelf weer een beetje mens begon te voelen, drong het tot hem door.

Wat Ellen over die journalist had gezegd. Die, zoals zovelen voor hem, naar Canada was gevlucht in de hoop daar veilig te zijn. Ze had het over een of ander dorp in Quebec gehad. Het was de tweede keer in korte tijd dat iemand het over iets dergelijks had gehad.

Terwijl hij zich afdroogde, schoot het hem te binnen. Die verschrikkelijke ogenblikken waarin hij wachtte tot hij tot as zou verbranden.

De generaal had iets verteld over zijn hond, Pine.

Three Pines. Three Pines.

Hij liep haastig de badkamer uit met een handdoek om zijn middel geslagen, belde de voorzitter van de Gezamenlijke Stafchefs, luisterde en belde zijn minister van Buitenlandse Zaken, die onderweg naar huis was om snel te douchen en zich om te kleden voordat ze naar het Witte Huis zou komen.

'Heb je al iemand naar Quebec gestuurd om met die journalist te praten?' vroeg hij.

'Nog niet. We proberen iemand te vinden die hij vertrouwt.'

'Laat maar. Ik denk dat we iemand hebben.'

Het was nu negen uur 's ochtends. Als ze gelijk hadden, zouden de kernbommen die middag om vier uur ontploffen.

Zeven uur. Ze hadden nog zeven uur.

Maar ze hadden ook Shah. En nu waren ze – misschien – de derde kop van de Azhi Dahaka op het spoor.

'Hoe gaat het met Pine?'

'Heel goed. Maar zijn oren zijn wel wat aan de grote kant,' zei de generaal door de telefoon.

'Echt?' Armand Gamache keek naar Henri, zijn eigen Duitse herder, die over zijn eigen oren zou struikelen als die omlaaghingen. Maar ze stonden rechtovereind. De hond zag er voortdurend stomverbaasd uit. 'Ik hoor gerommel uit D.C. Alles goed daar?'

'Nou, eigenlijk bel ik daarvoor. Ken jij ene Alex Huang?'

'Natuurlijk. Niet persoonlijk, maar vroeger las ik zijn verslagen uit het Witte Huis altijd. Hij is met pensioen, hè?'

'Hij heeft ontslag genomen, ja. Hij woont nu in Three Pines.'

'Dat denk ik niet, hoor. Er woont hier niemand die zo heet.'

'Nee, maar jullie hebben wel een Al Chen. Een Amerikaan. Hij is daar een jaar of twee, drie geleden komen wonen.'

'Twee jaar geleden, ja.' Gamaches stem klonk bedachtzaam. 'Ga je me nou vertellen dat hij Huang is? Waarom zou hij zijn naam veranderd hebben?'

'Daar bel ik voor. Je moet iets voor me doen.'

Ellen stapte onder de douche. Eindelijk.

Ze deed haar ogen dicht en liet het warme water op haar gezicht stromen en langs haar uitgeputte lichaam klateren. Elke vezel in haar lijf voelde beurs aan, al had ze geen verwondingen. Geen zichtbare, tenminste. Maar ze wist dat ze nooit helemaal zou herstellen van de shock, de pijn en de angst van de afgelopen dagen.

De verwondingen waren inwendig. En voor altijd.

Ze had geen tijd om daarbij stil te staan. De race was nog niet gelopen. De eindsprint kwam eraan.

Betsy en zij waren naar haar huis gegaan om snel te douchen en schone, frisse kleren aan te trekken. Een pitstop. Voor haar. En voor Betsy?

Zodra Ellen onder de douche vandaan kwam, rook ze verse koffie en gebakken spek met ahornsiroop.

'Maak je nou ontbijt?' vroeg ze, terwijl ze de lichte, vrolijke keuken binnenliep. 'De wereld staat letterlijk op springen en jij bent spek aan het bakken?'

'En ik warm de kaneelbroodjes op die jij altijd zo lekker vindt.'

Ja, nu rook ze die ook.

'Wil je me soms martelen? Ik kan niet blijven. Ik moet naar het Witte Huis.'

'Ik heb ze voor onderweg gemaakt. We kunnen in de auto eten en drinken.'

'Betsy...'

Haar adviseur bleef met de spatel in haar hand staan. 'Nee, niet zeggen.'

'Je gaat niet mee.'

'O, jazeker wel. We zijn al sinds de kleuterschool beste vriendinnen. Je hebt heel vaak mijn leven gered door me emotioneel en financieel te steunen. Na de dood van Patrick...' Ze haalde diep adem en snikte, balancerend op de rand van die gapende wond. 'Je bent mijn beste vriendin. Ik wil niet alleen achterblijven.'

'Je moet hier blijven. Voor Katherine. Voor Gil. Voor de honden.'

'Je hebt niet eens honden.'

'Nee, maar die ga je wel nemen, toch? Als...'

Betsy's ogen begonnen te prikken en ze haalde hortend en stotend adem. 'Je. Mag. Me. Niet. Achter. Laten.'

'Ik wil dat je...' zei Ellen. Alsjeblieft, smeekte ze zichzelf, zeg het. Zeg de laatste woorden: ... met me meegaat. Met me meegaat. Ik wil dat je met me meegaat. 'Hier blijft. Beloof dat je doet wat ik zeg. Alsjeblieft. Voor deze ene keer. Ik zal videobellen. Maar als je niet hier bent, hang ik op, ik zweer het je.'

'Ik blijf hier.'

'Ik laat een nummer achter bij de telefoon in de hal. Gebruik dat, als het nodig is.'

Betsy knikte.

Ellen pakte haar vast en gaf haar een stevige knuffel. 'Komen een verleden, een tegenwoordige en een toekomende tijd de bar binnen...'

Betsy hield haar vriendin vast en probeerde iets te zeggen, maar ze kon niets uitbrengen. Ellen liet haar los, gaf haar een kus op haar wang, draaide zich om en vertrok.

Terwijl ze snel naar de deur liep, kwam ze langs de ingelijste foto's van de kinderen, van de verjaardagen en de Thanksgivings en de Kerstmissen. Van haar bruiloft met Quinn.

Van Betsy en haar als kinderen. Betsy helemaal vies en snotterig, en Ellen keurig netjes. Twee helften van een schitterend geheel.

Ellen Adams verliet haar huis en stapte in de SUV die klaarstond. Die haar naar het Witte Huis zou brengen, waar de president en een kernbom op haar wachtten.

'Het was zenuwslopend,' fluisterde Betsy toen ze de auto zag wegrijden. Daarna liet ze zich heel, heel langzaam op haar knieën vallen. Ellens parfum hing zacht en subtiel om haar heen, als om haar te beschermen. Aromatics Elixir.

Ze boog voorover en maakte zich zo klein mogelijk. Ze deed haar ogen dicht. Schommelde op en neer.

Betsy Jameson was niet zomaar bang; ze verkeerde in een staat van terreur.

Hoofdinspecteur Gamache, het hoofd Moordzaken van de Sûreté du Québec, liep de boekwinkel binnen.

'Het is nog steeds niet binnen, Armand,' zei Myrna.

'Wat?'

'*Charlotte's web*, dat je voor je kleindochter had besteld. Je lijkt een beetje verstrooid.'

'Een beetje wel, ja. Is Al er ook?'

‘Die is aan het sneeuwruimen bij Ruth.’

‘Graaft hij haar in, of uit?’ vroeg Armand en Myrna lachte.

‘Uit, deze keer.’

‘Merci,’ zei Armand en hij liep door de schitterende, kristalheldere winterse dag naar Ruth Zardo’s huisje vlak achter het dorpsplein. Hij zag kleine wolkjes van sneeuw neerploffen achter de hoge witte hopen en hoorde het schrapen van een schuiver.

‘Al?’

De man, die achter in de veertig was en wiens gezicht rozig was door de inspanning en de kou, bleef staan en leunde op de sneeuwschuiver. ‘Armand, hoe gaat het?’

‘Kunnen we even praten?’

Al staarde zijn buurman aan. Hij kon aan Gamaches gezicht zien waar dit over ging. Hij was een paar uur eerder gebeld door ene Betsy van het ministerie van Buitenlandse Zaken. Hij had niets willen zeggen. Hij had een nieuw leven, had hij uitgelegd. Een leuk leven. Een rustig leven.

Eindelijk.

Nou ja, niet echt rustig. Er lag dag en nacht een schaduw overheen. Al Chen had geweten dat deze dag zou komen; de dag waarop de schaduw wegging en het wezen zelf verscheen.

Chen slaakte een lange, diepe zucht waarbij zijn adem in wolkjes naar buiten kwam. Hij gooide de schuiver op de berg sneeuw en zei: ‘Goed dan. Laten we praten.’

Ze liepen met zijn tweeën naar de bistro en hun voeten knerpten op de samengepakte sneeuw. Ze knepen hun ogen toe vanwege de schittering van de zon die in de hoge sneeuwhopen weerkaatste.

Verderop zag Gamache de bistro. Chen zag het einde van zijn rustige leventje.

Binnen vonden ze een plekje bij de haard en bestelden café au lait.

‘Merci,’ zei Gamache toen de koffie werd geserveerd. Daarna wendde hij zich tot Al en keek hem even onderzoekend aan. Hij begon met gedempte stem te praten: ‘Ik weet wie je bent en waarom je hierheen bent gekomen. Om je te verstoppen, hè?’

Al zei niks. Dus ging Gamache verder.

‘En ik weet waarom je hier woont.’ Hij keek naar de deur die uitkwam in de boekwinkel. Hij boog zich dicht naar Chen toe en sprak nog zachter. 'Als hij je vindt, breekt de hel hier in alle opzichten los. Niet alleen voor jou, maar ook voor Myrna en wie hij verder maar wil.'

'Ik weet niet over wie je het hebt, Armand. Wie is die "hij"?'

'Degene voor wie je je verstopt. Wil je dat ik het echt uitspreek? Hé, als wij je hebben gevonden, vindt hij je ook. Ik weet niet hoeveel tijd we nog hebben, maar ik vermoed dat het niet veel is.'

'Ik kan niet terug, Armand. Ik ben ternauwernood ontsnapt.' Zijn handen trilden en Armand herinnerde zich de man die twee jaar eerder was aangekomen.

Huiverend zodra er ergens een hard geluid klonk. Niet in staat een drukke ruimte binnen te gaan. Bevend als er iemand zijn kant op keek, laat staan tegen hem praatte. Ze kregen hem amper zover dat hij zijn kamer in de B&B van Olivier en Gabri uit kwam. Uiteindelijk lukte het Myrna, met haar warme melodieuze stem en haar chocoladetaart.

Ze vermoedde dat hij van boeken hield en nodigde hem op een zomeravond na sluitingstijd uit bij haar in de winkel. Daarna deed ze om de drie dagen de deur voor hem open en liet hem snuffelen. Hij kocht allerlei soorten boeken; soms nieuwe, meestal tweedehands.

Vervolgens lokte ze hem naar de patio achter de winkel, waar ze bier dronken en keken naar de *rivière* Bella Bella die langsstroomde. Ze praatten. Of niet.

Nog later wist ze hem naar de patio aan de voorkant te krijgen. Waar hij het dorpsleven, dat traag was maar nooit stilstond, voorbij zag trekken.

Stukje bij beetje was Al Chen uit zijn schulp gekropen.

En nu maakte hij ten volle deel uit van de gemeenschap. Al was hij niet helemaal eerlijk tegen hen.

'Weet Myrna wie je werkelijk bent?'

'Nee. Ze weet dat ik een verleden heb waar ik niet over wil praten, maar niet wie ik ben.'

'Ik zal het haar niet vertellen. Maar je moet terug. Je moet ze vertellen wat je over die website weet. De HLI.'

Hij schudde zijn hoofd. 'Dat doe ik niet. Ik kan het niet.'

'Kijk,' zei Gamache. 'Ze hebben Bashir Shah. Hij is nu onderweg naar D.C., in verzekerde bewaring. Maar ze moeten weten wie die high-level informant is. Dat snap je toch wel?'

'Hebben ze Shah? Echt? Zeg je dat niet zomaar?'

'Ze hebben hem. Maar je weet hoe gevaarlijk hij is. Waar hij en zijn mensen toe in staat zijn. President Williams moet weten wie Shahs informant in het Witte Huis is.'

Er was Armand niks verteld over de bommen en dat hoefde ook niet. Hij wist uiteraard van de busbommen in Europa. En hij had horen fluisteren over andere explosieven. Krachtigere. Ergens.

'Als je niet terug kunt, vertel het dan aan mij. Wie is die high-level informant? Wie is hij?'

Gamache schreeuwde niet, maar praatte juist zachter. Uit ervaring wist hij dat mensen vanzelf in de verdediging schoten als er naar ze werd geschreeuwd. Maar als ze vriendelijk werden toegesproken, kwamen ze als een bang, gewond dier vaak naar je toe.

Al Chen schudde zijn hoofd, maar deze keer was het anders. Hij weigerde niet om te praten, zag Gamache. Hij was het gewoon niet met hem eens.

'Het is geen hij.'

'Is het een zij?'

'Meervoud. Dat heb ik ontdekt. De HLI is niet één persoon. Nou ja, dat kan wel, er is natuurlijk iemand die de touwtjes in handen heeft, maar ik ben erachter gekomen dat de HLI een groep is. Een organisatie.'

'Met welk doel?'

'Om Amerika weer terug te veranderen in wat het volgens hen zou moeten zijn. Voor zover ik heb kunnen zien, bestaat het uit machtige mensen die ontevreden zijn.'

'Waarover?'

'Over de regering. Over de richting die dit land op gaat. Over veranderingen in de cultuur. Dat wat zij als echte Amerikaanse waarden zien, raakt in verval en verdwijnt. Dit zijn niet gewoon fatsoenlijke conservatieve mensen die missen hoe het vroeger was en dat terug willen. Dit zijn ultrarechtse extremisten. Fascisten. Witte racisten, milities. Ze hebben het gevoel dat de Verenigde Staten niet meer het echte Amerika zijn, dus vinden ze zelf niet dat ze ontrouw zijn. Integendeel. Ze willen het schip rechttrekken.'

'Door het te laten zinken?'

‘Door het te zuiveren. Ze vinden dat hun vaderlandsplicht.’

‘Mensen uit het leger?’

Chen knikte. ‘Hooggeplaatst. Gerespecteerd. Ook Congresleden. Leden van de Senaat.’

‘Mon dieu,’ fluisterde Gamache, die even opzij leunde en in het vuur staarde. ‘Wie? We moeten namen hebben.’

‘Wist ik het maar. Dan zou ik het je vertellen, maar ik weet het niet.’

‘Aanhangers van de vorige president?’

‘Oppervlakkig bezien wel ja, maar meer ook niet. Dit zijn mensen die een hekel hebben aan de regering. Zelfs aan die van hem.’

‘Maar sommige zijn leden van die regering, politici.’

‘Als jij een enorm systeem omver zou willen werpen, zou je dat dan ook niet van binnenuit aantasten?’

Gamache knikte. ‘Die HLI is een site op het darkweb, hè? Waar deze mensen informatie delen.’

‘Voorbij het darkweb.’

Gamache trok zijn wenkbrauwen op. ‘Ik wist niet eens dat er zoiets bestond.’

‘Internet is net het universum. Het houdt nooit op. Er zijn allerlei soorten wonderen en allerlei soorten zwarte gaten. Daar heb ik die HLI gevonden.’

‘Ik moet het adres hebben.’

‘Dat heb ik niet.’

‘Ik geloof je niet.’

Ze staarden elkaar aan. Gamache zag angst en woede in Al Chens ogen. En Chen zag ergernis en ongeduld in die van Gamache. Maar hij zag ook iets anders.

Diep in die ogen blonk sympathie. En begrip. Deze man kende angst.

Al Chen haalde diep adem, keek naar de boekwinkel waar Myrna de boeken die waren binnengekomen aan het sorteren was en deed iets wat Gamache niet had verwacht.

Hij knoopte zijn overhemd los.

Daar, boven zijn hart, zat littekenweefsel. ‘Ik heb Myrna wijsgemaakt dat dit een afkorting was die mijn moeder gebruikte, van haar lievelingscitaat.’

'En geloofde ze je?'

'Ik weet het niet zeker. Ze accepteerde het.'

'Wat is het echt?'

'Het adres van de HLI.'

Gamache hield zijn hoofd scheef en wierp een blik op het littekenweefsel, waarna hij Chen aankeek. 'Het is iets heel anders dan wat ik ooit gezien heb.'

'Dan mag je jezelf gelukkig prijzen. Dit brengt je naar het zwarte gat. Maar je komt er niet in. Je hebt een toegangscode nodig.'

'En die is?'

Chen schudde zijn hoofd. 'Ik ben er nooit achter gekomen. Verder dan dit ben ik niet gekomen voordat ze mensen achter me aan stuurden. En ik hiernaartoe ben gekomen.'

Hij keek uit de boogramen, waar ijsbloemen op stonden, en zag de drie naaldbomen boven het dorp uittorenen, naar de hemel wijzend.

'We hebben de toegangscode nodig,' zei Gamache. 'Heb je enig idee wie die heeft?'

'Nou, uiteraard alle leden van de HLI. En waarschijnlijk Bashir Shah.'

'Mag ik?' Gamache hield zijn telefoon omhoog en toen Chen knikte, maakte hij een foto van de korte reeks cijfers, letters en symbolen.

Geen duidelijk internetadres. In elk geval niet naar een normale site. Niet in deze wereld, tenminste.

'Wie heeft je dat aangedaan?'

'Ikzelf. Op een avond waarop ik dronken en high was.'

'Waarom?'

'Ik denk dat je wel weet waarom, Armand.'

Al knoopte zijn overhemd weer dicht en samen verlieten ze de bistro. Hoewel Alex Huang een dikke parka aanhad, voelde hij toch de bijtende kou. Geen enkele vorm van isolatie kon hem verwarmen. De kou kwam van binnenuit. Maar misschien kon hij zich nu weer helemaal warm voelen en werd hij weer mens.

Voordat ze afscheid namen, bedankte Armand hem en vroeg: 'Had je moeder echt een favoriete uitspraak?'

'Ja. *Noli timere.*'

Armand stak zijn hand uit. 'Noli timere.'

Terwijl Huang terugging om de ondankbare dichteres uit de sneeuw te graven, ging Armand naar huis om de foto naar zijn vriend te sturen. De voorzitter van de Amerikaanse Gezamenlijke Stafchefs. Een foto van niet alleen een internetadres, maar van de zelfhaat van een man. In zijn vlees gesneden als een beschuldiging, een dagelijkse herinnering aan zijn lafheid.

Noli timere, dacht Armand toen hij op 'verzenden' tikte. Wees niet bang.

Nu kon Al Chen, Alex Huang, die littekens misschien als iets anders zien. Als een halleluja, een zegen. Omdat hij die vreselijke letters, cijfers en symbolen op zijn hart had gezet, waar hij ze nooit kwijt kon raken. En omdat hij was gevlucht naar dit dorp, waar hij echt zijn hart was verloren.

Armand keek naar de schitterende dag en fluisterde: 'Wees niet bang. Wees niet bang.'

Maar dat was hij wel.

42

Dit was het eindspel.

Iedereen in de kamer wist het.

Het was drie minuten voor twee 's middags in D.C. Oftewel 1457. Ze hadden tot 1600, nog een uur en drie minuten om de bommen te vinden en onklaar te maken. Ze waren een heel eind gekomen sinds die eerste gecodeerde boodschap was binnengekomen op Anahita Dahirs werkplek op het ministerie van Buitenlandse Zaken, een eeuwigheid geleden.

Maar waren ze ver genoeg gekomen?

In elke grote stad stonden teams stand-by. Elke inlichtingenorganisatie in binnen- en buitenland boog zich al vanaf het begin over onderschepte communicatie van Al Qaida en zijn bondgenoten. Maar tot nu toe: niks.

Hun enige echte hoop was de Pakistaanse wetenschapper van middelbare leeftijd die op de harde rechte stoel in het Oval Office zat en over de Resolute Desk heen boos naar de president van de Verenigde Staten keek.

'Vertel ons waar die bommen zijn, dr. Shah,' zei Williams.

'Waarom zou ik?'

'Dus u ontkent het niet?'

Shah hield geamuseerd zijn hoofd scheef. 'Ontkennen? Al die jaren dat ik vanwege jullie Amerikanen onder huisarrest stond, heb ik aan dit moment gedacht. Erover gedroomd. Gekeken naar wat er hier in Amerika gebeurde. Gekeken naar wat een puinzooi jullie van de democratie maakten. Heel vermakelijk. De beste realityserie ooit, al is het eigenlijk geen reality, hè? De meeste politiek in die zogenaamde democratie is een illusie, in scène gezet voor de grote massa.'

'Zegt u nou dat de bommen niet echt zijn?' vroeg Ellen.

'Welnee. Ze zijn echt.'

'Goed, vertel ons dan waar ze zijn, tenzij u zelf ook de lucht in wilt vliegen. We hebben' – ze keek op de klok – 'nog negenenvijftig minuten.'

'Dus u hebt de code gekraakt die ik in uw jas heb gestopt. Ja, nog negenenvijftig... nee, achtenvijftig minuten en dan is alles achter de rug. Als het Amerikaanse volk kan kiezen tussen een gekkenhuis en een dictatuur, wat denkt u dan dat hun antwoord is? Gedreven door angst voor een volgende aanslag zullen zij, in een staat van terreur, zelf het werk van de terroristen doen. Ze zullen hun eigen vrijheid om zeep helpen. Ze zullen het wegnemen van rechten accepteren en zelfs toejuichen. Interneringskampen. Marteling. Uitzetting. De liberale agenda, vrouwenemancipatie, het homohuwelijk, immigranten... Die zullen allemaal de schuld krijgen van de dood van het echte Amerika. Maar dankzij de dappere acties van een klein patriottisch groepje zal het witte Angelsaksische, godvrezende Amerika van hun grootouders in ere worden hersteld. En als ze een paar duizend mensen moeten afslachten om dat te bereiken, nou ja, dan moet dat maar, het is tenslotte oorlog. Het lichtende voorbeeld dat Amerika ooit was zal zichzelf de nek omdraaien. En eerlijk gezegd was het al bloed aan het ophoesten.'

'Waar zijn ze?!' brulde president Williams.

'Ik heb al heel wat coups gezien, zij het nooit van zo dichtbij.' Shah boog zich voorover. 'Ze hebben allemaal één ding gemeen. Wil je weten wat dat is?'

Williams en Ellen keken hem dreigend aan.

'Ik zal het jullie vertellen. Ze gebeuren allemaal zo... plotseling. Tenminste, voor de persoon tegen wie de coup gericht is. Al die mensen die op het punt stonden van hun troon te worden gestoten en misschien wel doodgeschoten of verhangen zouden worden, keken zoals u nu kijkt, meneer de president. Geschokt. Verbijsterd. Perplex. Bang. Hoe kon dit gebeuren? Maar als u had opgelet, had u gezien dat het tij keerde. Dat het water steeg. Dat er een opstand kwam. Dit is net zozeer uw schuld als die van ieder ander.'

Shah ging achteroverzitten, sloeg zijn benen over elkaar en veegde een onzichtbaar pluisje van zijn knie. Maar Ellen zag dat zijn hand een beetje trilde. Een trilling die er nog niet was geweest toen de ober haar salade serveerde.

Dit was nieuw.

Deze man was toch bang. Maar waarvoor? Voor de dood, of iets anders? Waar zou een Azhi Dahaka bang voor zijn? Voor slechts één ding.

Een groter monster.

En te oordelen naar dat trillen, moest er een in de buurt zijn.

'Terwijl jullie naar buiten keken en de horizon afspeurden naar dreigingen,' vervolgde hij, 'zagen jullie niet wat er in jullie eigen achtertuin gebeurde. Wat er hier wortel schoot, op Amerikaanse grond. In jullie dorpen, jullie winkels, jullie binnenland. Onder jullie vrienden, in jullie families. De verstandige conservatieven die naar rechts verschoven. Het rechts dat naar extreemrechts verschoof. Extreemrechts dat alt-right werd. Dat in hun razernij en frustratie radicaliseerde dankzij een internet vol gekke theorieën, valse "feiten" en arrogante politici die allerlei leugens mogen spuien. Ik zag van een afstand wat jullie van dichtbij niet konden zien. Het ongenoegen hier, dat uitmondde in verontwaardiging. De zogenaamde patriotten hadden de woede, de intentie, de financiële steun. Ze hadden de lont; het enige wat ze niet hadden, was datgene wat ik kon leveren.'

'Een bom,' zei Williams.

'Een kernbom,' zei Ellen.

'Precies. Ik moest alleen wel worden vrijgelaten, en die handige idioot van een president regelde dat. Toen kon ik de twee helften samenvoegen.' Hij stak zijn handen een voor een op. 'Internationale terroristen van Al Qaida en binnenlandse patriotten.' Hij zette zijn handen tegen elkaar. 'En voilà. Ja, ik heb jarenlang over dit moment na kunnen denken. Tijd en geduld, tijd en geduld. Tolstoj zei dat dat de sterkste krijgers zijn en hij had gelijk. Er zijn er maar weinigen die dat allebei hebben. Ik wel. Goed, ik had verwacht dat ik hier vanuit mijn huis in Islamabad naar zou kijken, maar nu zit ik op de eerste rij.'

'Eigenlijk zit u op het podium,' zei Ellen.

Hij wendde zich tot haar. 'Net als u. Ik heb een lucratief, maar gevaarlijk beroep. Daar maak ik me geen illusies over. Ik heb overwogen op welke verschillende manieren ik zou kunnen sterven en eerlijk gezegd lijkt in een snelle lichtflits me nog wel de beste optie. Ik ben er klaar voor. En u?' Hij richtte zich weer tot de president. 'Trouwens, als ik het u zou vertellen, zouden mijn klanten er wel voor zorgen dat mijn dood een stuk minder snel zou zijn, en met een stuk minder licht.'

'Dat is waarschijnlijk waar,' zei Williams. 'U hebt geluk dat u bij ons in bewaring bent en dat ze niet bij u kunnen komen. Tenzij er hier toevallig een HLI in huis is.'

Daar schrok de fysicus heel even van, net lang genoeg om Ellen te laten inzien voor wie Bashir Shah bang was. Wie het grotere monster was. De high-level informant.

'Een HLI?' vroeg Shah. 'Ik heb geen idee waar u het over hebt.'

'Dat is jammer,' zei Williams. 'Niet voor u, natuurlijk. Maar voor anderen misschien wel.'

De glimlach op Shahs gezicht verstarde. 'Hoe bedoelt u?'

Nog tweeënvijftig minuten te gaan.

'Nou,' zei Williams, 'u hebt een spoor van lijken achtergelaten; sommige om losse eindjes weg te werken en andere als waarschuwing aan anderen. Ik vermoed dat uw vrienden hetzelfde gaan doen als ze erachter komen dat we u hebben. Goed, achter wie zouden Al Qaida en de Russische maffia aan gaan als een praktijklesje om hen niet te verraden?'

Ellen bukte en sprak in dr. Shahs oor. 'Ik zal u een aanwijzing geven. Achter wie ging u aan toen mijn persbureaus verslag begonnen te doen van uw zwarte handel in wapens? Door wie is mijn man vergiftigd? Wie heeft mijn kinderen geterroriseerd? Wie heeft gisteren nog geprobeerd om mijn zoon en dochter te vermoorden?'

'Mijn familie? Willen jullie mijn familie kwaad doen?'

Ze stond op. 'Nee, dr. Shah, dat is een van de vele verschillen tussen ons. Wij zouden uw familie geen kwaad doen.'

Hij slaakte een zucht.

'Helaas zijn al onze agenten en medewerkers in Pakistan en daarbuiten druk bezig om informatie over de bommen te achterhalen, evenals onze bondgenoten. Dus hoewel we uw familieleden geen haar zullen krenken, kunnen we ze ook niet beschermen. Wie weet wat Al Qaida te horen heeft gekregen over de reden dat u in het Witte Huis bent? Wie weet wat Ivanov en de Russische maffia denken?'

'Het zou zelfs kunnen,' zei president Williams, 'dat het gerucht gaat dat u met ons samenwerkt. Dat u een Amerikaanse spion bent. Democratie. Vrijheid van meningsuiting. Vermakelijk, hè?'

'Ze weten dat ik hen nooit zou verraden.'

'Weet u dat wel zeker? Toen ik in Teheran was, vertelde de grootayatollah me de Perzische fabel van de kat en de rat. Kent u die?'

Shah knikte.

'Maar er is er nog een die u misschien zal interesseren. Die van de kikker en de schorpioen.'

'Geen belangstelling.'

'De schorpioen wil een rivier oversteken, maar hij kan niet zwemmen. Hij heeft hulp nodig. Dus vraagt hij aan een kikker of die hem op zijn rug wil nemen,' zei Ellen. 'De kikker zegt: "Maar als ik dat doe, steek je me en dan sterf ik." De schorpioen lacht hem uit en zegt: "Ik beloof dat ik je niet zal steken; dan zouden we immers allebei verdrinken." Dus gaat de kikker akkoord en zwemmen ze samen de rivier over.'

Shah had zijn gezicht afgewend, maar luisterde wel.

'Halverwege steekt de schorpioen de kikker toch,' zei Ellen. 'En de kikker vraagt met zijn laatste adem: "Waarom?"'

'En de schorpioen antwoordt: "Ik kan er niks aan doen,"' zei president Williams. '"Het zit nu eenmaal in mijn aard."' Hij boog zich over zijn bureau. 'We weten wie u bent. We weten wat uw aard is. Net als uw zogenaamde bondgenoten. Die weten dat u hen in een oogwenk zou verraden. Vertel ons waar de bommen zijn, dan beschermen we uw familie.'

Op dat moment kwam Barb Stenhauser het Oval Office binnen en liep naar president Williams.

'Tim Beecham is terug, hij wacht in het kantoor hiernaast. Zal ik hem binnenlaten?'

'Doe maar, Barb.'

'En president Dunn is aan de telefoon. Hij klinkt boos.'

William keek op de klok. Nog vijftig minuten te gaan.

'Zeg maar dat hij over een uur moet terugbellen.'

Katherine Adams, Gil Bahar, Anahita Dahir en Charles Boynton zaten zwijgend rondom de gammele tafel. Het enige licht in de kamer scheen in de hoek, zodat hun gezichten grotendeels in de schaduw bleven.

En dat was maar goed ook. Ze voelden elkaars groeiende angst. Die hoefden ze niet ook nog eens te zien.

Boynton tikte op zijn telefoon en de tijd lichtte op. Tien minuten na middernacht in Pakistan. Nog vijftig minuten tot het tijdstip waarop Osama bin Laden was vermoord.

Nog vijftig minuten totdat er honderden, misschien wel duizenden mensen zouden worden vermoord. Onder wie de moeder van Katherine en Gil.

En ze konden niets doen.

Bashir Shah keek naar de deur toen Tim Beecham binnenkwam.

De DNI van de president bleef abrupt staan en staarde naar de man die rechtop op de stoel zat. Beecham zag eruit alsof hij zich niet lekker voelde. De kneuzingen rondom zijn ogen en de spalk op zijn neus hielpen ook niet erg mee.

'Hebben jullie hem gepakt?'

Maar niemand schonk aandacht aan de DNI. Alle ogen waren op Shah gericht.

'Waar zijn de bommen?' herhaalde de president.

'Het enige wat ik kan zeggen is dat ze in D.C., New York en Kansas City zijn. Bescherm mijn familie. Alstublieft.'

'Waar in die steden?' vroeg Williams, terwijl Ellen de telefoon pakte en de juiste mensen belde.

'Dat weet ik niet.'

'Natuurlijk wel,' zei Beecham, die de situatie snel oppikte en dwars door de kamer naar Shah toe beende. 'U moet de levering hebben geregeld.'

'Maar alleen naar agenten in die steden.'

'Hun namen!'

'Die weet ik niet. Hoe moet ik zoiets nou onthouden?'

'Die zendingen hadden geen etiketje met *Kernbommen* erop,' zei Beecham. 'Wat zat er zogenaamd in?'

'Medische apparatuur voor radiologielabs.'

'Shit,' zei Beecham, die een andere buitenlijn nam. 'Als er dan straling wordt gedetecteerd, is dat verklaarbaar. Wanneer zijn ze verscheept?'

'Een paar weken geleden.'

‘Een datum,’ schreeuwde Beecham. ‘Ik moet een datum hebben.’ Hij sprak nu in de telefoon. ‘Met Beecham. Geef me Homeland Security. Er moeten internationale transporten worden nagetrokken. Nu!’

‘Op 4 februari. Per schip via Karachi.’

Beecham gaf de informatie door.

Ellen, die nu niet meer aan de telefoon zat, luisterde. Er klopte iets niet. ‘Hij liegt.’

Beecham wendde zich tot haar. ‘Waarom zegt u dat?’

‘Omdat hij vrijwillig informatie geeft.’

‘Om zijn familie te redden,’ zei president Williams.

Ellen schudde haar hoofd. ‘Nee. Denk maar na. Zijn familie moet al veilig zijn. Hij heeft zelf gezegd dat hij jaren heeft gehad om dit te plannen. Hij heeft net zomin vertrouwen in Al Qaida en de Russische maffia als zij in hem. Hij speelt een spelletje met ons.’

‘Waarom?’ vroeg Beecham.

‘Waarom denk je? Waarom doet Shah iets? U gaat tot het uiterste, hè? En dan vraagt u iets uitzonderlijks voor de informatie die we nodig hebben. Maar alleen over de bom waar u op zit. U laat de andere ontploffen. U hebt dit allemaal opgezet. Zelfs om naar Dunn te gaan. Ieder weldenkend mens zou zich ergens in een afgelegen chateau in de Alpen verstoppen tot dit allemaal voorbij is...’

‘Tot uw leven voorbij is, bedoelt u?’ zei Shah. Hij keek niet langer gespannen of bang. Hij schudde nu glimlachend zijn hoofd.

‘Bedoelt u dat hij hierheen gebracht wilde worden?’ vroeg Beecham.

‘U bent een slimmerik,’ zei Shah tegen Ellen, en daarna keek hij naar Tim Beecham. ‘Maar u niet zo.’ Shah keek weer naar Ellen. ‘Ik had u waarschijnlijk ook moeten vergiftigen, maar ik heb genoten van onze gezellige relatie.’

Barb Stenhauser verscheen in de deuropening. ‘De generaal is hier, met beveiliging. Wilt u...’

‘Laat hem maar binnenkomen,’ zei president Williams. ‘En kom zelf ook mee.’

Ellen pakte haar telefoon en tikte op een app om te videobellen.

Nog zesendertig minuten.

Dit was het dan.

Betsy nam bij de eerste keer overgaan op.

Ze hoorde stemmen, zag het Oval Office. Maar ze zag Ellen niet. Ze hield haar telefoon blijkbaar voor zich. Betsy wilde al iets zeggen, maar hield zich in.

Er was een reden dat Ellen niks gezegd had. Ze kon maar beter zwijgen tot Ellen wel sprak.

Betsy tikte op de opnameknop. De camera zwaaide naar de deur en Betsy zette grote ogen op.

Tim Beecham zette grote ogen op,

Bashir Shah zette grote ogen op. Het gezicht van generaal Whitehead was gekneusd; zijn uniform was besmeurd met bloed door het gevecht met Tim Beecham. Twee commando's stonden ieder aan een kant van hem.

'Fijn dat u erbij kunt zijn, generaal,' zei Williams en hij wendde zich tot de anderen. 'Ik denk dat jullie de voorzitter van de Gezamenlijke Stafchefs wel kennen.'

'De voormálige voorzitter,' zei Beecham.

'Er is hier wel iemand voormalig,' zei Whitehead. 'Maar ik ben het niet.'

Hij knikte naar de commando's, die naar voren liepen en hun positie innamen aan weerszijden van de voormalig directeur van de Nationale Inlichtingendienst.

43

'Wat is dit?' vroeg Beecham.

'Weet je al iets, Bert?' vroeg president Williams, die Beecham negeerde.

'Ik wacht nog steeds.'

'Je wacht?' Beecham keek van de ene man naar de andere. 'Waarop?'

Vierendertig minuten.

Ellen liep naar Beecham. 'Vertel op.'

'Wat?'

'Waar zijn de bommen, Tim?'

'Wat? Denkt u dat ik dat weet?' Hij keek onthutst en bang. 'Meneer de president, u kunt toch niet denken...'

'We denken het niet, we weten het.' Williams keek Beecham kwaad aan. 'Jij bent de high-level informant. De verrader. Degene die niet alleen informatie lekt, maar ook actief samenwerkt met onze vijanden, met terroristen, om kernbommen tot ontploffing te laten brengen. Het is voorbij. Ik heb een verklaring geschreven die vanmiddag om één minuut over vier naar het Congres en de media wordt gestuurd en waarin jij wordt genoemd als de verrader. Zelfs als je op de een of andere manier weet te overleven, zul je worden nagejaagd. Je hebt gefaald. Vertel ons waar ze zijn.'

'Nee. God, nee. Ik ben het niet. Hij is het.' Hij gebaarde naar Whitehead.

Drieëndertig minuten.

Williams liep om het bureau heen en beende recht op zijn DNI af. Hij legde zijn handen om Beechams keel en duwde hem dwars door het Oval Office heen tot Beechams rug tegen de muur knalde.

Niemand probeerde hem tegen te houden.

'Waar zijn de bommen?'

'Dat weet ik niet,' sputterde hij.

'Waar is je gezin?' vroeg Ellen, die door de kamer beende en vlak naast de president ging staan.

'Mijn gezin?' bracht Beecham schor uit.

'Ik zal het je vertellen. Ze zijn in Utah. Je hebt je kinderen uit school gehaald en ze zo ver weg gestuurd dat ze niet in de buurt van radioactieve neerslag zouden zijn. Weet je waar generaal Whiteheads gezin is? Ik wel. Ik heb ze ontmoet. Zijn vrouw, zijn dochter en zijn kleinzoon zijn hier in D.C. Wat is het eerste wat iemand doet als er gevaar dreigt? Zijn gezin in veiligheid brengen. Zelfs Shah heeft dat gedaan. En jij ook. Maar Bert Whitehead is hier gebleven. Net als zijn gezin, want ze hadden geen idee wat er stond te gebeuren. Op dat moment begon tot me door te dringen wie de echte verrader was.'

'Vertel op!' zei Williams en hij moest zichzelf dwingen om het leven niet uit Beecham te knijpen.

Dertig minuten.

'We hebben het,' riep Whitehead. 'Het is zojuist binnengekomen. Ik stuur het naar u door, meneer de president.'

Williams liet los en Tim Beecham liet zich op de grond glijden en omklemde zijn keel.

De president rende naar zijn bureau en tikte zonder het bericht te lezen op de foto, waarna hij een grimas trok. 'Is dat mensenhuid? Wat is dit?'

'Volgens mijn vriend is dat het internetadres van die HLI-site.'

'In iemands huid gekerfd?' vroeg Williams.

'Niet zomaar iemand,' zei Ellen. 'Van Alex Huang.'

'Huang?' vroeg Barb Stenhauser. Tot op dat moment was ze bij de deur blijven staan. Nu kwam ze naar voren om op het scherm te kijken. 'Die correspondent van het Witte Huis? Was dat geen journalist van u? Hij heeft een paar jaar geleden ontslag genomen.'

'Hij is ondergedoken,' zei Ellen met een dreigende blik op Shah, die toekeek alsof dit een toneelstuk was. 'Hij had onderzoek gedaan naar geruchten over iets wat de HLI werd genoemd. Hij dacht dat het gewoon de zoveelste marginale site met complottheorieën van extreemrechts was, maar toen ging hij dieper graven. Pete Hamilton kwam er ook achter. Maar Pete is niet ontkomen.'

'Wat hebben ze ontdekt?' vroeg president Williams.

'Mijn vriend in...' Maar Whitehead hield zich nog net in voordat hij Huangs locatie prijsgaf.

Ellen keek naar Shah, die iets vooroverboog.

'Huang zegt dat de HLI niet één persoon is,' vervolgde de generaal. 'Het is een groep, een organisatie. Allemaal hooggeplaatsten in verschillende takken van de regering. Inclusief, God sta me bij, het leger.' Hij schudde zijn hoofd en ging verder. 'Er zitten gekozen functionarissen bij. Senatoren, Congresleden, en minstens één persoon van het Hooggerechtshof.'

'O god,' fluisterde Williams.

'Daar heb je het,' zei Shah. 'Het coupgezicht.'

'Jij vuile klootz...' begon Williams, maar hij hield zich in.

Nog achtentwintig minuten.

De president keek weer naar de foto op zijn scherm. 'Wat moeten we hiermee? Het is brabbeltaal. Gewoon een reeks cijfers, letters en symbolen.'

Ellen boog zich er dichter naartoe en zorgde dat haar telefoon naar het scherm gericht was. Hij had gelijk. Het leek niet op enig ander internetadres dat ze ooit had gezien.

'Dit adres leidt leden blijkbaar tot een plek voorbij het darkweb,' zei Whitehead.

'Flauwekul,' zei Beecham schor, terwijl hij nog steeds op de grond lag en zijn keel omklemde. 'Zoiets bestaat helemaal niet.'

'Laten we gewoon eens kijken.' Williams voerde ze in op zijn laptop en drukte op 'enter'.

Er gebeurde niks.

De computer was aan het nadenken. En aan het nadenken.

Zesentwintig minuten.

Kom op, kom op, dacht Ellen. Ze deed een schietgebedje.

Betsy zat aan Ellens keukentafel in de poel van zonlicht die door de ramen scheen en keek toe.

Kom op, kom op, bad ze.

In het Oval Office staarde president Williams naar het scherm. Naar het dunne blauwe streepje dat knipperend langer werd en daarna weer terugschoot. Knipperde. En terugschoot.

Kom op, bad hij.

'Het werkt niet,' zei Stenhauser met paniek in haar stem. 'We moeten hier weg.' Ze liep dichter naar de deur toe.

'Blijf waar je bent, Barb,' beval de president.

'Het is vijf over halfvier.'

'Je blijft hier. We blijven allemaal hier,' zei hij.

Generaal Whitehead knikte naar een van de commando's, die zich bij de deur posteerde.

Kom op. Kom op.

Precies op dat moment hield de computer op met nadenken. Hij sprong op zwart.

Niemand knipperde met zijn ogen. Niemand haalde adem. En toen verscheen er een deur op het scherm.

President Williams haalde diep adem en fluisterde: 'O, godzijdank.'

Hij schoof de cursor naar het midden van de deur en maakte aanstalten om erop te klikken.

'Wacht,' zei Ellen. 'Hoe weten we dat het geen valstrik is? Hoe weten we dat we de bommen niet laten ontploffen als we erop klikken?'

Hij keek naar de klok. 'Het is acht over halfvier, Ellen. Doet het er nog iets toe?'

Ze haalde diep adem en knikte kort, net als generaal Whitehead.

'Neeeee,' fluisterde Betsy. 'Doe het niet.'

Williams klikte erop.

Niks.

Hij probeerde het nog eens. Niks.

'Is er een klopper? Een deurbel?' vroeg Ellen. Het klonk belachelijk, maar niemand lachte.

'Nee,' zei Williams. Nu bewoog hij de cursor rond en klikte in het wilde weg. 'Shit, shit, shit.'

Nog twintig minuten.

Whitehead pakte zijn telefoon en keek nog eens naar het bericht uit Quebec van Gamache.

'Verdomme, ik heb niet het hele bericht gelezen. Ik wilde te graag naar die foto kijken. Hij zegt dat Huang zei dat we een code nodig hebben om erin te komen.'

'Wat?!' zei Williams. 'Zegt hij ook welke dat is?'

'Nee. Huang kon hem niet vinden en heeft het niet meer geprobeerd zodra hij in de gaten had dat ze achter hem aan zaten.'

Achttien minuten.

Ze keken naar Beecham.

'Wat is het? Wat is de code?' Whitehead beende naar hem toe en sleurde hem aan zijn revers van de grond, waarna hij zijn rug zo hard tegen de muur beukte dat het portret van Lincoln scheefzakte. 'Vertel op!'

'Ik weet het niet. Jezus, ik weet het niet. Vraag het aan hem!' Beecham gebaarde naar Shah, die lachte.

'Tijd en geduld. Ik vermaak me kostelijk. Waarom zou ik het vertellen?'

'Maar je weet het wel?' vroeg Ellen.

'Misschien. Misschien ook niet.'

'Wat moeten we nu?' vroeg Williams. 'Wat zou het kunnen zijn?'

Ellen staarde naar Shah. Haar ogen doorboorden hem tot hij iets ging verzitten.

'Al Qaida,' zei ze.

'Moet ik "Al Qaida" proberen?' vroeg Williams, en voordat Ellen nee kon zeggen deed hij het al.

Niks.

'Ik bedoelde,' zei Ellen, 'dat Al Qaida een reden had om vandaag uit te kiezen om die bommen te laten afgaan. Om de geboorte en de dood van Osama bin Laden te markeren. Symbolisch. En we weten allemaal dat symbolen machtig zijn. Drie, tien, zestienhonderd. Deze mensen' – ze wuifde naar Beecham – 'zien zichzelf als patriotten. Ware Amerikanen. Wat zouden zij als code kiezen?'

'Independence Day?' opperde Williams. 'Maar in woorden? Of in getallen?'

'Probeer ze allebei,' zei Ellen.

'Maar misschien krijgen we maar één of twee kansen,' zei Whitehead.

Williams stak wanhopig zijn handen in de lucht. Daarna schreef hij *IndependenceDay* en drukte op 'enter'.

Niks.

Hij probeerde hoofdletters, geen hoofdletters, de getallen. Een spatie.

'Shit, shit, shit.'

Vijftien minuten.

'Wacht,' zei Ellen. Ze wendde zich tot Shah. 'Ik heb het mis.' Ze staarde hem één tel aan. Twee tellen. Tijd en geduld. Drie tellen.

Alle geluiden, alle bewegingen hielden op terwijl ze naar de Azhi Dahaka staarde, en hij staarde terug.

'Probeer eens drie, tien, zestienhonderd.'

Dat deed president Williams.

Niks.

Ellen fronste haar wenkbrauwen. Wat kon het dan zijn? Op het moment dat ze die cijfers had gegeven, had ze gezien dat Shahs ogen groter werden, dat wist ze zeker.

'Probeer drie, spatie, tien, spatie, en dan zestienhonderd.'

Zodra Williams op 'enter' drukte, klonk er een geluid. Gekraak. De deur ging tergend langzaam open en onthulde drie schermen, elk met een bom.

'O god,' zei de president van de Verenigde Staten, terwijl ze er allemaal naar staarden.

'Idioot. Je hebt hem ze gegeven.'

Iedereen keek naar Shah en daarna naar degene die had gesproken.

Generaal Bert Whitehead hield een pistool tegen het hoofd van de president.

44

Betsy Jameson kon het Oval Office niet zien, maar ze wist dat er zojuist iets verschrikkelijks gebeurd was.

Wat ze wel kon zien, was het laptopscherm.

Ellen hield haar telefoon volkomen stil gericht op de geopende deur en wat die onthulde.

'Klootzak,' bracht president Williams uit toen hij achterwaarts uit zijn stoel werd getrokken. Met het pistool tegen zijn slaap.

De commando's begonnen naar voren te lopen.

'Allemaal achteruit,' beval Whitehead.

'Dus daarom kwam je vannacht bij me zitten,' zei Williams. 'Je wist dat de bom niet om tien over drie zou ontploffen.'

'Natuurlijk wist ik dat. Beecham, pak hun wapens.' Hij wees naar de commando's, die het hevigst geschokt keken van allemaal. 'Stenhauser, ze hebben plastic handboeien. Bind ze vast aan de poten van het bureau.'

'Ik?' vroeg Stenhauser.

'God allemensen, denk je soms dat ik niet weet wie je bent? Ik heb je zelf gerekruteerd en jij hebt je assistente gerekruteerd. Waar is ze eigenlijk? Ik neem aan dat zij Hamilton heeft vermoord. Ik hoop dat je ook met haar hebt afgerekend.'

Tim Beecham had de commando's ontwapend en een van de pistolen aan Stenhauser gegeven. Ze keek ernaar en wist duidelijk wat het zou betekenen als ze het aan zou pakken.

'O, wat maakt het ook uit,' zei ze en ze nam het aan. Daarna draaide ze zich langzaam om tot het wapen op de voorzitter van de Gezamenlijke Stafchefs gericht was. 'Wie ben jij?'

De generaal snoof spottend. 'Wie denk je dat ik ben?'

Ze keek naar Shah. 'Ken jij hem?'

Shah keek hen allemaal aan en schudde zijn hoofd. 'Nee. Maar goed, ik ken jou ook niet. De identiteiten zijn zorgvuldig afgeschermd. Maar het feit dat hij een pistool tegen het hoofd van de president houdt, is wel een aanwijzing, denk je niet?'

Bert Whitehead glimlachte. 'Wil je weten wie ik ben? Ik ben een echte Amerikaan. Een patriot. Ik ben de HLI.'

De derde kop van de Azhi Dahaka was toch de voorzitter van de Gezamenlijke Stafchefs.

De staatsgreep was in volle gang.

Betsy's ogen werden groot. Door wat er werd gezegd, maar vooral door de beelden op de laptop.

De geopende deur onthulde de locaties waar de bommen lagen.

Aan de ene kant van het scherm stonden foto's van de explosieven zelf en aan de andere kant een livevideo van hun locatie.

Nog twaalf minuten te gaan.

Ze zag de enorme hal van de Grand Central Terminal in New York, waar het tijdens het spitsuur stikte van de forenzen. En de bom in de dokterspost van het station.

Ze zag gezinnen in de rij staan voor Legoland in Kansas City. En de bom in de eerstehulppost aldaar.

Maar in het Witte Huis was de locatie van de bom niet duidelijk. Het beeld was van zo dichtbij gemaakt dat er niets anders omheen te zien was. Het kon overal in het enorme gebouw zijn.

Maar ze zag wel een livebeeld van het Oval Office. Ze zag dat Bert Whitehead de president gijzelde. Dus ze hadden toch gelijk gehad.

Elf minuten en vijfentwintig seconden.

Iemand moest iets doen, dacht ze. Iemand moest het vertellen.

Iemand moest bellen.

'O, jeetje,' verzuchtte ze. 'Ik. Ellen wil dat ik het doe.'

Maar wie moest ze bellen?

Betsy was als verlamd. Wie kon er bommen onklaar maken? En zelfs als ze dat zou weten, dan kon ze haar telefoon niet gebruiken. Ze moest de verbinding met het Oval Office in stand houden. Met het scherm van de laptop van de president. Met Ellen.

Maar er was nog een telefoon. Een vaste lijn in de hal. Ze rende ernaartoe en vond het nummer dat Ellen ernaast had gelegd. Betsy pakte de telefoon en toetste het nummer in.

'Mevrouw de vicepresident?'

Tien minuten en drieënveertig seconden.

'Nee, jij bent niet de HLI,' zei Beecham 'Dat is zij.' Hij wees naar Stenhauser. 'Zij heeft dit allemaal opgezet. Zij is de high-level informant.'

'Hou je kop, sukkel,' snibde Stenhauser.

'Ze weten het,' zei Beecham. Hij staarde met grote ogen naar de stafchef van de president. 'Jij bent het. Jij hebt geprobeerd me erin te luizen. Door mijn documenten te verbergen. Het eruit te laten zien alsof ik hierachter zat. Zodat ik de schuld zou krijgen als er iets mis zou gaan. Jij werkt met Whitehead.'

'Hij is er niet bij betrokken,' zei Stenhauser. 'Ik heb geen idee wie hij is.'

'Mooi,' zei Whitehead. 'Dat was ook het idee. Denk je soms dat ik wilde dat iemand het wist? Denk eens terug, Stenhauser. Was dit echt jouw idee of werd je ernaartoe geleid? Ik had een front nodig, iemand die senatoren en Congresleden kon benaderen. Rechters van het Hooggerechtshof. Hoeveel heb je er daarvan gerekruteerd? Twee? Drie?'

'Drie,' zei Beecham.

'Hou verdomme je kop!' zei Stenhauser.

'O god,' fluisterde Ellen toen de omvang van het complot duidelijk werd. 'Waarom? Waarom zou je dit doen? Ervoor zorgen dat terroristen kernbommen kunnen laten ontploffen? Op Amerikaanse bodem?'

'Amerika? Dit is Amerika niet!' schreeuwde Stenhauser. 'Denk je dat Washington, Jefferson of welke van de Founding Fathers dan ook dit land nog zou herkennen? Banen van hardwerkende Amerikanen worden gestolen. Bidden mag niet meer. Op elk uur van de dag wordt er abortus gepleegd. Homo's kunnen trouwen. De immigranten en criminelen stromen binnen. En dat laten we gebeuren? Nee. Het houdt nu op.'

'Dit is geen patriottisme, het is binnenlands terrorisme,' schreeuwde Ellen. 'Jezus, je hebt geholpen bij het afslachten van een commandopeloton.'

'Martelaars. Ze zijn gestorven voor hun vaderland,' zei Beecham.

'Ik word kotsmisselijk van je,' zei Ellen. Ze wendde zich tot generaal Whitehead. 'En jij hebt dit allemaal opgezet?'

Zes minuten en tweeëndertig seconden.

'Ik weet niet wie hij is,' zei Barb Stenhauser. 'Maar hij is niet een van ons. Laat dat pistool vallen.'

Ze deed een stap naar Whitehead toe en precies op dat moment zwaaide de generaal in één snelle beweging zijn wapen weg van de president en in de richting van Barb Stenhauser.

Williams zag zijn kans schoon. Hij stootte zijn elleboog naar achter en ramde Whitehead op zijn middenrif, waardoor de man dubbelsloeg.

Daarna dook hij naar Ellen en gooide haar tegen de grond.

Terwijl het spervuur losbarstte, rolde Ellen zich op tot een bal en bedekte haar hoofd.

Betsy luisterde vol afgrijzen toe.

Ellens telefoon was met het scherm omlaag op de grond gevallen. Ze kon niks zien, maar hoorde de schoten. Het geschreeuw.

En daarna stilte.

Ze staarde met open mond en grote ogen voor zich uit. Met ingehouden adem. Eindelijk wist ze fluisterend uit te brengen: 'Ellen?' Daarna gilde ze: 'Ellen!'

Een doortastende stem vroeg: 'Meneer de president, bent u in orde? Mevrouw de minister?'

Betsy dacht dat het een Secret Service-agent moest zijn die de orde kwam herstellen.

'Ellen! Ellen!'

Het lege scherm verdween en ze zag het gezicht van haar vriendin. 'Heb je gebeld?' vroeg Ellen.

'Gebeld?'

'De vicepresident. Heb je haar verteld waar de bommen zijn?'

'Ja. Die schoten...'

'Losse flodders,' klonk de vertrouwde, maar gespannen stem van de president.

Vijf minuten en eenentwintig seconden.

'Op de grond,' zei een man op dwingende toon. 'Handen achter uw hoofd.'

Ellen draaide zich vliegensvlug om en hield haar telefoon zo dat Betsy kon zien hoe Bashir Shah, Tim Beecham en Barb Stenhauser op hun buik op de grond lagen met hun handen achter hun hoofd. Bert Whitehead zat met zijn pistool in zijn hand naast de commando's geknield en knipte de plastic handboeien door.

'De bommen...' zei Williams.

'Betsy heeft de vicepresident gewaarschuwd,' zei Ellen. 'Ze zijn ermee bezig.'

'Maar die bom hier,' vroeg Whitehead, 'waar is die?'

Ze keken naar het scherm.

Vier minuten en negenenvijftig seconden.

'Hij kan overal zijn,' zei Williams. Hij wendde zich tot de gevangenen. 'Waar is hij? Vertel op! Jullie gaan zelf ook dood.'

'Het is te laat,' zei Stenhauser. 'Je kunt hem nooit op tijd onklaar maken.'

Williams, Adams en Whitehead staarden elkaar aan.

'Waar is de ziekenboeg?' vroeg Ellen.

'Ik zou het niet weten,' zei de president. 'Ik kan de eetkamer al amper vinden.'

Maar generaal Whiteheads ogen lichtten op. 'Ik weet waar hij is.' Hij keek omlaag. 'Hij ligt pal onder het Oval Office.'

'O, shit,' zei de president.

Generaal Whitehead liep al naar de deur.

Nog vier minuten en eenendertig seconden.

De president van de Verenigde Staten en de minister van Buitenlandse Zaken liepen met twee treden tegelijk de achtertrap af, een paar stappen achter de commando en de voorzitter van de Gezamenlijke Stafchefs.

'Ik hoop in godsnaam maar dat je gelijk hebt,' zei Williams.

'Het is zo. Die andere twee lagen ook in ziekenboegen. Dat moet voor deze ook gelden.' Maar Ellen klonk veel zelfverzekerder dan ze zich in werkelijkheid voelde.

Vlak achter hen liepen Secret Service-agenten. In het souterrain zat de deur van de ziekenboeg op slot.

'Ik heb een code om binnen te komen.' De president drukte op het paneel, maar zijn handen trilden zo hevig dat hij het twee keer moest doen. Ellen moest moeite doen om niet tegen hem te gillen.

In plaats daarvan keek ze op de klok.

Nog vier minuten en drie seconden.

De deur klikte open en het licht ging automatisch aan.

'Heb je je gereedschap?' vroeg Whitehead aan de commando.

'Ja, meneer.'

Ze gingen midden in de kamer staan en keken om zich heen.

'Waar is hij?' vroeg Williams, die helemaal in het rond draaide en met zijn scherpe ogen om zich heen tuurde.

'In het MRI-apparaat,' zei Ellen. 'Als de bom niet gedetecteerd is, komt dat doordat ze verwachtten dat er straling van de MRI afkwam.'

Drie minuten en drieënveertig seconden.

De commando, een specialist van de explosievenopruimingsdienst, maakte voorzichtig het paneel van de MRI open.

Daar was hij.

'Het is een vuile bom, meneer,' zei hij. 'Een grote. Deze zou het hele Witte Huis opblazen en straling over half Washington verspreiden.'

Hij boog zich eroverheen en ging aan het werk, terwijl Whitehead zich tot Williams en Ellen wendde en zei: 'Ik zou willen zeggen dat jullie weg moeten rennen, maar...'

Drie minuten, dertien seconden.

Whitehead stapte opzij en pleegde een telefoontje. Naar zijn vrouw, vermoedde Ellen.

Betsy staarde naar haar telefoon. Ze kon Ellen zien. Ellen kon haar zien.

Het was, dacht Betsy, misschien een schrale troost dat ze niet al te lang om het verlies van haar vriendin zou hoeven rouwen. Ze zou zelf ook binnenkort overlijden door stralingsvergiftiging.

Het was, dacht Ellen, een hele troost dat ze wist dat Katherine en Gil ver weg waren.

Katherine, Gil, Anahita, Zahara en Boynton kropen in het donker dicht tegen elkaar aan en keken naar de telefoon midden op tafel. Ze zagen de livebeelden van Katherines televisiezender.

Als de kernbommen zouden ontploffen, wist ze, zou daar binnen een paar minuten live verslag van worden gedaan.

Op dit moment was de presentator een of andere deskundige aan het vragen of een tomaat nu groente of fruit was. En wat was ketchup dan volgens de dieetinformatie op scholen?

Twee minuten en vijfenveertig seconden.

Gil voelde een vertrouwde hand in de zijne glijden en keek naar Ana, die met haar andere hand die van Zahara vasthield. Hij greep naar die van Katherine, die Boyntons hand vastpakte.

Het hechte kringetje keek naar de telefoon en telde af.

Terwijl de commando aan het werk was en de generaal aan de telefoon was, voelde Ellen dat Doug Williams naast haar stond. Toen ze zijn hand pakte, glimlachte hij dankbaar.

'Ik kom er niet uit,' zei de commando. 'Het is een heel ander mechanisme dan ik ooit heb gezien.'

Eén minuut, eenendertig seconden.

'Hier.' Whitehead gooide zijn telefoon naar de commando. 'Luister.'

Ze staarden naar de commando, die verwoed aan het werk was.

Veertig seconden.

Hij pakte een ander stuk gereedschap en liet het vallen. Generaal Whitehead bukte en raapte het op, waarna hij het aan de gespannen commando gaf.

Eenentwintig seconden.

Nog steeds aan het werk. Nog steeds.

Negen seconden.

Betsy deed haar ogen dicht.

Acht.

Williams deed zijn ogen dicht.

Zeven.

Ellen deed haar ogen dicht.

En voelde een kalmte over zich heen komen.

45

Alle zenders zonden de persconferentie live uit.

De monitor in het kantoor van de minister van Buitenlandse Zaken stond afgestemd op de James S. Brady Press Briefing Room in het Witte Huis. Overal stonden verslaggevers te wachten op de president.

'Heeft hij je niet uitgenodigd om bij hem te gaan staan?' vroeg Katherine aan haar moeder.

'Had je dat verwacht?' vroeg Betsy, die een slok chardonnay nam.

'Hij heeft het wel gevraagd. Ik heb nee gezegd.' Ellen keek naar haar familie. 'Ik wilde liever hier bij jullie zijn.'

'Ahh.' Gil keek naar Betsy. 'Hé, je drinkt uit een glas.'

'Alleen omdat zij erbij is.' Betsy wees naar Anahita.

Ze zaten op de bank en de fauteuils, met hun kousenvoeten op de salontafel. Op een bijzettafeltje stonden flessen wijn en bier en een dienblad met half opgegeten broodjes. Gil wipte de kroonkurk van een bierflesje en gaf het aan Anahita, waarna hij er zelf ook een nam.

'Wat gaat hij zeggen?' vroeg hij aan zijn moeder.

'De waarheid,' zei Ellen, die tussen haar kinderen in op de bank plofte.

Ze waren in de vroege uurtjes teruggekomen in D.C. en hadden hun moeder slapend aangetroffen, met haar kleren nog aan.

Leve de snelle militaire transporten, dacht Ellen.

Toen ze wakker was geworden, had ze hun het grootste deel van het verhaal verteld, maar het invullen van de details zou tijd kosten. En geduld.

Nu keek Katherine naar het scherm. Ze had journalisten bij de persconferentie, maar natuurlijk had ze ook de inside story. Ze had haar eigen verslag geschreven van alles wat ze hadden meegemaakt en het naar haar eindredacteur gestuurd, maar het stond onder embargo totdat de president gesproken had.

Zelfs met alles wat ze wisten zou het maanden, misschien wel jaren duren om alles wat er was gebeurd te ontrafelen. En om alle leden van HLI te achterhalen.

Er waren twee rechters van het Hooggerechtshof en zes Congresleden gearresteerd, en er werden meer aanhoudingen verwacht in de komende uren en dagen. En waarschijnlijk weken. En maanden.

'Gisteren,' zei Gil. 'In het Oval Office. Wist je dat generaal Whitehead blufte toen hij de president gijzelde?'

'Dat vroeg ik me ook af,' zei Betsy. 'Je hebt het nummer van de vicepresident achtergelaten en gezegd dat ik thuis moest blijven. Dat deed je zodat ik daar zou zijn om te bellen. Je moet iets geweten hebben.'

'Ik hoopte het, maar ik wist het niet. Als ik niet kon bellen, zou jij het moeten doen, dacht ik. Maar heel even, toen Whitehead dat pistool tegen Williams hoofd hield, dacht ik dat hij echt de verrader was.'

Ze was in een flits weer terug in dat moment van ontzetting waarin ze wist dat ze hadden gefaald. Alles was verloren. Ze was die nacht om halfdrie wakker geschrokken en pijlsnel rechtop in bed gaan zitten. Met opengesperde ogen. Haar mond wijd open.

Ellen vroeg zich af of de angst ooit nog helemaal weg zou gaan. Hij drong zich zelfs nu aan haar op, nu ze tussen haar kinderen in op de bank zat. Veilig en wel. Haar hart ging tekeer en ze was licht in haar hoofd.

Ik ben veilig, herhaalde ze, ik ben veilig. Iedereen is veilig.

Of tenminste, zo veilig als ze maar konden zijn in een polemische democratie. Dat was de prijs van de vrijheid.

'Wist de president dat de generaal een spelletje speelde?' vroeg Anahita.

'Kennelijk wel. Ze hadden het samen bekokstoofd. Ik vroeg me al af waarom de Secret Service niet meteen binnen kwam vallen. Williams had hun bevel gegeven weg te blijven uit het Oval Office.'

Ellen glimlachte toen ze terugdacht aan hoe de bom onklaar werd gemaakt. Bert Whitehead bleek niet zijn vrouw te hebben gebeld. Hij had het team gebeld dat de vuile bom in New York had ontmanteld.

Die hadden meer tijd gehad en hadden het uitgedokterd, dus konden ze de commando snel vertellen wat hij moest doen.

Er hadden nog twee seconden op de klok gestaan toen die stopte.

Nadat ze waren bijgekomen, had generaal Whitehead zich tot Doug Williams gericht. De voorzitter van de Gezamenlijke Stafchefs had gevraagd of de president hem per se zo hard had moeten raken.

'Sorry,' zei Williams, 'te veel adrenaline. Maar goed om te weten dat ik je aankan.'

'Dat moest u misschien maar niet uitproberen, meneer de president,' zei de commando, die nog steeds over de bom gebogen stond.

Nu zagen minister Adams en de anderen dat de journalisten plaatsnamen op de stoelen in de Brady Press Briefing Room.

'Mam?' zei Katherine.

'Sorry.' Ellen kwam terug in het heden.

'Hoe wist je dat de generaal niet de HLI was ?' vroeg Katherine.

'Eerst dacht ik dat hij het wel was. Ik geloofde die documenten die Pete Hamilton in de verborgen archieven van het kabinet-Dunn had gevonden. Maar er begonnen me wat dingen dwars te zitten. Toen hij gearresteerd werd, viel hij Beecham aan. Hij sloeg hem in elkaar. En vlak voordat hij werd afgevoerd, zei hij tegen me: "Ik heb mijn deel gedaan."'

'Dat weet ik nog,' zei Betsy. 'Ik kreeg er kippenvel van. Ik dacht dat hij bekende dat hij ervoor had gezorgd dat Shah was vrijgelaten en zo het pad had geëffend om die bommen op Amerikaanse grond te laten installeren.'

'Zijn taak zat erop,' zei Ellen. 'Dat dacht ik ook. Maar hoe langer ik erover nadacht, hoe meer ik besefte dat hij weleens iets heel anders kon hebben bedoeld. Het was helemaal niks voor generaal Whitehead om zo zijn zelfbeheersing te verliezen. Hij had strijd gevoerd, had militairen geleid op gevaarlijke missies. Om zo bevel te kunnen voeren, moet je jezelf in de hand kunnen houden. Ik begon me af te vragen of hij misschien niet echt buiten zichzelf was geraakt. Of hij Beecham misschien opzettelijk had aangevallen.'

'Maar waarom zou hij?' vroeg Gil.

'Omdat hij vermoedde dat Beecham de verrader was, maar hij er geen bewijs voor had, dus deed hij wat hij kon om hem de kamer uit te werken terwijl wij de strategie bepaalden. Dat werkte. Beecham was in het ziekenhuis toen wij een plan bedachten.'

'Dat bedoelde hij toen hij zei dat hij zijn deel had gedaan,' zei Betsy. 'Nu waren wij aan de beurt.'

'Maar er was dus nog iets anders?' vroeg Katherine.

'Ja. Iets veel voor de hand liggenders en veel eenvoudiger. Bert Whiteheads familie was nog steeds in D.C. Die van Beecham niet,' zei haar moeder.

Er was een vraag die Betsy niet had durven stellen, maar nu wel stelde.

'Heeft generaal Whitehead de inval in de fabriek uitgewerkt?'

'Ja. Ik had tegen Williams gezegd dat ik dacht dat we het mis hadden. Dat Whitehead erin was geluisd. Ik moet toegeven, hij geloofde de verklaring van "ik heb mijn deel gedaan" niet, maar toen hij het hoorde van de gezinnen, was hij overtuigd. Toen het hoofd van de Special Forces en de generaals geen goed plan konden bedenken om die fabriek in en uit te gaan, ging Williams naar Whitehead. Hij was een van de Amerikaanse observanten in de Slag bij Bajaur. Hij kende het terrein.'

'En hij bedacht de afleidingsmanoeuvre,' zei Katherine.

'En de inval in de fabriek. Die twee gingen samen. Hij wilde zelf de leiding nemen,' zei Ellen. 'Maar dat liet Williams niet toe. We konden niet riskeren dat anderen erachter zouden komen dat Whitehead was vrijgelaten. Beecham moest geloven dat hij ons had overtuigd.'

'Dus zelfs toen wisten jullie al dat het Beecham was?' vroeg Gil.

'We dachten het, maar we hadden geen bewijs. Toen hij vroeg om naar Londen te gaan, stemde Williams daarmee in. Ook weer om hem ver uit de buurt te krijgen.'

Er was nog een vraag die Betsy nu pas durfde te stellen. 'Wie heeft die afleidingsmanoeuvre dan geleid?'

Ellen keek haar aan en zei zachtjes: 'Daar koos Bert zijn adjudant voor. Ze had drie rondes in Afghanistan gediend bij de commando's. Ze was zijn beste officier.'

'Denise Phelan?'

'Ja.'

Betsy deed haar ogen dicht. Ze had niet gedacht dat ze nog zuchten overhad, maar toch had ze er nog minstens één; een lange, diepe zucht van verdriet voor de jonge vrouw die hier glimlachend in de kamer had gestaan met koffiemokken in haar hand.

Ze zag Pete Hamilton voor zich, hard aan het werk.

Gravend en spittend. Steeds dieper. Hij was niet gestopt nadat hij de informatie over de voorzitter van de Gezamenlijke Stafchefs had gevonden die daar was geplant. Hij was blijven graven. Voorbij het normale internet. Voorbij het darkweb. Voorbij de marges, naar de enorme leegte, het vacuüm. Waar geen licht meer kon doordringen. En daar vond hij de HLI.

En door zo diep te graven, groef hij zijn eigen graf.

En nu waren ze er allebei niet meer.

Bert Whitehead gooide de stok en zag hem in een berg sneeuw verdwijnen. Pine sprong erachteraan. Begroef haar kop. Achterwerk in de lucht. Kwispelend.

Haar enorme oren lagen als vleugels boven op de spierwitte sneeuw.

Naast Pine danste de andere herder opgewonden rond en stak zijn kop in de volgende sneeuwhoop. Zonder duidelijke reden.

'Henri, dat moet gezegd worden,' zei de man naast Whitehead, 'heeft bijzonder weinig in zijn kop. Die is er eigenlijk alleen om zijn oren aan te bevestigen. Al het belangrijke bewaart hij in zijn hart.'

Berts lach kwam er in een wolk van damp uit. 'Slimme hond.'

De twee mannen keken naar het huis van de Gamaches in Three Pines, waar hun vrouwen voor de tv zaten te wachten op de persconferentie van de president.

'Wil je naar binnen om te kijken?' vroeg Armand.

'Nee. Ga jij maar als je wilt. Ik weet al wat de president gaat zeggen. Ik hoef het niet te horen.'

Hij klonk uitgeput, uitgewrongen. Bert en zijn vrouw waren met Pine naar Montreal gevlogen en daarna naar het rustige kleine dorpje in Quebec gereden. Precies hiervoor.

Voor rust.

De twee mannen liepen zwijgend en hun schoenen knerpten op de sneeuw terwijl ze om het dorpsplein wandelden. Er stonden oude huizen van veldsteen en baksteen en met dakspanen; er kringelde rook uit de schoorstenen en er scheen warm licht door de boogramen.

Het was iets over zessen en al donker. Polaris, de poolster, stond fel boven hun hoofd. Die hield stand en was er altijd, terwijl de rest van de nachtelijke hemel eromheen bewoog.

De mannen bleven staan en keken omhoog. Het was troostend om iets te hebben wat net veranderde. Een constante in een altijd veranderend universum.

De kou schraapte langs hun wangen, maar ze hadden geen van beiden haast om naar binnen te gaan. De lucht was verfrissend. Verkwikkend.

Er was pas een dag verstreken sinds alles wat er gebeurd was, maar het leek wel of het in een ander leven en een andere wereld had plaatsgevonden.

'Ik vind het heel erg van Denise Phelan. Van hen allemaal.'

'Merci, Armand.' De generaal wist dat de hoofdinspecteur begreep wat het was om mensen, vaak onthutsend jong, te verliezen onder zijn bevel.

Ook hij bewaarde het meest dierbare in zijn hart. De jonge mannen en vrouwen zouden daar veilig leven zolang hun eigen hart klopte.

'Ik hoop alleen maar dat we ze allemaal te pakken krijgen,' zei Whitehead.

Armand keek hem aan. 'Bestaat daar dan twijfel over?'

'Met iemand als Shah bestaat er altijd twijfel.'

'Toen je dat pistool tegen het hoofd van de president zette, wist je al waar de bommen waren. De president had de site van de HLI al geopend en daardoor wisten jullie de exacte locaties, ook die in het Witte Huis. Waarom stuurde je dan geen deskundigen van de explosievenopruimingsdienst naar beneden om die bom onklaar te maken? Waarom zou je kostbare tijd verspillen om net te doen of je de president gijzelde?'

'Omdat we niet wisten waar die bom in het Witte Huis lag. Het Oval Office was in beeld, maar het gedeelte waarop de bom zelf te zien was, was te dichtbij.'

'Hoe ben je daar dan achter gekomen?'

'Het was een gok.'

Armand keek ontsteld naar de voorzitter van de Gezamenlijke Stafchefs. 'Een gok?'

‘We wisten dat de andere in ziekenboegen lagen, dus gokten we dat dat ook voor deze gold. Maar dat kwam later pas. We hadden geen bekentenissen van Beecham en Stenhauser. Het was niet genoeg om bij de bommen te komen. We moesten ook de aanslagplegers en het bewijs hebben.’

‘Wist je dat minister Adams het als livestream naar haar adviseur stuurde? Dat haar adviseur de informatie doorbelde?’

‘Ik zag wel wat ze met haar telefoon deed, ja. Ik hoopte...’

‘Het scheelde niet veel,’ zei Armand. ‘Waarom hebben ze het gedaan? Ik zie wel dat ze niet blij zijn met de richting die het land op gaat, maar kernbommen? Hoeveel mensen zouden er daarmee wel niet gedood zijn?’

‘Hoeveel mensen sneuvelen er in een oorlog? Ze zagen dit als een nieuwe Amerikaanse Revolutie.’

‘Met Al Qaida als hun bondgenoot? De Russische maffia als bondgenoot?’ vroeg Gamache.

‘We sluiten allemaal weleens een pact met de duivel. Zelfs jij, vriend.’

Armand knikte. Dat was waar. Hij had weleens zo’n pact gesloten.

Hun wandeling voerde hen naar de bistro, waar boterkleurig licht door de ramen scheen. Ze zagen dat er dorpsbewoners geanimeerd pratend bij de haard zaten te borrelen. Ze konden wel raden waar ze het over hadden. Waar iedereen op de hele wereld het over had.

Ze bleven staan bij de donkere boekwinkel. Boven in de loft brandde licht. Dat flakkerde zachtjes, terwijl Myrna Landers en Alex Huang naar de persconferentie keken.

‘Het is hier heerlijk rustig,’ zei Bert Whitehead, die zich omdraaide en naar de bergen en de bossen keek. En naar de met sterren bezaaide lucht.

‘Tja,’ zei Armand, ‘op sommige momenten wel.’ Hij zag dat zijn vriend een diepe zucht liet ontsnappen. ‘Waarom ga je niet met pensioen? Verhuis hierheen. Martha en jij kunnen bij ons logeren totdat jullie een huis hebben gevonden.’

Bert zweeg een paar stappen lang voordat hij antwoord gaf. ‘De verleiding is groot. Je hebt geen idee hoe groot. Maar ik ben Amerikaan. Hoeveel scheurtjes het land ook vertoont, dat zijn de littekens van een democratie die de moeite waard is om voor te vechten. Het is mijn thuisland, Armand. Net zoals dit jouw thuis is. En trouwens, tot we zeker weten dat we alle samenzweerders te pakken hebben, blijf ik mijn werk doen.'

'Dames en heren, de president van de Verenigde Staten.'

Doug Williams liep langzaam naar het podium. Met een ernstig gezicht.

'Voordat ik de verklaring afleg die ik heb voorbereid, wil ik graag een minuut stilte in acht nemen voor de mensen die hun leven hebben gegeven om dit land te behoeden voor een mogelijke catastrofe, onder wie zes Special Ops-luchtbemanningsleden en een volledig commandopeloton. Zesendertig dappere mannen en vrouwen.'

In het kantoor van de minister van Buitenlandse Zaken bogen ze hun hoofd.

In Off the Record bogen ze hun hoofd.

Op Times Square, in Palm Beach, in de straten van Kansas City, Omaha, Minneapolis en Denver. Op de grote vlakten, in de bergketens, in gehuchten en dorpen en grote steden bogen Amerikanen hun hoofd.

Voor de echte patriotten die hun leven hadden gegeven.

'Ik zal een voorbereide verklaring oplezen,' zei president Williams, die de stilte verbrak. Daarna zweeg hij even en leek na te denken. 'Waarna ik vragen zal beantwoorden.'

Er ging een licht geroezemoes op onder de menigte journalisten. Dat hadden ze niet verwacht.

In het kantoor van de minister van Buitenlandse Zaken luisterden ze.

President Williams had Ellen die ochtend uitgenodigd in het Oval Office om te bespreken wat ze wel en niet tegen het Amerikaanse publiek moesten zeggen. Hij had haar ook uitgenodigd om samen met hem de persconferentie te houden, maar dat had ze afgehouden.

'Dank je, maar ik heb nu echt behoefte om bij mijn familie te zijn. Ik ga wel kijken, net als iedereen.'

'Ik heb je advies nodig, Ellen.' Hij gebaarde naar de fauteuil bij de haard.

‘Dat overhemd staat niet bij dat pak.’

‘Nee, nee, niet daarover. Ik kan maar niet besluiten of ik wel of geen vragen zal beantwoorden na afloop van de persconferentie.’

‘Ik vind van wel.’

‘Maar je weet dat ze vragen gaan stellen die gevoelig liggen. Die bijna niet te beantwoorden zijn.’

‘Ja. Vertel gewoon de waarheid,’ zei Ellen. ‘We kunnen de waarheid aan. Het zijn de leugens die schade aanrichten.’

‘Als ik dat doe, weet je dat ik het verwijt krijg dat ik het allemaal zo ver heb laten komen.’ Hij keek haar onderzoekend aan. ‘Of zeg je het juist daarom?’

‘Beschouw het maar als wraak voor Zuid-Korea.’

‘O.’ Hij trok een grimas. ‘Weet je daarvan?’

‘Gokje. Is dat niet de reden dat je me hebt benoemd als minister van Buitenlandse Zaken? Zodat ik niet alleen mijn mediaplatform moest opgeven, maar ook het grootste deel van de tijd in het buitenland zou zijn en niet in je vaarwater zou zitten. Je kon ervoor zorgen dat ik zou falen. Dan zou ik internationaal vernederd worden en kon je me ontslaan.’

‘Goed plan, toch?’

‘En toch ben ik hier. Doug, wat gaat er in Afghanistan gebeuren? Je weet dat de Taliban het zullen overnemen, samen met Al Qaida en andere terroristen.’

‘Ja.’

‘Al die progressie die we hebben gemaakt op het gebied van mensenrechten kan zomaar worden weggevaagd. Alle meisjes, alle vrouwen, die naar school zijn gegaan en een opleiding hebben gevolgd. Die zijn gaan werken. Die lerares, arts, advocaat en buschauffeur zijn geworden. Je weet wat er met hen zal gebeuren als de Taliban hun zin krijgen.’

‘Nou, ik denk dat we een sterke, internationaal gerespecteerde minister van Buitenlandse Zaken nodig hebben om de Afghaanse regering duidelijk te maken dat die rechten gerespecteerd dienen te worden. En dat Afghanistan niet weer de thuisbasis voor terroristen mag worden.’ Hij keek haar zo lang aan dat ze ervan bloosde. ‘Dank je wel. Voor alles wat je gedaan hebt om de aanslagen te verijdelen. Je hebt alles op het spel gezet.’

'Je weet toch wel,' zei ze, 'dat de samenzweerders niet de enigen zijn die vinden dat we de weg kwijt zijn. Die liggen het meest voor de hand, maar er zijn tientallen miljoenen mensen die het met hen eens zijn. Goede mensen. Fatsoenlijke mensen. Die het misschien niet eens zijn met de politiek die we bedrijven, maar die ons hun laatste cent zouden geven als het moest.'

Hij knikte. 'Ik weet het. We moeten iets doen. We moeten hun onze laatste cent geven.'

'Geef ze banen. Geef hun kinderen een toekomst, geef hun dorp een toekomst. Hou op met de leugens die hun angst voeden.'

De leugens die hun eigen Azhi Dahaka van eigen bodem had gecreëerd en aangewakkerd.

'Er moet een hoop worden goedgemaakt. Veel worden hersteld,' zei hij. 'Meer dan ik had beseft. Je had gelijk in veel van je artikelen. Ik heb nog veel te leren.'

'Volgens mij schreef ik eigenlijk dat je je kop eens uit...'

'Ja, ja, dat weet ik nog.' Maar hij lachte, en haar wangen gloeiden door de manier waarop hij naar haar keek.

Nu, uren later, terwijl de zon onderging, zat ze in haar kantoor met haar dochter en haar zoon, met Betsy en Charles Boynton en BD-medewerkster Anahita Dahir. Die, vermoedde Ellen als ze naar Gils gezicht keek, misschien wel iets meer zou worden dan haar BD-medewerkster.

Ze zagen dat Doug Williams de deskundigen van de explosievenopruimingsdienst voorstelde, die de kernbommen onklaar hadden gemaakt. Daarna beschreef hij wat er was gebeurd sinds de bommen in de bussen waren afgegaan.

'Hij beschrijft jou heel positief, mam,' zei Katherine. 'Hij slaat een heel andere toon aan.'

En, zag Ellen, hij had ook een ander pak aan.

Betsy boog zich voorover en gaf iets aan Ellen. 'Mevrouw de minister, een kleine erkenning voor uw openbare dienstverlening.'

Het was een bierviltje uit Off the Record. Met Ellen Adams' gezicht erop.

Na afloop van de persconferentie vroeg Gil of Anahita iets met hem wilde gaan eten.

In het restaurant luisterde ze toen hij haar vertelde over de boekendeal die hem was aangeboden. Ze vroeg wat hij daarvan vond. Hoe lang het zou duren om het te schrijven.

Nu alle feiten naar buiten waren gebracht, was er geen sprake meer van het schenden van vertrouwelijkheid. Hij vond het geweldig om het hele verhaal van achter de schermen te kunnen vertellen. Al zou hij het deel over Hamza, de Leeuw eruit laten. Zijn vriend, het lid van de terroristische Pathanen-familie.

Gil vroeg of ze het boek samen met hem wilde schrijven.

Dat sloeg ze af. Ze werkte nog steeds als medewerkster van de Buitenlandse Dienst van het ministerie van Buitenlandse Zaken.

'Hoe gaat het met je ouders?' vroeg hij.

'Die zijn weer thuis.'

Gil knikte. En Anahita keek uit het raam. Naar Washington D.C., dat er nog steeds was.

'Hoe voelen ze zich?' vroeg hij.

Anahita keek hem verbouwereerd aan. En ze vertelde het hem.

'En hoe voel jij je?' vroeg hij.

'Mevrouw de minister.'

'Ja, Charles.'

'U vroeg of ik wilde kijken naar splijtbaar materiaal dat wordt vermist in Rusland.'

Hij stond een meter bij haar bureau vandaan.

Het was allang donker. Betsy zat achter haar bureau in haar eigen kantoor aantekeningen te maken en vragen van de Amerikaanse Inlichtingendienst te beantwoorden naar aanleiding van de video die ze had opgenomen.

'Wat heb je gevonden?' vroeg minister Adams.

Hij keek haar op een bijzonder zorgwekkende manier aan. Het was duidelijk dat haar stafchef geen mand met kittens had gevonden.

Ze stak haar hand uit naar het papier dat hij vasthad en wees op een stoel naast haar. Dat had ze nog nooit gedaan; ze had altijd liever gehad dat hij naast haar bureau bleef staan.

Maar dit was een nieuwe wereld en ze waren opnieuw begonnen.

Ze zette haar bril op en keek naar het papier, en daarna naar hem.

‘Wat is dit?’

‘Er wordt niet alleen splijtbaar materiaal vermist in Rusland, maar ook in Oekraïne, Australië, Canada en de Verenigde Staten.’

‘Waar is het naartoe gegaan?’ Ze was nog niet uitgesproken of ze wist hoe belachelijk die vraag was. Het was immers vermist.

Maar hij gaf toch antwoord, terwijl hij met zijn hand over zijn voorhoofd wreef. ‘Ik weet het niet. Maar het is voldoende voor honderden bommen.’

‘Hoe lang is het al weg?’

Opnieuw schudde hij zijn hoofd.

‘En uit onze eigen opslagruimten?’

Hij knikte.

‘Maar dat is nog niet alles.’ Hij wees iets verder omlaag op het papier.

En doet U dat, dacht ze, *dan is het niet gedaan, want er is meer.*

Ze keek omlaag. Tijdens het lezen stokte haar adem.

Sarin.

Antrax.

Ebola.

Marburgvirus.

Ze draaide het papier om. De lijst was langer. Alle gruwelen die bij de mens bekend waren. Alle gruwelen die door de mens gemaakt waren stonden erop. En waren weg.

Vermist. Niet te achterhalen.

Ellen keek naar de lange lijst.

‘Ik denk dat we onze volgende nachtmerrie hebben,’ fluisterde ze.

‘Ja, ik denk dat u gelijk hebt, mevrouw de minister.’

EINDE

Dankbetuigingen

We zijn allebei dankbaar voor de kans om samen te werken, een ervaring die een aanvulling was op het plezier en het verrassende karakter van onze vriendschap. En we hebben allebei een heleboel mensen om te bedanken, dus daar gaan we:

Louise:
Dit boek kwam, zoals zo vaak bij mij, geheel onverwacht.

Ik was in het voorjaar van 2020 in ons familiehuis aan een meer ten noorden van Montreal. De pandemie was in volle gang en ik bleef veilig thuis, toen er een berichtje van mijn agent binnenkwam: *Ik moet je spreken.*

Nu is het mijn ervaring dat dat niet veel goeds voorspelt.

Halverwege een pandemie (het bleek niet halverwege, maar in het begin te zijn), afgezonderd bij een meer dat toch al afgezonderd lag, en dan dreigt er ook nog een donkere wolk boven mijn literaire carrière te hangen.

Ik pakte een zak jellybeans en belde mijn agent.

'Hoe zou je het vinden om een politieke thriller met Hillary Clinton te schrijven?'

'Huh?'

Hij herhaalde het. Ik ook.

'Huh?'

Nou was die vraag wel een volslagen verrassing, maar hij kwam niet helemaal uit de lucht vallen. Hillary en ik kennen elkaar. Sterker nog, we zijn goede vriendinnen (nog steeds, ja – ik denk dat dat wel een wonder genoemd mag worden).

Onze vriendschap kwam, zoals zoveel dingen, onverwacht.

Hillary deed een gooi naar het presidentschap. Het was juli 2016 en haar beste vriendin, Betsy Johnson Ebeling, gaf een interview aan een verslaggever uit Chicago over hun vriendschap. Een van de dingen die Betsy noemde was hun voorliefde voor boeken, vooral misdaadromans.

Daarna stelde de verslaggever de vraag die onze levens zou veranderen.

'Wat bent u nu aan het lezen?'

Het lot wilde dat ze allebei een van mijn boeken aan het lezen waren.

Mijn fantastische agent bij Minotaur Books, Sarah Melnyk, zag het interview en nam opgetogen contact met me op.

Mijn aankomende tour voor het nieuwe Gamache-boek zou in Chicago van start gaan; hoe zou ik het vinden om Betsy daar voorafgaand aan het evenement te ontmoeten?

Eerlijk gezegd is het nogal stressvol voorafgaand aan grote evenementen, en het is niet ideaal om van tevoren een onbekende te ontmoeten. Maar ik stemde ermee in.

Ongeveer een week later stond ik backstage, hoorde iets, draaide me om en werd verliefd. Zomaar.

Ik had verwacht dat Hillary's beste vriendin een intimiderende machtsfactor was. Maar ik zag een tengere vrouw met grijs haar in een boblijn, met een warme glimlach en vriendelijke ogen. Ik verloor op slag mijn hart.

Ik hield toen al van Betsy, en dat is nog steeds zo.

Een paar weken nadat ik terug was van mijn tour overleed mijn geliefde man, Michael, aan de gevolgen van dementie. Ik worstelde om mijn leven zonder hem op de rit te krijgen en putte troost uit het openen van de condoleancekaarten.

Op een dag zat ik aan de eettafel, maakte er een open en begon te lezen. Er werd gesproken over Michaels bijdragen aan het onderzoek naar jeugdleukemie. Zijn functie als hoofd Hematologie in het kinderziekenhuis van Montreal. Zijn werk als hoofdonderzoeker bij de internationale pediatrische oncologiegroep.

Degene die het schreef, had het over verlies en rouw en condoleerde me innig.

De kaart was afkomstig van Hillary Rodham Clinton.

Minister Clinton, in de laatste fase van een vreselijk heftige campagne voor de machtigste baan ter wereld, had de tijd genomen om me te schrijven.

Een vrouw die ze nog nooit had ontmoet.

Over een man die ze nooit had ontmoet.

Een Canadese die niet eens op haar zou kunnen stemmen. Het was een privébericht dat niet was bedoeld om er op welke manier dan ook beter van te worden, maar om troost te bieden aan een onbekende die in diepe rouw verkeerde.

Het was een daad van onzelfzuchtigheid die ik nooit zal vergeten en die me heeft geïnspireerd om zelf aardiger te zijn.

Ik hield contact met Betsy en toen het november werd, nodigde ze me uit in het Javits Center in New York City om Hillary het presidentschap te zien winnen. Ik zal nooit vergeten dat ik door de enorme zaal keek en daar de kleine Betsy zag zitten staren. Die blik op oneindig van iemand die gewoon net even te veel heeft gezien.

In februari 2017 werden Betsy en ik door Hillary uitgenodigd voor een weekend in Chappaqua. Het zou onze eerste ontmoeting worden.

En weer werd ik verliefd, hoewel een deel van de betovering van die uitzonderlijke dagen erin school dat ik rustig achterover ging zitten en naar die twee vriendinnen keek, die elkaar al sinds de lagere school kenden. Die hun hele leven goed bevriend waren gebleven. Een van hen was advocaat geworden en daarna first lady, senator, minister van Buitenlandse Zaken en zou, als het aantal stemmen de doorslag had gegeven in plaats van het aantal kiesmannen, ook nog president zijn geworden, terwijl de ander was gaan werken als lerares op een middelbare school en zich daarna actief was gaan inzetten voor de gemeenschap. En drie kinderen had opgevoed met haar fantastische echtgenoot, Tom.

Betsy en Hillary waren zo overduidelijk zielsverwanten dat het bijna een spirituele ervaring was om hen samen te zien.

Die zomer kwamen Betsy en Tom en Hillary en Bill me in Quebec opzoeken om een week vakantie te vieren.

Het was inmiddels duidelijk dat de borstkanker waar Betsy al jaren tegen had gestreden nu zou winnen. Toch hield ze aan het leven vast met de steun van de enorme kring van goede vrienden die Hillary en zij samen hadden.

In juli 2019 overleed Betsy.

Als je *Staat van terreur* hebt gelezen, weet je dat het is geschreven als een politieke thriller waarin haat onder de loep wordt gelegd, maar dat het uiteindelijk een viering van de liefde is.

Hillary en ik hadden allebei sterk het gevoel dat we de diepgaande vrouwelijke vriendschappen die we allebei hebben tot uitdrukking wilden laten komen. Die onwrikbare vriendschapsband.

En we wilden dat Betsy een grote rol zou spelen.

Hoewel Betsy Ebeling in werkelijkheid veel zachtaardiger was en lang niet zo'n grote mond had, deelt ze veel eigenschappen met Betsy Jameson. Haar stralende intelligentie, haar felle loyaliteit. Haar moed. Haar moed. Haar moed. En haar oneindige vermogen om lief te hebben.

Dus ja, toen mijn geweldige agent, David Gernert, vroeg of ik een politieke thriller wilde schrijven met mijn vriendin H, stemde ik daarmee in, zij het niet zonder slag of stoot.

Ik had net de laatste hoofdinspecteur Gamache afgerond, dus had ik de tijd, maar hoewel er wel raakvlakken waren, had ik altijd alleen misdaadromans geschreven. Een politieke thriller van deze omvang lag zo ver buiten mijn comfortzone dat ik net zo goed op een andere planeet had kunnen zitten.

Maar hoe zou ik deze kans in hemelsnaam aan me voorbij kunnen laten gaan door faalangst? Ik moest op zijn minst een poging wagen. Er hangt een poster op de plek waar ik schrijf. Daar staan de laatste woorden van de Ierse dichter Seamus Heaney op.

Noli timere. Wees niet bang.

De waarheid was dat ik wel bang was, maar in het leven draait het vaak niet om minder angst, maar om meer moed.

Dus deed ik mijn ogen dicht, haalde diep adem en zei ja. Ik doe het. Zolang Hillary het ook zag zitten. Voor haar zou het duidelijk een nog veel groter risico worden.

Ik zal niet in detail treden over de manier waarop deze plot tot stand is gekomen, maar ik kan wel vertellen dat hij voortkwam uit een van onze vele telefoontjes van dat voorjaar, waarin Hillary sprak over waar ze als minister van Buitenlandse Zaken midden in de nacht van wakker kon schrikken. Er waren drie nachtmerrieachtige scenario's. We kozen hiervoor.

Het idee om ons samen een boek te laten schrijven was eigenlijk een ingeving van mijn vriend, een van de grootste uitgevers van zijn generatie en van alle generaties, Stephen Rubin. Dank je wel, Steve!

Hij benaderde David Gernert, die mij benaderde. Dank je wel, David, dat je dit boek door het labyrint hebt geloodst en altijd zo wijs, zo positief, zo warm en zo beschermend bent.

Ik wil mijn uitgevers van Minotaur Books/St. Martin's Press/ Macmillan bedanken omdat ze, zoals we in Quebec zeggen, *le beau risque* hebben genomen. Don Weisberg, John Sargent, Andy Martin, Sally Richardson, Tracey Guest, Sarah Melnyk, Paul Hochman, Kelley Ragland en de vrouw die *Staat van terreur* heeft geredigeerd, de geweldige uitgever van SMP, Jennifer Enderlin.

Grote dank aan het team van Hillary's uitgever, Simon & Schuster, voor jullie ideeën en samenwerking.

Dank aan Bob Barnett.

Dank aan mijn assistente (en geweldige vriendin) Lise Desrosiers. Dit was allemaal niet mogelijk geweest zonder jouw steun, lieverd.

Dank aan Tom Ebeling omdat we een gefictionaliseerde versie van Betsy in het boek mochten zetten.

Aan mijn broer, Doug, met wie ik in de winter en het voorjaar van 2020 veilig thuis bleef zitten tijdens de pandemie, en die al mijn angsten en belachelijke ideeën heeft aangehoord.

Aan Rob en Audi, Mary, Kirk en Walter, Rocky en Steve.

Aan Bill, voor je input en steun. (Ik kon moeilijk tegen Bill Clinton ingaan toen die een eerste versie las en zei: 'Het is niet waarschijnlijk dat een president...')

We moesten deze samenwerking meer dan een jaar geheimhouden, maar heel veel vrienden hebben ons zonder het te beseffen geholpen bij de totstandkoming ervan, gewoon door er te zijn. Dat geldt ook voor de gezamenlijke vrienden van Hillary en mij, die allemaal in mijn leven zijn dankzij Betsy.

Hardye en Don, Allida en Judy, Bonnie en Ken, Sukie, Patsy, Oscar en Brendan.

En Hillary – dank je wel. Je hebt iets wat een nachtmerrie had kunnen worden tot een groot plezier gemaakt. Je hebt er zo'n slim boek van gemaakt en ervoor gezorgd dat het allemaal zo makkelijk en leuk verliep, behalve dan toen ik een gescand manuscript van (letterlijk) vijfhonderd pagina's kreeg. Met haar aantekeningen in de kantlijn.

Goddank heb ik mijn jellybeans.

Wat hebben we gelachen tijdens het schrijven van dit boek, te midden van de lange pauzes waarin we elkaar tijdens het facetimen aanstaarden omdat we letterlijk de plot kwijt waren.

En natuurlijk wil ik ook stilstaan bij mijn lieve Michael. O, wat zou hij blij en trots zijn geweest. Hij bewonderde minister Clinton zo. Het zou hem zo'n plezier hebben gedaan haar ook als Hillary te hebben gekend. En gezien te hebben wat een geweldige vrouw ze is.

Michael was dol op thrillers. Toen duidelijk werd dat hij nog hooguit één boek te gaan had voordat de dementie hem het vermogen om te lezen ontnam, koos ik een politieke thriller. Ik stel me elke dag voor dat hij *Staat van terreur* vasthoudt en straalt.

Niets van wat ik zie, voel, ruik en hoor heeft zijn bestaan niet te danken aan de dag waarop ik verliefd werd op Michael Whitehead.

En nu kennen jullie ook de oorsprong van een ander personage.

Staat van terreur gaat over terreur, maar in de kern, in het hart, gaat het over moed en liefde.

Hillary:

Ik was thuis in Chappaqua, waar ik tijdens de pandemie met mijn familie verbleef, toen Bob Barnett, mijn advocaat en vriend, belde om te vertellen dat Steve Rubin had voorgesteld dat Louise en ik samen een boek zouden schrijven. Ik had mijn twijfels, maar luisterde toen Bob zijn voorstel uitlegde op basis van zijn eerdere ervaring met twee andere cliënten, mijn echtgenoot en

James Patterson, die samen twee thrillers hebben geschreven.

Ik bewonder Louise als schrijfster en houd van haar als mijn vriendin, maar ik vond het idee nogal intimiderend. Ik heb altijd alleen non-fictie geschreven, maar ik dacht: mijn leven is voer voor fictie, dus misschien is het een poging waard.

Louise en ik hadden het erover en kwamen met een lange, gedetailleerde opzet die onze toekomstige uitgevers wel beviel, dus doken we in onze langetermijnsamenwerking. En wat was het leuk om onze personages te verzinnen, onze plot te verfijnen en opzetjes uit te wisselen. Tijdens het schrijven dacht ik heel vaak aan twee goede vriendinnen en mijn broer, Tony, die ik in 2019 verloren was.

Betsy Johnson Ebeling was al sinds de lagere school mijn beste vriendin, toen we elkaar ontmoetten in de klas van juf King op de Field School in Park Ridge, in Illinois. We hadden zestig jaar lief en leed gedeeld en ik mis haar nog elke dag.

Ellen Tauscher, voormalig Congreslid uit Californië en staatssecretaris van Buitenlandse Zaken met als portefeuille Wapenbeheersing en Internationale Veiligheid toen ik van 2009 tot 2013 minister van Buitenlandse Zaken was, was ruim vijfentwintig jaar een goede vriendin van me. Na de verkiezingen van 2016 kwam ze vaak bij me om erachter te komen wat er was gebeurd.

Ellen overleed op 29 april 2019.

Daarna overleed mijn jongere broer Tony op 7 juni na een ziekbed van een jaar. Mijn hart breekt als ik aan hem als klein jongetje denk, en aan de drie kinderen die hij heeft achtergelaten.

En op 28 juli verloor Betsy haar lange strijd tegen borstkanker.

Al die sterfgevallen zouden op zich al pijnlijk zijn geweest, maar de combinatie van die drie was verschrikkelijk en ik kan het nog steeds niet helemaal accepteren.

Zowel Betsy's man, Tom, als Ellens dochter, Katherine, steunden onze wens om onze fictieve personages te modelleren naar respectievelijk hun echtgenote en hun moeder.

Ze zijn niet verantwoordelijk voor de verschillen die we hebben verzonnen.

Toen Louise en ik besloten ons verhaal rondom een minister

van Buitenlandse Zaken te spinnen, stelde ik Ellen als inspiratiebron voor, samen met haar echte dochter, Katherine, voor de namen van onze fictieve versies.

En natuurlijk moest Betsy model staan voor de beste vriendin en adviseur aan de zijde van de minister.

Ik wil ook mijn dank uitspreken aan de mensen die Louise al heeft genoemd in haar dankwoord, en eraan toevoegen dat Oscar en Brendan ons op talloze manieren hebben geholpen, inclusief het verhelpen van een computerstoring aan het eind.

Dank ook aan Heather Samuelson en Nick Merrill voor hun hulp bij het checken van de feiten.

Dit is het achtste boek dat ik met Simon & Schuster heb gedaan en het eerste zonder de ontembare Carolyn Reidy, die we missen maar niet vergeten zijn. Gelukkig wordt haar nalatenschap voortgezet onder leiding van Jonathan Karp, die me steeds weer blijft aanmoedigen.

Ik ben hem dankbaar, en ook het hele team: Dana Canedy, Stephen Rubin, Marysue Rucci, Julia Prosser, Marie Florio, Stephen Bedford, Elizabeth Breeden, Emily Graff, Irene Kheradi, Janet Cameron, Felice Javit, Carolyn Levin, Jeff Wilson, Jackie Seow en Kimberly Goldstein.

En mijn dank aan Bill, een geweldige lezer én schrijver van thrillers, voor zijn voortdurende steun en nuttige suggesties, zoals altijd.

Ten slotte: dit is een fictief boek, maar het verhaal dat wordt verteld is maar al te actueel.

Het is aan ons om ervoor te zorgen dat de plot fictief blijft.